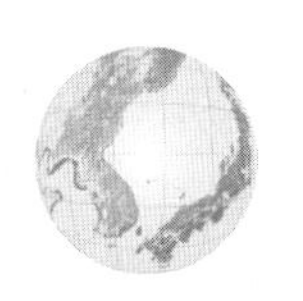

재일디아스포라 문학선집 3

소설 ❷

편역자_ 재일디아스포라 문학의 글로컬리즘과 문화정치학 연구팀

김환기金煥基 동국대 일어일문학과 교수
유임하柳壬夏 한국체대 교양과정부 교수
이한정李漢正 상명대 글로벌지역학부 교수
김학동金鶴童 동국대 일본학연구소 연구원
신승모辛承模 동국대 일본학연구소 연구원
이승진李丞鎭 동국대 일본학연구소 연구원
한성례韓成禮 세종사이버대 겸임교수
한해윤韓諧昀 가톨릭관동대 VERUM 교양교육연구소 책임연구원
방윤제方閏濟 경희대 후마니타스칼리지 강사

필자_

김길호金吉浩
김유정金由汀
김재남金在南
김중명金重明
양석일梁石日
원수일元秀一
이기승李起昇
정윤희鄭閏熙
최석의崔碩義
후카사와 가이深沢夏衣

재일디아스포라 문학선집 |3| 소설 2

초판인쇄 2017년 4월 15일 **초판발행** 2017년 4월 30일
엮고옮긴이 재일디아스포라 문학의 글로컬리즘과 문화정치학 연구팀 **펴낸이** 박성모 **펴낸곳** 소명출판
출판등록 제13-522호 **주소** 서울시 서초구 서초중앙로6길 15, 1층
전화 02-585-7840 **팩스** 02-585-7848 **전자우편** somyungbooks@daum.net **홈페이지** www.somyong.co.kr

값 28,000원
ISBN 979-11-5905-193-7 04810
ISBN 979-11-5905-190-6 (세트)
ⓒ 동국대 일본학연구소, 2017

잘못된 책은 바꾸어드립니다.
이 책은 저작권법의 보호를 받는 저작물이므로 무단전재와 복제를 금하며,
이 책의 전부 또는 일부를 이용하려면 반드시 사전에 소명출판의 동의를 받아야 합니다.

이 책은 2013년도 정부(교육부)의 재원으로 한국연구재단의 지원을 받아 연구되었음(NRF-2013S1A5A2A03044781)

| 동국대 일본학연구소 연구총서 |

재일디아스포라

문학 선집 3

소설 ②

재일디아스포라 문학의 글로컬리즘과
문화정치학 공동연구팀 편역

A LITERATURE COLLECTION
OF KOREAN DIASPORA IN JAPAN
3 _ NOVEL 2

이 책에 실린 저작물의 사용 권한은 각 작품의 저작권자에게 있습니다.
각각의 번역 작품들은 동국대 공동연구사업팀에서 해당 저작권자에게
서면과 구두로 게재허락을 받아 실었습니다.

책머리에

한국사회에서 '디아스포라'라는 용어는 19세기 말부터 20세기 초반, 제국주의 시대에 근대 국민국가의 주체적 성립이 좌절되면서 생겨난 상처와 흔적을 가리키는 키워드의 하나이다. 이 용어에는 제국의 광포한 지배와 억압, 폭력이 피식민 민족에게 가한 강요된 이주와 정착에 이르는 만난각고萬難刻苦의 과정이 아로새겨져 있기 때문이다. 모국에 밀어닥친 드높았던 제국주의 시대의 파고波高만큼이나 이들의 이주 정착사는 참으로 간고했다. 그러나 가까운 일본을 비롯하여, 중국과 저 멀리 미주 대륙과 유럽에 걸쳐 있는 디아스포라의 가파른 삶의 행로는 지금도 변모를 거듭하지만 여전히 주변부에서 벗어나지 못했다는 점에서 주목해야 할 논의대상이다. 더구나 이들의 삶은 여전히 생존과 권익을 위한 자신들만의 역사를 계속해서 만들어가고 있다는 점에서 디아스포라라는 존재는 지역의 문제이면서 동시에 전 지구적인 현상이 아닐 수가 없다.

재일디아스포라의 경우, 제국의 시대를 뒤로 한 뒤 패전국 대신 모국이 세계냉전체제에 의해 지리적 정치적 분할이 이루어지면서 더욱 착잡한 양상으로 치달았다. 최근 일본에서는 재일디아스포라가 혐한의 인종차별적 대상이 되면서 인류 보편의 글로컬한 화두로 부상하였다.

자주적인 근대국가 수립이 좌절되었던 식민체제의 현실과, 그후 탈식민과 함께 냉전체제 속에 이루어진 모국의 남북 분단은 재일디아스포라를 극적으로 다시 불러냈다. 하지만 탈냉전 이후 동아시아에서 조성되는 신냉전화와 '보통국가'를 지향하며 보수화하는 일본의 사회현실에서 재일디아스포라는 제국 일본의 기억을 담지해온 잊혀진 상처에서 인종차별을 거부하는 대항담론의 저항적 위치를 점유하는 문제적 지점에 다시 섰던 것이다. 이렇게 보면, 재일디아스포라는 탈식민 이후 모국의 분단을 착잡하게 지켜보는 고립된 복수형 존재에서 다시 남북분단을 넘어 동아시아적 가치를 되살릴 자격을 가진 저항적 주체로 등장할 가능성을 가지고 있다. 이런 측면이야말로 지역적이면서도 동시에 세계적인 국면이 아닐 수 없다.

그런 까닭에 재일디아스포라 문학은 민족의 문학이면서도 동시에 제국의 기억과 길항하는 주변부의 마이너리티 문학이라고 보아야 한다. 재일디아스포라 문학은 세계문학이라는 지역과 국가를 망라한 인류 유산임을 감안할 때 그토록 간고한 역사의 경험을 간직하면서도 인간다운 문화를 구축하기 위한 최첨단에서 치열하게 인간과 조건을 비판적으로 대응하고 있다는 것, 그래서 이 문학은 글로컬리즘의 문화정치를 구현함으로써 강고한 국민국가의 경계를 허물며 가장 구체적이고 이질적인 방식으로 민족과 인류 보편의 가치를 지향하는 성과를 만들어내는 원천이 된다.

이 책, 『재일디아스포라 소설선집』(전2권)의 출발은 한국연구재단의 2013년도 선정된 학술지원사업인 '재일디아스포라 문학의 글로컬리즘과 문화정치학'에 두고 있다. 이 작업을 진행하기 전부터 우리는 재일디아스포라 문학연구팀을 가동 중이었다. 연구재단의 학술지원사업이 선정되면서 우리 팀은 재일디아스포라 문학과 관련된 신문, 잡지를 목록화하는 작업을 좀더 효율적이고 체계화된 방식으로 일을 진척시킬 수 있었다. 그 결과 총 20편의 작품을 선별하고 번역하여 『재일디아스포라 소설선집』을 출간하기에 이르렀다.

재일디아스포라 소설작품들을 선별, 분류하기까지 우리는 몇 가지 기준을 가지고 있었다. 작품 선별의 기준은, 첫째 디아스포라적 특성이 잘 드러난 작품, 둘째 문학적(사료적) 가치를 다층적으로 입증할 수 있는 작품, 셋째, 국내에 번역되지 않았거나 재번역이 필요한 작품, 넷째 재일디아스포라 문학의 계보적인 흐름과 그 안의 다양성/중층성을 파악할 수 있는 작품 등등이었다.

이러한 작품 선별의 기준에 따라 선택된 작품 중에서 우리는 문학과 문화의 관점에서 반드시 다루어야 할 작품을 다시 선정하고 번역에 임했다. 여기에는 무엇보다도 향후 대학(원)의 교육 현장에서 재일디아스포라 문학을 전파하는 기점으로 삼아야 한다는 내부의 합의가 있었다. 이를 위해 본 문학선집은 재일디아스포라 문학 관련 강좌에서 유용한 교재가 될 수 있도록, 재일디아스포라의 역사성과 문학성, 계보와 중층적 함의들을 포괄하는 인문학적 가치에 부응하고자 했다.

그런 까닭에, 본 선집에서 선정한 작품들은 재일디아스포라 산문문학의 시작이 해방 이후 본격적으로 이루어졌다는 점, 그리고 이들 문학을 기반으로 재일디아스포라 담론이 이루어졌다는 점 등을 고려했다. 본 선집에 수록한 소설작품은 해방 전후를 기점으로 삼아 현재까지 다양한 작가를 대상으로 잡지 및 단행본에서 선별했음을 밝힌다. 각 시대를 대표하는 재일디아스포라 작가들을 대부분 포함하면서, 이들의 작품에 나타난 시기별/세대별/계층별 작가의식의 다양한 양태들을 드러내는데 부족함이 없을 것이라 생각한다. 독자들의 질정을 바랄 뿐이다.

마지막으로 이 책을 내기까지 감사할 분들에 대한 소회를 밝히지 않을 수 없다. 무엇보다도 재일디아스포라 소설선집 발간에는 국가재정의 지원 덕택이지만 이것에 한정되지 않는 많은 인연과 공력이 있었다. 먼저, 지난 몇 년간 우리 팀원들이 보여준 놀라운 집중력과 높은 학문적 성취를 말하는 게 순서상 옳다. 재일디아스포라 문학연구회의 소장학자들이 보여준 열정, 공동연구자들의 의기투합이 소기의 성과를 이루는 토대였다. 함께 훌륭한 팀웍을 이루며 열정을 바친 추억은 가슴 속 깊이 간직하고자 한다.

또한, 저작권을 가진 원작자들이 보여준 예상 이상의 후원을 거론하지 않을 수가 없다. 모국의 문학으로 다루어질 수 있도록 소개하는 자리가 될 것이라는 취지에 깊이 공감하며 보여준 이들의 애정과 지원은 놀라움을 금치 못한다. 원 저작권자들의 후원 없이는 작품 선별과 선정에 이르는 과정이 결실을 맺기란 어렵다. 이분들이 우리 연구팀을 성원해 주신 것은 마음만이 결코 아니었다. 현해탄 건너에서 열정적으로 활동해온 재일디아스포라 작가들과 저작권 관계자들은 저작권 동의에 그치지 않고 선집 발간에 필요한 모든 번거로운 절차를 앞장서서 해결해 주었다. 재일디아스포라 문단의 원로이자 전설에 해당하는 이회성, 김석범, 양석일 선생 등등, 모든 작가들의 후원이 이 책의 출간을 가능케 했다. 또한 출판을 도와주신 김종태 선생의 애정과 지원에도 두 손 모아 깊이 감사드린다.

2017년 봄

재일디아스포라 문학의 글로컬리즘과 문화정치학

연구팀을 대표하여

김환기 씀

차례

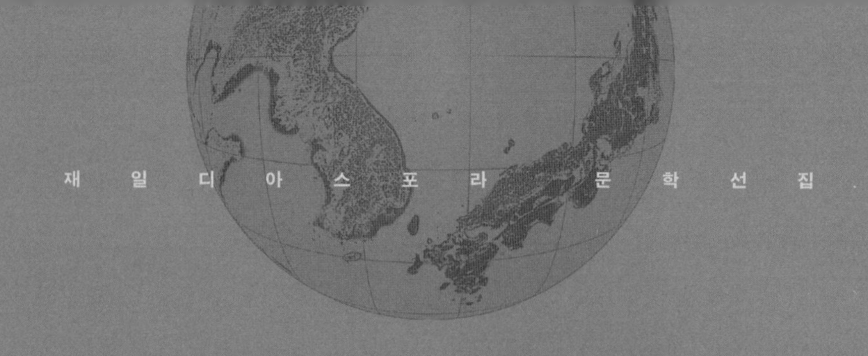

자상함이란, 바다

이기승李起昇

1

민영 전차는 어둠속을 달리고 있다. 승객의 대부분은 취객이다. 시큼털털한 냄새가 나는 통로에는 스포츠신문이 흩어져 있다. 취기에서 깨기 시작한, 푸른빛을 띤 복숭아 색 얼굴의 많은 샐러리맨이 졸고 있었다. 개중에는 옆으로 놓인 의자에 기다랗게 드러누워 코를 고는 사람도 있다.

박성우朴性祐는 조금 전부터 회식 때 과음한 것을 후회하고 있었다.

구역질 때문에 등이랑 상박부에는 진작 닭살이 돋아 있었다. 이것이 막차가 아니었다면 그는 도중에 내렸음에 틀림없었다.

전차가 속도를 늦추기 시작했다. 역이 가까워진 모양이다. 차장의 안내방송을 들으며 그는 구역질을 억누르려고 호흡을 가다듬었다.

자동문이 열리는 소리가 나고 차가운 바람이 밀려들어온다. 무심코 코트 깃을 세운 뒤 실눈을 뜨고 문 쪽을 바라보았다. 얼어붙은 플랫폼이 어스레한 외등 빛을 반사하고 있었다.

"어머?"

들어온 여자가 누군가에게 말을 건 것 같았다.

"오빠, 어찌된 일이야?"

귀에 익은 목소리에 성우는 얼굴을 들었다. 친척인 다카코貴子가 거기에 있었다. 어찌된 일이냐고? 그는 잘 돌아가지 않는 머리로 생각했다. 갑자기 맹렬한 구역질이 엄습했다. 위장에서 솟구쳐 오르는 것을 필사적으로 입에서 막아보려고 한다. 참지 못하고 그는 비틀거리며 전차에서 내렸다.

"잠깐만, 오빠."

다카코는 몸을 비틀어 막 닫히려는 문 밖으로 나왔다.

한 번 토하고, 두 번 토하고 그는 입에서 흘러넘치는 것을 양손으로 받으며 물 마시는 곳으로 향했다. 다카코는 비틀거리는 성우의 뒤를 쫓았다. 뒤에서 전차 문이 닫히는 소리가 났다.

"오빠, 괜찮아?"

계속해서 토하고 있는 성우의 등을 문지르며 그녀는 칠칠치 못하다고 마음속으로 중얼거린다.

박성우는 잠시 후에 눈물이 밴 얼굴을 찬물로 씻었다. 손수건으로 얼굴을 닦고 긴 한숨을 내쉰 뒤 허리를 펴자, 몸이 한차례 부르르 떨렸다.

멀리 있는 개찰구가 어스레한 형광등 불빛에 떠 있다. 바람은 때때로 소리를 내며 마른 나무와 가선을 흔들고 있다.

"어이구 추워."

성우는 겨드랑이에 양손을 넣고 녹인다. 취기 때문인지 눈이 흐릿한 느낌이 든다. 주위는 몹시 어둡고 또 춥다.

"무슨 일이야, 넌. 이런 시간에."

다카코는 대학 2학년이었다. 밤이 늦었다고 꾸짖는 게 아님을 알고 있었지만 그녀는 일부러 김새는 얼굴로 양손을 펼쳐 보였다.

"술꾼 덕분에 전차를 놓쳤는데, 아아— 거꾸로 날 걱정하다니."

건방진 녀석이라고 생각하면서 성우는 어둠속으로 눈길을 보낸다. 그런데 이건 너무나 빛이 없는 마을이다. 도대체 어디일까?

"술이라면 사족을 못 쓴다니까."

다카코는 미소를 지으며 그렇게 말한 뒤,

"하지만 춥네."

그녀는 턱 밑의 머플러를 가다듬으며 개찰구로 향한다. 성우도 한 발자국 뒤에서 따라간다. 그는 똑바로 걷지 못해 비틀거리고 있었다. 다카코가 바로 팔을 잡아 부축해 준다.

"오늘은 무슨 일이야?"

머뭇거리다가,

"모임."

"과음과 그리고 나 같은 미인은 조심해야 돼요."

애써 평소와 똑같이 행동하려는 듯한 인상을 받았다. 부자연스런 느낌이 든다. 하지만 마음에 걸리는 일을 물어보는 것도 귀찮았기 때문에 그는 그대로 흘려들었다. 곧 둘은 과선교 계단을 오른다.

"왜 이 시간에 이런 곳에 있지?"

대답이 없어 다카코를 보니 진지한 얼굴로 계단을 응시하고 있다. 성우를 부축하고 있는 그녀의 손에 힘이 들어갔다.

"가나이金井 아저씨가 말이지, 돌아가셨어."

가나이 아저씨라면 다카코의 부친과 동향사람이었다. 재일조선인이 다 그렇듯이 맨몸으로 일본에 건너와 죽도록 일만 하던 사람이었다. 다카코의 부친은 일본에서 태어난 2세였지만, 가나이는 조선에서 태어난 사람이었다.

"주변의 1세, 서서히 사라져 가고 있어."

불안하다는 듯이 다카코가 말했다. 사라진다는 표현은, 죽는다는 표현보다도 강렬하게 들렸다.

계단을 오르는 것은 속이 메스꺼운 성우에게는 부담이었다. 스키를 선전하는 포스터를 보면서 그는 구역질을 느끼고 멈춰 섰다.

"회복하지 못했구나."

잠시 후 그는 겨우 그렇게 말했다. 말을 하면 구역질이 또다시 밀려 올라온다. 가만히 움직이지 않고 그는 호흡을 가다듬었다. 둘은 천천히 걸었다.

"경야는?"

"오늘밤."

"아버지는?"

"어머니와 함께 경야에 갔어."

성우는 자신의 부친도 참석했을 거라고 생각했다. 개찰구에는 아무도 없었다. 사무소에는 역무원이 있었지만, 남자는 이쪽을 보더니 표를 상자에 넣도록 손으로 지시할 뿐 나오지 않았다.

플라스틱 의자가 10개 정도 있는 대합실로 들어가 그는 자동판매기에서 사이다를 샀다. 한 모금 마시자 위에서 지지하는 소리를 냈다. 그건 탄산거품의 소리가 아니라 열기를 띠고 있던 위가 식으며 내는 소리처럼 들렸다.

"실은 암이었대."

그렇게 말한 다카코는 머플러 속에 턱을 묻었다. 모양이 예쁜 볼은 몹시 차가운 색을 띠고 있었다.

"마지막까지 위궤양인 줄 알고 나을 거라고 생각했었나봐."

성우는 담배를 찾는다. 특별히 피우고 싶지 않았지만 이야기가 도중에 끊겼을 때의 습관으로 그렇게 되었다. 다카코의 눈에는 조금 눈물이 배어나왔다.

"1세는 불쌍해."

성우는 백 엔짜리 라이터로 불을 붙였다. 연기를 폐에 넣자 메슥거려서 도중에 멈추고 타성으로 그냥 끄덕였다.

성우는 그러나 1세는 행복했다고 막연히 느꼈다. 왜일까? 라고 스스로에게 물어보았지만 알 수 없었다. 그는 술 냄새 나는 뜨거운 한숨을 길게 뿜어내면서 담배를 끄고 얼굴을 들었다.

"어떻게 할래?"

질문 받은 다카코는 생각에 잠긴다. 집까지 택시를 타면 오천 엔은 드는 거리였다.

두 사람이 마지막 전차를 놓친 것은 오늘밤이 처음은 아니었다. 어릴 때부터 서로 잘 아는 사이라 가끔 만나면 신이 나서 이야기에 빠져버리는 일이 있었다. 그런 때는 이야기를 도중에 그만두는 것이 싫었기 때문에 호텔에 들어가 아침까지 이야기를 계속하곤 했다.

둘은 동성동본이었다. 조선의 관습은 조상이 같으면 형제나 다름없는 관계로 여겨 몇 대가 지나도 결혼을 인정하지 않았다. 일본에서 태어나 일본어밖에 모르는 두 사람이었지만, 그러한 관습을 당연시하는 부모 밑에서 자랐기 때문에 두 사람에게는 서로를 이성으로 의식하는 발상이 없었다.

"호텔에서라도 묵을까?"

등을 구부린 채로 성우는 말했다. 다카코는 손목시계를 들여다보더니,

"내일은 내가 가게 문을 열어야 돼. 게다가 호텔비가 아깝기도 하고."

그는 일어나 가볍게 발을 구르며 택시비로 사용해도 그 정도는 필요하다는 생각을 했다. 다카코는 얼굴을 들었다.

"이 마을에 고등학교 때 나에게 러브레터를 쓴 사람이 있는데."

성우의 얼굴이 진지해졌다. 그는 이런 경우 진짜 오빠라면 당연히 걱정해야만 하는 일을 걱정했다. 다카코는 그의 기분을 그 표정에서 읽

어냈다.

"일본인이야, 그 사람. 하지만 난 그럴 기분이 전혀 없어서. 데려다 달라는 것도 좀 그래."

그녀는 코트에 양손을 집어넣고 일어선다.

다카코에게는 사람을 안심시키고 부드럽게 감싸주는 듯한 분위기가 있었다. 그런 그녀에게 실연당한 몇 명을 성우는 알고 있었다.

대합실 불이 꺼졌다. 이어서 역의 현관 외등도 꺼졌다. 불빛은 자동판매기의 형광등만 남았다. 그는 캔 사이다를 마시고 대합실 구석의 어둠을 응시하며 남자로서 생각했다.

"보통은 오해하겠지."

"그래요."

다카코는 형광등 불빛으로 그림자가 짙어진 성우의 얼굴을 본다.

"호텔에 묵을까? 난 내일 아침 일찍 가게에 나가면 돼."

성우는 끄덕이며 작은 트림을 입안에서 삼켰다. 바람이 유리문을 흔든다. 대합실을 나올 때에 빈 캔을 쓰레기통에 버렸다.

역 앞의 백화점은 구석에 비상구의 빨간 등이 있을 뿐 다른 불빛이 없어 검은 벽처럼 보였다. 밤하늘에는 별이 보였기 때문에 그 모습은 더욱 어둡게 느껴졌다. 왼편으로는 국도가 뻗어있고 추위 속에 수은등이 불안한 듯 줄지어 서있다. 차가 이따금 스쳐 지나간다.

비즈니스호텔은 백화점의 대각선 맞은편에 있었다. 프런트는 이층에 있다. 벨을 누르자 잠시 후에 30세가량의 남자가 나왔다. 훈련을 받아서 그런지 그는 젊은 커플을 보고도 표정이 변하지 않았다.

두 사람은 트윈 룸을 부탁했다. 승강기로 올라가 쥐 죽은 듯이 조용한 복도를 걷는다. 방은 놀랄 정도로 좁았다. 두 개의 침대는 벽에 붙어 있고 침대와 침대 사이는 한 사람이 겨우 서 있을 수 있을 정도의 공간밖에 없었다.

"설계가 형편없군."

성우는 어이없다는 듯이 가운을 걸치고 옷을 벗었다. 다카코는 둥근 의자에 걸터앉은 채로 있다.

"먼저 잘게. 돈은 있으니까 내일 일어나면 그냥 가."

그녀는 고개를 끄덕인 뒤,

"나 목욕할래."

성우는 대답을 하며 침대에서 크게 몸을 쭉 폈다.

다카코가 목욕하고 나와 보니 성우는 이미 깊은 잠 속에 있었다. 그녀는 좁은 책상 아래의 냉장고를 열고 캔 맥주를 손에 들었다. 몸은 피곤했지만 머릿속이 깨어있어 잠이 올 것 같지 않았다.

그녀는 학교 선생님이 되고 싶었다. 일부 자치단체에서는 외국인이라도 교원으로 채용하고 있었지만, 그녀가 있는 곳에서는 안 되었다. 국제화란 무엇일까라는 생각하면서 그녀는 맥주를 마신다. 일본에서는 그게 암묵적으로 영어를 할 수 있다는 것만을 가리킨다고 느껴진다.

다카코는 글도 제대로 모르는 1세들을 생각했다. 일만 하다 죽어간 가나이 아저씨를 생각했다. 국제화란 인간을 인간으로 인정하는 것에서 시작되는 게 아닐까.

자신에게 무엇을 할 수 있느냐고 묻는다면 자신 있게 대답할 수 있는 것은 아무것도 없었다. 그러나 재일조선인인 이상 어느 정도는 무시 당한 사람의 고통을 이해한다.

그녀는 맥주를 다 마셨다. 잠은 올 것 같지 않았다. 맥주를 하나 더 딴 뒤 그녀는 멍하니 생각한다. 설령 배제되더라도 선생님이 되기 위한 노력만큼은 해둬야 한다고 생각한다. 헛된 노력일지도 모른다. 아마 안 될 거라고 느낀다.

침대에 누웠지만 결국 그녀는 아침까지 잠들지 못했다. 커튼을 열자 실내에 희미한 빛이 들어온다. 밖은 구름이 끼어있었다. 성우는 작은 숨소리를 내고 있다. 그녀는 다시 커튼을 닫고 조용히 옷을 갈아입은 뒤 소리 나지 않게 방을 나왔다.

2

설날은 차례부터 시작된다. 탁자 위에 떡, 생선, 과일, 밥, 국 등을 올려놓은 뒤 조부의 사진을 놓고 재배한다. 사진 뒤에는 예서로 쓴 병풍이 있다. 향냄새가 자욱한 가운데 온순한 얼굴을 한 아버지의 재배는 조용히 끝난다. 다음은 원래 성우의 형인 성근이 절을 할 차례였다. 그러나 성근은 일본인 여성과 결혼했기 때문에 집안과 인연을 끊은 것이나 다름없는 취급을 받고 있었다.

아버지의 눈길이 가리키는 대로 성우는 앞으로 나아갔다. 여동생인 소자素子는 뒤로 물러나 있고 모친은 방구석에 앉아 지긋이 바라보고 있다.

아버지가 했던 대로 그는 가슴 앞에서 손을 모았다가 내리면서 무릎을 굽히고 앉는다. 이마가 바닥에 닿을 정도로 넙죽 엎드린 뒤 그는 한 번 더 같은 동작을 반복한다. 그런 다음 탁자로 다가가 아버지가 다시 따른 술을 향 연기로 정화한 뒤 재차 아버지께 드린다.

아버지는 엄숙한 얼굴을 하고 있다. 의식은 말없이 계속된다. 사진 속의 조부는 부친과 비슷한 연령의 모습이다. 조부가 어떤 사람이었는지 또 어떻게 살았는지 성우는 거의 알지 못했다. 부친은 자진해서 과거를 말하려 하지 않았기 때문이다. 게다가 다가가기 어려운 사람이었기 때문에 성우 쪽에서도 물어본 적이 없었다.

성우는 자신의 대가 되면 이러한 설날 의식도 하지 않게 될 거라고 생각했다. 그리고 부친의 청춘도 조부의 인생도 모르는 그는 일족의 역사를 후대에 전하지 못하고 결국 일본문화에 묻혀버릴 거라고 느끼고 있었다.

부친이 생선에 젓가락을 대었다가 그 위치를 바꾸었다. 성우에게는 초조한 마음은 없었다. 그걸로 만족하는 것은 아니었지만 뭔가 해보려는 생각도 없었다. 또 지금의 그에게는 뭔가 할 수 있는 능력도 없었다.

밥을 한 숟가락 떠서 국에 넣었다. 부친은 무표정하고 작은 목소리로,

"음."

하며 끄덕였다. 성우는 일어나 다시 어색한 동작을 반복했다. 여동생은 여자이기 때문에 손을 이마 앞에서 모은다. 거기서 부터는 남자가 절하는 방법과 같다. 모친의 절은 역시 틀이 잡혀있었다. 움직임이 부드럽고 마음이 담겨있음을 보는 것만으로도 알 수 있었다.

차례가 끝나면 떡국을 먹는다. 여동생 소자는,

"역시 말린 청어알은 맛있어."

라며 혼자 분위기를 띄워보려 한다. 하지만 성우는 평소처럼 아무 말이 없었고 모친도 맞장구를 치는 이상은 말하지 않았다. 부친 종구鐘求는 물론 말없이 술잔을 입으로 옮기고 있었다.

식사가 끝나자 부친은 지갑을 꺼낸다. 그리고 두 자식에게 1만 엔씩 건넨다.

"아껴 써."

그렇게 말하고 여느 때처럼 날카로운 눈으로 쳐다본다. 왜 아버지는 항상 긴장하고 있는 걸까? 하고 성우는 생각한다. 그러나 생각은 진전이 없이 시간만 흐르다 어느새 생각하고 있던 것을 잊어버린다.

설날은 할 일이 없다. 찻집도 열려 있지 않고 백화점도 닫혀있다. 텔레비전에서는 제대로 된 프로그램을 하지 않는다. 그는 귤을 세 개 움켜쥐고는 두툼한 신문을 들고 이층 자신의 방으로 향했다.

세평 남짓한 그의 방에는 잡다한 스포츠 용구가 있었다. 천정 가까이 걸려 있는 스키를 올려다본 그는 올해는 아르바이트 때문에 못갈 것 같다는 생각을 했다. 테니스 라켓은 그 아래 벽에 걸려있다. 살포시 먼지가 쌓여 있는 것이 전에 언제 했는지 생각나지 않는다.

신문을 침대에 내던지고 고교시절 3년간 열중했던 축구공을 손에 쥔다. 손가락 끝으로 몇 번 돌려 본 후에 공을 야구 글로브 옆에 다시 놓았다. 책상 옆에는 배트와 함께 아버지가 오래 사용한 낡은 골프채가 있다. 그는 그걸로 몇 번인가 퍼터 흉내를 냈다.

사이먼과 가펑클을 세팅하고 침대에 누웠다. 합판으로 된 천장을 올려다보고 막연히 장래에 대해 생각해 본다.

객관적으로 보아 그가 다니고 있는 대학을 나와서는 제대로 취직될 것 같지 않았다. 그렇다고 부친이 하고 있는 파칭코가게를 순순히 물려받을 마음도 나지 않았다. 역시 남들처럼 어디 회사에 들어가 샐러리맨이 어떤 것인지 한번 해보고 싶었다.

그러나 일본에서 취직하는 것은 왠지 꺼려진다. 실제로 일본의 일류라 불리는 회사에 들어간 사람도 알고 있지만 모두 일본이름을 사용하고 있었다. 본명을 사용하는 것이 이상적이라고 생각한다. 그렇게 할 수 있다면 그게 가장 좋을 것이다. 여동생 소자는 본명을 사용하고 있었지만, 그와 형은 부모와 마찬가지로 일본식 이름을 사용하고 있었다.

"철새는 날아가고"가 흘러나온다. 자신도 모르게 한숨이 나왔다. 오늘부터 본명을 사용하면 일본이름을 사용하던 어제까지의 자신을 부정해버리는 듯한 느낌이 들었다. 본명으로 살아가는 것이 이상적일지라도 그는 일본이름으로 살아온 과거의 자신을 부정하고 싶지 않았다. 일본이름의 과거도 본명의 내일도 유기적으로 연결되면 좋겠지만 그러려면 어떻게 해야 되는지 알 수 없었다.

한국에라도 가볼까라는 생각을 해본다. 일본어는 문제가 없으니 유학해서 말을 익히면 한국의 상사에도 들어갈 수 있을 테고 이대로 일본에 눌러 있는 것보다는 나을지도 모른다. 그는 졸음이 밀려오자 그대로 자기로 했다.

성근은 설날 오후에 아내 시즈코靜子와 아이를 데리고 찾아왔다. 남동생은 한창 낮잠을 자고 있는 중이고, 여동생은 대학을 목표로 공부 중이었다. 그는 어머니만 지켜보는 가운데 혼자서 조상의 혼령에 넙죽 절을 했다. 그에게는 장남으로서의 자부심이 있었다. 이 집에서 조상에 대한 예를 다할 수 있는 것은 아버지를 제외하면 자신밖에 없다는 생각이 그의 마음을 가득 채우고 있었다.

이처럼 어색하지만 진심이 담긴 예를 아내인 시즈코는 자식을 무릎 위에 앉힌 채 문지방 건너편에 앉아 지켜보고 있었다. 성근은 아내에게 한 번도 예를 차리라고 말한 적이 없었다. 그녀 쪽에서 하고 싶다면 말릴 이유는 없지만 강요하고 싶은 마음도 들지 않았다.

제사는 이국에서 살아야만 했던 사람들의 마음의 중심이다. 태어나서 지금까지 일본을 떠난 적이 없어서 이국에서 산다는 의미를 알 리 없는 시즈코가 어떻게 그 의미를 알 수 있을까. 일본인은 자신을 의심하는 일부터 시작할 필요가 없다. 그러나 재일조선인은 항상 자신의 존재를 의문시하고 있다.

재배를 마친 그는 모친과 함께 아내 쪽으로 향했다. 시즈코는 어깨로 큰 숨을 쉬었다. 무릎 위의 아들은 평소와 다른 부친을 보고 얌전히 앉아있다. 이 아이도 역시 모친과 마찬가지로 조상에게 절을 올리지 않을 거라고 생각했다.

당시는 아직 국적법이 개정되지 않았었다. 그래서 그는 당연한 듯이 아이에게 한국적을 주었는데 그 일을 언제나 후회하고 있었다. 장래에 아이는 일본국적으로 하지 않은 자신을 틀림없이 원망할 것이다. 자신이 조선인을 싫어한 것 이상으로 아이는 그 국적을 싫어하고 원망할 게 틀림없다는 생각이 들었다.

테이블에 앉아 성근은 모친에게 집안의 상황을 듣는다. 옆방의 제사상에서 조용히 향 연기가 피어오른다. 부친의 완고함은 여전하고 급한 성격도 변함이 없는 것 같았다.

부친이 죽은 뒤 자신은 제사를 지낼까 하고 생각해보았다. 아들이 싫어하는 것을 알면서도 자신은 장남이니까 할 게 뻔했다. 그러나 이 아이는 어떨까. 일본인으로서 성장할 수밖에 없는데 조선의 풍습을 강요하는 것이 가능할까.

자신에게는 프라이드가 없다고 성근은 생각한다. 지켜야만 하는 또 믿어 마땅한 아무것도 가지고 있지 않았다. 있는 것이라고는 장남이라는 근거 없는 책임감뿐이다. 그렇기 때문에 더욱 제사를 올릴 자식을 끊기게 한 자신을 쓸모없는 인간이라고 생각하게 된다.

나는 졌다. 그는 조용히 한숨을 쉰다. 시즈코는 모친에게 조선의 설날음식 만드는 법을 듣고 있다. 그녀가 아무리 조선에 대해 알게 된다 하더라도 그건 단순한 지식에 지나지 않을 것이다. 원한이 뼈에 사무치는 기분은 결코 이해할 수 없을 것이다.

그리고 자신은 그 생각에 견딜 수 없었다. 일본인 여자라면 자신은 아무나 좋았던 게 아닐까 하고 그는 생각한다. 어쨌든 자신은 조선인이라는 것, 또 장남이라는 중책에서 벗어나고 싶었던 것이다. 그런 마음에 사로잡혀 있을 때 우연히 눈앞에 다나카 시즈코田中静子라는 마음 착한 극히 평범한 일본인 여성이 있었다.

그녀에게는 그럴 생각은 없었지만 조금 호의를 보인 적이 있었다.

성근은 그 호의에 들러붙었다. 그는 여동생 소자를 떠올린다. 녀석은 처음부터 나 자신도 깨닫지 못했던 속마음을 알아차리고 있었다고 생각한다. 또 그 때문에 소자가 자신들을 싫어한다는 것도 알고 있었다.

부친과의 담판이 결렬되어 거실로 나온 성근을 중학생이던 소자가 기다리고 있었다.

"1세의 결점은 오로지 장남밖에 머릿속에 없다는 거야. 집안을 잇는 것은 장남. 묘지를 지키는 것도 장남이지. 그러니까 전 재산은 큰오빠 거. 우리는 모두 그렇게 자랐어."

고개를 끄덕이며 그는 담배를 꺼냈다. 부친 앞에서는 담배를 피우지 못해서 간만에 몸 안으로 들어온 니코틴이 혈관에 퍼져나가는 것을 알 수 있었다. 동생인 성우는 평소처럼 아무 말도 하지 않고 앉아있었다. 소자는 제법 어른스런 표정을 짓고 있었다.

"역시 중요한 것은 오빠 애인이 일본인이라는 거야."

성근은 피우고 있던 담배를 멈추고 이 녀석도 그런 차별을 하는 걸까하는 표정을 지었다. 하지만 소자는,

"오빠 애인이 한국인이 되려고 한다면 나도 협력할게. 제사를 지내고 우리 조상에게 절을 한다면 그건 우리 집 며느리라고 생각해. 일본인이든 한국인이든 그건 상관없다고 생각해. 하지만 오빠 애인이 그렇게 할 수 있을까."

소자는 오빠의 애인을 아직 본적이 없었다. 그러나 오빠 성격으로 볼 때 조선인이라는 현 상황에서 도망치려는 그런 남자를 좋아할 정도의 여자라면 이런 사정을 알 리가 없다고 생각하고 있었다.

성근의 표정이 어두워졌다. 일본 이외는 아무것도 모르고 남자의 입에 발린 말을 믿고 따라온 여자. 일본에서 조선인이라는 것이 어떤 의미를 갖는지 모르고 또 알려고도 하지 않는 여자. 하지만 그녀는 성근을 믿어 의심치 않았다.

그는 모친의 가르침에 밝게 응대하고 있는 아내를 보았다. 그래 난 지고 만 거야라며 그는 다시 자조적인 생각에 휩싸였다. 마음속에는 깊은 후회도 있었다. 그러나 그는 패배에 대해 매우 안심하고 있는 또 다른 자신을 의식하고 있었다.

"여보."

그는 아내를 불렀다.

"이제 슬슬 할아버지에게 아이를 보여주러 가야 해, 지금쯤 방에서 애타게 기다리고 계실 거야."

며느리와 시어머니는 얼굴을 마주보고 밝게 웃었다.

3

카운터에는 사이펀 세 개가 나란히 놓여 있었고 알코올램프의 불이 흔들리고 있었다. 끓는 물이 위로 다 올라오기를 기다리던 다카코는 램프를 차례로 끈다. 문 바로 앞의 테이블에 성우와 친구 둘이 앉아 있었다. 유리창 너머로 설빔을 입은 여성이 이따금 지나간다. 여기저기 셔터가 내려진 가게 앞에 일장기가 걸려있었다.

그녀가 다가가자 영화 제작에 열심인 요코타横田가 갑자기 입을 다물었다. 성우 앞의 도박이라면 사족을 못 쓰는 요시무라吉村는 똑바로 다카코를 쳐다본다. 하지만 그녀는 가볍게 무시하고,

"커피 나왔습니다."

성우는 커피를 받아들자 안쪽의 요코타에게 건네주었다. 요코타는 다카코의 스마트한 뒷모습을 바라보며,

"도대체가 멋진 남자 세 사람이 정초부터 갈 곳 없이 여기서 죽치고 있다니."

"그러니까 아까부터 마작하자고 했잖아."

그렇게 말한 요시무라는 담배에 불을 붙였다.

"누가 질지 뻔한데 너하고 마작 같은 걸 하겠냐."

"해보지 않으면 몰라."

아무도 대답을 않자 대화는 끊겼다. 설날이 지나고 3일 되었지만 세 사람은 시간을 주체하지 못하고 있었다. 애인도 없고 돈도 없는 젊은이는 텔레비전에 질리는 순간 달리 어찌할 바를 모르게 된다. 요시무라는 기지개를 켜면서,

"파칭코라도 하러 갈까, 제기랄."

하품하던 입을 닫는다. 그리고 시간만이 흐른다. 이윽고 요코타가 문득 뭔가 생각난 얼굴로,

"그런데 너희들 얼마 가지고 있지?"

들뜬 표정이다. 성우는 아침부터 계속 마신 술이 깨지 않아 천천히 주머니를 뒤진다.

"어디 보자. 1만 엔 정도."

"너는?"

"나? 난 육천 엔."

요시무라는 낡고 검은 지갑을 바지 뒷주머니에서 꺼내 본다.

"뭐야. 다들 별루잖아."

"그럼 너는 어떤데?"

바로 물어오는 요시무라에게,

"난 1만 2천 엔 가지고 있지."

"바보, 별 차이도 안 나잖아."

"안 나기는, 너의 두 배인데."

그러더니 요코타는 자신의 생각을 말하기 시작했다.

"이봐, 여자랑 그거 하자. 새해 기념으로."

"오 좋은데, 역시 호색한이야."

요코타는 요시무라를 손으로 제지하고 다카코 쪽을 보았다. 그녀는 컵을 천천히 닦고 있는 중이었는데 흘깃 이쪽을 보았을 뿐 모르는 얼굴을 하고 있었다. 요코타는 목소리를 낮추었다.

"세 사람 돈을 모으면 소프랜드(서비스하는 여성이 있는 독탕—역자)에 갈 수 있어."

"그거 좋네."

요시무라는 몸을 쑥 내밀더니,

"야 사다리타기로 가자. 사다리타기로. 그래 내가 종이 가져올게."

신이 나서 카운터로 향하는 요시무라를 성우는 멍하니 지켜보았다.

그는 술이 들어가면 아무것도 할 마음이 생기지 않았다. 게다가 취해있는 동안은 불능이 되었다. 자신이 그런 체질임을 알았을 때는 쇼크였지만 그러나 곧 익숙해지고 말았다. 알코올만 빠지면 보통으로 할 수 있었고 무엇보다 그는 술이 좋았다.

종이와 연필을 가지고 돌아온 요시무라는 눈 깜짝할 사이에 사다리타기를 그렸다.

"좋아 원망하기 없기다. 이시다石田 너도 선을 그려."

성우는 하라는 대로 선을 그려 넣었다. 요코타도 몇 줄인가의 선을 더했다. 그리고 세 사람은 자신의 사다리를 뽑은 뒤 그 끝을 쫓았다. 성우가 당첨되고 말았다. 꽤 취해있던 그는 여자와 관계할 수 없는 것을 알고 있었기 때문에 반사적으로 안 가겠다고 했다. 하지만 요코타도 요시무라도 빨리 가라고 고집을 피우는 바람에 성우는 어쩔 수 없이 일어섰다.

"어이, 돌아오면 어땠는지 똑바로 보고해야 돼."

요시무라가 잡지를 손에 쥐며 그렇게 말했다. 문을 나설 때 다카코와 눈이 마주쳤다. 그녀는 몹시 화난 표정의 얼굴로 그의 시선을 외면했다.

밖에 나가니 달아오른 얼굴에 부는 바람이 기분 좋았다. 가지 않아도 될 터였다. 지금까지의 경험으로 적당히 얘기를 꾸며내 돈을 가져도 누가 알 리 없었다. 술이 들어간 탓인지도 모르지만 성우는 속이는 걸 싫어했다. 그는 점퍼 포켓에 손을 집어넣은 채로 어슬렁어슬렁 역을 향해 걸어갔다.

소프랜드가 있는 가장 가까운 지역을 떠올리려 했지만 어디에 있는

지 몰랐다. 그렇다고 해서 물론 도쿄까지 갈 기분은 들지 않았다. 역에 도착한 그는 그대로 천천히 플랫폼으로 향했다. 바람이 그대로 들이치는 홈에는 햇살이 비치고 있어 추위는 느끼지 못했다. 침목으로 만든 울타리 건너편 가게 앞에는 일장기가 펄럭이고 있다. 빌딩 위에도 일장기가 있었다. 설빔을 입은 사람 몇 명이 걷고 있었다. 가끔 지나가는 차에는 모두 설 장식이 붙어 있었다.

벤치에 앉아 그는 담배를 꺼냈다. 일장기는 그에게 몹시 친숙했다. 소학교에 입학한 이래 일이 있을 때마다 그는 일장기 밑에 있었다. 만약 일본과 한국의 과거사가 없었다면 설날의 풍경도 좋은 구경거리라고 생각했을 것이다.

안쪽 호주머니에는 외국인등록증이 있다. 가지고 있지 않으면 경찰과의 트러블에 휘말렸을 때 곤란할 수 있어 소지하고 있다. 그건 법률을 지키려는 생각 때문이 아니다. 가지고 다님으로써 인간으로서의 존엄은 오히려 크게 상처 입는다.

전차가 일장기를 펄럭이며 다가 왔다. 차내는 예상외로 붐볐다. 모두 설빔을 입은 것이 아무래도 도쿄로 놀러나가는 듯했다. 그는 손잡이를 잡고는 멍하니 메마른 논밭이 뒤로 흘러가는 것을 지켜보았다. 멀리서 백로로 보이는 새가 날아올랐다. 유유히 논 위를 날다가 다시 벼 밑둥치의 울퉁불퉁한 논으로 내려왔다.

부럽다는 생각을 한다. 왜 인간이 되었을까 하는 생각이 든다. 이 세상에 나올 때 인간이 아니면 안 된다는 무슨 이유가 있었던 것일까? 그냥 아무거나 괜찮다면 나는 새가 더 좋았다. 그리고 그것이 생물이 아니어도 상관없다면 난 돌멩이가 되고 싶었다.

몇 개인가의 역을 지나치자 점차 높은 건물이 눈에 보인다. 그와 동시에 역 앞에는 파칭코가게가 눈에 띄기 시작한다. 도쿄에 가까운 그러한 어느 지역에 도착했을 때 그는 거기에 분명히 소프랜드가 있었다는 것을 떠올리며 전차에서 내렸다.

역 계단을 내려와 밖으로 나오자 노천 주차된 차의 행렬이다. 그 모든 차들은 설날 장식을 붙이고 등자나무 열매를 올려놓았다. 그는 개골창을 따라 그 길을 걸어갔다. 사차선의 국도를 신호대기한 뒤 건넜다. 반대편에 하얀 타일 건물이 있고 그 뒤에 메밀국수집이 있었다. 그리고 소프랜드는 그 옆의 옅은 핑크색 모르타르를 바른 3층 건물에 있었다.

참으로 어울리지 않는 곳에 있다는 생각을 하며 그는 거무스름하게 낡은 건물의 벽과 간판을 올려다보았다. 고작해야 짙은 화장을 한 아주머니가 나오겠지 라고 생각했다. 그러나 지금의 그는 어떤 여자가 나오든 제 구실을 못한다.

그는 거리에 나와 있는 조잡한 플라스틱 간판에서 목욕료와 서비스료가 갖고 있는 돈으로 충분하다는 것을 확인한 뒤 자동문의 디딤판 위에 섰다. 안은 벽을 핑크로 칠한 작은 엘리베이터 홀이었다. 외국 여배우의 반라포스터가 몇 장이나 붙어 있었다. 성우는 내려온 작은 엘리베이터를 타고 이층으로 올라간다. 나비넥타이를 맨 남자가 깊숙이 머리를 숙이며 그를 맞이한 뒤 곧장 붉고 푹신푹신한 비로드 소파로 안내한다.

텔레비전화면을 확대한 스크린에는 아프리카 대자연이 나오고 있었다. 대합실의 손님은 그밖에 없었다. 방은 난방이 강해 숨 막힐 듯이 더

웠기 때문에 그는 소파로 향하면서 점퍼를 벗었다. 소파에 앉자 정면에는 중후한 느낌이 있는 사이드보드가 있고 그 위에 거무칙칙한 돌에 새겨진 여자의 작은 조각상이 있었다. 전라의 여자는 양손을 뒤로 잡고 무릎으로 서서 무언가 고귀한 것이라도 구하려는 듯이 하늘을 우러러보고 있었다.

이것은 예술이라고 그는 생각했다. 그래, 나는 이제부터 에로를 하는 것이다. 삶에 지친다는 것이 이런 건가 하는 한심한 생각이 솟아오른다.

"피우시죠."

남자가 담배를 내밀자 잠자코 손가락에 끼웠다. 남자는 비싸 보이는 금색 라이터에 불을 붙여 왼손으로 불이 흔들리 지 않도록 가리며 내민다.

"누구 지명할 사람 있으신가요?"

성우는 힘없이 부정했다.

"그럼."

하더니 남자는 얇은 수첩을 꺼내,

"아카네茜라는 귀여운 아가씨가 있는데 어떠십니까."

성우는 말없이 끄덕이고 담배를 피웠다. 그 담배를 다 피우기 전에,

"손님."

남자의 목소리에 스크린에서 눈을 뗀다. 안내를 받아 카운터 옆의 판자로 된 복도로 가니 얇은 비단 기모노着物를 걸친 젊은 아가씨가 바닥에 정좌하고 있었다. 눈을 내리뜨고 있었기 때문에 표정은 알 수 없었지만, 젊었기 때문에 그는 그것만으로 안심했다.

"아카네라고 합니다."

여자는 손가락 끝을 바닥에 대고 마루를 보며 그렇게 말했다. 여자는 여전히 눈을 내리뜬 채 복도를 안내하더니 방에 들어가 처음으로 얼굴을 들었다.

침대 옆에 경대가 있고 그 옆에 작은 수납장이 있었다. 그녀는 그걸 열면서

"뭐 마실래요?"

침대에 걸터앉은 그는 거절하면서 한숨을 쉬었다.

"왜 그래요?"

"좀 너무 마셔서 피곤해."

"그럼 콜라라도 드릴까요?"

성우는 그녀의 얼굴을 보며 끄덕였다. 자신보다 몇 살인가 연상으로 보이는 그녀의 표정에는 지성이 느껴졌다. 이런 아가씨가 어째서 이런 곳에 있을까, 그는 열등감 같은 것을 의식했다.

"학생?"

"응. 그래요."

그녀는 조금 있다가,

"애인 없어요?"

질문을 받고 그는 아주 잠깐이었지만 다카코의 얼굴을 떠올렸다. 그리고 콜라가 든 잔을 받아든다.

"눈이 높은가 보네요."

그는 한 모금 마신다.

"그렇지 않다고 생각하는데."

그녀는 담배케이스에서 담배를 꺼내 불을 붙인 뒤 그에게 내밀었다. 성우가 고개를 젓자 그녀는 자신이 천천히 피우기 시작했다. 그녀는 기모노를 벗고 얇은 물색 가운차림이 되었다.

"차였어요?"

또 묻는다. 그냥 인사치레 치고는 좀 파고든다는 생각이 들었다.

"차이려면 상대가 있어야 하는데."

그녀는 잠자코 담배를 계속 피운다. 성우도 느긋이 콜라를 마셨다.

"당신 같은 사람은 이런 곳에 오면 안 돼요."

불쑥 말했다. 성우는 아무 말도 하지 않았다. 그보다는 뭐라고 대답할 수가 없었다. 방금 만난 사람이 어떤 사람인지 상대가 알 리도 없고. 과대평가했다고 생각하면 그것은 그녀가 자신에게 호의를 가지고 있기 때문일 거라고 생각할 수도 있다. 물론 그렇다면 기분 나쁠 건 없다. 하지만 그녀가 말하는 이런 곳에 와버린 것도 사실이다. 그렇다면 손님의 환심을 사기 위한 립 서비스란 말인가?

"여자는 말이죠."

그녀는 성우를 보면서 말을 꺼낸다.

"진심을 보여주면 약해져요. 여자에게는 말예요, 남자의 얼굴이라든지 스타일 같은 거는 둘째 문제죠. 상대가 얼마만큼 자신을 생각해주고 있을까. 소중히 여겨줄까 하는 것이 더 중요해요."

성우는 진지한 표정으로 들었다. 내심으로는 갑자기 훌륭한 이야기를 듣게 되는군, 하는 생각을 했지만, 한편으로 여자에게 여자의 심리에 대해 듣는 것도 흥미로웠다.

"그러니까요, 당신도 그녀에게 진심으로 부탁해 봐요. 틀림없이 공짜로 해줄 테니까."

으음, 하며 그는 고개를 갸웃거렸다.

"여자랑 놀러가거나 하지 않나요?"

성우는 왠지 누나에게 설교당하고 있는 듯한 기분이 든다. 그만 했으면 좋겠다고 생각하면서도 그러나 어차피 불능이니 이 이야기를 들어줘야겠다고 생각한다.

"어떤 여자랑 가는데요?"

"어떤 여자라니요, 평범한 여자요."

"학교 친구?"

그녀는 책상다리를 하고 앉는다. 아무래도 본격적으로 이야기하려는 모양이다. 비단 가운이 짧아서 하얀 허벅지가 그대로 드러나 보였다.

"소개팅 말고는 거의 여자와 놀 기회가 없어요. 그 외에는 친구 데이트에 불려가 따라다니는 정도고요."

"여자에게 관심이 없는 것은 아니겠죠."

그는 크게 웃으며 몸을 뒤로 젖힌다.

"있어요, 많이요. 그러니까 여기에 온 거고."

"그런 말이 아니에요."

그녀는 천정을 올려다본다. 매력적인 얼굴 형태가 한층 돋보인다.

"좀 더 말이죠, 여자와 이야기를 해보고 싶다든가, 무슨 생각을 하고 있을까 하는 거 말이에요."

성우는 이번에는 다카코를 명확하게 의식했다.

"아 그런 거라면 있어요."

"여동생이나 누나는 말고요."

그렇게 말한 그녀는 장난기 어린 웃는 얼굴을 이쪽으로 돌린다. 감이 좋다는 생각을 한다.

"아니, 친척이긴 한데요. 마음이 맞아서 늘 대화하는 상대가 있어요."

그녀는 옳거니 라는 듯이 상체를 쑥 내밀었다.

"하지만 그 쪽은 그런 사이는 아니고."

"어머 왜요? 사촌이라도 결혼할 수 있어요."

"그렇기는 하지만……."

그는 입을 다물고 만다. 고조되던 분위기도 가라앉아 버렸다.

"어릴 때부터 얼굴을 맞대고 있으면 아무래도 그런 기분이 들지 않아요."

"아아. 그렇구나."

"음, 글쎄요. 다른 사람은 모르겠지만 난 안돼요."

"흐―응."

라며 그녀는 일어섰다.

"그럼, 목욕할까요?"

반대편으로 몸을 돌리더니 스르륵 가운이 떨어진다. 브래지어 끈과 얇은 팬티 뒷모습은 균형이 잡혀 있었다. 피부는 압도적으로 희고 눈부셨다. 그녀는 얼굴만을 돌리더니,

"아니면 바로 할까요?"

"아 아니, 목욕."

그는 쑥스러웠다.

"어떻게 할 거예요. 거품마사지를 할까요?"

그녀는 공기로 부풀어 오른 매트리스를 가리킨다.

"안 해도 되요. 술기운이 빠지질 않아서. 술을 깨고 싶어요."

"어머 취했군요. 그렇다면 뜨거운 목욕은 독이예요."

그녀는 찬물을 잔뜩 틀어 놓은 뒤 속옷을 벗고는 마구 뒤섞는다.

"자 됐어요. 벗고 이리와요."

탕에 들어가니 물이 크게 흘러넘쳤다.

"아 물 온도가 딱 좋아요."

"우리 아버지가 술꾼이거든요."

욕조 옆에서 물에 손을 담가 천천히 휘저으며 그녀는 말한다.

"그런 주제에 술을 마신 뒤에는 목욕하는 것을 아주 좋아했어요. 목욕물 데우는 게 내 일이었기 때문에 적당한 온도를 알게 되었죠. 하지만 결국 목욕탕에서 쓰러져서 죽었지만요."

그리고 메마른 웃음소리를 내었다.

목욕탕에서 나온 그의 등을 그녀가 밀어주었다. 그녀는 먼저 그의 성기를 씻었지만 그러나 예상대로 반응을 보이지 않았다.

"꽤 단련되어 있네요."

"그런 게 아니고요. 난 술을 마시면 안 돼요. 술이 남아 있는 동안은 불능이 돼요."

그녀는 구부리고 있던 몸을 일으켰다.

"어머, 그럼 오늘은 어떻게 해요?"

"죄송합니다."

성우는 머리를 숙였다. 그리고 친구와 내기한 이야기를 한다. 다 들은 그녀는 조금 과장스럽게 웃었다.

"할 수 있는지 없는지 해 봐요."

그렇게 말하고는 얼른 물을 부어 씻어냈다. 침대로 간 뒤 한동안 그녀는 입으로 계속해서 그를 자극했다. 하지만 결국,

"만만치 않네요, 이건."

"정말 미안해요. 하지만 돈은 지불하겠습니다."

"됐어요. 하지도 않았으니 낼 필요 없어요."

"하지만 시간을 그만큼 허비한 셈이고, 역시 제가 돈을 내야지요. 그리고 이 돈은 우연히 굴러들어온 것이기도 하고."

그녀는 잠시 생각했다. 그러더니,

"그럼요, 이렇게 해요. 전 바다를 좋아해요. 동북지방 산골에서 자라서요. 바다를 보면 기뻐져요. 절 바다에 데리고 가주면 오늘 일은 없던 걸로 할게요."

"예? 지금 겨울인데."

"겨울이라서 좋지요. 여름 바다는 사람만 많고 너저분해서 싫어요. 아무도 없는 파도만 치는 겨울 바다가 진짜 바다죠."

그런가 하고 성우는 끄덕였다.

"그런데 동북지방 어디요?"

그녀는 말을 흐리며,

"상관없잖아요, 그런 건."

그리고 위를 올려다보며,

"변변한 시골도 아니었지만, 즐거웠어요, 여름축제."

중얼거리듯이 말한다. 곧 빛나는 얼굴로 성우를 보았다.

"있잖아요, 알고 있어요? 하나카사민요花笠音頭(야마가타현의 민요-역자). 그렇지, 우리 춤 춰요."

그녀는 갑자기 일어섰다. 풍만하고 모양이 좋은 유방이 그의 눈앞을 스치더니 위에서 기분 좋게 흔들렸다.

"경사 났네, 경사 났어. 자아 춤을 춰요."

그는 양팔을 잡혀서 일어난다.

"좋았어, 시작해요."

그녀는 양발을 모으고 발꿈치로 리듬을 맞추면서 반주를 부른다.

"자, 오른손. 경사 났네, 경사 났어."

성우는 기백에 압도되어 그녀를 따라 춤추기 시작했다. 그러자 갑자기 그녀는 주저앉아 웃기 시작했다.

"안 돼요 그렇게 하면. 자 봐요 손의 각도가 다르잖아요. 잘 봐요."

이번에는 음악 없이 천천히 손을 들어 올리고 발을 움직인다. 진지한 표정이다.

"이제 알겠죠? 이 각도예요. 이 각도."

그녀는 오른손을 몇 번이나 쑥쑥 내밀고는 이마 앞으로 갖다 댄다.

"역시 다르죠."

"음."

"자, 다시 한 번."

다시 그녀는 반주부터 시작한다. 발꿈치를 내릴 때마다 머리카락이 흔들리고 유방이 흔들린다.

"자, 경사 났네, 경사 났어."

알몸의 여자 뒤를 알몸의 남자가 따라 춤춘다. 그러나 양쪽 모두 진지했다. 성우는 모양이 좋은 여자의 엉덩이를 보아도 성적인 무언가를 느낄 여유가 없었다. 어떻게든 제대로 춤을 추겠다는 일념뿐이었다. 몇 걸음 춤추다 그녀는 빙그르르 이쪽을 향한다.

"좋-다, 쵸이 쵸이."

성우의 얼굴을 보고 끄덕이며 가슴 앞에서 박수를 치고 오른발을 쑥 내민다.

레슨은 그 뒤로도 한동안 이어졌다. 그는 질리지 않았다. 그때까지는 본오도리盆踊り(백중맞이 때 추는 춤-역자) 같은 건 재미없다고 생각했지만 이렇게 재미있었나 하고 느낄 정도였다.

그녀는 자신의 아파트 전화번호를 적어 성우에게 건네주었다. 그리고 그가 방을 나올 때 정이 담긴 키스를 했다. 성우는 당황했지만 그러나 그도 진심이 담긴 키스를 돌려주었다. 성기에 조금 묵지근한 느낌이 들었다.

가게를 나올 때, 남자가 아카네의 서비스는 어땠는지. 불만은 없었는지를 물어왔다. 그는 매우 불쾌해졌다. 그렇게 해서 아카네를 채점하고 그녀의 급여에 영향을 줄 것이다. 비열한 자식이라고 생각했다. 그러나 비열한 것으로 치자면 그도 마찬가지였다. 그는 감정을 억누르며 좋았다고 대답하고 가게를 나왔다.

겨울 오후의 햇살은 미덥지 않게 느껴졌다. 그는 마음속에서 분노가 끓어오르려는 것을 의식하면서 어수선한 거리를 걸었다. 상품으로서 취급받고 있는 아카네에 대한 분노를 그는 사랑 같은 거라고 생각했다. 그러한 자신의 냉정함이 오늘은 싫었다. 살아보려고 하면 화나는 일이 너무 많았다. 인생을 달관한 척 하면 도망치고 있는 것 같아서 한심했다. 그렇다면 실제로 자신은 어떻게 살아가면 될까?

머릿속에서 아카네가 노래하던 하나카사민요가 저절로 반복된다. 설령 그것이 사랑이든 육욕이든 거기에 완전히 빠져들 수 있다면, 그건 아마도 행복한 일일 거라고 생각했다.

그는 무의식적으로 안쪽 주머니에 있는 외국인등록증을 확인하며 역으로 향했다.

4

성우는 대학의 방학 중에 아르바이트로 미즈노흥업水野興業이라는 회사 사장의 운전수를 하고 있었다. 사장인 미즈노 료이치水野 亮一는 일본인으로 성우의 부친과는 옛날부터 친구였다.

미즈노흥업은 사원이 50명 정도의 회사로 부동산을 주로 취급하고 있었다. 그는 사장을 자택에서 회사로 모셔오는 것 외에 판매 주택지와 거래처로 모셔가는 일이 많았다. 일은 대체로 바쁘지 않았고 기다리는 시간이 더 길었다. 그러나 그는 비어있는 시간은 사무실 구석에서 보내며 부탁받는 잡다한 일도 하고 있었다.

눈발이 휘날리는 추운 날이었다. 성우는 사장의 막내아들을 태우고 법무국에 갔다. 막내아들은 작년에 미국의 대학을 나와 일본에 돌아와 있었다. 플레이보이로 유명한 남자인데 타인을 항상 깔보는 듯한 태도가 성우의 마음에 들지 않았다.

법무국에서 돌아오는 길에 뒷좌석의 아들이 말을 걸어 왔다.

"이봐 자네, 이시다 군. 아르바이트로 얼마 받나?"

"예?"

성우는 앞 유리에 내리는 눈이 심해졌기 때문에 와이퍼를 작동시켰다. 그는 순간적으로 머뭇거렸지만,

"하루 오천 엔입니다."

"아니, 그 정도라니. 아버지도 쩨쩨하시네."

성우는 화가 치밀었다. 자신의 힘으로 돈을 벌어본 적이 없는 놈이 무슨 말을 지껄이는 거야 하고 생각했다.

"하지만 대학생 아르바이트비로는 괜찮은 편이예요."

"아, 그래. 그런데 그 돈은 역시 놀거나 하는데 쓰나?"

성우는 흘낏 뒤를 보고는 바로 눈이 흩날리는 길로 눈길을 돌렸다.

"예, 그냥."

"그렇군. 그래도 말이야. 쓰지 말고 저축하는 편이 좋아. 하지만 자네 집은 부자니까 그렇지도 않겠지."

"아버지는 얼마간 가지고 있지만 전 가난해요."

"허어, 자네 집도 그런가. 우리 집도 그렇다네. 역시 친구라서 그런지 성격도 닮았군."

성우는 잠자코 운전을 계속했다. 돌풍이 양쪽의 논에서 때때로 불어오기 때문에 그는 그때마다 긴장했다. 아들은 말을 계속했다.

"공부를 시키면 유산을 나눠준 거나 다름없다고 생각한다니까. 정말이지 어떻게 해볼 도리가 없어. 20만 남짓한 월급으로는 용돈도 안 돼."

그는 상체를 내밀고,

"이시다 군, 난 말이야 주식으로 내 생활을 꾸리고 있어. 작년에 내가 번 돈이 얼마인 줄 알아?"

그렇게 말한 그는 다시 천천히 제자리에 앉는다. 길에는 장거리 트럭이 많이 달리고 있었고 승용차는 별로 보이지 않았다.

"아니오, 모릅니다."

"난 말이지, 아버지와 비슷하게 벌었네. 비슷하게. 단 아버지는 세금을 내고 있지만, 난 아무리 벌어도 세금 따위는 나오지 않아. 이천만이야, 이천만. 정말이지 웃음이 멈추질 않아."

그는 그렇게 말하고 큰소리로 웃었다.

"자네도 말이야, 쓰고 싶은 것을 꾹 참고 주식 해봐. 틀림없이 번다니까."

성우는 눈이 옆으로 몰아치는 논을 보며 커브로 들어갈 마음의 준비를 한다. 그리고 난 경제학부인데, 라는 생각을 한다.

"하지만 올라가는 주식만 있는 게 아니잖아요."

"단기적으로는 그렇지."

여유를 가장한 우월감에 젖으려 하는 목소리가 울렸다.

"일본은 말이야, 가난하다네."

그는 그렇게 말하고 성우의 반응을 살핀다.

"아, 그렇습니까."

"자네도 말이야, 한번 외국에 나가서, 그래 적어도 반년이라도 살아 보면 일본의 빈궁함을 확실히 알 게 될 거야."

그는 담배를 꺼내 불을 붙인다.

"일본의 지하철, 그건 미치광이야. 뉴욕은 말이지, 아무리 혼잡해도 그렇지는 않아. 런던 같으면 느긋하게 앉아서 갈 수 있을 정도라니까. 그런데 도쿄는 이 근방에서도 다니는 사람이 있으니까. 정말이지 믿을 수 없어."

멀리에 탁한 젓빛의 산줄기가 보인다. 논과 길 사이에 메마른 까끄라기 벌판이 이어지고 눈이 날려 쌓인 곳이 생겨나 있었다.

"정부는 GNP가 올랐다고 선전하지만, 통근시간이 길어지면 길어질수록 GNP같은 건 올라가기 마련이야."

GNP라. 그러고 보니 그런 걸 배운 적이 있었다. 성우는 그렇게 생각했다. 그리고 이 정도로 실력이 없다면 설령 차별이 없더라도 취직은 불가능할 거라고 묘하게 납득해 버렸다.

"일본은 식민지 획득 전쟁에 늦게 나섰고, 게다가 조선이라든가 만주라든가, 물론 자네는 빼앗긴 나라 사람이라서 재미없을지도 모르지만, 일본으로서는 큰 영양가가 없는 곳밖에 얻지 못했으니 말이야. 국내에는 변변한 재산이 없지."

성우는 등에 차가운 것을 느꼈다. 조선이라는 말을 듣는 순간 그는 여느 때와 마찬가지로 경계하는 자신을 의식했다. 그러나 지금은 이야기의 내용에 화가 나 순간적으로 핸들을 꽉 움켜쥐었다. 객관성을 가장하고 있지만 거기에는 억지로 갖다 붙인 냄새가 풍겼다.

"재산이 없이 돈만 있다. 그러니까 머니서플라이(통화 공급량)는 항상 과잉 유동 상태다. 그러나 거래되어야 할 국내 재산은 별로 없다. 그럼 돈은 어디로 가나? 그렇지, 증권이라든가 채권 시장으로 흘러들어가는 거야."

그는 담배를 끄고 문에 비스듬히 기대어 앉더니 다리를 꼬았다.

"그래서 주식은 오르지. 일본의 가난함의 상징으로서 말이야, 토지랑 건물에 필적할 재산이 될 때까지 오르는 거야."

그는 일본 전체를 바보 취급하는 듯한 어조로 담담히 이야기를 이어간다.

"미국이나 유럽에서는 말이지, 주식이 일본처럼 미친 듯이 움직이지는 않아. 특히 유럽은 재산이 풍부해. 인도와 중국에서 빼 갈 수 있는 건 다 빼갔기 때문에 식비만 있으면 살아갈 수 있지. 골프는 이천 엔만 내면 칠 수 있고. 여유가 있다네."

아하하, 그는 몸을 뒤로 젖히며 웃는다. 성우는 가벼운 한숨을 쉬었다. 난처하다고 막연히 생각했다.

"그러니까 유럽의 주가는 이자라든가 투자효율로 움직여. 일본처럼 이론을 넘어 분위기로 주가가 움직이는 일은 없어. 얼마나 합리적으로 재무와 투자분석을 할 수 있는지가 승패의 갈림길이지. 일본의 주식은 도박이야. 인기투표지. 그러나 장기적으로는 일본이 가난한 상태로 있는 한 계속 오를 거야."

아하, 하고 성우는 감탄해 보였다. 그는 우월감에 젖고 싶어 견딜 수 없는 아들이 불쌍해서 조금은 협력해줘야겠다는 마음이 생긴 것이다.

아들은 잠시 미국유학 이야기를 하다가 다시 주식 이야기로 돌아갔다. 그리고는 좌우지간 벌 수 있으니까 데이트도 하지 말고 돈을 모아서 뭐든지 좋으니 사두는 편이 좋다고 맺었다.

사무실로 돌아온 성우는 그 날은 별반 잡무도 없이 5시까지 멍하니 지냈다. 아르바이트였지만 그도 타임카드를 찍고 깜깜한 거리로 나왔다. 선술집에 들어가 꼬치로 한 잔 하고 싶었다. 그러나 그는 코트에 양손을 집어넣고 역으로 향한다.

눈은 그쳐 있었다. 가끔 부는 바람은 차가왔다. 가로등은 추위 때문에 어둡고 불안해 보였다.

'데이트도 하지 말고 돈을 모아라.'

낮에 들은 아들의 목소리를 떠올리고 몸을 던져 돈을 벌고 있는 소프랜드의 아카네를 연상했다. 학년말 시험과 아르바이트에 쫓겨 전화를 못했는데 어떻게 지내고 있을까? 하는 생각이 들었다. 그리고 자신이 데이트도 하지 않고 돈을 모았다하더라도 어디에 쓸 것인가를 생각해 보았다. 역까지 계속 생각했지만 답은 나오는 않았다.

전차를 타고 세 정거장 떨어진 자신이 살고 있는 역에 도착해서도 역시 아무것도 떠오르지 않았다. 다시 생각해 보았지만 특별히 하고 싶은 일도 없었다. 나는 왜 인간으로 사는 걸까 하는 생각을 한다. 그러나 그런 식으로 느껴도 필사적으로 살아가야 한다든가, 뭔가 하지 않으면 안 된다고 하는 초조함 같은 것도 없었다.

1세는 그야말로 마차를 끄는 말처럼 일했고, 2세도 그 나름 고생하며 살아왔다. 하지만 생활에 쫓겨, 모든 것을 생활을 위한 희생으로 한다는 건 다른 한편으로는 그걸 변명으로 인생으로부터 도망치려는 면도 있었다. 사람은 왜 사는가, 어떻게 살 것인가. 그러한 난제를 생활을 이유로 생각하지 않고 지낼 수 있었다.

그는 어릴 때부터 생활에 곤란을 겪은 적은 없었다. 또 원래가 욕심이 없는 편이었다. 그 때문에 인생을 허무하게 여기는 경향이 있었다. 많은 재산을 얻고 모든 권력을 쥐어도 사람은 죽는다는 한 점에 충족되는 것은 없다. 충족되지 않는 세계를 지배하는 것은 만인에게 똑같이 흘러가는 시간일 뿐이다.

성우는 역 앞에 있는 다카코의 찻집에 들어갔다. 손님은 카운터에 한 사람, 테이블에 아베크 한 쌍이 있었다. 그는 다카코를 보고 힘없이 한 손을 들었다. 그리고 천천히 가게 안쪽으로 들어가 카운터에 앉았다. 상아빛의 앞치마를 두른 다카코는 그의 앞에 재떨이를 내놓으며 다정한 웃음을 지어보였다.

"아르바이트는 어때?"

"응, 뭐 그럭저럭."

"뭘 마실 거야? 커피?"

그는 담배를 꺼내 불을 붙이며,

"콜라로 줘."

"레몬 듬뿍?"

성우의 기호를 알고 있는 다카코는 그가 지쳐있다고 판단하고 그렇게 물었다. 카운터 끝에 있던 샐러리맨 풍의 남자가 잡지에서 눈을 떼며 성우 쪽을 바라보았다. 그는 그 눈에서 샐러리맨이 다카코에게 마음이 있다고 직감했다.

다카코는 레몬을 짜면서,

"요코타씨한테 연락 있었어?"

"응, 일전에 전화 왔었어. 컬렉트콜로 말이지."

"에!?"

라며 그녀는 웃음을 터트린다.

"그 사람답네."

"응, 그 녀석 답지."

요코타는 영화 만들 자금을 모으기 위해 평소 학교에도 제대로 나오지 않고 아르바이트에 몰두하고 있었다. 그런 그에게 배우를 지망하는 아르바이트 동료가 스키장의 펜션 아르바이트를 들고 왔다. 급료는 공사판일과 비교하면 쌌지만 스키를 조금 탈 수 있다는 것이 매력 있었다.

요코타는 무슨 일이건 성우를 상담역으로 삼았다. 그런 주제에 그는 항상 혼자 떠들고 혼자 결론을 냈다. 성우에게는 남의 이야기를 들어줄 수 있는 마음의 여유가 있었다.

"그 녀석 아직 스키는 한 번도 못 탔대."

"매일 탈 수 있는 거 아니었어?"

"일이 꽤나 힘든가봐. 아침 정리가 끝나면 벌써 점심이고, 저녁 준비가 끝날 무렵이면 밖은 깜깜하다네. 그밖에 청소라든가 계속해서 일이 있다더군."

"말이 전혀 틀리네."

성우는 끄덕였다.

"도망친 녀석도 둘이 있나봐. 급료도 받지 않고 말이지. 녀석들의 일까지 늘어나 죽을 지경인가 봐."

"열악한 합숙소겠지."

"그 녀석도 같은 말을 했어. 하지만 그 고생이 영화의 소재가 된다고 하더군."

"과연, 요코타씨는 어떤 경우라도 실속을 차려보겠다는 거네."

끝에 있던 샐러리맨이 힘없이 일어난다.

"저어, 계산을."

다카코는 계산대로 향했다. 돈을 지불한 남자는 인사를 한 뒤 코트를 한 손에 들고 가게를 나갔다. 돌아온 다카코에게 그는 다소 연기하듯 말을 한다.

"저 사람 자주 오나? 너한테 반했는데."

"잘도 아네. 오빠도 역시 그렇게 생각해?"

"그런데 네 자신감도 어지간한데."

다카코는 성우의 어이없다는 얼굴을 보고 쓴웃음을 지었다.

"글쎄. 하지만 난 저런 사람 싫어. 아직 제대로 말도 걸어오지 못하는 걸."

"말을 걸어오면 따라갈 거야?"

"말투가 거슬리는데, 질투하는 거지."

"바보. 내가 왜 질투하는데?"

"말을 걸어와도 사절이야. 왜냐면 매력 없잖아."

"매력이 있는지 없는지 이야기해보지 않으면 알 수 없잖아."

"'눈치'로 알 수 있어."

'눈치'라는 것은 조선어로 타인이 무엇을 생각하고 있는지 읽어낼 수 있는 능력을 말한다. 성우는,

"과연, 한국 사람의 자손이군."

라며 팔짱을 끼고 웃는다.

다카코는 흘낏 성우를 보았다. 그리고 '눈치'로 평소의 그답지 않다고 느꼈다.

"어때, 오랜만에 한 잔 할까?"

다카코는 웃는 얼굴로 잔을 기울이는 시늉을 한다. 그녀는 술이 꽤 세서 성우에게도 좋은 승부 상대였다.

"아직 아르바이트비를 받지 않아서 말이지. 가고 싶지만 돈이 없어."

"괜찮아, 오늘은 내가 낼게."

성우는 마시고 싶다는 기분이 들었다.

"가게는 어떻게 하고. 아저씨와 아주머니는?"

"지금 안에서 식사 중인데, 이제 곧 나올 거야."

"좋아, 그럼 가자."

그리고 그는 몸을 쭉 펴면서,

"음, 뜨겁게 데운 술과 물두부다. 그 후에 매실장아찌를 넣은 차에

밥을 말아먹어야지. 일본에 태어나서 다행이야."

큰 소리로 말하는 바람에 테이블의 아베크가 무심코 이쪽을 쳐다보았다.

며칠인가 지난 일요일의 일이다.

가느다란 나무가 몇 그루 서 있는 뜰에 겨울의 약한 빛이 내리쬐고 있었다. 판자벽 너머로 보이는 하늘은 추위를 품고 있었지만 온화한 파란색을 띠고 있었다. 화분의 매화나무에는 이미 빨간 봉오리가 달려 있다.

성우는 고타츠(탁자 아래에 화로를 넣고 그 위에 이불을 씌운 것-역자)에 다리를 집어넣고 멍하니 뜰을 바라보고 있었다. 아르바이트로 여러 사람을 만나 지쳐있던 정신에 무위無爲는 최고의 안식이었다. 이층에서 여동생 소자가 분주하게 내려온다. 그녀는 고타츠 탁자 위의 귤을 한 개 집으며 등을 구부리더니 다리를 쑥 밀어 넣었다.

"날씨도 좋은데 왜 아침부터 집에 눌러 있어."

소자는 재빨리 귤껍질을 벗긴다. 성우는 누운 채로 얼굴만 여동생에게 돌린다.

"무슨 상관이야. 난 아무것도 하지 않고 멍하니 있는 게 좋아."

"젊은 사람이 왜 이리 패기가 없어."

"네가 너무 많은 거야."

소자는 어깨를 불쑥 꿈틀거리며 귤을 입에 넣었다.

그녀는 현재 도쿄대학 법학부를 목표로 수험공부 중이었다. 그녀는 미국이 일본계 미국인에게 사죄한 것처럼 일본도 재일조선인에게 사죄하지 않으면 안 된다고 생각하고 있었다.

그녀가 생각건대 민단이나 조총련도, 한국도 북조선도 아무런 힘을 지니고 있지 못했다. 그러므로 법정이라는 장소에서 일본의 법률 자체가 그 잘못을 인정하게 만들 수밖에 없었다.

"오빠, 애인 하나 없다니."

성우는 문득 소프랜드에서 알게 된 아카네의 얼굴을 떠올렸다.

"없어."

라며 한숨을 쉰다. 소자는 귤을 먹으며,

"그러다가는 큰 오빠처럼 결국은 일본인과 결혼하게 될 거야."

팔베개를 베고 그는 몸을 조금 일으켰다.

"그것도 좋지 뭘 그래."

"좋지 않아."

소자는 무서운 얼굴로 귤을 삼킨다.

"큰 오빠는 말이지, 그건 도피야. 연애 같은 게 아니라고. 지금 집에는 돈이 있으니까 그걸로 그럭저럭 잘 굴러가고 있지만. 돈이 없으면 저 두 사람은 지금쯤 이혼했을 거야."

"그럼 어때서."

라며 성우는 탁자 위의 담배에 손을 뻗었다. 도피라도 알고 한다면 그건 나름대로 하나의 사는 방식일 것이다. 형 성근은 결혼을 하고 나서는 형제에 대해 거만한 태도를 취하지 않게 되었다.

제대로 이야기한 적도 없기 때문에 성우에게는 형의 심경이 어떻게 변했는지 알 수 없었다. 그러나 그 표정을 통해 인생에 패배를 느끼고 있는 듯한 기분은 엿볼 수 있었다. 패배의 괴로움을 알았기 때문에 다른 사람을 심하게 대하지 않게 되었다고 한다면 그것은 나름대로 오히려 좋은 게 아닐까 하고 성우는 생각하는 것이었다.

"좋지 않아."

소자는 엄격한 얼굴이 된다.

"일본인은 한국인이 어떻게 일본에 살고 있는지 전혀 교육받지 않아요. 아무것도 몰라. 아무것도 생각하지 않고. 그런 인간들과 우리들이 의사가 통할 리가 없죠."

성우는 담배에 불을 붙였다.

"남자와 여자 같은 경우는 생각이 맞지 않아도 살아갈 수 있지 않나?"

"아아, 발상이 안 좋아. 너무 자포자기하지 말고. 오빠는 지금까지 연애한 적 없잖아."

성우는 문득 생각해보았다. 그러고 보면 자신은 태어날 때부터 완전히 깨달은 듯한 구석이 있었다. 연애와 성욕은 거의 같은 뜻으로, 누군가 특정한 여자가 아니면 안 된다고 생각한 적도 없었다.

"없어. 결국 어디 누군가와 맞선봐서 결혼하겠지."

"연애 상대는 없어?"

성우는 아카네와 다카코를 떠올렸다. 그러나,

"아아, 없어."

천천히 담배 연기를 내뿜는다.

"그럼 역시 맞선밖에 없네."

"그게 제일 편해. 재일동포끼리는 말하지 않아도 이해하는 부분이 많으니까.”

“그렇지. 그렇게 생각하지.”

소자는 몇 번이나 고개를 끄덕였다. 그러더니 마음을 다잡듯이,

“좋아. 나도 분발해서 한 번 더 힘껏 공부해야지.”

라며 일어섰다. 성우도 몸을 일으켰다. 등이 추웠다.

“너무 무리하지 마. 너 혼자서 열심히 한다고 일본이 머리 숙이거나 할 리가 없어.”

“알고 있어. 그건 알고 있어.”

소자는 진지한 얼굴로 고개를 끄덕였다.

“하지만 나는 귀화의 흐름을 막고 싶어. 지금은 모두 귀화하고 있잖아. 일본인 앞에 머리를 조아리고 있잖아. 하지만 우리에게는 원래 귀화할 권리가 있어. 국적 선택권을 박탈당한 거야.”

이러한 이야기가 나오면 성우는 해볼 도리가 없다.

“오빠, 재일은 불리하다는 생각 안 들어? 일본과 한국 양쪽을 알고 있지 않으면 안 돼. 인생이 두 배 필요한 거야. 이 핸디캡만으로도 굉장한 차별이라고 생각해.”

성우는 등을 구부리며 생각했다.

“인생에는 좋은 일만 있는 것도 아니고. 나쁜 일만 있는 것도 아니라고 생각해.”

“재미없는 사람이야.”

소자는 과장되게 양손을 벌렸다.

“하지만 오빠 같은 사람도 있어야겠지.”

말을 남긴 그녀는 이층 자신의 방으로 향했다. 성우는 귤에 손을 뻗었다. 형제라도 여러 가지로 성격이 다르다는 생각을 했다. 재떨이에 놓인 담배에서 보라색 연기가 흔들리며 천정으로 올라가고 있다.

그는 한숨을 쉬었다. 싸우기 위해서는 힘이 필요하다. 소자처럼 남의 두 배 공부할 수 있는 능력과 그걸 받쳐줄 체력도 필요하다. 그리고 그건 누구에게나 가능한 일은 아니다.

접이식 밥상 옆에 전화가 있다. 그러나 성우는 자신의 방에 돌아가서 아카네에게 전화를 해보기로 했다. 가르쳐 준 아파트 전화번호를 돌리면서 그는 헛된 짓을 하고 있는 자신을 의식했다. 그로부터 벌써 한 달 반이 지나 있었다.

잠시 호출음이 이어지고,

"여보세요."

라는 젊은 여자의 목소리가 들린다. 성우는 허둥대며,

"가와시마川島씨 댁인가요? 저어, 아카네씨는 계신가요?"

"네, 전데요."

"저는, 실은 저기."

아카네가 너무 딱딱하게 나왔기 때문에 성우는 말을 꺼내기 힘들었다.

"저어, 일전에 가게에서 만났던 이시다石田라는 사람인데요. 저기, 바다를 보러 가자고 약속을 했던."

아카네는 갑자기 허물없는 말투로 변했다.

"아아, 그 학생. 아니, 너무 정중해서 누군가 했네. 벌써 잊어버렸나 했어요. 이 무정한 사람."

성우는 가슴이 덜컥했다. 의리 없는 짓을 한 건 아니지만, 무정하다는 말을 들으니 전화를 하지 않은 것이 몹시 미안하게 여겨졌다.

"그런데 언제 가요? 맞다, 지금 가요. 오늘은 가게를 쉴 수 있어요. 다음은 언제 시간이 날지 모르잖아요."

성우는 전화를 끊고 아래의 차고를 내려다보았다. 예상대로 집의 차는 아버지가 타고 갔다. 거실로 들어가 그는 바로 형에게 연락을 했다.

형은 교외의 파칭코가게를 하나 맡고 있었다. 시내가 끊기고 논이 시작될 듯한 곳에 가게는 있었다. 넓은 아스팔트 주차장은 차로 넘쳐나고 있었다. 밖에서 볼 때 삼백 대 정도의 파칭코기계 대부분에 손님이 앉아 있는 것 같았다.

성우는 주차장을 가로질러 건물 옆에 붙어 있는 비상계단으로 향했다. 그늘로 들어가자 갑자기 아스팔트에서 냉기가 느껴졌다. 황량한 겨울의 산줄기 위에 차갑게 얼어붙은 파란하늘이 있었다.

이층으로 올라가면 바로 종업원 식당이 있다. 옆방에는 큰 내화금고와 파칭코기계의 구슬 상황을 표시하는 컴퓨터 단말기가 있다. 그 방에 이어진 칸막이가 없는 옆방에는 응접세트가 있고 바로 옆의 사무용 책상에 형이 앉아 있었다.

"어이" 하고 넥타이를 맨 형은 힘없이 인사를 한다. 일어서더니 자동차 열쇠를 책상에서 꺼냈다. 성우는 소파 옆에서 열쇠를 받아들었다. 그리고 형은,

"넣어 둬."

라며 지갑에서 1만 엔짜리 지폐를 두 장을 꺼내 건네준다. 성우는,

"형수님은?"

이라고 묻는다. 인사라도 하고 가야겠다고 생각했기 때문이었다.

"아냐, 됐어. 신경 쓸 거 없어."

라고 형은 말했다. 성우는 형의 결혼에 찬성도 반대도 하지 않았지만, 형은 아내가 일본인이라는 것에 열등감을 느끼는 모양이었다.

책장 구석에 문예잡지가 놓여있는 것이 성우의 눈에 띄었다. 형은 아직도 쓰고 있는 걸까 라는 생각을 했다. 젊은 시절에는 작가가 되겠다고 가출할 정도였지만, 결혼하고 나서는 쓰고 있다는 이야기조차 들은 적이 없었다.

형은 문학을 통해서 괴로워하는 재일을 구하려 하고, 여동생은 법률을 통해서 일본의 부정을 바로잡으려 하고 있다. 그에 비해서 되는대로 사는 나는 뭔가?

지금 내가 하려고 하는 일은 소프랜드 아가씨를 데리고 나와 공짜로 한번 해보려는 것에 지나지 않는다.

난 정말로 한심한 녀석이라고 그는 진심으로 그렇게 생각했다.

5

근처 역에서 아카네와 만나기로 했다. 로터리 중앙에 높은 수은등이 있고 역의 개찰구 옆에 햄버거가게가 있다. 그 근처에 서 있겠다고 그녀는 말했다.

성우는 차의 스피드를 낮추고 택시와 부딪히지 않도록 역 구내로 들어갔다. 몇 명인가 만날 약속을 하고 기다리고 있는 듯한 사람들에 뒤섞여 옅은 갈색의 수수한 코트를 입은, 화장기도 별로 없는 젊은 여자가 서 있었다. 바짝 다가가서야 겨우 그게 아카네라는 걸 알 수 있었다.

성우가 차를 보도 가까이 대자 부끄러워하는 얼굴로 아카네가 다가왔다. 그는 손을 뻗어 바로 문을 열었다. 밖의 차가운 바람이 들어온다.

"안녕하세요."

라고 말한 그녀는 으쓱하고 어깨를 올렸다.

"안녕하세요. 어서 타세요."

성우는 따뜻한 색을 한 시트를 가리켰다. 일단 그는 차를 움직여 국도로 나왔다.

"자, 어디로 갈까요."

"나, 바다가 보고 싶어."

아카네는 그렇게 말하고 머리를 크게 끄덕였다. 그러고 보니 그러기로 했었다며 흥분해 있는 자신을 의식했다. 오늘의 그녀는 전혀 소프랜드에서 일하고 있는 여성으로는 보이지 않았다.

"차 좋다."

라고 하더니 잠시 후 그녀는 말했다.

"몇cc?"

"2,600정도 될까. 형의 차를 빌려 왔어."

"아하, 형이 부자인가보네."

"뭐 나보다는 주머니 사정이 좋겠지."

"조만간 그쪽도 일류기업에 취직해서 외제차 같은 거 타고 다니겠지?"

"우리 대학으로는 제대로 된 취직자리나 있을지."

그렇게 말하면서 그는 난방을 조금 낮추었다. 하늘은 조금 전과는 달리 흐리고 추워 보이는 색으로 바뀌어 있었다. 마른 풀의 논두렁에는 여기저기 짧고 파란 잡초가 보였다.

"나도 대학에 가고 싶었는데."

라고 그녀는 스스럼없이 말한다.

"난 중학교로 끝이야. 공부를 좋아해서 지금도 가끔 후회돼."

그녀는 코트를 벗기 시작했다. 하얀 바탕에 파란 줄이 들어간 스웨터가 나타났다.

"하지만 나이를 먹으면 체념하게 되지. 뭐든지 다 체념해버리게 돼."

성우는 그녀의 나이를 몰랐기 때문에 잠자코 있었다. 차는 순조롭게 구주구리해변九十九里浜을 향하고 있었다.

"나 몇 살로 보여?"

장난스러운 얼굴로 아카네가 이쪽을 본다.

"어? 글쎄 스물 대여섯인가."

"유감입니다. 난 올해로 오백 스물여섯이야. 마녀지."

"정말?"

성우는 핸들을 유지하며 그녀를 보았다.

"믿어?"

그는 대답할 수 없었다. 정말이라고 하면 정말 같은 느낌도 든다.

"하하하, 농담이야."

그녀는 몸을 구부리며 웃었다. 스웨터 위로 가슴의 풍만함이 느껴진다.

"인간이란 한 번 길에서 벗어나면, 백년을 사는 거나 천년을 사는 거나 똑같은 거야. 난 그렇게 생각해."

성우는 고속도로로 들어갔다. 티켓을 받아들고 속도를 높여 본선으로 들어간다.

"자신이 아니어도 돼. 자신 이외의 사람들이 얼마든지 있어. 그렇게 생각하면 말이지. 그렇게 생각하면."

라고 말하다가 그녀는 고속도로의 알루미늄 벽에 눈길을 보냈다.

"나 오늘 이상하지. 그만 할게, 이런 이야기. 어울리지 않아."

성우는 앞만을 보고 있다가 흘낏 아카네 쪽을 보았다. 그리고,

"계속해. 나도 지금 여러 가지 일을 생각하고 있었어."

그러나 아카네는 입을 다물고 있었다. 잿빛 도로를 바라볼 뿐 아무 말도 하지 않았다. 너무 그녀가 말을 하지 않아서 성우는 카세트테이프를 대충 골라 플레이어에 밀어 넣었다. 곡명은 모르지만 조용한 클래식이 흘러나왔다. 잠시 후에 그녀는,

"형님 취미가 고상하시네."

그는 형의 장서와 많은 레코드, 그리고 벽에 걸린 형 자신이 그린 장미꽃 유화를 떠올렸다.

"우리 형, 작가가 되고 싶어 했지."

"작가라고? 소설가?"

"맞아. 하지만 지금은 억지로 파칭코가게를 하고 있어."

아카네는 잠자코 고개를 끄덕이더니 성우를 보았다.

"하지만 한번이라도 꿈을 꾼 적이 있다는 것이 부러워. 그런데 넌 뭐를 하고 싶어?"

성우의 사고가 멈추었다. 앞일은 아무것도 보이지 않았다. 과거를 돌아보아도 무언가 하고 싶어서 했던 적이 있었나 하고 의심했다.

"뭔가를 말이지."

라며 그는 턱을 주먹으로 문질렀다. 그리고 말을 찾아내듯이 이야기한다.

"뭐를 해도 난 납득이 안가. 태어날 때부터 잘못된 게 아닐까 하는 생각이 들어."

아카네는 팔짱을 낀 채,

"어렵네."

라고 말했다.

"그거 무척 어려운 일이야."

성우는 자신의 생각의 대부분은 조선을 부정하는 일본사회에 기인된 것이라고 느끼고는 있었다. 그러나 차별이 없었다면 편하게 살아갈 수 있을까 하고 생각하면 그렇지도 않은 것 같았다.

두 사람은 여러 이야기를 했다. 성우는 다카코 이외의 여성과 이 정도로 이야기가 활기를 띤 것에 내심 놀라고 있었다. 즐겁다고 그는 느꼈다. 그리고 그건 좋은 일이라고 생각했다.

고속도로에서 나와 그는 바다를 향해 적당히 달려갔다. 그러던 중에 소나무 숲 저편으로 빛나는 바다가 보였다.

"아, 바다다."

성우 쪽으로 몸을 내밀 듯이 그녀는 말했다.

왼편으로는 리조트 호텔이랑 모텔이 눈에 띄기 시작했다. 성우는 그러한 건물에 막연한 분노를 느꼈다.

아카네는 창문을 조금 열고 바람을 들인다.

"아아, 바다 냄새가 나."

안심한 듯한 말투였다.

"바다는 참 강해. 그래서 나는 좋아. 바다는 물뿐이잖아. 다른 것은 아무것도 없어. 그래서 나는 좋아."

자신이 바다를 좋아하는 이유를 재확인하고 있는 듯했다.

성우는 건물이 드문 곳에서 바다 쪽 길로 차를 몰았다. 아스팔트는 바로 모래에 뒤덮인다. 메마른 풀과 덩굴에 덮인 좁은 길을 잠시 가자 갑자기 눈앞은 바다뿐이었다. 이제 길은 없고 건조한 모래와 거기에 이어지는 젖은 모래만이 펼쳐져 있었다.

그는 엔진을 건 채로 있었다. 수평선 가까이에 얇은 구름이 걸려 있다. 그 주변의 하늘은 물빛을 띠고 있었다. 검은 바다는 해안 가까이에 파도를 만들고 뭍으로 밀려온다. 왼편 멀리에 웨트슈트를 입고 서핑을 하는 사람 몇 명이 작게 보였다.

성우는 다운재킷을 가지고 차에서 내려 마른 모래 위를 걸어갔다. 곧 모래는 축축해지면서 걷기 편해졌는데, 그런 조용한 해변이 끝없이 넓게 펼쳐져 있었다. 아무런 생각 없이 그는 파도의 움직임을 보고 있었다.

526 세라고 아카네는 말했다. 그러나 자신이 바다라면, 하고 그는 생각했다. 5백만 년이라도 인생은 너무 짧다. 하지만 내가 만약 하늘의 빛이라면, 하면서 그는 수평선 언저리를 응시한다. 0.5초라도 인생은

너무 길지도 모른다.

바람이 차갑게 느껴져 그는 재킷을 입었다. 느낄 게 없이 그냥 파도이고 그냥 바람이라면 얼마나 좋을까 하고 생각했다. 옆에 코트 깃을 세운 아카네가 있었다. 마음 탓인지 안색이 좋지 않았다.

파도는 올라왔다가 하얗게 무너지고 부풀어 올랐다가 거품이 되어 사라진다. 차가운 바람이 때때로 생각난 듯 세차게 분다. 서핑을 하고 있는 사람의 목소리가 커졌다 작아졌다 하며 들려온다.

"그쪽 면허증을 보고 말았어."
라고 아카네는 무표정하게 말했다. 그는 대시보드에 넣어두었던 그걸 떠올렸다. 본적 한국. 그런 글씨가 자신의 얼굴사진과 함께 떠올랐다.

그녀의 말투는 그가 조선인임을 비난하려는 것이라는 생각은 들지 않았다. 또 비밀을 알아냈다는 우월감 같은 것도 없었다.

아카네는 부풀어 올랐다가 무너지는 파도를 보면서 말한다.

"아아, 코리야, 코리야 라는 간주가 들어가잖아."

성우는 창백한 얼굴의 아카네를 보았다.

"하나카사민요 말이야. 아아, 코리야, 코리야."

문득 무기력한 웃음이 그녀의 얼굴에 퍼졌다.

"그게 말이지, 아아, KOREA, KOREA. 즉 조선 말이야, 그렇게 들리고, 온 마을 사람이 나를 냉담한 눈초리로 보고 있는 것 같아서 춤을 못 추었던 여름이 있었어."

성우는 깜짝 놀라 다시 그녀를 보았다. 그러나 아카네의 표정에는 아무런 변화도 없었다.

"미친 사람 같은 기분이 되었지만 난 춤을 추었지. 그래, 조선 같은 거, 아아, 코리아, 코리아 정도밖에 되지 않는 거라고 다시 들으며 말이야. 심장이 멈출 정도로 춤을 추었어."

성우는 아무 말도 할 수 없었다.

"차별 같은 건 말이지, 일본인만 하는 게 아니야."

아카네는 갑자기 무서운 얼굴로 성우를 본다.

"우리 마을에 조선인이라고는 두 집밖에 없었지. 하지만 아버지는 일본인과의 연애를 허락하지 않았어."

그녀는 쥐어짜내는 듯한 소리를 냈다.

"어느 쪽이 차별하고 있는 거냐고. 어떻게 조선인 애인을 만들 수 있지? 그렇잖아."

아카네는 그를 보고 있었지만 초점은 맞지 않는 것 같았다. 어쩌면 바다를 향해서 말하고 있을지도 모른다. 문득 성우는 그렇게 느꼈다.

"일본의 시골 중소기업은 말이지, 역시 안 돼. 국적으로 차별하고 학력으로도 차별을 해. 중졸에다 조선인은 최악이지."

그녀는 담배를 꺼내어 간신히 불을 붙였다. 그리고 천천히 연기를 내뿜는다.

"허락받지 못한 채 난 일본인 아이를 낳았지. 첫 번째 사람 아이가 아냐. 그 무렵은 벌써 스낵바의 호스테스를 하고 있었으니까. 하지만 난 여전히 부친이랄까, 아버지랄까, 민족이라고 할까 그런 걸 내세우고 있었어."

그녀는 담배를 모래에 버리고 오른손 손가락을 머리 깊숙이 집어넣었다.

"이번엔 말이지, 바텐더라서 안 된대. 난 말이야, 반드시 이 아이를 낳겠다고 생각했어. 조선인 같은 게 무슨 대수라고. 난 아버지를 저주했어."

아카네는 수평선을 노려보고 있었다. 성우는 자신이 바다가 되어 버린 듯한 기분이 들었다. 파도 소리와 함께 그는 몇 번이나 태어나고 죽기를 계속했다. 잠시 지나자,

"아 추워."

하고 그는 어깨를 떨면서 다운재킷의 지퍼를 올렸다. 두 사람의 눈이 맞았다. 성우는 아카네가 바다를 좋아하는 이유를 알 것 같았다. 그러나 아무 말도 하지 않았다. 그녀도 바로 시선을 피했다.

또 조금 있다가 아카네가,

"갈까?"

라고 말했다. 고개를 끄덕인 그는 천천히 차로 향했다.

차에 들어가자 따뜻해서 마음이 놓였다. 성우는 차를 바로 움직이지 않았다. 아카네와 섹스를 하고 싶었지만 절반은 그 기분이 사라져 있었다. 그의 기분을 알아챘는지 그녀는,

"어디서 좀 쉬었다 갈까?"

라고 말했다. 조금 전까지와는 다른 죽은 사람 목소리였다. 성우는 대답하지 않고 핸들을 움켜쥔 채로 있었다. 침묵은 고통스럽지 않았다. 그러나 너무 오래 그대로 있고 싶지도 않았다.

"표현을 잘 못해서 거슬릴 수도 있겠지만, 그래도 말하겠는데."

라며 그는 아카네를 보다가 이내 바다로 눈길을 돌린다.

"난 지금 불능이야. 술 취한 것과 마찬가지로 인생에 취한 기분이야. 하고 싶기는 해. 진짜야. 하지만 지금은 역시 불능이야 난. 그러니까."

그는 생각했다. 자신은 아카네보다도 자신을 소중히 여기는 게 아닐까 하고 생각했다.

"난 지금, 짜증나는 놈이지."

그는 차를 움직였다. 뭔가를 말하면 바로 거짓이 되어버릴 듯한 느낌이 들었다. 두 사람은 언제까지나 아무 말도 하지 않았다.

아카네를 처음 태운 역 앞 로터리에 도착했을 때는 이미 해가 저물어 있었다. 그는 차를 택시 승강장에서 떨어진 곳에 세웠다.

아카네는 뭔가 말을 하려다 꺼내지 못하는 듯했다. 필사적인 표정이 된 그녀의 눈에서 눈물이 흘러넘쳤다.

"고지식하기는."

그녀는 얼버무리는 듯한 소리를 냈다. 그리고는 체념한 듯이 억지로 웃는 얼굴을 하고,

"인생이란 다시 시작할 수 없어서 좋은 것 같아."

이제 완전히 자신을 되찾은 그녀는,

"오늘 즐거웠어. 그럼 푹 쉬어요."

미련 없이 차를 내렸다. 그리고 문을 닫더니 웃는 얼굴로 손을 흔들었다. 성우는 차를 움직이지 않을 수 없었다.

그날 밤 성우는 다카코에게 몹시 생트집을 잡았다. 그는 셔터를 내린 다카코의 찻집 카운터에서 물을 탄 위스키를 마시며,

"인생에 취했다거나 하는 건 나 같은 인간이 할 말이 아니야."

라고 몇 번이나 말했다. 다카코는 이야기의 내용을 몰랐기 때문에 응할 수가 없었지만, 성우의 거친 모습에 가슴이 아팠다.

"인생에 취할 수 있으려면 말이지. 역시 바다를 좋아하지 않으면 안 돼. 파도가 쏴아 밀려오고, 조선인이 아니고 말이야. 남자도 여자도 아니고. 살아있다고 말할 수 있는, 그런 인간이 역시 사용할 수 있는 말이라고 생각해, 응."

카운터 건너편의 다카코는 진지한 얼굴로 끄덕인다.

"그런데 나는 살아있지 않아. 이봐, 다카코. 넌 내가 살아 있다고 말할 수 있나."

그는 카운터를 쾅 하고 내리쳤다. 다카코는 성우의 생각이 헛돌고 있다고 생각했다. 이런 때는 술주정을 한다.

"오빠. 오늘은 그만 자는 편이 좋겠어."

"시끄러. 바보 같은 게."

"그걸로 마지막이야."

라며 그녀는 카운터의 위스키를 치우려 한다.

"난 말이지, 너무 분해. 자신이 무능해서 아무것도 못하고 아무도 구원하지 못하는 것이 분해서 견딜 수 없어."

"그건 나도 마찬가지야. 누구나 마찬가지라고."

다카코는 얼음도 개수대에 버린다.

"아냐. 눈앞에서 도움이 필요한 사람을 나는 도와주지 못해."

"그런데 오늘 도대체 무슨 일이 있었던 거야."

"아무 일도 없어. 난 내 무능함을 진절머리가 날 정도로 재확인했어.

그뿐이야.”

그는 잔에 남아 있던 술을 단번에 비웠다.

“자신을 유능하다고는 생각하지 않았지만, 무능하다는 것이 분하군. 아아, 분하다.”

성우는 일어섰다. 그리고 뒷문 쪽으로 향하면서,

“잘 자.”

라며 손을 흔들었다. 그리고는 보이지 않는 누군가를 향해,

“빌어먹을 놈!”

실컷 욕설을 퍼부었다. 뒤에서 아주머니가,

“집으로 곧장 가.”

라고 말을 걸었다.

알람시계 소리가 머리를 휘젓는 것 같았다. 오른쪽 귀와 왼쪽 귀 사이에 폭풍이 거칠게 불어대고, 오늘부터 또 일주일이 시작되는 것을 저주하고 만다. 이불 안에서 차가운 방의 공기 속으로 손을 뻗어 되는대로 알람시계를 껐다.

머리는 욱신거리고 눈 주위를 피로가 소용돌이치고 있었지만 오전에만 힘을 내면 어떻게든 되겠지 라고 생각했다. 무거운 머리로 그는 어제 아카네가 지었던 여러 표정을 떠올렸다. 그대로 호텔에 들어가는 편이 좋았다고 생각하는 한편으로, 이제 그녀와는 말날 일도 없을 거라고 느끼고도 있었다. 만나자고 해도 그녀가 싫다고 할 게 틀림없다고 생각했다.

문제는 그것보다도 오늘의 아르바이트다. 사고를 일으키지 않도록 해야 한다며 그는 이불 위로 간신히 일어난다. 머리가 격렬히 아프고 구역질도 났다. 그러나 그는 무조건 복도로 나왔다.

오른쪽 안쪽의 세면장에는 가운을 입은 파자마차림의 여동생이 있었다. 성우는 비틀비틀 그쪽으로 걸어갔다.

소자가 이상하다는 얼굴로 돌아보았는데, 그 눈은 진한 갈색이 되어 있었다.

"어떻게 된 거야, 그 눈은."

성우는 자신의 목소리에 머리가 아팠지만, 그걸 신경 쓸 게재가 아니었다.

"그러게."

라고 말한 소자는 남의 일처럼 이상하다는 얼굴 그대로다.

"아픈 거 같은데."

"감기야. 계속 감기에 걸려 있었어."

"아냐, 그런 게 아냐. 병원에 가야돼."

"싫어. 하지만 이상하네."

라고 소자는 누렇게 되어버린 거울 속의 눈을 들여다본다.

성우는 여동생을 반드시 병원에 데리고 가라고 어머니에게 말해두고 아르바이트하러 나갔다. 오전 중은 다행히도 차를 탈 용무가 없어 그는 사무적인 잡일을 하며 보내게 되었다. 11시 경이 되자 병원에 갔던 어머니로부터 전화가 왔다. 소자가 급성간염으로 입원한다고 한다. 그는 사무실에 사정을 이야기하고 급히 병원으로 향했다.

의사는 잘 쉬면 이 주일 쯤 뒤 집에 갈 수 있을 거라고 했다. 소자는 바로 대학 수험일을 생각했다. 그렇게 되면 빠듯하게 가능할 것 같은 느낌이다. 하늘의 계시, 신이 지금은 쉬라고 말씀하시는 거다. 다행히 공통 1차 시험 결과도 그럭저럭 괜찮았다. 실컷 쉬어보자.

그렇게 마음을 먹어서인지 그녀는 그로부터 삼 일 정도 밤낮없이 거의 먹을 때와 화장실에 갈 때 외에는 계속 잤다. 졸면서 그녀는 문득 구급차의 삐-뽀 소리를 들었다.

눈이 확실히 떠졌다. 밤이라 병실은 깜깜했다. 자신을 제외한 다섯 명의 환자 모두는 잠들어 조용한 숨소리를 내고 있었다. 그녀는 자신이 구급차 안에서 죽어가는 사람처럼 느꼈다. 바로 그 순간 절대로 죽을 수 없다는 광기와도 닮은 초조함을 느꼈다.

아직 나는 아무도 구해내지 못했다는 생각에 소자는 가슴이 답답해졌다. 자신도 모르게 침대 위로 몸을 일으킨다. 초조한 불안 속에서 그녀는 한동안 꼼짝달싹 못했다.

병실 입구에서 간호사의 회중전등이 빛났다. 소자는 그것을 보고 몸을 눕였다. 이불로 들어가서 자신의 몸이 차가워진 것을 알았다.

다가 온 간호사는,

"괜찮아요?"

라며 이불을 가볍게 눌렀다.

"예."

작게 그녀는 대답했다. 그리고 나서 동틀 무렵까지 소자는 두서없는 여러 가지 생각에 잠들지 못했다.

6

성우의 아르바이트는 순조롭게 계속되었다. 돈 쓸 곳은 여러 가지 생각했지만, 지금은 한국에 가볼까 하는 생각이 커져 있었다. 처음에는 컴퓨터를 사서 공부할 작정이었다. 시대의 산물이기도 하고 알아두지 않으면 안 된다고 생각했다. 주식은 살 생각이 전혀 없었다. 매일 회사에서 사장의 막내 아들 얼굴을 볼 때마다 오기로라도 살까보냐 하는 생각을 했다.

그 날 그는 종일 사장을 태우고 차를 몰았다. 물건의 매매 등도 있었던 것 같고 바쁜 날이었다.

사장은 그의 부친보다도 몇 살인가 더 많은 60대 중반 정도였다. 마르고 몸집이 작은 사람이었지만 어딘지 모르게 품위가 있어, 부동산 거래에 좋지 않은 이미지를 품고 있던 성우는 묘한 느낌을 받고 있었다.

그보다 더 이상한 것은 정열만으로 사업을 해왔다고 할 수 있는 자신의 부친이 이 노인과 깊은 친분을 나누고 있다는 것이었다. 사업을 하는 데 있어 두 사람에게 공통점은 없었다. 물론 부친은 파칭코가게나 레스토랑의 토지를 살 때 신세를 졌을 지도 모르지만, 그러한 거래를 떠나 두 사람이 친구라는 것은 왠지 납득이 가지 않았다. 한마디로 말해 사는 세계가 다르다. 그런 느낌이었다.

저녁때가 되어 사장은 개발 중인 조성지로 가자고 말했다. 멀지 않은 곳이라서 성우는 바로 도착했다. 그는 포장된 아스팔트 언덕길을 천천히 올라갔다.

그 사이에 사장은 여기가 이전에 잡목림이었다는 것. 개발한 토지는 몇 년간인가 지반이 굳어질 때까지 그대로 두어야만 한다는 것. 그리고 그 기간이 지났기 때문에 내년 이맘때면 여기에 모두 집이 들어서있을 것이라는 등의 이야기를 했다. 그 말투는 단순히 사실을 전하고 있을 뿐 자랑하는 느낌은 전혀 없었다. 이런 면에서 바로 자기자랑을 시작하는 그의 부친과는 전혀 달랐다.

조성지의 정상에서 사장은 차를 세우라고 했다. 뒤에는 아직 잡목림이 남아있어 나목과 마른 잎을 가지에 달고 있는 가는 나무가 바람에 흔들리고 있었다.

차를 내려선 두 사람은 아래쪽을 내려다보았다. 바람은 생각보다 차갑지 않았다. 전망이 좋아 갈색이라기보다도 회색에 가까운 논과 고속도로가 바로 눈에 들어왔다. 산은 연무가 낀 감색이었고 하늘은 잔뜩 흐려있었다.

"해가 꽤 길어졌군."
하고 사장은 말했다. 성우는 시계를 본다. 5시 전이었다. 얼마 전까지는 이 시간이면 이미 캄캄했었는데, 하는 생각을 해본다.

"여동생은 어떤가?"

한 번 병문안을 와주었던 사장은 문득 생각난 것처럼 말했다.

"예. 덕분에 이제 곧 퇴원할 수 있을 것 같습니다."

"도쿄대 법학부를 목표로 삼고 있다고."

사장의 말을 들은 성우는 내심 혀를 찼다. 어차피 또 부친이 자랑했음이 틀림없다고 생각했다.

"잘 되면 하는 이야기입니다. 하지만 아마 사립대학 법학부로 가지 않을까 싶습니다."

사장은 고개를 끄덕이더니,

"변호사를 목표로 하고 있다던데."

성우는 또다시 부친의 잘난 체하는 얼굴을 떠올리며,

"예. 그렇긴 한데."

라며 말을 흐린다. 목표로 삼는다는 것과 그렇다는 것은 전혀 다르지만, 그의 부친은 목표로 삼은 것만으로도 그렇다는 듯이 이야기했다.

"자격을 목표로 삼는다면 도쿄대를 고집하지 않아도 되겠지."

사장의 말투는 어디까지나 자상했다.

"그런데, 이시다 군의 졸업은 내년이었던가? 졸업하고 무얼 한 건가? 부친의 뒤를 잇게 되나?"

"아닙니다."

라고 성우는 한 번 강하게 부정한다. 그리고는 힘없이,

"제게 뭔가 할 수 있는 일이 있지 않을까 해서."

라고 말을 마친다.

고속도로 너머에 있는 고압선 위를 솔개가 천천히 날고 있었다.

"한국에라도 가볼까 생각하고 있습니다."

"호오, 유학 말인가."

"아니오, 그렇게 엄청난 것은 아닙니다."

그는 입을 굳게 다물었다. 이 이야기를 아버지에게 하자 아버지는 일본보다 뒤쳐진 나라에 무얼 배우러 가느냐고 했다.

자식이 하는 말에 대해 일단은 부정하지 않으면 부모의 체면이 상한다고 생각하는 듯한 사람이었기 때문에 그는 그 이상 아무 말도 하지 않았다.

"그 나라도 여러 가지 일이 있었지만. 어쨌든 열심히 하고 있으니까. 그걸 보러 간다는 건 좋은 일이지."

"예."

성우는 수긍은 했다. 그러나 그는 한국의 발전을 자신의 일처럼 느끼지는 않았다. 한국이란 그에게는 신문이나 텔레비전을 통해 알 수 있는 범위 내의 외국일 뿐이었다. 왜냐하면 일본의 보도로 알게 되는 한국의 이미지는, 그가 보아서 알고 있는, 재일조선인 부모로부터 받는 이미지와 동떨어져 있었기 때문이었다.

따라서 그는 어느 쪽이 어떠한지. 그가 일본에서 이해하고 있는 한국이라는 것이 허상인지 혹은 좀 더 뭔가 다른 게 있는지, 그런 걸 생각해서 어쨌든 한 번은 가보고 싶다고 생각하고 있었다.

사장은 조성지를 내려다보며 말을 시작한다. 성우는 몸이 차가워져 오는 것을 의식했다.

"자네 부친과 처음 만난 것은 전쟁이 끝나던 해였지."

문득 사장 쪽을 돌아본다. 그러나 사장은 자신의 페이스로 이야기를 이어갔다.

"전쟁터에서 돌아와 도쿄로 향하는 기차 안이었네. 그 무렵의 조선 사람은 독립했다고 해서 일본인과는 반대로 으스대던 시대였지. 기차를 타도 앉아 있는 일본인을 일으켜 자신들이 앉기도 했었네."

성우는 천천히 고개를 끄덕였다. 그런 이야기를 들은 적이 있었다. 게다가 지금 부자인 아무개가 옛날에 일본인의 토지를 멋대로 줄로 둘러쳐 빼앗았다든가, 괴롭혀서 싸게 사들였다는 등의 이야기를 들은 적이 있었다.

사장은 이야기를 계속한다.

"내가 탄 기차도 그랬지. 그러나 나를 포함해서 아무도 뭐라고 주의를 주지 못했네. 그때 한 젊은이가, 그게 자네 부친이었는데 말이야. 그만두라고 주의를 주었다네. 조선어였는지 일본어였는지 잘 기억나지 않지만. 그러나 지금도 확실히 기억하고 있는 말이 있네. 그건 일본어였겠지."

사장은 말하면서 팔짱을 꼈다.

"일본인에게 당했다고 해서 똑같은 짓을 일본인에게 해서는 절대로 일본인 이상은 될 수 없다. 이렇게 말했다네."

성우는 놀랐다. 그러나 아버지라면 그 정도는 말할지도 모른다고 생각했다.

"그러나 그 한마디로 상대는 더욱 화를 냈다네. 글쎄 지금 생각해보면 입장이 난처해졌겠지. 기차에서 내려 싸웠다네. 상대는 4명 정도였던가. 주먹다짐은 하지 않고 마주 선 채 말다툼할 뿐이었지만. 기차가 발차 직전에 내가 MP가 왔다! 라고 거짓말을 했지. 뛰어오는 부친을 내가 탑승구 계단으로 끌어올렸다네."

성우는 잠자코 고개를 끄덕였다. 담배를 피우고 싶었지만 금연한 사장을 생각해서 참기로 했다.

"한국도 그런 제대로 된 사고를 가진 사람들이 쌓아올린 나라이기 때문에 그만큼 발전했다고 생각하네. 틀림없이 훌륭할 것이라고 생각하고, 그걸 보러 가는 것은 실로 좋은 일이지."

"예."

하고 성우는 고개를 끄덕였다. 조금 자랑스러웠지만 그러나 평소의 아버지를 생각하면 순순히 기뻐할 수 없는 복잡한 기분이 들었다.

주변은 어두워져 바람소리만 울리고 있었다. 사장의 뺨은 창백해 보였다.

"슬슬 가볼까."

조용한 목소리에 이끌려 성우는 차에 올랐다.

소자가 퇴원하던 날 밤. 다카코는 상태를 보기 위해 성우네 집으로 갔다. 성우는 아직 아르바이트에서 돌아와 있지 않았다.

다카코는 소자의 모친과 함께 소자의 방으로 들어갔다. 소자는 침대에 누워있었는데 다카코를 알아보더니,

"아이 짜증나, 언니 나 이렇게 살 쪄버렸어."

"그러네. 약간 살이 찐 것 같네."

"약간이 아냐. 6킬로야, 6킬로."

소자의 모친은 방을 나가면서,

"차나 뭣 좀 가져 올게."

라고 했는데, 어쨌든 딸이 건강해진 것을 기뻐하고 있었다.

"아, 아주머니. 아무것도 필요 없어요."

다카코는 사양했지만,

"응, 응."

하며 그녀는 건성 대답을 하고 나갔다.

둘은 잡담을 시작했다. 다카코는 소자에게 시험을 의식시켜서는 안 된다고 생각하고 있었기 때문에 며칠 전에 우연히 자신의 가게에서 있었던 흥미 있는 사건을 이야기했다.

"오빠 친구인 요코타씨 알고 있지."

"영화감독을 꿈꾸고 있는 사람?"

소자는 바로 이야기에 흥미를 보였다.

요코타는 스키장에 아르바이트하러 가 있었는데, 그곳으로 스키 타러 온 손님에게 한눈에 반해 버렸다. 그는 바로 계기를 만들었고 마침내 의기투합하게 되었다.

그녀가 떠나자 그는 아르바이트 일이 손에 잡히지 않게 되었다. 그녀는 시즈오카静岡에서 사무원을 하고 있었다. 요코타는 주소와 전화번호를 받아놓았기 때문에 집으로 밀고 들어가 그녀에게 구애를 계속했다.

소자는 책상 위의 쿠키 캔을 들었다. 자신이 먼저 하나 집은 뒤 그 캔을 다카코에게 건넨다.

"굉장한 투지네. 나도 누가 들이닥쳤으면 좋겠다."

"실제로 당하면 참 난처할걸."

라며 다카코도 건네주는 쿠키를 집는다.

결국 요코타는 차였지만, 그건 그의 인간성을 그녀가 싫어한 것이 아니라, 안정된 직업도 없이 영화를 만들고 싶다는 그의 생활설계 쪽에 불안을 느꼈기 때문이었다.

도쿄에 돌아온 요코타는 다카코의 찻집에 찾아왔다. 그리고 성우가 아르바이트 하는 곳에 전화를 걸었다. 그러나 성우는 점심시간에만 빠져나올 수 있었다.

그때부터 요코타는 신문을 눈앞에 펼쳐놓은 채 1시간 정도 움직이지 않았다.

"뭘 하고 있었을 것 같아?"

라고 다카코가 물었다.

"뭔가를 하다니?"

라며 소자는 또 쿠키에 손을 뻗는다.

"신문을 읽는 게 아니었어?"

"아니."

다카코는 그렇게 말하고 조금 고쳐 앉았다.

"울고 있었어."

"에!?"

소자는 다시 확인해봐야겠다는 얼굴을 하였다.

"울고 있는 거야. 소리도 내지 않고. 눈물을 뚝뚝 흘리면서. 남이 보면 창피하잖아. 그래서 신문으로 이렇게 말이지, 밖에서 보이지 않도록 하고 울고 있었어."

소자는 자신도 모르게 쿠키를 씹는 것을 멈추고 말았다.

"요코타씨, 열정 있네."

"맞아, 좋아하는 사람을 포기하면서까지 영화를 계속하겠다고 말하던 걸. 굉장한 열정이야."

"아아. 그렇지. 그쪽 열정도 대단하네."

"하지만 말이야."

라고 다카코.

"그 뒤가 안 좋아. 결국 오빠한테 돈을 빌려서 소프랜드에 가버렸어. 실망이야. 환멸스러워."

"남자란 다 그런가 몰라."

"그럴 거라고 생각해."

고개를 끄덕이고 나서 소자는 다시 쿠키를 먹기 시작한다.

그때 모친이 사이다를 잔에 담아 들고 왔다. 과자 쟁반에는 포테이토칩이 들어있다.

"천천히 있다가 가렴."

모친은 다카코의 팔을 쓰다듬으며 말한다. 그런 광경을 보면서 소자는 다카코와 성우를 비교하여 잘 어울리는 커플이라고 항상 생각하고 있던 것을 떠올렸다. 모친이 나가자 그녀는,

"언니는 요코타씨 같은 사람이 접근해오면 어떻게 할 거야?"

라며 먼저 일반론부터 시작한다. 그리고 잠시 대화를 한 후에,

"우리 오빠라면 어떻게 할 건데?"

라고 단도직입적으로 물어보았다.

"뭐? 성우 오빠?"

소자 쪽이 긴장해서 고개를 끄덕인다.

"그래."

"왜 그런 걸 묻지? 있을 수 없는 일이잖아."

"그렇지 않아. 한국인이라 결혼을 못한다는 것뿐이지, 일본인 같으면 생판 남인걸."

"하지만 우리는 한국인이고 게다가 어릴 때부터 진짜 형제처럼 자랐는걸."

그리고는 다카코가 생각에 잠겼다가 소자에게 질문한다.

"네가 성우 오빠와 결혼한다고 하면 어떻게 생각해? 생각할 수 없지. 그것과 마찬가지야."

"다르잖아."

소자는 자신 있게 말했다.

"우리는 진짜 형제인걸. 생물학적으로도 결혼 같은 거 불합리해. 하지만."

하고 소자는 지론을 전개한다.

"동성동본이란 건 문화적인 형제잖아. 생물학적으로는 의미가 없어. 하지만 생각해봐. 제1대째의 피의 농도는 10대 내려오면 1024분의 1로 돼버려. 조상이 같다는 이유만으로 결혼을 허락하지 않는 것은 난센스야."

다카코는 아무 말도 하지 않고 잠자코 있었다. 소자의 진의를 도무지 짐작하기 어려웠다.

그런 다음 소자는 평소 생각하고 있는 일본과 한국의 이상한 점을 늘어놓았다. 아울러 재일조선인의 한심스러움에 대해서도 말했다. 다카코는 여느 때처럼 오로지 들어주는 역할이었지만, 오늘은 병에서 막 회복된 소자의 몸 상태에 신경이 쓰였다. 그녀는 적당한 곳에서 이야기에 끼어들었다.

"시험이 끝나면 또 느긋하게 이야기할까."

소자는 이야기가 끊겨 순간적으로 화가 났지만 말하는 데 피로를 느끼기 시작했던 터라 고분고분 응하기로 했다.

"그래요. 오늘은 이제 이를 닦고 자야지. 쿠키 너무 먹었어."

사이다를 마신 소자는 윙크를 하고 그리고 쓴웃음을 지었다.

다카코는 아래로 내려왔다. 성우는 아직 돌아오지 않았고, 그의 양친이 텔레비전을 보고 있었다.

"그럼, 아저씨, 아주머니 돌아가겠습니다."

다카코는 허리를 숙여 인사를 하고 그대로 밖으로 나왔다. 문 밖의 공기는 차가왔지만 몸이 달아올라 있었기 때문에 크게 느끼지 못했다. 구름은 없고 골목길 위에 펼쳐진 하늘에는 겨울의 별자리가 잘 보였다.

그래 일본인이라면 결혼할 수 있는 관계였어. 새삼스럽게 깨달은 그녀는, 이거 곤란한데, 하며 자신의 이마를 두드렸다. 그녀는 자진해서 고민을 짊어지고 싶지 않았다.

그야 물론 좋은 사람이지, 그 사람은, 이라며 그녀는 성우의 얼굴을 떠올린다. 그렇다고 해서 바로 결혼이라든가 연애의 대상으로 삼기에는 좀 그런데.

그녀는 다시 하늘을 올려다보고 하얀 숨을 길게 뱉어내었다. 자신의 어딘가가 설레고 있었다. 그러나 그녀는 알아채지 못한 척하며 잰걸음으로 큰길에 나왔다.

7

1년이 지났다.

소자는 사립대학 법학부 1학년으로서의 생활을 시작하고 있었다.

성우의 생활은 변함이 없었지만, 유학하기로 정한 이상 아르바이트를 열심히 해서 부친으로부터 돈을 받지 않고 해보려 하고 있었다.

다카코와 성우의 관계는 이전과 다름이 없었다. 마음이 내키면 술을 마시며 실컷 이야기하다가, 마지막 전차가 끊기면 비즈니스호텔에 숙박하기를 여전히 계속하고 있었다.

여름은 성우에게는 돈 버는 시기로 두 사람은 얼굴을 마주할 짬도 없을 정도였다. 요코타는 선배의 영화제작을 도와줄 겸 자신의 공부를 위해 나가노長野에서 로케에 들어갔다.

그는 성우와 다카코에게 영화제작의 고된 이야기라는 선물을 들고 가을에야 돌아왔다. 그리고 여름 동안 로케지에서 완성했다는 시나리오를 그들에게 보여주며 감상을 요구했다.

두 사람은 시나리오라는 것을 처음 보았기 때문에 그것만으로 감격하고 말았다. 그러나 내용이 재미있는지 어떤지는 잘 몰랐다.

성우는 겨울까지 유학에 필요한 서류를 모아 민단 지부에 제출했다. 간단한 시험을 치르고 일단 자비유학이라는 신분으로 언어 연수를 위한 재외국민교육연구원의 입학을 인정받았다.

성우의 대학에서는 3월이 되어서야 졸업식을 했다. 그는 졸업을 하면 바로 서울로 갈 작정이었다.

졸업식 날, 성우와 다카코는 도쿄에서 축배를 들기로 했다. 다카코는 성우와 만나기 위해 기다리는 동안 백화점을 어슬렁거리며 보냈다.

서울행이 정해지고 난 뒤에 그녀는 항상 막연한 불안감을 안고 있었다. 그 불안을 그녀는 신사용품을 팔고 있는 매장에서 현실이라고 의식했다. 어쩌면 저쪽 형무소에 지금 여기에서 팔고 있는 스웨터라든지 머플러를 넣어주러 가게 될지도 모른다. 그런 일을 생각하자 자신이 뜨개질을 잘하지 못하는 것이 죄스럽게 느껴졌다.

그 날은 봄도 코앞인데 몹시 추운 날이었다. 성우는 아르바이트 갈 때와는 달리 재킷을 입고 역의 만나기로 한 장소에 나타났다. 둘이서 걷기 시작한 뒤 그는 혼잡함에 지지 않기 위해 조금 더 큰 소리를 낸다.

"조금은 감격스러울까 생각했는데. 전혀 아니네."

라며 졸업증서가 든 통과 앨범을 넣은 종이꾸러미를 내보였다.

"이럴 거라면 대학도 서울에서 다닐걸 그랬어."

두 사람은 적당한 술집으로 들어갔다. 입구 부근은 좁고 긴 통로로 2인용 테이블이 몇 개 놓여 있었다. 안쪽에는 그룹으로 즐길 수 있는 넓은 테이블이 있고 샐러리맨 풍의 사람들로 이미 분위기가 고조되어 있었다. 그들은 2인용 테이블에 앉았다.

잠시 성우는 대학의 친구 그리고 취직상황에 대해 이야기했다. 그리고는,

"난 대학을 졸업하고 또 학교에 가는 거잖아. 공부는 싫어하는데 뭔가 이상한 느낌이야."

그렇게 말하고 여느 때처럼 자작으로 마신다.

"괜찮을 거라고 생각하지만 뭔가 불안해."

라며 그녀는 과거에 일본에서 보도된 스파이사건에 대해 말한다.

"그건 뭐, 체포되면 체포되었을 때의 일이고."

그렇게 말한 그는 잔을 기울이고,

"일본과 사정이 다를 테고, 일본에서 말하듯이 똑같이 말하면 당연히 체포되겠지."

"나쁜 짓을 해서 체포될 뿐이라면 누가 걱정을 하겠어. 언제 날조될지 모르잖아?"

성우는 입을 다문 채 천천히 몇 번인가 고개를 흔들었다.

"포기하면 돼. 만약 그런 나라가 조국이라면, 그런 나라밖에 가질 수 없었던 자신의 불운이라 해야겠지."

다시 그는 자작으로 술을 마신다.

"그런 태평한 소리만 하다가 체포당하면 어떻게 할 거야?"

성우는 천정을 올려다보고 나서,

"형무소 안에서 공짜로 한국어를 공부할 수 있다던데. 그 정도로 가볍게 생각하지 않으면 갈 수 없겠지. 음."

다카코는 잠시 가만히 있었다.

"그렇게까지 하면서 가야 되는 걸까."

성우는 팔짱을 꼈다. 여러 생각이 머리를 스쳤다.

"이대로 아무것도 모르고 일본에서 썩어 문드러지는 것보다, 설령 조작되어 사형을 당한다 해도, 그 얼마 안 되는 기간에 여러 가지 일을 알 수 있을 거라고 생각은 했지만. 그러나 무섭기는 무서워."

성우는 다카코를 뚫어지게 바라보며 몇 번이나 고개를 끄덕이더니 젓가락을 집었다. 그리고는,

"소자 정도 머리가 좋다면 몰라도. 그 정도 머리가 있으면 일본에서도 혼자서 해 나갈 수 있겠지만. 보통 머리로는 평생 걸려도 안 될 것 같아."

성우는 다시 목을 비틀며 그렇게 말하고는 한숨을 쉬었다.

"난 역시, 확실히 해두지 않으면 성에 차질 않아."

라며 그는 몸을 앞으로 쑥 내민다.

"이대로 일본에 있다가는 일본인이 될지도 몰라. 사람들은 이러쿵저러쿵 말하지만 나는 그래도 좋다고 생각해."

다카코는 성우의 얼굴을 보았다. 뭔가를 기대하는 기분이 마음 속 어딘가에 있었다.

"일본인이 되는 것은 괜찮지만. 지금의 일본에서 일본인이 된다는 것은 일본인 이전의 어느 나라 사람인가를 부정하지 않으면 안 돼. 그래서 일본님. 부디 소인을 일본인으로 해주십시오. 인간으로서 구원해 주십시오, 이렇게 말하는 거나 마찬가지야."

성우는 고개를 숙이는 시늉을 한 다음 잔을 비웠다. 다카코는 흥흥 하고 고개를 끄덕여 보이며 자신의 잔을 든다.

"즉 일본인이 되기 위해서 난 부정해야 할 뭔가를 가지고 있어야 하지. 음. 그렇게 생각하지 않아?"

"알지, 알아. 핵심을 찔렀어."

다카코는 잔을 단숨에 비웠다.

"역시 갈 수밖에 없네."

"그렇다니까."

성우도 계속 잔을 기울인다.

"안전한 일본에서 백 년을 살기보다 조작당하더라도 자신의 나라가 그 정도였다고 알게 되는 쪽이 가치가 있어. 그렇게 하면 신념을 가지고 일본인이 될 수도 있을 거야."

"일본이 거절하지 않는다면 말이지."

다카코는 명랑해져서 말참견을 했다.

"그 이전에 일본에 살아 돌아올 수 있을까가 문제지. 아하하하."

성우도 명랑하게 웃어넘겼다.

침묵이 찾아왔다. 두 사람은 잠자코 잔을 비웠다. 자신의 조국으로 돌아가는데 왜 목숨을 거는 결의까지 해야만 할까 하고 그녀는 한심스러워 했다. 일본의 보도가 진실일까, 한국의 보도가 진실일까? 심정으로서는 조국을 믿고 싶다. 그러나 태어나 지금까지 익숙한 일본의 보도가 역시 더 진실 되게 여겨진다.

혹시 일본에 돌아올 수 없다면, 하고 한국인인데도 그런 걱정만 하고 있다. 몇 번이나 그러고 있는 자신을 발견하다보면 마침내 갈팡질팡하고 있는 자신이 우스꽝스러워진다. 그리고 한국인도 아니고 일본인도 아닌 그런 자신의 도대체 어디가 나쁘냐고 위세 좋게 퍼붓고 싶어진다.

동남아시아 유학생으로 보이는 아르바이트 여성이 두껍게 튀긴 두부와 닭 꼬치구이를 들고 왔다.

"저 사람들도 1세대겠네."

라며 다카코는 바쁜 듯이 돌아간 점원을 본다.

"그렇겠지."

성우는 무언가를 말하려다 그만두었다. 다카코는 문득 떠오른 것이 있었다.

"얼마 전에 읽은 책에 쓰여 있었는데. 사람은 옛날에 나그네였을 때 생활 속에서 신과 동거했었대."

성우는 무슨 말인지 알 수 없다는 표정을 지었다. 다카코는 계속 설명했다.

인류는 몇 백만 년 동안 대륙을 걸어 다니는 유민이었다. 그 무렵은 손에 들고 걸어 다닐 수 있는 것만이 재산이었으므로 욕심을 가질 여유도 없었고, 신들은 항상 인류와 서로 이웃해 있었다.

그러나 밀과 벼가 인류를 정착시켜 인류로부터 여행을 빼앗아감과 동시에 신도 빼앗아갔다. 대신에 신을 숭배해 받드는 종교 교단이 발생하고, 그때부터 종교에는 권력의 냄새가 따라다니게 되었다.

"그러니까 내가 말하고 싶은 것은."

라며 다카코는 뒤얽힌 머릿속을 정리하려 한다.

"한국인도 1세는 나그네이고. 흘러 다니며 그럭저럭 살아왔잖아. 그리고 2세부터 정주를 시작했지만, 그 대가로 1세가 생활과 함께 품고 있던 신이라는 존재를 잊어버린 것은 아닌지 몰라. 우리는 나그네가 지니고 있던 자상함까지 잃어버려선 안 돼. 그렇게 생각해."

성우는 잠자코 술을 마셨다. 그러다가,

"자상함이라. 흠."

성우는 고개를 비틀고 또 한 잔 마셨다. 문득 아카네의 얼굴을 떠올렸다. 그녀의 웃는 얼굴, 그것은 자상함이었다고 생각한다.

"자상한 사람이란 강한 사람이라고 생각해."

라며 그는 테이블을 내려다본다.

"하지만 그 강함이란, 그러니까 뭐랄까."

그는 바벨을 들어 올리는 시늉을 하며,

"이런 게 아니라, 좌우지간 넓어. 그리고 용서한다든가 그런 게 아니라, 뭐랄까."

그는 팔짱을 끼고 생각에 잠긴다. 계속 생각했지만 그러나 좋은 말이 떠오르지 않았다.

"자상한 거겠지."

라고 다카코가 구조선을 보냈다. 성우는 퍼뜩 얼굴을 들고,

"그래, 자상한 거야. 자상함이란 자상하고, 그렇지."

그는 테이블을 두드렸다.

"바다야."

성우는 아카네와 보았던 태평양을 떠올리고 있었다.

"강하고 크고 엄격하고. 그러나 약하고 아무것도 없는 바다야."

"자상함이란, 바다인가?"

흠? 다카코는 생각하면서 잔을 비웠다.

이후에도 두 사람은 화제를 옮기며 이야기를 계속했다. 이윽고 유학생인 점원이 와서 사투리 섞인 발음으로,

"저, 마지막 주문을."

라며 메뉴를 펼쳤다. 성우는 시계를 들여다보았다. 10시 반을 넘기고

있다. 아무래도 11시 경에 문을 닫는 모양이다. 그는 다카코의 표정을 읽고 나서,

"아니, 됐어요."

라고 대답했다. 점원이 돌아가자,

"어때, 오늘은 끝까지 가볼까?"

하며 잔을 기울이는 시늉을 한다.

"그래."

다카코도 바로 동의했다.

"이걸로 마지막이 될지도 모르니까."

별다른 생각 없이 말했지만 자신의 말을 듣고 나서 그녀는 쓸쓸해지고 말았다.

밖에 나가보니 눈이 내리고 있었다. 어두울 터인 밤하늘의 구름은 대도시의 전기 불빛을 반사하며 혼탁한 움직임을 보이고 있다.

"오늘은 일반 호텔로 가자. 비즈니스호텔은 좁아 터져서 안 돼."

"그래, 좋아."

두 사람은 눈이 떨어지자마자 녹는 젖은 보도를 걸어간다. 지나치는 택시의 타이어는 젖은 노면을 차내며 큰 소리를 낸다.

호텔로 들어가기 전에 두 사람은 편의점에 들어가서 맥주와 위스키를 샀다. 앨범은 손에 들고 술을 종이가방에 잘 감춘 뒤 두 사람은 아무렇지도 않은 얼굴로 프런트에 섰다. 평소대로 트윈 룸을 부탁하고 보이의 안내로 방에 들어갔다.

"역시 넓다."

라며 성우는 코트를 벗어 침대 위로 던진다.

"좋아, 건배하자 건배."

그는 즐거운 듯이 종이가방에서 캔 맥주를 꺼낸다. 다카코도 코트를 벗어 옷걸이에 걸었다.

성우는 사온 모든 캔 맥주를 테이블 위에 늘어놓고 위스키도 올려놓았다. 그리고는 마른안주 봉지를 연다.

"어쨌든 오늘은 졸업식이야. 그리고 인생은 되돌릴 수 없어. 게다가 난 앞으로 어떻게 될지 전혀 알 수 없고. 마실 수밖에 없지, 이건. 음. 마시자, 마셔."

라고 말하며 그는 다카코를 부른다.

"취하기 전에 집에 전화해둘게."

그녀는 그렇게 말하고 다이얼을 돌린다. 그리고 평소대로 친구 집에서 자고 갈 거라고 말한다.

성우는 문득 다카코와 밤새 이야기하고 술 마시는 것도 오늘이 마지막일지 모른다는 생각을 한다. 세간의 상식으로 본다면 역시 젊은 남자와 여자일 뿐이고. 실제로 집에는 거짓말을 하고 호텔에 들어왔으니 말이다.

그는 다카코의 미묘한 변화를 민감하게 알아채고 있었다. 그리고 동시에 자신도 변화하고 있을지 모른다고 어렴풋이 느끼고 있었다. 그런 생각도 있었기 때문에 그는 완전히 취해버리고 싶었다.

"청주도 좋지만 맥주도 좋구나, 콜라 같은 것보다 몇 배나 시원하고."

단숨에 절반 정도 마신다. 이미 그는 충분히 불능의 영역에 도달해 있었다. 어떤 여자를 상대하더라도 도움이 되지 않는 것은 알고 있었다. 그러나 무너지는 건 한 번의 키스로 충분할 것이다. 정말로 서로를 사랑한다면 성기는 반드시 필요한 것도 아닐 터이다.

내일 죽는다고 해도 넘을 수 없는 선이 있다. 그건 핑계는 아니다. 머릿속이 일본인이 되어 있는 재일조선인이 절대로 지켜야만 하는 것도 아니다. 다만 다카코는 항상 그의 여동생으로 존재하고 있었다.

과거와 관습을 소중히 여겨서 그런 것도 아니다. 다카코를 생각하기 때문에 그 살결을 만질 수 없는 것이다.

"일본 특공대의 기분이 뭔지 알 것 같은 느낌이 들어."

성우는 맥주를 한 모금 더 마신다.

"나는 아마 살아 돌아오겠지만. 살아 돌아올 가망이 없는 비행기를 타고 나갔겠지? 역시 죽음에 걸 맞는 가치를 찾아내지 않는 한 떠날 수 없겠지."

"'와다쓰미(바라신-역자)'라고 할 때의 '와다'라는 말 한국어라면서."라며 다카코는 성우의 맞은편에 앉는다.

"어? 정말?"

다카코는 캔 맥주를 눈을 가늘게 뜨고 열더니,

"'와다'는 한국어의 바다가 발음이 바뀐 것으로 '바다'라는 뜻이래. '와다쓰미'의 '쓰'하고 '미'는 일본어 같긴 하지만."

"헤헤. 너 대단한 걸 알고 있네."

"일전에 우연히 일본어의 기원에 관한 책을 읽었는데, 거기에 그렇게 쓰여 있었어."

“그래? 하지만 왜 그럴까. 옛날의 한국과 일본은 그만큼 가까웠다는 건가?”

라며 두 사람은 역사 이야기를 시작한다.

이윽고 네 개의 캔 맥주가 비워지자,

“잠깐 기다려.”

라고 몹시 취기를 느낀 성우는 다카코를 제지한다.

“나 샤워하고 올게. 지금부터 위스키를 비우지 않으면 안 되고. 잠시 휴식.”

그는 침대 위에 있던 목욕가운을 들고 욕실로 들어갔다. 욕조에 들어가 샤워를 하자 피부에 들러붙어 있던 하루의 피로가 떨어지는 듯한 기분이 든다.

몸을 잘 닦고 목욕가운을 입을 때 문득 아카네를 떠올렸다. 거울 속의 자신을 보고 본오도리 스타일이네라는 생각을 한다. 그녀는 도대체 언제까지 그 일을 계속할까. 아이를 위해서 그런 일을 하고 있겠지만, 그러나 장래에 아이에게 들켜서 버림받기라도 한다면 그야말로 비극이다. 그런 사람이야말로 행복해졌으면 좋겠는데, 그러나 자신은 아무것도 할 수 없다.

그는 욕실을 나왔다. 문을 닫고 아카네를 떠올리며 하나카사민요를 춤춰본다. 오른손을 내밀고 아카네가 말한 각도를 떠올리며 구부린다.

“뭐 하고 있어?”

다카코가 샤워를 할 준비를 하면서 물었다.

“응? 본오도리. 하나카사민요야. 알고 있어?”

그녀는,

"본오도리?"

하며 싫은 얼굴을 한다.

"왜 갑자기 그런 걸 시작하는 거야. 난 일본인이 하는 것 중에 본오도리가 제일 싫어. 다 같이 원을 만들고 모두 똑같은 동작을 하는 게 정말 재수 없어."

성우는 리듬을 타고 적당히 춤을 추면서,

"그건 네가 한국인이라서 그래."

라고 조금 빈정대는 투로 대답한다. 다카코는 양손을 벌리고 멋대로 지껄이세요, 라는 표정을 짓는다. 그는,

"한국인은 개성이 너무 강해서 제각각이고. 일본인은 개성이 너무 없고. 재일이 그 중간이라 제일 좋아. 하하하."

"말도 안 돼. 선민사상이라는 것도 콤플렉스의 반증이라 좋아하지 않아."

"자자, 딱딱한 이야기 그만 하고. 이리와. 하나카사민요를 가르쳐줄게. 이 각도야. 이 팔의 각도가 중요해."

성우는 다카코의 팔을 잡았다.

"싫다니까. 난 본오도리 같은 거 싫어."

"그렇군."

하고 그는 고개를 떨궜다.

"아아, 코리야, 코리야 하면서. 코리야 KOREA인데 말이야."

가볍게 춤을 추더니 위스키 쪽으로 간다.

다카코는 욕실로 들어갔다.

성우는 위스키에 물을 섞어 마신다. 한숨 돌리고 나서 아카네와 함께 태평양을 보고 있는 자신을 떠올렸다. 그 이전의 자신이 어렸을 때의 일도 왠지 잇달아 떠올랐다. 장래의 자신을 그려보려고 했다. 하지만 어둠속의 크고 넓은 바다를 향하고 있는 자신이 보일 뿐이었다.

갑자기 모든 것이 싫어졌다. 눈물이 나올 것 같아 손가락을 눈에 대자 손톱에 한 방울 묻었다. 코끝에 가져가자 바다 냄새가 났다. 눈물이란 바다인가? 하고 그는 생각했다. 그 넓고 푸른 바다는 얼마나 많은 사람의 눈물일까? 그는 생각을 멈추고 일어섰다. 그 이상은 무엇을 어떻게 생각해도 답이 나올 것 같지 않았다.

이불 속으로 들어갔다. 큰 하품을 하고 그는 자는 게 좋겠다고 생각했다.

다카코가 나와서,

“뭐야 오빠. 벌써 뻗었어?”

“아아, 이제 잘 거야.”

그는 눈을 감은 채 대답했다. 실제로 굉장히 졸렸다.

“아직 12시야. 좀 더 얘기하자. 위스키도 전혀 줄지 않았잖아.”

“다음. 다음에 하자.”

“다음이 언제야. 이제 서울에 가버리는 주제에.”

성우는 자면서 우물거렸다.

“여름, 여름방학 때 돌아올 테니까. 그때 또 얘기하자.”

“그건 알 수 없잖아.”

다카코는 시트를 뒤집어 쓴 채 둥글게 말려있는 성우를 내려다보며 그렇게 말했지만 소용없었다. 그는 조용한 숨소리를 내기 시작했다.

"됐어. 나 혼자 마실 거니까."

패기도 없다고 화를 내면서 그녀는 스스로 위스키에 물을 탔다. 창가에 서자 눈은 아직 내리고 있었다. 고속도로 가로등이 어딘지 불안해 보였다. 달리고 있는 차도 그다지 많지 않았다. 야마노테선山手線은 아직 움직이고 있고, 근처 빌딩에는 불빛이 꽤 남아 있었다. 원경은 그러나 실루엣 같았다.

다카코는 천천히 잔을 기울였다. 재일이 아니었다면 어떤 인생을 걷고 있었을까 생각해본다.

많은 일본인처럼 아무것도 생각하지 않고 아시아 사람들의 고통도 모른 채 패션과 좋은 남자친구를 찾아다니는 일. 뭐 그런 정도였을 것이다. 괴롭다는 것도 그렇게 나쁘기만 한 게 아니라는 생각을 했다. 적어도 그 판에 박힌 듯한 가치관의 수상쩍음 정도는 알 수 있게 되었다.

그녀는 천천히 걸어 의자로 돌아왔다. 성우는 기분 좋게 자고 있었다.

오빠와 여동생. 거기까지 생각했을 뿐인데 머리는 공백이 되어 자신이 어디에 있는지 조차 알 수 없게 되어 버렸다. 테이블 위의 유리잔에 손을 뻗으려다 그녀는 취기를 의식했다. 그러나 그대로 자고 싶은 생각도 없었다. 오늘은 끝까지 이야기를 계속하고 싶었다.

그녀는 자신을 상대로 이야기하자는 생각을 해냈다. 자신과 마주앉자 자신이라고 생각되는 것은 어디에도 보이지 않고 암흑처럼 깊은 어둠이 보일 뿐이었다. 그녀는 그 어둠을 향해 주뼛주뼛 말을 던지기 시작했다.

오빠는 일본인이라면 타인입니다.

여동생도 일본인이라면 타인입니다.

오빠도 여동생도 일본에서 태어나 일본밖에 모릅니다. 두 사람은 정말로 타인입니다.

다카코의 눈에 눈물이 배어 나왔다.

하지만 오기가 있습니다. 일본인이 되어서는 안 된다고 생각합니다. 오빠에게도 오기가 있고 여동생에게도 오기가 있습니다.

자신들과 다른 사람을 인간으로서 보려고 하지 않는 일본인에게 특별히 나쁜 짓을 한 것도 아니므로 머리를 숙이고 싶지 않습니다.

오빠는 여동생을 좋아합니다. 아니, 좋아한다고 생각합니다. 여동생은…….

다카코는 망설이다가 위스키를 비웠다.

여동생도 아마 오빠를 좋아합니다. 오빠는 그러나 인간입니다. 오빠는 그러나 남자이기 전에 인간이 되려고 합니다.

여동생은 여자입니다. 여동생은 그러나 남자이기 전에 인간이 되려 하는 그런 오빠를 사랑합니다.

두 사람은 알고 있습니다. 두 사람 다 사랑합니다.

오빠는 일본인이라면 타인입니다. 여동생은 일본인이라면 타인입니다. 두 사람은 지켜야 할 의무가 없는 한국의 풍습을 지키고 있습니다.

민족의식은 아닙니다. 무시당하고 있는 자의 최소한의 오기인 것입니다.

다카코는 다시 위스키에 물을 섞는다. 위스키가 잔에 흘러드는 소리가 멀리 들렸다. 혀도 마비되어 있다. 취했다고 그녀는 어렴풋이 느꼈다. 그리고 침대 옆 카펫에 주저앉았다. 성우는 피곤한 얼굴로 정신없이 자고 있었다.

무사히 돌아오라고 빌었다. 다시 아무런 사고도 없는 공백의 시간이 지나간다. 잔은 어느새 비어 있었다. 한 잔 더 마실 수 있을 것 같다고 생각하며 그녀는 일어섰다. 발걸음이 휘청거린다. 성우 위로 넘어질 것 같았지만 필사적으로 버텼다.

자세를 고치고 나서 무겁게 내려앉은 눈으로 다카코는 그를 내려다보았다.

"바, 보, 자, 식."

작게 중얼거린 그녀는 테이블로 향했다.

(번역 : 김학동)

강남의 밤

원수일元秀一

늦가을 밤 한강의 차가운 바람을 맞으며 강남 압구정동을 출발한 나는 황야를 떠돈 심경으로 서울역 앞에 위치한 H호텔에 간신히 도착했다. 차가운 공기 속을 헤매는 무모한 행동으로 나를 내몬 것은 성性에 대한 망집이었다. 나는 홀연히 떠난 사라サラ를 찾기 위해 눈이 돌 정도로 찬연한 압구정 길거리를 얼마나 방황했는가. 돌이켜 생각해 보니 고작 2시간 정도의 시간이었다. 그렇지만 내 관념으로는 20년에 상당하는 긴 시간처럼 느껴졌다. 여기저기 노점 불빛이 켜있는 남대문시장은 조용했다. 희미한 웃음소리가 들려온다. 나는 H호텔로 통하는 급

경사 언덕길을 터벅터벅 올라갔다. 피로감에 다리가 납덩이처럼 무거웠다. 산책길에 늘어선 나무를 장식한 소형 전구의 야간 조명이 늦가을 밤을 채색하고 있었다. 싸늘한 고요함이 나의 귀를 콕 찔러왔다. 추위가 몸에 스며든다. 머리에서 무언가가 터지고 마치 먼 과거로 거슬러 올라가는 듯한 착각에 빠져든다. 서양식 위용을 자랑하는 H호텔이 사막의 신기루처럼 불분명한 모습으로 밤의 고요함 속에 우뚝 솟아 있었다.

비틀거리는 걸음으로 H호텔 현관에 다가서자 장신의 도어맨이 정중하게 나를 맞아주었다. 나는 무표정한 얼굴로 회전문에 몸을 밀어 넣었다. 심야의 따뜻한 H호텔 로비는 여기저기 명랑한 서양인들로 활기가 넘쳤다. 나는 피로와 고독을 느꼈다. 동시에 애절한 감정이 가슴 깊은 곳에서 치밀었다. 나는 한숨을 쉬었다.

프론트 담당자가 나에게 1통의 메시지가 있음을 알려주었다. 내가 소속되어 있는 R대학 비교문학연구소장 마쓰다 교수로부터의 메시지였다. R대학의 자매학교인 K대학 문학부로부터 연락이 올 예정이었다. K대학에는 나의 서울행 목적을 밝혀 두었다. '포스트 콜로니얼'을 테마로 두 대학이 공동연구를 진행하기 위한 기초 작업이 그것이었다. 하지만 연락이 좀처럼 오지 않자 나는 기다리다 못해 홀로 늦가을 서울을 여행하기로 했다. 본래 마쓰다 교수도 함께 동행할 예정이었으나, 그에게 급한 일이 생기는 바람에 어쩔 수 없이 혼자 오게 된 것이다. 연락이 없는 것은 내게 별도의 목적이 있었기 때문에 상관없었다. 오히려 그쪽이 마음이 편했다. 압구정동에서 사라를 찾아 헤매고 있던 나는 K대학에 대한 일을 완전히 잊고 있었다.

마쓰다 교수의 메시지는 다음과 같았다.

K대학 문학부 학장 이교수로부터 아직 연락 없음.

오는 대로 바로 알려주겠음.

내가 K대학 문학부를 방문하는 것은 처음인데다 비공식이었다. 때문에 상호 간에 연락이 원활치 못한 것일지도 몰랐다. 나는 메시지를 주머니에 꾸겨 넣고 피곤한 걸음으로 호텔방에 들어갔다. 커튼을 열자 늦가을 깊은 밤의 어둠 속에 흔들거리는 서울 거리가 펼쳐졌다. 콩알만한 불빛들이 어둠 속에 산란하는 야경은 언젠가 어딘가에서 본 것 같은 향수를 일으켰다. 불쑥 압구정동 외각의 낡은 빌딩 방에서 안았던 사라의 얼굴이 광대한 야경 아래에서 출렁거렸다. 하지만 사라를 품었다는 실감은 몽환처럼 희미했다.

나는 더블 침대에 느긋하게 몸을 뉘었다. 멍하니 천장을 바라본다. 잠기운이 완만하게 만조처럼 의식을 덮쳐 왔다. 꾸벅꾸벅 졸고 있는 나의 뇌리에 신오사카에 위치한 라운지 '리－베'에서 일하던 여대생 사라沙羅가 스쳐지나갔다. 내가 서울로 출발하기 전 사라가 내 맨션 침대에서 땀에 젖은 나체로 "이래 저래 둘러대지만 진짜는 사라サラ를 만나러 서울에 가는 거 아냐"라고 말하며 몸을 기대 온 것이 떠올랐다.

사라沙羅가 말한 서울의 사라サラ는 마광수의 『즐거운 사라』에 나오는 사라를 의미했다. 한국문학은 유교정신을 근간으로 한 분단이데올

로기의 속박과 그에 대한 극복이라는 무거운 현실을 상대하면서 언어를 만들고 있다. 그렇기 때문에 자유롭고 대담한 성 편력을 체험하는 여대생 사라의 출현은 한국에서 공감을 불러일으켰다. 그녀가 배회하던 거리가 압구정동이었다. 내 서울 여행의 개인적인 목적은 『즐거운 사라』를 체험하는 것이었다. 『즐거운 사라』의 줄거리와 사라의 매력에 대해 열변을 토하는 나를 사라沙羅는 질투했을 것이다.

"픽션에 질투해서 어쩌자는 거야."

나는 사라의 유방을 애무하면서 말했다.

"그렇지만 선생님은 여자를 좋아하는 걸"

사라는 작아진 나의 페니스에 손톱을 세웠다

"아파!"

나도 모르게 신음을 흘렸다. 사라는 쿡하고 웃으면서 장난을 멈추지 않았다.

성애에 몰두하면 무방비 상태가 되어 실없는 행동에도 너그러울 수 있다. 고무공이 튕겨 나갈 것 같이 부드러운 젊은 이성의 살을 만질 때의 행복은 필설로 다하기 어렵다. 나는 밤새도록 사라를 핥고, 애무하고, 안고 싶다고 생각했다. 하지만 체력 감퇴가 성애의 지속을 단념케 했다. 나는 강인한 육체를 원했다. 그렇다고 헬스클럽에 다닐 기력은 없었다. 발기력이 약해진 나는 바이아그라를 사긴 했지만 부작용이 두려워 서랍에 넣어 둔 채였다. 성애 중에 죽는 것은 멋지지만 죽기 전에 아직 해야 할 일이 많이 남았다고 생각했다.

"방금 전엔 미안."

사라는 내 페니스에 말을 걸고는 위로하듯 입에 넣었다. 하반신에서 올라오는 쾌감을 느끼면서도 내 머리는 깨어갔다. 이상하게도 나는 서울에 가면 『즐거운 사라』의 사라를 만날 것 같은 기분이 들었다. 물론 실없는 망상이 이런 생각을 하게 만들뿐이라는 사실은 잘 알고 있었다. 그럼에도 나는 사라와 만날 수 있을 것 같은 기분이 들었다.

『즐거운 사라』에 사라에게 "몸 전체에 소름이 돋는 충격을 주는" 남자로 한지섭 교수가 등장한다. 문학과 사랑을 강의하는 한지섭 교수가 "다들 모여서 통일이니 민족이니 하는 말들만 이를 드러내며 외치지 말고, 책을 읽어, 책을!" 하고 도발하는 대목에서 나는 허를 찔린 기억이 있다.

나도 20대 초반에 "통일이니 민족이니 하는 말들에 이를 드러내"고 있었다. 그렇지만 정치를 외면하려 했던 내게 정치가 따라붙는 형태일 뿐, 내가 확신을 가지고 관여한 적은 결코 없었다. 이랬던 내가 알게 된 정치정세에 의하면, 김대중은 4 · 19혁명을 전차로 진압한 박정희로 하여금 청와대에 눌러 앉을 집착을 하게 할 만큼 눈에 가시 같은 존재였다. 김대중이 일본과 미국에서 반독재운동을 벌이는 데 위기감을 느낀 박정희는 동경에 머물던 라이벌을 대낮에 납치하여 살해하려 한다. 하지만 그는 기적적으로 목숨을 건졌고 서울 자택으로 되돌아가게 된다. 납치 실행범이 중앙정보부란 사실은 자명했으나, 일본정부는 애매한 태도로 얼버무려버렸다. 주권침해도 상대에 따라 다르게 해석될 수 있음을 보여주는 전형적인 사건이었다.

당시 반독재 · 민주화 · 통일을 세 개의 이념 축으로 삼았던 K동맹에 속해 있었던 나는 '김대중 구출 100만인 서명운동'을 진행했지만, 원래부터 태만한 성정 탓에 적극성이 결여된 어중간한 존재였다. 아니, 태만이라기보다 귀찮은 일을 피하고 싶다는 이기심이 강했다. 그럼에도 불구하고 나는 왜 K동맹의 일원이 되었던 것일까. 어느 쪽이냐고 물으면 온건파에 속한 나는 정치에 무관심했다. 예쁜 여성을 어떻게 꼬실까 하는 문제가 내게는 보다 리얼리티가 있었다.

대부분의 재일 2세가 그러하듯 나는 아버지의 '통명'을 사용하고 있었다. 온건파 입장을 유지하는 한 '통명'으로 틀림없이 충분했을 것이다. 나는 온건파임에도 인간 존엄에 눈 뜬 어중간한 존재였다. 때문에 '통명'에 위화감을 느꼈고, 이른바 '본명'을 쓰기 시작했다. 나는 '본명'을 쓸 바에야 모국어를 학습해야겠다고 생각했다. 우선 별 생각 없이 S동맹의 모지부가 개설한 한국어 강좌를 듣기로 했다. S동맹 모지부의 구성원들은 동료의식이 강했다. 그중에는 "김일성이 얼마짜리 인간인데"라고 기골차게 말하는 사람도 있었다. 부끄러움이 심한 귀여운 여성 동맹원도 있었다. 하지만 S동맹의 교조주의는 배타주의의 다른 모습이 아닌가 하고 나는 회의하게 되었다.

"동무, 마르크스 · 레닌주의를 이어받은 주체사상이야말로 유일하고 절대적이야. 미제 괴뢰는 사대주의인 거야. 사대주의가 파탄할 거라는 건 역사가 증명할 테고, 삼천리금수강산은 주체사상으로 통일해야 하는 거야."

자신들만이 정의라고 믿는 무서움은 딱히 '미제'만의 전매특허가 아니었다. 내 발걸음은 S동맹으로부터 멀어졌다.

그 다음에 나는 우메다에 위치한 외국어학원의 한국어 코스 수강생이 되었다. 외국어학원에 정치색이 없다는 점에 나는 안도했다. 다만 동기 수강생 중에 양이라는 인물이 있었다. 양은 나와 달리 조국의 분단 현실에 괴로워하는 강건파였다. 주 1회의 강좌가 끝나면 나와 양은 우메다의 커피숍과 이자카야에서 시간을 보냈다. 온건파와 강건파가 만났으니, 본래라면 물과 기름처럼 잘 어울리지 않아야 했다. 하지만 우리는 이자카야에서 죽치는 사이가 되었다. 그 이유는 내가 어중간한 온건파였는 데다 얼마 안 되는 수강생 중에 재일조선인은 나와 양밖에 없었기 때문이었다.

"이번 세기가 끝나기 전에 우리나라는 통일되어야 해"

양은 입에 침이 마르도록 이야기했다. 우리나라의 통일을 기원하지 않는 사람은 한 명도 없을 것이다. 하지만 생각은 있어도 방책은 마땅치 않았다. 적어도 내겐 그랬다. 양은 도취되어 웅변했다. 나는 적당히 받아주면서 눈길이 가는 여자 손님을 곁눈질로 바라봤다.

내가 모국어를 배운 이유는 오로지 아이덴티티를 원하고 있기 때문이었다. 양은 달랐다. 양에게 모국어는 통일과 같은 뜻이었다. 대학원 수험 준비로 여념이 없었던 나를 무시하며 양은 서울대학교의 어학당에 입학하기로 결정했다. 나는 솔직히 양의 행동력에 압도되어 있었다. 실행하는 언어에는 무거움이 있다. 나는 양에게서 이 사실을 배웠다.

"북한이 적화통일하기 전에 남한을 민주화해서 통일해야 하는 거야."

양의 결의였다. 슬프게도 독재정권은 모국어와 통일을 같은 뜻으로 여긴 그를 불을 보고 달려드는 나방처럼 취급했다. 양은 서울대 본과에 입학한 2년 후 스파이 혐의로 중앙정보부에 의해 구속되었다. 그의 얼굴사진과 함께 사건 경위를 보도한 신문을 살펴본 나는 놀람을 금치 못했다. 양이 북한을 위해 이적행위를 했다는 법적 근거는 구체성이 없었고, 정황증거만이 과장되게 쓰여 있었다. 분단을 국내정치에 이용하려는 독재정권의 시나리오대로 그가 재판받고 있다는 사실은 명확했다. 양을 구하기 위한 모임이 발족되었고, 내게도 참가를 독촉하는 요청이 왔다. 그러나 나는 그 모임에 참가하지 않았다. 이유는 나의 이기심이었다. 나쓰메 소세키의 『마음』에 등장하는 '선생'은 우정을 배신하고 성애를 선택한다. '선생'의 이기심이 인간의 업으로 체현되어 있는 것이다. 나 역시 한 사람의 '선생'이 되는 것을 피할 수 없었는지 모른다.

꺼림칙한 기분과 고독감이 나를 K동맹으로 이끌었다. 대학원 수업 후 돌연 쓰루하시에서 고기를 먹고 싶다는 충동에 사로잡힌 나는 간죠센 전차에 올라 목적지를 향했다. 개찰구를 나왔을 때 길거리에서 삐라를 나눠주고 있는 비슷한 연령대의 젊은이들에게 나는 길을 가로막힌 모양새가 되었다. 아니, 정확히 말하면 목에 서명 판을 늘어트린 여학생의 진심어린 목소리에 나는 호기심을 느낀 것이었다. 나는 어떠한 상황에서도 매력적인 여성에게는 마음이 동하는 성벽의 소유자였다. 다카라즈카(여성으로 이루어진 교토 소재의 극단)의 남자 역 같이, 짧은 머리가 어울리는 정돈된 얼굴의 여자의 요청을 받은 나는 서명을 했다. 내 서명을 본 그녀는

"반가워라, 동포네"라고 감탄한 목소리로 말했다.

"어어."

나는 애매하게 대답했다.

"나는 사라. 잘 부탁해."

그랬다, 그녀의 이름도 사라였다. 나는 사라에게 끌려 K동맹의 일원이 되었다.

K동맹은 북과 일체화된 상부단체의 산하기관이었던 S동맹과 달리, 독재정부와 가까운 상부단체로부터 제명 처분을 받고 있었다. 박정희를 비판하는 김대중의 해외거점 중 하나가 되는 것은 필연적인 결과였다. 하지만 내게 정치적인 배경 따위는 아무래도 좋았다. 사라가 이 단체에 있다. 그러니까 나도 이곳에 있다. 내게 주체는 없었다. 성적 동기가 나의 행동 원리였다. 사라의 환심을 사기 위해 나는 수단을 가리지 않았다. 누군가 사라의 이름을 부르면 내 심장은 두근거리기 시작하고, 풍경 속에서 그녀가 나타났다. 사랑의 포로란 이런 상태를 말하는 것이리라.

K동맹 구성원이 자주 이용하는 대창찌개 집이 운하가 흐르는 이카이노 주변의 다리 가까이에 있었다. 나도 사라를 포함한 멤버들과 그 가게에 종종 걸음을 옮기곤 했다. 사라는 술이 취하면 점차 여자 냄새를 발산하기 시작했다. 연적의 말에 반응하는 사라를 나는 마른 침을 삼키며 지켜봤다. 웅변가였던 이라는 친구는 분단과 재일의 관계성에 대해 말하면서, 때로는 교활하게 사라의 어깨에 팔을 두르고 귓속말로 무언가를 속삭이곤 했다. 그러면 그녀는 큰 소리로 웃으며 상체를 뒤로 젖히는 것이었다.

"재일은 정권연명의 도구로 이용될 뿐이야. 독재정권을 타도하고 민주정권을 세워야 하는 거야. 정치범이 늘어날 뿐이라고."

"정말, 그래."

"그러니까 하루라도 빨리 김대중을 대통령으로 해야 한다는 거지."

"나도 동의해."

그와 의기투합하던 사라는 가장 떨어진 자리에 앉은 나를 일별했다. 질투의 불길을 태우면서 안절부절 못하고 있던 나의 얼굴은 경직되어 있었을 것이다. 사라는 희미하게 미소 짓고는 재차 시선을 돌려 그의 이야기에 귀를 기울였다. 그에게 적개심을 느끼면서 나는 문득 감옥에 갇힌 양을 떠올렸다. 양이 풀려나려면 독재 정권을 타도하는 방법밖에 없다고 생각했다. 그 점에서 그의 의견은 타당했다. 하지만 나는 솔직히 그의 의견을 받아들이기 힘들었다. 리얼리티를 느끼기 힘들다고 해야 할까. 내 상상력의 부재 때문이었는지도 모른다. 양을 구하기 위한 모임에 참여하지 않은 내가 반독재・민주화・통일을 주장하는 K동맹에 들어 온 동기는 사라를 향한 사랑이었다. 나는 자기모순에 번민했다.

만약 여기가 서울이었다면 어땠을까. 나를 둘러싼 정치의 긴박함이 피부를 지나 머리끝까지 도달했을지도 모른다. 반독재민주통일운동에 참가해 데모 진압대를 향해 돌을 던지고 있었을 것이다. 아니, 겁쟁이인 나는 이기심으로 인해 성애라는 리얼리티를 선택했을 것임이 틀림없다.

김대중이 납치된 사실이 알려지자, K동맹 오사카 지부는 대형버스를 빌려서 한여름 밤의 심야 고속도로를 달려 동경으로 향했다. 내가 우연을 가장해서 사라 옆에 앉은 것은 당연한 일이었다. 그녀의 호흡을 가까이에서 느낀 내 마음은 요동쳤다. 그녀가 이야기하는 단어 하나하나가 주옥처럼 빛을 발하며 내 마음 속에 각인되었다. 그것이 김대중 구출보다 한층 더 나로 하여금 사라 곁에 다가가도록 하였다. 그녀는 나의 눈을 바라보며 말했다.

"재일이란 존재는 역사적으로는 점에 지나지 않다고 생각해. 과거도 미래도 없어. 단지 지금만 있을 뿐. 어중간한 감성과 의식에서 파생하는 자기분열에 어떻게 대처해야 할지에 대해 이리저리 궁리만 해야 하는 불쌍한 존재인 것 같아. 그렇게 생각 안 해?"

"확실히."

나는 맞장구를 쳤다. 바다를 사이에 두고 조국에서 멀리 떨어져 있고, 쓰는 말도 모국어가 아니다. 본명을 사용한다고는 하나 의식의 실을 짜는 것을 멈추면 순식간에 퇴화해 버린다. 머리 속이 텅 비워진다. 인간이 감성과 의식, 그리고 언어가 일치할 때 존재이유를 갖는 생물이라면 나와 사라는 영원히 공중에 매달린 존재일 수밖에 없다. 그렇기 때문에 조국과의 일체화를 지향하는 이론이 그 명확함으로 인해 구심력을 지니는 것이다.

대사관을 경비하고 있던 완전무장한 기동대는 두랄루민방패로 가차없이 데모대를 진압했다. 아비규환 속에서 사라는 잔 다르크에 필적하는 과감함으로 기동대에 저항했다. 하지만 기동대는 나도 아직 만져본 적 없는 사라의 유방을 거칠게 움켜잡고는 가학적인 폭행을 가했다. 나는 압도적인 폭력의 공포에 몸이 움츠러든 채 사라를 지킬 수 없었다. 나는 두들겨 맞아 완전히 뻗어버렸다.

그로부터 20년이 지난 지금도 독신이라는 점에서 나는 자유였다. 기분 내키는 대로 여자를 꼬실 수도 있었다. 내가 '리-베'의 사라沙羅에게 끌린 것도 그녀의 얼굴이 사라를 떠올리게 했기 때문이었다.

"선생님, 나는 마음에 안 드는 남자하고는 100만 엔을 쌓아 놓아도 섹스 안 해. 돈은 얼마 간 있으면 충분하니까. 선생님은 친절한데다 내 취향이니까 이렇게 섹스하는 거야."

경제학을 전공하는 사라의 행동 원리는 약간의 돈과 특이한 성애였다. 나는 매달 5만 엔의 용돈을 그녀에게 주었다. 한 달에 한 번 사라는 내 맨션으로 찾아왔다. 당연히 섹스가 목적이었다. 그녀가 다른 남자와 자는지는 내 관심 밖이었다. 내 맨션에 왔을 때에만 나의 사라이면 충분했다. 이 점을 그녀 또한 잘 알고 있었다. 사라의 성은 사디즘과 마조히즘이 일체화된 것으로 침대에 묶인 나를 극한까지 몰아붙였다. 그녀는 속박된 나를 괴롭히면서 몸 깊숙이 흥분해 갔다. 그리고 내가 풀려나면서 사디즘과 마조히즘이 뒤바뀐다. 나는 희열을 느끼는 사라의 표정을 응시하면서,

"어때, 좋지" 하면서 손가락을 움직인다.

"좋아."

사라는 관음보살의 화신인 것처럼 자비와 쾌락의 궁극에 도달한다. 체력을 모두 소진한 나는 천장을 향해 누워 하-하-숨을 내쉰다. 몸 깊숙한 곳에서 올라오는 쾌감이 살아있다는 실존을 표면화시킨다. 나는 우정을 배반한 죄책감에 괴로워하다 결국 자살을 결심하는 『마음』의 '선생'이 도저히 될 수 없었다. 성애의 리얼리티가 죄의식을 이기고 있

었다. 물론 성애의 밑바닥에는 이기심이 있었다. 이런 게 나라면, 나에게 이런 나를 살아가는 것 외에 어떤 방법이 있을까.

늦가을 서늘한 석양에 녹아들어가는 강남 압구정동은 뉴욕의 고급스런 한 모퉁이를 떼어 옮긴 듯한 모던함이 시선을 끈다. 고급 부티크 쇼윈도를 장식한 브랜드도 남대문시장에 넘쳐나는 물건들과 달리 품격이 있었다. 개성을 주장하는 예술적인 건물의 일루미네이션이 압구정동을 한층 더 빛나게 연출한다. 김대중이 대통령으로 취임한 직후 IMF의 개입이 결정되었고, 한국은 힘든 경제 상황을 겪고 있다고 들었다. 그렇지만 남대문시장의 절제 없는 활황과 압구정동의 세련된 성황으로 보건대 한국의 생명력을 인정하지 않을 수 없었다. 교포라고는 하나 어차피 이방인에 불과한 나는 그럼에도 묘한 친숙함으로 해질녘 압구정동을 방황하기 시작했다.

일견 목적도 없이 걷고 있는 듯 했지만 나는 사라를 찾고 있었다. 나는 성애에 대한 호기심에 사로잡힌 사라가 길모퉁이에 멈춰서 있지 않을까 하는 망집을 부풀려 갔다. 문득 누군가와 부딪혔다. 곁눈질하며 걷고 있었던 탓에 길모퉁이에 모여 있던 사람 중 하나와 부딪힌 모양이었다. 나는 어색한 한국어로

"미안합니다"라고 사과했다.

그러나 내 목소리는 필시 누구의 귀에도 들리지 않았음에 틀림없다. 잘 살펴보니 모인 사람들의 중심에 남대문 시장에나 있을 법한 노파가 바닥에 앉아 무슨 과자 같은 것을 철판 위에 굽고 있었다. 세련된 압구

정동 거리와 어울리지 않는 모습이었지만, 이상하게도 묵묵히 과자를 굽는 노파는 이 장소의 분위기와 동화되어 위화감이 없었다. 나는 재미있는 조합이라고 생각했다. 그때 누군가 내 등을 톡톡 쳐서 돌아보았다.

"아저씨, 이리오세요."

등 뒤로 눈부신 빛이 비치는 아름다운 여성이 내게 말했다. 나는 처음에 사람을 잘못 본 것이 아닌가 하고 의아한 얼굴을 했다. 하지만 여자는 방긋 미소 지으면서 재차,

"아저씨, 이리오세요."

"나요?"

내가 물었다. 그녀는 고개를 끄덕였다. 아무래도 내가 맞는 것 같았다. 순간 고민되었지만, 정체를 알 수 없는 여자라 하더라도 아름답다는 이유만으로 어슬렁어슬렁 따라가는 것이 나의 약점이었다. 실제로 여자는 『씨받이』의 강수연과 닮은 매력이 있었다. 나는 K동맹시절의 사라를 떠올렸다. 그녀 역시 생각해보니 강수연을 닮았었다. 과연 '리-베'의 사라沙羅 또한 이쪽 얼굴이었다. 내가 좋아하는 여성은 지금 생각해 보니 강수연 계열의 얼굴을 하고 있다는 사실을 깨달았다. 나는 『즐거운 사라』의 사라 역시 강수연적인 여자로 상상해 본다.

"아저씨, 일본에서 오셨나요?"

바라보는 여성의 눈동자가 반짝반짝 빛을 내며 나를 매료시킨다. 나는 반쯤 마음을 연 채

"맞아"라고 대답한다.

"반가워요."

"왜?"

"일본에서 온 아저씨는 돈을 많이 가지고 있잖아요."

아무래도 여자는 돈이 목적인 듯 했다. 나는 낙담했다. 하지만 이게 현실이었다. 나는 견제할 의도로,

"난 일본사람이 아니라, 교포야"라고 말했다.

"잘 알아요."

"정말인가?"

"옷차림이 한국 사람하고 다르니까."

과연 주변을 둘러보니 왕래하는 서울사람들이 입고 있는 옷의 센스와 색채가 나와 달라 이질적이었다. 아니, 내 쪽이 이질적이라고 해야 맞을 것이다. 그래서 내가 일본의 경제력을 보여주는 "돈을 많이 가지고 있는 아저씨"로 간주된 것이 틀림없었다. 이것이 현실이었다.

여자는 압구정동에서 조금 벗어난 어두침침한 골목길로 나를 안내했다. 압구정동의 화려함과 소음이 멀어지고 있었다. 나는 위기감을 느꼈지만 돌아갈 생각은 없었다. 『즐거운 사라』를 찾고 싶다는 욕망이 위기의식보다 더 컸다. 한국식 지붕을 한 건물 모퉁이에서 남자가 담배를 피며 서 있었다. 건장한 체격에 위압감이 있었다. 여자가 무언가를 속삭였다. 남자가 나를 쳐다보고는 여자에게 작은 소리로 무슨 말인가 중얼거렸다. 잘 들리지 않았다.

"아저씨, 걱정 마세요."

나의 불안을 위로하듯 여자가 뒤돌아보며 말했다.

나는 끄덕였다. 위압감 있는 남자의 곁을 지나는 순간 나는 무서운

분위기를 느꼈다. 그만큼 남자가 갑자기 머리를 숙여 왔을 때 놀랐다. 나도 반사적으로 머리를 숙였다. 기관지를 간지럽히는 담배 냄새가 편안했다. 나는 내심 안심했다. 여자를 따라 한국식 건물 대각선에 있는 낡은 건물 안으로 들어가는 순간 나는 등 뒤로 무언가를 느꼈고, 뒤를 돌아봤다. 남자가 지그시 이쪽을 보고 있었다. 나는 도망치듯 건물 안으로 들어갔다. 독특한 냄새가 코를 자극했다. 인기척이 없는 건물 플로어에 망가진 의자가 굴러다니고 있었다. 정체를 알 수 없는 섬뜩함이 감돌았다. 되돌아가려면 지금이다. 하지만 내 뇌리에는 앞선 남자의 모습이 스쳐지나갔다. 망설이는 나를 조롱하듯 여자가,

"어서 오세요" 하고 재촉하며 계단을 올라갔다.

여자의 건조한 구두 소리가 텅 빈 공간에 울려 퍼졌다. 올려다보니 여자의 육감적인 둔부가 눈에 들어왔다. 나는 격렬한 욕망을 느꼈다. 나는 스스로의 욕망에 자극 받아 계단을 올라갔다. 한 계단 올라갈 때마다 심장이 두근거렸다. 불안과 기대가 교차했다. 나는 쾌락에는 위험이 동반한다고 스스로에게 다짐했다. 약한 형광등 불빛이 은은히 빛나는 2층은 몇 개의 문이 보일 뿐 살풍경이었다. 여자는 눈 앞의 두 번째 문을 열고 나를 불렀다. 나는 여자 곁에 섰다. 여자가 내 손을 잡았다. 여자의 부드러운 살결에 나는 설렜다. 여자가 뒤의 문을 닫고는 방 안의 불을 켰다. 원색의 커튼과 벽지가 두드러졌다. 창 옆의 침대가 적나라했다. 심장 소리가 한층 더 커졌다. 여자는 사이드테이블에 놓인 호박색 위스키 병을 들어

"이카가데쇼카(어떠세요?)"라고 물었다.

나는 처음에 귀를 의심했다. 여자가 분명히 지금 일본어로 말했기 때문이었다.

"제 아버지도 아저씨와 마찬가지로 교포예요."

놀란 나를 바라보던 여자가 웃으며 말을 했다.

"그랬구나."

나는 감회 깊은 모습으로 납득했다.

"그러니까 돈을 많이 주셔야 해요."

여자가 위스키를 따르며 이야기했다.

"알았어."

나는 크게 고개를 끄덕인 후 위스키를 한 잔 마셨다. 씁쓰레한 맛이 위장을 적셨다. 나는 지갑에서 만 엔 지폐를 5장 빼내 여자 손에 건냈다.

"감사합니다."

여자의 얼굴이 해바라기처럼 환하게 폈다. 여자는 5만 엔을 대충 가슴 사이로 껴 넣고는, 웅크려 앉아 석유 스토브에 불을 켰다.

"이름은?"

나는 침대에 앉아 물었다.

"사라."

나는 놀랐다. 내가 기원했던 것이 이런 형태로 현실이 되리라고는 정말 생각지도 못했기 때문에 마치 여우에 홀린 듯한 기분이 들었다. 나는 허구 속을 헤매 들어온 것 같은 느낌이었다. 수 년 전 김영삼 정권이었을 때 이번과 같은 이유로 비교문학 연구를 구실삼아 한국에 왔을 때, 관광버스로 방문했던 판문점의 광경이 뇌리를 스쳤다. 38도선이라는 휴전선이 횡단하는 판문점은 언제 무력충돌이 일어나도 이상하지 않은 장소였다. 하지만 기념품 가게까지 있는 판문점에서 분단을 관광하는, 현실과 허구가 꼬여버린 뭐라고 표현할 수 없는 감흥을 느낀 기억이 있다. 이번에는 성애의 리얼리티가 우연성에 발이 걸려 넘어진 꼴이다.

"아저씨, 부드럽게 사랑해줘요."

사라가 애교 섞인 말투로 속삭였다. 나는 사라의 몸을 사랑스럽게 안은 채 잠시 가만히 있었다. 나의 욕망은 얼음에 잠긴 듯 식어갔다.

"왜 그래요?"

사라가 내 얼굴을 들여다보았다.

"귀여워서."

"귀여워요?"

"예쁘다."

"정말이에요?"

"어, 정말이야."

"기뻐요."

사라의 말에 자동적으로 나는

"사랑해"라고 말했다.

"거짓말."

"진심이야."

나는 사라가 몇 년 만에 찾아 온 연인이라도 되는 양 감정을 넣어 고백했다. 그러나 지금까지 몇 명의 여자들에게 "사랑해"라고 고백해 온 것일까. 성애의 리얼리티를 얻기 위한 방편이었다고는 하나, 나는 "사랑해"라는 말을 너무 안이하게 써 온 것에 대해 자조 비슷한 감정을 갖고 있다. 흡사 K동맹 시절 너 나 할 것 없이 만나서 "통일 하자"라고 말하곤 했던 가벼움에 닮아 있다. 생각해 보면 마음 깊은 곳으로부터의 사랑 고백 따위 일생 동안 한 번 있을까 말까가 아닐까? 나는 K동맹 시절에 평생 한 번 있을까 말까한 고백을 사라에게 한 적이 있다. 사라는 내 고백을 진지하게 수락했고 그 증거로 내 요구를 받아들여 성애를 나누었다. '통일'에서 리얼리티를 거의 느낄 수 없었던 나는 사라를 통해 세계의 실존을 체득했다. 광주민주화항쟁이 일어난 해에 사라가 갑자기 사라지지만 않았다면 나는 그녀와 틀림없이 결혼했을 것이다. 나는 지금도 사라가 없어진 이유를 모른다. 경박함과 성애의 리얼리티를 함께 갖추고 있었던 나는 K동맹 시절을 보냈고, 그녀의 실종과 함께 그곳에서 이탈했다.

광주민주화항쟁이 일어난 다음 해, 군사재판에서 내란모의 혐의로 사형 판결을 선고받은 김대중은 같은 날 임시내각의 특사에 의해 무기징역으로 감형받게 된다. 그가 형 집행정지와 함께 미국으로 건너간 것은 광주민주화항쟁이 일어난 2년 후였다. 나는 신문지면에 실린 김대중을 사라와 모습과 겹쳐 생각했던 것을 떠올렸다.

"아저씨, 나 일본에 가고 싶어."

사라의 목소리에 정신이 돌아왔다. 그녀는 나를 진지하게 바라보고 있었다.

"왜?"

내가 물었다.

"아버지가 자란 나라를 보고 싶어."

나의 뇌리에 신사이바시의 코리안 클럽에서 일하는 뉴 하프들의 모습이 떠올랐다. 짧은 일본어를 구사하면서 접객하는 그녀들의 친절함과 정성에 나는 몇 번인가 호구 취급을 받기도 했다. 하지만 나는 그녀들을 원망할 생각이 없다. 결국 남자와 여자의 관계일 뿐이다. 덧없는 사랑에서 진정한 사랑이 생긴다면 그것도 좋다. 그렇지 않다면 그뿐인 것이다. 사라의 말에 진심이 담겨 있는지는 알 수 없었다. 그렇지만 나는 진지한 얼굴로,

"그럼, 내가 데리고 가 줄게."

"정말?"

"어."

나는 크게 끄덕였다.

"기뻐라."

사라는 내 가슴에 얼굴을 묻은 채 뺨에 눈물을 흘렸다. 나는 그녀의 눈물을 손가락으로 닦아 주었다. 그녀가 내게 엉켜왔다. 나는 사라를 핥고 애무하며, 성애의 리얼리티를 실감했다. 허약한 발기력이 기적적으로 회복되자 나는 가학적이라고 할 만큼 허리를 움직였다. 손으로 내 목을 감싼 채 신음하던 그녀는,

"사랑해요"라는 말을 반복했다.

사정한 나는 사라를 꽉 안고 섹스의 쾌감에 젖어 있었다. 역시 서울에 오길 잘했다. 하지만 돌연 무언가가 부서지는 둔중한 소리가 쾌감의 여운을 빠져 있던 나를 덮쳐 왔다. 나는 벌떡 일어나 문밖의 기색을 살

폈다. 사라는 겁에 질려 나를 붙잡았다.

"아버지야."

나는 그녀의 말에 몸이 얼어붙었다. 문 밖에서는 "이 새끼가", "니기미 씨발"과 같은 인신공격의 비속어가 오가면서 몸이 부딪히는 짐승 같은 소리가 들려왔다. 내게는 옷을 입을 틈도 없었다. 불의의 침입자가 문을 발로 차고 들어왔다. 제멋대로 자란 수염에 머리는 부수수했고, 싸구려 옷을 두르고 있는 모습이었다. 비쩍 말라 퀭한 얼굴에 붙은 눈은 증오와 분노로 빛나고 있었다. 무의식적으로 나는 눈을 돌렸다. 침입자의 거친 숨소리가 공포를 불러와 서 있을 수 없었다. 나는 이불을 집어 나와 사라의 몸을 가린 후 애절한 표정으로,

"밖에 나가 주세요"라고 애원했다.

"이 자식이."

침입자는 욕을 퍼부으며 이불을 거칠게 붙잡아 끌어내렸다. 망연자실한 나는 나체를 드러낸 채 사라를 돌볼 여유가 없었다. 그러자 그녀가 괴상한 비명소리를 지르며 침입자에게 욕설을 해 댔다. 분노로 얼굴이 일그러진 침입자는 압구정동이 떠나갈 만큼 크게 떠들고는, 마지막에 일본어로,

"더러운 구멍"이라고 사라를 모욕했다.

"맞아, 이 나라는 아버지가 생각한 것과 다르단 말야."

그렇게 반발한 그녀는 5만 엔을 거칠게 잡아챈 후 벌거벗은 그대로 침대에서 뛰어내려 문 밖으로 달려 나갔다.

"사라!"

나는 목청껏 소리를 지르며 그녀를 쫓아 나가려 했다. 그렇지만 나는 여전히 나체 상태였다. 수치심이 나를 침대에 붙잡아 놓고 있었다. 흠칫거리며 사라의 아버지를 본 순간 나는 후두부를 무거운 둔기로 얻어맞은 것 같은 충격에 휩싸였다. 내 의식 밑바닥에 침전해 있던 배신의 기억이 한꺼번에 되살아났다. 사라의 아버지는 내가 그 옛날 외면했던 양이었다. 20년이라는 세월이 흘러 있었지만 양의 모습이 틀림없었다. 조금 전에는 갑작스러워 의식 밑바닥에 침전된 암흑의 기억에까지 미치지 못했던 것이다. 나는 지옥의 심판자 앞에 선 듯한 참혹한 기분이었다.

"부끄러운 줄 알아."

양은 똑똑한 발음으로 나를 지탄했다. 대답할 말이 내겐 없었다. 양손으로 벌거벗은 몸을 감추는 것이 최선이었다.

"조국의 분단은 일본에 의한 식민지화의 결과다. 일본은 혼란한 틈을 타 경제대국이 되었지. 한국은 외국 자본과 독재로 경제부흥을 했다. 위는 다 똑같은 놈들이야. 너도 그런 놈이었나?"

양은 나를 노려보며 또 무언가를 말하려는 듯 잠시 서 있었으나, 갑자기 거친 기침을 하며 고통이 심한 얼굴로 그 자리에 웅크렸다. 마치 기침 발작이 신호가 된 것처럼 위압감 있는 남자가 어슬렁 나타나서는 양을 불시에 두들겨 팼다. 나는 마름 침을 삼키고는 간신히,

"양!" 하고 불렀다.

위압감 있는 남자가 씩 웃으며,

"이 놈은 양이 아니고, 김이야"라고 대답했다.

나는 혼란스러웠다. 위압감 있는 남자에게 오징어처럼 착 달라붙어

기침을 하고 있는 남자가 양과 닮은 사람이라면, 나를 비판하던 그 말들은 환청이었단 말인가. 아니야, 확실하게 나는 양으로부터 지탄받았다. 돌연 형광등이 꺼졌고, 석유 스토브의 무딘 불빛만이 흔들거리며 방 안이 적요해졌다. 어두컴컴하고 휑한 방에 홀로 남겨진 내겐 사라도 침입자도 양도 꿈속에서 벌어진 일처럼 생각되었다. 흔들흔들 타들어가는 석유 스토브의 불빛이 도깨비불처럼 보였다. 내가 본 것은 양의 망령이었을까. 견디기 힘든 기분이 올라왔다.

석유 스토브에서 눈을 돌리자, 침대 옆에 사라가 벗어 놓은 팬티가 보였다. 나는 그녀의 부드러운 팬티를 집어 코로 가져갔다. 사라의 냄새가 희미하게 콧구멍을 간지럽혔다. 그리움이 올라왔다. 비몽사몽의 불분명함과 성애의 남은 냄새에서 오는 현실성이 뒤섞여 나를 혼돈 상태로 빠트렸다. 석유 스토브의 불이 꺼지려 했다. 순간 암흑에 균열이 가듯 밝은 불빛이 방 안에 번쩍 일어났다. 조금 지나 석유 스토브가 꺼졌다. 숲 속 같은 고요함과 차가운 기운이 나를 덮쳐 왔다.

나는 몸을 떨며 어둠 속에서 손을 더듬어 속옷과 겉옷을 찾아 입었다. 온 길을 되돌아 압구정동 거리로 나오자 반짝반짝 밝은 불빛들이 내게 쏟아졌다. 나는 주의 깊게 주변을 둘러보았다. 거리는 아무 일도 없었다는 듯한 모습이었다. 실제 아무 일도 일어나지 않은 것 같았다. 외투에서 지갑을 꺼내 안을 살펴봤다. 5만 엔이 사라져 있었다. 현금의 부재가 사라의 존재를 현실 속으로 끌어내었다. 나는 틀림없이 그녀를 5만 엔으로 산 것이다. 사라가 사라진 압구정동 거리는 내게 쓸쓸해 보였다. 마음 속에 공허함이 찾아왔다. 나는 이 공허함을 메우기라고 하려는 듯 압구정동의 혼잡한 대로에서 한적한 뒷길까지 목적지도 없이 헤매였다. 아니, 나는 사라진 사라를 찾고 있던 것이었다.

멋진 가게에 모여든 남녀가 커다란 유리창 너머로 보였다. 꼼짝 않고 서 있는 나를 가게 안 남녀가 의심스러운 눈길로 쳐다봤다. 퍼뜩 정신이 든 나는 대로 쪽으로 걸어갔다. 희미한 가로등이 비추고 있는 길가 차도 쪽으로 젊은 무리들이 택시를 잡기 위해 나와 있었다. 나는 눈꺼풀 뒤에 사라의 얼굴을 남겨둔 채 H호텔로 돌아가기로 결심했다. 그러나 늦가을 새벽녘 강남을 지나는 택시는 타향을 여행하는 나에게 눈길조차 주지 않았다. 공허하게 손을 흔드는 내 앞으로 가끔 기특하게도 택시가 멈추기라도 하면 남녀가 튀어나와 먹이를 노리는 동물 같은 기민한 움직임으로 택시에 타 버렸다. 쌀쌀한 가을바람이 뺨을 때렸다. 나는 고독했다. 나는 늦가을 밤 한강의 차가운 공기를 맞으며, 황야를 방황하듯 서울역으로 돌아갔다.

(번역 : 이승진)

재일디아스포라 문학선집

지하 배수로에서

김재남金在南

인생의 고개를 넘으니 과거를 돌아 볼 때가 정말 많아졌다. 긴 세월 속에서 가장 화려하고 기억에 남는 시기는 내 경우에는 역시 청춘시절, 특히 대학시절이 아닌가 싶다.

그 시절 나에게는 많은 친구가 생겼다. 일본인 친구도 생겼지만 조선인인 나에게는 역시 동포 학생들이 많았다.

그런 그들이 어느샌가 나에게서 떠나가 버렸다. 대부분이 “민족 대이동”이라고 일컬어지는 ‘북한으로 귀향’ 이후였지만 두 사람만은 학업을 마치지 않고 빨리 게다가 남한으로 돌아갔다.

두 사람 모두 나와 가장 친한 사이였는데, 그 중에 백성준白性俊이라는 한 남자가 있었다. 그는 나보다 2살 연상으로 친구라기보다도 모든 면에서 훨씬 뛰어난 선배라고 할 수 있는데 그는 나를 어디까지나 친구로 대해 주었다.

처음 나와의 만남은 전후戰後 2년째에 W대학에 입학한 내가 처음 재일조선인 유학생 동맹에 얼굴을 내밀었을 때였다. 중학교 1년 선배인 (그때는 W대 2학년) 조상대趙相大에게 이끌려 동맹 사무실에 방문했을 때 그는 많은 동포 학생들 중에서 자신과 가장 친한 친구 몇 명인가를 소개시켜 주었다. 그때 가장 처음 소개시켜 준 것이 옷깃에 T대학의 배지를 달고 있는 백성준이었다.

그때는 저녁 무렵에 일이 일단락되자 나를 환영하는 의미로 몇 명인가가 저녁식사를 하기로 했다. 식사라 해도 결국은 술 마시는 거라서 그 날은 밤늦게까지 마시고 다녔다. 그게 인연이 되어 그가 귀국할 때까지 2년 정도 알고 지냈는데 그 어떤 친구나 선배들보다도 그에게 강한 영향을 받았다.

그런데 그뿐만이 아니라 조상대와 그 외의 동맹의 동포들은 모두가 공산주의자이고 북한의 지지자뿐이었다. 그 안에서 나 혼자만이 그들과 조금 다르고 고립된 입장이었다. 그래서 뭔가의 모임이 있으면 그들은 나를 굴복시킬 대상으로 생각하고 심하게 괴롭혔다. 결국에는 '반공산주의자'라는 고맙지 않은 별명까지 붙여 주었다.

나는 결코 반공산주의자가 아니지만, 물론 공산주의에 공명하지도 않았다.

긴 일제의 지배로 근대화가 늦어지고 황폐해진 조국을 빨리 건설하는 데에는 사회주의적 국가 건설밖에 없다는 그들의 의견에는 어느 면에서는 나도 공감을 했다. 그러나 너무나도 급격한 변혁은 인간성을 저해하고 속박할 우려가 있다. 나는 사회주의의 장점을 취한 의회민주주의를 동경하고 있었다. 즉 서서히 진행되는 변혁을 바랬다.

다만 그들과 나 사이에 완전히 일치하는 공통점이 하나가 있었다. 그것은 매우 포학하여 인권도 인간의 존엄도 뭐도 없는 이승만李承晩 독재 치하의 남한에 대한 비판이다. 또한 북한이든 남한이든 모두 사랑하는, 끝없는 조국애와 정열이었다. 그래서 모이기만 하면 언제나 화제는 조국통일에 관한 문제였고 시간이 가는 줄도 모르고 토론하곤 했다.

그리고 앞에서도 언급했듯이 이데올로기가 다른 점에서 우리는 일대 다수로 사방팔방에서 굴복의 돌팔매질을 당했는데 그 중에서 반론의 여지가 없을 정도로 논리정연하고 한 발 한 발 몰아붙이는 것이 그 백성준이었다.

그는 젊은 사람에게서 흔히 볼 수 있는 반대 의견자에 대한 반감이나 적대감은 티끌만큼도 없고, 또한 무리하게 굴복시키려는 자세도 보이지 않았다. 말투는 부드러우면서도 정열적이고, 어디까지나 우정이 넘쳤다. 격렬해지면 홍조 띤 빨간 볼로 말투가 거칠고, 눈꼬리까지 치켜올라가서 적대감을 그대로 노출시키는 많은 친구나 선배와는 확실히 달랐다.

대학에서 법률을 전공하고 있던 그는 언제 공부했는지 이미 좌익이론에 빠삭하고 소문으로는 고등학교시절에 자본론을 독파했다는 것이다. 게다가 그는 전문법률과 사회과학만이 아니라 문학에도 꽤 조예가 깊고 세계문학은 모조리 독파했다.

술을 많이 마시지 않는 그는 기분 좋게 취기가 오르면 내가 문학부(러시아문학과)에 소속되어 있는 탓에 자주 문학론을 꺼냈다. 문학에 대해서 서로 이야기하는 동안에 그가 얼마나 많은 세계문학을 읽었는지 나는 뼈저리게 깨달았다. 특히 러시아 소비에트문학, 그 중에서도 톨스토이, 도스토예프스키, 그리고 막심 고리키Gorky, Maksim에 관해서는 혀를 두를 정도였다. 그러나 공부 잘 하는 사람의 잘난 척이나 음울한 기운은 없고 싹싹하고 빈틈없고, 굳이 한마디로 말하자면 스스럼없는 남자였다.

그는 자주 우리 집에 찾아 왔고, 나도 틈만 나면 책더미로 발을 디딜 곳 없는 그의 하숙방에 갔다.

만나면 언제나 안경 너머로 온화한 눈을 깜빡거리며 애정이 담긴 미소로 악수를 해 왔다. 그의 모습은 그가 귀국하고 나서 30년 이상이 지났지만 지금도 그대로의 모습으로 나의 눈 앞에 떠오른다.

그런 그가 대학에 적籍을 둔 채 남동생과 조상대 셋이서 함께 귀국한다는 말을 꺼냈을 때 친구들은 깜짝 놀라서 모두 반대했다. 빨갱이 잡기의 선풍旋風이 휘몰아치는 당시의 남한에 들어간다는 것은 대단한 폭거였기 때문이다. 게다가 평양 출신인 그는 그 후 38도선을 돌파해 간다는 것이어서 아무리 모험이라고 하지만 정도껏 해야 하는 것이다.

조상대는 대학은 반년 휴학하고 되돌아와서 공부를 계속 할 생각이라고 했고, 백형제는 38도선을 돌파할 수 없을 경우만 일본에 되돌아온다고 했다. 그래서 그들은 정식으로 여권을 취득해서 공식적인 배로 출국하는 것이 아니라 되돌아와도 지장이 없도록 밀항선을 이용하게 되었다. 그 무렵에는 많은 밀항 상인들이 활개를 치며 1년에 여러 번 현해탄을 왕래했기 때문에 그들도 쉽게 생각한 것 같다.

어쨌든 우리들은 오카치마치御徒町의 조선요리점에 3명을 초대해 성대한 환송회를 갖고 기념사진을 찍었다.

그러나 그들은 결국에 돌아오지 않았다. 대신에 백성준에게 2년 반 정도가 지나서 편지가 왔다. 길고 방대한 양의 그 편지는 충분히 한 편의 소설이 될 법하다. 참고로 편지는 우편이 아니라 일본 대학진학을 목표로 밀항해 온 한 고등학생에게 부탁하여 내 손에 들어왔다.

30년 넘은 이 낡고 오래된 편지는 긴 세월 사이에 누레지고 손때로 얼룩마저 생겼다. 언제나 그를 떠올릴 때 나는 자주 이 편지를 꺼내서는 다시 읽었다.

가혹한 바람 속에서 그는 짧고 불행한 생애를 마쳤던 것일까?…… 그뿐만 아니라, 남한은 얼마만큼 많은 유능한 젊은 인재를 매장시켜 왔던 것일까. 그것을 생각할 때마다 남한에 대해서 나는 엄청난 분노를 느꼈다.

어째서 우리조국은 사상・신조가 다르다고 이렇게 간단하게 지워버리는 것일까. 겨우 일제의 지배에서 벗어나 한 사람이라도 많은 인재가 필요할 때인데.

우익이던 좌익이던 모두가 힘을 합쳐서 국가 건설에 전념할 수 없는 것인가. 입장의 차이는 무력과 살육이 아니라, 어디까지나 논쟁과 선거를 통해서 민의를 물어봐야 한다. 이것이 민주주의라는 것이 아닌가.

그러나 어쩌면 그는 살아 있을지도 모른다. 나는 최근에 이런 생각을 할 때가 있다. 편지의 말미에 차례차례로 덮쳐오는 검은 죽음과 대치하고 싸우면서 끝까지 살아남으려는 결의가 행간에 배어있기 때문이다. 그라면 간난신고艱難辛苦를 모면하고 극복하여 살아남은 것이 아닐까?……

다음에 이 편지를 소개하겠지만 지금과는 다른 오쿠리가나는 현행의 것으로 고치고 또한 현재 별로 사용되지 않는 한자・용어도 수정했다. 그러나 제멋대로 바꿔 쓰는 것은 어감을 해칠 염려가 있기에 가능한 최소화했다. 그리고 전후의 인사말은 내가 생략한 것을 기록해 놓겠다.

1

우리들은 꼬박 이틀이 걸려서 겨우 조국에 도착했다. 드디어 실감이 났다.

사가佐賀현 이만리伊万里근처 해변에서 배를 탔을 때 바다는 잠잠하고 머리 위에서 선명한 별이 무수히 반짝이고 있었다. 일기예보에서는 4, 5일은 좋은 날씨가 이어진다고 했다.

한 번 건넌 적이 있는 바다이긴 했지만 그때는 큰 기선, 관부연락선이었다. 봄의 현해탄이 이 정도로 거칠 줄은 몰랐다. 원래 5, 6톤의 통통배라서 작은 파도도 거칠게 느껴졌는지 모른다. 그러나 실제로 새벽 무렵부터는 배가 전후좌우로 크게 흔들렸고 전복되지 않을까 두려웠을 정도이다. 마치 물결에 가라앉고 뜨고 하는 나뭇잎과 같았다. 그야말로 '뱃바닥 판자 한 장 밑은 저승'이라는 것을 몸으로 실감한 것이다.

우리 일행은 25명 정도였고, 그 중에서 여자가 반수 가까이나 있었다. 우리는 선장의 명령에 따라서 승선과 동시에 숨이 막힐 것 같은 좁은 배 바닥에 갇혔다. 그것은 일본 경비정이 가끔 출몰하기 때문에 혹시 현장검사에 걸리면 어선으로 가장할 계획이라고 한다. 실제로 이배는 원래가 어선이어서 갑판에는 고기잡이 도구도 쌓아 놓았다. 이것은 위장용구로는 제격이었다.

일본에서 꽤 떨어진 곳에서—4, 5시간이나 지났을까, 겨우 선장의 허락이 떨어져 갑판으로 올라가 보니 먹물색의 구름덩어리가 하늘 한 쪽 면을 떠다니고 있었다. 그리고 그 무수히 반짝이는 별이 어딘가로 사라진 건지 그때는 셀 수 있을 정도의 별이 빛을 잃어 흐르는 구름 사이로 보이다 말다를 반복하고 있었다.

우리들은 하늘을 신경 쓰면서 약간 차가워져 상쾌한 바닷바람에 얼굴을 내밀고 시시각각 멀어져 가는 일본 쪽 방향(어두움 속에서 보일 리가 없지만)을 바라보며 각자의 생각에 젖어 있었다.

좋든 싫든 각각 6, 7년 동안 학교생활을 해 왔던 일본을 떠날 때에는 어쩐지 감개무량했다. 내 뇌리에는 여러 가지 힘들었던 것, 깨달았던 것, 그리고 너를 포함해 많은 친구와 지인들이 차례로 떠올라서 시간 가는 줄도 몰랐다. 하늘과 바다 사이를 도배한 어둠의 수첩이 한장 한장 찢어져 시야가 희뿌옇게 될 때까지 우리 셋은 서로 말도 없이 갑판에 앉아 있었다.

드디어 동해에 진홍빛의 아침 해가 떠오르고 정신이 들자 잔뜩 흐려 있던 하늘이 개었다(개어 있다고 하나 현해에서는 어째서 그런 색일까, 하늘에도 바다에도 뭐라 말할 수 없는 그늘이 있었다).

그러나 이번에는 어찌된 일인지, 교체하듯 바람이 강하게 불어 파도가 크게 출렁이기 시작했다. 시내에서는 이정도의 바람은 대단치 않다. 그러나 바다 위에서 거칠어지기 시작하면 전복될 염려가 있어서 선장은 또 우리들을 배 바닥으로 몰아넣었다.

그 수 시간의 두려움은 지금도 잊을 수 없다. 그 심한 파도에 잘도 그럭저럭 무사했던 것이 신기할 정도이다.

좁은 배 바닥에서 빡빡하게 많은 남녀가 뒤엉켜, 오른쪽으로 왼쪽으로 또는 앞으로 뒤로 고꾸라지고 그럴 때마다 여자들의 비명이 귀를 찢는 듯했다. 그 중에서 여자들이 (남자들도 몇 명인가) 웩 웩 토하기 시작하고, 그 토사물 냄새와 인간의 몸에서 발산되는 여러 체취가 뒤섞여 콧구멍으로 들어온다. 게다가 무릎을 껴안고 예의 바르게 앉아 있던 여자들이 고통스러운 나머지 양다리를 펴고 눕기 시작했기 때문에 참을 수 없었다. 게다가 잠시도 멈추지 않고 갑판에 튀어 들어오는 파도가 쏴 하고 한 번 핥고 빠져 갈 때마다 배 바닥의 승강구의 뚜껑 틈으로 물보라가 흘러들어온다. 그것이 구석으로 (승강구입구로) 몰려 있던 남자들의 머리를 완전히 덮쳤다.

우리들은 결국 참을 수 없어 선상으로 기어 올라갔는데 선장은 위에 있겠거든 있어 보라는 듯이 입 꼬리에 심술궂은 웃음을 띠울 뿐 아무 말도 하지 않았다.

선상으로 올라와 보니 멀리서 대가리를 쳐든 무수한 파도가 칼날을 곤두세우고는 다다다 밀려와서 갑판을 덮치고 몸통째로 포박하려는 듯이 큰 혀를 휘감았다. 우리들은 흠뻑 젖어서는 다리를 채지 않도록 조심조심해서 갑판의 앞뒤에 있는 바를 잡고 간신히 선장실로 들어갔다.

선장실이라고 해도 작은 배라 조타실에 1평 남짓한 휴게실이 있을 뿐이다. 3명이 들어가자 이미 그것만으로 조타실에서 움쩍거릴 수도 없을 정도이다.

배가 파도를 타고 넘실넘실할 때마다 하늘과 바다가 꼭 뒤바뀌지 않을까 조마조마했다. 그리고 고작 10분도 지나지 않아서 우리들은 웅크리고 입을 벌려 켁켁거렸다.

선장의 실력은 확실히 대단한 것이었다. 얼굴색 하나 바꾸지 않고 오른쪽으로 왼쪽으로 배의 키를 대담하게 조정해 간다. 그렇긴 하지만 지금까지도 이상하게 생각되는 건 보잘 것 없어 보여도 배라는 것은 좀처럼 가라앉지 않는다는 것이다. 그때는 정말 어떻게 될지, 살아있는 기분이 들지 않았다.

그러나 다행인 게 정오 가까이부터 바람이 점점 잠잠해 지는 동시에 파도도 조용해지기 시작했다. 조용해진다고 해도 현해 넓은 바다다. 아직 꽤 흔들리고 있었다. 선장 얘기로는 이 계절에 이 주변은 현해의 한가운데 있기 때문에 바람이 없어도 꽤 흔들린다고 한다.

그런데 왜 나쁜 일은 연속적으로 일어나는 것인지, 이번에는 어찌된 일인지 갑자기 엔진이 멈춰 버렸다. 기관장이라고 해봤자 기관원은 그 사람 한 사람밖에 없다. 아무리 만져 봐도 좀처럼 고쳐지지 않는다. 기관이 윙윙거리는가 싶더니 바로 조용해진다. 그것을 몇 번이나 반복했다.

일행은 우리 3명을 빼고 모두 한 해에 몇 번 씩이나 왕래한다는 밀항 상인인데, 그들의 얘기로는 통통배는 오래된 야키다마기관[1]이라 자주 고장이 발생한다고 한다. 고장 나더라도 5, 6분 만에, 길어도 10분정도면 바로 고친다는 것이었다. 그래서 그들은 처음에 별로 신경을 쓰지 않는 분위기였으나, 그게 1시간, 2시간이 지남에 따라 역시 불안한 기색을 감추지 못하고 결국에는 술렁거리더니 "이런 낡은 배에 사람을 잘도 태웠네!"라며 선장과 기관장을 비난했다.

긴 시간을 하는 일 없이 망망대해에 떠있을 때의 그 불안을 어떻게 말로 표현하면 좋을까? 끝없이 계속되는 거대한 천정과 흔들리는 바닥 사이에 껴서 딱 박스 안에 갇힌 것 같은 답답함을 느꼈다. 머리 위에서는 푸른빛이 감도는 납색의 하늘이 눌러 찌그러지듯이 밑으로 늘어지고, 아래에서는 아주 두꺼운 거무칙칙한 바다가 괴물처럼 뒤흔들어 들어올린다. 게다가 공간은 으스스한 "진공지대"인 것이다. 그때는 정말 바람이 잔잔해서 그렇게 느꼈다. 그 천정과 바닥 외에는 아무것도 보이지 않는다. 아니, 2, 3번 멀리 수평선 위의 군함과 외항선과 같은 것이 작게 보였다가 사라져 가긴 했다.

조용함이 기분 나쁘게 주변을 덮고 배 몸통에 부딪치는 거센 파도 소리가 엄청 크게 귀를 때려서 한 층 더 불안을 고조시켰다. 물결에 흔

---

1 야키다마엔진(Hot bulb engine)이란 야키다마로 불리는 주철제의 구각형태의 연료기화기를 겸한 연소실를 실린더헤드를 가지고 다마야키 열에 의해서 혼합기의 열면 착화를 일으켜 연소를 하는 레시프로내연기관의 일종.

들리는 동안에 한・일 어느 한쪽의 경비정에 발각되면 그때는 끝이다. 운 나쁘게 돌풍에 휩싸이게 되면 목숨까지 빼앗길 것이다.

우리들은 이제 여기까진가 하고 체념하기 시작했다. 마침 이 라인 가까이에 있었던 배가 대마도 해류를 타고 어느샌가 떠밀려 흘러가다 보니 멀리 저편의 해상에 구름이라 잘못 본 섬 그림자가 희미하게 보이는 게 아닌가. 그것은 일본의 섬이라고 한다. 이때는 실제로 목숨을 뺏기는 것보다는 일본에라도 무사히 되돌아가기만 하는 것이 한 가닥 희망이 되었다.

그러나 기관장이 나의 실력을 봐 두라며 호언장담한 만큼 석양이 서쪽 바다에 걸려 다 탔을 무렵 겨우 엔진이 요란스럽게 윙윙거리기 시작했다.

일행은 미칠 듯이 기뻐하며 호들갑스럽게 만세를 외쳤다. 배 멀미에 고통스러워하고 있던 여자들까지 천천히 일어나서 만세를 외쳤다.

야키다마기관은 마치 지금까지의 늦어진 것을 만회라도 하려는 듯이 울부짖으며 기세 좋게 파도를 가르고 전진하기 시작했다. 엔진이 타버리는 것은 아닐까 염려될 정도로 풀가동했다. 그래도 배는 동북쪽으로 꽤 떠밀려 있었기 때문에 하루 반나절 만에 갈 수 있는 곳을 꼬박 이틀이나 걸렸다. 그리고 출항해서 다음 다음날 낮에도 해상에서 보내고 그 밤 12시가 지나서 우리들은 겨우 조국 땅을 밟을 수 있었다.

"저것이 한국이다! 한국의 불빛이다!"

갑자기 갑판의 선장이 외쳤다. 한국의 경비정이 가장 엄격하게 경계하고 있는 경비선 바로 앞에서, 또다시 배…… 바닥에 다시 갇힌 우리들은 앞 다투어 갑판으로 기어 올라갔다. 다른 승객들은 벌써 몇 번이나 왕래했기 때문에 어떤 감격도 하지 않았고, 몇 명인가가 배 바닥에서 힐끔 얼굴을 내밀었을 뿐이었다.

이제 이 주변에 오면 경비선을 돌파했기 때문에 괜찮다고 한다. 보니 훨씬 멀리 반딧불과 같은 불빛이 몇 갠가 깜빡거렸다.

조국의 불빛을 발견한 순간의 나의 감격이 어땠는지 너는 이해할 수 있을까. 네가 만약 조국에 되돌아 올 때가 있다면 그때 비로소 맛볼 수 있겠지.

일찍이 조국을 뒤로 하고 일본으로 갔을 때, 점점 멀어져 가는 부산 거리의 불빛을 선상에서 바라보고 나는 슬픔에 모든 기력을 잃고 눈에 눈물이 그렁그렁 했다. 모든 가족과 함께 이주했기 때문에 언제 되돌아 올지 모르는 조국이었던 것이다.

그러나 그것과는 달리 지금은 자신들의 조국으로, 그것도 일제의 규범에서 해방된 신생 조국으로 돌아왔다는 기쁨으로 가슴이 벅차올랐다.

우리들이 처음에 밟은 땅은 마산 근처에 있는 어촌이었다. 겨우 20호 정도의 파출소도 없는 작은 마을이었다. 선장이 이 마을 출신이고 그만이 아니라 대부분의 마을 사람들이 어업에 종사하는 한편, 마을 전체가 한・일 간 밀무역과 밀항을 조력하는 일을 한다고 한다. 이른바 '밀수조직의 운반인'들인 것이다.

물가의 땅 위에 배가 닿기도 전에 나는 누구보다도 먼저 배에서 뛰어내려, 곧장 풀밭 둑으로 뛰어갔다. 그리고 그 땅에 얼굴을 갖다 대고 조국의 냄새를 맡았다.

이것이 조국의 땅이다! 나는 속으로 외쳤다. 그리고 풀숲 밑의 흙을 손끝으로 한 움큼 파서 그것을 양 손바닥에 쥐고 볼에 비벼대기도 했다.

이렇게 쓰면 너는 뭐 그렇게 과장이 심하냐고 혹은 아니꼬운 표현이라고 싫어할지도 모른다. 그러나 실제로 이것은 진짜다.

거슬거슬함과 조금 축축하고 부드러운 흙의 감촉이 손바닥과 뺨에서 전신으로 조용히 흐른다. 그 흐름 속에서 잠시 동안 나는 형언할 수 없는 감개무량함과 기쁨에 몸을 맡기고 있었다.

둑을 넘어 얼마 걷지 않은 곳에 마을이 있었다. 바다를 바로 앞에 두고 나무가 우거져 늘어진 산으로 둘러싸여 조용하고 평화 그 자체였다. 아니 시끌벅적한 도시에서 홀로 떨어진, 혹은 문명으로부터 뒤떨어진 미개의 비경秘境 같은 느낌이었다. 마을을 지나 산기슭에 있는 선장의 집까지 걷는 사이에 나는 밤중인데도 불구하고 마을의 빈곤함을 알아차림과 동시에 그런 생각을 가졌다.

그 밤은 선장의 집에서 묵고 날이 새기 전에 마산까지 걷고 거기에서 각각 기차를 타고 마지막 목적지로 흩어져 가기로 되어 있다.

일행은 넓은 정원을 사이에 두고 떨어진 곳에 들어가 여장을 풀고, 피곤하여 누웠다. 베개를 잡자마자 거의 모든 사람이 긴 배여정의 피곤함으로 바로 코를 골기 시작했다. 그러나 우리들의 몸은 물먹은 솜처럼 지쳐있어도 좀처럼 잠들지 못했다.

그도 그럴 것이 해방 후 처음으로 그것도 7, 8년 만에 조국의 땅을 막 밟은 것이다. 같은 땅 저편에 고향이 있고 부모 형제가 있다. 그리고 그 육친들은 이제 바로…… 조상대는 다음 날이라도, 우리 형제도 며칠 안에는 재회 할 수 있다는 기쁨이 있었다.

나의 뇌리에는 어머니와 포옹하는 순간, 그리고 소년시절에 이별을 아쉬워 한 그리운 친구와의 재회, 익숙한 평양 거리나 뒷골목 동네의 주택가까지…… 차례차례로 끝없는 생각이 났다. 그 회구懷舊의 한과 기쁨을 언제까지나 깊이 음미하듯이 물가의 파도 소리, 뒷산에서 울려 퍼지는 희미한 바람소리가 기분 좋게 귓불에 메아리쳐서 나를 이끌고 갔다.

우리들은 이따금 제정신이 들면 상인들의 안민에 방해되지 않도록 소곤소곤 이야기를 나누었다.

가끔 나는 불가사의한 착각에 사로잡힐 때가 있었다. 배에 타기 전 1박했던 일본의 해변마을에 지금 거기에 있는 것이 아닌가 하는 착각이다. 그 밤도 파도 소리와 솔바람이 부드럽게 귓불을 때리고 여러 가지 생각이 가슴 속에서 뒤엉켰다.

나는 과연 조국 땅을 밟은 것일까? 여기는 아직 일본이 아닐까?…… 순간적이기는 했지만 나는 자신을 의심했다.

어느 정도 시간이 지난 것일까. 마침내 우리들도 피로에서 오는 졸음을 이기지 못하고 꾸벅꾸벅하기 시작했다.

때마침 그때 토담 넘어 집 밖의 어둠 속에서 왁자지껄한 남자의 언쟁 소리가 들려왔다. 이런 오밤중에……? 아무래도 이상한 느낌이 들었다. 얼마 지나자 목소리가 들리지 않았지만 이번에는 갑자기 마당 쪽에 발걸음 소리가 가까워지더니 빛이 움직였다.

순간, 이것은 경찰들이 아닐까라는 생각에 우리들은 벌떡 일어났다. 그리고 집 뒤쪽의 대나무 숲으로 도망가려고 안쪽으로 달려갔다. 그러나 방 안에는 발 디딜 곳이 없을 정도로 많은 남녀가 누워 있다. 걸려 넘어져 기어가듯 뒷문의 손잡이에 손을 댔을 때는 3명의 남자가 재빨리 손전등을 비춰 입구 문을 열었다. 밖에서의 언쟁은 선장과 이 경찰들 사이에 일어난 것이라는 것을 나중에 알았다. 경찰들은 옆 동네의 파출소에서 몰려온 것이었다.

마을 사람들은 이러한 직업상, 밀항자를 1회 운반할 때마다 묵인료를 내는 것으로 되어 있는 것 같다. 그러나 이번에는 그 묵인료에다 또 추가분을 뜯기 위해 찾아온 것 같다. 어느 바람에 냄새를 맡은 것인지 운반해 온 인원이 예상외로 많기 때문에 선장의 벌이가 꽤 된다고 짐작한 것일까. 이런 일은 제법 있다고 한다.

경찰들은 밀항자 중에서 빨갱이가 없는지 조사한다는 것이다. 그런데 손전등에 비춰진 것은 반 이상이 여자이고, 남자들이라고 해봤자 초로 또는 중늙은이로 어디로 보나 상인 같은 풍채뿐이다. 지하운동을 할 것 같은 젊은이는 보이지 않는다.

그러나 마지막으로 구석의 어둠 속에 숨듯이 움츠리고 있던 우리 세 명을 발견하자 놈들은 도깨비 목이라도 벤 듯한 기쁨을 얻은 것 같았다.

"이봐…… 네놈들은 뭐 하는 놈들이야?"

놈들은 일제히 손전등을 흔들더니 발 디딜 곳도 없는 방 안에는 들어오지도 못하고 바깥으로 나오라는 신호를 보냈다.

뒤에 따라온 선장이 "얘기가 다르잖아, 그들은 내 손님이야, 트집도 적당히 잡아"라며 항의를 하지만 놈들은 그 얘기는 헛으로 듣고 냉랭한 표정이었다.

"네놈들은 일본 빨갱이지?"

가장 고령의 남자가 처음부터 위압적인 태도로 바라보았다.

"S조직의 간첩이지?…… 어떤 밀명을 받고 침입한 거지. 솔직히 대답해!"

라며 이번에는 옆에 키가 작은 경찰이 이어 받았다. 어둡지만 아무리 봐도 17, 8살의 애송이였다.

"뭐라는 거야. 우리들은 고국에 돌아왔을 뿐이다. 자신의 나라에 돌아온 게 뭐가 나빠!"

조상대가 뭘 생각했는지 일부러 큰소리로 호통쳤다. 자신도 알고 있는 대로 유도 3단에 덩치 큰 그가 갑자기 굵직한 소리로 호통치니까 애송이는 깜짝 놀라서 뒷걸음을 칠 정도다.

그러나 놈은 많은 사람들 앞에 용기를 내서 반격에 나섰다.

"뭐야 이놈! 여기가 어디라고 큰소리를 내는 거야!"

애송이는 이것이 보이지 않는 거냐 말하려는 듯이 자신의 경찰관복을 두들기며

"여기는 대한민국이다! 알았어? 일본과 다른 대한민국이란 말야! 잘난 척했다가는 큰 코 다쳐!"

"고향이 어디냐?"

아까 나이가 많은 남자가 애송이의 손을 제압하고 이번에는 조용히 물었다. 이때 누군가가 등불심에 불을 붙여서 남자의 얼굴이 흐릿하게 떠올랐다. 순수한 농어민으로부터 뇌물을 받아서 기름 자르르 한 살찌고 느끼한 얼굴이었다.

"서울이다."

조상대도 변함없이 무뚝뚝하게 응했다.

"진짜 서울이냐? 날이 새서 문의하면 금방 들킬 일이야. 솔직히 말해."

그리고 그 남자는 다음으로 나와 남동생 쪽으로 불빛을 들여댔다.

"너희들은?"

나는 여기서 한층 더 숨이 막혔다. 설마 평양이라고는 말할 수 없다. 점점 의심받을 것이라고 생각했다. 그러나 나중에 생각해 보면 평양이든 남한이든 문제는 없었을 것이다. 조선인이면 조선의 어디에 가서 살아도 상관없을 터이다. 그러나 조상대는 눈치채고는 "이쪽의 형제도 나와 같은 서울이다"라고 옆에서 끼어들었다.

"그럼, 세 명 다 서울의 자신의 주소를 써 봐, 부모 주소말야."

젊은 순경이 내민 종이에 조상대는 슬슬 써 나갔지만 나와 남동생은 서울에 산적이 없기 때문에 가짜로 쓸 수도 없었다.

"어떻게 된 거야? 설마 지금부터 찾아 갈 부모님의 주소를 모른다고는 할 수 없겠지."

"아니, 실은 우리들은 가족 모두가 일본에 살았는데 양친은 그쪽에서 죽고 말았다. 서울에 친척은 있지만, 우리들이 어렸을 때 일본에 가서 그 주소조차 모른다."

"그럼, 왜 돌아왔냐."

"뭐라고?"

나는 욱해서 상대를 응시했다.

"아까도 말했잖아. 내 나라니깐 돌아왔어. 일본에서는 먹고 살아갈 수 없어서 고국에 돌아왔을 뿐이다."

일본으로부터의 귀환이라면 정식으로 여권을 취득하여 당당하게 관선으로 돌아올 터인 것을 경찰들은 눈치채지 못한 것인지, 아니면 밀항으로 돌아온다는 것은 밀수 상품을 매입하기 위한 것이라는 사정을 이해한 것이지, 그것에 대해서는 다행히 아무 것도 언급하지 않았다. 확실히 우리들은 뭔가의 도움으로 꽤 값이 나가는 것을 휴대하고 있었으니까. 나이가 있는 경찰이 방구석에 가득 쌓여 있는 일행의 짐을 불빛으로 비추고는 아까부터 뭔가 바라는 듯한 눈치를 보내고 있었다.

나는 처음부터 일부러 일본어만으로 떠들었다. 어렸을 때 일본에 건너간 사람이 막힘없이 국어로 대답해서는 수상해 할 것이다. 나이가 있는 경찰은 그것을 믿고 있는 것인지 나에게만은 서투른 일본어로 대응하는데 너무나도 우스꽝스러운 일본어여서 웃음을 참는데 난감했다.

"일본에서의 직업은?"

"우리들은 모두 학생이다. 믿기 어려우면 증명서를 보여줄까?"

조상대가 대답했다. 나와 조상대는 역시 학생증은 가지고 있는 편이 뭔 일이 생겼을 때 구실로 좋을 것 같아 지참했다. 게다가 재학증명까지 일부러 학교당국에서 발행해 왔다.

그러나 남동생은 고등학교를 졸업하고 S조직에서 일하고 있었기 때문에 그것이 없다. 설령 남동생에게 학교 증명서가 있다고 해도 조선고등학교의 것은 내보일 수 없다. 그러나 남동생은 이제 문제가 안됐다.

두 사람의 학생증을 한 번 본 그의 태도가 변했기 때문이다. 그는 과장해서 눈을 크게 뜨고 두 사람을 찬찬히 바라보는 것이다.

“오, 진짜인건가, 이것은. 당신이 T대학이고, 이쪽이 W대학……? 음”

이때 안방 쪽에서 선장이 투덜투덜 말하면서 나타났다. 선장은 그를 어두운 마당으로 끌고 가더니 “적당히 해 줄 수 없어 순사장! 이제 이것밖에 줄 수 없어……”라며 작은 목소리로 나무라면서 남자의 주머니에 신문지로 말은 것을 찔러 넣었다. 그러자마자 “에헴헴……” 하고 순사장은 멋쩍음을 감추고 느닷없이 이상한 웃음소리를 내더니 신문지 안의 두께를 확인하듯이 오른손으로 만지작거렸다.

“선장님 이 학생들은 대단한 녀석들로…….”

순사장은 재빨리 그리고 아무렇지도 않게 화제를 바꿨다. “이봐 선장 알고 있어? 이 두 사람은 T대와 W대잖아…….”

“됐으니까 이제 돌아가…… 그 대신 내일 아침 마산역에서 무슨 일이 있으면 확실히 부탁해!”

“알았어. 맡겨줘.” 순사장은 넓은 가슴을 두들기며 다시 우리들 쪽으로 다가왔다. “그건 그렇고 당신들은 왜 이런 훌륭한 대학을 그만두고 돌아온 거지.” 그는 확실히 알 수 있는 외경한 표정조차 지었다. “음, 먹고 살아갈 수 없다고 아까 말했는데, 근데 한국에서는 더 어려워. 게다가 당신들 형제는 한국말도 못하고…….” “그렇지 않아, 순사장. 이런 학력이면 얼마든지 좋은 직장 찾을 수 있어……”라며 아까 옆에 있던 애송이까지 끼어들어 우리들을 이리저리 뜯어보기 시작했다.

시골에서도 일본의 T대라든가 W대 등은 꽤 알려져 있는 것 같다. T대는 — 스스로 이렇게 쓰는 것도 낯간지럽지만 — 일본의 수도에 있는 국립대학이란 것과, 이 나라에서는 그 출신자가 셀 수 있을 만큼밖에 없다. 이른바 희소가치일 것이다. 그리고 W대, 게다가 C대, M대로 말하자면 거기 출신자들이 모든 분야의 톱으로 활약하고 있기 때문일 것이다. 정재관계는 물론 법조계에서도 그 출신자들이 이 나라에서는 위세를 떨치고 있다고 한다.

그리고 선장은—확실히 이 중년남자는 이런 법망을 피해 위험한 일, 운반업을 하고 있지만, 시골사람인 만큼 순박한 면도 있고 배려도 있었다. 때문에 우리 밀항자를 마지막까지 책임을 지고 막아주려는 것일 테지만 실은 그것만은 아닌 것 같다. 다시 말하면 밀항자가 한 사람이라도 붙잡히면 본서인 마산 쪽에서는 그 운반업자도 잡으려하기 때문이다. 자신의 입장이 곤란한 것도 있던 것이다.

어쨌든 나는 조국의 땅을 밟자마자 정수리를 꽝 하고 맞은 것 같은 충격을 받았다.

남한 회사의 부패타락은 일본에서 귀에 딱지가 앉도록 듣긴 했지만, 그러나 실제로 자신의 눈앞에서 현역 경찰관들이 대중 앞에서 당당하게 뇌물을 받아 챙긴다는 현실이 아무래도 믿어지지 않았던 것이다. 게다가 뇌물 수수라는 것은 사람이 없는 곳에서 은밀한 형태로 행하지는 것이라고만 생각했는데, 이렇게도 천연덕스럽게 주고받는 것을 보니 어이가 없어서 아무 말도 할 수가 없다.

2

내가 조국에 돌아와서 먼저 놀란 것은 '활기'가 넘쳐흐른다는 것이었다.

피비린내 나는 항쟁으로 세월을 보내고 도시도 시골도 완전히 황폐해졌다고 하는데—혹은 그래서 더 그런 것일까. 그 속에서 사는 사람들이 씩씩하다고 할까, 드세다고 할까, 살아가기 위해서 제각기 억척스러운 데가 있었다. 남자도 여자도 노인도 젊은이도 거친 파도를 가르며 개헤엄으로 돌진하는 듯한 무시무시함이었다. 그것은 내가 식민지시대, 고향에서 소년시절을 보냈을 때도 그랬지만 해방 후 조국은 한 층 더 그것을 뼈저리게 느끼게 했다.

비근한 사례를 하나 들면 우선은 마산에서 기차를 갈아타고 서울까지 가는 사이에 역에서 타는 사람들의 무시무시함에 압도되었다.

초만원의 기차에서 앞 다투어 타려는 군집은 질서도 뭐도 없고 창틀에 다리를 걸치고 돌진해 오는 사람, 객차에 들어오지 못하는 사람은 연결되어 있는 석탄 차까지 기어 올라와 온몸이 까매지면서 여하튼간에 목적지로 도달하려는 씩씩함이다.

열차는 지붕 위까지도 인간으로 꽉 차니 화려하게 꾸민 만함식 같지만 이러한 광경은 일본에서도 패전 직후에 본 풍경이었다. 그러나 그 무시무시함은 일본에 비할 데가 아니다.

또한 만원으로 옴짝달싹 할 수 없는 열차 안을 얼마 안 되는 음식물을 팔려고 서로 밀치고 돌아다니는 노파들, 복작거리는 역에서 나뭇잎처럼 작은 손바닥에 움켜쥔 껌을 강요하는 애처로운 어린이들, 억지로 구두를 닦으려고 소매를 잡고 떨어지지 않는 소년들…… 게다가 이것은 물론 칭찬할 만한 것은 아니지만, 혼잡함 속에서 어른들의 지갑을 노리고 민첩하게 달리는 어린 소매치기와 날치기 등…… 이 모든 것이 좋든 싫든 살아가기 위한 일종의 강인함이라고 해야 할 것이다.

그래서 실은 조상대 같은 남자도 그만 대전역의 열차 안에서 일본에서 자져온 값나가는 물건을 몽땅 털리고 말았을 정도다. 우리가 아주 잠시 멀어진 틈에 발밑에 두었던 짐을 3개나 털리고 말았다. 발차 벨이 울리고 나서 천천히 움직이기 시작한 열차 안에서 들치기한 손짐을 가지고 혼잡한 홈 속으로 멀어져 가는 소년들의 뒷모습을 봐도 옴짝달싹 못하고 그저 발을 동동 구를 수밖에 없었다. 묵직한 조상대도 이때만큼은 어이가 없어서 눈알을 희번덕거릴 수밖에 없었다.

여행의 무료함에 서로 말을 건네던 주변 승객들은 우리들이 일본에서의 귀국자인 것을 알고 충고 하나를 해 주었다. 이 사회는 "살아있는 사람의 눈을 도려내는 곳"이라고.

서울은 한 층 더 활기가 넘쳐 있었다.

역시 이씨 왕조 500년의 수도인 만큼 사람도 많았다. 그것은 해방 후 전국각지에서 속속 몰려든 지방 사람들도 더해져 거리는 모든 곳이 붐볐다. 일본으로 건너갈 때 우리 모자는 평양에서 부산까지 가는 도중에 서울에서 1박 했는데, 그때의 서울의 인상은 전시 중이라는 사정도 있어서인지 넓은 도시가 조용하고 대도시치고는 사람도 드문드문했던 인상밖에 없었지만…….

특히 야외시장에 가면 대 군집과 그 잡다한 시끌벅적함에 놀랐다. 그리고 나라는 가난하다고 하는데 생활물자의 풍부함에 놀랐다. 그 대부분이 미국제, 게다가 주둔군이 몰래 빼돌린 물건이며 일본의 상품도 조금 진열되어 있었다.

그렇다하더라도 어떻게 이만큼의 물건을 모을 수 있는 것일까? …… 음식도 뭐든지 있고 풍성했다. 낮은 노대 위에 진열되어 있는 여러 가지 떡과 어패류, 고기류…… 뭐든 있고 그 노점 주변에는 노무자, 지게꾼은 물론이고 양복차림의 남자들도 섞여서 떼지어 막걸리를 마시며 밥을 먹고 국물을 마시고 있었다.

조상대는 가지고 온 물건을 모두 털리고 말았지만 나와 남동생은 다행히 마지막까지 무사해서 국제시장으로 그것을 가지고 갔다.

이미 사전에 들었던 터라 우리들은 간단히 상인들이 부르는 값에는 응하지 않았다. 올리고 올려서 거의 만족한 거래를 끝마치려고 하면 다른 상인이 다가와서 값을 올려 주었다. 우리형제가 일본에서 가져온 것은 주로 알루미늄 냄비류였지만 환산해 보니, 헉 10배의 가격이 되어 있는 것이 아닌가. 이만큼의 돈이 있으면 아무리 물가가 비싼 서울이라고는 하지만 3개월 정도는 충분히 버틸 수 있는 금액이었다.

그런데 너도 어느 정도는 알고 있겠지만, 나는 태평양전쟁이 발발하고 바로 아버지를 의지하여 어머니, 남동생과 함께 현해탄을 건넜다.

그런데 어머니만은 나날이 격렬해지는 공습이 무서워 혼자서 도망치듯이 되돌아왔다. 그것은 일본이 패전을 맞이하는 딱 3개월 전이었다.

바로 전쟁이 끝나고 전후의 혼란기를 맞이하지만 아버지는 전쟁 중부터 영양실조와 과로로 인해서 이국땅에 묻히게 되었다.

나는 전후 바로 T대에 들어가고 남동생은 새로 막 생긴 조선고등학교에 다녔다. 두 사람은 밤에 일하면서 공부하고 S조직에서도 일했다.

내가 대학을 중도포기까지 하면서 고국에 돌아온 이유 중 하나는 나이든 어머니가 고향인 평양에 있는 것, 또한 강한 향수에 휩싸인 것도 있지만 무엇보다도 조국 해방과 투쟁을 보고 있기보다는 직접 그 조국에서 몸을 던져 일해 보고 싶다는 생각 때문이다.

이 압제와 테러・학살이 난무하는 남한보다는 국가건설을 착착 추진하고 있는 북한에서 자신의 능력을 마음껏 시험해 보고 싶어서였다.

너도 알고 있듯이 일본에서 북한으로는 돌아갈 수 없다. 어떻게든 남한을 통해서 38도선이라는 장벽을 돌파해야만 한다. 그런데 여기 와 보니 38도선은 이미 벌써 반년 정도 전부터 이승만이 개미 한 마리 통과하지 못하도록 엄중한 경계망을 깔아버리고 말았다.

우리 형제는 개성의 한 민가에서 기거하며 낮에는 자고 달이 없는 캄캄한 밤만 산 속의 경계선에 잠입하여 기회를 엿보고 있었다.

그러나 어두운 밤눈에도 주변을 지키고 있는 군경의 움직임은 보인다. 우리들 이외에도 월경을 시도하는 사람들이 있다는 것은 민박의 주변에서 넌지시 알게 되었는데 그 중 누군가가 발각되어 총에 맞은 것일까. 가끔 검은 장막을 찢는 총성과 비명, 허둥거리는 사람을 쫓는 군경의 발자국소리와 환성이 지금도 그물망을 빠져나가려는 우리의 다리를 꼼짝 못하게 했다.

몇 번은 유탄인지, 혹은 인기척을 눈치채고 (어둠 속에서도) 겨냥해서 쏜 것인지, 두 사람의 바로 근처까지 탄환이 떨어진 일도 있다. 아니 한 번은 나의 구렛나루를 스쳐 간 일 조차 있었다.

그때 내가 겨우 1, 2센치 오른쪽으로 움직였다면 틀림없이 정수리가 뚫렸을 것이다. 정말 생과 사를 가르는 한순간이었다. 그때의 충격, 그 공포는 잊을 수가 없다.

반년 전까지는 월경 안내의 상인이 개성에 많이 모여 있었던 것 같았는데 그 사람들도 이제 생명과 맞바꾸는 위험한 장사에는 손을 떼고 모습을 감춰서 이제는 스스로의 힘에 의지하는 수밖에 없었다. 민박집 노파의 얘기로는 그래도 군경을 매수해서 인도를 받으면 아직 가능할 것 같은데, 마침 운 나쁘게 그 브로커도 병에 걸려서 그것도 불가능해졌다.

그러나 그래도 가능성은 있었다. 비가 오는 밤이다. 한 치 앞도 보이지 않는 큰비가 내릴 때는 방향만 잘 잡으면 반드시 가능하다고 한다. 비 내리는 밤에는 역시 군경도 감시소에 들어갈 수밖에 없어서, 가령 산속을 순회하더라도 바로 근처까지 다가가지 않으면 알아채지 못하기 때문이다.

그러나, 5일이 지나고 10일이 지나고 2주가 지나도 그 큰비는 결국 오지 않았다.

나는 분했다. 여기까지 와서 바로 코앞에서 끝이라니.

식민지시대, 일본에 있을 때부터의 나의 꿈의 세계 — 사회주의 건설의 젊은 국가, 게다가 태어나 자란 고향도 있고, 손짓으로 부를 만큼 가까운 거리에 산을 하나 넘어 바로 건너편에 있는데…….

그러나 나는 단념해야만 했다. 나는 6월 장마 때를 노리기로 하고 우선 서울에 있는 조상대의 집으로 돌아가기로 했다.

그러나 남동생은 목숨을 걸고 거기에 거주하면서 그 마의 경계선을 돌파했던 것이다. 내가 서울로 되돌아가고 나서 3일째에 경기지방 일대가 3일 계속되는 큰 비에 휩싸였는데 아무래도 그때에 결행한 것 같다.

서울에 되돌아와서 조상대를 만나 보니 그는 이미 일본으로 돌아갈 마음이 없어졌다. 그리고 바로 이화여자대학의 강사로서 교편을 잡는 한편, 남노당의 비밀당원(후보)으로서 활약하고 있었다.

그는 큰형이 일제강점기부터 지하활동가로, 해방 후에는 서대문 형무소를 출소하여 남로당의 꽤 높은 지위에 오른 인물이었기 때문에 그 인연으로 쉽게 당원이 되었던 것이다.

현재 착착 사회주의를 건설하고 있는 북한, 위험이 없이 안전한 북한에서 일하는 것도 좋을지 모른다. 그러나 이 탄압의 폭풍으로 위험한 남한에서 싸우는 것 또한 젊은 우리들이 바라는 바이고 보람이 있지 않냐고 그때 그는 말했다. 그리고 말을 이어서 "북이든 남이든 우리 조국이다. 언젠가는 통일된다, 아니 돼야만 한다. 그날을 위해서 오히려 여기 남한에서 싸워야 한다"라고 나를 종용해 왔다.

하물며 이제 와서 일본으로 돌아가는 것은 어리석은 짓이라고도 했다. 그리고 무슨 일이 있어도 태어난 고향인 평양에 가고 싶다면 남로당에서 일하면서 당의 사명을 띠고 북한에 잠입하는 것도 가능하다. 그때는 당이 모든 것을 준비해 줄 테니까 오히려 그 편이 좋지 않겠냐고도 말해 주었다.

나는 그의 집에서 기거를 같이 하면서 오래 생각했다.

내가 현해탄을 건너 왔을 때, 남한은 해방 후 더욱더 처참한 양상을 노정하고 있었던 때였다. 그래, 마치 벌집을 쑤신 것 같은 느낌이었다. 그러나 때마침 그 시기를 경계로 해서 인민대중의 투쟁은 서서히 가라앉아 갔다.

그것은 역사가 나타내듯이 그 시기까지가 인민대중의 반권력, 반이승만 투쟁의 가장 왕성한 격앙기로, 그 후부터는 불타올랐던 요원의 불길이 점점 없어져 재가 되어 쌓여간다. 그러나 그 불길은 완전히 꺼진 것이 아니라 퇴적해 가는 재 속에서 끊임없이 계속 연기를 내며 가끔은 거칠게 부는 바람의 기세를 타고는 확 불타는 시뻘건 훈화였던 것이다.

되돌아보면 우리가 귀국한 딱 1년 전(1948년 4월)에는 제주도에서 "폭동"이 일어났다. 이른바 '제주도인민항쟁'으로 칭해진 그 봉기가 남한에 돌풍을 부른 선구적인 질풍이었다(보통은 1946년 7월, 전라남북도에서 농민폭동과 동년 10월의 대구인민투쟁의 시점으로 자주 일컬어지는데, 내가 의미하고 있는 것은 본격적으로 전국적인 규모에서의 무장투쟁의 의미에서이다). 그 봉기로 촉발되었듯, 지리산을 비롯하여 그 외의 산악지대에서 게릴라 투쟁이 점점 격화되고 전국각지에 파급해 간다. 게다가 10월에 들어서 제주도 폭동을 진압하기 위해 이승만이 향한 육군정예의 2개 연대 파견차가 동족살육을 거부하고 출항지인 여수와 인접한 순천에서 반란을 일으켰다. 농촌과 도시에서는 소작쟁의 · 스트라이크 · 데모 · 봉기 그리고 국군의 반란으로 숨 쉴 새도 없었던 것이다.

우리들이 남한에 들어온 시기는 그 여파가 남아 아직 어수선했다.

이승만은 일제강점기의 치안유지법을 대신한 '국가보안법'을 사기적으로 국회를 통과시켰는데(1948.11), 그것을 속속히 모든 것에 적용시켰다. 그리고 자기 이권수호를 위해 또다시 자신의 위치를 위협하는 라이벌 세력이라는 이유만으로 학살, 음모, 테러, 방화로 귀신도 부끄러울 모든 수단으로 좌익진영의 전멸을 꾀하고 같은 우익진영의 세력까지도 차례차례로 매장했다.

그때, 서울에서는 까마귀가 울지 않는 날은 있어도 데모군집의 외침이 끊이는 날은 없고 바람이 잠잠한 날은 있어도 빨갱이 질풍이 불지 않는 날은 없었다.

눈에는 눈, 이에는 이를, 보복합전은 멈출 줄을 모르고 바지런히 움직였던 생산은 멈추고 학원은 학업을 포기하고 무인상태였다.

대립항쟁은 좌우간만이 아니다. 좌는 좌대로 우는 우대로 세력투쟁으로 치열하게 싸웠다. 당리당약, 게다가 사리사욕이 얽혀 있다고는 하지만 어째서 이렇게도 상대를 없애버려야만 마음이 후련한 것인지. 반세기에 가까운 일본의 압제와 착취에서 해방된 지금 그 후진성에서 탈피하기 위해서 우리들은 무엇에도 소이小異를 버리고 대동단결하여 국가건설에 돌진하야만 하는 이 시기에 말이다.

3

지금부터 내가 적어나아가려는 것은 아무래도 너를 경악시킬 것이다.

나는 결코 흥미를 가지고 계속 읽게 하려고 부풀려서 쓸 생각은 손톱만큼도 없다. 한 줄이라도 분석해서 덧붙이지도 않고 기괴하고 미스테리하게 꾸며 쓸 생각은 없다. 나는 있는 그대로를 순서대로, 그 전부를 쓰는 것은 물론 무리이지만, 이어 써내려갈 것인데 그래도 충분히 "현실은 소설보다도 더 소설 같다"라고 해야겠다.

나의 2년 반의 이 나라에서의 생활은 숨을 멎을 듯한 공포, 복잡괴기, 그리고 음모에 찬 것이었는데, 이 운명의 기구함은 물론 나 혼자만이 휩싸인 것은 아닐 것이다. 비슷한 체험, 아니 더욱더 무서운 체험을 무수히 많은 사람들이 맛보았을 것이다.

나는 그로부터 조상대의 집에 머물며 한동안 어수선한 서울 거리와 명소 유적을 돌면서 복잡한 심정으로 매일을 보내고 있었다. 침식은 그의 집에 신세를 지고 용돈은 아직 꽤 여유가 있었다.

나는 그가 말한 것에 공명했고 또한 젊은 혈기로 끊임없이 떠들어댔지만 아직 가슴속에는 고향의 어머니에 대한 향수가 있고 안정된 북한 생활에도 마음이 있었다.

그러나 조상대의 집에 있는 사이에 종종 그의 큰형과 서로 이야기하는 동안에 나는 스스로도 알아차리지 못한 채 조금씩 변해 갔던 모양이다.

그의 형은 가끔 양친을 찾아가는 일이 있어도 아주 짧은 시간이고 바로 자리를 뜨는 지하생활 중이었다. 그래서 그의 집에서는 침착하게 이야기를 나눌 수 없고 그들 형제가 다른 안전한 지인의 집과 시간을 지정해서 만날 때 나도 자주 동석시켜 주었다.

일제강점기부터 투사로 감옥 생활을 반복해 왔다는 큰형은 내가 상상하고 있던 것과는 달리 조상대처럼 덩치가 크고 건장한 체구의 사람인데 동생처럼 거친 투사형이 아닌 조용하고 말투도 어눌한, 시골 어디에나 있는 촌부자 같은 풍모였다.

그리고 소학교만 나왔다고 하는 그는 독서로 자기의 논리를 구축한 것 같지도 않고 어디까지나 경험을 통해서 사회를 인식해온 듯한 느낌이었다. 그러나 그 인식의 깊이, 민족과 인민에 대한 깊은 애정, 그리고 끓는 정열에는 머리를 숙일 수밖에 없다.

다만 하나 그에 대해서 위화감을 느낀 것은 그가 김일성의 절대적인 숭배자이면서 남로당의 최고지도부에 대해서는 모종의 의심과 비판의 시선을 가지고 있는 것이다. 아니, 그가 한번이라도 구체적인 비판을 무심코라도 입 밖으로 낸 적이 없다. 다만 그 말투의 사소한 곳에서 우려가 담긴 표정 속에서 왠지 그것을 느낄 수 있을 뿐이다.

남로당 대부분이 북한에서의 지령에 따라서 움직이고 있는 것은 나도 이미 자연스럽게 알고 있었던 것이다. 그리고 그 북한의 지도자는 김일성이다. 그러면 남로당에 대한 의심과 비판은 오히려 김일성에 대해서 향해야 하는 것이 아닌가. 그런데도 그는 김일성에 대해서는 절대적인 신뢰와 숭배를 할지언정 털끝만큼도 비판적으로는 얘기하지 않는다. 게다가 바꿔 말하면 그 자신도 남로당의 중견간부라 해도 좋을 남자가 아닌가.

조상대도 역시 그와 같은 위화감은 가진 듯, 한번은 형에게 이론을 제기한 적이 있었다. 의심과 비판이 있으면 당 안에서 제기하고 토론해야만 하는 것이 아니냐고. 그때 그는 거기에 대해서는 대답하려 하지 않고 입을 다물고 시선을 떨궜다. 그러나 나중에 잘 생각해 보니 그의 의심과 비판하고자 한 것이 뭔지 알 수 있을 거 같다.

남로당에 대한 지도는 북에서 전달된다고 아까 얘기 했는데 그 지도방침은 주로 남한에서의 정보와 보고에 의해서 분석·종합되어 결정되는 것이 아닐까. 그러나 남한에서의 그것들이 정확·공정하지 않으면 북한에서 남한에 대한 지령은 잘못된 방향을 더듬을 수밖에 없을 것이다.

파벌을 만들고 상대를 배제하는 추한 헤게모니 투쟁과 지도간부들의 인간성에 대해서 깊은 우려를 가지고 있었던 조상대의 형은, 북한과 연결되어 있는 남한의 일부 당 지도부들이 자신의 파벌에 유리하게 조작된 정확하지 않은 정보나 사악한 보고를 걱정했을지도 모른다(또 그 외에도 여러 가지 있을 지도 모르지만, 그것은 내가 알 수도 없는 것이다).

그것은 어쨌든, 그와 접촉해 가는 동안에 나는 그의 성실함과 솔직한 인간성에 감동받았다. 그리고 중년이 지날 때까지 반려자도 얻지 않고 조국과 인민만을 위해서 살아가려는 정열적이고 한결같은 삶에 자기 자신을 되돌아보는 마음이 점점 싹텄다.

그는 남동생과 달리 한 번이라도 나에게 입당을 권한 적이 없다. 어차피 북한에 가면 거기서 마음껏 일해 달라는 격려의 말뿐이었다.

그러나 나는 결국 그에게 입당을 신청하고 그때 조력해 달라고 했다. 그것은 장마철 중반에 접어들어 서울 시내가 연일 호우에 휩싸인 어느 날의 일이었다. 그때까지 나는 조상대에게 부탁받아 그가 근무하는 이화여자대학의 학생들이 몰래 여는 '사회주의연구회'에 종종 얼굴을 내밀었다.

조상대는 대학에서 주3회 세계사를 담당하고 있었는데 그 강의보다도 방과 후 여대생들이 각자의 집에서 가지는 독서회 쪽에 보다 무게를 두고 있었다. 그러나 그는 대학에서의 강의 외에 당원으로서의 일에 쫓겼기 때문에 대신에 튜터로서 종종 나를 끌어들였다.

거의 10명의 여자대학생 외에 가끔 서울대나 연희대학의 남학생도 같이 할 때가 있었다. 그들은 모두 각자의 대학에서 리더인 만큼 이론적으로 꽤 높은 수준이었다. 또 연일 학내지도에서 훈련되어 막힘없이 슬슬 나오는 변설도 신선하고 머리회전도 빨랐다. 그 오래된 현실체험에 입각한 논법의 날카로움에 나는 종종 깜짝 놀랐다. 그리고 그들과의 거듭되는 접촉이 또한 내 안에서 같은 젊은이로서의 정열을 서서히 불러일으켰고, 그것이 입당에 대한 결의를 굳히게 하는 계기가 된 것은 부정할 수 없다.

입당 때는 당원 2인 이상의 추천이 필요하기 때문에 조상대의 형은 또 한 사람의 선임 당원의 이름을 써서 보증해 주었다.

입당하고 나서 처음 아지트 참가의 날. 이 날은 역사적인 날, 6월 26일 일요일이었다. 이 날의 사건은 벌써 너도 어떤 날인지 알아챘을 것이다.

아침부터 맑은 날이었다.

6월에 들어서 계속 내리는 긴 장마도 마침내 개였다고 생각할 만큼 투명한 파란 하늘은 집 안에 갇혀있던 사람들을 거리로 우르르 몰려나오게 했다.

어둠이 거리의 집들을 덮기 시작할 무렵 나는 조상대와 같이 용산의 뒷골목에 있다는 아지트의 은신처를 찾고 있었다.

그곳은 그의 집에서, 큰길을 사이에 두고 전혀 다른 구역에 소속되었는데 코앞이라고 할 정도로 가까운 곳에 있다. 그러나 서울에서 태어나 중학교 2학년 중반까지 살아서 익숙한 그에게도 그 구석은 애먹을 정도로 뒤얽혀 있는 곳이었다. 구불구불한 좁은 길을 끼고 토벽에 자그마한 낮은 초가집이 어수선하게 다닥다닥 붙어있는 가운데 그 한 채를 찾아내는 것은 쉬운 일이 아니었다. 게다가 그 통로가 층계 같은 급경사의 길이 있고 또는 다른 사람 집의 뒷마당을 돌아 빠져나가는 식으로 빙빙 돌아가는 동안에 원위치로 되돌아온다.

겨우 도착했을 때 바깥은 벌써 캄캄했다.

여기는 이른바 빈곤가라고 칭해진 곳으로, 전등도 잘해봐야 한 집에 하나. 그것도 희미한 촉광을 켜고 있었다. 심한 곳은 한 자루의 촛불, 혹은 하나의 촛대를 세우고 있는 꼴로 바깥 길까지는 빛이 전혀 들지 않았다.

아지트의 방에 한 발 들여놓았을 때, 때마침 라디오에서 특별임시뉴스가 흘러나오고 있던 참이었다. 이미 모여 있던 사람들은 빙 둘러 앉아서 탁주를 마시고 있던 참이었는데 그 임시뉴스는 우리 두 사람을 포함해서 그 자리에 있던 모두에게 큰 충격을 주었다. 한독당 당수인 김구가 낮에 자택의 경교장에서 폭한의 권총에 맞았다고 하는 것이다.

도대체, 범인은 누구지!…… 그 자리에 있던 모두는 흥분해서 떠들썩했다.

지금까지 여운형을 비롯한 좌익의 지도적 정치가가 테러로 쓰러지는 것은 자주 있었지만 반좌익인 이승만과 어깨를 나란히 하는 한쪽의 실력자, 최우익인 김구가 살해되었다는 것은 이상하고 음산하기도 했다. 1년 전 이승만의 "남한만의 단독선거"에 반대하고 북한으로 들어가 김일성과 남북협상을 서로 이야기해 왔던 김구를, 좌익진영이 죽일 리가 없다. 그러나 이 사건을 계기로 이승만은 보다 한층 더 좌익탄압에 착수할 것이다.

그때는 이승만이 보낸 자객으로 사건이 일어났다고는 아무도 상상조차 할 수 없었다.

황토의 냄새와 취기를 띤 많은 남자들의 체취가 뒤섞여서 구토할 것 같은 좁고 어두운 방 안에서 어떤 사람은 빈대를 눌러 죽이고 때가 껴서 반질반질해진 토벽에 기대있고, 어떤 사람은 약간 고개를 숙여 담배를 말기도 하고 피우기도 한다.

자욱하게 낀 담배연기를 통해서 희미하게 보이는 참가자들을 나는 넌지시 관찰했다. 조상대를 제외하고 거의 모두가 일제강점기부터 노력하여 올라온 사람들인 만큼 강인하고 다부진 느낌의 듬직한 남자들뿐이었다.

가장 깊숙한 곳에 앉아 있는 리더격인 대머리의 중년 남자가 "그럼" 하고 말을 하자 조상대의 형이 입을 열어 새로운 얼굴인 내 소개를 짧게 끝냈다. 이름과 연령, 그리고 올봄 일본에서 막 온 대학생이란 것, 나의 출신지는 말하지 않았다. 조상대가 덧붙여서 나의 일본에서의 경력을 얘기하려하자 "그것은 필요 없어. 지금부터의 경력만이 필요하다"며 막았다. 그리고 마지막으로 그는 일동을 향해서 "내가 보증인입니다. 잘 부탁해……"라고 머리를 숙였다.

나는 예의상으로라도 그나 리더가 일동에 대한 소개가 있을 거라고 기대했지만 그것은 없었다. 그러나 그 이유를 바로 이해했다.

그리고 회의는 시작됐다.

내외정세의 분석과 북한사회 정황보고, 그리고 과거 몇 일간의 작업의 총괄을 리더가 차례차례 요령 있게 행하고 그것에 대해서 각자의 의견을 제출, 추가가 있기도 했다. 그러나 그것들은 지금까지의 투쟁성과를 자화자찬하고 연이어 싸워내자고 하는 결의 표명이 대부분이고, 투쟁 중에 나타난 결함과 문제점을 파고들어 토론하는 유형의 것은 아니었다. 아니면 지금까지의 결함과 문제점은 아무것도 없었다는 것일까? 탄압은 나날이 강해지고 정세는 급격하게 변해 가는데 그 전술은 하여튼 힘 대결, 이른바 저돌적인 것 같은 인상이었다.

참가자는 모두 난다 긴다 할 정도여서 익숙한 말투로 태어날 때 입부터 나오지 않았을까 비아냥거리고 싶을 만큼 언변이 좋은 사람들뿐이었다. 조상대는 입단하고 바로 기가 죽었는지 처음에는 겸손하게 말했지만, 이야기를 하면 할수록 격정적인 그답게 방바닥을 치면서 이승만 일파에 대한 분노를 쏟아냈다.

가장 조용한 남자는 역시 조상대의 형이었다. 그는 더듬거리는 낮은 목소리로 그러나 잘 들리는 소리로 문제점을 파악해 갔다. 그러나 말투가 너무나도 느긋하기 때문에 리더에게 자주 발언을 가로채였다.

그 중에서 단지 한 사람, 나와 같이 마지막까지 발언을 하지 않는 남자가 있었다. 기름기가 없는 흐트러진 장발머리에 얼굴을 감추듯이 고개를 숙여 담배만을 피우고 있는, 닳고 낡은 작업복을 입은 남자이다. 뒷벽에 걸린 등불을 뒤로하고 있었기 때문에 얼굴은 확실히 보이지 않는다. 그러나 세포 한 사람 한 사람이 발언을 할 때마다 고개를 숙인 채 산발한 머리카락 사이로 힐끔 위로 눈을 치켜뜬다. 매우 얼굴이 긴 이 남자는 정체를 알 수 없는 기분 나쁜 존재였다. 작은 소리로 옆에 있는 조상대에게 물으니 북한에서 온 남자라고 한다.

이 북한 남자에 대해서는 모두가 한 수 위로 보는, 외경의 시선으로 바라보고 있다는 것을 나는 바로 알아챘다. 남로당을 뒤에서 지도하고 있는 것이 북한이라는 그 배경을 빼더라도 어딘지 모를 위엄이라기보다는 위압감을 주는 존재였다.

그 밤 내게 주어진 첫 임무라는 것은, 탄압으로 여기저기 흩어져 있는 서울시의 노동자와 청년・학생들을 재조직하고, 데모와 스트라이크를 부추기는 일이었다. 요령이 없는 나는 맨 처음에 동지들의 뒤를 따라서 돌뿐이었다. 그리고 어느샌가 그 일에 몰두해 갔다. 눈이 돌아갈 정도의 바쁜 나날의 지하투쟁이 어느샌가 고향의 어머니와 향수 따위는 잊게 했다.

지금 생각하면 이때가 내 인생에서 가장 충실한 나날이었던 것 같다. 자신은 남한의 해방과 조국통일을 위해서 몸이 부서지고 있었다. 자칫 잘못하면 투옥, 아니 죽음과 나란히 하고 살았다. 몸도 오싹오싹하게 하는 이 위험이 실은 젊은 나의 혈기를 솟구치게 하여 이 한목숨을 바쳐도 좋다는 숭고한 사명감으로 불타게 했다.

낮에는 은둔생활을 하고 어두워지면 움직이기 시작하는 박쥐같은 불규칙한 생활이고 당장은 먹는 것도 부족한 날이었지만 그래도 동지 집에 가면 초라한 음식이라도 스스럼없이 권해 주었다. 예전에 평양 집에서는 돌아보지도 않았던 이 보잘 것 없는 음식이, 이정도로 맛있는지는 몰랐다. 처음에는 거의 마시지 못했던 탁주도 멋스럽게 마시고, 마시면 젊음으로 동지들과의 침을 튀기며 정치, 철학, 아니면 문학, 인생을 서로 논쟁하며 밤을 새우기도 했다.

그러나 그 충실한 내면과는 별도로 또 날이 갈수록 점점 한 의문을 품게 되었다.

그것은 데모를 조직하고 이승만 반대, 미군 철수의 슬로건을 외치면서 시가지를 걷고, 공장과 학교에서는 스트라이크를 일으키고…… 이런 일에 도대체 얼마만큼의 의의가 있는 것인가. 아무리 계속 탄압받아도 좌익세력은 지금도 은연중에 힘을 가졌다는 것을 내외에 과시할 수 있다는 의미에서는 확실히 하나의 의의가 있을 것이다. 그러나 그 희생은 그 의의에 비해서 너무나도 크다. 나는 뭐든 희생이 크니까라고 말하는 것이 아니다. 아무리 큰 희생을 치루더라도 언젠가 결실을 맺을 수 있다면 그것은 그것으로 된다. 그러나 그저 희생만으로 끝난다면 무의미하다는 것이다. 오해를 초래할 우려가 있기 때문에 덧붙이면 이들 운동을 나는 결코 부정하는 것이 아니다. 이와 같은 대중운동의 축적이 우리 운동에서 얼마만큼 소중하고 중요한 것인지 정도는 알고 있다. 이들 투쟁의 반복이 시냇물이 작은 강으로, 작은 강은 큰 강으로 그리고 큰 바다로 변하듯이 큰 물결이 되어 갈 가능성이 충분히 있다. 해방 후의 전국각지에서의 인민대중의 운동은 압제와 학살에 견딜 수 없었던 인민의 대중발생적인 것도 있었겠지만 조직이 끊임없이 대중을 조직 동원함으로써 계몽하여 큰 물결이 되고 고조되었다. 그것은 어느샌가 지리산을 비롯한 각 산악지대에서의 무장투쟁, 제주도인민봉기, 그리고 국군의 반란……으로 이어졌던 것이 아닌가. 그러나 이들 무장투쟁이 거의 진압되고 무수한 당원・신봉자가 살해되고, 감옥 생활을 하고, 지금 그 힘은 이전과는 꽤 다르다. 내가 너에게 오해받을 만한 것을 굳이 피력했던 것은 실은 한 염려, 아니 의혹이 늘 머릿속에 있었기 때문이다. 순서로 따지면 이 일을 맨 먼저 써야만 했다.

조직의 상층부에 적과 연결되어 있는 스파이가 있는 것은 아닐까. 시가지 데모에서도 공장과 학교에서의 스트라이크에서도 반드시 지도자급의 사람이 검거된다. 게다가 그 표적에 대한 겨냥은 적확하다. 당이 대중운동을 꾀한 것인지 아니면 그 스파이가 당을 움직여서 운동을 조직한 것이지. 어차피 그들 대중동원 중에서 주목할 만한 인물들—신봉자나 일반노동자, 학생들도 포함해서 검거돼 간다. 과거 3년간의 가장 고양 된 투쟁시기에서도 스파이가 끼어 있었을 것이다. 그러나 그때까지의 이승만 무리의 힘은 아직 약하고, 좌익세력과 인민대중의 힘은 절대적이었다. 스파이가 존재하더라도 큰 바다에 떠밀리는 낙엽 같은 존재였다. 그러나 이승만 무리는 그 사이에 강대한 미군을 뒤업고 착착 태세를 정비하여 지금은 그와 우리의 힘은 역전되었다. 이승만 일파가 꼬드기고 있었을지도 모르는 이와 같은 대중동원을 언제까지나 계속해도 좋은 것일까? 과거의 투쟁 중에서도 당 상층부에서의 스파이 존재는 항간에 소문이 났었다. 무장투쟁세력 안의 스파이도 소문이 있었다. 좌익 동지의 분열 이간, 서로의 견제와 헤게모니 싸움 중에도 그 존재가 간간히 있었다.

또한 "토벌"되어 사그러진 산악지대에서의 무장투쟁을 고조시키기 위해서 당은 당원들을 잇달아 입산시키려 했지만 이것이 도대체 어떻다는 것인가? 지금에 와서 산발적으로 봉기하고 소요를 일으키기보다는 딱 맞는 시기를 기다려서 전국이 통일적으로 일제 봉기를 하는 편이 영리한 방법이 아닐까. 당은 강력한 조직을 마지막까지 유지하면서 시기를 기다려야 할 것이다. 지금에서 생각하면 웬걸 적의 함정에 빠진 것 같은 생각이 든다. 도대체 당은 무엇을 생각하는 것일까. 남로당에 지령을 내리고 있는 북한의 지도부는 또 남한의 현실을 파악하고 있는 것인지 어쩐지.

나는 이 의문을 어느 날 아지트의 면면에게 솔직하게 털어 놓았다.

입당해서 이미 2개월 반이나 지난, 조석으로 차가운 공기가 피부로 느껴지는 9월 초의 일이었다. 이 무렵은 그들과 완전히 친해졌고, 나이 차는 꽤 나지만 회의 전의 편안한 자리에서는 농담도 할 수 있는 마음편한 관계가 되었다. 나는 그저 의문으로서 가벼운 마음으로 제기해 본 건데 그 말투가 비판적으로 들렸던 것인지, 아니면 이 같은 의문 제기조차 이런 자리에서는 금기시되었던 것인지.

그 대머리 리더의 표정이 금방 어두워지고 순식간에 경직되었다.

"백동지!"라고 그는 나를 불렀다.

"동지는 당의 방침에 의문을 던진 것입니까? 당의 결정은 신성불가침입니다!…… 설령 동지에게 그런 의문이 있더라도 상부에서 일단 결정된 노선·방침에 대해서 하부는 절대복종해야만 합니다."

늠름한 어딘가 억압하는 듯한 울림이 있었다.

아까 쓴다는 것을 깜빡했는데, 리더는 서울 시내에선 꽤 거물이고 당 중앙위원이기도 했다(그리고 서울 시내 각 분파를 잇는 지도적 입장에 있었기 때문에 '지도간부'라고 부르고 있었다). 아니 여기에 모이는 무리들은 나와 조상대를 빼고는 모두 거물에 가까웠다.

애초에 나 같은 애송이가 이런 회의에 멤버로 참가할 수 있었던 것은 아까 쓴 대로 조상대의 큰형이 끌어넣었기 때문인데, 그런 그는 탄압으로 꽤 감소한 간부당원을 양성·보충할 목적으로 일거에 이런 멤버로 넣어 준 것이었다. 일본에서 막 건너온 나와 조상대는 남한에서의 투쟁 경력이 없이 이런 자리에는 낄 수가 없었을 것이다. 때문에 외부자적인 의식은 늘 있었지만 이정도 친해졌으면 이정도의 발언은 허락해 줄 것이라고 안이하게 생각했다. 또한 회의도 아니고 다른 자리—식사를 할 때나 혹은 잠자리에서 나누는 얘기 와중에는 이런 의문에 대해서 서로 이야기한 적도 몇 번 있었기에, 내가 발언을 시작한 점도 있었다.

그런데 그들은 이즈음 되자 입을 조개처럼 다물고 한마디도 꺼내려 하지 않았다. 나는 그들의 지원 발언을 기대하고 있었던 것은 아니었지만, 적어도 경력이 오래된 그들 몇 명 정도는 같은 발언을 해주었다면 지도간부도 그렇게 눈꼬리를 치켜 올리는 일은 없었다고 생각한다. 그들은 능청스럽게 엉뚱한 방향으로 눈을 돌리든가 고개를 숙이고 있을 뿐이었다.

그런데 조상대는 그 날 학생들의 독서회에 출석하여 참석할 수 없었는데 아마도 그가 동석했다면 사소한 언쟁이 일어났을지도 모른다. 상대의 지위를 막론하고 '권위'에 대해서 맹종하는 일 없는 반골이다. 일개 후보당원에 지나지 않는다고 하여 이와 같은 억압적인 지도간부의 말투에는 반격했을지도 모른다. 나의 그 의문에 대해서 평소에는 동의하지 않았던 그였지만(그는 당시의 남한의 정황에서 당이 취해야 할 길은 그것을 대신할 것이 없다는 의견이었다), 솔직한 그의 말이니 일단은 전체의 의견을 들어보자고 토론을 요구했을지도 모른다.

한편 조상대의 형도 다른 분파회의에 얼굴을 내밀어서 이 자리에는 참가할 수 없었다. 혹시 그가 이 자리에 있었다면 그는 또 어떤 태도를 취했을까. 아마도 동년배인 지도간부의 말을 거슬리지 않고 조용히 지켜보고만 있었을 것이다. 결코 그가 용기없는 남자라는 말은 아니다. 그러나 남로당의 최고지도부에 대해서 약간의 의문과 불만을 가지고 있는 듯이 보이는 그도, 이제 와서 그것을 말해봤자 소용없다고 체념했을 것이기 때문이다.

도대체 남로당의 방침과 전술은 어떤 경위를 거쳐서 내려오는 것일까. 정말로 북한에서의 지령만으로 움직이는 것일까. 아니면 소문과는 달리 실권을 쥐고 있는 몇 명의 최고지도부가 북한의 지령을 무시하고 자신들만의 재단으로 멋대로 움직이고 있는 것일까. 그것을 나는 모른다.

그러나 그것은 여하튼 하부에서의 자유로운 의견과 토의를 허락하지 않고 그저 하달 받을 뿐인 것처럼 보인다. 그리고 하부의 여러 가지 다른 의견은 (최고지도부에 대한) 비판적이고 기회주의라고 보는 듯하다. 자기비판을 포함한 자유로운 토론대신에 자기 찬미의 '연설'밖에 없고 급변하는 정세에 대한 유연한 대응 대신에 10년을 하루 같이 경직된 이론・전술밖에 없다.

만나면 언제나 내 건강과 여의치 않은 생활을 신경 써주던 지도간부가 이와 같은 의문제기에는 사람이 바뀐 듯이 얼굴이 경직되어 전혀 가까이 다가갈 수 없는 일선을 그어 버릴 줄은…… 뜻밖의 일이었다.

그리고 그날의 회의가 막 시작되려고 했을 때 한 명의 남자가 갑자기 손을 들어 발언을 요청했다.

예의 북한에서 왔다는 남자였다. 이 남자가 회의에서 발언을 요청했던 것은 이전에도 이후에도 이때뿐이었을 것이다. 지도간부는 거의 지하조직을 겸직하여 지도하고 있기 때문에 우리 자리에는 그렇게 자주 얼굴을 보이지 않는다. 그러나 그런 그가 참가할 때는 반드시 언제나 북한 남자가 동석했다.

나는 그로부터 시간도 지났고 다른 의제로 얘기할 거라고만 생각하고 있었다. 그런데 북한 남자의 시선은 가만히 내 쪽으로 쏟아지고 있는 것이 아닌가.

항상 고개를 숙인 채 있던 남자가 이때만은 얼굴을 똑바로 들고 있었다. 이마로 흘러내린 기름기가 없는 푸석푸석한 머리카락 사이로 어스름한 불빛을 받은 두 눈이 이상한 빛을 띠고 있었다. "거기 백동지!

당신에게 질문이 하나 있습니다." 눈초리와는 반대로 남자의 어조는 이상하게 온화했다. 좀처럼 입을 열지 않는 '북한 남자', '권위 있는 혈통의 남자'의 발언에 자리에 있던 모두가 긴장하여 지켜본 것은 말할 필요도 없다.

"백동지, 당신은 꽤 솔직하네요…… 그것은 좋은 점입니다. 투쟁의 과정에서 잘못이 있으면, 당은 그것을 바르게 고치는 데에 인색해서는 안 된다고 생각합니다."

남자는 옆에 있는 지도간부를 한 번 훑어보더니 조용히 말을 이었다.

"설령 하급당원이더라도 이견과 비판이 있으면 당당하게 계속 제기해야합니다. 우리들에게 상하의 거리가 있어서는 안 됩니다. 서로 활발하게 그리고 자유롭게 토론하고 그것이 올바른 것이라고 인정되면 최고지도부에 그것을 가져가야합니다."

남자는 다시 한 번 지도간부에게 날카로운 시선을 보내자 "그 역할을 맡고 있는 것이 동지(지도간부)의 일이기도 하지 않았습니까?……"

대머리가 시선을 떨궜다. "매우 그렇습니다, 백동지의 의문에 대해서 철저하게 토론해야 합니다!"라고 말을 꺼냈다.

"잠, 잠시 기다리세요! 동지."

북한 남자가 손바닥을 조금 올려서 막았다. 이때 처음으로 안 건데 울퉁불퉁한 손마디였다. 부채같이 크고, 모양이 좋지 않은 손바닥이었다. 그리고 꽤 당당한 풍모였다. 긴 유세로 목소리가 쉰 정치가처럼 딸그랑딸그랑 잘 울리는 굵직한 목소리도 범접할 수 없는 위엄이 있었다. 나이는 12살이나 젊은데 지도간부를 턱으로 눌러 내리는 듯한 태도는 역시 북한의 백그라운드가 있기 때문일 것이다.

일동은 조용히 지켜보고 있었다.

남자의 표정은 끝까지 진지하고 열의에 찬 듯이 보였다. 역시 북한에서 온 남자는 다르다고 나는 마음속으로 중얼거렸다.

"그러나, 토론에 들어가기 전에 우선 당신의 의견을 묻고 싶습니다. 당신은 의문을 제기했습니다만 도중에 가로막아서 마지막까지 발언할 수 없었지요……."

"……"

"당신의 발언을 듣고 있으면 분명히 최고지도부에 대한 비판으로 들립니다. 현재의 노선·방침과 전술이 이대로는 안 된다, 잘못되어 있다고 비판하고 있지요."

"……"

"그럼…… 어떻습니까, 한마디 들려주십시오……."

이 부근부터 분위기가 이상해졌다. 그리고 남자의 눈에는 한 층 더 날카로움이 더해졌다.

"결론부터 말하면, 즉 지금은 희생뿐이니까 당신은 가만히 시기를 기다리자는 것입니까?…… 그럼 그 시기라는 것은 도대체 언제란 말입니까? 또 이 같은 투쟁이 아니라 어떤 다른 투쟁이 있다는 것입니까? ……"

이때 그의 입가에 희미하지만 비아냥거리는 듯한 삐뚤어짐이 있다는 것을 나는 놓치지 않았다. "하나, 백동지로부터 그 시기와 (투쟁)방법을 가르쳐주기를 부탁드립니다!"

은근 무례하고, 또한 그의 저의에 나를 애송이로 보고 냉담하게 대하는 말투로도 들렸다.

나는 불끈했다. 그러나 표정으로 드러낼 수가 없다.

북한 남자는 물론 내 의견을 듣고자 하는 것이 아닐 것이다. 아까의 의문 발언이 거슬려서 나를 괴롭히고 야유하고 놀리려는 꿍꿍이가 아닌가.

그러나, 나는 생각했다, 이 만큼 바보취급하면 이 기회를 잡아서 말하고 싶은 것은 말하는 편이 좋지 않은가……. 그러나 나는 주저했다. 그는 황공하게도 김일성이 보낸 '대변자'가 아닌가. 남로당 위에 있는 인물로서 우리들 앞에 있다. 이런 '지체 높은 분'에게 나 같은 신출내기가 예, 그렇습니까, 그럼…… 하고 똑똑하게 말할 수 있을까. 부연하자면 그와 나와의 사이에는 그 지위에서부터 너무나 먼 거리이다. 이 세계에는 명령자와 그것을 받아서 움직이는 팽이쥐와의 관계밖에 없는 것이다. 예는 나쁘지만 구 일본군의 모습을 상상해 보렴, 그대로 들어맞을지도 모른다. 일병이 연대장이나 총사령관에게 말참견할 수 있다는 말인가.

북한 남자는 나를 완전히 무시하고 있었다. 아직 어린 학생으로 일본에서 와서 커리어도 없고, 게다가 불면 날아갈 듯한 빈약한 왜소한 몸인 나를 다부진 체구, 키가 큰 그는 내려다보듯 집중하고 여유 있는 미소를 짓고 있었다. 그는 그러면서 도망칠 곳이 없는 팽이쥐를 군침을 흘리면서 우르릉거리는 큰 쥐였다. 물을 끼얹은 듯한 기분 나쁜 정적이 방안을 점령했다. 가끔 들리는 헛기침조차 지금은 멈췄다.

"백동무……." 북한 남자는 두 번, 세 번 나를 독촉했다. '동지'에서

'동무'로 바뀌었다.

담배를 천천히 피우면서 심술궂은 표정을 짓는 그를 올려다보았을 때 내 마음에 강한 반발과 대담한 감정이 퍼졌다. 제기랄! 지렁이도 밟으면 꿈틀거린다고 하지 않던가.

좋아, 그럼 말해주지. 나는 마음을 정했다.

"그럼"이라고 내가 입을 열었을 때, 주변에 동요가 일어났다. 분명히 '오'라는 약한 동요가 일어났다. 나 같은 것이 말대답을 한다는 자체로 놀라움이 있었던 것일까. 나 자신, 이 말을 시작하긴 했지만 초진에 뛰어든 신병과 같이 긴장했다. 심장이 요동치기 시작했다.

"나 같은 것이 당신에게 의견을 말한다는 것은 매우 건방지고 당찮은 것이라고 생각합니다. 그러나 호의를 받아들여서…… 평소에 생각하고 있는 몇 가지를 솔직하게 말해보고자 합니다…… 아무튼 젊고 경험도 별로 없는 몸이라 혹시 잘못해서 어처구니없는 의견이라면 많은 지적과 지도 부탁드립니다."

나는 약간 말을 더듬거리며 이렇게 얘기를 시작했다.

"어서어서 사양 말고." 북한 남자는 변함없이 모멸적인 비웃음을 띠고 있었다.

"아까 '가르쳐 달라고' 말했습니다만 이것은 너무나도 심한 조롱이 아닙니까. 나는 경험이 풍부한 이론가도 아니고 또한 '가르칠'만한 입장에 있을 리도 없습니다. 지도적 입장에 있는 분이라면 더 진지하게 발언해 주셨으면 합니다. '상하 거리감 없이 자유로운 토론'이라고 말씀하신 처음의 말과는 분명히 모순적이고 조롱이며 야유입니다."

나는 북한 남자에게 우선 견제의 한방을 날렸다.

여기에서 두 사람의 얘기를 소개하겠다. 지면상 꽉 간추려서 쓰지만 너무 대략적이어서 나의 진의가 충분히 알 수 있을지 어떨지 조금 불안하다.

"……지금의 투쟁 방법에 위기의식과 의문을 품고 있는 것은 아까 분명히 말씀 드렸습니다만 그러나 그것은 어디까지나 나 개인의 의문이고 그렇다고 해서 최고지도부를 비판한 것은 아닙니다. 우선 이것을 분명히 미리 말씀드리고 싶습니다. 그러나 아까 동지는 의견과 비판이 있으면 당당히 제기하고 활발하게 그리고 자유롭게 토론하고…… 운운 하셨습니다. 때문에 나 혼자만이 아니라 가능한 한 모두가 참가해서 토론할 수 있기를 바라는 것입니다."

그러나 최후의 최후까지 누구 한 명 참가하는 사람은 없고 결국은 두 사람만의 얘기로 끝났다. 가끔 대머리 지도간부가 끼어들려고 했지만 그때마다 북한 남자에게 가로막혔다.

"우선 우리투쟁은 몇 번이나 그만큼 고조되어 적을 쫓으면서도 결국은 좌절했습니다. 물론 싸움에는 그쪽과 이쪽의 힘의 관계도 있어서 생각대로는 되지 않겠죠. 그러나 그 결과에 대해서는 겸허하게 받아들이고 그것을 올바르게 총괄하여 잘못이 있으면 바르게 고쳐 나가야 한다고 생각합니다. 자화자찬과 한층 더한 결의 표명만으로는 언제까지나 발전은 없다고 생각합니다. 물론 최고지도부에 있어서도 그때마다 그 나름대로 총괄하고, 자기비판, 그리고 새로운 전술을 만들어냈을지도 모릅니다. 그러나 결과는 지금과 같이 힘든 상황에 내몰려 있는 것입니다……. 당은 토막토막 나고 당원, 신봉자와 인민대중은 셀 수 없을 만큼 말살되거나 혹은 투옥되거나 이제는 상황이 점점 나빠졌습니다." "동무는 과거 우리들의 투쟁을 전부 부정하는 것입니까? 잘못되었다는 것입니까?" 북한 남자가 끼워 들었다. "전혀 그렇지 않습니다. 부정은 하지 않습니다. 또한 잘못했다고는 한 마디도 하지 않았습니다. 그 투쟁들은 모두 위대한 투쟁이었다고 나는 평가하고 있습니다. 우리나라 역사상 영원히 남을 훌륭한 인민투쟁이었습니다." "동무는 아까 말하지 않았습니까? 모두 좌절했다고 그러니까 그것을 지도한 당은 자기비판하라고 새롭게 고치라고……." "모조리라고 말하지 않았습니다." 그의 발언을 나는 정정한 후에 "투쟁을 평가하는 것과 그 결과는 다른 것이라고 생각합니다. 결과적으로는 좌절한 것입니다. 어째서 좌절했는가 다시 좌절을 반복하지 않기 위해서는 대총괄, 전략·전술의 검토가 필요하지 않냐는 것입니다." "그런 것은 동무가 말하지 않아도 지도부에서는 매일 하고 있어요. 동무가 말하는 것은 어린애도 말할 수 있는 상식론이야."

북한 남자는 점점 거칠어졌다. 그는 '좌절'이라는 표현을 꺼리고 싫어했다. 그리고 과거의 투쟁 하나하나가 실은 좌절로 끝난 것이 아니라 (통일을 위한) 인민운동 중에서 하나의 과정이고 최후의 대승리을 위한 이정표인 것이다. 통일을 이룬 새벽녘에 되돌아보면 그것은 승리에 대한 한걸음 한걸음이었던 것을 어차피 알게 될 것이라는 것이다. 요약하면 그에게는 내가 말하는 '좌절'에서 교훈을 얻으려는 자세는 볼 수 없었다. 이것이 그 사람 개인의 의견인지, 당 상층부의 일치된 견해인지, 나는 모른다. 또한 그가 맞는 것인지 아니면 내가 맞는 것인지 솔직히 말해서 이때 나는 모르게 되었다. 그의 말에도 일리가 있는 것 같이 생각됐기 때문이다. 통일이 된 후에 그때의 좌절은 적의 강대한 무력에 의한 것이고 불가항력이었다. 또한 통일사업 중에서의 하나하나의 디딤돌, 사석이었다고 후세의 역사가는 단순히 쓸지도 모르기 때문이다. 역사의 평가는 불변이 아니라 시대에 따라서 변할 때가 있다. 늘 하나만 옳지는 않다. 때문에 지금 지점에서는 아무도 자신을 갖고 판정할 수 없을 것이다. 그러나 나에게 평가하라고 하면 사석死石은 어디까지나 사석인 것이다. 바로 효과는 없지만 후일의 이익을 위한 사석이라고 해도 가능한 그 사석을 줄이고 싶다, 아니 없애고 싶다. 나는 그렇게 생각한다.

북한 남자는 지식은 풍부했다.

레닌은 몇 년 몇 월 어디에서 이렇게 말했다, 스탈린은, 모택동은, 몇 년 몇 월 당중앙위원회에서 이렇게 연설했다. 김일성 장군은 이렇게 교시를 남겼다고 막힘없이 지껄여댔다. 마치 암송하고 있는 것 같이. 그러나 그의 연설에는 교조주의의 냄새가 물씬 풍긴다.

그는 또다시 이렇게 말했다.

소비에트혁명에도 긴 고난의 역사가 있었다. 우여곡절, 여러 좌절과 실패가 있었다. 그 좌절・실패를 극복하여 오늘의 위대한 소비에트가 있는 것이라고 그는 자신의 연설 중에서 '좌절・실패'라는 용어에 자각하고 도중에 그것을 다른 용어로 바꾸려고 했지만 적절한 말을 좀처럼 찾지 못하고 꽤 고통스러워했다. 나는 실소를 참지 못하고 그만 뿜어내고 말았다. 이것이 또 그를 화나게 한 것 같다. 못마땅한 얼굴로 노려보았다. 어째서 그는 이렇게도 좌절·실패라는 말을 싫어하는 것일까. 어째서 사실은 사실로써 인정하는 솔직함이 없을까. 개인의 인생에도 사회혁명사업에도 좌절과 실패가 있는 것이 당연하다. 다만 그것을 어떻게 받아들여서 극복할 것인가가 문제가 아닌가. "그럼"이라며 북한 남자가 이야기를 바꿨다. "동무가 말한 대로 우리들의 투쟁이 좌절하고 실패로 끝났다고 하자. 그럼 그 원인은 도대체 뭐라고 생각하나."

겨우 핵심을 언급했다. 이것이야말로 모두가 평소에 토론해야만 하는 중대한 문제가 아니었던가. 그러나 앞에서 썼듯이 오늘까지 공식적인 자리에서는 한 번도 논제로 취급되진 않았다.

나는 전부터 불만스럽게 생각했던 것을 일거에 분출시켰다. "그것은 해방 후 계속 우리 모든 좌익이 대동단결할 수 없었던 것이라고 생각합니다. 좌익전체가 일치단결해도 어려운 혁명사업에서 서로 다리를 끌어당기고 견제하고 배제까지 해 왔습니다. 이걸로 도대체 큰 힘이 발휘될 수 있다는 것입니까? 좌익의 단결만이 아니라 우리 좌익도 이승만에게 반대하는 애국적인 우익이라면 손을 잡을 필요가 있습니다. 이 일은 알고 계시다시피 김일성 장군의 연설 중에서도 종종 나타납니다. 장군은 실제로 최우익인 김구를 북으로 초대하여 손을 잡고 싸워가자고 서로 이야기하지 않았습니까. 그런데 우리들은 지금까지 진심으로 우익과 서로 이야기한 적이 있습니까? 같이 싸운 적이 있습니까? 우리의 제1의 목표는 이승만 일당을 무너뜨리는 것일 겁니다. 이승만 일당은 일찍이 그 수는 적었습니다. 우리 대다수의 민주세력 앞에서는 정말로 큰 바다의 몇 방울에 지나지 않았습니다."

나는 힘이 넘쳐서 경솔하게도 당내에서의 분파활동, 헤게모니 투쟁까지 이야기를 했다. 이것은 절대로 입에 담아서는 안 되는 금기어였다. "그런 바보 같은!" 북한 남자는 일축했다.

"너는 반동들의 이간공작에 놀아난 거야. 너는 당 중앙을 신뢰하지 않고 반동들의 선전을 믿는가? 확실히 말하지만 너에게는 위험한 요소가 한가득 있다……." '동무'가 '동지'로 바뀌고 있었다. 북한 남자는 옆에 있는 대머리를 되돌아보았다. 그 눈초리는 이런 남자를 당에 넣은 너에게 책임있다고 말하려는 듯 했다. "그럼 네가 말하는 민주세력의 일치단결이 있었다면 이승만은 쓰러지고 우리가 실권을 잡았을 것이라고 말하는 거지."

북한 남자는 얼굴에 약간의 홍조를 띠고 나를 주시했다. "성공했을지 어떨지는 모릅니다. 그러나 적어도 정세는 지금까지와는 꽤 달라져 있을 것입니다."

나는 이렇게 대답했지만, 내심으로는 아마도 혁명이 성공해서 남한에도 인민 권력이 수립되었을 것이라고까지 생각했다. "네가 말하는 것은 상식적인 것뿐이다. 누구나가 그렇게 생각해. 그러나 혁명사업이란 그렇게 간단한 것이 아니야." "그건 그렇습니다. 알고 있습니다." 나는 맞장구를 쳤다. "우리들도 충분히 노력했어, 전 민주 세력의 단결을 위해서. 그것은 처음부터 당 강령에 있는 것이야. 그러나 생각대로 되지 않는 것이 정치세계이며 혁명투쟁이다. 이런 것에는 상대가 있기 때문에, 상대가 응하지 않으면 어찌할 수 없는 노릇이니까. 우리당이 다른 좌익을 견제하고 배제한 것이 아니라 그들이 그렇게 한 거야. 반대지.

너는 일본에 있었기 때문에 해방 후의 자세한 경위를 너무 몰라. 너무 아는 척하지 마…….” 칫! 하며 그는 혀까지 찼다.

강령에 있다고 해도 그것을 실행하지 않으면 그것은 단순한 장식에 지나지 않는다. 사실은 그것을 위해 다만 얼마만큼 노력을 했는지이다.

“너에게 하나만 말해 두지.”

북한 남자는 입술을 핥고 말을 정리했다. “너는 당이 토막토막 나고 지금 매우 나빠졌다고 비방했지만 그것은 가당치 않은 인식착오다. 물론 셀 수 없을 만큼 살해당하고 투옥당해 왔어. 그러나 아직 당은 건재하다. 살아남은 자는 지하에 숨어 분산되어 조직으로서의 힘은 다소 약해지고 있긴 하지만 그 힘은 네가 생각하는 만큼 약체화되지 않아 ! 그 잠재력을 내가 말하자면 언젠가 폭발적인 에너지가 되어 순식간에 이 남한을 뒤엎을 때가 온다…….”

잇달아 말하는 그의 어조는 당과 인민의 힘을 믿고 반드시 가까운 장래에 승리를 쟁취한다는 자신감이 넘쳐흘렀다. 그러나 여기에서 얘기가 새지만 그, 김일성이 보낸 ‘권위 있는 남자’의 인식은 이 지점에서 잘못돼 있다. 이것은 누가 뭐래도 역사가 증명할 것이다.

너도 알다시피 6·25전쟁이 발발하여 북한의 인민군이 파도처럼 남쪽으로 몰려왔을 때, 남한 어디에서 그 인민군을 환영하여 함께 일어난 곳이 있었던가. 북한은 인민군이 서울을 점령한 지점에서 남한 각지에서 당과 인민이 일제히 봉기하고 적의 후방을 교란시켜 줄 것이라고 기대하고 있을 터였다. 그러나 어디에도 그런 기미는 없었다. 인민군에 의해서 감옥에서 해방된 당원과 겨우 생명을 연명해 온 지하 좌익과 신봉자 수는 알려진 것이고 날개를 떼인 벌과 같이 큰 힘이 되지 않았다. 북한 남자가 말하듯이 정말로 당과 혁명세력이 온존되어 있다면 인민군이 동남부 전선에서 그 정도로 우물쭈물 하지만 않았다면 이승만 정권을 일거에 쓰러뜨렸을 것이다. 그리고 부산바다에 떨어뜨려진 미군은 일단 북한 정권이 전 국토를 장악한 기성 사실 앞에 국제여론상 그 이상의 참견은 불가능했을지도 모른다.

마지막으로 나는 지금에서는 적과 4조로 나누어 스모를 하기보다 이즈음에는 뭔가 다른 방식이 있지 않은가, 지금은 가능한 당원을 온존시키고 힘을 축척하여 시기를 엿보아야 되지 않느냐고 나 나름대로 의견을 제언하여 마무리했다.

"너는 교주주의자이며 패배주의자이다." 북한 남자는 결국 이렇게 결정했다.

"이승만에게 투하하고 귀순하라는 건가." 어째서 이렇게도 너무나 단락적인 것일까. 이렇게 해서는 자유발언과 토론은 불가능하다. "당신은 시기를 기다리자고 하는데, 그니까 그 시기라는 것은 도대체 언제라는 것인가."

평소에 냉정하려고 한 북한 남자가 희한하게 흥분하여 거무스름한 얼굴이 붉은색을 띠었다.

"반드시 찬스는 있을 거라고 생각합니다."

내 가슴속에는 어쩌면이라는 염려 — 라기보다 확실히 말하면, 희망이라고 해야 할까 — 가 있다.

"뭐야, 그것은?" 북한 남자의 눈에 호기심이 번졌다. 주변의 사람들이 고개를 갸웃거리며 나를 바라보았다. "전쟁이 일어날지도 모릅니다. 그때 우리들은 일제히 봉기하는 겁니다. 배후에 있는 이승만은 일거에 붕괴하겠죠." "이봐 뭐야? 전쟁?……" 북한 남자가 어이없어 하며 나를 응시했다. "바보!" "38도선에서 이만큼 많은 충돌을 반복하고 이승만은 빈번히 무력통일을 외치고 있습니다. 가능성이 없다고 말할 수 있겠습니까?……" 북한남자가 갑자기 큰 입을 벌려 낄낄 웃기 시작했다. "그런 약자가 뒤에서 허세 부리는 소리를, 너는 진지하게 듣고 있는가. 그것은 그놈이 미쳐서 무모한 짓을 하지 않는다고 할 수는 없지만, 뭐 그 시기까지 기다리려면 5년 아니 10년이나 기다려야 할 것이다." "통일을 위해 북한이 38도선을 돌파해 오는 것도 있을 수 있습니다." "뭐? 북한이? 그런 바보 같은 얘기를! 김일성 장군은 어디까지나 대화로 남북 통일선거를 통한 통일을 외치고 계신다. 그런 세계를 속이는 비겁한 짓은 할 리가 없어." "그러나, 전쟁이라는 것은 과거의 역사를 봐도 알 듯이 반드시 지도자들의 생각대로만은 가지 않는 겁니다. 우발적, 돌발적인 사건에 의해서 일어나는 일이 얼마든지 있습니다. 예를 들면 제1차 세계대전은 사라예보 사건이 계기가 되지 않았습니까?"

나는 물고 늘어졌다. "그렇다고 하더라도 너는 외부 탓만 하네. 남한의 혁명은 어디까지나 우리 남반부 인민이 성취해야만 하는 것이어서, 일어날 리 없는 전쟁에 목을 빼고 기다리거나, 혹은 북한의 힘에 기대어 완수하려고 하는 것은 바르지 못합니다."

4

그런데 그 날을 경계로 이상한 일이 잇달아 일어났다.

그때 이미 남로당은 북한의 북로당과 합당하여 김일성이 위원장, 남한의 박헌영이 부위원장으로서 조선노동당이 새로 발족됐다. 그리고 박헌영은 북한으로 도망갔다는 소문이 계속 흘러나오고 있을 즈음이었다.

아지트는 매회, 장소를 바꿨지만 이상하게 그 다음의 아지트에서는 동지 한 두 사람이 마치 빗살이 빠져 나간 것처럼 없어졌다. 없어졌다는 것은 이 경우 적에게 잡혔다는 것이다. 나중에 조사해 보니 그들은 새벽녘에 아지트를 빠져나가 일터나 은신처로 되돌아가는 도중에 검거되었던 것이다. 다시 말하면 적은 사전에 아지트가 있는지 확인했던 것이 된다.

그때마다 멤버가 보충되고 새로운 얼굴이 가담되었다. 그러나 실종이 거듭되자 점점 세포 사이에 불온한 공기가 흐르기 시작한다. 서로 의심을 하게 되어 모든 게 의심스러워지는 현상이 발생했다.

이 중에서 누가 적과 내통하는 자가 있다.

그렇더라도 여기에서 또 이해할 수 없는 일이 모두를 혼란스럽게 했다. 그것은 내통자가 있다고 한다면 아지트를 덮쳐서 일망타진도 할 수 있을 터인데 반드시 한 사람 아니면 두 사람만을 검거해 가는 것이다.

아지트에 출입하게 되고 나서 나는 그의 집에 들를 시간이 별로 없고, 그는 그대로 낮에는 대학, 밤에는 대학생 연구회나 시 당에서 위임된 별도의 일로 뛰어다니고, 아지트에 나오는 횟수는 줄어갔다. 나는 그래도 주 1회 정도는 따뜻한 식사를 위해 뻔뻔하게도 그의 집을 찾아가곤 했지만…… 그런 이유로 그의 집에서도 서로 얼굴을 마주할 일은 거의 없어졌다.

그러나 그날의 점심 전에 그는 드물게 집에 있었다. 그는 나를 방 안으로 들이려고 하지 않고 툇마루에 선채 입을 열었다. "아무래도 이상하다……." 그의 얼굴에는 근심이 가득했다. "우리 형이 검거 됐어."

나는 너무 놀란 나머지 가슴 속의 심장이 쿵 하고 한 단 내려앉는 듯한 충격을 받았다.

"도대체 어디서?" "은신처인 것 같아."

그의 형이 숨어있는 신봉자의 집은 서울에서는 그 이상 안전한 곳이 없다고 그에게서 들었다.

"언제 일이야?"

그는 거기에는 대답하지 않고 들어오라며 가장 안쪽의 자신의 방으로 안내해 주었다.

방 안에 한 발 들여 넣은 순간, 나는 놀랐다. 방 안은 난장판이었다. 책장의 책이란 책은 전부 바닥에 내팽겨져 있고 서재책상의 서랍도 모두 빼내어 뒤집혀 있었다. 옷장의 문도 열린 채이고 안의 의류는 그 아래로 어지럽혀져 있었다.

이것은?…… 이라고 말을 꺼냈을 때, "이틀 전 밤이었던 것 같아"라고 아까의 얘기를 이어서 "그래서 지금 어느 경찰서야?" "아니, 처음부터 별장(감옥)이야, 너는 아직 모르는 거야? 서울의 작은집(유치장)은 모든 곳이 초만원이어서 극형으로 알고 있는 자는 모두 직행이야." "어떻게 그곳을 알았을까?……" "그게 이상해. 우리 형은 일제 강점기부터 형사를 따돌리는 일에서는 견줄 사람이 없을 정도의 실력이었기 때문에. 그러니까 미행됐다고는 생각되지 않아. 누군가가 밀고했어…… 그런데…… 나도 부모님도 몰라, 극비의 은신처를 알고 있는 것은 시 당의 간부 중에서도 아주 소수밖에 없을 텐데…….”

그는 고개를 갸웃거렸다. 당내에서 간부들이 은신처를 아는 것은 원칙적으로 한 사람으로 되어있다. “그렇다면…….”

나는 의혹에 찬 눈으로 조상대를 응시했다. “아니…… 시 당 간부들 중에 있다는 의미는 아니야.” 그는 완전히 부정했다.

일제 강점기부터 힘든 시련을 견디며 쭉 지조를 지켜온 사람들이 조국이 해방된 지금에 와서 뜻을 꺾을 거라고는 도저히 생각할 수 없다는 것이다.

이때 왜 갑자기, 나의 뇌리에 북한에서 왔다고 하는 남자의 그 긴 얼굴이 떠올랐다. 늘어뜨린 산발한 머리카락 사이로 빤히 들여다보듯이 눈을 치켜뜨고 그 자리의 모든 사람의 발언을 지켜보는, 기분 나쁜 얼굴이……. 그러나 나는 그 ‘불온’한 생각을 바로 지웠다.

적어도 그 남자만은……. 김일성이 보낸 보증서와 같은 남자가 아닌가! 그런 것은 만에 하나라도 있을 리가 없다. 만일 그 남자를 의심한다면 이 넓은 남한에서 의심 받지 않을 남자는 한 사람도 없을 것이다.

그러나 나는 마음속의 부정과는 반대로 무의식적으로 말이 입 밖으로 튀어 나왔다.

“그 북한에서 왔다는 남자는 형의 은신처를 알고 있었어?” 예상했던 대로 그는 어이가 없다는 얼굴로 나를 쳐다보았다. “너는 그분을 의심하고 있었어?……" "아니, 그렇지 않아."

나는 당황해서 말을 이었다.

"그것과는 관계없이 그저 물어 봤을 뿐이야."

나는 그건 아니겠거니 또 생각을 고쳐먹었다. 조상대가 절대적인 신뢰를 보내는 남자에 한해서만은 그런 일은 있을 수 없다. 나는 이때 왠지 의문을 제기했던 그날 그 남자가 되묻던 여러 가지 말과 표정을 떠올렸다.

"그런데 이 방의 난장판은 도대체 뭘까?" 나는 제정신으로 돌아와 그에게 물었다.

"그 녀석들의 '표경방문表敬訪問'[2]이야."

큰형 때문에 경찰이 가끔 출입하고 있기 때문에 조상대 방은 물론, 좌익과 관련된 서적은 한 권도 두지 않았다. 지금까지 그런 단속도 없었다. 그래서 나는 방에 들어갔을 때부터 이상하게 생각했다. "맞아, 오늘 아침, 녀석들이 '청소'하러 왔어 그리고 나에게도 출두하도록 작은 형한테 통보를 한 것 같아." "야…… 그럼, 너도 결국 마크되어 왔었던 거야. 비밀당원인데 어째서 너를 알았던 거야."

이때, 나도 위험하다고 생각하며 갑자기 번쩍 떠오르는 것이 있었다. "결국 나도 이집에는 들릴 수 없게 되었어. 원래 이 집은 팔고, 작은 형은 가족을 데리고 처가가 있는 원주로 가기로 결정한 것 같은데……." "작은 형도 뭔가?……" "아니…… 여기서는 시끄러워서 장사도 할 수 없잖아. 게다가 이번에는 허가증까지 빼앗겨 버려서……."

---

2 특별한 용무가 있는 것이 아니라, 경의를 표하기 위해 방문하는 것.

작은형은 여기에서 쌀장사로 가족을 부양했지만 배급허가증을 관청에서 빼앗아 갔다고 했다.

언제나 쾌활한 그가 완전히 쓸쓸한 표정으로 나를 바라보고 그리고 손을 잡아 주었다. "너도 조심하는 편이 좋아. 내가 감시받고 있으니까 너도 틀림없을 거야. 향후에 너와 얼마만큼 만날 수 있을지 모르지만 서로 몸조심하고 힘내자."

나도 그의 손을 되잡았다. 그러나 왠지 눈에 눈물이 고였다. 일본에서부터의 친구—이 넓은 서울에서 친한 친구라고 부를 수 있는 단 한 사람인 그도 머지않아 떠나갈 것 같은 예감이 더욱더 깊어졌다.

조상대는 험한 얼굴로 "맞아, 어제 우연히 세포 한 사람과 시내에서 만났는데 머지않아 그간 간첩적발인지 뭔지를 한다는 것 같아"라고 말했다.

그러나 그 의문이 다름 아닌 나한테 닥치다니 신이 아닌 그에게는 상상도 할 수 없었을 것이다. 그는 그때 그 낌새조차도 채지 못했을 것이다.

그는 이 날 또 경찰이 찾아올지 모르는 이 집에서 일부러 나를 기다려 준 듯 했다. "나는 서울에서는 어디든 묵을 수 있어. 그리고 돈도 언제라도 융통할 수 있어. 근데 너는……"이라며 그는 말을 잇지 못했다. 그리고 언제 준비했는지 윗옷 안주머니에서 봉투를 꺼내 나에게 쥐어 주었다. 돈이었다. 봉투의 한쪽 구석에는 작은 형이 옮긴다는 원주의 주소가 적혀 있었다.

서울의 겨울은 빨리 찾아온다.

달력상으로는 아직 가을이었지만, 그 날은 북한산 정상에서 강하게 불어오는 찬바람 탓에 추운 날이었다. 조상대와 만나고 난 후 일주일이 지났다.

나는 그 날만은 늦게 아지트에 도착했는데 방에 한쪽 발을 들여놓는 순간 그 이상한 분위기에 깜짝 놀랐다. 왠지 나를 맞이하는 그들의 눈초리가 이상한 것이다.

나는 그 밤 지도간부로부터 처음부터 질문이라기보다는 심문을 받았다. 이것이 '사문査問'이라는 놈일 것이다.

일본에서의 투쟁경력과 생활 등을 꼬치꼬치 물었다. 투옥되어 없는 큰형 대신에 나를 보증해 줄 조상대는 그날도 참석하지 않았다. 나도 모르게 주위를 둘러보았는데 누구 한 사람도 나를 커버해 주려는 사람은 없었다.

지도간부와 북한 남자는 차지하더라도, 몇 명인가는 일상—아지트와 신봉자 집에서 밥을 먹고 이야기하고, 형제와 같이 친해진 사이 아니었던가! 나도 그랬지만 서로의 인간성을 다 알고 있을 터인 그들이 이때에는 모르는 사이처럼 서로 다른 데를 보거나 혹은 고개를 숙이거나 눈이 마주치는 것조차 꺼리고 있었다.

우리가 평소에 동지애라든가 동지적 유대라던가 하는 말은 단순히 입으로만 하는 허무한 거짓말이었던가! 인간이라는 것은 가령 짧게 사귀었더라도 그 사람의 인간성을 알 수 있다고 생각하는데 나라는 남자는 그들의 전폭적인 신뢰를 얻을 수 없는 뭔가가 있었던 것일까?…… 시내에서 차갑게 불던 그 찬바람 같이 차갑고 쓸쓸한 바람이 내 안에 휘몰아치고 있었다.

이렇게 냉담한 남자들이 공산주의자라고 불리는 인간인 것인가!

실은 그날 밤 늦어진 것은 아직 서울 지리에 어두워서 미로 속의 그 아지트를 찾아내기에는 시간이 걸렸기 때문이다.

이날 지정된 아지트는 이상하게도 돌고 돌아서 입당한 첫날 참가했을 때 조상대와 함께 가서 찾은 그 황폐한 집이었다. 이 아지트에서의 회합은 그 이후로도 분명히 4, 5회는 있었지만 혼자서 들를 때마다 얼마나 애먹었던가. 몇 번 찾아가더라도 그 집만은 직행할 수가 없다. 낮 동안에 두 번 정도 가면 그 정도로 어렵지 않겠지만, 어두운 밤중에 그것도 밖으로 빛이 새어나지 않는 온 동네를 찾아 걷는 것은 매우 어려운 일이었다. 게다가 길모퉁이에서 검문하고부터는 어두워지고 나서야 하숙집을 나올 수밖에 없었고 한 세포를 중개로 하여 소개 받은 나의 하숙집에서는 꽤 먼 거리에 있었다.

"…… 동지는 나를 의심하고 있습니까!" 나는 그만 참지 못하고 지도간부에게 덤벼들었다. "진짜 어처구니가 없네! 내 어디가 의심스럽다는 겁니까, 그걸 지금 바로 말하세요. 내 보증인은 당신의 오랜 동지, 조상윤(상대의 큰형) 씨입니다. 아니면 당신은 조동지의 보증을 신용할 수 없다는 것입니까?" "우리의 보증이란 것은 왕왕 형식적인 경우도 있어서……."

지도간부는 쌀쌀맞게 말했다.

"너는 일본에 있었을 터인데 어째서 조동지가 너를 보증할 수 있었지?…… 맞아, 또 한 명의 보증인도 그저 이름만 빌렸을 뿐이었지. 그러니까 너의 경우는 정말 형식적인 보증이었네."

이렇게 되면 이제 무엇을 말하랴, 입당 당시에 문제가 있는 것이다. "그러나 조상운 씨는 남동생으로부터 나라는 인간을 — 일본에서의 생활경력도 사상도 전부 들어서 알고 있습니다!"

"그러나 나는 직접 듣지 않았어!" 두 사람은 이렇게 서로 다투었다.

나는 갑자기 태연한 북한 남자를 보았다. 남자는 평소대로 흐트러진 머리카락 사이로 쳐다보지도 않고 고개를 숙이고 담배를 신문지조각에 말아서 천천히 피우고 있었다. 그는 나를 어떻게 생각하는 것일까?……

"그럼 당신이 지금부터라도 직접 조상대를 만나서 들으면 확실해지지 않습니까?"

"……"

" 아니면, 남동생인 조상대도 신용할 수 없다는 것입니까?" 지도간부는 가만히 나를 주목했다. 그 눈에는 뭔가 이유를 알 수 없는 복잡 미묘한 기색이 감돌고 있었다. 벽에 걸려 있는 등불의 어슴푸레한 불빛 바로 아래에서 붉은 색을 띤 하얀 대머리가 둔탁한 빛을 발산하여 낙지머리를 연상시켰다.

두 사람은 잠시 서로 노려보았다. 헛기침 한 번 하지 않고 좌중이 숨을 죽이고 지켜보고 있는 것이 느껴졌다. 피어오르는 담배연기가 방 안 가득하고 좌중의 얼굴이 희미하게 보였다.

곧 지도간부의 얼굴이 조금 경련이 일어나는가 싶더니 그의 입에서 의외의 말이 쏟아져 나의 정수리를 박살냈다.

"조상대는 지금 작은집에 있다."

"응?!……" 나는 끙끙거린 채 한동안 다음 말을 잇지 못했다.

"너는 나에게 일부러 유치장에 들어가서 물어보라는 거야?"

지도간부의 목소리가 어쩐지 조금 떨리는 듯 했다.

"그도 검거되었습니까?"

"가장 친한 네가 그것을 아직 몰랐어."

"언제입니까? 그건."

"엇그제, 자는데 덮쳤어."

북한 남자가 옆에서 끼어들어 대답했다. 그는 밑동까지 다 피운 담배를 비벼 끄자 나를 가만히 응시했다.

"당신은 조동지의 숙박 장소를 알고 있었어?"

"아니오, 그와는 일주일 전에 그의 집에서 만났을 뿐이오."

내 어깨에서 힘이 빠져나가고 눈이 흐리멍덩해졌다. 그 현기증 속에서 이마, 등이랄 것도 없이 전신에서 진땀이 삐직삐직 나는 것을 느꼈다. 이마에 나는 기름땀을 그들이 알아차리면 어떻게 생각할까? 그 두려움이 일순간 나를 당황케 했다.

그날 밤은 그래도 별일 없이 사문은 일단 중단되었다. 물론 어떤 증거가 있는 것도 아니고 그 이상 추궁할 수가 없었다. 그리고 더 이상 회의고 뭐고 없고 바로 자기로 했다.

잘 때는 방이 좁기 때문에 두 조로 나뉘었다. 평소에는 당 이력이 가장 오랜 된 사람들이 한 그룹이 되어 별실로 옮겨갔지만 그 밤은 나도 함께 옮겨졌다. 그 의도는 말하지 않아도 알 수 있는, 감시를 위해서일 것이다.

나는 전혀 짐작할 수 없는 혐의에 가슴 속이 활활 타올라서 잠들 수가 없다. 방 한쪽 구석에 뒹군 채, 그건 그렇다쳐도 범인은 도대체 어떤 놈일까 하고 멍하니 생각했다.

딱 맞은편의 벽 위쪽에 뚫린 작은 유리창이 투명해서 달빛이 비춰 들어왔다. 유난히 맑은 보름달이 창에 비춰 뒤척이는 내 눈과 일직선상에 있었다. 액자 속의 그림 같은 둥근 달을 쳐다보고 있으니 고향에 계신 어머니와 남동생이 눈에 선하다. 또 너를 포함해서 일본에 있는 친구들도 아지랑이처럼 나타나서는 사라져 갔다. 분주한 나날의 지하생활 속에서 여태까지 한 번도 생각한 적도 없는 여러 가지 것들이 이때 왠지 끝없이 떠올랐다.

이럴 거였다면 그때 죽을 각오를 하고 남동생과 함께 월북해야만 했다. 아니, 일본에 머물러야만 했다고 생각하기도 했다.

잠들어 조용해진 방 안은 고요하다. 다만 2, 3명이 불규칙하게 코고는 소리만이 들릴 뿐이었다.

다른 사람은 몰라도 한 사람만(확실히 단정할 수 있다) 잠들지 않은 남자가 있었다. 눈을 감고 조용히 숨소리를 내고는 있지만 낌새로 왠지 알 수 있다. 바로 옆에 누워있는 북한 남자다. 그때 나는 역시 아직도 감시받고 있구나 하고 또다시 분통이 터졌다.

근처에서 개가 짖어대고 있었다. 또 창문 바로 바깥 길에서 작은 돌이 굴러가는 듯한 소리가 났다. 확실히 돌이 굴러가는 소리였다. 게다가 창문 바로 아래다. 나는 귀를 기울였다. 귀에 온 신경을 집중하는 사이에 창문 쪽으로 향해 있던 눈은 저절로 등한시하게 됐던 것일까. 확실한 자신감은 없지만 창문 아래 틀 위를 분명히 뭔가 검은 것이 스쳐 간 듯한 느낌이 들었다. 그때는 어라? 하고 왠지 가볍게 간과했지만 또 한 번 돌 굴러가는 소리가 났을 때 나는 흠칫해서 눈을 깜빡거렸다. 그때 또다시 이번에는 바로 가까이서 개가 단속적으로 낮게 끙끙거렸다.

나는 어느새 벌떡 일어나서 옆의 북한 남자 어깨에 손을 얹었다. 그러나 그는 끝까지 자는 척을 할 생각인지 냠냠하고 입을 쩝쩝거릴 뿐이었다. 나는 더욱더 강하게 흔들어서 입을 그의 귀에 대고 강하게 속삭였다. "여보세요." "뭐예요, 백동무."

겨우, 그가 고개를 쳐들더니 언짢은 듯 바라보았다. "밖이 수상해요 좀……." "수상해?"

그는 겨우 이해한 모양이었다. 그러나 "괜찮아요, 동무. 이 집은 절대로 알 리가 없어, 기분 탓이야……"라며 상관하지 않고 다시 베개를 끌어당겨 누웠다.

그렇게 말하면 나도 자신은 없다. 아까 그 개인 것일까, 뭔가 핥는 듯한, 씹어 먹는 듯한 소리가 잠시 동안 계속된 후 그리고 나서는 다시 고요해졌다. 아까 돌이 구르는 듯한 소리는 확실히 들렸다. 이건 틀림없다. 누군가가 부주의해서 발이 걸려 넘어질 때 구른 것이다. 그러나…… 그러면 이 오밤중에 수상한 사람을 발견한 근처의 개가 바로 가만히 있을 리가 없다.

나는 그때 바로 일어나서 창문 밖을 내다봐야 했다. 그렇게 하지 않았던 것은 창문 쪽까지 가기에는 많은 머리를 넘어서 가야만 했기 때문에 주춤했다.

그러는 동안에 바깥도 원래대로 조용해지고 아무소리도 나지 않았다. 그래서 어쩌면 자신이 헛소리를 들었을지도 모른다는 생각마저 들었다. 헛들은 것이 아니었다면 개가 걷다가 걸려 비틀거렸다고도 생각했다.

그러나 역시 헛들은 것도 아니고 착각한 것도 아니었다. 그리고나서 5분 정도 지나자 역시, 10여 명의 형사가 앞과 뒤쪽에서 들이닥쳤다.

숙면하고 있던 동료들은 처음에는 뭐가 뭔지 모른 채 졸린 눈을 비비고 있었다. 언제나 작은 소리에도 민감하게 반응하여 바닥을 차고 일어나는 남자들이었다. 그 정도로 이 집은 안전한 장소라고 믿고 있었던 것이다. 그러나 상황을 파악하자 그들은 별안간 반격에 나섰다. 실로 용감한 남자들이었다. 사람 수부터 이쪽이 많고 단연 우위에 있다. 게다가 중년 이상의 사람이 대부분이어도 일제 강점기부터 단련해온 노동자출신의 강건한 체구이다.

난투가 시작되었다. 상대는 모두 권총을 허리에 차고는 있지만 달빛의 바깥과는 달리 집 안의 대청마루는 어두워서 근접전이 되면 함부로 권총을 쏠 수도 없다. 형사들은 아마도 이정도로 저항할 줄은 생각도 못했을 것이다. 이 나라에 와서 처음 보는 난투였다. 물론 나도 참가한 싸움이다. 데모와 투쟁 현장에서는 몇 번이나 목격했지만, 잠자리를 덮친 난투는 처음이었다. 무시무시하다, 라는 한마디로 끝난다. 약하고 몸집이 왜소한 나 같은 건 그다지 싸움도 못하지만 동료들은 닥치는 대로 형사들을 내던지고 깔아 눕히고 맘대로였다.

형사 한 사람은 팔이 꺾이고, 어떤 사람은 박치기를 당해서 입술이 찢어지는 것은 차라리 낫다. 이빨이 날아간다. 또 안경알이 깨져서 날아다니고 피가 튀었다.

북한에서 온 남자도 유도와 공수도를 꽤 잘하는 듯 처음에는 몇 명의 적을 화려하게 내던지고 찌르고, 걷어차고, 손바닥을 세워서 내리쳤다.

그러나 바로 도망간 것은 이 남자였다. 이어서 지도 간부가 그 뒤를 쫓았다. 두 사람은 싸움도 강하지만 도망가는 발걸음도 빨랐다. 참다못한 형사 한 사람이 어둠 속에서도 집중하여 겨냥해서 총을 쐈다. 누군가 한 사람이 윽하고 신음소리를 내며 쓰러지자 북한 남자는 긴 다리로 창을 넘더니 자취를 감추었다. 그리고 지도간부가, 이어서 2, 3명 정도가 난장판에 잘도 도망친 것 같다.

남은 무리는 급격하게 전의를 잃고 잠시 후에 일망타진되었다.

5

유치장에서는 밤낮 쉴 새 없이, 지하 취조실의 교체, 교대 — 이 방은 고문실로 이어진다고 불리고 있었다.

그 아비규환은 위의 유치인들의 귀에 계속 들어와 전율과 긴장의 연속이었다.

동료들이 전기고문, 물고문(몸을 거꾸로 매달고 고춧가루를 넣은 뜨거운 물을 콧구멍에 떨어뜨린다)으로 다 죽어가는 채로 실려 오는데, 왠지 나만은 그런 고문도구는 사용하지 않고 몽둥이만이 사용되었다. 그래도 몽둥이로 인정사정없이 맞아서 전신이 멍으로 상처투성이가 되었다.

나는 감방으로 돌아오자 동료들에게 왠지 미안한 듯해서 움츠려 들었다. 심문받을 때 동료들은 뻔뻔한 태도를 취하였지만 역시 같은 유치장에 들어가자 2, 3일은 위로의 말도 건네주었다.

그러나 그런 일이 일주일이나 이어지자 그들의 보는 눈도 점점 변해 간다. 무언중에 의문의 시선이 시기의 것으로, 그리고 배신자를 볼 때의 눈초리로 변해 갔다. 무리는 아니다. 당사자인 나 자신이 이 의문을 풀지 못했기 때문에……. 나는 그 자리를 견딜 수 없게 되었다.

그런데…… 그 의문을 한층 더 그럴싸하게, 나 혼자만이 10일째에 아예 석방되었다.

정말 나는 석방되었던 것일까?……

수염은 확확 자라서 마치 병석에서 일어난 남자를 통행인들이 희한한 구경이라도 하듯이 떼지어 몰려오는 것도 신경쓰지 않고, 나는 잠시 종로경찰서 현관 앞에 망연히 서서 생각했다.

믿을 수 없는 일이었다. 몸을 질질 끌다시피 해서 하숙집으로 돌아오자 집주인인 노파가 깜짝 놀라며 맞이해 주었다. 그러나 무언중에 사정을 알아차리고 바로 방을 빼달라고 요청해 왔다. 앞으로 경찰과의 관계를 두려워하여 내린 처사였을 것이다. 그러나 나에게 갈 곳이 있을 리가 없다. 그대로 앉아서 죽은 듯이 나자빠졌다.

일단 석방되긴 했지만 경찰에서는 머지않아 또다시 찾아 올 것이다. 그대로 영원히 나를 놓아줄 리가 없다. 아마도 당분간은 맘대로 하게 해서 동료들과의 연락을 몰래 지켜볼 것이 뻔하다.

그리고 경찰이 찾아온 것은 예상외로 빨랐다. 그러나 그것은 경찰로부터가 아니었다.

하숙집에 돌아와 이틀째 오후, 몸이 욱신거리고 배가 고파서 눈을 뜨니 베개 맡에 한 남자가 서서 내려다보고 있었다. 누워 있는 채로 의심스러워하는 나에게 사냥 모자를 깊이 눌러쓰고 입가에 수염을 기른…… 이 턱수염은 아무래도 변장용 수염 같았다. 이 남자는 두꺼운 코트 주머니에 양손을 찌른 채 조용히 말했다. "나는 시당 사람이다. 너를 데리러 왔다."

"데리러 왔다고?……" "그렇다 너는 언제까지나 여기에 있을 수 없다. 어차피 또 경찰이 올거야. 그러니까 새로운 은신처를 마련해 주기로 했다."

나는 이때 어떤 불안보다는 공포가 머리를 스쳤다. 그러나 뭐 때문인지는 나 자신도 모른다. 마술에 걸린 듯 비틀거리면서 일어났다. 하숙집에 돌아온 후 음식다운 음식을 거의 입에 대지 못한 나는 일어서는 게 고작이었다. 그래서 어깨가 건장한 그 중년 남자가 한 팔로 부추겨 주었다.

안내받아 간 곳은 남산기슭의 황폐한 무인 저택이었다. 유복한 일본 상인의 저택이었다고 하는, 넓은 정원으로 둘러싸인 그 저택 안에는 뭐라 말할 수 없는 오싹할 정도의 분위기가 감돌고 있었다. 문을 열고 들어가자 응접실이 있고, 또 그 안에 열려져 있는 방이 보였다.

나는 움찔해서 걸음을 멈췄다. 그리고 한순간, 자신도 모르게 뒷걸음질 쳤다. 안쪽의 방에 많이 모여 있는 남자들의 이상한 모습을 보았기 때문이다.

남자들 중에 한 사람은 본 기억이 있는 얼굴이었다. 아니, 본 기억이 있다고 하는 말은 맞지 않다. 바로 요전까지 지하활동을 지휘하고 있던 그 남자다. 심문을 한 지도간부다. 그 남자가 중앙의 의자 위에 걸쳐 앉고 주위에는 건장한 노동자 풍의 젊은이들이 우두커니 서서 기다리고 있었다.

나는 처음에는 부들부들 떨었지만 그것은 바로 (오해에 대한) 부글부글 끓어오르는 분노로 변해 갔다. 그러나 곧 그 끓어오르는 분노도 수면의 거품처럼 부글부글 사라져 갔고 이상한 비애만이 가슴속에 퍼져갔다.

떨리는 분노에 눈을 치켜뜨고 있는 이 노동자 젊은이들도 원래는 순박하고 선량한 남자들이다. 그러나 그 순박함과 선량함이 그리고 정의와 신념을 위해서 살려는 외골수를 '배신자'에 대해 한 층 더 분노와 보복으로 불타게 했던 것이다. 아니 대머리 지도간부도 그렇다. 평소에는 쾌활하고 얼굴에 웃음이 떠나지 않는다. 어디로 보나 좋은 남자였다. 그러나 너무나도 인간이 소박하고 선량해서 오히려 이 사회의 탁하고 시커먼 진흙탕을 투시하지 못하고 진짜 배신자를 꿰뚫어 보지 못한다. 나는 이것이 슬펐다.

안내해 온 남자가 내 등을 살짝 찔렀다. 나는 비틀거리며 몇 발짝 나가다가 앞을 구부려 멈췄다.

"이 녀석!"

맨 처음 말, 지도간부는 호통쳤다. "잘도 우리를 속여왔군!"

그는 반질반질한 대머리에서 김을 내듯 얼굴이 시뻘겋다. 그리고 믿을 수 없다는 듯이 수상한 눈초리로 "그래도 뻔뻔스럽게 이 자리에 잘도 따라 왔네……"라고 혼잣말을 했다.

"나는 네놈이 당의 방침을 비판했을 때부터 약간 이상하다고 생각했어. 그러나 설마 거기까지는 생각 못했다. 네놈이 참가하고 나서부터 잇달아 동지들이 검거되어 가도, 설마 네놈의 짓이라고는 손톱만큼도 눈치채지 못했어. 북한 동지가 네놈의 신상을 털어보라고 몇 번이나 귀띔해 주었지만 그때마다 네놈의 추천인을 전폭적으로 신뢰했기 때문에 귀를 기울이지 않았어. 그리고 네놈은 심문할 때도 보기 좋게 빠져나갔지. 그러나 이제 명확하다. 문답은 필요 없다!"

그때 일을 생각하면 지금도 나는 진절머리가 쳐진다.

나는 어안이 벙벙해서 여기까지는 듣고 있었지만, 그 후의 일은 기억하지 못한다. 왜냐면 주위에서 잇달아 내려치는 몽둥이 난타로 거의 의식을 잃고 말았기 때문이다. 다만 희미한 의식으로 간첩! 간첩! 이라는 욕설만이 희미하게 귀 속에서 울렸던 것을 기억하고 있다.

어째서 내가 간첩인 것일까. 어떤 증거가 있다는 것일까…….

일본에서 함께 돌아온 조상대 이외에 나는 이 남한에 한 사람의 지인도 친척도 없다. 게다가 상륙지인 마산 근처의 곳에서 그와 함께 곧장 서울로 왔고, 서울에서는 그와 함께였고, 그리고 서로 알게 된 "동지"들과 함께 행동해 왔을 뿐이다. 도대체 간첩이라니 그 연줄도 인연도 있을 리가 없는 것이다. "그럼 그 의혹을 벗을 방법이 없었냐고." 너는 물을지도 모른다. "어떤 방법이 있을 것 같아." "예를 들면 상급 당에 재심사를 신청한다든가."

상급 당?…… 그때 어디에 그 상급 당이 있는 건지, 있다면 어떻게 그 곳을 찾아낼 것인지. 때마침 암운이 드리워지기 시작한 6・25 직전, 당은 박살나서 박헌영을 비롯한 주요 지도자는 북한으로 도망가거나 살해당하거나 지하에 숨은 자들도 뿔뿔이 흩어졌다.

그대로 의식을 잃었던 나는 다음날 새벽이 돼서야 겨우 눈을 떴다. 이것이 한겨울의 일이라면 나는 아마도 동사해서 저세상으로 직행했을 것이다.

그 빈집에서 기다시피 해서 겨우 하숙집에 도착한 나는 이후, 그 추운 나날을 얇은 이불 하나를 뒤집어쓰고 잘 수밖에 없었다. 우선은 몸을 쉬게 해서 회복을 기다리는 수밖에 없다. 돈은 조금밖에 남지 않았고 하숙집의 어린 손녀에게 부탁해서 빵 정도를 사오게 했다.

시간이 지날수록 배고픔은 오싹오싹 몸을 힘들게 하고 정신도 미칠 것 같았다.

가랑눈이 내리는 (그 무렵은 조금씩 눈이 내리기 시작했다) 얼어붙은 서울 하늘 아래, 지금은 누구 하나 의지해서 찾을 곳이 없었다. 이 고독이 나를 절망과 비탄의 밑바닥으로 떨어뜨렸다.

가끔 조상대의 가족이 옮겨 간다는 원주가 뇌리에 떠올랐다. 그러나 장남과 삼남이 지금도 감옥에 갇혀있는데, 나이든 부모님 앞에 내가 모습을 나타낼 수가 없다. 아들 두 사람에게는 지금부터 어떤 극형이 기다리고 있을지도 모르는데, 나는 10일째에 무사히 석방 되었습니다. 라고 도저히 말할 수 없다. 그들에게 복잡한 심정과 슬픔을 환기시킬 뿐이 아닌가.

또 조상대는 설마 나를 의심할 리는 없겠지만 그러나 한 다리 건넌 그의 가족들이 간첩 낙인이 등에 찍힌 나를 과연 믿어줄까 어떨까?

나는 정말 벼랑 끝에 서 있었다.

경찰은 왜 나만을 골라서 게다가 10일 만에 방면해 준 것일까……. 그때 나는 드러누워 쭉 그것만 생각했다.

처음에 나는 이렇게도 해석해 보았다.

나는 일본에서 와서 얼마 안 된 남자고 입당한지도 얼마 안 되는 신참이다. 그러니까 당력이 오래 된 다른 사람들과 달리 가볍게 끝난 것인지도. 물론 일본에서 S조직에 있었던 것은 최후의 최후까지 트림으로도 드러내지 않았다. 그러나 생각해 보면 이 시기는 어떤 피라미라도 아지트에서 모의 중에 잡히면 모두 감옥에 집어넣는 것이 상식이다. 그리고 먼지가 나오지 않는 사람은 또 그런대로 날조하여 처넣는 것이다. 게다가 나는 당원인데 고문다운 고문도 없이 10일 만에 석방되었다. 스스로도 도저히 이해할 수 없는 조치가 아닌가. 이것은 나와 같은 신출내기 조상대의 경우를 생각해 봐도 바로 알 수 있는 건데 이때 나는 그것을 깨닫지 못했다.

6

몸이 얼마간 회복되자 하숙집의 노파는 전보다 더 강하게 나갈 것을 종용했다. 체납한 방세는 필요없다고까지 말했다. 그때의 나에게는 이미 돈은 한 푼도 없었다.

나는 어쨌든 그날은 밖으로 나가보려고 했다. 그 시기에 물론 일자리가 있을 리가 없다. 계속 뒹굴고 있어도 아무 소용이 없다. 몸이 불편하니까 가벼운 작업 같은 것이라면 뭐든 해 볼 생각이었다.

점심 지나서 휘청거리는 몸을 채찍질하여 시내에 나가 보았다. 그리고 시내에 공장이 많은 영등포의 너저분한 뒷골목으로 발걸음을 했다. 어딘가 사무원이나 공원모집을 하는 곳이 있으면, 주인집에서 먹고 잘 수 있게 해주는 곳이라도 있으면 일할 생각이었다. 건조하고 강한 회오리바람이 부는 음산하고 좁은 통로를 나는 날이 저물도록 목적지도 없이 다리를 질질 끌고 다녔다.

거리에 활기가 없고 사람도 드문드문 있을 뿐이다. 아니, 앞의 큰대로도 어찌된 일인지 이전에 비해서 나다니는 사람이 훨씬 줄었다. 폐업한 듯한 집 사이에 점재된 동네 공장은 모두 문을 닫고 안에서 기계가 움직이는 기색이 없었다.

내가 일본에서 건너 왔을 때, 아직 고양기에 있었던 인민대중 세력은 이미 숨이 끊어지고 지금은 이승만 일파의 천하가 되었다. 그때는 굶주림에 노출되어 있어도 사람들은 아직 내일의 희망으로 눈을 반짝거리고 거리는 활기로 넘쳐났다. 그러나 지금은 눈앞을 지나는 뒷골목의 사람들도 앞의 큰 대로를 걷는 사람들도 하나같이 어깨가 축 늘어져 힘이 없다. 다만 천하가 자기 것이 된 양 의기양양 활보하는 군경과 고급관리들의 건방진 모습만이 마구 눈에 띈다. 짧은 동안에 어찌나 큰 변화인지!

저물어 가는 거리의 닫힌 집에서 가끔 노래가 흘러 나왔다. 나는 뺏뻣해진 다리를 멈추고는 나도 모르게 귀를 기울이기도 했다.

슬픈 노래였다. 조선의 노래는 어째서 이렇게 모두 구슬픈 선율을 띠고 있는 것일까. 유행가는 물론이거니와 아리랑과 천안삼거리, 팔도강산에 이르기까지 찌를 듯이 구슬프게 스며든다.

일본에서 친구들과 술잔을 기울일 때 자주 조국의 민요를 부르곤 했다. 그때 우리들은 서글픔을 담아서 노래할 때도 있지만 오히려 즐거울 때도 자주 불렀었다. 그 민요가 일찍이 이 정도까지 애절하게 느껴진 적이 있었을까…….

내 눈에서 자연스럽게 하염없는 눈물이 뺨을 타고 흘러 내렸다.

하숙집에 도착하자 나는 쓰러지듯 자신의 방으로 기어갔다. 이때는 왠지 온 집 안에 뭐라 말할 수 없는 맛있는 냄새가 진동했다. 숯불로 구운 고기와 참기름으로 버무린 야채의 향기가 공복을 더욱 촉진시켰다. 집주인인 노파의 안채에서 풍겨져 오는 냄새였다. 나는 뱃가죽을 손으로 부여잡고 비틀었다. 그리고 방 한쪽 구석에 둘둘 말려있던 이불을 이유도 없이 주먹으로 두들기면서 흐느껴 울었다.

문을 두드리는 소리가 났다. 손녀딸이 들여다보더니 오라고 손을 흔들었다. 나는 또 퇴실 건으로 부르는지 알고 이불 위에 웅크린 채 쳐다보지도 않았다.

바로 교대로 노파가 부르러 왔다.

의외의 일로 그것은 식사하라고 부르는 것이었다. 나는 자신의 귀를 의심했다. 이럴 리가 없다. 그러나 나를 바라보는 노파의 얼굴은 내칠 때의 엄한 표정이 아니고 측은함으로 가라앉은 차분한 표정이었다.

그날은 노파의 독자獨子 2주기였다. 손녀딸은 이 독자의 딸이었던 것이다.

그러고 보니 이른 아침부터 노파와 손녀딸은 이상하리만치 분주하게 돌아다니는 소리가 마당 너머로 들린 것이 떠올랐다.

너도 알고 있다시피 우리나라의 풍습은 제사 때는 친척뿐만 아니라 이웃사람까지 불러서 고인의 명복을 빌어준다. 그리고 고인을 그리워하면서 술을 주고받고 식사를 함께하는 것이다. 그런 이유로 같은 지붕 아래 사는 나도, 고인과는 관계가 없었지만 초대되었던 것이다.

안채의 안방에는 이미 많은 사람들이 모여서 술을 마시고 있었다. 들여다보니 미닫이문을 열어둔 옆에 작은 방에도 같이 기거하는 사람 4명이 먼저 와서 신묘하게 앉아 있었다. 그들과는 얇은 벽을 사이에 두고 자고 일어나는 사이였지만, 그때까지 한 번도 이야기를 나눈 적이 없었다. 그때는 별도로 하더라도, 이전에는 별로 하숙집에 있지 않았던 나와는 가끔 얼굴을 마주쳐도 서로 가볍게 눈인사만 하였다.

그들은 이미 고인에게 절을 끝내고 밥상을 앞에 두고 담배를 피우면서 잡담을 하고 있었다. 내가 자리에 앉으면 밥을 먹으려 한 것 같았다.

안방 깊숙이 검은 옻칠한 큰 상 두 개가 벽에 붙여 펼쳐져 있었다. 왼쪽 상에는 머리를 짧게 자른 억세지만 솔직하고 성실해 보이는 중년 가까운 남자, 그 오른쪽에는 그 부인인 듯한 촌스러운 얼굴생김의 초상화가 세워져 있었다.

지금같이 어려운 시기에 매일 매일 생활하기에도 부족한 노파가 어떻게 이만큼의 호사스러운 제사상을 준비할 수 있었을까.

육류와 여러 가지 생선요리, 무침요리, 그리고 여러 종류의 떡과 마실 것, 풍부한 계절과일까지 틈이 없을 만큼 한상 차려져 있다. 조선의 풍습에 따른 완벽한 제사였다.

부끄러운 일이지만 고인의 명복을 빌기보다는 끊임없이 코를 벌름거리며 이 호화스런 요리에 나는 눈을 빼앗겼다. 그리고 조심치 못하게 꿀꺽꿀꺽하면서 멍하니 서 있었다.

자, 라고 노파에게 떠밀려 겨우 제정신으로 돌아온 나는 무릎을 꿇고 선향을 손에 잡고 분향했다. 그리고 풍습에 따라서 떨리는 손으로 술잔에 술을 따라 불전에 놓고 깍듯하게 절을 끝냈다.

고국에 돌아와서 처음 받아보는 식사 대접이었다. 지금 생각하면 얼굴이 화끈거릴 정도로 부끄럽다. 주변사람들의 눈도 꺼리지 않고 나는 분주하게 젓가락을 오른쪽, 왼쪽으로 뻗쳐서는 반찬을 헤집어 볼이 빵빵하도록 입에 넣었다.

제사 때 새삼 생각한 건데, 노파는 결코 심성이 나쁜 사람은 아니었다. 그때까지 나를 쫓아내려고 한 것은 앞에서도 언급했듯이 경찰이 무서워서 한 일이고 나는 그것을 잘 알고 있었기 때문에 미워한 적은 없다. 물론 쫓기는 몸이기에 때로는 기분 나쁠 때도 있었지만…….

철도국의 배차담당자였던 노파의 아들은 2년 전에 철도 스트라이크 때 관헌에 의해 학살되었다고 한다. 총살이 아니라 맞아죽었다. 얼굴형태가 없어질 정도로 난타를 당해서 콧대는 꺾이고 눈알은 눌려서 튀어나오고 두 개의 눈구멍이 움푹 파여 있었다고 한다. 뇌수는 함몰되고 광대뼈는 무너져 내리고 입은 옷가지와 몸 형태를 보지 않으면 누군지도 식별할 수 없을 정도로 무참히 살해당한 것 같았다.

유체를 받으러 갔던 아내는 덮여 있는 거적을 들추어 본 순간 정신을 잃고 그로부터 이틀 후 쥐약을 마시고 스스로 목숨을 끊었다. 그래서 며느리 제사도 아들과 같이 지낸다고 한다.

나는 일본에 있을 때 가까운 친구들 부모님의 제사에 참석한 적이 몇 번이나 있다.

아들이 아버지와 어머니 혹은 조부모의 제사를 지내는 것은 당연한 것이지만 부모가 아들 제사를 지내는 것은 일찍이 본적이 없었다. 그래서 처음에는 이상한 느낌이 들었다. 그러나 생각해 보니 이 세상에서 인간이라는 것은 반드시 나이순으로 죽는 것이 아니다. 아들이 먼저 죽을 수도 있을 것이다. 그래도 나는 그런 제사자리를 본적이 없기 때문에 처음에는 그렇게 생각했던 것이다.

꽤 지나고 나서 노파는 아들이 먼저 간 불행을, 그때는 술도 많이 마셔서인지 한탄하기 시작했다. 아니, 한탄이 아닐 것이다. 가슴을 도려내는 듯한, 체면이고 뭐고 없는 통곡이었다.

이 세상에는 여러 가지 불행이 있다. 우리 조선민족은 인위적으로 38도선을 긋고 또는 현해탄을 사이에 두고 생이별 그리고 사별 등 각양각색이다. 그러나 그 사별도 병을 얻어서 죽으면 그런대로 체념할 수 있다. 그러나 이같이 어이없게 죽은 후 여전히 계속 살아가야만 하는 노파의 고통은 얼마나 심할까. 곡소리는 낮아졌다가 높아졌다가 그리고 어느샌가 뭔가 시조라도 읊듯이 말에 선율이 붙여졌다. 그 말은 저주의 말이었지만 조선어를 모르는 외국인이 같이 있었다면 마치 노래라도 부르는 것 같이 보였을 것이다.

그 너무 구슬픈 리듬, "한탄의 노래"를 듣고 있는 사이에 나는 어느 샌가 자신의 지금의 불행과 겹쳐졌다.

분노인지 슬픔인지 알 수 없는 감정이 가슴속에 솟구쳐 그만 참지 못하고 눈에서 눈물이 펑펑 쏟아졌다. 주위의 여자들이 약속한 듯이 오열을 터뜨려서 방 안은 오랫동안 통곡에 휩싸였다.

나는 문득 생각했다. 아들과 딸이 먼저 죽은 부모가 이 나라에는 도대체 어느 정도 있을까.

조국 해방의 기쁨도 잠시, 좌우격돌 속에서 젊은 목숨이 잇달아 무수하게 사라져 갔다. 깊은 산 속에서 혹은 거리에서 시골에서.

죽은 젊은이들도 허망하겠지만 그들은 우익이든 좌익이든 신념을 위해 목숨을 버릴 각오로 있었기 때문에 그래도 낫다. 그러나 살아남아서 그 영혼을 애도하고 매일 그 모습을 그리워하는 나이든 부모들과 가련한 자식들은 도대체 어쩌란 말인가.

노파는 권력을 저주하고 그리고 빨갱이를 저주했다. 아들이 신념과 정의를 위해서 싸운 것은 떳떳해 하면서도 좌익을 미워하는 것이다. 좌익 때문에 아들이 죽은 거라고 생각하고 있다. 그 논리의 모순에는 노파 자신도 눈치채지 못하고 있을 것이다. 그러나 손수 돌보며 귀하게 키워 온 단 한 명의 아들이 죽어 버렸다는 이 현실 앞에는 그 모순은 모순이 아니게 된다.

마지막에 노파는 아들조차도 저주했다. 윗분에게 대들어서 사는 것이 아니었다. 한두 명이 분발해 봤자 아무 것도 바뀌지 않는 것이다. 흐르는 물을 거슬러 노를 저어서는 안 되는 것이다……라고, 이제 와서 억울해

해도 어쩔 수 없는 일을 장황하게 초상화 속의 아들에게 말하고 있었다.

노파의 신세타령은 끝없이 계속되었지만 사람들은 한 둘씩 바쁘게 자리를 떠났다. 밤도 꽤 깊어져서 통금 시간이 가까워지고 있었기 때문이다. 아직 파제(제사 끝부분의 절, 대개 밤 12시 지나서 행한다)라는 마지막의 중요한 예식이 남아있었지만 그것조차 맘대로 되지 않는 것이다. 이 나라에서는.

선조 대대로 오랫동안 엄숙한 이 마지막 예식이 권력에 의한 '통금'이라는 법령에 의해서 방해받고 있는 것이다.

파제란 1년 만에 자기 집을 방문한 고인(의 영혼)이 친척 혹은 가까운 사람들과 자기 집에서 재회하여 술과 음식을 같이 하고 그리고 다음날(즉 명일) 미명에 다시 정토로 떠나 갈 때의 이별 인사인데 그것이 이루어지기 전에 사람들이 빨리 먼저 떠나 버리면 그 후에 자기 집을 떠나가는 고인은 (가족이외에) 배웅할 사람도 없이 얼마나 싱겁고 쓸쓸할까.

뭐 그것은 제쳐두고라도, 이를 계기로 우리 하숙집 사람들도 각자의 방으로 돌아갔다. 방에 틀어박혀 있던 나는 벽 한쪽에 말려 있던 이불 위에 상반신을 기대고 지금도 계속 들리는 노파의 울음소리를 멍하게 듣고 있던 그때, 마당의 어슴푸레한 곳에서 뭔가가 움직이고 있는 듯한 느낌이 들었다. 마당 한쪽 구석에 서 있는 석류나무가 희미한 달빛에 방장지문에 길게 그림자를 드리고 있었는데, 그 그림자의 바로 옆에 또 다른 가느다란 그림자가 꼬리를 이어 미미하게 움직이고 있는 듯 했다.

처음에 나는 같은 하숙집 사람이 술을 깨기 위해서 마당에 서 있는 것이라고 생각했다. 그러나 아무래도 모습이 다르다. 이윽고 옆방의 남자도 눈치챘는지 장지문을 여는 소리가 났다.

"이봐요 당신 백성준 씨?……"

라고 어둠 속의 남자가 작은 소리로 말했다.

"아니에요, 백성준 씨는 옆방입니다…… 그런데 누구세요, 당신은…… 이 야심한 밤에."

옆방 남자의 말투에는 어딘가 수상해 하는 낌새가 있었다. 그것은 당연한 것이다. 이렇게 어수선한 세상에 이제 통금시간인 어둠 속에서 어슬렁어슬렁하면 이쪽도 당황스럽다.

나는 벌떡 일어나서 장지문을 열었다.

"백성준 씨 꽤 기다렸습니다. 이거, 이것을 놓고 갑니다."

남자는 이름도 대지 않고 디딤판에 보자기로 싼 것을 놓고 재빨리 사라지려 했다. 어둠 속에서도 확실히 알 수 있는 요즘 같은 때 보기 드문 말쑥한 옷차림의 젊은 남자였다. 너무나도 갑자기여서 내가 어리둥절하고 있는 사이에 남자는 대문 밖으로 사라져 갔다.

"뭐야, 이것은?"이라고 중얼거리며 나도 허둥지둥 신발을 신고 쫓아갔다. "이봐 당신, 기다려." 나는 대문 밖에서 낮은 소리로 불렀다. 남자는 잠깐 멈춰 서서 되돌아보고는 "나는 어떤 사람에게 부탁받고 심부름을 한 것뿐입니다. 또 다음에 올테니까……"라는 말을 남기고 뛰어가더니 이내 멀어져 갔다.

임박한 통행시간에 허둥지둥하는 거라고 나는 이때 생각했다. 멍하니 배웅한 후에 마당으로 되돌아오니 옆방 남자가 기다리고 있었다는 듯이 석류나무 아래서 우두커니 서 있었다. 남자의 눈이 희미한 달빛 속에서 반짝이고 있었다.

"백형, 저 사람은 누구입니까?"

"전혀 모르는 사람입니다."

"이상한 놈한테 엮이면 나중에 큰일납니다."

"맞습니다. 압니다. 기분 나쁜 놈입니다. 이 시간에……."

입으로는 이렇게 말하면서 그러나 나는 뭔가를 기대하는 마음으로 가슴이 두근거렸다. 나는 옆방 남자의 눈을 신경 쓰면서 재빨리 방 안으로 들어갔다.

살살 보자기를 풀어 봤다. 그리고 놀랐다. 겨울 속옷가지와 봉투에 약간의 돈이 들어 있었기 때문이다. 누가 이런 일을 해 준 것일까…… 라며 수상했지만 어쨌든 지금 나에게는 지옥에서 부처를 만난 것 같았다.

도대체 '어떤 사람'이란 누굴까……. 나에게 그런 '어떤 사람'이 있을 리가 없다. 나는 생각했다. 간첩으로 낙인을 찍은 당이 이런 지원을 해 줄 리는 없지만 동지 중에서 한 사람 정도 나를 믿어주고 가엾게 생각하여 이런 원조를?…… 그러나 그 마음이 있더라도 감옥에 있는 남자가 손을 섰을 리가 없다…….

그렇다! 어쩌면…… 조상대일지도……. 그는 미결인 채로 이미 감옥으로 이송되었지만 어떤 방법으로 가족에게 연락을 해서 가족은 좀 그러니깐 다른 사람에게 부탁해서 보내 주었을지도. 그러자 그 남자는 이런 장면을 다른 사람이 보는 것은 좀 그러니까 또 사정을 말할 여유도 없었던 것이다. 그렇다 그다. 그밖에 없다. 나는 얼마나 훌륭한 친구를 가졌단 말인가. 이때만큼 조상대의 우정에 감격한 적은 없다. 그러나 마음 한구석에서는 그것을 완전히 믿을 수가 없었다.

남자는 약속대로 또 찾아 왔다. 그 후 일주일이 지났다. 이번에는 꽤 큰 목면주머니에 귀중한 쌀까지 넣어 왔다. 게다가 돈도, 전보다 많이 넣었다.

그러나 남자가 찾아온 것은 내가 직업을 찾으려고 시내에 외출하고 있었을 때였다. 저녁 무렵 하숙집에 되돌아와서 노파로부터 그것을 받았지만 그녀의 말에 의하면 역시 단정하고 예의 바른 호감가는 청년이었다고 한다. 그러나 아무래도 들은 얘기로는 전의 남자와는 다른 사람인 것 같았다.

조상대에게 남동생은 없다. 그러나 여동생이 두 명 있는데, 한 명은 서울 시내의 유복한 상가에 시집갔고 그 신랑이 미남이라는 얘기는 언젠가 들었다. 그 미남을 나는 떠올렸다.

매일같이 나는 직업을 찾으려 나갔지만 좀처럼 고용해 줄만한 곳은 없었다. 근근이 일을 계속하고 있는 시내 공장이 있어도 가족끼리 하는 가내공업이고 상점은 가끔 일손이 부족한 곳이 있어도 어딘가 인텔리풍인 나를 꺼렸다.

조 씨네(?)로부터의 원조가 없었으면 나는 이 추운 서울에서 며칠 안돼서 굶어죽었을지도 모른다. 그 돈으로 배고픔을 달래고 노파에게 밀린 월세와 게다가 조그마한 정성을 담아 건네서 시끄러운 그 입을 막을 수가 있었다.

그런데 남자의 발걸음이 딱 끊기고 말았다.

나는 오랜만에 돈이 생겨서, 그 돈의 출처가 어떻든 간에 겨울 이불과 모포 등을 사고, 영양보충을 하기 위해 외식으로, 후하게 팍팍 써 버렸다. 그래서 금방 어려워졌다. 이제 그 산타클로스가 찾아오지 않는다는 것을 알았다면 조금이라도 남겨 놓을 걸 하며 후회를 했다.

7

그 후로 10일 정도 지나서, 이날 서울 하늘은 납색 구름이 낮게 끼어 흐리고 아침부터 차가운 비가 계속내리는 음산한 날이었다. 겨울치고는 그렇게 춥다고 할 수 없지만 이 서울에, 겨울에 비가 내린다니 희한한 날이었다.

이날 나는 아침부터 우울함에 빠져서 곤란해 하고 있었다. 라디오에서 계속해서 흘러나오는 이때 유행인 '글로미 선데이', 그 암울한 멜로디가 더욱더 나를 우울하게 했을지도 모른다.

나는 진종일 이불을 뒤집어쓰고 앉아서 장지문에 끼워져 있는 작은 유리를 통해서 추위를 견디고 있는 마당의 나목을 멍하니 바라보고 있었다. 그리고 멀리 고향에 있는 어머니와 남동생을 떠올리며 나도 모르게 눈물을 흘리기도 했다.

어느새 옅은 어둠이 마당에 깔릴 즈음 또 남자가 찾아 왔다. 한 눈에, 전에 찾아왔던 남자들과는 다르다는 것을 알았다. 제대로 넥타이를 매고 양복을 입고 있지만 그 정도 훌륭한 옷차림이 아니라 거무스름한 거친 얼굴생김새에서 교양 쪼가리라곤 찾아볼 수 없는, 아무리 봐도 저쪽 계통 사람들의 풍모였다.

남자는 장지문을 연 나에게 이름도 묻지 않고

"빨리 준비해서 같이 가십시다."

라며 마당입구에서 말을 했다. 말은 정중했지만 이런 놈들에 한해서 꼭 처음에는 은근하다.

결국 찾아왔구나, 데리러…….

나는 우울해할 때여서 조금 초초했고 또 이런 놈들에게 만만하게 나서서는 안 된다고 늘 조상대에게 들었기 때문에 고압적인 자세로 나섰다.

"너는 경찰이냐?"

"경찰…… 아니요."

"아냐? 그럼 뭐야, 무례하게 남의 집에 들어와서 갑자기 같이 가자니…… 너는 예의라는 것도 몰라."

나의 험악함에 남자는 어안이 벙벙하여 수상한 듯이 올려다보았다.

"내가 누군지 알고 있는 거야?……"

"미스터 백이죠?"

뭐? 미스터?…… 이놈 잘난 척 영어까지 써대며.

"경찰이 아니면서 어째서 나를 데려갈 권한이 있는가."

"나는 운전수에 지나지 않습니다."

남자는 양손에 낀 하얀 장갑을 들어 보였다. 서울에서는 얼마 안 되는 운전수들이 자주 하얀 장갑을 끼고 있는 것을 나도 보아서 알고 있었다.

"당신을 데려오도록 나는 명령을 받았을 뿐입니다."

누구에게? 라고 물어보려 했지만 이때 나는 언젠가 찾아와 준 두 사람의 남자를 문득 떠올리고는 입을 다물었다.

어쩌면 조 씨네로부터가 아닐까? 조상대의 둘째형 아내의 친정은 원주에서도 꽤 자산가인 것 같으니까 콜택시 하나 정도 빌려서 보냈을지도 모른다.

그러나 그것이 착각이었다는 건 밖에 나가보고 바로 알았다.

옷을 입고 허둥지둥 남자 뒤를 따라서 차도까지 나가 보니 검은색의 훌륭한 대형승용차가 엔진을 붕붕거리며 기다리고 있었다. 미국제의 링컨이었다. 이 나라에서 이런 멋진 차를 탈 수 있는 사람은 좀처럼 없다. 경찰서장 클래스라도 미군 매도의 지프차 정도다.

나도 모르게 남자 얼굴을 올려다보았는데 그는 내 쪽을 되돌아보지도 않고 이미 문을 열고 내가 타기만을 기다렸다.

원주의 조 씨네로부터도 아니다. 경찰도 아니다. 그러면 누가 나를 부른 것인가. 전혀 이상한 수수께기였지만 차 안에 있는 나는 불안하지 않았다. 그때까지 심하게 당해 온 참담함이 나에게 될 대로 되라는 무적의 근성을 심어 놓았다. 그래서 나는 운전수에게 물어보지도 않았다. 남자도 그리고 나서 한마디도 하지 않고 묵묵히 핸들을 잡고 있었다.

차는 안개가 낀 서울 시내를 여기저기 빠져나가 번화가인 명동을 지나 30분이나 달렸을 것이다. 산기슭에 있는 호화`저택으로 들어갔다.

그저 넓은 응접실로 안내받은 나는 그 화려함에 깜짝 놀랐다. 지금의 남한에서 이만큼 훌륭한 저택에 살 수 있는 사람은 그렇게 흔하지 않다. 군행청의 미국고급관리 아니면 정부의 장관급일 것이다. 그들은 물론 패전으로 귀국한 구 총독부의 일본인 고급관리의 관저를 접수한 것이다.

먼저 주인이 떠난 뒤에 완전히 리모델링한 것 같다. 그것도 요 근래인듯하다. 이 방은 사방의 벽이 아이보리 화이트의, 지금까지 본 적도 없는 고급스러운 비단을 크로스로 둘러치고 바닥은 구두가 푹 들어갈 것 같은 두꺼운 무늬가 들어간 진홍색의 카펫이 깔려 있었다. 그 모두의 눈을 빼앗는 산뜻한 색이었기 때문에 나는 방에 발을 들어놓은 순간 멍하니 서서 주변을 둘러보았다.

이것이 이른바 페르시아 카펫이라는 건가……. 아무생각 없이 밑을 내려다본 나는 처음으로 자신의 더러워진 신발을 눈치채고 주눅이 들었을 정도였다. 현관 앞에 먼지털이 위에서 구두 바닥의 흙을 문질러 털긴 했지만 밑창이 찢어져서 거의 구멍이 난 초라한 구두는 양말에 물과 흙을 하나 가득 머금고 있었다. 차에서 내려 정원의 정원수 길을 지나 현관 앞까지의 가까운 보행이었지만 구두 안은 많이 더러워진 상태였다.

운전수와 교대하여 나타난 안내하는 여성이 방 안에서 "어서 들어오세요"라고 시선을 보낼 때까지 한발도 내딛지 못하고 꼼작 않고 있던 나는 그대로 까치발로 걸었다. 반 정도 들어갔을 때 알아차린 것인데 안쪽 깊숙한 벽에, 유리를 끼운 장식선반 안에는 고려시대나 조선시대로 추측되는 청자기가 몇 개나 장식되어 있고 그것들의 역사적 명품을 천정에 아로새긴 화려한 샹드리에가 눈부시게 비추고 있었다. 그리고 또 한쪽 벽에는 큰 훌륭한 책장이 쭉 나열되어 있고 그 안에는 두꺼운 전집 같은 서적이 빼곡히 꽂혀져 있었다. 언뜻 봐도 그것들은 모두 일본 서적인 것을 바로 알았다.

실내에는 더울 정도의 난방이 되어 있다. 겨울에 얼어붙은 서울 시민의 추운 생활을 보아 익숙해진 만큼이나 이곳은 전혀 다른 별천지처럼 생각되었다. 보니 안쪽 구석에 본적도 없는 오일 난방의 미국제 스토브가 활활 타고 있었다. 빈곤한 시민들은 대개 온돌에 불을 넣지 못하고 기껏해야 연탄 화로나 숯불로 난방을 하고 있는데…….

안내인이 가리키는 의자에 앉으려고도 하지 않고 나는 여전히 우두커니 서 있었다.

바로 안내인과 교대로 눈이 번쩍할 정도의 무늬에 하얀 비단 저고리와 바지를 입은 왜소한 남자가 보였다. 조금 마른 체격의 이 남자는 약간 배를 앞으로 내밀고 천천히 걸어 중앙에 설치되어 있는 자개문양의, 닦아서 윤을 낸 중후한 흑단의 응접테이블 앞에 멈춰 섰다. 그리고 무두질한 가죽의 위엄 있는 소파에 깊숙이 앉자 힐끔 나를 쳐다보았다.

나는 호기심과 불안이 섞인 복잡한 기분으로 상대를 쳐다보았다. 불혹은 아직 멀다. 34, 35세 아니 조금 더 젊을지도 모른다.

남자는 턱을 올려서 맞은편 의자에 앉으라고 명령했다. 그리고 테이블 위의 대리석 담배함에서 궐련을 꺼내서 나에게도 권했다. 남자는 한 모금 피우고 다시 한 번 힐끔 나를 보았다. 이때 조금 전의 안내여성이 김이 나는 음식 두 개를 쟁반에 얹어서 들어왔다. 처음으로 흥미있게 봤지만 아마도 20살이 안된 작은 얼굴로 깨끗한 피부의 예쁜 여성이었다. 우아하고 하얀 긴 한복이 날씬한 몸에 잘 어울리고 어딘지 모르게 기품이 풍겼다.

이 남자의 배우자일까?…… 그것치고는 나이가 너무 차이난다. 아마도 내연녀나 뭐 그런거겠지.

테이블 위에 놓인 호박색의 뜨거울 것 같은 홍차, 고국에 돌아와서 한 번도 마셔본 적이 없는 음료수가 보기에도 맛있어 보인다. (고등학교 시절 이것은 많이 마셔서 익숙해진 것이었다). 나는 나도 모르게 꿀꺽했다. 그러나 상대를 알 때까지는 손을 대서는 안 된다. 아니 담배를 권했을 때도 나는 얼마나 그것을 원했었던가.

"자기소개를 하자, 나는 이훈표라는 사람이다."

남자는 꽤 말꼬리가 올라가는 억양으로 이름을 댔다. 그리고 반응을 보듯 나를 가만히 쳐다보았다.

이훈표?…… 깜짝 놀랐다. 아니 청천벽력이라고 해야 할까.

이훈표는 빨갱이잡이로 명성 높은 수도경찰청장, 김태선의 오른팔이라고 일컬어지는 남자가 아닌가. 김태선의 오늘날의 지위와 실력은 실은, 이 이훈표의 뛰어난 지략과 냉혈한 지도력 덕분이라고 이 나라에서는 알려져 있다. 그 이름만 들어도 우는 아이도 그칠 정도로 무서워하는 이 남자의 얼굴은 일찍이 사진으로도 본 사람이 없었다.

나는 이 무서운 괴물을 이때 처음 눈앞에서 봤지만, 왜소하고 벌레도 죽이지 않는 온화한 인물이 '귀신 지도관'이라니 도저히 믿을 수가 없었다. 일자로 다문 얇은 입술, 짧게 민 머리와 군살 없는 탄탄한 얼굴 생김, 약간 날쌔고 사나움은 숨겨져 있지만, 시선은 어디까지나 온화하고 무엇보다도 조용한 분위기를 자아냈다. 게다가 한마디 얘기했을 뿐인데 목소리가 가늘고 맑아 굳이 말하자면 여성적이다.

"너를 부른 건 다른 게 아냐."

그는 또 담배를 깊숙이 빨아들이고 잠시 틈을 두었다. 그 의젓한 행동이 나를 초조하게 했다.

"우리 일을 아니, 내 일이라고 하지…… 도와주었으면 해."

"내가?" 나는 내 눈썹이 팔딱팔딱 경련이 일어나는 것을 느꼈다.

"그래."

"나는 유치장을 막 나온 빨갱이입니다. 당신의 주위에는 얼마든지 인재가 있지 않습니까?"

나는 다소 분발하여 일부러 비아냥거리며 '빨갱이'란 말을 썼다.

"그렇다. 얼마든지 있어."

그는 눈썹 하나 까딱하지 않고 태연하게 대답했다.

"그러나 너는 빨갱이였기 때문에 원하는 것이다."

그가 "였다"라고 과거형을 쓴 것이 매우 화가 났다.

나는 정색을 하고 노려보자 문제핵심에 스스로 뛰어들었다.

"당 안에서 스파이를 하란 것입니까?"

"아니, 너는 그런 일은 못해. 너는 동지들로부터 간첩으로 제명당했잖아."

"……"

"너를 당 안에서 맘대로 하게 해서 그런 일도 시킬 수 있지만, 너 정도의 간첩은 얼마든지 있어, 아니 비밀이지만, 상층부의 거물도 얼마든지 있다."

"도대체 당신은 나에게……."

그의 의도를 알 수가 없어서 나는 내심 무서웠다. 등줄기가 으슬으슬했다.

"너는 평양출신이지."

그는 갑자기 화제를 바꿨다. 그리고 가만히 나를 바라보고 또다시 틈을 두었다.

어떻게 내가 평양출신이라는 것을 알았을까?

"그렇다면 일제시기의 기시타 경부보를 알고 있겠지……."

기시타 경부보, 왜 또 기시타를 꺼내는 거지……. 그 평양고등경찰(당시의 "내지"의 특고에 해당한다)의 기시타를 모를 리가 없다. 중학교 4학년까지 평양에 있었기 때문에 그 악명은 물론 기억하고 있다. 경성종로서의 고등경찰형사, 야마다 경부(일본인)와 어깨를 나란히 하는 가장 악질 영맹獰猛한 정치사상범 단속의 조선인 형사로서 조선 전국에 이름을 떨쳤던 남자가 아닌가.

"실은 내가 그, 기시타 경부보야."

그는 나의 반응을 보려는 듯 눈도 깜빡거리지 않고 가만히 주시했다.

'아, 당신이 아, 그때, 그때 평양특고 형사인 이 경부보?!……'

입안이 갑자기 말라서 혀가 무겁게 얽혔다. 오금이 뻣뻣해질 정도로 몸 안에 전율이 흘렀다.

그 당시 이 경부보가 지금 눈앞에 있다. 나는 너무 놀라서 한동안 입을 다무는 것도 잊었다.

여기에서 약간 설명을 해 두자.

기시타 경부보는 본성이 이李 가로 평양의 조선인 사이에서는 이 경부보라고도 불리었다. 평양의 유복한 상인의 집에서 태어나 동경 H대학 법과를 우수한 성적으로 졸업하고 바로 공안업계에 들어가 경성종로서의 야마다 경부의 아래에서 1년 정도 일했다. 그리고 나서 평양으로 부임하여 간도(구 만주에 있는)의 김일성유격대와 연이 있는 국내비밀조직, 광복회의 세포 적발에 수완을 발휘했다. 그러나 그의 명성(?)과 야망은 일본 패전으로 몇 년 안돼서 허망하게 부서지고 말았다.

8・15 이후, 북에서는 친일민족반역자는 체포되고 그것에 상응하는 형이 부과되었다. 그러나 그는 그물망 사이로 도망쳐서 어떻게 남한에 다다른 것일까, 그 경위는 모른다. 남한도 해방직후 2, 3년은 민족반역자에 대한 추적이 좌・우파를 불문하고 엄격했다고 한다. 그래서 그는 남한에 숨어 들어와서도 처음에는 밖에도 나가 걸어 다니지 못하고, 반역자들이 모두 그러했듯이 몸을 쭉 숨기고 있었던 것 같다. 그러나 그는 남한의 격렬한 좌우대립의 사회 상황과 미국의 좌익탄압, 남북분단 과정의 움직임에서 언젠가 반드시 자신에게 기회가 있을 것이라고 믿고 있었던 것 같다. 그리고 역시 그의 판단에 이상은 없었다. 장택상張澤相이 경기도 경찰부장에 취임하고 본격적인 좌익탄압에 착수하자마자 시기가 도래한 만큼 그는 모습을 드러냈던 것이다.

그는 의뢰를 받아 공안경찰의 세계에 들어가자 별도로 '서북청년회'라는 단체를 조직하고 심복들을 착착 양성해 갔다.

서북청년회라는 것은 너는 처음 들어보겠지만 북한에서 도망쳐온 젊은이들 중에서 평안도 출신자만을 엄선해서 조직한 모임이다. 평안도는 조선의 서북에 위치해 있어서 이 이름이 붙여졌다. 덧붙이면 함경북도에서 도망쳐온 자들은 따로 '함북회'라는 것을 만들었다.

서북청년회도 함북회도 모두 남한 사람들이 가장 무서워하는 정치 폭력단이다. 그들 손에 걸리면 법은 있으나 마나 하고 사람들은 그들의 뜻대로 요리된다. 이훈표는 이 서북청년회를 움직이고 남한 전역의 요소요소에 심복을 키워서 차례차례로 내보냈다.

평안도 사람들은 향토의식이 강하고 특히 남북으로 나뉜 지금 지반이 없는 남한에서의 불리한 환경과 조건 속에서 강철과 같이 단단하게 단결을 유지하고 있다.[3] 지보地歩확장을 위해서 그들은 모든 인맥, 지연을 연결하기 위해서 활동하고 동향사람을 건져내서는 세력을 확장하는데 급급했다. 특히 공안경찰 세계에서는 강압적인 방식으로 남한 출신을 배제하고 평안도 출신 — 그것도 서북청년회의 거친 무리를 바둑판에 바둑돌을 놓듯이 밀어 넣고 있었다.

남한 사람들은 이훈표가 일찍이 평양의 기시타 경부보라고는 아무도 눈치채지 못할 것인가?

나는 이훈표가 말꼬리를 올리는 억양에서 만나서 바로 '이남'출신이 아니라고 눈치챘지만, 평양출신으로, 전에 기시타 경부보라고는 알 수가 없었다.

"나는 지금 신뢰할 수 있는 부하가 한 사람이라도 많았으면 한다. 그 부하는 신뢰할 수 있는 것만으로는 안 된다. 고등교육을 받아서 법률도 잘 알고 사람들을 리드할 힘이 없으면 안 된다. 그런데 서북청년회의 무

---

3 高峻石, 「조선 1945~1950 혁명사에 해한 증언(朝鮮 1945~1950 革命史への証言)」에서 일부 인용.

리들은 거칠고 사람을 위협하고 해치는 일은 할 수 있어도 리드할 수 있는 교양 있는 남자가 적다."

북한에서 도망 온 사람들 중에도 교양 있고 인격적으로 훌륭한 사람은 적지 않지만 그들은 하나같이 지적 직업에 종사하거나 이 서북청년회의 비인도적 활보에는 오히려 눈살을 찌푸리고 있다.

"너는 그 조건에 딱이다. 일본의 유명한 T대학에서 법률을 공부하고 게다가 평양출신이다. 그리고 이게 가장 필요한 조건의 하나였는데 공산주의 세례도 받았다. 전향자인 너는 그 세계에도 통달해 있을 테니까 정말 적재인 것이다."

어떤 의미에서 그는 "전향자"라고 단정 짓고 있는 것일까.

"나는 아직 전향한 기억이 없습니다."

나는 일언지하에 부정했다. 그러나 그 목소리는 약했다. 사정은 어쨌든 동지들로부터 버려진 이때 상황에서는 무리가 아닐 것이다. 그리고 나는 "아직"이라는 한마디를 부주의하게 내뱉어버린 것에 내심 강하게 집착했다. 틈이 있는 나의 마음속을 간파당한 것 같아서 나도 모르게 얼굴이 화끈거렸다.

"전향하지 않았다구?"

그는 한 순간 수상한 듯 다시 보았다.

"전향해서 너는 석방된 건데. 나는 부하에게 그렇게 보고 받았어."

"전향?…… 그런 말도 안 되는, 경찰은 멋대로 석방해 주었습니다. 나도 모르는 일이오."

그러나 그가 부하에게 보고를 받아서 그렇게 믿고 있었던 게 아닌가 하는 것은 그의 입가에 바로 떠오른 의미 있는 듯한 엷은 미소를 봐도 아는 것이었다.

“그럼, 그건 어떻든 간에 좋아. 어차피 너는 동지들에게 간첩으로 제명당한 남자다.”

“그것은 오해받았기 때문입니다.”

“오해인지 아닌지, 당내에서의 경위에 대해서 나는 모른다. 그러나 그것도 어떻든 간에 좋아. 나는 항상 결과만을 보는 남자다. 즉 너는 지금은 배신자이고 간첩이고 전향자로서 당에서 낙인이 찍혀 있는 것은 사실이다.”

“……”

“당에서 추방된 너는 언젠가 우리 진영에 들어온다. 이것은 확실히 말할 수 있어. 왜냐면 이 나라에서는 우 아니면, 좌야 그래서 중간은 있을 수 없으니깐.”

그는 딱 잘라 단정했다. 그 표정에는 자신의 말만이 맞다고 믿는 사람만이 갖는 자신감과 여유가 있었다. 그는 잠시 틈을 두도록 피우다만 궐련을 천천히 빨아들였다.

“그렇지만……”이라고 그는 말을 꺼내며 밑동까지 태운 담배를 재떨이에 문질러 끄고 윤기가 나는 도자기 컵을 집어 들었다. 그리고 나에게도 마시라는 듯 시선을 보내더니 맛있게 소리를 내면서 홍차를 마셨다. 나는 손을 대지 않았다. “나는 결코 너에게 강요하지 않는다. 어디까지나 네가 그럴 마음이 있어야 하니까. 물론 네가 협력해 주길 아주 원하지. 그 때문에 일부러 여기에 부른거야. 그러나 그게 전부가 아니야.”

그는 또 담배를 하나 집어 들었다. 연달아 잘 피우는 남자였다.

"……나는 동향사람에 대해서는 이상할 만큼 애착을 가지고 있는 남자다. 그것은 내가 지금 고향을 쫓겨나 남한이라는 고립무원의 땅에서 있기 때문일지도 몰라. 아니 그건 나만이 아닐 것이다. 조선인이란 놈은 대개 동향의식이 강한데 특히 북한 패거리들은 그것이 더 심하지. 너는 어떤지 모르지만 북한에서 온 패거리는 이 남한에서 서로가 의지하여 하나의 사회를 형성하고 있는 게 아닌가. 네가 우리 일을 도와주지 않더라도 우리 동향인의 모임에 얼굴만 내밀어도 좋지 않을까. 실제로 그런 동향인도 많아. 우리 모임에 얼굴은 내밀면서도 지적인척, 혹은 성인인척, 나 같은 일은 싫어하는 놈도 적지 않아. 그러나 그들도 어찌되었건 간에 가장 꺼리고 싫어하는 나에게 취직을 부탁하고 용돈을 타내려고 빈번하게 찾아오지 않는가……."

그는 장황하게 동향인에게 의지가 되고 있는 것을 자랑하듯이 지껄였다.

"그런데 너는 그런 인간들과는 다르지만, 지금은 천애고아, 이 추운 서울 하늘 아래 아무도 의지할 곳이 없어. 당에서 생활비도 한 푼 받을 수 없어. 너는 어떻게 해서 먹고 살아갈 건가?"

"그걸 당신이 걱정할 일은 아니죠."

나는 비아냥거리는 어조로 되받아쳤다.

"인간은 아무리 뜻이 굳건해도 밥을 먹지 못하면 노상에서 객사해, 너. 나는 동향인의 연분으로, 또 인도주의 이름으로 너의 지금의 입장을 배려하는 거야."

인도주의라고까지 말씀하셨다. 얼마나 속이 들여다보이는 말인가. 인간을 벌레같이 잡아서는 처넣고 폭행, 고문, 학살의 끝을 보는 장본인이 인도주의를 입에 올리고 있다. 웃긴다! 나는 마음속으로 비웃었다.

"특히 주의 · 주장은 달라도 너 같은 동향 인텔리 — 학력도 나무랄 데가 없고, 재능도 있는 젊은이가 죽는 것을 볼 수가 없었다. 내 성격상…… 그래서 너에게 원조의 손길을 내민 거야."

그는 마지막 얘기를 아무렇지도 않게 했다.

원조?…… 어이가 없어서 나는 다시 물었다. 나는 "내밀 것이다"의 미래형을 과거형으로 잘못 들을 것이 아닌가 하고 잠시 생각했다.

"맞아. 네가 여기저기 직업을 찾으러 다리가 뻣뻣해지도록 돌아다닌 것도 알고 있었다…… 너는 내가 도와주지 않았다면 길바닥에 쓰러져 죽어서 지금 여기에 앉아 나와 얼굴을 마주할 수도 없었을 거야."

"……"

"확실히 말해 두겠는데, 네가 내 요청을 거절해도 나는 앞으로도 네 생활은 도와 줄 생각이다. 원래 나도 월급생활자야. 그러니까 조금밖에 원조할 수 없고, 그것 또한 언제까지 이어질지는 모른다……."

마지막 말에는 넌지시 교환조건과 위협하는 냄새를 풍기고 있었다.

꼼짝도 하지 않고 나를 바라보는 그의 눈에 처음으로 날카로움이 가해졌다. 상대의 변화를 조금도 놓치지 않으려는 눈초리였다.

그러면 그 금품은 이 이훈표가 보낸 것이었던가……. 나는 이때가 돼서 모든 것을 알았다. 동시에 낭떠러지에서 천길 골짜기 끝으로 떨어뜨려진 것 같은 현기증이 났다.

나는 이 남한의 '현실'의 무서움을 이때 처음 깨달았다. 일본에 있었을 때 남한사회가 얼마나 무서운 것인지 귀에 딱지가 앉도록 들어왔지만 이 정도까진 줄 뼈 속 깊이 느낀 것은 처음이었다.

무서움에는 나 나름대로 익숙해졌다고 생각했다. 태평양전쟁말기의 고등학교시절, 구속되어 특고에게 학대받을 때도 또 이 남한에 돌아와서 얼마 전 경찰에 붙잡혀 갔을 때도 정말 무서웠다. 그러나 이때만큼 공포를 느낀 일은 없었다. 이훈표를 상대하고 있었던 이때가 일찍이 느낀 적이 없는 공포를 뼈저리게 느꼈다.

이때 나의 눈앞에는 터널과 같은 길고 거대한 지하 배수로가 떠올랐다. 그 지하 배수로는 어떤 거대한 것도 삼킬 것 같은 큰 입을 벌리고 떠내려 오는 것을 기다리고 있다. 끊임없이 흘러오는 혼탁한 물을 계속 물부리부터 입에 물고 배속으로 삼키는 그것은 한줄기 빛도 비추지 않는 축축한 암흑의 세계이다. 게다가 빛이 환한 외부세계로 통하는 배설구가 없는 막다른 곳의 거대한 뚜껑이 닫힌 지하 배수로였다. 파도에 떠밀려 그 어둠 속에 삼켜지는 아주 작은 자신의 몸을 나는 멍한 의식으로 배웅했다.

조금 전까지 조용히 생각하고 있었던 "실낱같은 빛"이 소리를 내며 무너져 갔다.

조상대가 언젠가—그것은 남북이 통일이 되는 언젠가 인지 모르지만, 이 세상에 다시 모습을 드러냈을 때 자신의 혐의가 풀릴 것이라는 희망을 가지고 있었지만, 이제 있을 수 없는 일이라고 몸소 깨달았다. 그가 당에 나의 재심사를 제출한다. 그의 큰형은 당내에서 상당한 인물이어서 그 증언은 꽤 무게가 있을 것이다.

그러나 적의 금품을 받은 지금은 사정이 어떻든 간에 그것은 도저히 불가능한 것이다.

너는 그런 멍청한! 이라고 질려버릴지도 모른다. 누구로부터의 원조인지도 모르고 받았으니까 그 경위를 말하면 그것은 그것대로 양해해 주지 않을까 하고.

나도 그곳에서 물러나 밖으로 나간 후에는 거기에 생각에 미쳤다. 그러나 알고 있든 몰랐든 그것과는 별도로, 수많은 동지들을 죽이고 손에 피를 묻히는 놈의 금품을 내가 사용한 그 사실은 지울 수가 없었다. 즉 나의 양심의 문제이기도 하다. 그 후로 또 당이 나의 해명을 과연 신용해 줄 거라는 보증도 없다.

"당신은 나를 함정에 빠뜨렸군요."

"함정?…… 바보 같은 말을 하지마! 그것이 어째서 함정이란 거야. 그 이유는 아까도 설명했잖아.

"그럼 어째서 보낸 사람의 이름을 확실히 말해 주지 않았습니까!"

"너는 나의 원조인 것을 알았더라도 그것에 손을 댔을까?"

"……"

"몹시 갖고 싶어도 처음에는 좀처럼 할 수 없는 것이지. 그것이 나의 온정이라는 거야."

놈은 스스로 "온정"을 과시하고 복잡한 수법을 만들어 놓았다.

"그럼 왜 지금은 그것을 밝힐 마음이 든 겁니까!"

"마음이 변했어. 어차피 알려질 거야. 알려질 거면 빠른 게 좋다는 생각이 들었어. 그러니까 너를 부른 김에 그것을 말해 준 것뿐이야. 너는 나에게 고마워만 해야 하고 원망할 이유는 없어. 너는 그걸로 생명을 연장했으니까…….”

바보!…… 나는 마음속으로 저주했다. 이때 나의 뇌리에 조상대의 가족이 옮겨갔다는 원주 집이 떠올랐다.

나는 석방되고 바로 원주로 가야만 했다.

창밖의 어두운 밤 정원을 바라보고 고민에 빠져 있는 나의 시야를 한 남자가 스쳐지나갔다. 정원수 안의 통로를 수은등의 희미한 불빛을 받으며 우산도 쓰지 않고 빠른 걸음으로 걷는 그 남자를 보았을 때 나는 자신의 눈을 의심했다. 환시가 아닌가 하고 눈꺼풀을 비볐다.

어째서 어째서!…… 입안에서 외치는 나의 소리는 가슴속에서 메아리쳤다. 이런 어처구니 없는 일이 있을 수 있는가. 있을 리가 없다!

그러나 틀림없이 그 남자임에 틀림없다. 내 심장은 찢어질 듯이 쿵쾅쿵쾅 거리기 시작했다. 분노에 피가 역류해서 얼굴이 화끈화끈 거렸다. 작업복이 아니고 장발도 차분해 졌지만, 그 큰 키의, 얼굴이 긴 남자임에 틀림없었다.

북한에서 온 ‘권위 있는 정통의 남자’가 어째서 여기에……. 내 머리는 혼란스러웠다. 그러면 그 지도간부는 적과 내통하고 있었던 것인가……. 그럴 리가 없다. 그놈은 나를 간첩으로 몰고 심문하고 린치를 가했던 남자이다. 혹시 그놈이 적이라면 그만큼 증오에 불타서 나를 반죽음으로 내몰 리가 없다. 그러면 그놈은 이 남자가 적과 내통하고 있던 것을 모르고 ‘북한에서 온 남자’라고 소개한 것이 된다. 이런 어이없는 얘기가 있단 말인가!…… 대머리는 물론 다른 시 당위원, 세포들, 조상대와 그의 형조차 희롱당한 것이다. 나는 소름이 끼쳤다.

"왜 그래."

나의 이상한 모습에 이훈표는 수상해하는 얼굴로 물어보았다.

그는 북한 남자가 마당을 지나는 것을 몰랐다. 그 시야에서 벗어나 있었다.

나는 북한 남자와 대결하고 싶었다.

"그놈을 만나게 해주세요?"

"그놈?…… 그놈이 누구야?"

"모른 체하지 마세요. 그 말상 말이에요."

"말상……?" 이훈표는 처음에는 어리둥절해 있었지만 푸우 하고 웃음을 터뜨렸다. 그러나 바로 자백하지 않았다.

"이름이 말상인가? 우리나라에서 마라는 성은 있지만 상골이란 이름은 없을 터인데……."

나는 그를 노려보았다.

"놈은 지금 막 이 정원을 지나 들어왔습니다. 당신은 놈을 '북한에서 온 남자'라고 팔아 넘겨 당 중앙에 잠입시키지 않았습니까. 역시 대단하십니다."

"말상이라고 잘도 표현 했네"라고 혼자서 중얼거리며 그는 껄껄 웃었다. 여자 같이 오른쪽 손바닥을 입에 대고 호호호…… 웃는 행동과 여성적인 목소리에 소름이 돋았다.

이훈표는 잠시 생각하고 있더니 결국 테이블 위의 내선 수화기를 집어들었다. 곧 북한 남자가 들어 왔다. 외국 옷감에, 조금의 허점도 없는 말쑥한 양복에 단단한 차림을 하고 장발은 기름을 번들번들 발라서 7대 3으로 갈랐다.

"어쩔 수 없네. 소개할까. 이쪽은 미스터 양, 북한에서 온 사람이다."

이훈표는 눈썹하나 까딱하지 않고 맑은 얼굴로 말했다.

"북한에서 왔다고? 흥, 어처구니가 없네!"

나는 미스터 양을 노려보면서 말을 내뱉었다. 미스터 양은 나에게 가볍게 목 인사를 하고 긴 다리를 불편한 듯이 굽혀서 옆 자리에 앉았다.

"동지들에게 심하게 당했네요. 이것도 내 탓입니다. 여기에서 다시 한 번 사과합니다."

또다시 미스터 양은 머리를 숙였다. 나는 어느새 일어나 있었다. 이때 나에게 그 사람만큼의 힘이 있다면 옆에 튼튼한 의자를 휘둘러 그 짜증스러운 말상을 쳐 내렸을지도 모른다.

"이 매국놈! 뻔뻔스럽게 애국자 낯짝을 하고 우리를 속였네."

나는 소리 질렀지만 너무 흥분한 나머지 발음이 새었다. "지미 씨발놈"을 비롯해 도저히 글로는 할 수 없는 모든 욕설을 연이어 퍼부었다. 그러나 그는 넉살이 좋았다. "글쎄, 그렇게 화내지 말고…… 당신 마음은 잘 안다…… 그래도 경찰이 그만큼 착하게 대해 준 것은 내 덕분입니다. 그뿐만이 아니야. 당신은 그 황폐한 저택에서 죽을 뻔했다. 준태칼 씨가 숨통을 끊지 않았던 것은 죽여선 안 된다고 내가 지시했기 때문입니다."

놈은 뻔뻔하게도 은혜를 베푼 듯이 이렇게 말했다.

제기랄! 이놈이 나를 내 인생을 엉망진창으로 했다! 나는 속으로 외쳤다.

경찰에서는 출신지와 경력 등을 아무렇게나 말했지만 형사는 그것이 허위인 것을 안 후에 형식적으로 조서를 꾸민 것이 된다. 나는 꾸며진 함정에 빠져 있는 자신을 깨달았다.

"그도 옛날, 학생시절 열렬한 마르크스주의자였다. 그리고 해방 후에는 인민군 장교였다. 그러나 지금은 어때, 대한민국의 훌륭한 일꾼으로 변하지 않았는가."

이훈표가 설명했다.

"나도 평양출신입니다. 나는 준태칼 씨로부터 당신에 대해서 듣기 전에 당신의 사투리에서 같은 평안도 출신인 걸 바로 알았습니다."

미스터 양이 이훈표의 얘기를 받아서 심한 평양사투리로 말을 계속했다.

"당신은 한때의 열병에 걸려 있는 것 같습니다. 인텔리는 젊을 때 누구나 한번은 걸리는 병입니다."

일제강점기, 말단 형사가 자주 입에 담았던 이 진부한 대사를 이 남자는 부끄러워하지도 않고 의기양양하게 지껄였다.

"그러나 이번 기회에 그 열병은 고쳐야만 합니다. 그리고 이쪽, 이선생의 지도로 대한민국의 훌륭한 지도적 인물이 되어 주십시오."

8

미스터 양은 확실히 북한에서 온 남자임에는 틀림없다. 그러나 놈은 정보장교로서 남한에 보내지면서 배신한 남자였다.

운명이란 두 글자가 이때에 문득 내 머리에 떠올랐다. 운명의 장난이란 것을 이때만큼 강하게 느낀 적은 없다.

내가 (경계선에서) 비가 올 때를 기다려서 남동생과 같이 결행했더라면 혹은 다음 기회의 장마철에 다시 한 번 시도했더라면 이와 같은 불행을 만나지 않아도 됐었다. 또한 북한 남자가 배신하지 않았더라면 이 같은 결과가 되지 않았다.

모든 일은 아주 작은 '어긋남', '우연'에 의해서 진행되었던 것이다.

창밖의 수은등으로 뿌연 비 내리는 정원을 멍하니 바라보면서 나는 그렇게 생각했다.

비, 내 아버지가 동경에서 죽었을 때도 심하게 비가 내리는 밤이었다. 남동생이 38도선을 돌파한 그 밤도 큰비가 내릴 때였다. 그리고 이 밤도 아침부터 차가운 비가 아직 내리고 있었다.

조금만 기다려줘, 지금 문밖에는 굉장한 비가 내린다. 창문 밖을 내다본다.

오늘로 3일째다. 마치 장맛비처럼 연일 잘도 내린다. 이것이 가을장마라는 것인가.

원래 나는 비를 싫어하지 않았다. 아니 오히려 어렸을 때부터 왠지 비를 좋아했다. 빗소리를 들으면 마음이 누그러졌다. 특히 조용한 빗소리는 아주 이전 유아기 때의 즐거웠던 추억을—이것은 안개 속에서 흐려서 잘 보이지 않지만, 하나하나 더듬더듬하면서 뽑아내듯이 환기시켰고 또 미래에 일어날 여러 가지 달콤한 가능성을 공상케 했다.

그러나 지금의 빗소리는 편안함과 달콤한 상상보다도 오히려 우울하게 하고, 불안함 속으로 끌고 들어간다. 지면과 차양을 때리는 빗소리가 내 머리를 잘게 썰어 괴롭히고 있다.

비는 정말 나무통 안의 물을 뒤엎을 듯이 어마어마하다. 지금 방에서 새어나오는 빛이 정원 지면을 두들기는 차가운 빗발과 전체에 떠도는 아지랑이 같은 수증기를 희미하게 비추기 시작했다. 눈앞의 호우가 마치 위로 올라가는 것 같다. 정원수 근처의 웅덩이에서는 비가 비 연기 아래에서 분출하는 홍수가 되어 소용돌이치고 있다. 이 소용돌이치는 홍수를 바라보고 있는 동안 문득 뭔가의 예감이 내 내부를 조용히 메워 간다. 내 신상에 뭔가 일어날 때 운명의 전기가 될 때는 왠지 이상하게 비가 내릴 때였다.

이야기를 다시 원래대로 되돌리자.

나는 완고하게 그들의 요구를 받아들이지 않았다. 각오를 하고 있었다. 이제 정치·사상운동은 하지 않겠다. 하고 싶지도 않고, 이제 받아들일 수도 없는 몸이다. 그러나 예전 동료들을 토벌하는 일도 하고 싶지 않다. 평범한 인간으로 평범하게 생활하고 싶다, 이렇게 계속 말하며 나는 그들로부터 멀어져 갔다.

먹기 위해서 날품팔이 같은 노동일에도 나갔다. 먹고 살아갈 수 있다면 인가와 떨어진 깊은 산속에서 조용히 살아도 좋다고 생각했다. 솔직히 설령 풀과 나무피밖에 먹지 못하더라도 풀숲의 열기와 땅의 열기에 둘러싸인 깊은 산속이 조용하게 여생을 보내기에는 쾌적한 거처인 것 같다. 이제 어느 쪽에서도 투쟁의 세계는 지긋지긋하다.

그러나 그런 안이한 생각을 그들이 이루어 주겠는가?

이훈표는 사람을 보내서 계속 마음을 돌리도록 독촉했다.

"학력이 좋은 너는 대학에도 채용될 수 있다. 그러나 그것은 어디까지나 네가 전에 빨갱이가 아니라는 조건이 붙는다.

아니 그 핸디캡이 있어도 내 한마디면 너는 내일이라도 교단에 설 수 있다. 너는 어느 대학의 교단에 서더라도 결코 손색이 없을 것이다. 그러나 상아탑에 가두어 두는 것은 나의 원래 뜻이 아니다. 대학교원은 기껏해야 "선생"에 지나지 않는다. 우리 속어에도 있지 않는가. 선생의 똥은 개도 안 먹는다고……."

어디까지나 자기 일을 도우라는 것이다.

……이렇게 조국에 돌아와서 첫 번째의 설도 지나고 엄청 추운 서울의 동장군도 떠났다.

시간은 흘러, 드디어 3월, 4월 — 내리쬐는 태양도 나날이 강해지고 마을을 둘러싼 산에 쌓여서 굳어 있는 눈도 점점 녹아 흘러내리고 검은 맨얼굴에서 풀과 나무의 새로운 생명이 싹트기 시작했다.

이훈표의 저택에는 서북청년회의 사무실이 있고 북에서 도망 온 악질(남한에서는 악당을 이렇게 부른다)들이 항상 모여 있었다. 그들은 길거리에서는 피에 굶주린 짐승처럼 충혈된 눈으로 먹이를 쫓고, 지쳐서 돌아오면 대낮부터 술을 들이켰다. 그리고 자신들을 내쫓은 북한의 권력을 저주하고 남한의 빨갱이를 욕하며 소리쳤다. 권력에 복종하지 않은 자는 그들에게 있어서 모두 빨갱이였다.

나는 결코 그들과 어울린 적은 없었다. 그러나 어느새 내 다리는 그들이 모여 있는 "성城"에 다가가고 있었다.

안정이 되자 내 안에 향수가 강하게 고개를 쳐들었기 때문이다. 향수는 고향에 돌아갈 수 없는 현실에서 동향인에 대한 그리움으로 싹터 갔다. 그 사무실에는 나와 같이 평범하고 선량한 동향인이 적잖게 드나들고 있었다. 그들에게도 고향을 버리고 남한의 이향으로 흘러 온 슬픔과 쓸쓸함이 있다. 부모형제와 헤어져 향수와 고독감을 안고 있다. 그들은 회원들과 결코 친해지지 않고 물론 함께 행패를 부리는 일도 없었다. 그저 거기에 모이면 아는 얼굴과, 또는 거기에서 안 동향사람과 서로 얘기하는 즐거움이 있었을 뿐이다. 그리고 나도 완전히 같은 이유에서였다. 그들은 대개 낮의 일에서 해방되어 밤에 찾아가는데 나도 그때를 맞추어 이따금씩 들리게 되었다.

이훈표는 본인이 말한 대로 확실히 잘 보살펴 주었다. 서북청년회의 일을 돕지 않는 그들에게도 부탁받으면 직장도 살펴주고 돈 부탁도 흔쾌히 들어 주었다. 그러나 나만은 결코 그러한 짓은 하지 않았다.

그리고 시간에 지나면서 그로부터의 권유도 뜸해졌다. 놈은 정말로 순수하게 동향사람이라는 이유만으로 나를 "구해 주었던" 것인가? 아니면 곰팡내 나는 진부한 표현이지만 울 때까지 기다리는 두견새의 느긋한 심경이었던 것일까, 혹은 언젠가는 울릴 자신이 있었기 때문인 것인가.

사무실에서 알게 된 동향사람들과 나는 밖에서 종종 만났고 만나면 안주를 먹으면서 외로움을 서로 위로했다. 그리고 만날 때마다 주량은 늘어갔다.

알코올, 이 알코올이라는 것은 나에게 확실히 진정제 역할을 했다. 마음의 상처를 고치는 데에는 이만큼 손쉬운 것은 없었다. 몸의 상처는 먹는 약과 바르는 약이 필요하겠지만, 마음의 상처는 이 알코올보다 뛰어난 것은 없다. 그러나 나는 알아채지 못했다. 알코올이란 것은 마약 같은 것으로 깨면 또 흔드는 약인 것을. 아니 그것은 전보다 더 마음을 아프게 한다. 몸이 거기에 익숙해지면 이번에는 모르는 사이에 양도 늘어간다. 적은 양으로는 신경이 마비되지 않는다. 정말로 마약 같다. 원래 내 체질은 알코올을 받지 않았었다. 그러나 마시는 동안에 어느샌가 거기에 빠지게 되었다.

얼토당토않은 생각이었지만 술을 마시면 나는 마음속에 늘 내 청춘을 짧아 뭉갠 당의 간부와 동지들과 운명을 저주했다. 당에서 혐의를 받고 버려졌지만 결코 자신은 배신하지 않았다. 매일 매일이 아무리 괴로워도 동지적 연대감으로 묶여 있는 동안은 강한 투쟁심과 사명감으로 불타서 인생에 탄력이 있었다. 그러나 일단 그 유대감이 끊어지자 날이 갈수록 힘이 빠져 간다. 당에서 제명된 인간이 게다가 간첩으로 낙인 찍혀 버려진 인간의 낙담한 심리상황을 너는 이해할 수 있을까?

머지않아 6 · 25 동란이 발발했다.

남한인가 북한인가? 어느 쪽이 먼저 손을 댄 것인가. 그것은 지금도 알 수가 없다. 혹은 우발적인 것이었을지도 모른다. 그러나 남한도 북한도 통일을 위해 전쟁준비를 착착 추진해온 것은 사실이다.

역사가 말하듯 이승만은 전쟁발발 1년 전부터 통일은 대화가 아니라 어디까지나 힘으로밖에 달성할 수 없다고 번번이 공언하지 않았던가. 그는 김일성의 목을 매달 새끼줄을 꼬며 기회를 엿보고 있었고 또 김일성은 김일성대로 상대의 가슴을 찌를 칼날을 갈고 있었을 것이다.

군사경계선에서는 (6 · 25때까지의) 1년 동안에 천 번 이상의 작은 다툼이 있었기에 언젠가 그 사이에 본격적으로 불이 붙을 것이라고 예견할 수 있는 일이었다.

전쟁이 시작되었을 당초에 사람들은 암묵리에 이해하고 있었다. 아니 오히려 이것으로 염원이 이루어져서 통일은 달성할 수 있다고 내심 웃은 사람도 적지 않았을 것이다. 그것은 좌든 우든.

어느 쪽이 먼저 손을 댔든 간에 그건 문제가 아니다. 이승만이든 김일성이든 또 우리 민족 전체에게도 조국을 통일시키는 일은 무엇보다도 먼저 완수해야만 하는 숭고한 사명인 것이다. 침략도 아니고 정의롭지 않은 것도 아니다. 원래 하나의 국가이고 하나의 민족이니까 인위적으로 찢어진 것을 하나로 묶으려는 것은 당연한 이치일 것이다.

그러나 전쟁이 시작되고 나서 반년이 지나고 1년이 지나고…… 그 사이 전쟁의 불은 왕복하는 톱니처럼 국토를 남으로 북으로 반복 횡단하여 덮치고 그런데도 지금까지 결착이 나지 않고 언제 종결될지 의심스럽다. 정신을 차리고 보니 조국은 폐허로 변하여 너무나도 많은 사람이 죽었고 불구가 되고 일가가 뿔뿔이 흩어지는 슬픈 일을 당했다. 이때가 되어 비로소 사람들은 그 결과가 너무나도 비참한 것에 망연자실했다. 그리고 그것은 민족의 마음에 치유할 수 없는 깊은 상처를 남기고 말았다.

희생자는 2, 300만 명이라고 했다. 바꿔 말하면 10명중에 한 사람꼴로 죽었다는 것이다. 아무리 숭고한 지상과제라고는 하지만 이 전란으로 야기된, 말로는 다 할 수 없는 이 참상에 대해서 도대체 누가 책임을 져야만 할까.

1년 3개월이 지난 지금 남북은 전쟁발발 전과 거의 같은 위치로 돌아와 대치하며 작은 다툼을 계속하고 있다. 그러나 그것이 언제 또 대규모 전쟁으로 확대해 갈지는 아무도 모른다.

지금에 와서는 무엇을 위한 전쟁이었는지 의심하지 않을 수 없다.

최근에 겨우 휴전교섭을 기대했지만, 남한도 북한도 테이블을 사이에 두고 전쟁 책임에 대한 비난의 돌팔매질을 서로 하고 있을 뿐이다.

"낮에 평양에서 점심을 먹고, 저녁에는 피 묻은 칼을 두만강의 흐르는 물에 씻어 내겠지."

라고 육군총참모장・채병덕蔡秉德이 호언한 한국 국군은 정말로 어이가 없었다. 아니 북한의 인민군이 너무나도 강했을지도 모른다. 인민군은 정말로 파죽지세로 남하해 왔다.

인민군의 천하가 되면 나는 간첩이라고 처형당하겠지. 이제 이후의 사정은 설명할 것까지도 없다. 그때까지의 경과로 나는 본의 아니게 서북청년회 무리에 섞여서 서울에서 대전, 대전에서 부산으로 달아났다.

이윽고 9월 15일, 국제연합군이 인천상륙과 동시에 그들과 함께 서울로 돌아와 또 평양으로 향했다. 전국戰局이 역전됐다.

자신이 태어나 자란 고향, 평양이 그때 폐허가 되어 눈앞에 있었다. 그곳에서 소문을 듣자니 어머니는 여성동맹의 임원으로 어딘가의 산에 틀어박혀 있다고 한다. 남동생은 인민군장교로서 개전과 동시에 남하한 채 행방을 모른다.

놀랍게도 그 폐허의 평양에서 U・N군 환영대회라는 것이 있었다. 아니 평양만이 아니다. 지도자, 김일성 아래서 똘똘 뭉쳐서 젊은 조국건설에 전진하고 있었을 북한의 인민이 설령 나라가 망했다고는 하나 U・N군과 한국군을 환영하는 대회를 개최한다니 — 내 눈에는 하나의 놀라움이자 충격이었다.

사회주의 사회 — 그것은 굶는 대다수의 조선 인민에게 "지상낙원"일 것이라고 나는 믿었다. 그런데 암흑 사회일 남한, 남한으로 38도선을 넘어서 우르르 한꺼번에 몰려가는 자가 있다. 이것이 또한 얼마나 큰 충격을 주었는가. 물론 그 속에는 해방 전의 민족반역자, 고급관료, 지주, 부유계층 그리고 범죄자 등도 많이 포함되어 있을 것이다. 그러나 그 이외의 민중도 적잖게 있었다는 사실 — 이것은 우리나라 역사상 처음으로 만나게 된 사회주의 지향의 국가에 실망해서 그것을 단념한 자가 꽤 존재했다는 것이다.

월남한 북한의 민중은 남한의 현실을 알고 나서 도피한 것일까? 혹시 그것을 알면서도 북한을 탈출해야만 했다면 그 이유는 도대체 뭐였던 것일까. 해방 후 5년이나 지난 시점에서 더구나 그만큼 겉으로는 복종하고 내심으로 따르지 않는 사람들이 존재했다는 사실, 이것을 나는 이해할 수 없다, 아니 놀라지 않을 수 없었다.

남한에서는 북한의 사회주의를 지향해서 싸우고 그리고 무수한 사람들이 쓰러져 갔다. 그런데 그 북한에서는 지금 이반해가는 사람들이 잇따르고 있다.

이상과 현실은 서로 받아들일 수 없는 것일까? 우리가 추구해온 사회주의란 도대체 뭐였던 말인가. 헛된 이상에 지나지 않았던 것일까…….
몸속으로 적막감이 스쳐갔다.

나는 혼자서 주변 전체가 선명한 붉은색과 노란색으로 불타는 모란봉에 올라 시냇물 소리에 귀를 기울이면서 골짜기를 의미도 없이 헤맸다. 그리고 지치면 나무숲 그늘에 몸을 옆으로 뉘어 뒹굴거리며 흘러가는 넓은 하늘의 솜구름을 올려다보고 눈 아래로 대동강의 유연한 흐름을 바라보면서 한동안 그 적막감에 몸을 맡기고 있었다. 그리고 속세의 무상함을 생각하고 인간과 인생에 대해서 밑도 끝도 없는 상념에 휩싸였다.

이 세상의 평화와 사랑을 바라면서 파괴와 증오만을 서로 드러내면서 떠들어대고 있다. 나는 남한에 대해서는 진작에 절망한 남자였지만 북한에도 의심과 환멸을 느꼈다. 그리고 서서히 이상과 현실의 어긋남이 나의 내부에서 서로 대립하고 이 세상에 '진실은 하나'라든가 '절대'라는 것은 있을 수 없다는 하나의 결론을 가지고 산을 내려왔다.

9

중국 인민 의용군의 참전과 함께 인민군이 힘을 만회하여 오자 이번에는 U・N군과 한국군이 38도선 이남으로 밀려 되돌아갔다. 북한에서도 또 남한에 되돌아 온 후에도 한동안 나는 그들과 함께 있었지만, 딱히 일을 강요받지는 않았다.

북한에 들어간 후의 그들은 고향에서 철저하게 살육과 약탈을 하고 그때까지 가슴에 새겨온 원한을 마음껏 푸는데 열중해 있었고, 한편 여기저기에서 격렬한 전투도 계속되고 있었기에 침식을 취하지 못할 정도로 매우 다망했기 때문이다. 내 존재 따위는 그들의 안중에는 없었다.

……남한에 돌아와 보니 서울에서 일을 찾고 있을 때가 아니었다. 인민군의 서울시 재점령, 철거, 그리고 서울의 바로 이북을 중심으로 한 대규모 전투 — 그때마다 시민들은 도시를 떠났다 돌아왔다……. 도시는 괜히 들개 떼만이 눈에 띄는 유령도시와 같이 조용하다 싶다가 어디로부터 몰려오는 것인지 우르르 인간이 넘쳐서 붐비고…… 직업을 찾을 때가 아니었다.

그럴 때, 나는 원주의 조 씨네를 찾아 볼 마음이 생겼다. 걸어서 꼬박 이틀이 걸리고 — 차로 가면 두 시간이 안 되는 곳이지만 겨우 도착해 보니 일가는 이미 전원이 월북하여 한 사람도 남아 있지 않았다. 인민군의 2차 철거 때 일가가 모두 월북했다고 한다. 그 얘기를 마을사람에게 들어서 알았다. 그들이 살았다고 하는 넓디넓은 농가는 나중에 화재가 나서인지 타다 남은 용마루 재목의 시커먼 잔해밖에 보이지 않았다.

네가 가장 흥미를 가질 너의 친구 조상대에 관해서 조금 언급하자.

그는 인민군의 서울 입성 후 서대문의 형무소에서 해방되자 무기를 가지고 인민군과 함께 남하했다고 한다. 그러나 인민군 철거 때 그는 북한으로 잘 철거했는지 어떤지 알 수가 없다. 살아있든 전사했든 호걸이다. 반드시 큰 무공을 세웠을 것이다.

그리고 그의 큰형 조상운 씨는 슬프게도 인민군의 서울 입성 직후 서둘러 집행된 처형으로 형장의 이슬로 사라졌다. 형무소 내의 일각에서 급하게 총살형이 집행되었을 때 소내에 잇달아 울려 퍼지는 총성을 남동생인 조상대는 같은 구내의 감방에서 어떤 심경으로 듣고 있었을까. 인민군 병사가 뛰어들어 '서대문'의 문을 연 것은 그리고 나서 겨우 한 시간 뒤였다고 한다. 인민군의 도착이 조금만 늦었다면 조상대도 같은 운명에 처해졌을 것이다.

이훈표로부터 긴 세월 소식이 없었다. 그러나 (남한으로 밀려 돌아와서) 조금 평온해지자 나에게도 슬슬 호출이 왔다.

언제까지나 무위호식은 허락되지 않았다. 게다가 징병・징용의 애물이 준비되어 있었다. 그것은 전쟁발발 시점에서 발령되어 있었지만, 서북청년회 속에 휘말려 있었기 때문에 피할 수 있었던 것 같다.

그러나 지금은 공무원조차 속속 끌려가는 꼴이었다. 무직인 나를 놓칠 리가 없다. 이훈표의 "비호"가 없으면 나는 바로 연병장으로 연행될 것이다. 전장에 동원되어 형제끼리 서로 쏘아대던가 아니면 경찰세계로 처넣어지던가.

올해 7월 말, 나는 결국 경찰세계로 넣어졌다. 그 보다는 그의 뜻을 받아들여 스스로 들어갔다고 하면 너는 아연질색할지도 모른다. 지금까지 완고하게 거절해온 내가 그 세계로 들어가다니 너는 도저히 믿기 힘들 것이다. 그러나 그것은 내가 얼마나 얽매여져 있는지 일본에 있는 너는 상상도 할 수 없는 일이라서 놀랄 것이다.

법률을 전공한다는 이유로 한국 국내법은 겨우 며칠 자습시키고 바로 사격훈련으로 돌려졌다. 그리고 '현임수양'이라고 해서 서울에서 전라남도 · 광주(도청소재지)의 경찰국으로 간 것이 딱 12일 전이었다. 이 경찰국에서는 주로 실무처리를 배우는 것 같다. 참고로 한국의 법률에 대해서 한마디 하자면, 일제강점기의 법률과 전혀 다르지 않다는 것이다. 아주 조금 추가 · 변경된 법령은 있지만 구 제국일본의 법률 그대로라고 해도 좋다. 정말로 '경악'이라는 한마디로 끝난다.

매일 5시 정확히 해방되면 나는 바로 기숙사로 돌아가는데 다른 현직동료는 술을 마시러 다니며 통금시간 아슬아슬하게 돌아온다. 그때까지 이 독신기숙사는 한 명의 나이든 식모 이외는 아무도 없고 항상 조용하다.

시 외곽에 있는 이 건물은 넓은 정원으로 둘러싸인 꽤 큰 단층집이지만 마치 빈집과 같다. 여순 반란군 사건 때 광주에 몰려온 일부의 "역도"가 습격했기 때문에 건물의 군데군데에 총탄의 흔적이 있고 벽사가 부서진 채 있다. 그때의 총격전의 무시무시함을 알 정도이다. 양쪽 모두 꽤 많은 사상자가 나왔고 정원의 한쪽 구석에 검붉은 흙은 그 핏덩어리의 흔적인 것 같다.

나는 혼자서 저녁을 먹으면 바로 밥상을 책상 대신하여 너에게 편지를 부지런히 썼다. 사정이 있어서 빠진 날도 있지만 대개 하루에 한 장은 써 왔다. '1'만은 이번에 쓴 게 아니고 귀국 후 바로 고쳐 쓴 것인데 지금까지 보낼 기회가 없어서 이번에 쓴 것과 정리해서 보내기로 했다.

그런데, 이훈표는 평안도 출신의 젊은이들만이 아니라 남한출신의 사람도 고등교육을 받은 전향자들로 길들이고 재교육시켜서 우수한 간부로서 각지로 보냈다고 한다. 그것은 전향자들이 일단 권력에 협력하여 공안의 세계로 돌아가면 얼마나 큰 역할을 해냈는지 일제강점기부터의 경험으로 속속들이 알고 있기 때문일 것이다. 진위 같은 건 모르겠지만 나 자신도 원래는 전향자였다는 소문이 있다.

그는 나의 현임수양이 끝나면 수도경찰청(각 도청소재지에는 각각의 경찰국이 있다) 내의, 자신의 근처에 나를 배치한다고 한다. 그리고 주요한 업무로서는 나의 지식과 좌익이론을 가지고 잡혀오는 좌익들의 전향교육에 도움이 되게 할 계획인 것 같다.

그가 말하기를 나의 앞날은 장밋빛 인생일 것이라고 한다. 학력도 좋고, 이 나라는 틀림없는 학력중시 사회다. 게다가 자신이 뒤를 봐주고 있으니까 출세는 순조로울 것이라 한다.

여기에서 2주간의 현임연수를 끝내면 경위(경부보)로서 채용되고 반년 후에는 경부이다. 그리고 경시, 경시정……으로 그 승진은 아침 해가 떠오르는 기세이다.

얼마나 얄궂은 일인가. 전혀 상상도 못했던 세계로 나는 지금 들어가고 있다.

그러나 내가 그런 일을 할 수 있을까. 지금까지 걸어온 길을 이번에는 반대쪽으로 걸어가는 것을 과연 할 수 있을까? 아무리 생명이 안전하고 영달의 레일이 펼쳐있다고는 해도 나에게도 양심이란 게 있다. 아무리 옥죄이고 위협받더라도 할 수 없는 건 할 수 없는 것이다.

그러나 드디어 내일은 마지막 마무리로, 수행할 업무를 받아서 같은 도내의 M시로 향하게 되었다. 그 일이 끝나면 일단 도 경찰국에 돌아와 바로 서울로 출발한다. 그래서 내 새로운 생활, 전혀 다른 인생이 시작되는 것이다.

그 일이라는 것은 정말로 희한한 일이다. 일본에 밀항하려는 고등학생이 그 시에 살고 있는데 그 학생이 지하운동에 관여하고 있는지 어떤지 조사하라는 것이다. 즉 일본에 있는 그 형에게 온 편지가—이것은 검열에 걸렸지만 좌익사상에 물들어 있고 따라서 본인도 혐의를 받고 있는 것이다. 밀항자체는 현행범이 아닌 이상 아무 일도 아니다. 그의 사상과 행동을 조사하는데 목적이 있다.

그 편지를 가지고 내가 그의 형에게 부탁받은 밀항안내인을 가장하여 방문하는 것인데, 나에게는 정말로 얄궂고 불행한 일이다. 물론 나 혼자 가는 건 아니다. 실무연수인 이상에는 '보좌' 라는 명목으로 몸이 건장한 감시역이 따라 붙는다. 이놈은 이미 십 수 년을 단련해온 경위로 재빠른 중년남자이다.

나는 이 보좌와 함께 내일 M시에 가서 그들의 일을 거들게 되는데—이것은 어쩔 수 없는 일이다. 당분간은 안전하게 그들이 말하는 대로 "귀순" 행동을 보이는 수밖에 없다.

그러나 너는 물론 나를 믿어주겠지. 장황하지만 나는 결코 그들과 똑같은 길을 걷고 싶지 않다. 언젠가 기회를 봐서 반드시 그들에게서 도망갈 것이다.

파도가 거칠었던 그 현해탄이 지금 눈앞에 떠오른다. 그것이 뭔지 지금 생각하면 신생 조국에서의 실패와 기구한 운명을 암시했던 것 같은 생각된다. 그로부터 2년 반, 나는 거대한 역사라는 파도에 던져지고 그리고 줄곧 농락당했다. 그러나 나는 현해의 거친 파도에도 휩쓸리지 않고 무사히 살아난 남자다.

광주에 오기 전에 나는 한때 또 북한을 향한 적이 있다. "북으로의 탈출"행을 아직도 포기할 수 없었다.

북한에서는 얼마간의 목격으로 "의심과 환멸"을 느꼈다고 썼는데, 최근에는 그것에 대해서 약간 사고가 바뀌어 갈팡질팡한다. 그것은 어쩌면 북한을 버리고 도망간 민중이 북한에 원폭이 투하된다는 소문이 무서워서 그런 것이 아닌가 하는 생각 때문이다.

그들은 이성을 잃었다. 그래서 앞뒤 구별 없이 우르르 몰려드는 양 떼처럼 남으로 남으로 달렸던 것은 아닌가? 그들은 주로 의식이 낮은 계층이어서……. 그 소문에 대해서는 북한에서 도망 온 몇 명의 사람과 최근에 몇 번이나 우연히 얘기한 적이 있었는데 그때 처음 알게 되었다. 그러나 그들은 '섣부른 이야기를 하면 화를 부른다'는 이 남한에서 그것이라고 확실한 표정으로 드러낼 수 없지만, 망향의 그리움에 사로잡히면 쓸쓸한 표정으로, 실은 그때는 원폭이 무서워서 고향을 버렸다는 식으로 부주의하게 내뱉는 일이 이따금 있었다.

사실을 말하면 서북청년회의 무리에 붙어서 내가 북으로 향했던 이유 중 하나는 잘하면 때를 봐서 '북한'으로 탈출하려는 생각이 있었기 때문이었다. 그때 북한(정권)은 압록강 이북으로 밀려올라갔지만 (북한의)각지에서 아직 무장한 인민 저항이 산발적으로 계속되고 있고 혹시 내가 의사결정만 하면 그것은 언제든지 가능했다. 평양과 그 주변의 지리는 손바닥을 들여다보듯 자세히 알고 있고, 또한 친척도 옛날 친구도 마음만 먹으면 몇 명 정도는 찾아낼 수 있었을 것이다. 그들의 도움을 받던지 혹은 혼자서라도 '산'에 들어가면 가능했었다.

그때 그 결행을 하지 못한 것은 앞에서 썼듯이 내 안에 북한에 대한 의혹과 환멸이 나날이 더해져 갔기 때문이었다.

그때 나는 '진실'을 적확하게 파악하지 않았을지도 모른다. 현상만을 바라보지 않고 더 깊이 통찰하려고 노력했었더라면 생각은 또 얼마간 달라졌을지도 모른다. 그것은 친척과 친구들을 찾아가서 숨기지 않고 솔직한 말을 듣는 등의 여러 가지 방법이 있었을 것이다. 그것을 못하고 주저하며 질질 시간을 보내고 있을 뿐이었던 것은 나 자신에게 열등감이 있었기 때문이었지만.

그때, 원폭이 사용될 것이라는 것은 전혀 몰랐다. 누가 유포한 유언비어일 것이다. 아니 어쩌면 정말 그런 계획이 미국 측에 있었을지도 모른다.

북한이 폐허로 변한 그 정권이 압록강 이북까지 떠밀려 올라간 지점에서는 대부분의 민중이 북한(정권)이 완전히 괴멸했다고 실망하는 것은 무리가 아닐 것이다. 그리고 지금 조선은 남한(정권)에 의해서 통일되었다는 "현실"인식에서 U・N군과 한국군을 환영하고 (물론 반체제 파는 별도로 하고), 원폭이 두려워서 남한으로 몰려갔다고 해도 이상한 것은 아니다. 기껏해야 인간이라는 것은 약한 법이다. 인간이란 그런 존재가 아닌가.

그러나 그렇더라도 이것과는 별도로 나의 내부에서 '의심'이 지금 깨끗이 불식된 것은 아니다. 여러 가지 일이 뇌리에 얽혀서 맑아지지 않는다. 예를 들면 남한에서 빈번하게 일컬어진 북의 '권력투쟁'의 문제라든가…….

내가 그려온 사회주의 사회란 사실, 사리사욕을 동반하지 않는 권세욕과는 거리가 먼, 청결한 지도자들이 지도하는 밝고 자유로운, 열린 세계였다. 물론 북한이 그렇지 않다는 것은 아니다. 그러나 외부에서는 조금도 들여다볼 수가 없는 소비에트・러시아의 그 우울한, 폐쇄된 어두운 이미지가 반드시 머리에 떠오르고 만다. 그것은 남한에서의 소문과 해방 직후부터의 남한 좌익의 끊임없는 파벌싸움과도 얽혀서 머리에서 지울 수가 없다. 이것은 내가 실제로 북한에 산 적이 없고 현실을 보지 않은 것에서 생기는 쓸데없는 기우일지도 모르지만. 기우이길 바라는 바이다.

물론 내 등에는 남로당이 찍은 낙인이 새겨져 있었다. 그러나 그때 의혹과 환멸이 내 가슴속에 없었더라면 북한으로 탈출하여 모든 사정을 고하고 재판을 받을 각오였다.

북한에 있었던 그때는 그 탈출행이 가능했다. 그러나 남한으로 되돌아 와 버린 지금은 그건 기적에 가까운 일이다. 만분의 일의 가능성도 없다.

일시적으로 조금 내리던 비가 지금 또 많이 내리고 강한 바람까지 더해졌다. 가끔 나는 바깥 정원을 바라보면서 글을 쓰고 있다.

창에 기댄 큼직한 무궁화를 바라본다. 방 안의 불빛이 비춰 반들반들거리는 녹색의 무궁화를 보고 있으면 이상하게도 마음이 깨끗해지고 기분이 침착해진다.

꽃은 이미 떨어지고 잎만이 무성한 가늘고 긴 나무는 가혹하게 오래 내리는 비와, 가끔 거센 바람을 맞으면서 지면에 웅크리듯이 휘어져 있다. 그것은 금방이라도 쓰러지거나 꺾이지 않을까 걱정스러울 정도로 애처롭다.

무궁화 꽃—

아침에 핀 꽃이 밤에는 진다. 반나절의 덧없는 생명, 그러나 끊임없이 피고, 지지 않는 영원한 꽃—그래서 우리나라에서는 기근이 아닌 무궁화라고 표기되지만, 그것은 봉선화와 함께 "긴 겨울"을 산 우리 민족의 상징인 꽃이기도 했다.

광주에 찾아와서 처음으로 이 정원에 섰을 때 바로 눈에 들어온 것이 이 나무의 꽃이었다. 가을바람이 불기 시작했던 9월 초인데 여덟 겹의 선명한 순백의 꽃들이 서로 다투듯 흐드러지게 피어 있었다. 기품과 결백을 상징하는 모란의 순백 꽃잎이, 만지면 목면기지처럼 차갑고 촉촉한 감촉이 전해져 왔다.

그 꽃잎을 생각하고 눈앞의 무궁화를 보고 있자니 내 안에 뭔가 강한 의지 같은 것이 — 투지랄까 — 조용히 솟구치는 것을 느낀다.

지금까지 나는 너무 약했다. 두들겨 맞고 상처를 입고 그때마다 쓰러졌다. 어떻게든지 그것들을 물리칠 힘이 나에게는 없었던가.

이제 약한 소리는 늘어놓고 싶지 않다. 나는 강해지고 싶다…….

나는 지금에야 겨우 깨달았다.

어두운 밤이 언제까지나 계속될 리가 없다. 밤은 언젠가 밝아 온다. 찬란히 빛나는 아침은 반드시 올 것이다. 지금 꺾일 듯이 또 쓰러질 것 같은 이 무궁화도 반드시 언젠가는 하늘을 향해서 곧게 등을 펴고 점점 씩씩하게 될 것이다.

죽음 속에 삶이 있다. 조선의 속담에 하늘이 무너져도 솟아날 구멍이 있다.

나는 산다. 어떤 일이 있어도 살아내자. 설령 힘이 다해도 거름이 되는 일은 할 수 있을 것이다. 그 거름 속에 씨알이 깃들지도 모른다. 아니 반드시 깃든다. 그 씨알은 10년 아니 20년, 30년 후에 겨우 땅 위에 모습을 나타낼지도 모른다. 나는 그 날을 학수고대하며 살아가고 싶다.

(번역 : 한해윤)

하얀 자유를 희구하며

정윤희鄭閏熙

창문을 열자 장마철의 흐린 하늘에서 빗줄기가 곧장 떨어지고 있는 것이 보였다. 오늘은 바람이 없다고 생각하면서, 나는 베란다에 나와 의자를 펼치고 앉았다. 작은 정원 한쪽에 피어있는 화초를 두드리는 빗소리가 상쾌하게 내 귀에 울려온다.

평소라면 3살이 되는 막내 명수가 그 부근에서 정원 흙을 파서 뒤엎으면서 놀고 있을 테지만, 비가 내리기도 해서 아직 안방에서 잠든 채이다.

화창한 날에 아이들이 뜰에서 놀고 있는 걸 보고 있는 것도 즐겁지만, 오늘처럼 혼자서 빗소리를 들으면서 떨어지는 작은 빗방울에 맞아

줄기랑 꽃잎이 비비꼬이거나 하는 작은 자연의 영위를 바라보고 있는 것도 좋다.

그렇게 하고 있으면 평소와 달리 자신이라는 것이 잘 보이고, 가슴에 막히어 있는 것이 물웅덩이에 퍼진 수륜처럼 눈 깜짝할 사이에 사라져가기 때문이다. 세계 어디에 눈을 주어도 아름다운 것보다도 추악한 것, 상냥한 것보다도 공격적인 것, 행복한 것보다도 불행한 것이, 자못 당연하다는 듯이 우리들 눈앞을 시치미 떼는 얼굴로 지나쳐 가지만, 이렇게 조용한 날에는 그와 같은 불합리한 현실이 전에 없이 잘 보여서 슬퍼진다. 아마 어디를 찾아도 자신이 행복하다고 생각하고 있는 사람은 그 정도로 많지는 않을 거라 생각하지만, 그 중에 한 사람으로 나 자신도 들어가 있다고 생각하면 더욱 슬퍼진다.

우리들 조선인이 조선인임의 불우감不遇感을 입에 올리면 새로운 시대에 따라갈 수 없다. 비굴한 살아있는 화석과 같이 여겨질지도 모른다. 하지만 과거의 청산이 거의 이루어지고 있지 않은 이 이국의 땅에 내던져져, 그 한가운데서 살아가지 않으면 안 되는 일의 허무함이나 슬픔, 혹은 그와 같은 불우감을 간파당하지 않고자 허세를 부리고, 이 사람 저 사람 가리지 않고 독설을 퍼붓고 있는 추악한 자신의 모습이 가느다란 빛줄기 속에 뚜렷하게 비춰져서 깜짝 놀란다.

이런 날에는 어떤 일에도 결코 나약한 소리를 하거나, 약해지지 않겠다고 자신을 타일러온 긴장감이 풀려 갑자기 눈물이 흐르고, 마음껏 누군가에게 매달려서 울고 싶다는 생각이 복받쳐 오른다. 하지만 말주변이 없는 나로서는 누군가에게 자신의 눈물을 이해받는 것은 지극히 어려운 일이고, 그렇다고 해서 아무것도 묻지 않고 가만히 눈물을 닦아 줄 친구도 없다. 언제였던가 친구가 죽었을 때에 다른 사람 눈을 신경 쓰지 않고 훌쩍훌쩍 눈물을 흘렸는데, 그때의 눈물은 자신을 위로하기 위한 눈물이 아니라, 죽은 친구를 추도하기 위한 눈물이었기 때문에 흘릴 수 있었다고 생각한다.

조금 바람이 불어온 것 같다. 똑바로 떨어지던 빗줄기가 흐트러져 작은 빗방울이 이슬비처럼 되어서 내 얼굴에 내려왔다. 나는 의자를 접고서 방으로 들어가, 책상 위에 펼쳐져 있는 외국인등록증의 「교부예정기간지정증交付豫定其間指定証」에 눈을 주었다. 일주일 정도 전에 업무 시간 사이에 외국인 등록의 갱신으로 구청에 갔을 때에 이 한 장의 교부용지를 받았던 것이다. 나는 지금까지와 마찬가지로 그 자리에서 교부받는 것이라고만 생각하고 있었기 때문에 바로 그 이유를 물어보았다. 그러자 종래의 수첩식에서 한 장의 카드식으로 형식이 바뀌었기 때문에, 그 작성에 일주일을 요한다는 것이었다.

5년 전에 지문날인을 거부했던 나는 낡은 지문을 전사轉寫한 새로운 등록증을 받아야할지 어떨지 망설이면서 방문한 만큼, 이 갑작스런 등록'작성'기간은 다시 내 마음을 뒤흔들어 놓았다. 그때 나는 생각 탓인지 한숨 놓고 구청을 나온 것도 분명했다. 그리고 처음에는 자신에게 있어서 다행스런 사고할 수 있는 기간이라고 생각했지만 곧 나는 깊은 우울에 시달렸다. 그도 그럴 것이 수령을 결심하고 있던 나에게 있어서 이 일주일은 새삼 자신의 양심을 되묻는 시간이 강요되는 처지로도 되었기 때문이다.

하지만 그 괴로움도 오늘로 끝이다. 그것도 나머지 몇 시간으로 어느 쪽으로 결착이 난다. 물론 어느 쪽을 골라도 내 우울은 계속될 것이다. 수령을 거부하면 일본의 국가권력과 평생 계속해서 싸우지 않으면 안 되고, 또 아무런 의사표시도 없이 수취해버리면, 내가 가장 소중히 하고 있는 조선인임의 의의, 아니 좀 더 말하자면 인간으로서의 윤리와 이상을 스스로의 손으로 팔아버리는 듯한 기분이 들었기 때문이다.

옆방에서 명수가 칭얼거렸다. 아내인 유희는 근처에 외출한 모양이었다. 나는 명수의 곁에 앉아 흘러내린 홑이불을 덮어주곤, 엎드려 있는 명수의 등을 박자를 맞추듯이 가볍게 두드려서 재웠다.

명수가 숨을 들이쉴 때마다 작은 등이 부풀고, 바로 오그라든다. 나는 그 확실한 성장의 영위를 바라보면서, 그 빛나는 생명의 뒤쪽에 무자비한 사회가 기다리고 있음에 몸이 떨렸다. 그것은 나의 이 여위어 홀쪽해진 마음속에 소용돌이치고 있는, 비관용적인 일본사회에 대한 다년간의 분노에서 흘러넘치는 떨림이기도 했다.

밖에서 아이들의 웃음소리가 들려왔다. 원아들이 노란색 비옷에 노란색 우산을 펼치고, 길 가득 줄지어 걷고 있는 광경이 뇌리에 펴졌다. 이어서 요 4월에 막 입학한 형수의 얼굴이 눈에 떠올랐다. 시계를 보자 11시를 조금 지나고 있었다. 형수도 이제 곧 돌아올 즈음이다. 돌아오면 함께 외출할 생각이었는데, 빗줄기가 강해지고 있어서 데리고 나가는 것은 무리일지도 모른다.

나는 유희가 돌아오지 않아서 다시 한 번 베란다로 나와 봤다. 불과 얼마 안 되는 동안에 비는 억수같이 쏟아지고 있었다. 일주일 정도 전에 산 화분에 심은 수국이 강한 비를 받고 뿌리부터 흔들리고 있다. 바람이나 비가 없는 날에는 엷은 푸른빛을 띤 꽃잎은 나비가 날개를 쉬고 있는 듯이도 보이는데, 비를 맞고 춤추고 있는 자태는 나비가 춤추고 있는 듯이도 보여서 생동감 넘친다. 마치 비를 맞고 있는 것을 즐기고 있는 듯하다.

나는 의미도 없이 나무통의 이음매에서 실을 뽑아서 떨어지는 낙숫물을 건져내려고 양손으로 둥근 공기를 만들어서 내밀었다. 양손은 바로 빗물로 가득해졌다. 손바닥을 펼치자 얼마간 녹빛을 띠던 빗물은 폭포와 같은 소리를 내면서 지면으로 퍼졌다. 나는 그 행위를 즐기는 것도 아니고, 그렇다고 싫증내지도 않고 한동안 아무 생각 없이 반복하고 있었다.

현관 앞에서 인기척이 났다. 형수가 아니라 아내인 유희가 돌아온 것 같다. 발소리를 들으면 알 수 있다. 나는 손바닥에 담긴 빗물을 땅바닥에 떨어트리곤 물을 잠그고 방으로 들어왔다.

유희는 젖은 양복을 타월로 털면서 방으로 들어왔다.

"미안해요. 늦어져서."

"아니 괜찮아. 그보다도 준비해주지 않겠어?"

유희의 발소리로 명수가 눈을 떴다. 내가 부르고 있는데도 이쪽으로는 눈도 주지 않고서 어머니 뒤를 쫓아갔다.

밖으로 나오자 빗줄기는 상당히 약해져 있었다. 하늘 가득 덮고 있던 두터운 비구름이 끊어져서 작은 물웅덩이와 같은 푸른 하늘이 여기저기 펼쳐져 있었다.

갓길의 큰 물웅덩이를 피하면서 라이트 밴 승용차가 천천히 지나간다. 나도 물웅덩이에 발이 빠지지 않도록 조심하면서 천천히 버스정류장으로 향했다. 한 대, 두 대 행선지가 다른 버스를 보내고 있는 동안에 이윽고 버스정류장에 도착했다. 도로에 넘치던 빗물 탓에 평소 때의 두 배나 되는 시간이 걸렸다. 버스를 기다리고 있는 사람은 아무도 없었다. 나는 손수건을 깔고 몹시 녹슨 벤치 가장자리에 앉았다. 그리고 눈앞의 가로수 밑둥치에 남빛의 난초 꽃잎을 닮은 작은 달개비가 피어 있는 걸 알아차렸을 때, 형수를 목말 태워서 달개비를 손에 쥐어준 5년 전의 광경이 갑자기 되살아났다.

그러고 보니 그 날도 장마 때의 오늘과 같은 오후였다. 유희와 형수와 나 3명이서 외국인등록의 갱신을 위해서 구청에 가는 도중의 일이었다. 그때는 막내인 명수는 아직 태어나지 않았다. 그 날은 비도 개서 우리들은 오랜만에 우산을 들지 않고 집을 나왔다. 나는 이제부터 지문날인을 거부하지 않으면 안 된다는 긴장감으로 팽팽히 긴장하고 있었다. 그 정도로 중요한 일을 하러 가는데 아내랑 아이를 동반하고 나서는 것도 적절치 않게 여겨졌지만, 무언가 혼자서 구청에 가는 것이 불안했기 때문이다. 유희랑 형수가 있으면 조금은 기분을 전환시킬 수가 있을 거라고 생각한 것이다.

그런데도 나는 집을 나선 순간 입을 닫고 말을 안했다. 아무튼 등록과의 창구에서 무엇을 어떻게 말을 꺼내면 좋을지 전혀 알 수 없었기 때문이다. 나는 접수처의 사람과 다툼을 일으키고 싶지 않았다. 가능한 한 신속히 일을 마치고, 상대가 자신의 의사를 이해해주면 그걸로 됐다고 생각하고 있었다. 그러기 위해서는 어떻게 하면 좋을지 그 일만 생각하고 있었기 때문이다.

나는 형수의 손을 끌면서 평소와는 달리 난폭하게 걷고 있는 듯한 기분이 들었다. 아내인 유희도 내 불안을 느끼고 있는지 잡담도 없이 말없이 내 뒤를 따라오고 있었다. 답답한 공기가 우리들을 감싸고 있었다. 그래서 나는 이래서는 안 되겠다고 생각해 길가에 피어 있던 달개비를 한 송이 떼어서 형수에게 쥐어주곤 훌쩍 목말을 태운 것이다. 막 2살이 된 형수는 자신의 키의 3배나 되는 높이에서 내려다보는 광경에 흥분해, 내 머리카락을 쥐어뜯듯이 하면서 떠들었다. 그 광경에 마음이 편안해진 유희도 웃음을 띠면서 우리들 쪽으로 다가와서 형수와 장난을 쳤다.

우리 3명이 구청에 도착한 것은 그로부터 1시간 정도 후였다. 토요일인 것도 있어서 어느 창구에도 5, 6명의 줄이 생겨있었다. 또 어떤 창구에서는 십 수 명의 사람들이 경단과 같이 뭉쳐서 무언가 격렬한 응수를 하고 있는 광경도 보였다. 구청에 발을 들여놓는 일은 거의 없기 때문에 그러한 광경이 왠지 이상한 분위기로 여겨졌다.

나는 유희와 형수를 등록과에서 조금 떨어진 소파에 앉혀 기다리게 하고서 바로 접수 앞에 섰다. 그리고 등록의 갱신 용지를 받고 지정항목을 하나씩 정성 들여 메워갔다. 비틀거리며 달려온 형수가 내 발 밑에 달라붙었지만 나는 말이 없었다. 이상하게 말을 걸면 말이 떨려서, 흔들리고 있는 속내를 간파당할 것 같은 기분이 들어 계속 무시했다. 그뿐인가 볼펜을 쥐고 있는 손가락 끝에도 힘이 들어가지 않고, 팔 전체가 저린 듯한 불쾌감에 문자를 제대로 쓸 수도 없었다. 평소 때라면 옆 카운터인 호적과에 누군가 아는 일본사람이 오지 않았을까 등 신경을 쓰거나, 혹은 지문을 찍히고 티슈로 손가락 끝을 닦고 있는 볼품없는 뒷모습을 보이기 싫어서 주위에 신경을 쓰거나 하는데, 그 날은 과연 그와 같은 여유는 없었다.

내 가슴은 두근두근하고 있었다. 허리 부근에서 지금이라도 무너져 버릴 듯한 나른한 걸음으로, 다 쓴 용지에 등록수첩을 첨부해 접수에게 내밀었다. 그와 동시에 나는 눈앞의 담당자에게 날인거부를 알렸다. 그와 같은 기색을 조금도 보이지 않던 나의, 게다가 정말 당돌한 거부 자세에 젊은 여자 담당자는 당황한 듯이 내 얼굴을 올려다보았다. 나도 우선 그 이상 무얼 하면 좋을지 몰라서 가만히 그녀의 얼굴을 바라보고 있었다. 그녀에게 있어서 날인거부는 처음 경험한 것일까. 그 작은 눈이 일순간 어두워지더니 도움을 요청하는 듯한 가냘픈 빛으로 바뀌었다. 그러자 옆 자리에 앉아있던 동료 남성이 훌쩍 일어나서 말했다.

"거부하신다구요."

그 말이 실로 무뚝뚝했기 때문에 나도 그냥 말없이 고개를 끄덕였다. 그는 내 의사를 확인하자 우두커니 서있는 그녀 손에서 등록기장을 빼내서 안으로 사라졌다. 그녀도 묶인 상태에서 풀린 사람과 같이 당황해서 남자의 뒤를 쫓아갔다. 그저 일순간의 일이었지만 나에게는 꽤 긴 시간처럼 여겨졌다. 잠시 눈이 침침해진 듯이 주위가 희게 보였다. 하지만 그 후의 해방감은 어떤 것으로도 바꾸기 힘든 것이었다. 나는 한마디로 긴 시간을 들여 덧칠해온 불우감을 30년 동안이나 되는 시공을 거슬러 올라서 작은 단지를, 한 번에 잘라 버린 듯한 경쾌함을 느꼈다.

나는 뒤돌아서 아내의 얼굴을 봤다. 그녀도 도대체 어떻게 될 것인지 긴장한 얼굴로 이쪽을 보고 있었다. 형수가 칭얼거리고 있는 것은 전혀 알아차리지 못한 것 같았다. 나는 두 사람 있는 곳으로 돌아와서 형수를 안아 올렸다.

"어땠어요, 잘 말했어요?"

유희가 작은 소리로 그렇게 물었다.

"응, 잘 말했어."

나는 대수롭지 않게, 그것도 당연한 일을 간단히 마친 후처럼 차분한 목소리로 대답했다. 아니, 차분한 목소리로 그렇게 대답했다고 생각했다.

"그래서 괜찮다는 말을 들었어요?"

기분이 풀어지고 있던 나는 유희의 그런 뚱딴지 같은 말에 무심코 웃음을 터뜨릴 것 같았지만, 나는 얌전한 얼굴을 한 채 말없이 있었다. 하지만 나는 앞으로 자신의 사회적 입장이 어떻게 되든, 오랫동안 계속 망설여왔던 '거부'라는 그 한마디를 말로 함으로써, 평소 그다지 의식하는 일이 없던 자유라든가 살아 있는 것의 가치관이라는 것을 매우 가깝게 느낄 수가 있었다. 그리고 이유 없이 가슴이 춤추는 듯한, 그리고 누구할 거 없이 악수를 나누고, 어깨를 서로 두드리면서 껴안고 싶은 듯한 행복감이 차분히 솟아올랐다. 그건 그렇고 이러한 가슴이 춤추는 듯한 행복감을 맛본 적이 지금까지 있었을까. 아니, 자신이 인간임에 긍지를 가지기 시작한 이래 한 번도 없었던 일이다.

누군가가 내 이름을 부른 듯하다. 아내가 눈짓으로 나에게 신호를 보냈다. 돌아보자 등록과의 접수창구에 중년의 남자가 서있었다. 나는 재촉받고 있는 듯이 카운터 앞으로 나갔다. 중년의 그 남자는 두 사람의 상사인 듯, 내 날인거부의 최종확인을 하기 위해서 나온 것이었다.

그는 내 얼굴을 응시하더니 얼굴색 하나 바꾸지 않고, 그 행위가 일본의 법률위반임을 담담한 어조로 설명했다. 나는 그가 하는 말을 진지하게 받아들이려고 했다. 하지만 그의 에두르는 듯한 말투가 마음에 들지 않아 나는 곧장 반론했다.

"나는 등록과에서 일하고 있는 당신과 옥신각신할 생각은 전혀 없습니다. 만약 우리들 재일외국인이 행정의 자리에서 자신들의 권리나 인권을 조금이라도 주장할 수가 있었다면, 이와 같은 수단은 취하지 않았을 거라 생각합니다. 그 중에서도 우리들 재일조선인2세, 3세는 아버지나 어머니가 강제로 일본에 끌려온 강제연행의 산 증인이고, 그 생활권은 모든 면에서 빼앗기고 있습니다.

나에게 있어서 지문날인은 먹으로 손가락이 더러워진다든가, 내 지문이 범죄수사에 사용되고 있는 것은 아닌가 하는 것 이전의 문제입니다. 나는 단지 모두와 사이좋게, 게다가 차별 없이 살아갈 수 있는 새로운 관계를 갖고 싶은 것입니다. 모쪼록 우리들의 이 호소를 건방지다든가, 반일적이라든가, 그런 가벼운 말로 단정짓지 말고, 당신들과 같은 인간이니까 마찬가지로, 같은 사회에서 같은 입장에서 생활해갈 수 있도록 해주었으면 합니다. 그리고 이와 같은 우리들의 행동이 좋은지 나쁜지를 당신들의 법률이나 당신들의 감성만으로 단정짓는 것이 아니라, 우리들이 어떤 식으로 살고, 어떤 생활을 강요받고 있는가 하는 우리들의 현실을 통해서 생각해주었으면 합니다."

나는 자신이 얼마만큼 요령있게 잘 말하는지도 모른 채, 여하튼 떠오르는 생각을 필사적으로 말했다. 하지만 그는 귀찮은 논쟁에 휘말리고 싶지 않다고 생각한 것인지, 미심쩍은 얼굴을 한 채 "번의翻意할 마음이 되면 언제라도 오십시오"라는 말을 남기고 안으로 사라졌다.

그때 나는 번의라는 말이 어쩐지 사상적인 전향을 요구받는 듯해서 대단히 불쾌한 기분이 들었다. 유달리 나는 어떤 특정한 이데올로기나 정치적 배경이 있어서 거부한 것이 아니라, 인권이라는 사람이 살아가는 데 있어 가장 소중한 생활권을 요구한 것에 불과했기 때문이다.

내가 접수처를 떠나려고 하자, 80세쯤 되어 보이는 노파가 젊은 여성에게 손을 이끌려서 접수 앞에 섰다. 이제부터 지문채취가 행해지려는 참이었다. 내 시선은 무언가에 조종당하고 있는 듯이 노파의 손가락 끝으로 향했다. 자그마한 몸이 긴장 탓인지 작게 떨리고 있었다. 왼 팔은 곁에 따르고 있는 여성의 양손에 지탱되고 있다. 습관이라고는 하나 그것은 숨을 삼키는 순간이었다. 손가락이 대지臺紙에서 떨어진 듯 가느다란 노파의 몸은 확실히 알 수 있을 정도로 어깨선이 느슨해져 보였다. 손가락이 떨어진 대지 위에는 지렁이가 긴 듯한 검은 지문이 헐떡이듯이 떠올라 있음에 틀림없다. 내 발은 꿈틀 움직였다. 결코 스스로 지문을 찍고 있는 것이 아닌 그 속마음을 생각하자 그 이상 거기에 서있을 수가 없어 곧장 가족이 있는 곳으로 돌아왔다.

"어땠어요. 괜찮다고 해요?"

그녀는 불안한 듯한 눈빛으로 좀 전과 비슷한 말투로 물어왔다. 하지만 그때만큼은 진지하게 얌전한 얼굴을 하고 입을 다물고 있었다.

형수가 착 달라붙어 왔다. 나는 따뜻한 것에 닿고 싶은 일심으로 형수를 안아 올렸다. 그렇게 해서 무구한 것에 접해 있음으로써 가시 돋친 마음이 깨끗하게 씻어 내려가는 듯한 기분이 들었고, 무엇보다도 우리들 양심을 계속 좀먹고 있는 오만한 일본사회로부터 한순간이라도 떨어져서 있을 수 있는 듯한 기분이 들었기 때문이다.

잠시 뒤에 다시 내 이름이 불렸다. 돌아보니 등록과의 청년이 얼마간 긴장된 표정으로 서있었다. 이미 노파와 노파의 손을 끌던 젊은 여성의 모습은 없었다. 신경이 쓰여 주위를 둘러보았지만, 두 사람의 모습은 어디에도 보이지 않았다. 불과 얼마 안 되는 사이에 이 넓은 플로어에서 사라진 것이 도저히 믿어지지 않았다. 무언가 환상이라도 보고 있었던 것 같은 이상한 기분이 들었다.

나는 접수처에서 새 등록수첩을 받아들자 유희 앞에서 펼쳐보였다. 3분속성사진의 초라한 자신의 얼굴이, 마치 지문을 대신하고 있는 듯이 프린트된 기하학 모양의 무늬 위에 단단히 붙어져 있었다. 지문란은 거의 이십 수 년 만에 새하얗게 되어 있었지만, 그 대신 옆 지문 사항란에는 새로운 기재사항이 첨가되어 있었다. 「법11의 1 신청자에 의한 지문불날인(원표, 등록증명서, 원지)」이라는 범죄항목이 그것이다. 인지의 하얀 자유를 찾으려고 한 나는 일본정부로부터 검은 낙인을 찍혀버린 것이다. 게다가 그 지문란의 흰 공백이 의미하는 것은 우리들의 인권보장일 터인데, 실제로는 범죄 증명증으로서 우리들 외국인이 살아가는 근원을 위협하려고 하고 있다.

나는 내 몸에 바싹 다가와서 등록을 들여다보고 있는 유희의 몸에,

반대로 몸을 묻고 싶은 듯한 나른함을 느꼈다. 간신히 거부를 알린 후의 그 무상의 해방감은 이미 내 신체나 마음에서 사라져 있었다. 오히려 어떠한 이상 아래에서라고 하나 이 역사의 큰 너울거림 속에 방관자로서가 아니라 주체로서 몸을 내던진 일에 대한 불안과 후회에 압도될 듯이 되었다. 그러나 아내인 유희는 아무 일 없이 무사히 등록의 갱신을 마친 것에 안심하고 있는 듯했다. 물론 그 일에 대해서는 나 자신 한숨 놓고 있었다. 만에 하나라도 그 자리에서 고발되어서 경찰에 연행된다는 것은 있을 수 없는 일이라 하더라도, 어떤 뜻밖의 사태가 일어나지 않는다고도 할 수 없었기 때문이다.

우리들은 말수가 적게 구청을 나왔다. 날씨가 변해 작은 비가 내리기 시작하고 있었다. 우산이 없는 우리들은 형수의 머리에서 볼까지 타월로 폭 싸주었다. 마치 농사일이라도 나서는 듯한 그 모습이 우스꽝스러워서 우리 두 사람은 얼굴을 마주보고 웃었다. 그러자 그때 우리들에게 갑자기 젊은 두 사람 동행이 말을 걸며 우산을 내밀었다. 우리들은 사양하면서도 그 두 사람 동행에게서 우산을 빌려 역까지 걸었다. 등록과에서의 가시 돋친 응수가 있었던 뒤인 만큼, 두 사람의 상냥함에 당혹감조차 느꼈다. 그러자 유희가 갑자기 두 사람을 평해서 "좋은 사람이네" 하고 말했다. 하지만 나는 유희의 그 한마디가 마음에 들지 않았다. 기껏해야 쪽발이의 후의지 않은가. 그 녀석들의 상냥함 따위 집안 안에서 뿐이다. 우리들이 조선인이라 알고 있었다면, 버리는 우산이라도 빌려주지 않았을 거다. 나는 마음속에서 내뱉듯이 그렇게 중얼거리고 있었다. 하지만 그 후에 바로 내 가슴은 허무함에 떨렸다. 자신이 비열한 인간이 되어서 땅에 납작 엎드려서 살고 있는 듯한 부정감不淨感에 품행이 나빠졌다.

적어도 방금 전 등록과 창구에서 "우리들의 인권"까지 말한 자신이다. 그 우리들의 인권이 일본인의 편견에 의해 왜곡되고 있음을 무시하고, 한때의 기분이나 감정만으로 두 사람의 호의를 왜곡해서 괜찮은 건가.

나는 새삼 앞을 걷고 있는 두 동행의 어깨를 바라봤다. 그런데 한 우산 아래에 바싹 달라붙은 두 사람의 어깨가 차가운 돌덩어리처럼 보였다. 그럴 리가 없다, 라고 나는 자신에게 타이르고 있었다. 사실 우리들 때문에 그 젊은 두 동행은 좁은 우산 속에서 비에 어깨를 적시고 있는 게 아닌가. 두 사람의 어깨가 차가운 돌과 같이 보이는 것은 비에 젖는 등 탓임에 틀림없다. 유희가 말한 듯이 저 사람들은 좋은 사람이다. 어째서 좀 더 솔직하게 타인의 후의를 받아들이려고 하지 않는 걸까. 아니, 어째서 자신은 좀 더 솔직하게 일본인의 마음을 응시하려고 하지 않는 걸까. 나는 그렇게 생각하면서 두 사람의 뒤를 말없이 걷고 있었다. 그러자 우연히도 여성의 왼손에 달개비가 한 송이 쥐어져 있는 것이 눈에 띄었다. 나는 갑자기 기분이 누그러지고, 두 사람의 호의가 정말로 기뻤다. 나는 그와 동시에 형수의 손에 눈을 주었다. 형수는 내가 뜯어 준 달개비를 아직 쥐고 있었다. 꽃잎은 시들어 있었지만 남빛의 깊이는 그녀가 쥐고 있는 것과 조금도 다르지 않음이 내 마음을 찌르듯이 스며들어왔다.

그로부터 며칠 후 한통의 봉서가 구청에서 왔다. 얇은 우편봉투 속에는 타이프로 친 문서가 한 장 접혀 들어 있었다. 그 내용은 내 지문 불날인이 외국인등록법 위반이고, 신속히 의무를 이행할 것을 촉구하는 것이었다. 짧게 무미건조한 문장이었지만, 그 문장만 더한층 국가권력의 의사가 확실히 담겨져 있는 듯해서, 어쩌면 자신도 경찰에 고발될지도 모른다고 생각했다.

경찰관의 검푸른 제복이 눈앞에 펼쳐졌다. 이어서 어둑한 철장 안에서 무릎을 껴안고 주저앉아 있는 작은 자신의 모습이 떠올랐다. 경우에 따라서는 국외 퇴거를 요구받을 지도 모른다. 그렇게 생각한 순간 불안으로 몹시 초췌해진 유희의 얼굴이 떠오르고, 흐느껴 울고 있는 형수의 얼굴이 지나쳐 갔다. 그리고 정말로 아내랑 아이들과 헤어지지 않으면 안 되는가 하고 생각하자, 어쩜 바보 같은 짓을 해버렸다는 후회의 심정이 느닷없이 치밀어 올랐다. 적당한 때를 봐서 날인의 의무를 다하자. 설령 그것이 우리들의 양심과 이상에 반하는 일이더라도, 이 같은 이상을 관철하기에는 짐이 너무 무겁다. 무릇 자신과 같은 사회적 지위가 없는 평범한 인간이 할 일이 아니다. 좀 더 시간적으로도 경제적으로도 그리고 육체적으로도 정신적으로도, 더욱 더욱 여유가 있는 사람이 싸워야 할 일이다.

도대체 자신은 무엇을 위해서 이런 안간힘을 쓰지 않으면 안 되는 걸까. 나는 진지하게 그렇게 생각했다. 하지만 그런 한편으로 그러한 비굴한 생각을 밀어제치듯이 마음속 깊은 곳에서 이른바 인간의 본능과 같이 치밀어 오르는 것이 있었다. 그리고 그것은 인간으로서 당연히 그래야 할 모습인 양심과 사회개혁에의 이상이었다. 그리고 그 이상을 이끌고 지탱하는 사람은 어디어디의 누구라는 특별한 인간이 아니라, 까

닭 없는 차별이나 편견 한 가운데서 극심한 생활고에서 벗어나지 못하고 이를 악물고 살아가고 있는 이름 없는 사람들의 용기와 양심인 것이라는 자기 자신의 목소리였다.

나는 지문거부로 일어날 수 있는 일에 대한 불안을 얼버무리듯이 테이블에서 일어나자, 개수대에 섰다. 그리고 구청에서 온 요청문을 뭉쳐서 불을 붙였다. 오렌지 빛의 불꽃이 쓱 일어나고, 편지는 불에 굽힌 오징어처럼 몸을 비틀면서 연기를 내었다. 타고 남은 찌꺼기의 냄새가 확 방 안에 자욱이 끼었다. 놀란 유희가 부엌을 뛰쳐나왔다. 형수까지 깜짝 놀라서 유희의 뒤를 쫓아왔다. 그때 나는 단지 말없이 두 사람 얼굴을 바라보는 것밖에 할 수 없었다. 그리고 그로부터 5년이 지났다. 나는 다행인지 불행인지 경찰에 고발당하는 일도 없이 오늘을 맞이했다. 그렇지 않은 사람들이 많이 있는 중에서 나는 비교적 평온한 나날을 보내왔다. 또한 외국인등록법 개정에 동반하여, 나는 '전과'를 가지는 것을 모면했다. 하지만 그런 한편으로 '양심범'이 되는 일도 없었다. 일본정부의 조그만 타협이 내 생활을 아주 조금 바뀐 것으로 일신한 것이다. 나는 얼마간 떳떳하지 못한 기분을 품으면서, 마음속에서는 어깨의 짐을 내려놓은 듯한 안도감에 한숨 돌리고 있었다. 뭐 하나 적극적인 운동을 하는 일도 없이, 다른 사람들이 이끌어내고 쟁취한 것 위에 안주해왔음이 실정이었다. 하지만 그런 자신을 좋다고는 하지 못해도 그다지 부정도 하고 싶지 않았다. 나에게는 나의 살아가는 방식과 내 한계라는 것이 있었기 때문이다. 나에게는 현재의 운동을 떠맡아 계속 싸워나갈 자신이 없었다. 나는 일본의 국가권력에 맞서서 살아가는 것에 강한 불안을 품고 있었다. 그것은 요 5년 동안 물릴 정도로 뼈저리게 느끼고 계속 괴로워해온 일이었다. 그리고 새로운 등록증을 받으러 가는 지금 이 시점에서도 내 마음은 계속 흔들리고 있었다.

외국인등록의 지문날인문제는 지금 새로운 단계에 들어와 있었다. 16세가 되어 처음 하는 지문날인을 거부하고 있는 사람들을 어떻게 지켜갈 것인가, 그리고 그 외에 기 날인자나 날인 거부자에게 건네려고 하는, 지문을 강제적으로 전사한 등록증의 수취거부가 그것이다. 또 구청에서 고발되고 체포되어, '위헌투쟁'을 하고 있는 사람들 모두가 '쇼와 천황'의 죽음에 동반한 은사로 그들의 양심을 가두려고 하는 것에 대한 '은사거부투쟁' 등이 그것이다. 나를 둘러싸고 있는 환경은 내가 날인을 거부했을 무렵의 상황과 상당히 달라져 있었다. 나와 같은 기 날인자나 날인 거부자는 등록법 개정에 의해서 '양심투쟁'의 권외로 밀려나버렸지만, 그것을 불복으로 받아들이고 거부를 관철하려고 하는 사람들도 다수 있었다. 하지만 무엇보다도 일본정부의 고식적인 타협의 그물에서 벗어나려고 하고 있는 사람들의 양심을 어떻게 지켜갈 것인가, 나에게는 나로서의 해결의 실마리가 전혀 보이지 않았다. 이대로 구청에서 새로운 등록증을 받아들면 그들과 이어져 있다고 믿고 있던 양심적인 유대를 스스로의 손으로 잘라버리게 될 뿐만 아니라, 그들의 순수한 지조에 침을 뱉고 자기 혼자만 빠져나가기라도 한 듯한 자책감에 시달리고 있었다. 특히 요 1주일간은 그 일만 생각하면서 지내왔다. 그리고 지금에 이르러서도 나는 자신이 어떻게 해야 좋을지 알 수 없었다.

불과 1주일 전에 등록을 갱신하러 갔을 때에는 나는 자신의 등록증을 받을 생각이었다. 하지만 단단히 결심했을 터인 마음이 1주일이라는 짧은 기간 중에 점차 무너져 간 것도 사실이었다. 그렇게 만든 것은 한 번은 거부를 마음에 맹세한 사람의 인간으로서의 양심과, 그 이상을 도중에 포기하는 것에 대한 윤리적인 가책이었다. 나는 지금 조선인이 지녀야만 하는 이상에서 도망치려고 한다고 생각했다. 말없이 입을 다물고, 일본의 번영이 남긴 국물 안에서 먹고 사는 일에는 부족함이 없게 된 가짜 생활 속에서 눈이 흐려지고 입을 마비시켜 양심을 어두운 어둠 속에 가두려고 하고 있다. 만약 이대로 등록증을 받아버리면 아마 나는 일생에 걸쳐 무거운 부의 유산을 계속 짊어지게 될 것이다. 하지만 나는 그와 같은 윤리관에 묶여 있는 자신이 미심쩍기도 했다. 무릇 자신의 의식이 저항과 타협의 사이에서 흔들리고 있는 것 자체가 순수한 지조를 품은 인간으로서는 어울리지 않는 것이다.

애당초 나는 이와 같은 중대한 문제에 진지하게 관계해갈 수 있는 인간이 아니다. 태어나면서부터 자신은 평범하고 누군가가 걸은 길을 말없이 굴러가는 것이 어울리는 인간이다.

게다가 나는 지금 매우 지쳐있다. 일하고 먹고 지친 몸을 쉬기에도 벅차다. 이상이라든지 양심이라는 무거운 짐을 빨리 내려놓고, 평범한 생활을 할 수 있는 조용한 공간에 마음을 두고 싶은 것이다. 나 하나 정도가 이상이라든지 양심이란 것에서 손을 뗐다고 해서 어떻게 되지 않을 것이다. 윤리다 정의다 해서 자신을 공격해본들 일본인의 체질이 바로 바뀔 것도 아니니까, 일본인의 차별이다 편견이다 등을 입에 담는 것 자체가 무언가 불쾌하게 여겨진다. 실제로 나는 지금까지 이 냉엄한 일본의 차별의 현실을 견디어 왔고, 그 나름대로 편견의 그물을 잘 빠져 나왔다고 생각한다. 이제까지 많은 굴욕을 웃어넘기고, 당장이라도 넘쳐 떨어질 듯한 눈물을 참으면서 쌓아온 이 강인한 정신이 있으면 그 나름대로 살아갈 수는 있다.

나는 그런 식의 구실을 자신에게 말해 납득시키면서 역으로 향했다. 하지만 그럼에도 불구하고 결심이 서지 않은 채 걷고 있었다. 우울해서 기분이 무거웠다. 눈에 비치는 것 모두가 갑자기 퇴색하기 시작한 듯이 여겨진다. 나는 무심코 눈이 띤 달개비를 한 송이 땄다. 그것이 예쁘다고 생각했기 때문이 아니다. 단지 왠지 모르게 이 달개비가 5년 전에 뜯은 그때의 달개비 뿌리에서 나온 꽃일지도 모른다고 생각했기 때문이다.

그때 마침 버스가 와서 나는 전철로 가기를 그만두고 버스로 구청에 가기로 했다. 승객도 뜸해서 속 편하게 갈 수 있을 것 같았다.

자리에 앉은 나는 달개비를 뜯었을 때에 젖은 빗물을 손수건으로 닦았다. 그리고 곧 나는 승객의 시선이 나를 향하고 있는 듯한 기분이 들어서 깜짝 놀랐다. 그도 그럴 터이다, 달개비를 소녀처럼 소중한 듯 쥐고 있는 것이 우스꽝스럽다. 나는 눈을 내리깐 채 바로 달개비의 긴 줄기를 뜯고, 남빛의 꽃송이에 노란 암꽃술을 세운 머리 부분을 가슴 주머니에 아무 일도 아닌 듯이 집어넣고서 창밖으로 눈을 주었다. 세차게 내리던 비도 지금은 이슬비보다도 가는 빗방울이 바람에 춤추고, 차창에 달라붙어서 밖의 경치는 잘 보이지 않았다. 그래도 나는 밖의 풍경을 보려고 이마를 차창에 대고서 응시했다.

그렇다고 해서 새로운 풍경이 보이는 건 아니다. 어디에라도 있을

낯익은 오래된 건물이 시야를 막고, 담담하게 지나쳐간다. 도로의 이쪽 저쪽이 파헤쳐져 공사 중의 턱에 차바퀴가 걸릴 때마다 버스의 차체가 좌우로 크게 흔들렸다. 그때마다 나는 쇠로 된 창틀이나 차창에 이마를 찧으면서 버스가 목적지에 도착할 때까지 그렇게 해서 몸을 맡기고 있었다.

그 후 얼마간 그 울퉁불퉁한 길에 흔들리고 있었을까. 나는 버스가 구청 앞에 도착했을 때 갑자기 생소한 시간 속으로 끌려 들어왔을 때와 같은 불안한 기분이 들었다. 버스 차창에서 보고 있던 길이나 가로수 등이 자신의 시계에서 사라져 있는 것도 알아차렸다. 그뿐인가. 버스나 전철을 타면 언제나 즐거움으로 삼고 있는 아라카와荒川의 제방이나 거룻배가 오가는 풍경까지 전혀 뇌리에 되살아나지 않았다. 나는 잠들어 있었던 걸까. 아니면 어느새 무의식의 세계에 마음을 맡기고 있었던 걸까.

나는 분주하게 내리고 있는 승객의 맨 마지막 사람이 되어서, 천천히 버스를 내렸다. 장마를 빨아들여서 검게 변색한 구청의 건물이 지저분한 폐가처럼 눈앞에 다가와 있었다. 낮조차 이러니까 사람의 출입이 없어지는 밤의 광경은 아마 으스스하고, 지나가는 사람들을 물리치듯이 해서 밤의 공간을 차지하고 있을 것이다.

건물 안으로 들어가자 플로어는 사람들로 북적거리고 있었다. 일주일 전의 광경과 조금도 달라지지 않았다. 당연한 일이라면 당연한 일이다. 그렇게 갑자기 사회의 구도가 바뀌지도 않는다. 하지만 5년 전에 등록을 갱신하러 왔을 때의 광경과 크게 바뀐 것도 있었다. 그것은 동남아시아계의 여성이 상당히 많이 눈에 띄는 일이다. 유학생도 있음에 틀림없지만, 그 대부분은 '쟈파유키상ジャパゆきさん'(1970년대 후반부터 급격히

증가한, 일본에 돈벌이를 하러 온 동남아시아 여성을 가리켜서 부른 말. 옮긴이 주)이라 불리고 있는 사람들일까. 귀에 익지 않은 그녀들의 튀는 듯한 파열음을 동반한 말이 내 귓가를 친다. 게다가 그녀들 사이를 거무스름한 피부를 한 서남아시아계 남자들이 바쁜 듯이 오가고 있다. 마치 '출입국관리국'에 와있는 게 아닐까 하고 착각을 일으킬 듯했다. 5년 전과 비교해 일본은 보다 풍부해진 것일까. 그녀들은 돈이 넘치는 일본의 번영 주변에서, 자신의 고국에 있는 가난한 부모, 그리고 동생들을 위해 그 연약한 육체를 혹사하고 있음에 틀림없다.

나는 그녀들이 화려한 밤거리에서 얻은 돈을 연인에게 보내는 편지와 같이 소중히 가슴에 담아 넣고, 그 가냘픈 손끝으로 외국환을 보낼 고향의 주소 성명을 쓰고, 큰 임무를 완수한 듯이 한숨 돌리고 있는 그녀들의 얼굴이 떠올랐다. 그리고 그때 나는 일찍이 자신의 아버지가 날품팔이로 모은 얼마 안 되는 돈을 털어서, 조선으로 송금하려고 했던 때의 얼굴을 떠올렸다.

아버지가 해방 후 처음으로 자신의 고향에 편지를 쓴 것은 이십 수년 전의 일이다. 내가 중학생일 때의 일이었다. 홀로 살아 있던 아버지의 바로 위의 형님, 나에게 있어서 큰아버지로부터 답장이 도착했을 때, 다년간의 소망을 이룬 기쁨을 깊이 음미하는 듯이 몇 번이나 몇 번이나 되풀이해서 읽던 모습을 떠올린다. 그리고 그 후 아버지의 두 번째 편지가 조선에 도착하기 전에 고향에서 편지가 왔다. 그것은 큰아버지의 병사를 알리는 편지였다. 아버지는 그 편지를 움켜쥔 채 작은 셋집의 작은 방 한구석에 드러누워서, 우리들의 가슴을 에는 듯한 슬픔이 깃든 목소리로 울었다. 좁은 집 안이 소리를 죽이고 목을 쥐어짜는 듯한 아버지의 오열에 휩싸여서, 우리들은 단지 말없이 아버지의 슬픔이 지나쳐가기를 기다렸다.

아버지의 송금은 허영 같은 것이 아니라, 일단 그때의 아버지로서 할 수 있었던 힘을 다한 배려였다고 생각하는데, 그 마음이 조선에 도달하기 전에 일어난 형님의 죽음은 필시 원통했음에 틀림없다. 일본에 와 있는 그녀들의 송금이 가난한 가정의 부엌을 얼마큼 윤택하게 할지는 모르겠다. 다만 그 몸을 내걸어서 번 그녀들의 송금이 고향에 도달하기 전에 집안의 슬픈 소식이 날아들지 않기를 몰래 기원했다.

나는 그녀들로부터 시선을 돌려 외국인등록과의 카운터로 눈을 주었다. 카운터 앞에는 누구도 서있지 않았다. 접수의 여성이 바쁜 듯이 펜으로 쓰고 있다. 일주일 전에 등록을 갱신하러 왔을 때와 같은 여성인 것 같다. 이만큼 외국인이 밀려들면 그녀의 일도 쉴 여유가 없을 것이라 생각하자, 갑자기 냉소를 퍼붓고 싶어질 듯한 싸늘한 생각이 치밀어 올랐다. 나는 성큼성큼 카운터에 다가가 '등록교부지정증'을 내밀고 플로어의 소파에 앉아 자신의 이름이 불리기를 기다렸다. 남은 것은 말없이 등록을 받을지, 거부할지의 어느 쪽이다. 나는 마지막 결단을 어떻게 할 것인지 눈을 감고 마음을 진정시키려고 했다. 등록을 받을지 거부할지 아직 정하지 못하고 있었다. 받아들여서는 안 된다는 윤리감과 그대로 받아서 어깨의 짐을 내려놓아야한다는 타협안이 마음속에서 우왕좌왕하고 있었다. 집을 나올 때에는 등록을 받을 생각이었지만, 여기에 오는 동안에 내 마음은 흔들렸다. 할 만큼의 일은 했다는 만족감과 아무것도 하지 않은 주제에, 라는 자책감이 마음속에서 교대로 얼굴을 내비쳐서 나를 괴롭혔다. 그때 집에서 나오려고 하는 나에게 아내인 유희가 걸어준 말이 촉촉이 스미듯이 마음속에서 넘쳐흘렀다. 마치 유희의 목소리가 확실히 들린 듯한 기분이 들었다.

"무리하지 않아도 좋아요. 당신이 할 수 있는 일은 하려고 확실히 노력했으니까. 너무 책임감을 느끼면 스스로 자신을 망가뜨릴 뿐이에요."

확실히 그럴지도 모른다. 우리들이 안고 있는 문제는 특별히 지문날인만이 아니다. 우리들을 둘러싸고 있는 부조리한 상황은 무한하게 퍼져있다. 유달리 이 문제에만 빠져 들어서 쓸데없이 심각해지는 것은 바보스럽다.

그러나 그런 식으로 자신을 변호하고 있는 이면에서 자신이 도망갈 장소를 찾고 있다는 양심의 가책을 물리칠 수가 없었다. 그것은 아내인 유희의 등록 갱신 때도 그랬다. 그때 나는 유희의 지문날인을 선선히 권했다. 당시는 불날인자에 대한 일본정부의 태도가 명확하지 않았던 만큼, 만일의 경우를 생각해서 유희에게는 지문을 찍게 했다. 그것도 만일의 경우 우리들의 도피처를 확보해두기 위한 고식적인 생각에서였기도 했다. 사람에게는 진다고 알고 있더라도 싸우지 않으면 안 되는 때가 있다. 그 저돌적인 신념과 이상이 사회의 흐름을 바꿔가는 것이다. 신변의 안전을 위해서 도피처를 준비해, 반항의 결말을 생각하고 있는 자의 이상 따위 진정한 이상이라고는 할 수 없다.

나는 요 5년간 날인 거부의 세계에 몸을 두면서, 과연 얼마만큼 우리들이 내걸고 있는 이상에 다가갔을까. 그 속은 단지 지문을 거부하고 있다는 숫자 중의 하나일 뿐이지 않았을까. 하지만 요 5년 동안에 나는 내 나름대로 날인 거부의 의미를 자신의 주변에 제기할 수가 있었다. 특히 나를 둘러싸고 있는 많은 일본인에게 자신들의 곁에 한 명의 재일조선인이 생활하고 있다는 사실과, 지문이라는 범죄자적인 수단으로 우리들이 차별받고 있음을 알릴 수 있었던 것은 나에게 있어서 하나의 성과였을지도 모른다. 때로는 수상쩍고, 건방진 조선인이라 생각하게 해버렸을지도 모르지만, 우리들 재일조선인의 다수가 일본인과 함께 같은 직장에서 일하고, 같은 솥의 밥을 먹고, 같은 공기를 마시면서 몇 십 년이나 걸쳐 이 나라에서 생활하고 있는 인간이 있음을 가깝게 느끼게 한 일은 실로 의미가 있는 일이었음에 틀림없다.

자신의 이름이 불렸다. 나는 휘청휘청 일어섰다. 눈앞을 얼마간 피부가 거무스름한 남녀가 분주한 듯이 지나쳐간다. 여자들의 터지는 듯한 명랑한 웃음소리가 메아리처럼 울려온다. 그녀들에게 있어서는 지문을 찍힌다는 인권문제보다도 돈을 버는 쪽이 보다 소중한 일인 것이다. 어떤 사람들에게 있어서 이 땅은 어디까지나 빈곤을 견디어 내기 위한 임시 거처의 땅에 불과하다. 하지만 나에게 있어서 이 땅은 그녀들이면 바다 저편에 두고 온 태어난 고향과 같을 정도로 소중한 삶의 장소이다. 그럴 기분이 되면 그녀들은 언제라도 새와 같이 바다를 건널 수 있지만, 우리들 부자는 그 정도 간단하게는 이 땅을 떠날 수는 없다. 그렇기 때문에 나는 일본인과 같은 '자유'를 원하는 것이다.

몸이 납처럼 무거웠다. 가슴의 고동이 두근두근 높아져서 고막에 울리고 숨이 막힐 것 같았다. 나는 오른손으로 왼쪽 가슴을 잘게 두드리면서 마음이 진정되기를 기다려서 카운터 앞에 섰다. 접수의 여성이 속이 타는 듯이 내 얼굴을 노려봤다. 그리고 바지런히 무언가 설명해주었지만 전혀 내 귀에는 들어오지 않았다. 결심이 서지 않은 탓도 있어서인지 그녀의 모든 말이 잠꼬대 같이 흘러서 마음에 남지 않았다. 정신을 차리자 그녀는 재촉하듯이 한 장의 외국인등록증을 눈앞에 내밀고 있었다.

나는 퍼뜩 놀라서 외국인등록증을 받아들었다. 그리고 당황해서 가슴주머니에 집어넣고 나서 도망치듯이 카운터를 떠났다. 그때 필리핀 사람이라고 여겨지는 15, 6세의 여성에게 갑자기 부딪혔다. 그녀는 나를 외국인이라 생각했는지 얼굴 가득 웃음을 띠었다. 나도 힘껏 친밀감을 넣어서 웃어보였다.

구청을 나온 나는 버스를 기다리는 줄에는 서지 않고 그대로 집을 향해서 걸었다. 다리가 막대기처럼 뻣뻣해져 있는데도 몸 안이 고무풍선처럼 둥실둥실 공중에 떠 있는 듯한 기분이었다. 외국인등록증을 받은 것에 대한 자책감이라고 할까, 혹은 파렴치한 느낌이라고나 할까, 마치 자기 자신에게서 도망이라도 치고 싶은 듯한 생각이 내 신체를 앞으로 앞으로 밀어내고 있는 듯한 느낌이었다.

눈을 들자 두터운 비구름이 끊겨서 새파란 푸른 하늘이 펼쳐져 있었다. 강한 햇살이 이글이글 내리쬐었다. 나는 아라카와 다리의 중앙에서 멈춰서 버스 안에서 못보고 빠뜨린 풍경에 눈을 주었다. 공기의 더러움이 비에 씻겨 주변의 경치가 투명하게 비칠 듯이 보였다. 제방 한쪽을 덮은 잔디의 녹음이 눈에 스민다. 강은 간조인지 하구로 향하는 물의 흐름이 기세를 더하고 있었다. 장마로 수량도 많고, 부들 수풀이 이리저리

탁류에 밀리고 있었다.

나는 다리 난간에서 손을 떼고 가슴주머니에 손을 대었다. 납작한 카드의 딱딱함이 가슴에 달라붙은 이물과 같이 땀이 밴 손바닥에 전해져왔다.

나는 아직 그 등록증을 제대로 보지 않았다. 도저히 볼 기분이 들지 않았지만 기재항목을 확인해두지 않으면 안 된다는 습관이 작용해서 가슴주머니에서 꺼냈다. 생년월일과 연령, 거기에 본적지가 기입되고, 그 항목들을 밀어내듯이 자신의 사진과 지문의 복제가 래미네이트 안쪽에 붙어 있었다.

나는 결국 이 문제에서 손을 뗀 것이다. 그 정도로 이 문제에 진지하게 관계하려고 했던 신념은 어디로 간 걸까. 나는 스스로 자신의 양심이라든가 신념이라는 것을 믿을 수 없게 되었다. 아니면 애당초 자신에게는 양심이라는 것을 진지하게 파악하는 마음의 기품이라는 것이 없었을지도 모른다.

나는 자신의 신체를 지탱하듯이 다리 난간에 손을 뻗었다. 한 척의 작은 거룻배가 강의 상류에서 내려왔다. 강의 흐름을 타고 쭉쭉 밀려온다. 힘찬 디젤 소리가 울려올 즈음, 그 소리에 섞여서 유아의 떠드는 소리가 들려와서 깜짝 놀라 돌아보았다.

둘째인 명수였다. 명수는 양손을 하늘 가득 펼치곤 당장이라도 비틀거릴 듯한 걸음걸이로 달려왔다. 그 뒤에는 유희와 첫째인 형수의 얼굴이 보였다. 나는 내 가슴에 뛰어 들어온 명수를 힘껏 안아 올렸다. 명수는 숨이 막힐 정도로 자지러지게 웃으면서 그 작은 기쁨을 온 몸으로 표현했다. 형수가 약간 샘이 나는 듯이 우리들 두 사람을 올려다봤다.

"어땠어요?"

유희의 물음은 5년 전의 어느 날을 생각나게 하는 말투였다.

"비도 개였고, 걱정이 되어서 와봤어요. 그랬더니 다리 쪽으로 걷고 있는 당신이 보여서요."

나는 마침 손에 들고 있던 새 등록증을 유희에게 건넸다. 유희는 가만히 그 외국인등록증을 응시하고 나서 얼굴을 찡그리며 말했다.

"좀 싸구려 같네."

"싸구려? 불결하지."

난 트집을 잡듯이 그렇게 대답했다. 실제로 내가 받은 외국인등록증은 인자印字가 나쁘고 초라했다. 껍질이 벗겨지고 지저분하게 햇볕에 탄 얼굴처럼, 카드 전체가 불그스름하게 바래서 값싸보였다. 이런 걸 매일 지니고 다니고, 그것이 자신의 신분증이 되는 건가하고 생각하자 더욱 기분이 나빠졌다.

나는 명수를 내리고 다시 다리 난간에 손을 대었다. 유희는 입을 다물고 있는 내가 상당히 낙심하고 있다고 생각했는지 나를 위로하는 듯한 소리로 말했다.

"수고했어요. 이번에는 내 차례일지도 모르겠네요."

그때 나는 퍼뜩 가슴이 에는 듯한 불쾌한 생각이 엄습했다. 나를 걱정해주고 있는 유희의 그 한마디가 양심을 짓밟은 내 모습의 도피처가 되어버린 듯이 여겨졌기 때문이다.

(번역 : 신승모)

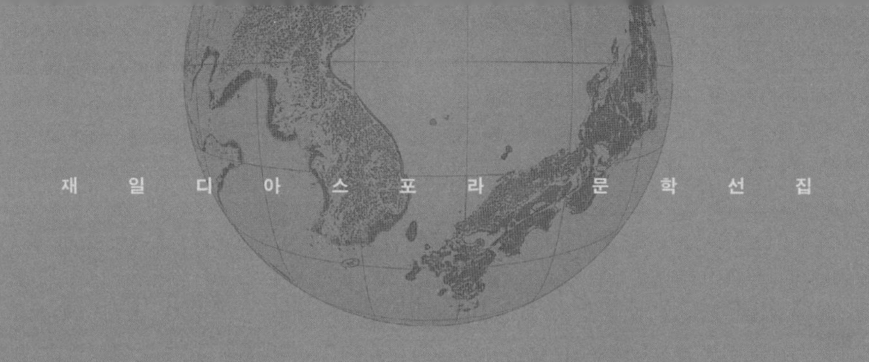

오쿠닛코*

최석의崔碩義

1. 윤한수에 대하여

창밖을 바라보니 눈이 조용히 내리고 있었다. 평소에는 가깝게 보이는 온천 호수도 오늘 아침은 짙은 안개에 싸여서 호반의 한 구석에서 어슴푸레 수증기가 피어오르고 있을 뿐이었다. 나는 정초 휴가도 거의 끝나갈 무렵이어서 갑자기 마음먹고 어제 저녁, 혼자서 유모토湯元[1]의 S여

* 오쿠닛코는 일본 도치기(栃木) 현 닛코(日光)시의 닛코산악에서 곤세이(金精)고개 부근으로 이어지는 비경을 가리키는 속칭이다. 역자 주. 이하 각주는 모두 역자 주이다.

관으로 찾아왔다.

오쿠닛코를 찾아온 것은 오랜만이었다. 이번 기회에 충분히 온천에 몸을 담가서 둔해진 몸을 쉬게 하는 것도 좋다, 또 가능하다면 가리코메刈込호수에 훌쩍 하이킹이라도 해보고 싶다고 생각했다.

학생 시절, 친구인 윤한수와 둘이서 유모토에서 고토쿠光徳늪까지 걸은 적이 있는데, 그 도중에 본 가리코메호수의 신비로운 경치가 강하게 인상에 남아 있었다. 그때는 만추로 가리코메호수 주변은 비단을 빈틈없이 깐 듯 단풍으로 물들어 있었다. 그 너무나도 아름다운 광경에 언젠가 다시 한 번 이곳을 찾아오려고 마음속에서 결심했던 것이다.

어제 저녁 나는 목욕을 한 후, 방에 엎드려 누워서 고다 로한幸田露伴[2]의 『해골 한 쌍対髑髏』이라는 단편소설을 읽었다. 이 작품은 로한의 명작으로 평가가 높고, 예전부터 한번 읽어보고 싶다고 생각했던 작품이었기 때문이다. 그런데 별 생각도 없이 읽어나가던 중에 이 소설의 무대가 현재 내가 체재하고 있는 오쿠닛코의 유모토라는 우연에 우선 놀랐다. 게다가 『해골 한 쌍』의 내용은 대단히 기괴하다고 할 수밖에 없었다.

로한露伴이라는 이름의 청년이 혼자서 유모토에서 험준한 곤세이金精고개를 넘다 길을 잃어버린다. 겨우 산 속에서 오두막집을 한 채 발견하는데, 그 오두막집에는 세상을 버린 오묘お妙라는 미녀가 살고 있었다. 로한은 오묘와 하룻밤을 함께 보내면서 그녀로부터 세상을 버리고 지내

---

1 오쿠닛코에 있는 온천 관광지.

2 고다 로한(1867~1947)은 일본의 소설가이자 수필가로 영웅적인 인물을 다룬 소설을 다수 썼다. 낭만적인 경향을 띤 오자키 고요(尾崎紅葉)와 나란히 일본의 근대 문학을 형성하는 데 크게 기여하였다.

게 된 신세 이야기를 여러 가지 듣게 된다. 그러나 그 신세 이야기는 상당히 기묘해서, 충분히 이해할 수 없었다. 다음날 산을 내려온 그는 마을 사람에게서 이야기로 밤을 새운 그 미녀가 실은 나병환자임을 듣게 된다.

"그 여자는 대략 27, 8살로 어느 누구와도 알지 못하고, 때로 더러워진 누더기를 걸치고, 찢어진 모자에 신발도 없이 손가락, 발가락은 생강 뿌리처럼 오그라들어 부어 있고, 왼쪽 발가락은 3개밖에 남아 있지 않다. 게다가 오른쪽 발에는 엄지발가락이 없다. 그리고 오른손의 새끼손가락은 뼈가 없는지 부드럽게 오그라들어 누에처럼 되어 있고, 또한 왼손 손가락은 대부분 떨어져서 땅딸막한 주먹이 둥글어져 있다. 눈썹은 깡그리 빠졌고, 이마는 높게 튀어나왔고, 여기 저기 움푹 패어서 구멍이나 있다. 그 구멍의 색은 바랜 자색으로 그곳에 누렇게 굴이 섞어서 흘러내린 듯한 고름이 질금질금 넘치고 있다. 윗입술은 녹아서 없고, 입에서 오른쪽으로 뺨이 반쯤 찢어져 있다. 머리카락이 모두 빠져 있는 것을 보는 것만으로도 기분이 나쁜데, 오른쪽 눈은 이미 썩고 왼쪽 눈은 눈꺼풀이 뒤집혀서 핏발이 붉게 보일 정도였다. 게다가 안구는 반쯤 튀어나와 있고, 사람은 말할 것도 없고 신과 부처도 눈꼬리를 치켜 올리고 노려본다. 때때로 후유하고 짓는 한숨에 온몸의 독이라도 내뱉는지 개나 새조차 도망친다. 하물며 인간은 한 번 본 것만으로 속이 메슥메슥해지고, 그 악취를 식사할 때 떠올리고서는 된장국도 목으로 넘어가지 않고, 고름을 떠올리고서는 귀한 젓갈도 버려버린다. 그 누구도 주먹밥을 주려는 등의 자비도 베풀지 않고, 그 여자가 하는 대로 내버려두었더니 발음도 분명치 않은 노래를 구슬프게 부르는 걸 들었다. 세상으로부터 버림받고 바지런히 숨만 쉬고서, 때때로 하늘을 노려보나 싶더니 대나무 지팡이를 치켜들고, 길가의 돌이나 나무를 미친 듯이 때리는 것이었다. 장한長恨의 불길에 마음을 태우고서 미쳐서 어딘가로 행방불명이 되었다고 한다."

고다 로한의 『해골 한 쌍』은 이 얼마나 사람을 우울한 기분으로 만드는 작품인가. 나는 이 소설을 읽으면서 불문곡직하고 어린 시절부터 둘도 없는 친구였던 윤한수의 일그러진 얼굴이 갑자기 뇌리에 스쳤다.

나는 손으로 매몰차게 그 책을 다다미 가장자리로 밀어냈지만, 답답한 기분은 바로는 진정되지 않았다. 어젯밤은 이 때문에 이불 속에서 뒹굴면서 잠드는 데에 애를 먹었다.

2박 3일의 여정은 온 날과 돌아가는 날은 왠지 안절부절 어수선하지만, 중간의 하루만큼은 통째로 충실한 하루를 보낼 수 있다. 오늘은 마침 그 중간의 귀중한 하루인데, 공교롭게도 아침부터 눈이 계속 내려서 멈출 기미도 없다. 이 상태로는 모처럼 기대하고 온 가리코메호수로의 하이킹은 단념하지 않으면 안 될 것 같았다.

어쩔 수 없이 오전 중에는 젊은이들로 번화한 스키장을 구경하러 나서기로 했다.

코스에서 벗어난 낙엽송 덤불에 서자, 넓은 스키장은 원색의 화려한 색채가 뒤섞여 마치 무도회 느낌을 주었다. 눈보라가 일어났나 싶으면, 흐르는 듯이 궤적을 그리면서 활주하고 있는 젊은이들의 멋진 모습이 눈에 선명하게 비쳤다. 리프트가 움직이는 "덜컹덜컹" 하는 소리가 끊없이 들린다.

나는 유감스럽지만 스키를 타지 못해서 손가락을 물고 바라보고 있을 수밖에 없었다. 이제부터 연습해서 타기에는 몸이 이미 유연하지 못한데다 또한 귀찮기도 하다. 예전에 몇 번인가 도전한 적이 있지만, 언제나 혼이 난 기억밖에 없다. 어쨌든 스키가 움직이기 시작하면 멈출 줄을 모르고, 결국 온몸으로 스스로 넘어짐으로써 멈추곤 했다. 게다가 튼튼한 스키화가 생각보다도 꼭 끼어서 발목이 바로 아팠다. 그런 연유로 그때부터 스키는 소질이 없는 것으로 단호하게 포기해버렸다.

때마침 내리던 가랑눈을 손바닥으로 받자, 눈의 결정은 바슬바슬 손바닥에서 흘러 떨어졌다. 그 가랑눈을 손바닥에 모아서 꾹 하고 힘을 들여 움켜지자 뽀드득 하는 건조한 소리가 상쾌하게 울렸다. 이 근방의 고원에 내리는 눈은 아마 건조한 성분일 것이다. 스키장 위에 내리는 눈을 물리지도 않고 바라보고 있자니, 부지불식간에 윤한수에 대해서 생각하고 있었다.

나와 한수는 꼬마일 때부터 같은 조선인 밀집 부락에서 자라서 쭉 같은 학교를 다녔고 게다가 같은 학년이었다. 한수의 성적은 언제나 뛰어났다. 여하튼 어릴 때부터 두 사람은 마음이 잘 맞아 사이가 좋았는데, 우리 사이의 진정한 우정은 이웃 마을의 불량소년 패거리들이 싸움을 걸어와서, 전우로 함께 싸운 때를 계기로 발전하여 유대가 보다 강해졌다. 그 이후 한수는 나에게 아낌없이 힘써 주었다. 이심전심으로 나도 마찬가지로 한수를 대한 것은 물론이었다. 이렇게 해서 어느샌가 의형제와 같은 매우 이상한 관계가 우리들 사이에 성립한 것 같았다. 내 인생에서 그 전에도 그 후로도 한수 이외에 친구라고 부를 수 있는 벗은 아직 만나지 못하고 있다.

도쿄 근교에 있던 그 조선부락은 예상대로 이것저것 붙여 만든 빈약한 가건물로, 나중에 제대로 건축한 집도 생겼지만 살풍경하기는 변함없었다.

비좁고 너저분한 골목, 지붕에 닿을락말락 낮게 드리워진 전선, 불그죽죽한 지면에서는 쇠가 녹스는 듯한 악취가 언제나 났다. 또 바다가 가까운 탓인지 아침저녁으로 부락 일대에 바닷물 냄새가 자욱이 끼었다고 하면 듣기 좋지만, 지금 생각하면 그건 갈 곳을 잃은 소변 냄새가 떠다니고 있었던 것일지도 모른다. 여하튼 남자들은 모두 어디든 가리지 않고 선 채 방뇨하는 버릇이 있었다.

그 날 하루하루의 생활에 내쫓기던 부락의 많은 어른들의 표정은 어딘지 모르게 언짢았지만, 그 시절 민족단체에 속한 몇 명의 활동가만큼은 실로 헌신적으로 언제나 부락의 골목길을 바쁜 듯이 돌아다니고, 새된 소리를 냈던 일이 묘하게 기억에 남아있다.

여름밤, 박쥐가 부락의 하늘을, 앞다리를 날개와 같이 펼치고 어지럽게 날아다니는 모습은 괴이했지만, 이것도 계절의 풍물시風物詩였다. 박쥐는 날 때 초음파를 발사해서, 그 반사파로 상대를 순간적으로 식별해 충돌을 피한다고 한다. 도대체 그 기분 나쁜 박쥐는 새의 일종인지, 짐승의 일종인지 나는 지금도 잘 모르겠다.

한수의 집은 한국전쟁이 일어나 호경기일 때 상당히 돈을 번 고철상이었고, 내 집은 그의 집 바로 뒤편에 있었다. 소년시절, 돌풍처럼 덮친

이진우李珍宇의 고마쓰가와小松川사건은 우리 두 사람에게도 강렬한 충격을 주면서 지나갔지만, 그로부터 얼마 되지 않아 일어난 일이다. 한수의 신상에 생각지도 못한 커다란 불행이 갑자기 찾아온 것이다.

감기에 걸린 뒤 생긴 얼굴의 부종이 쉽게 가라앉지 않아 걱정이 된 그는 근처 큰 병원에서 진료를 받은 바 '한센병'의 징후가 있다고 진단받은 것이다. 당연히 그는 그야말로 커다란 당혹과 경악을 금치 못했다. 나는 인간의 한없는 탄식과 슬픔을 그에게서 본 듯한 기분이 들었다. 한수의 발병은 나에게 있어서도 청천벽력이었다. 이 정체를 알 수 없는 악마와 같은 병이 나를 그대로 지나치고 그를 직격한 것은 왜일까 생각했다. 우리 집에서는 한수와의 교제를 심하게 금지했다. 당시의 나에게 한센병을 두려워하고 혐오하는 기분이 전혀 없었다고 하면 거짓일 것이다. 아니, 오히려 나병균이 한수에게 들러붙고, 나에게 들러붙지 않아서 행운이라 생각한 적조차 있다. 내 본성은 본디 비열했다. 그렇게 생각하자 친구로서, 또한 한 사람의 인간으로서 한수에게 왠지 면목없다는 부채를 느꼈다. 하지만 그것조차 일종의 동정과 같은 것이었을지도 모른다. 한수의 병이 조금도 호전되지 않고, 진성으로 판명되었을 때 나는 어떻게 그를 위로하면 좋을지 말문이 막혔다.

한수의 병은 안면에서 목덜미에 걸쳐 희미하게 얼룩무늬가 나타났고, 손발의 감각에 이상을 느끼는 상태였다. 그토록 미소년이었던 그의 얼굴도 정신적 고통도 더하여 수척해지고 무참하게 일그러졌다. 그리고 나날이 그 얼굴이 그로테스크한 것으로 되어 갔다. 평소 난폭한 행동을 한 적이 없는 그가 자기 집 벽에 걸려 있는 거울은 죄다 손으로 쳐서 깨면서 날뛰었다고 한다.

그런 어느 날, 한수는 부친 앞으로 불효를 사죄하는 한통의 유서와 같은 것을 남기고 집을 뛰쳐나갔다.

수개월 뒤의 일이었다. 방랑중인 한수가 나에게 다음과 같은 내용의 시를 보내온 것을 지금도 뚜렷이 기억하고 있다.

나는 문둥이가 아니야.

내 아버지와 어머니가 나병이 아닌 것처럼

나는 문둥병도 한센병도 아님을

야수와 같이 포효해 마지않는다

내가 도대체 뭘 했다는 말인가!

나는 그날부터 웃음을 잃어버렸다

하루라도 마음이 개운한 적이 없고

모든 희망과 기쁨을 빼앗겼다

어젯밤은 구걸을 하고 있는 꿈에 시달리고

신발을 벗자 발가락이 몇 갠가 썩어 있었다

아침결 꿈에서는 마침내 코가 허물어져 내렸다

이렇게 말하면 안 되지만 문둥이 신분보다도

양손 양발이 없는

장애인 쪽이 훨씬 낫다

문둥이의 기분은

문둥이밖에 모를 것이다

차이코프스키의 「비창」 같은 건
나에겐 감미로운 곡으로 들린다
"너희 이 문을 들어오려고 하는 자
모든 희망을 버려야한다"[3]
고 한 단테의 말 쪽이 진실성이 있다
이 문둥병의 무정함이여
이 이상 뻔뻔스럽게 살아서
당할 모욕을 견딜 수 없다
아 나의 이 원망과 한을 누가 알리요
조국을 한 번도 보지도 못하고
이 세상의 한 구석에서
조용히 눈을 감고
순식간에 죽고 싶다.

나는 갑자기 날아들어 온 이 한수의 시를 평정한 기분으로 읽을 수는 없었다. 읽은 후에도 콧속 안을 뜨거운 무언가가 꿰뚫고 나가는 걸 느꼈다. 한수는 나병이 인간에게 있어서 업병業病이라는 걸 절실하게 호소하고 있다. 인간이 일단 이 병에 걸리면 그것으로 마지막, 사회로부터 꺼려지고 그 비인간적인 차별과 박해는 무시무시한 것이었다. 생각해보면 인간의 역사는 이 같은 무시무시한 소행의 역사였다고 해도 결코

3 단테 『신곡』, 「지옥」편.

과언은 아닐 것이다.

이윽고 한수가 교토京都대학 의학부 피부병 특별연구소 병동에 입소해있음을 알게 되었다. 나도 가족들과 동행해서 가모가와加茂川 근방에 있는 부속병원 구내의 낡아서 바랜 건물로 서둘러 찾아가서, 좌우지간 자살을 단념한 그의 모습을 보고서 안도했다. 그리고 그의 손을 붙잡고서 왜 그런지 울고 말았다.

한수에게 있어서 불행 중 다행이었던 것은 예전과 다르게 '프로민'이라는 특효약으로 치료할 수 있게 된 것과, 오가사와라 노보루小笠原登 박사를 만나게 된 일이다.

오가사와라 노보루 박사에 대해서 말하자면, 교토대학 피부병 특별연구소 소장이자 만년 조교수였다. 선생이 특히 한센병자로부터 지대한 존경을 받는 건, 당시 일본의 국가정책으로 진행된 '나병 예방법'이라는 강제적인 '종신격리박멸책'에 엄연히 반대하면서 환자의 인권을 옹호하는 입장에 서있었기 때문이다. 게다가 한센병의 전염력은 매우 미약한 것이라는 학문적 신념의 소유자로, 환자 상처의 고름을 입으로 빨아내는 일도 마다하지 않는다고 한결같이 소문나 있었다.

이로써 겨우 한수가 오가사와라 선생의 품으로 뛰어 든 이유를 알았다. 그리고 나도 또한 "세상에 이런 대단한 인간이 존재하는가" 하고 몸이 떨릴 정도로 감동했다. 그 후, 복도에서 우연히 오가사와라 선생과 마주 지나갔는데, 백발에 초연한 그 풍모는 성자와 같은 모습이었다. 선생과의 만남은 한수뿐 아니라, 나중에 나에게도 적지 않은 영향을 주게 되었다.

한수를 문병하기 위해 교토에 몇 번 다니는 동안에, 나는 어느 사이엔가 오가사와라 선생에 대한 존경심이 멎지 않았고, 이 특별연구소에서 볼런티어 활동을 하고 싶다고 한수를 통해 신청했다.

이렇게 해서 같은 볼런티어 동료였던 니시다 덴코西田天香[4]의 잇토엔一灯園[5]의 청년들이랑, 의학생과 페어를 짜서 심야의 중증환자 돌봄, 연구소 내의 청소 등의 육체 노동, 구내 한구석에 있는 농원에서의 야채 경작 등에 땀을 흘렸다. 또 어떤 때는 선생이 지시해서, 세토나이카이瀬戸内海[6]의 나가시마 아이 요양소長島愛生園[7]에 몸이 부자유스런 환자를 시중들러 간 적도 있었다. 그때에 나가시마 아이 요양소에 동포 환자가 많이 수용되어 있음을 처음으로 알았다. 또 볼런티어 활동을 하는 틈틈이 시마키 겐사쿠島木健作, 호죠 다미오北條民雄, 아카시 가이진明石海人 등의 나병문학도 자주 읽었다.

나의 볼런티어 활동은 6개월 정도의 짧은 기간에 지나지 않았지만, 그 사이 충실한 시간을 보내고, 보는 것 듣는 것 모두가 태어나서 처음이라는 강렬한 체험을 했다. 그리고 조금 과장스럽게 말하면 인간의 존엄이란 것에 대해서 조금 배울 수 있었다고 생각한다.

특별연구소에 입소하고 3년 후, 한수는 '프로민' 주사 등의 집중적인 치료 효과가 있어 완치에 가까울 정도로 건강을 회복했고, 기다리던

---

4 니시다 덴코(1872~1968)는 일본의 종교인이자 사회사업가, 정치가이다. 봉사단체인 잇토엔(一灯園)을 창시했다.

5 니시다 덴코가 메이지(明治) 말기에 설립한 참회봉사단체로, 교토시에 본부를 두었다.

6 일본의 혼슈(本州), 시코쿠(四国), 규슈(九州) 사이에 있는 내해(内海).

7 오카야마(岡山)현 세토나이(瀬戸内)시에 위치한 국립 한센병요양소. 나가시마(長島) 섬 안에 있다.

사회복귀를 이루었다.

내 앞에 나타난 한수 녀석은 오가사와라 박사 서명이 있는 「무균증명서」를 자랑스러운 듯이 보이면서 북한으로 귀국할 것임을 그때 선언했다.

마침내 귀국하는 날이 정해진 어느 날, 이제 당분간은 한수를 만날 수 없게 되리라고 생각하자 서운해서, 내 쪽에서 오쿠닛코로 하이킹 가자고 권한 것이다.

2. 눈송이 나무

회상에서 깨어난 나는 스키장에서 내려와 유노코湯の湖호수의 호반을 산책하면서 여관으로 돌아왔다.

여관의 목욕탕 물은 더운물의 양이 풍부해서 펑펑 솟아나고, 계속 흐르도록 되어 있다. 게다가 언제 가도 대부분 사람이 없어서 사치스럽게 여겨졌다. 느긋이 온천수에 몸을 담그고 있으면 식은 몸이 더워질 뿐만 아니라, 마음까지 풀리는 듯해서 정말 기분이 좋다.

갑자기 목욕탕 창가가 확 밝아져서 밖을 내다보니, 부근 일대에 펼쳐진 설경이 은색으로 빛나 눈이 부셨다. 계속 내리던 눈이 딱 멈춰서 하늘 한 구석에 푸른 하늘조차 보이는 것이 아닌가. 날씨가 회복된 것이다. 아침부터 날씨만 신경 쓰고 있었는데, 이걸로 어떻게 가리코메호수로 하이킹 갈 수 있을 거라 생각하니 순간 마음이 들떴다. 소지품의 준비는 사전에 해 두었기 때문에 남은 것은 포트에 뜨거운 차를 채워서 배낭에 넣는 일뿐이었다.

여관 현관을 나서려고 했을 때, 중년의 여관 지배인이 나와 인사하면서,

"지금부터 어디 외출하십니까?" 하고 말을 걸어왔다.

"눈이 그쳐서 가리코메호수에 다녀오겠습니다"라고 나는 대답했다.

"가리코메호수에 말입니까? 손님, 못갈 건 없지만, 무리는 안하시는 편이 좋아요."

지배인은 그런 당연한 말을 치근치근 하면서, 나의 볼품 없는 산행 복장을 재빠르게 관찰했다.

"아, 그렇습니까. 바로 돌아올 테니까."

어쩔 수 없이 그렇게 대답했지만, 지배인의 말투를 듣고는 불만을 느꼈다. 왜냐하면 이 하이킹 코스는 여학생조차 2시간 반만 있으면 충분히 왕복할 수 있는 평범한 코스이기 때문이다. 가이드북에도 확실히 그와 같이 기재되어 있지 않은가. 게다가 도중에 적설이 심해 무리라고 생각되면 그때 돌아오면 된다.

여관을 나서서 손목시계를 보자 오후 2시를 가리키고 있었다. 좀 늦었군, 벌써 시간이 이렇게 되었나, 서둘지 않으면 안 되겠다고 이때 언뜻 생각했다.

버스터미널에서 여관거리의 변두리를 빙 돌자, 그곳은 마른 갈대밭으로 부글부글 온천이 솟아나 황화수소의 독특한 냄새가 코를 찌른다. 막다른 곳의 좁은 산길을 오른쪽으로 가파르게 오르자, 바로 곤세이 유료도로가 나왔다.

곤세이 유료도로는 적설기라서 폐쇄되었고, 황량하고 으스스했다. 자동차가 다니지 않는 고불고불 고부라진 도로는 쓸모없는 것으로, 마치 흰 구렁이가 길게 뻗어서 누워있는 것처럼 보였다.「고토쿠늪, 가리코메호수 입구」라는 하이킹 지시 표지에 따라서 좁은 산길을 척척 올라간다. 눈은 생각한 만큼은 쌓여 있지 않다. 게다가 5, 6명의 그룹이 걷고 난 난잡한 발자국조차 남아 있었다.

잠시 걷자, 왼편 아래쪽에 눈에 푹 덮인 여뀌호수가 보이기 시작했다. 여뀌호수는 호수라는 이름은 붙어 있지만, 오히려 늪이나 연못에 가깝고 위에서 바라보면 고인 물이 어디로도 흘러갈 곳이 없는 지형이었다. 봄이 되면 거기에 많은 여뀌가 무성해지는 데서 그 이름이 붙었을 것이다.

여관을 출발하고 나서, 내내 의욕에 넘쳐 여기까지 단숨에 올라온 탓인지, 몸에 좀 땀이 배었다. 수건으로 얼굴과 목을 닦고, 몇 번이나 심호흡을 반복해서 산의 신선한 공기를 들이마셨다. 배낭에서 밀감을 꺼내 먹고, 지도를 펼쳐서 현위치를 확인한다. 하지만 목적지까지는 아직 멀다.

여기서 만일을 위해 배낭 속의 소지품을 재빨리 점검하기로 한다. 방한용 상의에 스웨터, 양말, 장갑, 거기에 지도, 포트, 선글라스, 수건, 휴지, 라이터, 수첩과 만년필, 나이프, 비닐 깔개, 신문, 로프, 밴드에이드, 일회용 손난로까지 들어가 있다. 자질구레한 물건이 의외로 많다.

식료품은 비스킷, 얼음사탕, 커피사탕, 말린 오징어, 게 통조림, 밀감에 레몬 등을 지참하고 있었다.

거기에 나는 술을 좋아하는 편은 아니지만 하이킹이나 여행을 할 때에는 반드시 위스키 작은 병과 정로환을 지참하곤 한다. 산 속에서 속이 안 좋아지거나 하는 경우는 좀체 없지만, 그래도 비슷한 경우에 정로환 4, 5알과 소량의 위스키를 함께 꿀꺽 삼키면 내 몸은 순식간에 혈액순환이 좋아지고, 피로까지 회복하는 체질이다. 게다가 위스키는 이러한 효능 이외에, 가령 산 속에서 상처를 입었을 때 소독약의 역할도 한다. 그러니까 언젠가 틀림없이 이 위스키 작은 병이 내 생명을 구할 수호신이 되지 말라는 법도 없다. 그렇게 생각하고선 소중히 갖고 다니는 것이다.

그런데 배낭의 점검을 끝낼 즈음, 회중전등을 가져 오지 않았음을 깨닫고 엉겁결에 "아뿔싸!" 하고 내뱉고 말았다. 설마 전등을 필요로 하는 하이킹이 되리라고는 지금으로선 생각지 않지만, 역시 만일을 위해 항상 배낭 속에 전등은 넣어둬야 했다고 후회했다.

고불고불 고부라진 눈길을 오르락내리락 반복하면서 나아간다. 꽤 걸었다고 생각한 즈음, 낯익은 풍경이 일변해 전방에서 넓고 깎아지른 듯한 경사면이 시야에 뛰어들어 왔다. 눈에 몽땅 덮이어 있는데, 산괴가 무참히 붕괴한 바위너설이다. 날카롭게 찢어진 그 상처가 등산로까지 완전히 삼켜버린 듯이 보여서 한순간 곤혹스러웠다. 하지만 차분히 잘 살펴보니, 눈 경사면에 뚜렷이 선반을 새긴 듯한 길이 이어지고 있었다. 나는 신경을 긴장시키고서는 그 경사면의 길을 무턱대고 돌파했다.

한동안 무릎까지 오는 눈이랑 험한 길이 계속된다. 지금 걷고 있는 이 부근은 오른편의 산등성이와 왼편에 보이는 온천 고개 사이의 오목한 곳에 해당하고, 해발은 족히 1700미터를 넘는 곳이다. 원생림이 가까이에 있는 탓인지 으스스하리만큼 조용했다. 자신이 내쉬는 숨소리만이 거칠게 들린다.

별안간 강한 바람이 귓전을 스쳤나 싶더니 좀 전까지 보이던 구름 사이의 푸른 하늘은 사라지고, 하늘은 답답한 회색빛으로 덮이기 시작했다. 게다가 기온도 뚝 떨어졌음을 피부로 느낀다. 예전 일이지만, 산속에서 갑자기 안개에 휩싸여서 길을 잃고, 나아가지도 물러가지도 못하고 곤란한 적이 있었음을 떠올렸다. 산 날씨는 변덕스러워서 자주 변화하기 때문에, 언제나 주의하고 있어야만 한다.

후방에서 갑자기 우두두 하는 큰 소리가 울려 퍼졌다. 놀라서 뒤돌아보니 얼룩조릿대 군락에서 눈이 무너져 내려서 지금 막 지나온 등산로를 가로막듯이 막고 있었다. 눈이, 쌓인 자신의 무게를 못 견디고 균형을 잃은 것으로 보이고, 얼룩조릿대의 큼직한 녹색 잎이 크게 흔들렸다. 거기에 이름도 모르는 관목이 눈 밑에서 가만히 숨을 죽이면서 가느다란 나뭇가지 끝에 부드럽게 부푼 꽃봉오리를 무수히 달고 있는 가련한 모습이 인상적이었다.

가까스로 가리코메호수까지의 중간점에 해당하는 작은 고개에 도착했다는 것은 거기에 크고 튼튼한 지시 표지가 세워져 있어서 금방 확인할 수 있었다. 작은 고개라 해도 눈으로 바람받이가 되고 있는 평평한 지면에 불과하지만, 수 백 톤 이상은 될 듯한 거대한 바위가 주인처럼 앉아 있었다. 여하튼 여기서 잠깐 쉬기로 하고, 배낭을 등에서 내렸다.

시간은 오후 3시를 조금 넘고 있었다. 순조롭게 걸어왔다고 생각했지만, 예상했던 것보다도 시간이 경과했다. 눈길 탓으로 어쩔 수 없지만, 이 상태로 가면 겨울 산의 일몰은 의외로 빨리 찾아오니까, 금방이라도 어두워지기 시작할 것이다. 목적지에 도착할 때까지는 괜찮겠지만, 돌아오는 길이 어두워 질 것임은 거의 틀림없다.

역시 여기에서 되돌아가는 편이 무난하지 않을까 생각했다. 그러나 한편으로 모처럼 여기까지 올라왔으면서 되돌아가는 것이 매우 유감스럽기 그지없었다. 이제 산 길은 끝나고, 작은 고개부터는 길도 비교적 평탄해서 도빈계곡ドビン沢을 따라 가면, 이제 곧 가리코메호수이지 않을까, 계속 가야할까, 아니면 미련없이 물러나야할까? 이때,

"혼자서 하는 겨울 산행이니까 신중하게 행동해야 해!"라는 소리가 어디선가 들려왔다.

"바보 같은 소리 하지 마. 약간의 모험이 어떻다고!"

또 다른 자신이 바로 그렇게 반론했다. 어쩔 수 없이 자신의 가슴에 손을 얹고, 어떻게 해야 할까 생각했는데, 역시 가리코메호수에 가고 싶다는 기분 쪽이 더 강하다는 걸 알았다. 한 차례 그처럼 기분의 비중이 기울자, 이미 "전진만 있을 뿐이다" 하고 결단할 수밖에 없었다.

그래서 일몰까지 왕복 거리를 좁혀 두려고 서둘러 출발한다. 이때, 회색빛으로 흐려 있던 하늘에서 눈이 흩날리기 시작하는 것이 보였다. 등산로는 내리막 경사로 바뀌었는데, 미끄러지지 않도록 몸의 균형을 유지하면서 걸어야했고, 생각만큼 빨리 앞으로 나아갈 수 없었다. 그러는 동안에 커다란 바람에 넘어진 나무가 길을 막고서있는 곳에 부닥쳤다. 노목이 강풍 때문에 넘어진 것으로, 이것도 자연의 섭리임에 틀림없다. 쓰러진 나무 밑을 빠져 나가려고 했지만, 적당한 틈새가 없어 타고

넘는데 애를 먹었다.

점차 짙은 눈이 비스듬히 강하게 내리기 시작했다. 겨울에 마른 나목의 가지마다 눈이 착 달라붙어 생긴 멋진 수빙樹氷 무리가 잇달아서 눈앞에 전개되며 눈에 스며들었다. 그것은 오히려 수빙이라기보다도 겨울 꽃이라는 의미에서 설화수雪花樹라 부르는 것이 어울릴 거라 생각했다. 널리 내다보이는 온통 새하얀 세계는 낭만적인 아름다움으로 넘쳐흐르고, 유리琉璃와 같이 반짝이고 있었다. 나는 이 대자연의 심원한 조화의 신비를 보고 저도 모르게 환성을 질렀다. 그러던 중에 어느샌가, 눈을 처음 본 어릴 때의 동화 속 세계로 쓱 끌려들어갔다.

도쿄 근교의 그 조선부락은 바다에서 바람이 불어오는 탓인지 비교적 기후가 온난하고, 겨울이 돌아와도 좀처럼 눈이 내리는 풍경을 볼 수가 없었다. 그런데 일단, 매서운 한파가 도래해서 하늘에서 눈이 조금이라도 내리면 아이들은 환성을 지르면서, 공터나 큰길을 뛰어다니면서,

눈이 펑펑 싸락눈 펑펑 / 내리고 내려서 척척 쌓인다 / 개는 기뻐 마당을 뛰어다니고 / 고양이는 각로 곁에서 몸을 웅크린다……

라는 그 구전동요를 부르곤 했다. 눈이 하늘에서 흩날리며 내려오는 풍경이 우리들에게는 매우 이국적으로 보여서 흥분하지 않을 수 없었다. 나도 작은 가슴을 두근두근 거리면서 눈 냄새를 맡으며 들떠서 떠들어댄 것을 희미하게 떠올렸다.

게다가 눈이라면 반드시 한수의 여동생인 설매雪梅 얘기를 하지 않을 수 없다. 설매는 본명이고, 보통은 주위로부터 "셋짱雪ちゃん, 셋짱"으로

불리고 있었다. 셋짱과 나는 어린 시절부터 아주 사이가 좋았다. 어느 날, 창고 건물 안에서 둘만 놀고 있었을 때, 갑자기 셋짱이 알몸이 되어서 자신의 하반신을 과시하듯이 보여준 적이 있었다. 그건 틀림없이 나에게 보이려고 한 호의의 표현이었음에 틀림없다. 셋짱의 대담한 행동에 어린아이인 나는 움츠러들면서도 눈앞에 보이는, 자신의 것과는 분명히 다른 성기에 엉겁결에 눈이 휘둥그레졌다. 거기에는 옮은 갈라진 틈이 있었다. 새하얀 하반신은 빰처럼 예쁘고 매우 눈부셨다. 나는 신기한 나머지, 쭈뼛쭈뼛 손을 뻗어서 거기에 손을 대려고 했더니, 셋짱은 갑자기 매몰차게 나를 밀치고선 달아났다. ―어렴풋이 그런 일이 있었던 걸 기억하고 있다.

이윽고 고등학교를 졸업하고 그 지역의 신용조합에 근무하게 된 셋짱은 설매라는 이름에 걸맞게 피부가 하얀 아름다운 처녀가 되어 있었다. 그 무렵 내가 그녀에게 어렴풋한 연심을 품었다고 해도, 그건 자연스런 흐름이었다고 할 수 있겠다.

그런데 이 무슨 일인가! 설매는 어머니로부터 기가 센 성품도 동시에 물려받았는지, 언제나 기품이 높고, 새침해서 전혀 말을 붙여 볼 수도 없었다. 나는 상냥하고 정이 깊은 여성상을 설매에게 기대하고 있었기 때문에 매우 실망해버렸다. 한수가 북한으로 돌아간 직후, 나는 오랜 세월 살던 그 조선부락을 떠났다.

시간이 흘러, 그 뒤 설매의 소식을 오랫동안 모르고 있었는데, 재작년 이케부쿠로池袋에 있는 스낵 바 '녹두綠豆'에서 우연히 재회했다. 설매가 이 스낵 바의 마담으로 변신해 있다니 놀라웠다. 그 후로 소꿉동무라는 그리움 때문에, 아니 그 이유뿐 아니라 오히려 설매의 성숙한 여체에서 발산되는 요염한 매력에 이끌려 '녹두'에 뻔질나게 다녔다고 하는 편이 좋을지도 모르겠다.

3. 가리코메호수

가까스로 등산로의 좁은 길이 임간 도로다운 폭넓은 길과 합류했다고 생각했더니, 바로 도빈계곡에 막다랐다. 지도는 휴식할 때마다 잘 봐둬서 머릿속에 확실히 새겨져 있다. 이 도빈계곡을 따라서 오른편으로 가면, 금방이라도 가리코메호수가 나온다.

그러나 여기서 어떤 일이 있어도 왼편의 고갯길을 내려가서는 안 된다. 왜냐하면 그곳은 '두려움의 계곡'이라는 위험스런 이름이 붙은 계곡이기 때문이다. '두려움의 계곡'은 이 얼마나 직설적으로 사람을 위협하는 이름인가.

도빈계곡으로 발을 들이자, 바람이 의외로 강하게 불고 있음을 금방 깨달았다. 가끔 돌풍이 눈보라를 말아 올리면서 산의 표면을 핥듯이 내리부는가 싶더니, 급전직하 남쪽의 가리코메호수를 겨냥해서 미쳐 날뛰듯이 빠져 나간다. 이 바람은 도빈계곡의 독특한 지형이 그렇게 만드는지도 모른다. 갈 때는 후방에서 불어오는 바람이라서 그리 힘들지 않지만, 언뜻 돌아가는 길이 불안해졌다. 눈뿐이라면 또 모르되 이런 강풍이 불고 있으리라고는 예상도 못했기 때문에 전도다난前途多難하다는 기분이 들기 시작했다.

"뭐, 바람은 뻔한 엄포 같은 거야. 조만간 멎겠지. 바람이여 잠잠해져라!"

나는 허세를 부리면서 큰소리쳤다.

길은 얼마간 평평해졌지만, 이번에는 새로 쌓인 눈이 발목을 붙잡고, 익숙지 않은 고생을 강요하기 시작했다. 그때까지 쭉 계속되던 사람의 신발자국도 이 근방부터는 완전히 사라지고, 산에 사는 토끼나, 작은 동물이 달려서 빠져나간 흔적조차 이미 눈에 띄지 않게 되었다. 도빈계곡부터는 상황이 싹 일변해서 공기까지 팽팽히 긴장되어 있는 것처럼 여겨졌다.

당연하다는 듯이 추위도 한층 심해졌다. 콧구멍이 얼얼하다 싶더니 자꾸만 재채기가 나왔다. 이런 곳에서 감기에 걸려서는 견딜 수 없기 때문에 재빨리 방한용 상의를 꺼내서 껴입었다. 방풍과 방한을 겸한 이 가벼운 방한용 상의는 지금 나에게 있어 가장 의지가 되는 아군이다.

꽤 걸었다고 여겨질 때가 되어도 조금도 가리코메호수는 그 모습을 나타내지 않았다. 자신이 생각한 만큼 거리를 좁히지 못했나 보다. 지도로는 지호지간의 거리로 보이지만, 원망스러울 정도로 멀게 느껴졌다. 게다가 길은 점차 평탄하지 않게 되어, 경사가 급한 산길의 오르막 내리막이 잠시 이어졌다. 이럴 거라면 작은 고개에서 되돌아가야 했다고, 한순간 후회가 밀려왔다. 여관에 빨리 돌아가서 온천에 몸을 담그고 있으면 극락이었을 것을, 어째서 스스로 나서서 이 눈과 바람을 상대로 고투하지 않으면 안 되는가 생각지 않을 수 없었다. 아무리 가리코메호수에 가보고 싶었다고 해도, 가야만 할 의무 따위 있을 리 없다.

마침 그때였다. 아랫배 쪽이 스멀스멀하기 시작해서 난 당황했다. 그것도 그럴 터이다. 이틀 반이나 먹고 마시면서 배변하지 않았기 때문에 무리도 아니다. 그렇다고 해서 유달리 하필이면 이런 눈 내리는 산속에서 생리적 욕구가 찾아올 줄이야, 정말 운이 없다고 원망스럽게 여겨졌다. 여기선 가능한 한 자신의 몸을 컨트롤해서 시간을 끌 수밖에 없다. 그를 위해서는 다른 일을 힘을 다해 생각하고, 오로지 기분을 전환시키려고 애썼다.

한수와 둘이서 가리코메호수를 거쳐 고토쿠늪까지 걸었던 때를 서둘러 머릿속에서 떠올린다. 오늘은 온통 눈 일색으로 뒤덮이어 있지만, 분명히 이 근방에는 전나무랑 솔송나무 원생림, 고지대 특유의 사스래나무, 자작나무 숲이 있었던 걸로 기억하고 있다. 그때, 너도밤나무랑 단풍나무, 등대꽃 등이 멋지게 단풍으로 물들어 있던 것이 지금도 여전히 선명한 인상으로 남아있다. 게다가 마가목과 요소도메의 붉은 열매를 손으로 딴 것까지 하나하나 기억에 되살아났다.

가리코메호수와 기리코메切込호수가 연인처럼 바싹 달라붙어 있는 근방에서 함께 도시락을 먹었는데, 갑자기 한수가 일어서더니 시라네白根산이 있는 북쪽을 향해서 칼 부세Carl Busse의 시를 읊조려서 깜짝 놀랐다.

산 넘어 저쪽 하늘 멀리
행복이 있다고 말들 하기에

아 남 따라 행복을 찾아갔다가
눈물만 머금고 돌아왔네
산 넘어 저쪽 더욱 멀리
행복이 있다고 말들 하건만.

이 시는 달콤하고도 씁쓸하고, 약간 우리들을 감상적인 기분으로 만들기에 충분했다. 그런 후에 한수는 차분한 목소리로 말했다.

"한 번은 나병에 걸린 몸이다. 조국을 위해 바쳐도 후회할 일은 없어"라고.

이 얼마나 고귀한 정신인가. 나는 솔직히 말해서 눈시울이 뜨거워지는 걸 느꼈다.

"그를 위해서도 우선은 의과대학에 들어가서 공부하고 싶다—" 그는 귀국하고 나서의 꿈을 이같이 말했다.

"한수, 저쪽에 가더라도 건강관리 잘해."

내가 그의 어깨를 두드리면서 그렇게 말하자

"고마워. 오늘 하이킹은 평생 추억이 될거야."

그는 뒤돌아본 채로 악수를 청해왔다.

이 하이킹을 즐긴 며칠 뒤, 한수는 용약, 니이가타新潟에서 제백X차 배로 귀국했다.

훗날, 여동생인 설매에게 듣고 확인했지만, 귀국 직후 한수는 의과대학이 아니라, 바로 함경북도의 아오지탄광이라는 곳으로 배치되어 현재에 이르기까지 쭉 그곳에서 일하고 있다 한다. 한수에게 있어 조국의 현실은 상상했던 것보다도 냉엄했던 것이다. 자세한 사정은 모르겠지만, 어디서 잘못되었을까. 그 우수하고 뜻이 높은 한수를 평생 탄광에 가둬 버리다니 너무나도 잔인한 사회가 아닌가. 불쌍한 한수!

여하튼 지금 나로서는 그를 만날 수 있을 날이 하루라도 빨리 찾아오기를 기도할 뿐이다.

간신히 전방 왼편으로 가리코메호수가 펼쳐져 있는 걸 확인하고서 안심했다. 손목시계의 눈금은 오후 4시 반에 가까웠다. 다행히 눈은 약하게 내리고 있었다.

나는 가리코메호수의 물가에 한동안 멍하니 서서 바라보았다. 근처는 어느샌가 겨울 해가 지고 날이 어두워지려고 하고 있었다. 하지만 눈에 익은 눈빛은 의외로 밝아서, 도대체 지금이 낮인지 밤인지 분명치 않은 그런 밝음이 지배하고 있었다.

가리코메호수는 완전히 결빙해서 바람소리도 여기까지는 도달하지 않는지 으스스할 정도로 정적에 휩싸였다. 호면은 더러움을 모르는 듯이 하얗고 청초하고, 희미하게 눈으로 아름답게 덮이어 있다. 군데군데 검푸른 가로줄무늬 모양이 희미한 빛을 발하고 있는데, 저건 도대체 무얼까? 약간 마성적인 색채인 것이 신경 쓰인다. 이어서 눈을 호수 위로 가져가니 맞은편 기슭의 숲이 흐릿하게 부예지듯 떠오른다.

이런 풍취 있고 멋진 자연의 풍경은 그리 좀체 볼 수 있는 게 아니다. 그걸 눈앞에서 본 것만으로도 여기로 찾아온 보람이 있다고 생각했다. 나는 비경과 같은 이 풍경에 완전히 취해 매혹당해 버렸다.

그러는 동안에 점차 혹한기의 가리코메호수는 인간이 다가오는 것을 일절 허락하지 않는 준엄한 세계인 양 보이기 시작했다. 그러자 아무것도 모르고 헤매 들어온 나를 가리코메호수에 사는 신들이

"죽음을 두려워하지 않는 바보 녀석! 엄벌에 처할 테니 각오해라"라고 비웃고 있는 듯이 여겨졌다.

하지만 어쩌면,

"이런 눈보라 치는 밤에 잘도 와주었군. 마음껏 실컷 내 품에서 놀고 가도 좋다."

그렇게 말하면서 상냥하게 노고를 치하하고 위로하고, 포옹해주는 듯이도 여겨지는 것이었다.

나는 호수 위에 비닐 깔개를 깔고 앉았다. 그리고 지참해온 낡은 신문을 길게 말아서 한 장 한 장 정성껏 태우면서 그 불길을 바라보는 기묘한 행동을 의식과 같이 집행했다. 이것에는 특별한 의미는 없지만, 단지 무턱대고 그리 하지 않을 수 없었다. 하다못해 그러한 식으로 가리코메호수의 신들에게 경의를 표하고 싶었는지도 모르겠다. 하지만 실제로는 결빙한 호수 위에 있자니 바로 발치가 차갑게 느껴져서, 무의식중에 낡은 신문을 태워서 몸을 녹였다고 하는 편이 맞을 것이다.

그러자 이번에는 왠인지, 그 자리에서 노래 한 곡이라도 절절히 정감을 담아서 불러보고 싶다는 욕구에 휩싸였다. 그런데 평소 노래와는 관계가 먼 내가 갑자기 입을 우물우물 움직여 본들 잘 부를 수 있을 리가 없었다.

그건 그렇고 가리코메호수와 기리코메호수가 은밀히 랑데부하고 있

는 곳은 어디쯤일까 해서 남쪽 방향으로 천천히 시선을 옮겼는데, 모두 회색으로 어렴풋이 흐려져 있어서 확실히 보이지 않는다. 그 대신 불거져 나온 괴물과 같은 수림이 눈에 뛰어들어 왔다. 짙게 눈을 뒤집어 쓴 수림은 마치 생물과 같이 숨을 쉬면서 칠흑의 커다란 그림자를 호수 위에 떨어트리고 있었다. 여기에서는 다로산太郎山이나 산오山王고개의 모습은 바랄 수도 없지만, 아마 이 생물과 같이 숨쉬고 있는 수림의 맞은편에 위치해 있을 것이다.

너무 참아서 몸 상태가 나빠져서는 크게 곤란한 법이다. 좀 전부터 쭉 참아왔던 하반신의 용건을 이 부근에서 재빨리 처리해버리려고 결심한다. 이야말로 아무리 평소 으스대는 인간이더라도, 인간의 영위에는 빠트릴 수 없는 숙명적인 작업이다.

그런데 이런 곳에 공중변소가 있을 리가 없다. 나는 우선 바람이 비교적 불지 않는 장소를 찾는 작업부터 시작해, 눈을 파헤쳐 거기에 조그마한 구덩이를 만들었다. 그리고선 천천히 발을 벌려서 그 위에 쭈그리고 앉아 아랫배에 힘을 넣고 용써 보았다. 하지만 익숙한 자기 집 화장실과 사정이 너무 달라서, 하반신이 즉석에서 순응하지 않았다. 게다가 노출한 엉덩이 부위에 가차 없이 한기가 들어와서 위아래 이가 와들와들 떨려 멈추지 않는다. 그뿐만이 아니었다. 첫째, 이런 곳에서 무방비한 자세를 취하고 있는 것 자체가 대단히 위험하게 생각되어 견딜 수 없었다. 그건 동물적인 방위본능과 같은 것이었다. 지근거리에서 가만히 틈입자의 빈틈을 살피고 있는 굶주린 늑대나 은빛 여우, 인간에게 버려진 사냥개, 흉포해진 다람쥐, 그밖에 이름도 모르는 짐승들의 눈이 형형하게 빛나고 있는 것을 강하게 의식했다.

또한 야광충에 속하는 무수한 미생물이 웅크리고 있는 내 엉덩이 부위의 갈라진 금을 노리고, 전후좌우의 어둠으로부터 조금씩 다가오는 듯한 기색이 들어 견딜 수 없었다. 이 짐승들이랑 미생물은 방금 신문지를 태워 자신들을 위협한 괘씸한 틈입자에게 맹렬한 적의를 불태우고 있음에 틀림없다. 방심하고 있어선 녀석들에게 언제 어느 때 습격당해서, 때 아닌 축제의 산 제물이 되지 말라는 법도 없다. 그런 상상에 일단 빠져들자 갑자기 불안이 느껴져 두려워지고, 다리가 떨리고 전신이 긴장되었다. 다음 순간, 항문은 단단히 닫혀 마려움은 완전히 약해졌다. 나는 맥없이 바지를 끌어올리고, 용변을 단념할 수밖에 없었다.

호반에 도착한지 얼마큼의 시간이 경과한 것일까. 그 시간은 긴 것도 같고, 짧게도 느껴졌다. 굳이 말하자면 10분이나 15분 정도일 것이다. 근방은 시시각각 어두운 그늘이 늘어나고 있었다. 얼마 안 되는 음식을 서둘러 입 속에 던져 넣고, 따듯한 차를 마시자 몸이 얼마간 따뜻해졌다. 이제 이 이상, 여기에 머무를 필요가 어디 있겠는가. 모조리 충분히 만족하지 않았는가. 이제 남은 것은 한시라도 빨리 여기를 떠나야 한다고 나는 그때 단호히 자기 자신에게 명령하고 있었다.

4. 설녀雪女의 유혹

겨울의 가리코메호수의 본 모습을 눈앞에서 본 흥분은 쉽사리 가라앉지 않았다. 하지만 이제부터 돌아갈 길을 생각하자, 아무래도 눈이나 바람이 걱정되기 시작했다. 그래도 처음에는 올 때 자신이 새긴 신발자국도 남아 있어서, 그 위를 밟고 걸으니 조금은 발이 가볍게 움직이는 듯했다.

잠시 나아가자 아니나 다를까 바람은 눈을 휩쓸고 강하고 거칠게 불어댔다. 간헐적으로 윙윙하고 소리를 내며 휘몰아칠 때에는 도저히 눈을 뜨지 못하고, 바람에 등을 향하고 몸을 굽혀서 그 자리에 엎드릴 수밖에 없었다. 이 불쾌한 바람소리를 들으면 나는 심하게 풀이 죽고 다리가 경직되고 위가 찌르듯이 아팠다. 아무래도 도빈계곡은 천 길의 골짜기로 되어 있어서, 여기서는 일상다반사와 같이 이런 바람이 소용돌이치고 있을 것이다. 작은 고개에 도착할 때까지는 한동안 이 상태가 계속될 거라고 이미 각오를 했다. 자신의 두 다리를 교차시키며 전방으로 움직이고 있으면 멀지 않아 반드시 작은 고개에 도착할 것임에 틀림없다. 그렇게 생각하고, 태도를 바꾸어 걷기로 했다.

길의 양쪽 산괴는 대치하고, 눈을 뒤집어 쓴 수목은 몸을 서리고서 으스스하게 이쪽을 노려보고 있다. 밤의 어둠이 나를 바작바작 몰아넣기 시작했다. 이제는 의지할 수 있는 건 눈의 어슴푸레한 밝음뿐이었다. 이런 때를 위해서 전등을 지참했어야 했다고, 나는 부아가 나서 혀를 심하게 말곤 "쳇, 쳇" 하고 계속 내뱉었다.

그때, 정신없이 고개를 숙이고 걷고 있던 내 뺨에 얼얼한 통증이 느껴졌다. 한층 강한 한기가 피부의 감각을 자극한 모양이다. 아마 틀림없이 눈에 보이지 않는 냉기 덩어리가 산의 능선을 타고 물밀 듯이 흘러들어오고 있을 것이다.

이렇게 연이어 덮쳐오는 난제에 비로소 자신이 놓여 있는 현재의 상황이 보통일이 아니라는 걸 인식하지 않을 수 없었다. 나는 곧장 배낭을 등에서 내려서 예비 스웨터를 껴입고, 일회용 손난로까지 허리에 둘렀다. 어떻게든 지금은 지니고 있는 모든 물건을 동원해서 이 추위에 맞서리라 결심했다. 물론 위스키도 꿀꺽 목구멍으로 흘려 넣고 몸의 온도를 올렸다.

난 겨울산 등산의 경험도 없고, 또 튼튼한 몸도 아니지만, 여기에 이르러서는 강인한 정신력으로 이 난관을 돌파하겠다고 마음먹고 있었다.

"이런 곳에서 뒈질까보냐!"
하고 무의식중에 큰 소리로 외쳤다.

무릎까지 오는 눈에 발을 붙잡혀, 때때로 빠질 듯하다. 이렇게 잠시 눈길과 악전고투하고 있는 동안에 기묘하게도 한여름의 타는 듯한 염천하의 야산을 땀을 흘리면서 걷고 있는 자신의 모습이 눈에 어른거리기 시작했다. 그건 현실 세계와는 대략 대극에 있는 풍경이었다. 게다가 가득 찬 풀의 훈김이랑 매미가 일제히 울어대는 소리까지 귀에 달라붙듯 들려왔다. 자신의 망막에 나비랑 잠자리가 뒤섞여 날고, 메뚜기, 귀뚜라미, 여치까지 이리저리 돌아다니는 게 눈에 비쳤다.

다음 순간, 나는 격렬하게 머리를 좌우로 흔들고서 이 얼토당토않은 여름날의 환상을 쫓아 버렸다.

다리가 뻣뻣해질 정도로, 오로지 눈이 내린 산길을 오르락내리락했지만, 아무리 시간이 지나도 작은 고개로의 분기점에 도착하지 못했다.

좀 더 빨리 도착했어야 했다고 생각하자 마음이 초조해졌다. 올 때는 우회전해서 왔으니까 돌아갈 때는 당연히 그곳을 좌측으로 돌아야만 한다.

"이건 도대체 어떻게 된 거야!"

계속 내리고 있는 눈보라 때문에 작은 고개로 향하는 분기점 그 자체가 눈으로 파묻혀서, 이미 흔적도 없이 사라져 없어졌다는 건가.

"그런 바보 같은! 작은 고개로의 입구를 발견하지 못하면, 그때는 나는 어떻게 된단 말인가."

"쓸데없는 생각하지 마!"

불안과 초조함이 뒤얽힌 중얼거림이 점차 많아졌다.

문득, 어쩌면 길을 잘못 들어섰을지도 모른다는 의혹이 스쳤다. 하지만 외길이니까 그런 일이 일어나리라고는 도저히 생각할 수 없다. 오히려 어둠 때문에 분기점을 알아차리지 못하고 지나쳐버렸을 가능성 쪽이 높다. 그건 충분히 있을 수 있는 일이다.

이 같은 것을 한없이 생각하고 있자니, 점차 답답한 불안한 기분에 휩싸여 희미하게 가슴이 두근거림을 느꼈다. 나는 만일을 위해 그 자리에 우뚝 서서 후방을 돌아보거나, 전방을 들여다보듯이 응시했다. 그러자 내리막길로 되어 있는 눈길이 '두려움의 계곡'의 심연을 향해서 일직선으로 뻗어 있는 듯해서 섬뜩하게 보이기 시작했다. 지도에서 본 그 깊이를 알 수 없는 골짜기의 밑바닥으로 일단 헤매 들어가 버리면, 도저히 생환할 수 없을 것이다. 그걸 알면서 굳이 이대로 질질 앞으로 돌진해가는 것은 아무래도 무모하게 여겨져서 그 자리에 선 채 꼼짝을 못했다. 이때, 뭔가 이상신호와 같이 따끔따끔한 목의 갈증이 덮쳐왔다.

눈 내린 밤의 어둠은 눈앞만큼은 간신히 보이지만, 그 이외는 전부 어두운 회색으로 푹 가라앉아 있었다. 때때로 여러 가지 모습을 한 것이 갑자기 눈앞에 나타났나 싶으면 변환 자재로 일그러져서 내 신경을 위협하기 시작했다. 대개의 경우 그것은 수목의 장난이었지만.

곧 전방의 눈길 위에서 기묘한 모습을 한 것이 흔들흔들 움직이고 있는 것이 눈에 들어온다. 그건 어딘지 모르게 커다란 호랑나비가 날개를 팔랑거리고 있는 것에 아주 닮았다.

"한데? 저건 도대체 뭘까?"

캄캄한 밤을 노려보면서 눈도 깜작이지 않고 응시하자, 의외로 스낵 '녹두'의 마담이 호랑나비 문양의 아름다운 드레스에 몸을 감싸고, 생긋 웃으며 내 쪽으로 뜨거운 시선을 쏟으며 서 있는 게 아닌가.

몰래 연모하던 소꿉동무인 설매와 이런 곳에서 데이트할 수 있을 줄이야, 잠깐 동안 오싹해졌지만 이상야릇한, 여우에 홀린 듯한 기분이 들기도 했다.

설매는 단도직입적으로

"당신 오랜만이네요. 그런 곳에 우두커니 서 있지 말고, 이쪽으로 빨리 오세요. 아주 예뻐해 줄 테니까."

그렇게 말하고선 가슴팍을 풀어 헤치는 시늉까지 했다. 설매의 성급한 유혹에 나는 흠칫해서 뒷걸음질쳤다.

"뭐라고? 여기를 어디라고 생각하고, 당치도 않은 일을."

바야흐로 나는 눈 내린 산 속에 갇혀서, 살지 죽을지의 갈림길에 있는데.

하지만 설매는 평소 내 사심을 간파하고 있는 듯이 집요하게 육박해왔다. 나는 겁먹고 무심코 얼굴을 찡그렸다.

그러자 이 설녀 요괴가 갑자기 깔깔 새된 소리를 지르며,

"흥! 일본 여자에게 질렸으니까 조선 여자를 안고 싶다고 그만큼 말하던 주제에, 어때, 사양하지 않아도 좋아. 무서워할 것 없지 않아."

그렇게 말하면서 큰 소리로 소리쳐서 나는 질려버렸다.

"앗, 아뿔싸!"

순간적으로 등줄기에 차가운 것이 흐르는 걸 느꼈다. 이건 틀림없이 두려움의 계곡 깊이 헤매 들어왔다는 나쁜 징조임에 틀림없다고 생각했다. 나는 당황하여 허둥거리고, 그때는 이미 빙글 등을 돌려서 열심히 뛰고 있었다. 뒤쪽에서 여전히 뒤쫓아 오듯 윙, 윙하는 바람 소리와 함께

"도망갈 셈이냐. 가랑이를 빌려준다고 하지 않느냐. 이 밉살스러운 녀석아!"

하는 설매의 욕설이 들려오는 듯했다.

현기증과 이명이 한동안 내 심신을 계속 교란시켰다. 그럭저럭 그것에서 해방됐을 때, 나는 눈길 옆에 있던 커다란 너도밤나무의 나무 둥치를 붙들고 그 자리에 쓰러져 있었다.

이건 무슨 꼴이냐! 스낵 '녹두'의 마담 환영에 완전히 농락당한 나는 이번에는 심한 자기혐오에 빠졌다.

좀 전부터 한시라도 빨리 도빈계곡에서 탈출해야 한다고 초조해하다 완전히 머리가 혼란스러워져 버린 듯하다. 나는 경솔하게도 목표로

삼던 작은 고개로의 분기점을 지나쳐버렸다고 믿고, 온 길을 되돌아가고 있었던 것이다. 적잖게 걸은 후에 좀 이상하다고 깨달았을 때에는 깜짝 놀랐다. 이 밤중에, 게다가 눈보라 치는 산 속을 왔다갔다 헤매는 상황이 계속되면, 마지막에는 어떤 결말을 맞이하게 될지, 그걸 상상하는 것만으로도 오싹해져 소름이 끼쳤다.

자연계는 본래, 냉엄하고 흉포한 것이다. 인간 따위, 그 자연의 법칙에 거스르면 즉시 죽을 것이다. 작년 겨울 일이지만, 가나타니金谷호텔에 숙박하던 프랑스 여성 한 사람이 쥬젠지中禅寺호수의 아카이와赤岩호반을 산책하던 중, 눈보라 때문에 조난사했다는 신문기사를 읽은 적이 있다. 그것도 벌건 대낮이었다는데. 자연계의 힘은 인간의 잠깐의 방심도 허락지 않는 것이다.

나는 지금 이렇게 도빈계곡을 방황하면서 겨울 산 자연의 매서움을 뭍리도록 뼈저리게 느끼고 있다. 자연계의 규칙을 두려워하지 않은 지금까지의 자신의 불손한 태도가 후회되고, 부끄럽기 한량없었다. 허락된다면 금방이라도 도빈계곡의 정령 앞에 몸을 던져 무릎 꿇어 절하고, 사면을 청하고 싶다고 생각했다.

이제까지 깨닫지 못하고 왔지만, 신고 있는 등산화가 무거워서 무심코 보니 눈이 달라붙어서 둥글게 부풀어올라 있다.

"이럴 때야말로 냉정하게 행동해야만 한다."

그렇게 중얼거리면서, 후 하고 크게 한숨을 쉬고선 포트의 따뜻한 차를 한 모금 위속으로 흘려 넣는다. 그러자, 얼마간 편안해지는 듯한 기분이 들었다.

5. 도빈계곡의 움막에서

지금은 여하튼 길을 서둘지 않으면 안 된다. 눈이 작은 고개로 향하는 입구에 교묘하게 미채를 하고 있을지 몰라서, 전방 좌측을 손가락으로 가리키며 점검하면서 한 걸음 한 걸음 나아간다. 하지만 놓쳐버린 환상의 분기점은 쉽게 그 모습을 보이지 않았다. 때때로 돌풍이 귓전에 심술궂은 욕설을 퍼붓듯이 지나쳐간다. 눈도 여전히 그칠 기색을 보이지 않고, 흰 지면에 세차게 내리치듯이 내리고 있다. 올 때에는 그 정도로 아름답게 보이던 눈이 지금은 엄니를 드러내서 내 전존재를 삼켜버릴 듯이 보이기 시작했다. 눈과 나는 이제 먹느냐 먹히느냐의 원수지간의 관계에 있다고 해도 좋다.

밤의 어둠만이 우쭐대며 도약하고, 허리를 구불거리며 마치 댄스를 추고 있는 듯이 느껴졌다. 어둠은 더욱더 깊어지고, 생물처럼 언제까지나 달라붙어서 떨어지지 않는다.

게다가 도빈계곡에 눌러앉아 있는 터무니없는 한기에는 그렇게 자신만만하던 나도 완전히 손들고 말았다. 고개를 조금씩 흔들거나, 몸을 흔들거나 해서 조금이라도 이 추위로부터 벗어나려고 필사적이었다. 온도계를 가지고 있지 않아서 확인할 수는 없지만, 지금 기온은 아마 영하 30도는 될 것이다.

그렇다 하더라도 이건 도대체 무슨 일인가. 도저히 믿을 수 없는 현실의 한가운데에 내던져져서, 거기서 꿈틀거리고 있는 자신의 불쌍한 모습을 새삼 발견했다.

"그래도 난 결단코 굴복하지 않겠어."

몇 번이나 이런 진부한 말을 주문처럼 읊으면서 기듯이 해서 계속 걸었다.

또다시 전방의 얼마간 내리막길이 된 눈길은 한없이 멀게 느껴졌다. 이미 체력은 소모되었고, 피곤은 한계에 도달하려고 하고 있었다. 단지 가쁜 숨을 쉬며 쉬엄쉬엄 느릿느릿 앞으로 나아가는 거 이외에 어떤 선택도 있을 수 없었다.

나는 내리막길로 되어 있는 눈길이 얼어 미끄러지기 쉬운 상태였기 때문에 겁이 많을 정도로 조심했지만, 결국 여기서 미끄러져 넘어져버렸다. 게다가 운 나쁘게 왼발 정강이가 돌출된 바위에 강하게 부딪혀서 격심한 통증이 전류와 같이 전신을 관통해서, 한순간 이것 참 큰일났다고 당황했다. 제설 전문의 불도저조차 이 굉장한 눈의 부피와 풍압 앞에서는 비명을 지를 것임에 틀림없다. 그런데도 나는 발에 부상을 입는 핸디캡을 지고서 이 눈에 맞서야만 하게 된 것이다.

나는 허덕거리며, 무릎걸음으로 기어서 도빈계곡을 내려와 근처에 있던 움막으로 황급히 뛰어들어 몸을 웅크렸다. 그때 오른발 끝이 조금 저리고 감각을 잃어버린 것을 알아차렸다. 나는 예전에 척추질환으로 신경이 튀어나와 수술을 한 전력이 있는데, 그것이 도진 것은 아닌지 불안에 휩싸였다. 급히 서둘러 등산화를 벗고 양말을 갈아 신고, 발가락을 정성들여 잘 주물렀다. 또한 넘어질 때 입은 정강이 상처의 치료를 했는데, 다행히 상처는 깊게 찢어지지 않았다.

한편, 이제부터 어떻게 행동하면 좋을지 헤맸지만, 여하튼 지금은 체력 소모를 피하고 이 눈 움막에서 움직이지 말고 가만히 날이 밝기를 기다리는 것이 현명하지 않을까 생각했다.

하지만 움막을 잘 관찰하니 바람은 다소 피할 수 있지만, 고드름이 매달리어 냉동고와 같이 냉기가 충만해서 도저히 이런 곳에 오래 몸을 숨기고 있을 수는 없을 것 같았다. 여기서 가만히 웅크리고 있으면 순식간에 체온을 빼앗기어 동사해버릴 것이다. 틀림없이 내 육체는 내일 아침녘에는 건조된 명태와 같이 꽁꽁 얼어서, 게다가 양 눈을 희게 부라리고서 쓰러져 있을 것이다. 즉 이 눈 움막은 내 묘지인 셈이다.

얼어붙은 눈 움막 속에 몸을 웅크리고 눈을 감으니, 뇌리에 여러 가지 생각이 찾아와 적막감이 해일처럼 밀려와서는 물러갔다. 남는 건 간수와 같은 절망감뿐이었다. 그 사이에 몸이 녹는 듯한 쾌감과 함께 희미한 현기증이 덮쳐왔다.

—나는 지금 오쿠닛코의 눈 쌓인 산에 갇혀, 붙잡힌 몸이 되어 버렸다. 인간에게 있어 죽음은 반드시, 그리고 누구에게도 동일하게 찾아온다. 단지 시차적인 것에 불과하다. 그렇다고 한다면, 이대로 편안하게 잠들 듯이 죽을 수 있다면 그것도 또한 좋지 않을까. 죽는 장소를 가지고 이러쿵저러쿵 트집을 잡지는 말자. 여기까지 와서 발버둥치는 건 꼴사나우니 순순히 모든 것을 되는 대로 받아들이기로 하자.

내 생명은 이제 몇 시간이면 끝날 것이다. 이 정도에서 단념하고 각오를 해야 한다. 그리고 그나마 죽을 때만큼은 생전에 질질 끌면서 살아온 일체의 속성으로부터, 그래 조선인인 것에서도 해방되어서 단지 한 사람의 인간으로서 담담히 흙으로 돌아가고 싶다. 이 움막 속에서 영원히 누구에게도 발견되지 않고, 조용히 잠들자. 봄이 찾아와서 눈이 녹고, 이윽고 수목은 내 시체를 거름으로 삼아 새싹을 키울 것이다.

이러한 두서없는 명상에 잠겨 있자니, 어느샌가 죽음의 세계로 덥석 빨려들어 가버릴 듯한 기분이 들어서 당황해서 머리를 좌우로 세차게 흔들었다. 아직 죽고 싶지 않다고, 이 경우에 확실히 거절의 의사표시를 해두지 않으면 때가 늦어버린다고 생각했다. 이대로 앉아서 죽을 수는 없다. 추태를 부리는 일이 있을지라도, 오로지 살아남고 싶다. 그를 위해서는 어떠한 대가를 치르더라도 좋다고 큰 소리로 상대가 누구이든 호소하고 싶었다. 죽어버리면 모든 것은 끝나고, 무가 되어 버리지 않는가.

나는 움막 속에서 오래 있어도 결말이 나지 않는다고 생각해, 몇 번이나 양 다리에 힘을 넣어 일어서려고 버티었다. 그러나 온몸이 나른하고 허리의 탄력이 좀체 말을 듣지 않는다. 그 사이 의식이 몽롱해져서 깊은 안개 속에 무중력 상태로 부유하고 있는 듯한 기분이 된다. 잠시 지나자 꾸벅꾸벅 졸기 시작했다.

"자지 마, 자면 안 돼, 잠들면 죽어."

라는 하늘의 목소리에 퍼뜩 놀라서 제정신이 든다.

그런 상황이 몇 번인가 반복되었다. 그러자 한동안 잊고 있던 한수의 환영이 눈앞에 어른거리기 시작했다. 그 얼굴은 앓고 있던 시절의 추하고 일그러진 얼굴로 돌아가 있고, 게다가 원통하다는 듯이 이를 갈기조차 했다. 한수의 환영은 곧 사라졌지만, 나는 갑자기 숨 쉬기가 힘들어졌다.

그런데 지금쯤 유모토의 여관에서는 지배인이 내 귀가가 늦어지는 걸 걱정해서 큰 소란을 피우고 있을 것이다. 한심한 이야기지만 생환하기 위해서는 이제 지배인의 구원에 한 가닥의 희망을 맡길 수밖에 없다. 그렇다면 때를 놓치지 전에 빨리 도우러 와주면 좋을 것을 하고 매우 염치없는 바람이 가슴에 소용돌이쳤다.

그러자 놀랍게도 전방에서 지배인 일행이 전등을 휘두르면서 이쪽을 향해 달려오는 것이었다. — 이런 환영의 광경이 몇 번이나 나타나서는 사라졌다. 나는 그때마다 실망해서 쓴 웃음을 짓지 않을 수 없었다. 감미로운 상상의 뒤에는 곧잘 허무한 슬픔이 여운을 남긴다. —

현실의 바깥세상은 여전히 냉엄하고 아무런 변화도 없는 듯이 보였다. 하지만 잘 보니 그때까지 계속 내리던 눈은 이미 거의 그치고 있었다.

갑자기 유달리 강한 바람이 윙 하고 울렸나 싶더니, 부근의 수빙 무리가 소리를 내면서 일제히 흔들렸다. 이때 멍하던 자신의 의식이 가까스로 정상으로 돌아왔음을 느끼고, 하반신에도 확실히 힘이 되살아나는 걸 느꼈다. 그때까지는 시간에 신경 쓸 여유조차 없었지만, 손목시계를 들여다보니 시간은 오후 9시를 지나고 있었다.

움막에서 어둠을 통해서 밖을 바라다보니, 왼쪽에 어슴푸레 미타케三岳의 안부鞍部인 듯한 윤곽이 보이기 시작했다. 나는 결코 거기에서 시선을 돌리지 않았다. 왜냐하면 생환할 수 있을지도 모를 절호의 단서가 될 목표를 거기서 발견했기 때문이다. 이제 우물쭈물하고 있을 순 없다, 움막에서 탈출할 때가 지금이라고 생각했다. 일어서서 몸을 떨자, 입은 옷에서 작작하고 얼음 막이 깨지는 소리가 났다.

눈길로 기어 올라가서 한 걸음, 한 걸음 천천히 50미터 정도 전진했을까, 나는 작은 고개로 향하는 입구를 여기서 발견했다. 조금 전까지 나를 외면하는 듯이 보였던 행운의 여신이 마지막에 와서야 미소 지은 것이다. 그만큼 찾다 못해 지쳐서 고생한 분기점이긴 했지만, 도달하고 보니 아무 일도 없었다는 듯이 내가 통과할 것을 아무 말 없이 기다리고 있었다.

여기서 간신히 위기를 벗어났음을 확신하자 순식간에 환희가 전신을 감싸고, 눈물이 주르르 얼굴을 타고 흘렀다. 때마침 뱃속에서 힘이 지나치게 솟아오르고, 양 다리가 어느새 잘 움직였다. 폭넓은 언덕길을 단숨에 뛰어올라가자, 본 적이 있는 바람에 넘어진 나무가 가로놓여 있는 것이 보였다. 게다가 조금 더 나아가자 그곳이 작은 고개임을 알리는 금강신과 같은 지시표가 눈을 덮어쓰고 오도카니 서 있었다.

이때의 내 모습이란 전신이 눈투성이가 되어 다른 사람이 보면 히말라야 눈사람의 출현인가 의심했을 것이다. 나는 자신의 뺨을 양손으로 몇 번이나 힘껏 때리고서는 살아서 이 자리에 있다는 감촉을 확인한 후, 지시표로 달려가 야단스럽게 껴안거나 뺨을 대고 비비기를 반복했다. 그리고 배낭에서 위스키 병을 꺼내서 한 방울 남김없이 부근 일대의 눈 위에 뿌리지 않을 수 없었다.

도빈계곡에서 그 정도로 불어대던 바람이 여기서는 거짓말처럼 가라앉아 있었다.

(번역 : 신승모)

암울한 봄

양석일梁石日

암울한 봄

포자 모양의 산호에 무리지어 있는 선명한 색깔의 작은 물고기들이 여기저기 반짝이고 있는 빛의 거품과 장난을 치고 있다. 해저를 천천히 유영하고 있던 문어가 이춘옥을 경계하여 재빨리 바위 그늘에 몸을 숨겼다. 그것이 놀랄 만큼 민첩했다. 민첩한 문어와는 대조적으로 마치 투구라도 뒤집어 쓴 것처럼 커다란 이마를 한 참바리가 작은 눈으로 춘옥을 흘깃 보았을 뿐 유연하다. 그 유머러스한 모습에 춘옥은 자신도 모르게 팔을 뻗으며 미소를 지었다. 참바리의 비늘은 강철같이 딱딱했다. 푸르게 무성한 해초가 바람에 일렁이는 잡초처럼 흔들리고 있다. 그리고 이따금 해초에서 작은 물고기들이 일제히 춤추듯 솟아오르나 싶으면 다시 해초 속으로 사라지곤 하였다. 춘옥은 작은 물고기들의 아름다운 난무를 바라보며 수영하고 있었다.

그녀는 어느새 경사가 급한 바위의 단층을 따라 해저로 이끌려갔다. 무서울 정도의 정적에 매료되어 그녀는 빨려 들어가듯이 보다 깊은 곳으로 헤엄쳐갔다. 한없이 계속되는 사구 저편에 깊은 암흑이 숨 쉬고 있었다. 그녀는 지금 봐서는 안 될 것을 보려고 하는 자신의 행위에 무언가를 모독하는 경외를 느꼈다. 되돌아가지 않으면 그대로 해저에 빨려 들어 갈 것 같은 공포를 느끼면서도 여전히 그녀는 검게 드러난 바위 표면을 따라 잠수해가다가 갑자기 눈앞이 캄캄해졌다.

우뚝 솟은 안벽의 깊은 못 같은 거대한 동굴이 그녀를 삼키기라도 하려는 것처럼 열려 있었던 것이다. 순간, 의식이 몽롱해지고 이명이 울렸다. 어디선지 모르게 낮고 굵은 목소리가 들리고 호흡이 곤란해지기 시작했다. 그녀는 자신을 끌고 들어가려는 강한 힘에 저항했다. "아이구!" 하고 그녀는 자신도 모르게 소리쳤다. 도대체 몇 미터를 잠수했는지 알 수 없었다. 그녀는 남은 힘을 손발에 집중시켜 부상해갔다.

콧구멍으로 해수가 역류해 들어온다. 한 모금, 두 모금, 해수를 삼키며 빛을 향해 수직으로 손발을 저었다. 하지만 젓고 또 저어도 가라앉아 가는 듯한 기분이 들었다. 그것은 꿈속에서 괴로워 발버둥 치면서도 잠을 깰 수가 없는 그 절망적인 상태와 닮아 있었다. 손이 닿을 듯한 거리에 빛의 물결이 일렁이고 있다. 이 얼마 안 되는 거리를 이렇게 멀리 느낀 적은 없었다. 그녀는 뭔가에 매달리듯이 팔을 뻗어 더듬었지만 손발은 공허하게 허우적거릴 뿐, 전신의 힘이 빠져나가는 것이었다. 이제는 틀렸다, 라고 생각했다. 그리고는 마지막으로 온 힘을 다해 한 번 저었을 때, 몸이 아래로부터 밀려올라가듯이 해면으로 솟아올랐다.

살색으로 빛나는 8월의 태양이 섬광처럼 눈꺼풀 안쪽에 파고들었다. 춘옥은 휴우 하고 숨비 소리를 내며 크게 심호흡을 하였다. 신선한 대기가 허파 가득 퍼지며 혈액 구석구석까지 스며드는 것 같았다. 멀리에 표주박 부표가 떠 있고 사공이 노를 젓는 작은 배 주위에 해녀들이 부유하고 있다. 그녀는 몇 번이나 심호흡을 하면서 하늘을 올려다보았다.

끝없이 펼쳐진 맑게 갠 하늘과 수평선이 서로 합쳐지고, 작게 만곡한 암반지대에 아이들의 노는 모습이 보였다. 한가로운 풍경이 눈부시게 빛나며 살아 있다는 감동이 솟구쳐 올라왔다. 동시에 그녀는 그 시커먼 어둠의 동굴 속으로 빨려들어 갈 뻔한 공포로부터 도망치듯이 해안으로 헤엄치기 시작했다.

물가에 이른 춘옥은 조금 높은 바위 그늘에 돌담을 둘러 모셔놓은 '해신당海神堂'의 제단에 양손을 모으고 작은 목소리로 우물거리며 빌었다.

"용서해주세요. 영등할마님(바람의 신), 해신님. 저는 나쁜 생각을 하고 있었습니다. 이제는 절대로 그런 짓은 하지 않겠습니다. 용서해주세요, 용서해주세요."

춘옥은 떨리는 입술 속에서 주문이라도 외우듯이 중얼거렸다.

옛날부터 마을사람들 사이에는 그 동굴에 용이 살고 있다고 전해지고 있다. 밤의 어두운 바다에서 오징어 낚시를 하고 있던 어부들이 해저에서 이상한 빛을 뿜어내는 거대한 눈을 보았다고 한다. 또 어떤 사람은 밤의 해안에서 거대한 등지느러미를 꿈틀꿈틀 물보라를 일으키며 헤엄치고 있는 용을 보았다고 한다. 그것은 암흑보다 검고, 눈빛은 보름달보다 날카로우며, 두 개의 뿔을 치켜세운 채 괴조와 같이 비상하면서 현해탄을 헤엄쳐간다. 춘옥은 용의 존재를 확인해보려는 생각은 없었지만, 무의식중에 동굴로 다가갔던 것이다. 그 낮고 두꺼운 신음소리는 용의 숨소리였던 것일까, 그런 생각을 하자 춘옥은 소름이 돋았다.

해변에서는 해녀들이 오늘의 수확을 정리하고 있는 참이었다. 원래 해녀가 아닌 춘옥에게는 수확의 많고 적음은 상관이 없었다. 그저 바다를 좋아하는 춘옥은 해녀들에게 잠수를 배워서 용돈을 벌고 있었던 것이다. 잠시 모습을 감추었던 춘옥이 나타나자 해녀인 김용자가 바닷물에 그을린 얼굴에 그림자를 드리우며 말했다.

"어딜 갔다완? 다들 걱정허고 이시네."

잔소리가 많은 용자를 피하려는 것인지, 춘옥은 향도向島의 동굴에 대해서는 비밀에 붙이기로 했다.

"아무데도 가지 않았어요. 조금 수영하고 있었을 뿐이에요."

"수영하고 있었다니? 어디에도 수영하는 모습이 안 보여신디. 춘옥에게 무슨 일이라도 생기면 우리 모두 어르신께 혼나메. 춘옥이 해녀들과 바다에 잠수한다는 것을 알기만 해도 우리는 벌을 받을 거여."

바다에서 단련된 남자와 같은 어깨에 부표를 걸친 용자가 휘파람이라도 불듯이 해녀 특유의 한숨을 쉬었다.

"춘옥은 내년 봄에 결혼할 몸이니까 더 이상 바다에는 들어가지 말아사 좋아."

3년 전에 어선이 난파되어 남편을 잃은 과부 부행세가 말했다.

"그래, 이제는 바다에 안 들어가는 게 좋주. 만일 상대인 윤 씨 집안에 알려지기라도 한다면 결혼이 파기될지도 모른다고."

경고하듯이 말하는 용자에게 춘옥은 반발했다.

"결혼 같은 건 하고 싶지 않아요. 글쎄 상대는 아직 여덟 살의 어린애인데다 만난 적도 없어요."

그러자 해녀들이 일제히 웃음을 터뜨렸다.

"처음에는 그런 말을 허주. 하지만 금방 훌륭한 남자가 되는 거여. 어르신도 열네 살 때 춘옥을 낳았주게. 열네 살에 제대로 역할을 헌다는 거여."

의미심장한 웃음을 띠우는 용자의 시선이 춘옥의 몸을 더듬고 있었다. 춘옥은 자신도 모르게 고개를 숙이고 말았다.

"나한테도 어디 귀여운 남자가 엇이카?"

행자가 천박한 웃음소리를 내었다.

"한번 여자 맛을 본 애송이는 하루 종일 안 떨어진댄."

"그야 그렇지. 그렇게 좋은 게 또 어디 이시카?"

그러자 또 해녀들이 일제히 웃었다. 해녀들의 이야기가 무슨 뜻인지 춘옥에게도 막연히 알 수는 있었지만, 그녀들의 이야기를 춘옥은 불결하게 느꼈다.

"엉뚱한 소리들 하지 말고 빨리 돌아갈 준비들 허게. 나잇살이나 먹어가지고 춘옥을 그렇게 놀리면 못써. 어린애가 어린애를 낳는 것이 좋을 리가 없어. 나라가 망하는 것도 무리가 아니여."

열세 살 때부터 60년간 해녀로 바다에 잠수해온 향영 할망이 모두를 타일렀다. 얼굴의 깊은 주름이 바위 같은 강한 의지를 새기고 있다. 그러고 보니 '해신당'이 모셔져 있는 바위 모양이 향영 할망을 닮았다고 춘옥은 생각했다.

점재點在한 다섯 개의 섬 서쪽 끝에 태양이 걸려 있었다. 시각은 오후 5시 경이다. 썰물이 시작되어 있었다. 해녀들은 바위 그늘에 웅크리고 앉아 옷을 갈아입고 돌아갈 채비를 시작했다. 그곳에 어업조합의 남자들이 찾아왔다. 그 안에 감시역인 일본인이 있었다. 1918년의 제주도 어업권은 이미 일본의 관할 하에 놓여 있었던 것이다.

해녀들은 수확물이 들어 있는 바구니를 짊어지고 어업조합으로 향했다. 최근에는 조합의 의향으로 남획되다보니 수확이 줄어드는 바람에 그렇지 않아도 팍팍한 생활이 훨씬 더 힘들어지면서 어장을 찾아 많은 해녀들이 칭따오靑島, 웨이하이威海, 그리고 쓰시마對馬나 나가사키長崎까지 돈을 벌기 위해 나가야만 했다. 타지에서의 돈벌이는 통상 3월에서 10월까지지만 올해는 농작물에 흉년이 들어 귀도는 겨울을 넘길지도 모른다. 남겨진 가족들이 믿고 의지할 곳은 돈 벌러 간 해녀들의 송금이었지만, 그 역시 미미한 것이었다.

혼자 남겨진 춘옥은 바위 위에서 멍하니 바다를 바라보고 있었다. 열여덟이 되는 처녀가 어째서 여덟 살짜리 어린애와 결혼을 해야 되는 걸까. 그것이 이해되지 않았다. 어머니는 열일곱 살에 열 살이던 아버지에게 시집을 왔다. 양반 사이에서는 이러한 결혼이 당연한 것처럼 이루어지고 있었다.

예를 들어 과거라는 제도는 양반이 중앙관료로 임용되기 위한 등용문으로 유명한데, 과거에 응시할 수 있는 자격은 관례식冠禮式을 치른 자로 제한하고 있었다. 관례식은 심신 모두 어른이라는 것을 증명하는 의식이고, 관례식을 치른 남자는 주위로부터 어엿한 남자로 인정받는다. 그러므로 양반들은 하루라도 빨리 아들을 주위로부터 어엿한 남자로 인정을 받고 과거의 수험자격을 얻기 위해 관례식의 연령을 낮춰갔던 것이다. 이리하여 관례식의 연령은 해마다 빨라져서 조선 말기에는 7, 8세에 관례식을 치르는 경우도 있었다. 동시에 관례식을 치른 자는 1, 2년 안에 결혼을 해야 한다는 불문율이 생겨났다.

춘옥은 하급 양반의 외동딸이었기 때문에 집안은 사촌 차남이 대를 이어가기로 되어 있었다. 춘옥의 부친인 이 태관太官은 이러다할 관직에 있는 것도 아니고, 서른둘이라는 젊은 나이에 이미 은거한 신세였다. 온후한 성격으로 무슨 일이든 다른 사람에게 맡겨버리는 구석이 있고, 유학자의 흉내를 내면서 살고 있다. 이따금 마음이 내키면 소작인들의 농사일을 시찰한다며 외출한다. 노둣돌을 딛고 말에 올라타고는 전송하는 아내 화옥을 흘낏 바라본 뒤 말 옆구리를 가볍게 차며 외출하는 것이다. 이마에 망건을 두르고 탕건을 쓴 이 태관은 갓을 조금 치켜 올려 하늘을 올려다보고,

"날씨가 좋구나"라고 중얼거린다.

"예, 주인마님" 하며 머슴이 대답한다.

구름 낀 날은 턱의 성긴 수염을 쓰다듬으며,

"비가 올지도 모르겠구나"라고 말한다.

"예, 주인마님" 하고 머슴이 대답한다.

이리하여 태관은 외출을 하는데, 이십 리 정도 떨어진 첩에게 갔다가 이틀 밤 정도 지내고 온다는 것을 누구나 알고 있었다.

아내인 화옥은 아이를 낳고 오로지 일만 할 뿐이었다. 뒤뜰을 일구어 뽕밭을 만들고 누에를 키워 밤늦게까지 비단을 짜고는 다 된 직물을 팔아 가계에 보태고 있었다. 흉작일 때는 밭에 나가 일을 해야만 했다.

춘옥은 자신도 어머니와 같은 길을 걷게 될 것이라고 생각하고 있었다. 그런 한편으로, 누군가 듬직한 남자가 자신을 어딘가로 데리고 가주지는 않을까, 남몰래 꿈을 꾸는 것이었다.

썰물이 시작되고 있었다. 물이 빠지고 난 뒤의 해변에 솟아나는 용수는 아무래도 이해하기 어려운 현상이었다. 춘옥은 그 아름다운 용수를 하염없이 바라보고 있었다. 정신을 차리고 보니 물결은 멀리에 밀려나 있고 방금 전까지 얼마 보이지 않던 갯벌이 장소에 따라서는 1킬로에 달하는 모자이크 모양의 하얀 모래사장이 되어 출현해 있었다. 그것은 파도에 부서진 조개껍질의 알갱이다. 현무암이 밀려간 파도의 꽃을 피우자 태양 빛에 땀이 밴 것처럼 보인다. 강풍과 거친 파도에 깎여 날카로운 손톱처럼 우뚝 솟아있는 섬의 주상절리 절벽은 벌집처럼 무수한 구멍을 드러낸 기암이었다.

해가 서쪽으로 기울자 주상절리의 절벽은 커다란 그림자를 드리우며 해저에서 솟아오른 해신상처럼 보이는 것이다. 이윽고 삼라만상이 불꽃처럼 타오르며 태양은 수평선 너머로 잠기려 하고 있었다. 바람에 의해 변환 자재한 풍문風紋과 무지개 같은 채색을 빚어내는 모래해변이 물가로부터 황금색으로 물들어 갔다. 춘옥의 귀 안쪽에 높거나 낮게 서서히 밀려오는 지각변동과도 같은 음률이 만다라 모양으로 모래해변 일대에 퍼져간다. 조개껍질의 작은 알갱이 한 알 한 알이 소생한 것처럼 움직이고 있는 것이다. 수평선 아래로 내려간 태양의 잔영이 허공에 윤곽을 그리고, 사물의 그림자를 검게 부각시키며 어둠은 급속히 다가오고 있었지만, 온통 황금색으로 물들어 있는 물체는 게의 대군이었다. 홀연히 나타난 몇 천 몇 만이나 되는 게의 대군이 내는 저작음咀嚼音은 으스스한 해명처럼 울려 퍼지고 있었다. 해수에 젖은 채 인광을 발하며 이상한 빛을 증폭시켜가는 게의 대군을 망연히 바라보고 있던 춘옥은 불길하게 두근거리는 가슴을 느끼고 자리에서 일어났다.

무슨 일이 일어날 전조일지도 모른다는 생각을 한 춘옥은 마을을 향해 쏜살같이 내달렸다. 바람에 펄럭이는 치마가 다리에 감겨 생각처럼 달릴 수는 없었다. 그리고 언덕을 다 오른 곳에서 해안을 되돌아보자, 눈 깜짝할 사이에 번개가 하늘을 가르고 섬 전체가 깊은 어둠의 밑바닥에 가라앉아 있었다. 이윽고 으스스하리만큼 우렁찬 굉음이 울려 퍼지고 거대한 용숫바람이 해수를 말아 올리고 있었다. 그때 춘옥은 용숫바람과 함께 해저에서 하늘을 향해 올라가는 검은 용을 보았다.

결혼

마을 변두리에 있는 돌하르방 앞에서 춘옥은 친구인 미순과 만나기로 되어 있었다. 언제부터 돌하르방이 이곳에 안치되어 있는지는 알 수 없었지만, 오랜 세월에 풍화된 돌 표면이 미끈미끈했다. 졸리는 듯한 눈꺼풀과 두꺼운 입술이 고대인의 너그러운 모습을 떠올리게 한다. 춘옥과 미순은 늘 이곳에서 만나기로 되어 있었다. 오늘은 시장이 열리는 날이다. 두 사람은 어떻게든 시장에 나가 노점 구경하는 것을 낙으로 삼고 있었다.

이윽고 작은 휴대용 주머니를 든 미순이 다가와 "기다렸어?" 하고 새하얀 이를 보이며 웃었다. 춘옥이 머리를 흔들고,

"나도 지금 막 온 참이야."

라고 말하더니 앞서 걷기 시작했다.

"오늘은 시장에서 비녀를 살 생각이야. 그러기 위해 용돈을 모아왔어."

그렇게 말한 춘옥은 가볍게 몸을 놀려 춤이라도 추듯이 빙글 돌았다. 빨간 치마가 커다란 꽃송이처럼 펼쳐지며 공간에 아름다운 파문을 그렸다.

"오늘 춘옥은 너무나 예뻐. 서울의 기생도 못 당하겠는걸. 이쯤 되면 오라는 남자들이 넘쳐나겠어."

"기생은 남자들을 상대로 하는 장사잖아. 그런 일은 나에게 맞지 않아. 내가 그렇게 천박해?"

춘옥이 낙담하듯이 조금 토라져 보인다.

"그런 게 아니야. 예쁘다는 거지."

두 사람이 어깨를 나란히 하고 논밭의 두렁길을 걸어가자, 마을의 남자들이 젊은 여자에게 눈이 팔렸는지 들일을 하던 나이 든 총각이 이가 빠진 입을 벌려 말을 걸었다.

"두 사람 모두 멋을 내고 어딜 감시니?"

"시장에 가요."

춘옥이 명랑하게 대답을 하며 빠른 걸음으로 냇가의 다리를 건넜다.

"남자를 홀려서는 안 돼. 남자라면 여기에 한 사람 이시난. 내가 기분 좋게 해주마."

나이 든 총각이 반드시 농담만은 아니라는 듯이 큰 소리로 말했다.

"안 됐네요. 누가 댁 같이 나이 든 총각에게 시집을 가겠어요."

미순이 돌아보며 얄밉게 말을 한 뒤 빨간 혀를 날름 내밀었다.

"춘옥도 미순도 예쁜 엉덩이를 허고 이신게. 슬슬 남자를 원할 나이여."

총각인 김의준이 옆에서 들일하던 손을 멈추고 상쾌하게 활보하는 두 사람의 모습에 넋을 잃고 있는 오 서방에게 말했다.

"그렇구만, 좋은 몸매야. 우리 마누라하고는 너무나 다른게."

남자들의 세간 이야기에 아랑곳하지 않고 춘옥과 미순은 시장까지의 길을 수다를 떨면서 걸었다. 닭과 돼지를 실은 쇠달구지가 시장 입구에서 옴짝달싹 못하는 바람에 뒤를 따르던 사람들의 행렬이 흐트러져 두 사람은 군중에 휩쓸리듯 성문을 지났다.

유랑극단의 아이가 울리는 징과 장구 소리가 시장의 축제 분위기를 고조시키고 있었다. 텐트를 친 노점이 줄지어 늘어서 있는데, 전국을 누비는 행상이 최신의 물건을 짊어지고는 먼 이 섬까지 오는 것이다. 지금 유행하는 형형색색의 비단직물, 무명, 놋쇠그릇, 일용잡화류가 노점에 넘쳐나 이날만은 마을사람들의 구매력을 자극하는 것이었다. 물건과 돈을 바꾸는 사람, 물물교환을 하는 사람, 구경만을 하러 온 사람, 여러 사람들로 붐비고 있었다.

춘옥이 어떤 노점 앞에서 발을 멈추었다. 일용잡화류를 어지럽게 늘어놓은 가운데 놓여 있는 하나의 비녀에 춘옥의 눈이 못 박히듯 멈추어 있었다. 용의 형상을 새겨 넣은 은비녀의 요염한 광택이 춘옥의 마음을 사로잡은 채 놓지 않고 있었던 것이다. 춘옥은 홀린 듯이 그 비녀를 가만히 응시하고 있었다. 비녀에 홀려있는 춘옥을 눈치 빠른 상인이 교묘한 말로 유혹했다.

"아가씨, 이 비녀가 마음에 드십니까?"

상인은 나무상자에서 비녀를 들어 올려 춘옥에게 건넸다.

"어떻습니까, 대단하지요. 이것은 아무데나 있는 비녀와는 차원이 달라요. 이것은 서울의 유명한 조금사彫金師 한경엄 선생의 작품이니까요. 한경엄 선생으로 말하자면 왕비인 민황후님의 조금도 담당했던 분이지요. 이 비녀는 내 장사의 간판이라서 팔 생각은 없지만, 아가씨가 그렇게 맘에 들었다면 생각해보겠습니다. 다시 볼 수 있는 물건이 아닙니다."

광택이 나는 색조, 모양, 그리고 행운을 부르는 강력한 힘을 지닌 용의 조각품은 마치 살아있는 것 같은 감촉을 전하며 춘옥의 마음을 설레게 만들었다.

"얼마에요."

춘옥은 결의라도 하듯이 말했다. 상인은 춘옥의 집착하는 마음을 파악하고 생각하는 척 고개를 갸웃거렸다.

"좀 아가씨에게는 무리일지도 모르는데."

"그러니까 얼마에요. 말을 해야 알지요."

춘옥은 정색을 하고는 휴대용 주머니의 끈을 풀려고 한다. 상인은 다시 생각에 잠기듯 춘옥을 보았다.

"아가씨는 아직 젊으니 억지소리를 해도 할 수 없지. 좋아요, 나도 전국 팔도 삼천리를 돌아다니며 장사를 하고 있는 남자요. 이 섬에 두고 가는 선물이라 생각하고 싸게 드리지요."

그렇게 말한 상인은 다섯 개의 손가락을 하나하나 꼽아가며 숫자를 제시했다. 옆에서 지켜보던 미순이,

"그런 큰돈은 없어요. 처지를 생각해야지, 바가지를 씌우는 거야. 가자고."

라고 춘옥의 소매를 끌며 재촉했다. 그러나 춘옥은 움직이려 하지 않았다.

"춘옥, 분명히 이 비녀는 멋지다고 생각해. 하지만 왠지 기분이 나빠. 용 조각은 강한 운을 가져온다고 하지만, 그것은 어지간히 좋은 운을 타고난 사람이 아니면 안 돼. 그렇지 않은 사람은 용의 센 기운에 져서 오히려 불행해진다고 하잖아. 그러니까 이렇게 멋진데도 여태 팔리지 않는 거야."

"아가씨, 그런 건 미신입니다. 그리고 난 오늘까지 이 비녀를 팔고 싶지 않았어요."

"그럼 어째서 팔려는 건가요."

기가 센 미순이 반문했다.

"이 비녀는 이 아가씨에게 어울려요. 그러면 됐지요. 지금 가지고 있는 돈으로 넘기겠습니다. 황천까지 가지고 가세요."

상인은 마치 자신의 운명을 포기라도 하듯이 말했다. 있는 돈을 털어 염원하던 비녀를 손에 넣은 춘옥의 표정에 만족감이 흐르고 있었다. 그녀는 땋아 올린 머리를 묶어 꽂아보았다.

"어때, 어울려?"

춘옥은 어른스런 몸짓으로 옆을 보았다. 분명히 잘 어울리고 있었다. 살 때는 맹렬히 반대하던 미순이,

"나한테도 좀 줘봐."

라며 부러운 듯이 비녀를 손에 들고 찬찬히 바라보았다. 그리고 두 사람은 쾌활하게 걷기 시작했다.

광장에서는 나무와 나무 사이에 맨 줄을 건너가는 여자 광대의 줄타기를 구경꾼들이 둥그런 원을 만들어 올려다보고 있다. 커다란 느티나무 가지에 매단 굵은 줄에 발을 걸친 소녀들이 그네뛰기놀이 시합을 하고 있었다. 그네를 앞뒤로 발을 구르는 소녀의 몸이 공중으로 높이 춤추듯 올라갈 때마다 주위에서 환성이 터졌다. 후방에서 전방으로, 앞에서 뒤쪽으로 그네가 급강하하면서 공중으로 높이 춤추며 올라간다. 치마가 바람에 펄럭이고, 그냥 몸까지 통째로 하늘 저편에 비상할 듯한 기세였다.

그네 옆에서는 다른 소녀들이 널뛰기에 열을 올리고 있었다. 한쪽이

반동을 주며 뛰어올랐다가 낙하하는 가속력에 다른 쪽의 소녀가 공처럼 튀어 오른다. 파란 하늘에 빨갛고 파랗고 노란 치마저고리가 새처럼 날아오르고 있다. 춘옥과 미순은 흥분해 있었다.

"있잖아, 춘옥. 난 널뛰기를 할 테니까, 넌 그네를 타. 춘옥은 그네를 잘 타잖아. 지난달에는 마을에서 3등이었지만, 오늘은 틀림없이 1등을 할거야."

미순이 권하지 않더라도 춘옥은 아까부터 그네를 타고 싶어 몸이 근질거리고 있었다. 두 사람이 시장에 온 것도 여기 있는 그네와 널뛰기를 즐기는 것이 목적이었다. 그녀들은 흠뻑 도취되어 있었다. 춘옥이 넓은 하늘로 비상해간다. 미순이 뛰어오른다. 두 사람은 지상의 사람들을 아랑곳하지 않고 넓은 하늘을 자유로이 날아가는 새 같은 기분이 들었다. 하늘 높이 날아오르면 바다가 보이고 한라산 정상에까지 다다를 것 같았다. 그리고 그네를 구르는 춘옥의 마음속에 이렇게 미순과 놀 수 있는 것도 오늘이 마지막일지 모른다는 생각이 스쳐지나갔다.

눈이 내리고 있었다. 온난한 기후의 이 섬에 눈에 내리는 것은 드문 일이었다. 눈은 강한 계절풍을 타고 바다에서 한라산을 향해 날아오르고 있었다. 이따금 멀리에서 개 짖는 소리가 들린다.

내일의 결혼식을 앞두고 이 씨 집안에서는 작은 연회가 베풀어지고 있었다. 낮부터 일가친척들이 계속 모여들고, 멀리에서 온 친척들은 내일의 결혼식에 참석하기 위해 하룻밤 묵을 예정으로 찾아왔다. 열 평 정도의 대청은 그런 사람들로 앉을 자리가 없었고, 가까운 곳에서 온 손님들은 일찌감치 자리를 양보하고 돌아갔다.

텐트를 친 마당에 커다란 도마를 놓고 머슴인 봉영이 삶은 돼지를 공들여 해체하고 있는 중이었다. 이날을 위해 세 마리의 돼지를 잡았다. 눈을 감고 마치 사람들이 먹는 것을 각오라도 한 듯한 돼지의 머리에서 김이 피어오르고 있었다. 평소에는 좀처럼 맛보기 어려운 돼지고기 한 점이라도 얻어먹으려고 많은 마을사람들이 텐트를 둘러싼 채 봉영의 부엌칼 솜씨를 지켜보고 있었다. 이때가 그의 솜씨를 보여줄 기회였다. 고기의 두께를 균등하게, 게다가 지방과 고기의 비율을 고려하면서 남김없이 잘라야만 한다. 그는 잘 간 부엌칼로 돼지고기를 정성껏 잘라나갔다. 그리고 가늘게 잘라진 고기는 지켜보는 마을사람들에게 주었다. 마을사람 중 하나가 고기조각에 소금을 조금 찍어 한입 먹더니 "맛있다!"라고 말했다. 그 한마디에 봉영은 만족했다.

부엌에는 진수성찬이 자리가 없을 정도로 놓여있었고 향신료의 강한 향기가 풍기고 있었다. 커다란 항아리에 담아둔 김치를 꺼내 아낙들이 썰고 있다. 진수성찬의 떡고물이라도 얻어먹으려고 몰려든 아이들이 어른들에게 쫓겨서 와— 하는 함성과 함께 뒷문으로 달아났다가 또 다시 파리처럼 몰려든다.

저녁때가 다 되어 말을 탄 이천걸이 나타났다. 천걸은 지금은 죽은 이 태관의 부친의 친형이자 이 씨 집안의 장로이기도 했다. 말에서 내려 현관으로 들어간 그는 긴 턱수염을 쓰다듬으며 잠시 안쪽의 상황을 엿보기라도 하듯이 서 있었다. 하녀 한 사람이 천걸의 내방을 화옥에게 알리자 접객에 쫓기고 있던 화옥이 당황하여 천걸을 대청으로 안내했다.

대청으로 안내받은 천걸은 근엄한 표정으로 술자리를 둘러보더니 탁자의 중앙에 자리를 잡았다. 축배에 취해있던 모두는 까다로운 천걸의 출현에 긴장했지만, 구석에 있던 소작인 동기 노인이 천걸에게 다가가,

"먼 길을 오시느라 고생이 많으셨수다."

라고 인사를 했다. 자신보다 연장자인 동기 노인에게 인사를 받은 천걸로서도 찌푸린 얼굴만 하고 있을 수는 없었다.

"아니오, 아니, 이거 고맙소이다. 언제나 정정하시니 안심입니다."

"이번 일은 참으로 경사스런 일이라…… 그러니까 이렇게 성대한 혼례는 예전에 강 씨 집안 자제의 혼례 이후에 없었던 일이우다. 춘옥 아가씨의 혼례에 참가하다니 저도 오래 산 보람이 있수다."

동기 노인은 마디가 굵은 손으로 천걸에게 술을 따랐다.

"이거, 고맙소. 오늘 밤은 천천히 즐기시오."

천걸의 온화한 모습에 모두의 표정에서 긴장감이 사라지고, 태관을 필두로 일가친척들이 인사를 겸해 차례로 천걸에게 술을 따랐다. 이윽고 마당 쪽에서 장구의 경쾌한 소리가 울려 퍼지자, 마을사람들 사이에서 노래가 흐르고, 어깨로 리듬을 맞추고 있던 두세 명의 남녀가 좋-다!라는 추임새와 함께 천천히 일어나 춤을 추기 시작했다. 눈은 어느새 그쳐 있었고 횃불이 달빛처럼 불타고 있다.

대청에는 이 씨 집안과 연고가 있는 친척과 지주, 상인들 사이에서 토지조사에 관한 문제를 화제로 삼고 있었다. 직물상인인 송경인은 1개월 정도 전라남도 방면을 여행했을 때의 모습을 자세히 들려주고 있었다.

"해도 너무하더라고요. 토지조사령이 포고된 지 7년이 지났습니다

만, 그 사이 일본인이 제멋대로 토지를 약탈할 수 있도록 만든 악랄한 것입니다. 제 친구는 서류를 제대로 갖추지 못했다는 이유만으로 토지를 몰수당했습니다. 경기도, 전라남북도, 그 밖의 조선 전체에 일본인 대금업자가 우글거리고 있습니다. 놈들은 허리에 권총과 망원경을 지니고 적당한 토지를 물색하면, 은결(감춰둔 땅)이나 주인이 없는 토지에 표주를 세우고 멋대로 자신의 소유지로 만들어버립니다. 놈들에게 돈을 빌렸다 하면 헐값에 땅을 뺏겨버립니다. 이런 이야기가 있습니다. 일본인 대금업자에게 돈을 빌린 경작자가 기일에 돈을 변제하러 갔더니, 상대는 시계바늘을 한 시간 정도 앞당겨 놓고 시간 안에 갚지 못했다며 소유권을 빼앗아갔다 합니다. 이자를 갚지 못할 때는 아내나 딸을 일본 방직회사 혹은 유곽에 팔아버리니, 차마 눈뜨고 볼 수가 없습니다."

의분에 사로잡힌 송경인은 분개하고 있었다.

"그렇게 심합니까? 이런 시골에 있으면 나 같은 것은 세상 물정을 전혀 모르게 됩니다. 가끔은 당신처럼 여행을 해보는 것도 좋을 듯 하군요."
라고 태관이 말했다.

"심한 정도가 아닙니다. 놈들은 머지않아 제주도에도 손을 뻗쳐올 것으로 생각합니다."

위기감을 부채질하는 경인의 이야기에 천걸은 떨떠름한 표정을 지었다.

"자네의 이야기는 좀 너무 과장되어 있어. 어떤 자가 남의 땅을 속여서 빼앗아갈 수 있단 말인가. 야만국의 왜놈들이 아무리 교활한 지혜를 짜내도 우리 조상 대대로 물려받은 땅에 한발자국도 들여놓을 수 없네.

내가 소유하고 있는 땅은 신이 다스리던 옛날부터 우리 선조의 땅이야. 여태껏 아무런 문제도 없었어. 만약에 그런 일을 당한다면 이왕조李王朝를 받드는 우국지사들이 잠자코 있을 리가 없네. 왜놈들이 내 땅에 한발자국이라도 발을 들여놓아 보라지. 그 자리에서 단칼에 베어버리겠어. 자네가 듣고 온 이야기는 대체로 동학당의 잔당들이 농민을 선동하기 위한 유언비어 같은 것이야. 이조 오백 년의 초석이 그렇게 간단하게 놈들에게 유린당할 리가 없어."

대부분의 사람들은 이천걸의 의견에 동조적이었다. 그의 사촌동생인 태성의 경우에는 한일합방 사실 조차 모르고 있었다. 한일합방이 무엇을 의미하는지 이해하고 있는 사람은 거의 없었다. 이왕조가 존재하고 있는 한 변하는 것은 없고 무사태평할 것이라 믿고 있었다. 하물며 미개한 야만국의 왜놈들에게 조상 대대로 물려받은 땅을 빼앗긴다고 하는 것은 송경인의 망언으로 들렸다.

"난 삼년 쯤 전에 서울에 다녀왔지만 특별히 변한 것은 없었어. 왜놈들을 몇 명인가 보긴 했지만, 이상한 옷을 입은 그런 야만인들이 무슨 짓을 한단 말인가. 이천걸 형님의 말씀대로 동방예의지국인 우리 조선에 대해 놈들이 예의를 표시하면 그만이고, 그렇지 않을 때는 본때를 보여줘야겠지. 과거에 우리나라를 쳐들어온 왜놈들이 격퇴당한 일을 아직 잊어서는 안 돼."

만취한 이웃마을의 지주 김 씨가 득의양양하게 말하면서 큰소리로 웃었다.

"하지만, 영감님……. 실제로 제 친구가 땅을 몰수당했단 말입니다."

경인의 호소를 천걸은 일축했다.

"그건 뭔가가 잘못된 게지. 어디에 왜놈이 있단 말인가. 난 이 나이를 먹을 때까지 왜놈을 본 적이 없네. 젊을 때는 보는 것 듣는 것이 모두 새롭게 느껴지는 법이지. 하지만 세상은 그렇게 간단하게 변하는 것이 아니야. 그것보다 자네의 장사 쪽은 어떤가. 자당께서는 건강하신가." 라며 화제를 바꾸었다.

밤이 깊어졌지만 전야제의 잔치는 끝날 것 같지 않았다.

춘옥은 자신의 방에서 내일의 혼례에 대비해 수모手母로부터 주의해야할 점이랑 식의 진행순서를 배웠지만 건성으로 듣고 있었다. 뭔가 석연치 않은 구석이 있었다. 윤 씨 집안 아들과의 결혼 이야기를 부모로부터 듣고 나서 매일 같이 결혼을 위한 준비에 쫓기고 있었다. 춘옥에게 있어 가장 불만이자 불안했던 것은 결혼 상대가 아직 여덟 살밖에 되지 않은 어린애라는 점이었다. 아무리 양친이 정한 상대라고는 하지만, 한 번도 만난 적이 없는 여덟 살의 어린애와 평생을 함께 한다는 것은 납득할 수 없었다. 만약 마음에 들지 않는다면 어떻게 하면 좋단 말인가. 그래도 참고 살아야한단 말인가. 어머니도 그랬던 것일까. 그리고 어머니는 아무런 모순도 느끼지 못했던 것일까. 자식을 낳고 가사와 밭일에 쫓겨 늙어가는 것이다. 4개월 전에 미순과 함께 시장에서 그네와 널뛰기에 열을 올리던 것이 먼 옛날의 일처럼 생각되었다.

"잘 들어요. 수모隨母가 아가씨의 손을 잡고 제단으로 안내할 테니까, 그 사이 아가씨는 양손을 백주한삼白紬汗衫 속에서 맞잡고 얼굴을 감춰야

합니다."

수모가 양팔을 들어 올리고 머리를 숙여 보였다.

"듣고 있는 건가요, 춘옥 아가씨……."

"예, 듣고 있어요."

"그렇지, 조금 더 양팔을 올리고…… 발을 옮기는 방법은 뒤꿈치를 끌듯이 발목을 젖힙니다. 춤을 출 때의 요령으로 가볍고 우아하게, 그리고 발소리를 내지 않도록…… 알겠지요……."

춘옥은 수모의 지시대로 흉내를 냈지만 연습에 흥이 나지 않았다.

마당 쪽에서 돼지 요리에 열중하고 있던 봉영이 잠시 자리를 비운 사이에 아이들이 고깃덩어리를 집어 들고 도망쳤다. 봉영이 부엌칼을 움켜쥔 채 쫓아갔지만, 아이들은 어둠을 틈타 도망쳐버리고 말았다.

"제기랄! 미꾸라지 같은 놈들. 이번에 잡히면 닭처럼 모가지를 비틀어 줘야지."

봉영은 발을 구르며 분해하다가 하늘을 올려다보고 서서 소변을 본 뒤 몸을 부르르 떨었다.

변하기 쉬운 날씨는 어느새 폭풍우가 올 것 같은 형상을 하고 있었다. 거칠어진 파도는 바람에 맞서며 구름이 낮게 드리운 하늘을 향해 포효하고 있었다. 압도적인 힘으로 불어대는 바람은 돌을 깎고 산을 깎으며 섬 전체를 흔들어대고 있는 것 같았다. 바람은 한라산 정상에서 불어 내려와 바다와 격렬하게 맞붙어 싸우다가 다시 한라산 정상을 향해 불어 올라가고 있다. 어둠을 질주하는 불길한 바람소리가 통째로 뭔가를 빼앗아가는 것 같았다.

그날 밤 춘옥은 꿈을 꾸었다. 한라산의 어두운 산길을 걷고 있자니 덤불 속에서 갑자기 한 마리의 호랑이가 덤벼들었던 것이다. 이제는 잡혀 먹는구나 하는 순간에 하늘에서 내려온 홍길동이 허리에 찬 검을 빼 단칼에 호랑이를 퇴치한 뒤 춘옥을 안고 천상으로 올라가는 꿈이었다. 조선의 전통적인 영웅의 듬직한 팔에 안긴 춘옥은 남자의 체취에 자신도 모르게 몸의 중심이 뜨거워지는 것을 느꼈다. 춘옥은 비바람소리에 꿈의 여운을 맡긴 채 "한라산 깊숙한 곳에는 정말로 호랑이가 있을까……" 하는 생각을 하면서 다시 꿈의 세계로 빨려 들어갔다.

홍길동에게 퇴치되었을 터인 호랑이가 다시 이빨을 드러내고 나타나 춘옥을 넘어뜨려 눌렀다. 너무나 두려운 나머지 목소리가 목구멍 안쪽에 막혀 괴로웠다. 그런데 이빨을 드러내고 있던 호랑이는 홍길동으로 변해있었다. 호랑이와 홍길동이 번갈아 그녀에게 덤벼들었던 것이다. 숨이 갑갑한 몸속을 뜨거운 것이 관통하고 호랑이의 이빨이 그녀의 육체에 파고들었을 때 눈을 떴다. 전신이 땀에 젖어 숨을 헐떡이고 있었다. 창문으로 엷은 빛이 스며들며 날이 새고 있었다.

날이 새자마자 이 씨 집안은 결혼식 준비에 쫓겼다. 남자들은 대청에서 술만 마시고 있어도 되었지만, 여자들은 숨 쉴 틈도 없이 바빴다. 새신랑이 도착하는 것은 정오 무렵이다. 춘옥의 방에서는 수모가 새색시 의상을 입히는데 여념이 없었다. 태어나서 처음으로 춘옥은 화장을 했다. 두꺼운 화장의 미끈미끈한 감촉이 기분 나빴다. 그리고 머리를 얼굴의 중심에서 양쪽으로 나누고, 뒤의 묶은 매듭에 비녀를 꽂았으며, 머리 위에는 화관(족두리)을 얹고, 세 갈래로 따 묶어 양쪽으로 말아 올린 머리에서 긴 댕기를 앞으로 늘어뜨렸다. 백색, 진홍, 녹색, 홍색, 감색의 7색으로 채색된 단삼(혼례의상)은 참으로 고왔다. 그리고 수모가 춘옥의 허리에 팔을 돌려 관대를 묶고, 양손을 백주한삼 속에서 맞잡도록 춘옥에게 지시했다. 새색시는 사람들 앞에서 맨살을 보여서는 안 되는 것이다.

"예쁘다……."

라며 미순이 멍하니 바라보고 있었다.

"이제 남은 일은 새신랑이 마중오기를 기다리기만 하면 돼요."

수모는 미순이 내민 차를 마시면서 새색시의상을 몇 번이고 점검했다.

이윽고 현관 앞쪽이 소란스러워지더니 새신랑의 행렬이 도착했다는 것을 알리기 위해 하녀가 급히 복도를 건너왔다. 춘옥의 몸이 경직되었고, 시선을 떨어뜨려 발밑을 지긋이 바라보고 있었다. 고동이 심하게 울리며 입안이 바싹 마르고, 얼굴이 붉어지면서 목덜미부터 가슴에 걸쳐 땀이 배는 바람에 짙은 화장이 녹아내릴 것 같았다. 손을 잡은 수모隨母에게 걸음을 재촉 받은 춘옥은 심호흡을 한 뒤 천천히 걷기 시작했다. 어젯밤에 수모에게 배운 대로 춘옥은 양팔을 얼굴 높이에서 맞잡고 백주한삼 속에 얼굴을 묻은 채 수모가 이끄는 대로 제단 앞으로 다가갔다. 기대와 경외가 교차하는 복잡한 기분으로 춘옥은 눈을 들어 올려 주위를 살짝 엿보았다. 식의 진행을 지켜보고 있는 친족 일동의 엄숙한 표정이 두꺼운 벽처럼 늘어서 있다.

눈앞이라기보다 눈을 내리 깐 바로 그 각도에 기럭아비雁夫의 인도로 문관의 중례복中禮服을 입은 작은 몸집의 인물이 서 있었다. 그녀는 한순간 왜인矮人으로 착각했지만, 나이가 대략 일고여덟 살 정도 되는 어린애가 지루한 듯 졸린 눈을 껌뻑이며 신기한 것이라도 되는 양 춘옥을 올려다보고 있었다.

허를 찔린 것처럼 그녀는 눈을 감고 "설마!" 하는 생각을 했다. 마치 꿈을 꾸는 듯한 기분이 들었다. 현실에서는 있을 수 없는 불합리한 일이 꿈에서는 당연한 것처럼 실현되기 때문이다. 그녀는 다시 눈을 뜨고 확인했다. 틀림없이 문관의 중례복을 입은 인형 같은 어린애가 서 있다. 이것은 뭔가 잘못된 것이 아닐까, 너무나 우스꽝스럽다고 그녀는 생각했다. 그러나 그녀의 이해를 훨씬 뛰어넘어 있을 수 없는 일이 현실로서 진행되었고 초례교배식初禮交拜式이 끝났다. 그리고 축하연이 시작되었다. 술에 취한 붉은 얼굴의 천걸이 자꾸만 턱수염을 쓰다듬으며 만면에 미소를 띠운 채 새색시의 부친과 환담하고 있다. 평소에는 말이 없고 무뚝뚝한 태관도 이날만큼은 기쁜 듯이 웃는 얼굴로 주위 사람들에게 술을 따랐고, 화옥은 손님들의 응대에 정신없이 바빴다.

"이거, 정말 경사 났네. 자, 여러분, 오늘은 맘껏 취하세요. 이 좋은 날을 축하하며 마셔주세요. 천하제일의 신랑과 신부를 위해 윤 씨 집안과 이 씨 집안이 오래 번영하도록 축복해주세요."

이 씨 집안의 친척 한 사람이 자리에서 일어나 기세를 올리더니 비틀거리는 걸음걸이로 노래를 흥얼거리며 리듬에 맞춰 춤추기 시작했다.

신랑이 자꾸만 수모隨母를 부르고 있다. 삼십 중반의 수모가 부드럽게 웃는 얼굴로 신랑에게 다가가 귓속말을 했다. 신랑이 '졸린다'며 칭얼거리는 모양이었다.

"조금만 참으세요. 신부에게 비웃음 당해요."
라고 수모가 작은 소리로 타이르고 조심스럽게 춘옥을 슬쩍 돌아보며 미소를 지어보였다.

이리하여 신랑은 혼례식으로부터 사흘간 신부의 집에서 머물고, 사흘째 되는 날에 신부를 데리고 돌아가는 게 관습이었다. 신랑 측의 장로가 감사의 말을 전하고, 드디어 신랑 신부가 길을 떠날 때가 되었다. 모두는 신랑신부를 전송하기 위해 자리에서 일어났다. 신랑은 봉영의 손을 빌려 말에 올라탔고, 신부는 가마를 탔다. 신랑과 신부의 모습을 한번 보겠다며 대문에서부터 연도를 따라 많은 마을사람들이 늘어서 있었다. 춘옥은 자신이 어딘가에 팔려가는 듯한 기분이 들었다. 신랑 집에 도착했을 때는 주위가 어두워져 있었다. 윤 씨 집안에서는 이미 축하연의 준비를 마치고 일가친척들이 신랑 신부를 애타게 기다리고 있었다. 두 사람은 다시 시부모님 앞에 무릎을 꿇고 인사했다.

"음, 오늘부터는 이 집의 며느리로서 최선을 다하기 바란다."
라며 시아버지가 며느리의 인사를 받았다. 그리고 두 사람이 큰상에 앉자 축하연이 시작되었다. 이 씨 집안으로부터는 이천결과 가까운 친척, 수모, 그밖에 몇 명의 동행자가 참석하고 있었다. 춘옥은 어제부터 아무것도 먹지 않았지만 공복을 느끼지 않았다. 그저 생각이 없는 인형처럼 계속 눈을 내리깐 채 꼼짝도 않고 앉아 있었다.

아니나 다를까, 장고가 울리고 노래와 춤이 시작되었다. 신랑이 꾸벅꾸벅 졸고 있다. 어른들의 술자리를 함께 하기는 어려운 나이다. 당장이라도 뒤로 넘어질 듯한 아들을 보다 못한 모친이 달려왔다.

"신랑이 좀 피곤한 모양이군요."

라고 친척 한 사람이 말했다.

"어른이라도 피곤하겠지요."

이천걸이 동정하듯 말한다.

"죄송합니다. 평소에는 야무지게 행동하는데, 최근 이삼일 긴장하다 보니 조금 피곤한 모양입니다. 축하연 도중에 면목이 없지만 그만 쉬게 하고 싶습니다."

모친이 아들을 두둔하듯이 감싸 안았다. 아들은 천진난만하게 모친의 팔에 편안히 몸을 맡기고 잠들어버렸다.

"그러는 게 좋겠지요. 이걸로 혼례도 무사히 마쳤겠다, 신랑 신부를 이쯤에서 해방시켜 주는 게."

친척 한 사람이 말하자 모두가 한꺼번에 웃음을 터뜨렸다.

"자, 신부도 피곤하겠지요. 신랑과 함께 일어나시게."

다른 한 사람이 배려를 하듯이 재촉했다. 춘옥이 마음을 다잡고 모두에게 인사를 한 다음 자리에서 일어나자 이 집의 하인이 신방으로 안내했다. 온돌의 효과를 높이기 위해 신방은 한 평 반 정도의 좁은 방이었다. 이미 두 개의 베개를 나란히 놓은 요가 깔려 있었다. 그 요 위에 시어머니가 옷을 벗긴 아들을 뉘였다. 춘옥은 어찌할 바를 몰라 그저 가만히 서 있었다. 수모로부터 여러 가지 배웠지만 무엇을 어떻게 하면 좋은지 알 수가 없었다. 모든 것이 당돌했다.

"뭘 그리 우뚝 서 있는 게냐. 서방님에게 잠옷을 입히지 않고."

라고 시어머니가 말했다. 야무진 목소리는 엄격한 울림이 담겨 있었다.

거만하고 가시 돋친 목소리에 춘옥은 갈팡질팡 어쩔 줄을 몰랐다. 그렇지만 시어머니는 춘옥의 도움을 받으려는 기색은 없었다. 그리고 아들을 재운 시어머니는 자세를 고쳐 앉아 춘옥을 똑바로 쳐다보았다.

"잘 들어라. 윤 씨 집안은 유서 깊은 가문이다. 이 아이는 아직 여덟 살이지만, 관례식을 마친 어엿한 남자다. 네 서방님이란 말이다. 그것을 잊어서는 안 된다. 알겠지. 앞으로는 윤 씨 집안의 법도에 따라 서방님을 섬기고 부끄럽지 않은 며느리로서 최선을 다해야 한다. 이 아이는 내가 애지중지 기른 윤 씨 집안에 있어 둘도 없는 보배다. 며느리로 올 사람은 많았지만, 이천걸님의 적극적인 부탁에 남편이 승낙하고 말았구나. 너는 정말로 운이 좋은 며느리다. 알겠지."

말꼬리가 높은 목소리가 춘옥의 머리 위에서 금속음처럼 울렸다.

"예……."

라고 춘옥은 희미한 목소리로 대답했다. 방을 나가려던 시어머니는 고개를 숙이고 있는 춘옥을 냉담한 시선으로 내려다보았다. 남겨진 춘옥은 의복을 벗을 기력도 없이 어린 남편의 천진난만하게 잠든 얼굴을 바라보면서 멍한 상태가 되어 있었다. 누군가에게 도움을 요청하고 싶은 심정이었다. 그녀는 언제까지나 멍하니 앉아 있었다. 얼마나 시간이 지난 것일까. 틈새 바람이 불어들고 등 뒤에 사람의 기척이 느껴져 돌아보니, 문을 조금 열고 그림자처럼 서 있는 시어머니가 질투에 불타는 눈으로 춘옥의 모습을 가만히 지켜보고 있었다. 춘옥은 깜짝 놀라 흐트러져 있던 자세를 바로 했다.

"옷도 갈아입지 않고, 언제까지 그러고 있을 셈이냐. 자지 않을 작정이냐."

"아닙니다. 좀처럼 잠이 올 것 같지 않아서요. 죄송합니다……."

춘옥은 시어머니의 날카로운 시선에 몸을 웅크렸다.

"내일은 일찍 일어나야 한다. 그렇게 알고 있어."

시어머니는 탁 하는 소리가 날 정도로 문을 세게 닫았다. 춘옥은 포기한 것처럼 옷을 벗고 잠옷으로 갈아입은 뒤 잠자리에 들어갔다. 마치 어린애 곁에 바싹 붙어 자는 유모 같았다. 깊이 잠들어 있는 어린 남편의 얼굴을 바라보고 있던 춘옥은 이 어린애를 남편으로 받아들일 기분이 들지 않았다.

피곤해 있던 춘옥은 언제 잠이 들었는지, 문득 그녀는 이상한 감촉을 느꼈다. 엉덩이에서부터 허리에 걸쳐 미지근한 감촉이 전해오는 것이었다. 그것은 거의 젖어 있는 듯한 감촉이었다. 그녀는 상반신을 일으켜 이불을 살며시 걷어보고는 깜짝 놀랐다. 죽은 듯이 잠들어 있는 어린 남편이 자면서 오줌을 싸고 있었던 것이다. 그리고 그 오줌은 이불 전체로 번져 그녀의 내복까지 적시고 있었다. 그녀는 수치심으로 얼굴이 발개져 어찌할 바를 몰랐다. 순간적으로 그녀는 남편을 흔들어 깨웠다. 억지로 일어난 어린 남편은 잠이 덜 깬 눈으로 칭얼대듯 춘옥을 바라보았다.

"오줌을 싼 거지."

라고 춘옥은 조금 심술궂게 말했다. 아내에게 그런 말을 들은 어린 남편은 자신의 엉덩이를 만져보더니 벌떡 일어났다. 오줌을 가득 머금은 솜이불에서 냄새와 함께 김이 피어오르고 있었다. 변명할 여지가 없어진 어린 남편은 과연 부끄러운 듯이 고개를 숙인 채 울상을 짓고 있었는데,

이번에는 골이 난 것처럼 방을 뛰쳐나갔다. 그리고 이내 찾아온 시어머니가 춘옥을 노려보았다.

"어째서 서방님을 혼내는 거냐."

"아니에요, 혼내지 않았어요."

"너의 그 태도로 알 수 있다. 남편을 바보 취급하는 며느리는 집안을 망치게 된다. 난 너에게 아들을 맡겼다. 그 아들을 바보취급을 하다니."

"아니에요, 결코 그런 게 아닙니다."

어린 남편은 시어머니에게 질책당하고 있는 며느리를 모친의 치마 뒤에서 보고 있었다. 모친의 익애 속에서 자란 연약하고 오만한 얼굴이 고소하다는 듯이 춘옥을 노려보고 있었다. 춘옥은 항변할 기력도 없었다.

시어머니는 오줌을 잔뜩 머금은 이불을 안은 채 아들의 손을 끌고 방을 나갔다. 춘옥은 뒤뜰로 나가 빗물을 받아 놓은 물 항아리의 얼어붙을 듯한 물을 전신에 끼얹어 몸을 씻어냈다. 몸이 달아오르며 굴욕감이 솟구쳐 올라왔다. 춘옥은 방으로 돌아와 옷을 갈아입고 날이 새기를 기다렸다.

머지않아 하인들이 일어나 일을 시작하는 소리가 들렸다. 머슴이 돼지에게 먹이를 주고 말을 손질하고 있었다. 하녀가 부뚜막에 불을 피우고 야채를 씻는 등 어젯밤 축하연의 뒤처리를 하고 있었다. 도와주기 위해 나가려던 춘옥이 있는 곳으로 시어머니가 아들을 데리고 나타났다.

"서방님의 머리를 땋아드려라."

라고 불쾌한 어투로 말했다.

춘옥은 거울 앞에 앉은 어린 남편의 변발을 땋기 시작했다. 그것을 시어머니가 가만히 지켜보고 있었다. 변발을 땋는 것은 시간이 걸리는 작업이었다. 동백기름을 발라 머리를 풀고는 세 갈래로 땋는 것이다. 춘옥은 시어머니에게 트집을 잡히지 않도록 정성껏 땋기 시작했다. 그러나 지루해진 어린 남편은 응석을 부리듯이 모친 쪽으로 고개를 돌리거나 흔드는 바람에 생각처럼 땋을 수가 없었다. 그에게 악의가 있는 것은 아니었지만, 어린애 특유의 산만한 태도가 춘옥을 안절부절못하게 만들었다.

"이제 곧 끝나니까 움직이지 말아주세요."

라고 춘옥이 주의를 주었다. 지체 없이 시어머니가 거친 목소리로 비난했다.

"너는 머리도 제대로 땋지 못하느냐. 지금까지 어떻게 교육을 받아온 게냐. 그만 됐다. 내가 하마."

춘옥을 밀어낸 시어머니는 익숙한 손놀림으로 아들의 변발을 땋아 올렸다. 몇 년이나 땋기에 익숙해진 시어머니의 손놀림은 과연 빨랐다. 변발을 다 땋은 시어머니는 남편과 함께 아침 인사를 다니라고 춘옥에게 분부했다. 춘옥은 어린 남편과 함께 조부, 조모, 시아버지 순으로 각 방을 돌아다녔다. 이 씨 집안에서는 이런 습관이 없었기 때문에 그것만으로도 춘옥은 피곤해졌다. 그리고 부엌에서 아침 준비를 거들었다. 시어머니는 춘옥의 행동을 엄격한 눈으로 하나하나 관찰하고 있었다. 식사는 시아버지와 남편이 다 먹고 난 뒤 남자들이 남긴 잔반을 부엌에서 하인들과 함께 먹어야만 했다.

아침식사 후에 춘옥은 시어머니에게 불려갔다.

"오늘부터 네가 서방님을 서당까지 배웅하고 마중가거라. 도중에 마을 사람들과 수다를 떨어서는 안 된다. 알겠지."

춘옥은 신혼 인사차 서당까지 어린 남편을 따라 가게 되었다. 남편의 손을 끌고 가는 춘옥을 마을사람들이 호기심어린 눈으로 바라보고 있었다. 춘옥은 놀림감이라도 된 것 같아 남편을 내버려둔 채 도망치고 싶은 기분이었다. 서당에서 돌아오는 길에 어린 남편은 "피곤해서 걸을 수 없다"며 떼를 쓰기 시작했다.

"남자잖아요. 이 정도를 걸을 수 없다니 창피하지 않나요. 당신과 같은 나이 또래 어린애들은 모두 혼자서 서당에 다니고 있어요."

춘옥은 모친의 익애 속에서 자란 어린 남편의 방자함이 얄미웠다. 춘옥이 혼을 내주려고 먼저 걸어가자 남편은 길가에 주저앉아 울부짖었다. 할 수 없이 춘옥은 어린 남편을 업고 걷기 시작했다. 그러자 어린 남편은 춘옥의 등에서 잠들고 말았다.

10월부터 3월까지 거칠게 불어대던 섬 특유의 계절풍도 봄의 방문과 함께 온화한 미풍으로 변해간다. 화초는 싹을 틔우고, 마을사람들은 밭을 갈고, 물고기를 잡으러 나가고, 방목된 말이 한라산 자락을 뛰어다닌다. 옛날부터 명군名君은 서울에서 자라고, 명마名馬는 제주도에서 자란다는 말이 있듯이, 제주에는 몇 명인가의 이름난 백락伯樂이 있었다. 저녁이 되면 그들은 훗, 호- 라는 기묘한 소리를 내며 방목한 말을 불러들이는 것이다. 그 소리는 마을 전체에 메아리 쳐서 저녁 무렵의 마을사람들에게 묘한 안도감을 가져다주는 것이었다. 그것은 하루를 마치는 신호이기도 했다.

춘옥은 서당에서 돌아오는 길에 완만한 언덕을 달려오는 말떼와 마주치는 일이 있다. 초원에 흩어져 있던 말떼가 대지를 박차고 말갈기를 휘날리며 질주하는 모습은 웅장한 정경이었다. 바람을 가르고 말굽소리를 울리며 석양을 받은 흑단의 살갗에서 피어오르는 김이 자연의 거친 숨결을 느끼게 한다. 그 말떼를 백락이 능숙하게 유도해가는 것이었다.

윤 씨 집안에는 세 마리의 말과 여섯 마리의 소가 있다. 말은 주로 짐을 운반하거나 잡일 또는 먼 길을 갈 때의 교통편으로 사용되었고, 소는 농지의 경작에 사용되었다. 말은 봄부터 가을에 걸쳐 방목되지만, 매일 말 주인에게 되돌아간다. 그리고 돌아간 말이 배설한 똥을 모아 건조시켜 겨울의 난방용(온돌) 연료로 비축해 둔다. 춘옥은 매일 말이 방목된 뒤에는 우리 안의 말똥을 모아 건조시키는 일을 해야만 했다. 말똥이나 소똥을 얻기 힘든 가난한 마을사람은 길가에 떨어져 있는 말똥이나 소똥을 보면 마치 보물이라도 발견한 것처럼 줍는 것이었다.

들판의 꽃은 흐드러지게 피었고, 바람은 따뜻하고, 바다는 평온했다. 밭과 들판을 급강하하다가 공중으로 높이 솟아오르는 제비의 모습이 아름다운 포물선을 그리고 있었다. 집 처마 밑의 제비집에는 막 부화한 새끼가 어미 제비가 물고 온 먹이를 받아먹으려 빨간 입을 벌리고 시끄러울 정도로 울고 있다. 어디선지 모르게 꾀꼬리 울음소리가 들리고, 하늘을 비상하면서 지저귀고 있는 종달새의 노랫소리에 춘옥은 고개를 들어올린다.

춘옥은 좁쌀이랑 피, 고구마의 씨를 뿌리고, 집안일을 돕고, 어린 남편의 시중을 들고, 해가 저물자마자 잠자리에 들었다가 새벽이 오면 일어나 일을 했다. 그리고 피곤하면 언덕에 올라 바다를 바라보면서 행운을 가져온다는 용이 조각된 비녀를 손에 들고, 나의 행복은 언제쯤 찾아올까 생각하는 것이었다.

(번역 : 김학동)

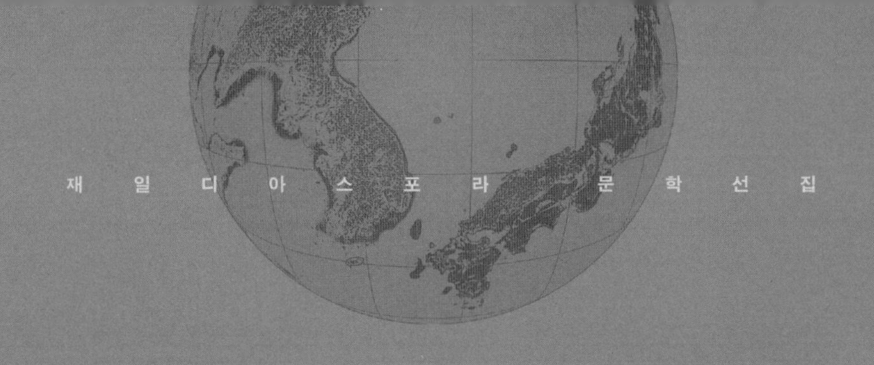

재 일 디 아 스 포 라 문 학 선 집

2년 후

김중명金重明

1

—후우.

컴퓨터 본체의 덮개를 열며 김소설은 한숨을 내쉬었다. 사각 상자 안은 미세한 먼지들이 수북이 쌓여 있었다. 일본에서 태어나 자란 김소설이 부모님이 태어난 땅이자 자신의 조국이기도 한 한국에 산 지 2년이 된다. 이 컴퓨터는 한국에 와서 바로 산 것이었다. 2년이라는 세월은 수 밀리의 먼지 층을 쌓기에 충분한 시간이었다. 기판의 배선과 기능을 알 수 없는 울퉁불퉁한 모양의 정밀 부품에까지 먼지 층이 덮혀 있어, 마치 유령이라도 나올 것 같은 폐옥을 연상시켰다.

2년 전에 구입했을 때에는 그래도 첨단 기종이었다. 그러나 컴퓨터의 발전은 평범한 인간의 상상을 뛰어넘는 것이어서, 지금은 시대에 뒤쳐진 산물이 되었다. 2년 전엔 꿈의 CPU로 불리며 일본 돈 수백 만 엔의 가치가 있었던 586 기종도 이제 머지않아 일반인을 대상으로 팔린다고 한다.

그러나 컴퓨터를 바꿔 살 정도의 경제적 여유가 없는 김소설은 필요할 때 몇 개의 주변 기기를 교체할 수 있을 뿐이었고, 결국에는 꽤 많은 돈을 들였음에도 최근의 보급형 저가 컴퓨터보다 모든 면에서 성능이 뒤쳐진다는 사실에 화가 날 뿐이었다.

주변 기기를 사서 보충해 넣을 때마다 컴퓨터 본체 덮개를 열어 장착해 왔는데, 요전까지는 먼지 층이 그다지 신경 쓰이지 않았다. 그러나 이번에는 덮개를 연 순간 먼지 층에 압도되고 말았다. 이렇게 쌓인 동안 나는 뭘 하고 있었던 것일까.

김소설은 소설가를 자칭하고 있었다. 실제로 6년 전에는 태어나 처음 쓴 장편소설을 절반은 자비를 들였지만 출판했었고, 그 후 자신이 편집위원을 맡고 있는 작은 잡지에 매년 1편씩 단편소설을 발표해 왔다. 그러니 소설가가 소설을 쓰고 있는 사람을 의미한다면 김소설은 틀림없이 소설가였다. 그러나 소설가가 작품으로 얻은 수입으로 생활하는 사람을 가리킨다면 김소설은 소설가의 한쪽 구석에도 낄 수 없는 남자였다.

6년 전에 출판한 장편소설은 조선 장기의 명수가 일본이 조선을 식민지화했던 저 잔혹한 시대에 농락당해, 하늘로부터 부여받은 재능을 꽃

피우지 못한 채 허무하게 죽음을 맞이한다는 내용으로 조선어로 '대명인大名人'을 의미하는 『대국수大國手』라는 제목을 붙였다. 출판 당시 지방 신문과 비주류 잡지에 김소설이 놀랄 만큼 많은 서평이 게재되었고, 평가도 대부분 호의적이었다. 한 때 김소설은 이로서 큰 부자가 될 것이라고 기고만장했지만 결국 미디어로부터 완전히 무시당했고, 책의 판매량 역시 한심할 정도였다. 출판사 사장은 책의 1쇄가 완전히 팔리면, 2쇄부터 이익이 난다고 했지만, 결국 2쇄를 출판하지 못한 채 끝나 버렸다.

지금도 김소설은 술이 들어가면 일반 사람들이 알기 어려운 『대국수』라는 제목을 붙인 것이 패인이었다든가, 작은 출판사에서 책을 냈기에 선전할 수 없었다든가와 같이 책이 팔리지 않았던 원인에 대해 이것저것 투덜대지만, 소설로서 『대국수』가 수준 이하였기 때문에 실패했다는 말은 결코 하지 않았다. 김소설 스스로도 지금 『대국수』를 쓴다면 전혀 다른 소설이 될 것이고, 또 고칠 수 있다면 손대고 싶은 부분도 몇 군데 있다고 생각했지만, 『대국수』가 좋은 세상을 만났다면 '역사에 남을 명작'이 될 정도로 걸작이었다는 점에 대해서는 한 발짝도 양보하려 하지 않았다. 『대국수』를 낸 출판사 사장은 그 정도로 자기 과신이 없다면 소설가 따위 될 수 없을 것이라며 반쯤 질린 눈으로 바라보았지만, 김소설은 진지하게 그렇게 믿고 있었다.

김소설이 지금까지 발표한 단편소설 중에는 그 아무리 김소설이라도 습작이라고 인정할 수밖에 없는 작품이 여러 개 포함되어 있었다. 다만 나머지 몇 개의 작품은 어디에 게재해도 부끄럽지 않은 수작이라는 점을 주장하는 것 역시 잊지 않았다. 그렇지만 그 단편소설들을 읽은 독자가 양 손가락으로 셀 수 있을 정도에 불과하지 않을까 하는 우려를 항상 해왔던 것 또한 사실이었다. 그는 잡지에 발표한 단편소설들에 대한 감상이나 평가를 거의 들어 본 적이 없었다. 자신의 소설이 칭찬받을 때 무상의 기쁨을 느끼는 김소설에게 이것만큼 외로운 일은 없었다.

김소설이 편집위원으로 이름을 올린 잡지는 이른바 문예잡지가 아닌 재일조선인 2세가 중심이 되어 재일조선인에 관련한 여러 가지 문제들을 다루는 잡지였기 때문에, 당연히 그 독자층도 재일조선인에 대해 관심 있는 사람들이 대부분일 것이고, 정체를 알기 힘든 소설을 읽는 '소설 오타쿠' 따위는 거의 없을 터였다. 비정기 간행물이라지만 최소한 1년에 한 번은 간행하였고, 매회 수천 부가 팔리고 있었기에 적어도 수천 명의 고정 독자층이 있다는 뜻이었다.

그러나 이 잡지의 독자는 자신의 소설을 빼 놓고 읽는 것은 아닐까 하는 비뚤어진 망상에 김소설은 빠져 있었다. 이것은 무엇보다 이 잡지에 영문 모를 SF소설을 비롯하여 수백 번은 봐 온 듯한 전기 소설과 역사 소설을 게재한 김소설의 책임이기도 했다. 자신이 어떠한 소설을 쓰더라도 내 작품에는 독자를 끄는 힘이 있다고 생각했지만, 그 이외에 이 주장에 찬성하는 이는 하나도 없는 것이 현실이었다.

다시 말해 김소설은 자부심은 높지만 인기는 전혀 그에 미치지 않는 소설가였다. 그럼에도 불구하고 언젠가는 베스트셀러를 써 부자가 될 거라고 있는 대로 허세를 떨고 있었다.

그러나 최근 그의 허세에 그늘이 지기 시작했다. 요 몇 달 새로운 소설을 쓰지 못한 것이다. 『대국수』를 출판했을 때 어느 저명한 재일조선인 작가로부터 "이러한 레벨의 장편소설을 두 편 더 쓰면 소설가로서 살아갈 수 있을 걸세. 인정받으려고 애쓰기보다 좋은 작품을 쓰는 일에 집중하게. 좋은 작품을 쓰면 자연스레 인정받게 될 테니까. 지금까지 내가 주목했던 신인 작가는 모두 크게 성공했어. 자네도 이대로만 분발하면 좋은 작가가 될 걸세. 내가 보증하지"라는 말을 듣고는 우쭐해져, 『대국수』 이후 실제로 2편의 장편소설을 완성했지만 두 작품 모두 여태껏 세상에 나오지 못한 채 플로피디스크 속에서 잠자고 있었다. 활자화할 계획 역시 전혀 없었다. 써 봤자 읽어 주지 않으면 어떻게도 할 수 없다는 현실이 김소설의 소설을 썩히고 있는 것이다.

실은 작년에 김소설은 이 2편의 장편 중 짧은 쪽을 한 저명한 문예잡지의 신인상에 응모했다. 힘든 최종 예선을 통과한 4편 안에 들었고, 문예상의 편집장도 그의 작품이 제일 좋다고 평했으나, 고명한 소설가들로 구성된 심사위원이 선택한 것은 다른 2편이었다. 그 사건이 김소설에게는 아주 충격적이었다. 그는 두 수상작품을 읽어 봤지만 자신의 작품보다 좋다고는 도저히 납득할 수 없어, 치밀어 오르는 분노를 억누르기 힘들었다. 그가 보기에 한 작품은 독자적인 세계를 구성하며 잘 정리되어 있었으나 소설로서의 힘이 결핍된 작품이었고, 다른 한 작품은 파워를 느낄 수 있는 작품이었으나 작가의 품성이 지나치게 저급스러워 책을 읽은 후 불쾌한 느낌이 남는 작품이었다. 어느 쪽도 자신의 소설보다 낫다고는 도저히 생각할 수 없었고, 이를 한탄하면서 생긴 우울증이 심각했다.

여하튼 지금의 일본에서는 신인상을 수상하지 못하면 소설가로 데

뷔하기 불가능하다고 생각한 김소설은 다른 문학상에 응모하기 위해 4번째 장편소설을 완성해야 했지만 최근에는 단 한 줄도 쓸 수 없는 상황이 계속되고 있었다.

거기에 생활고가 더해졌다. 한국에 올 때 가져 온 저금은 이미 바닥을 드러내고 있었고, 몇몇 잡수입도 언발에 오줌 누울 정도도 안 되었다. 아내와 막 1살이 된 딸을 떠안고 이제부터 어떻게 살아야 하나 고민해 봐도, 대책이 전혀 떠오르지 않았다.

실은 이번에 없는 돈을 털어 모뎀을 사 온 동기 중 하나는 컴퓨터 통신을 이용해 무언가 좋은 돈벌이를 찾을 수 있지 않을까 하는 기대 때문이었다. 그러나 아내와 아이가 잠에 들기를 기다려, 전화선을 연결하고 땀을 흘려가며 컴퓨터 본체 덮개를 연 순간 유령의 집을 연상시키는 먼지에 압도되어 모뎀 연결 작업을 잠시 중단해 버린 것이었다.

김소설은 하드 디스크 위의 먼지를 검지로 살짝 훔쳤다. 도중에 증설한 하드 디스크가 아니라 예전에 컴퓨터를 구입했을 당시부터 장착되어 있던 것이었다. 이들 먼지에는 틀림없이 2년의 역사가 퇴적되어 있었다. 먼지 속을 살아가는 생물들에게 그 시간은 몇 세대에 걸친 유구한 것임이 확실했다. 이처럼 유구한 시간의 시작에서 김소설은 인기 없는 소설가였다. 그리고 지금도 변함없이 인기 없는 소설가이다.

김소설은 한국에 와서 2년간 자신이 해 온 일들을 정리해 보았다. 먼저 장편소설을 1편 완성했다. 정직하게 말하면 분량은 『대국수』의 절반 정도로 중편이라고 불러야 할 소설이다. 그러나 그 작품에 들인 시간과 에너지는 『대국수』보다 결코 덜하지 않은 막대한 것이었다. 글이 진행되지 않아 며칠 밤을 잠들지 못한 채 침대 위를 전전하며 내용 전개에 대해 고민했던 일이 떠오른다. 일단 완성한 후에도 이 작품만큼 긴 시간을 들여 수정을 가한 것도 없었다. 소설이라는 것은 고치면 고칠수록 좋은 작품이 되는 것이 아니라는 사실은 김소설 자신도 무겁게 이해하고 있었다. 오히려 흥이 나 한 번에 써 내려간 작품이 비지땀을 흘리며 써 내려간 작품보다 몇 배 훌륭한 경우가 많다. 그러나 무언가에 씐 것처럼 써 내려가는 순간, 키보드를 치는 손가락이 따라갈 수 없을 만큼 문장이 흘러 넘치는 순간, 이렇게 행복한 시간들은 그처럼 간단히 찾아오는 것이 아니다. 이런 순간들 이외의 대다수 시간에는 뇌를 쥐어짜듯 문장을 써 내려갈 수밖에 없는 것이다. 이 소설이 그런 작품이었다. 그만큼 애정도 깊었다.

이 작품 외에도 한국에 온 후 2권의 책을 번역했고, 단편소설과 잡문도 몇 개인가 썼다. 결코 아무런 결과 없이 놀고만 있었던 것이 아니었다. 그러나 무엇을 써도 여전히 인기 없는 소설가는 인기 없는 그대로였다. 하는 일 모두가 잘되지 않았다.

시계를 보자 벌써 새벽 2시를 지나 있었다. 서울의 밤은 낮 시간 동안의 싸움이 거짓말처럼 가라 앉는다. 김소설은 정신을 되돌리듯 손에 묻은 먼지를 닦아 낸 후, 휴대용 청소기로 사각 본체 안의 먼지를 빨아들였다.

2년이라는 시간 동안 들러붙은 먼지는 말끔하게 떨어지지 않았다. 김소설은 섬세한 부분이 고장날까 우려해 청소를 중단한 후, 모뎀을 장착하기 시작했다. 시작하면 그다지 곤란한 작업이 아니었다. 몇 분도 지나지 않아 장착이 끝나자 원래대로 덮개를 닫은 후 여러 개의 케이블을 끼었다.

컴퓨터를 원상태로 돌려놓고 통신용 소프트웨어를 인스톨한 김소설은 바로 대기업 통신업자인 하이텔에 접속해 보았다. 아내와 아이가 옆에 잠들어 있기 때문에 모뎀의 스피커는 꺼 놓았으나, 다이얼링하면서 나는 딸가닥 딸가닥 소리가 작게 귓속으로 울려왔다.

기다릴 새도 없이 하이텔의 초기화면이 디스플레이에 나타났다. 이 컴퓨터와 외부 컴퓨터의 첫 번째 접속이었다. 김소설은 초기화면의 가입안내를 눌렀다.

—또 주민등록번호인가.

김소설은 무심결에 중얼거렸다. 가입절차에서 입력해야 할 내용으로 성명, 주소 등 당연히 있어야 할 것들 밑에 '주민등록번호'가 있었다.

한국에서 태어난 한국인은 한 명 한 명이 개인 번호를 가지고 있다. 이른바 국민식별번호제도가 실시되고 있는 것인데 그 번호가 주민등록번호이다. 김소설은 처음에 이 주민등록번호로 국민 한 사람 한 사람에 대한 철저한 관리를 시행하고 있는 것이 아닐까 상상했지만 실상은 그렇지 않은 듯 했다. 딱히 인권 존중의 정신이 철저해서가 아니다. 인권 존중과 프라이버시 보호라는 점은 실은 일본도 최악의 상태인데, 한국의 현황 역시 비슷한 수준이라고 할 수 있었다. 한국에서 주민등록번호제도가 철저한 개인 관리로 연결되지 못한 이유는 그저 방대한 양의 정보를 처리할 시스템이 아직까지 갖추어지지 않았기 때문이었다.

수 년 전 김소설은 한국에서 사람 찾는 일을 도와준 적이 있었다. 일본에서 의지할 곳 없이 죽은 재일교포의 친척을 찾기 위해 돌아다녔는데, 고인의 옛날 호적에 표시된 주소지의 동사무소를 방문했을 때 바로 고인의 사촌에 해당하는 인물의 주민등록번호를 발견할 수 있었다. 하지만 그 동사무소에 설치된 컴퓨터에는 해당 인물이 등록되어 있지 않았다.

"현주소가 관할 내가 아니기 때문에, 여기에서는 조사할 수 없습니다. 그렇지만 경찰서의 컴퓨터로 이 주민등록번호를 찾으면 금방 알 수 있습니다."

귀여운 여직원의 말에 고무된 김소설 일행은 바로 경찰서로 향했다. 그러나 경찰 컴퓨터로도 찾을 수 없었다. 수 년 전의 주소까지는 알 수 있었으나, 지금 어디에서 무엇을 하고 있는가는 모두 불명확했다. 친절한 젊은 경찰이 이마에 땀을 맺어 가며 컴퓨터로 여기 저기 조회했지만 결국 발견하지 못했다. 3일 후 몇 가지의 우연이 겹쳐 고인의 사촌을 찾을 수 있었는데, 그는 특별히 주소가 없거나 직업이 없었던 것이 아니라 작은 인쇄 공장을 경영하는 사장이었다. 그의 말에 의하면 몇 번인가 이사하면서 동사무소와 경찰서 컴퓨터에 제대로 등록되지 않았을 것이라는 거였다. 그와 같은 사람이 빠져 있는 주민등록번호 제도의 허술함에 김소설은 일종의 안도감을 느꼈다.

그러나 컴퓨터의 발달에 따른 정보처리능력의 향상은 눈부실 정도였고, 한국처럼 인권이 발달하지 않은 나라에서 앞으로 이 주민등록번호 제도가 어떻게 '활용'될지에 대해 두려움을 느낀 것 또한 사실이었다.

김소설은 한국 국적을 가진 한국인이다. 그러나 일본에서 영주할 자격을 가지고 있었기 때문에 한국에서 주민등록을 할 수가 없었다. 즉 주민등록번호가 없는 한국인인데, 일반 한국인에게 주민등록번호를 가지지 않은 한국인이라는 존재는 뜨거운 얼음이라든지 밝은 암흑과 같이 일종의 형용모순으로 받아들여지는 듯 했다. 김소설은 주민등록번호가 없다는 이유로 몇 번인가 재일교포를 향한 한국사회의 거부라는 벽을 뼈저리게 느껴 왔다.

최초의 충돌은 은행에서 보통예금 계좌를 만들 때 벌어졌다. 일본태생의 재일교포로 지금은 한국에서 살고 있다는 사실을 여권을 보여주며 몇 번이고 설명해도 스물 초반으로 보이는 젊은 은행원의 대답은, "주민등록번호가 없으면 계좌를 만들 수 없습니다"였다. 그녀의 말투와 표정은 그녀 자신도 당황하고 있다는 것을 보여 주었다. 나중에 안 사실인데 이는 규칙 이전의 문제로 그녀가 사용하는 기계는 주민등록번호를 입력하지 않는 한 통장을 만들 수 없게 되어 있다고 한다.

그 다음의 충돌은 동사무소에서 일어났다. 전입신고와 건강보험의 주소변경을 하기 위해 아내가 동사무소에 갔을 때, 같이 따라가 자신도 건강보험에 가입하고 싶다고 신청했을 때였다. 한국어 발음이 안 좋은 김소설을 대신하여 아내가 정중히 설명한 후 재일교포가 건강보험에 가입하려면 어떻게 해야 하는가 질문했을 때, 창구의 젊은 여성이 작은 눈을 더 작게 뜨며 한 마디 "외국인이 보험에 가입해 둘 필요가 있습니까"라고 되물었다. 외국인도 이곳의 주민이라면 주민 서비스를 받을 권리가 있다는 발상이 그녀에게는 없었나 보다. 아니 그 이전에 이것이 한국인의 일반적인 의식일지도 모른다. 일본과 마찬가지로 인권 후진국인 한국의 모습이 뚜렷하게 드러난 장면이었는데, 이처럼 노골적인 대답을 듣자 어이가 없어 말을 이어갈 수 없었다.

원칙적으로 따지면 이것은 이중적인 의미에서 김소설에게 부당한 발언이었다. 우선 첫째, 외국인을 보건 서비스로부터 제외해도 좋다는 명제는 세계인권선언과 대한민국헌법을 거론할 것도 없이 인권 원칙에 반하는 것이 명백했다. 둘째, 김소설은 한국 국적을 소유한 한국인으로 외국인 범주에 넣을 수 없는 존재였다.

김소설은 이러한 원칙을 논리정연하지 못하게 투덜거리며 항의했고, 그의 아내는 정말이지 한국사람 같은 빠른 말투로 이것저것 이야기했으나, 창구의 여직원은 차가운 눈으로 쳐다볼 뿐이었다. 도중에 소동을 듣고 그녀의 상사로 보이는 중년의 남자가 다가왔다. 도대체 무슨 일이냐는 물음에 그녀는 간단하게 사태를 설명했다. 김소설이 듣기에 그녀의 설명은 정확했다. 한마디로 정리하면, '재일교포가 건강보험에 가입하고 싶어 한다'는 것이었다. 김소설은 그녀가 재일교포라는 단어를 몇 번이나 말하는 것을 들었다.

"먼저 한국으로 귀화할 필요가 있습니다."

아무리 김소설이라 해도 이 말에는 발끈했다. 우선 김소설은 '귀화'라는 단어를 매우 싫어했다. '귀화'에는 중화사상의 추악함이 여실히 담겨 있었다. 단순히 국적 취득이라는 의미를 넘어서서 하나의 가치관이 이 단어에 있었다. 즉 '귀화'란 미개한 야만인이 중화에 굴복하며 문명화된다는 의미이고 이 말에는 다양한 가치를 인정하려는 유연성과 상대방의 입장을 배려하려는 친절함이 전혀 없이 자신들의 편협한 가치관에 들러붙은 경직되고 타락한 정신만이 있을 뿐이었다. 여기에서 말하는 중화란 딱히 중국만을 가리키는 것이 아니다. 일본서기에도 에조蝦夷(홋카이도의 옛 명칭)를 가리키며 '여지껏 천자에 귀속하지 않은' 민족으로 표현한 부분이 있다. 그것을 쓴 사람들의 척박한 정신을 보여주는 문장이라고 할 수 있다. '귀화'라는 말은 예전부터 있었지만 국적취득을 의미하는 법률용어로 쓰기 시작한 것은 근대에 들어서부터다.

그러나 김소설이 반발한 것은 '귀화'라는 말이 신경을 긁었기 때문만이 아니었다. 김소설은 눈 앞의 열은 대한민국 정부가 발행한 녹색 커버의 패스포트 위에 검지와 중지를 올려서 앞으로 내밀며 입을 열었다.

"귀화라는 건 어느 나라 국적을 말하는 겁니까?"

"물론 대한민국입니다."

"이거, 대한민국이 발행한 패스포트인데요."

중년 남자는 패스포트를 손에 들고 이해할 수 없다는 얼굴로 펼쳐보았다. 그에게는 주민등록번호를 안 가진 한국인 따위 상상할 수도 없는 존재였던 것 같았다.

결국 입씨름은 어떤 성과도 거두지 못한 채 끝났고, 동사무소에서는 결말이 나지 않을 테니 서울시의 정부기관에 가야한다는 결론이 났다.

한국은 김소설에게 조국이라 할 수 있는 유일한 나라였다. 일본에서 태어나 자란 김소설은 어렸을 때부터 일본은 내가 살아야 할 곳이 아니라는 사실을 막연하게나마 느끼고 있었다. 그의 아버지가 말버릇처럼 나이가 들면 한국으로 돌아간다고 말했던 것이 얼마간 영향을 주었기 때문일지도 모른다. 김소설에게 일본은 단일민족의 환상에 취한 어리석은 나라였다. 그 환상이 침투된 사람에게는 그것이 공기처럼 의식할 필요조차 없는 존재지만, 그 환상의 외부에 있는 사람에게는 가만히 있어도 숨쉬기 힘든 속박이었다. 노골적인 차별은 과연 드물어지고 있었다. 그러나 이질적인 것을 인정하지 않고 배제하려는 압력은 그것을 느낄 수 있는 사람들에게 절대적이었다.

영주할 것인가 말 것인가와는 별개로 언젠가는 한국에서 살아보고 싶다고 생각했던 김소설이 한국으로 삶의 터전을 옮긴지 2년, 조국은 그를 따뜻하게 맞아 주지 않았다. 일본에서 느꼈던 풀솜으로 목을 죄어오는 듯한 음습한 거부는 아니지만 한국사회와 김소설 사이에는 명확한 벽이 존재했다.

김소설의 집에서 도보로 5분 정도 거리에 작은 백화점이 위치해 있다. 그곳의 식료품 매장이 가까운 시장보다 쌌기 때문에 김소설은 자주 그 백화점을 이용했는데, 매장으로 내려가는 엘리베이터 앞 화장품 가게 점원 3명과 말을 나누는 사이가 되었다. 딸을 안고 그곳을 지나다니던 중에 딸의 눈이 똥글똥글하여 귀여운 것이 한국인 같지 않다며 그녀들이 말을 건넨 것이 계기였다. 얼마 후 그녀들은 김소설의 아내에게 그가 어떤 사람인지 물어왔다. 보통 사람이라면 회사에 나가 있을 시간에 처자를 데리고 어슬렁거리고 있고, 한국어 발음도 이상했기에 불가사의하게 생각하고 있었던 듯했다. 아내는 일본태생의 재일교포 2세로 소설을 쓰고 있다고 설명했다. 그때 그녀들 중 한 명이 꺼낸 말이 걸작이었다.

"아버지가 재일교포시니까, 따님도 외국인 같은 얼굴을 하고 있군요."

이 말에는 김소설도 쓴 웃음을 지을 수밖에 없었다. 그녀들이 딱히 나쁜 뜻이 있어서 꺼낸 말이 아니겠지만, 그만큼 보통의 한국인들이 재일교포에 대해 어떻게 생각하는지에 대한 진의의 일부가 무심결에 나온 것으로 느껴졌기 때문이었다. 다시 말해 일반 한국인의 감각에서 볼 때 재일교포는 '동포'라는 범주가 아니라, '외국인'의 집합에 들어가는 것이다.

입을 열지 않는 한 김소설이 한국태생의 한국인이 아니라는 사실을 알아채는 경우는 거의 없다. 그러나 무언가를 말하기 시작하는 순간 네이티브가 아니라는 사실이 금세 드러나 버린다. 한국에서 산지 2년이 되었지만 발음은 전혀 좋아지지 않았다. 김소설은 그가 알고 있는 몇 분의 재일 1세 노인들, 조국에서의 삶보다 길게는 수십 년간 일본에서 체재한 그들의 발음이 여전히 조선말투를 벗어나지 못한 현실을 떠올리며, 자신이 지금부터 몇십 년을 살아도 일본말투를 버리지 못할 것이라고 생각했다. 오히려 일본에서 태어나 자랐다는 사실은 부정할 수 없는 자신의 역사이며, 그 결과인 다쿠앙 냄새나는 한국어를 무리하게 교정할 필요가 없다고까지 생각하게 되었다. 즉 일상생활에 필요불가결한 언어를 매개로 김소설은 자신이 재일교포라는 '외국인'임을 명시하면서 한국 사회에서 살아가고 있는 것이다.

다만 재일교포라는 '외국인'으로서 사는 편이, 이질적인 존재를 배제하는 일본의 무거운 분위기 속에서 사는 것보다 훨씬 안정적이라고 그는 느끼고 있었다. 조국으로부터 거절되고 있다는 사실에 분노하면서도 이 2년간 일본으로 돌아가고 싶다고 생각한 적은 한 번도 없었다.

김소설은 하이텔의 가입안내 화면의 주민등록번호에 대한 설명 부분을 클릭하여 구석구석 읽어 봤으나, 예상대로 주민등록번호가 없는 이를 위한 배려는 한 마디도 없었다. 하이텔 본사에 전화하여 항의하면 어떻게든 될지도 모르지만, 주민등록번호를 둘러싼 충돌을 여기저기에서 반복했고, 그때마다 분노를 맛봐 온 그에게는 여기서 또 다시 일을 벌일 기력이 남아 있지 않았다. 김소설은 아내 이름으로 하이텔에 가입하기로 정했다. 아내는 지금 잠들어 있다. 아무리 부부라 해도 마음대로 아내 이름으로 가입할 수는 없었다. 게다가 아내의 주민등록번호도 알지 못했다.

다음 날 아내의 허락을 얻어 다시 가입 절차를 받기로 결정하고, 김소설은 컴퓨터 전원을 껐다.

2

아내 이름으로 가입을 신청한 다음 날 밤, 딸이 잠들어 조용해지기를 기다려 김소설은 하이텔에 접촉해 보았다. 가입이 승인되었다면 오늘은 자유롭게 통신할 수 있을 것이었다. 요구받은 대로 ID와 패스워드를 입력하자,

"……님은 회원입니다."

라는 메시지가 떴다. 물론 그의 이름이 있어야 할 곳에는 아내의 이름이 표시되어 있었다.

김소설은 수형도樹型図처럼 구성된 하이텔 속으로 들어가 장기 방을 찾았다. 그가 수많은 컴퓨터 통신업자 중 하이텔을 선택한 것은 물론 요금이 싸다는 이유가 가장 컸기 때문이었지만, 한국프로 장기 5단인 김병오가 김소설의 처녀작 『대국수』에 대해 글을 올렸다는 이야기를 들은 적이 있었기 때문이었다.

한 달 정도 전 묘한 계기로 김병오 씨와 알게 되어 한국어판 『대국수』를 그에게 보냈는데, 며칠 후 그로부터 열렬한 전화가 걸려 왔다. 감동했다, 정말 좋았다, 이 소설이 꼭 많은 사람들에게 읽히길 원해 하이텔과 나우누리 등의 컴퓨터 통신을 통해 소개 글을 올리려 한다는 내용이었다.

『대국수』는 일본에서는 전혀 팔리지 않았지만, 일본에서 출판된 지 3년 후에 한국어판이 나왔다. 간사이関西 지역 대학에서 조교수로 재직하는 김소설의 친우가 사회과학계열 소설을 전문으로 하는 한국의 중견 출판사에 몇 번 기고한 인연으로, 그 출판사 사장과 면식이 있었고 그가 일본에 왔을 때 김소설의 작품을 소개한 것이 계기였다. 그 친우가 『대국수』의 내용이 가치가 있었기 때문에 소개한 것인가, 그렇지 않으면 이 소설이 대단한 작품이니 꼭 여기저기 알려 달라는 김소설의 애원에 얽매여 소개한 것인가는 확실치 않다. 아마도 진실은 후자일 듯하나, 여하튼 그 친우 덕에 일본에서 전혀 알려지지 않은 『대국수』라는 소설이 한국의 중견출판사에 보내지게 되었다. 출판사 사장은 바로 일본어가 가능한 몇 명의 부하직원에게 『대국수』를 읽혔다. 다 읽은 부하로부터 소설이 재미있어 번역해야 한다는 보고가 올라왔다. 금세 번역작업이 시작되고, 순조롭게 한국어판이 출판되었다.

양심적인 회사라는 것이 그 출판사의 평판이었지만, 그 사장은 사업에 관해서는 매우 엄격한 사람이었기에 만약 일본 문단의 사정에 능통해 그가 완전한 무명이며 『대국수』도 거의 안 읽힌다는 사실을 알고 있었더라면, 아무리 추천을 받았어도 한국어출판을 실행하지 않았을 것이다. 그때까지 사회과학계열의 서적을 중심으로 출판해 왔고, 딱 그 시기에 문학 방면으로 영역을 확장시키려 했다는 사정이 김소설에게는 행운이었다.

한국어판이 출판되었을 때 그는 혹시 한국에서 마치 홀린 것처럼 소설이 팔려 부자가 되지 않을까 하는 옅은 기대를 품기도 했지만, 결과는 참혹했다. 중앙지 하나에 작은 서평이 실렸을 뿐 당연하게도 한국 미디어는 이 무명 신인작가의 소설을 무시했다. 최악의 판매량이었다.

그래도 한국 서점에서 자신이 쓴 소설의 번역본을 발견했을 때 김소설은 가슴 한 구석이 쑤셔오면서 무의식중에 눈물을 흘릴 것 같았다. 일본 서점에 자신의 책이 진열되어 있는 걸 봤을 때의 감격과는 역시 느낌이 달랐다. 한국인에게 김소설이 '외국인'이라 해도 그에게 한국은 조국이었다. 그리고 한국어판 『대국수』의 간행은 그의 인생에 생각지도 못한 전기를 마련해 주었다.

정확히 그 즈음 한 명의 한국여성을 알게 된 김소설은 하지 않았으면 좋았으련만 나온 지 얼마 안 된 책을 그녀에게 보냈고, 책을 읽은 그녀는 그에 대해 크게 오해하기 시작한 모양이었다. 소설의 내용에 감동한 부분도 있겠지만, 한국의 이름 있는 출판사가 번역본을 출간할 정도라면 일본에서는 꽤 알려진 소설가임에 틀림없다고 단정했던 것이다. 김소설이 필사적으로 그것은 완전한 오해로 실제 자신은 돈 한 푼 없는 애주가에, 이혼 경력이 있는 게으름뱅이며, 비정규직 신분의 어두운 눈으로 동경 뒷거리를 방황하는 남자에 불과하다고 설명했으나, 연애의 결정화結晶化작용, 속된 말로 곰보자국도 보조개로 보이게 된 그녀에게는 통하지 않았다. 결국 그는 그녀와 재혼했다. 한국에서 살게 된 것도 그녀의 존재가 커다란 이유 중 하나였다.

장기 방 어딘가에 김병오의 글이 있을 것이라고 생각해 자료실과 공개게시판 등을 찾아보았지만, 그의 글로 보이는 것은 없었다. '김병오'를 키워드로 검색한 게 잘못이었나, 혹시 다른 이름으로 글을 올린 것은 아닌가 하고 생각하기 시작했을 때, 공개우편함에서 '한국최초의 장기소설 『대국수』를 읽고'라는 글을 발견했다. 바로 열어 보았다.

장기를 더없이 사랑하는 한 사람으로서

음, 꽤 좋은 글의 시작이 아닌가, 김소설은 홀로 수긍했다.

김소설씨와 만나 건네받은 이 한 권의 책은 충격!!!! 그 자체였습니다. 이 운명적인 만남(?)을 뒤로하고, 밤길을 재촉하여 집으로 돌아와,

낡은 좌탁 위에 장기를 소재로 한 한국최초의 장편소설인 이 한 권의 책을 올려놓고…… 혹시라도 흥분 탓에 작품의 깊은 세계를 놓칠 수도 있다는 생각에 마음을 진정시켰습니다.

설익은 시처럼 기묘하게 행 바꿈을 하고 있는 것은 아마도 라인 에디터로 입력하고 있기 때문인 것일까, '……'와 '?' 등의 기호가 많은 것은 컴퓨터 통신용 글의 특징이라고 들은 적이 있다. 김병오는 나와 같은 나이라고 들었는데 더 어린 친구가 쓰면 기호투성이의 암호문 같은 글이 될지도 모르겠다는 생각을 하며 김소설은 계속 읽어 나갔다.

그리고…… 표지를 넘겨……

깊어가는 도회의 밤중에, 어느새인가 나는 주인공인 김상호의 인생을 호흡하고 있었습니다.

방랑 승부사의 집념이 드러난 장기에 대한 애정과, 뜨거운 민족 혼…… 억압과 슬픔으로 채색된 암울한 시대를 배경으로, 장기와 함께 스스로의 자아를 찾아 방황한 주인공 김상호의 고절한 고뇌가 저의 뇌수와 뇌 속에 지울 수 없는 사건으로 각인되었습니다.

김소설은 지금은 기억의 한 구석에 밀어 둔 6년 전의 소설 줄거리를 떠올리며 김병오의 글을 읽어 갔다. 자신이 쓴 소설을 이렇게 생생한 형태로 읽는 것은 오래간만이었다. 자신이 쓴 글이 사람을 감동시켰다는 사실을 눈으로 확인할 때만큼 보상받은 기분이 들 때는 없다고 그는 생각했다. 그리고 6년 전 소설에 대한 칭송을 읽으면서 그는 충족감 속에서도 일말의 아픔이 올라오는 것을 느꼈다. 그때부터 두 편의 장편소설을 썼으나 김소설 역시 그 작품들이 『대국수』를 뛰어 넘는 소설이라고는 자신 있게 주장할 수 없었다. 졸작이라고 생각하지는 않았지만, 스스로가 충분히 납득할 만한 작품 또한 아닌 것이다. 그리고 두 편 모두 아직껏 활자화되지 못했다.

> 한치 앞을 예상할 수 없는 암흑에 둘러싸인 혼돈한 시대상황 안에서 힘차게 자신의 집념을 불태워 스스로의 존재 가치를 확인해 가는…… 아름다울 정도로 처절한 투혼…… 이 한 권의 책에서 만날 수 있었습니다.

점차 김소설은 『대국수』에 대한 칭송을 읽는 것이 괴로워졌다. 자신은 『대국수』로 끝나 버린 소설가가 아닌가, 더 이상 소설을 쓰기 힘든 것은 아닌가와 같은 두려움이 그의 가슴을 무겁게 짓눌러 왔다.

> 우리 민족의, 정신적인, 무형의 유산으로 자랑해야할 장기가 우리 대한의 땅에서도 금기시되어 인정받지 못하고 있는 현실 속에서 일본에서 태어나 일본 문화 속에서 자란 재일교포 2세가 놀랍게도 한 인간의 장기 인생을 소재로 한 소설에 민족정신을 투영하려는 점이

한국에서 장기가 부당하게 취급받고 있다고 흥분된 어조로 말하던 김병오의 모습이 떠오른다. 불우함에 한탄한다는 의미에서는 김병오 역시 나와 마찬가지일지 모른다. 그러나 김병오는 장기를 계속하고 있지만, 나는 소설을 쓰지 못하고 있다. 김소설은 눈으로 김병오의 글을 쫓으며 자책이라고도 초조감이라고도 할 수 없는 어떤 생각에 잠겨 갔다.

꼭

시간을 내, 작품의 주인공 김상호와 한 번 만나 주시길 바랍니다.

—프로5단 김병오 올림

마지막에 출판사와 저자, 역자의 이름을 쓰고 김병오는 글을 마쳤다.

—왜 쓸 수 없는 것일까.

김소설은 서른 페이지 정도 진행한 후 중단한 네 번째 장편소설을, 그것을 다시 읽었을 때 받은 실망감과 함께 떠올렸다. 원고를 되풀이해 읽었을 때 그는 작품 세계로 몰입할 수 없는 스스로를 느꼈다. 자신이 쓴 것은 황당무계한 몽상으로 도저히 읽을 가치가 없다고 생각되었다. 그 이후부터 집필을 지속할 수 없었다.

소설은 거짓을 쓰는 것이라는 게 김소설의 말버릇이었다. 거짓을 마치 본 것처럼 쓰는 게 좋은 소설의 조건이라고.

소설은 이른바 가상현실을 체험하게 하는 장치라고 그는 생각했다. 인간이 실제로 체험할 수 있는 범위는 매우 한정되어 있다. 가상현실에서의 경험이야말로 인간의 감성을 풍부하게 만들어 준다고 그는 믿고 있었다. 장자莊子가 이야기하는 호접몽胡蝶夢을 현실 속에서 체험할 수 있게 만드는 것이 소설이라고. 그리고 읽는 이를 가상현실 속에 끌어들이는 것이 소설의 힘인 것이다. 황당무계한 몽상을 그렇지 않다고 느끼게 만드는 힘이 좋은 소설에는 존재한다. 김소설이 생각하는 소설의 힘이란 문체와 구성과 같은 형식적인 분석으로는 포착할 수 없는 것이었다. 그가 말하는 좋은 소설이란 단어 하나를 바꾸는 것만으로 전체가 이상해져 버리는 예술작품이 아니라, 시대를 넘어 이야기되고, 여러 언어로 번역되어도 끈질기게 그 정신을 유지하면서 사람을 매료시키는 작품이었다. 김소설이 사랑해 마지않는 고전에는 확실히 그런 힘이 있었다. 그런 소설은 현실 우주에 필적하는 평행 우주를 작품 안에 감추고 있었다.

그는 그런 소설을 목표로 하고 있었다. 물론 그것이 무모한 시도라는 건 충분히 알고 있었다. 그럼에도 김소설은 그런 고전을 능가할 수는 없더라도 비견될 수는 있는 작품을 쓰고 싶다고 기원했다. 곤란스럽고 성공이 요원하다는 사실을 잘 알고 있지만 그 같은 수준을 목표로 한 걸음이라도 다가섬으로써 언젠가는…… 하는 희망을 품고 있었다.

한국에 온 첫 번째 이유가 그것이었다. 조선을 무대로 웅장한 소설을 쓰고 싶다, 이를 위해서도 조선을 더 알아야 하며, 조선어에도 능통해야 한다고 생각하고 있었던 것이다.

그러나 그 위대한 구상의 한 부분이 되어야 할 네 번째 장편소설은 몇 장 쓰지도 못한 채 중단된 상태였다.

더 이상 소설을 쓸 힘이 남아 있지 않은 건 아닌가 하는 생각이 그 자리에서 계속 맴돌 뿐이었다. 쓰고 싶은 건 넘치도록 있다. 그러나 최근 자신이 쓴 문장은 힘이 빠졌다는 사실을 그는 자각하고 있었다.

기분을 전환하기 위해 김소설은 공개 편지함에서 나와 대화의 광장이라는 곳으로 들어갔다. 혹시 김병오가 대화의 광장에 있을지도 모른다고 생각했기 때문이다.

벌써 밤 12시가 지나 있었음에도 대화의 광장에는 세 개의 대화실이 열려 있었다. 그 중 하나에 김병오의 이름이 보였다. 김소설은 그 대화실로 들어갔다.

—김 5단, 안녕하세요. 김소설입니다.

—어, 김소설씨?!

—네, 오래간만입니다.

—그런데, 이름이…….

—재일교포라서, 주민등록번호가 없기 때문에 제 이름으로는 하이텔에 가입할 수가 없어서 어쩔 수 없이 아내 이름으로 가입했습니다.

—그렇습니까.

—그저께 모뎀을 사고, 오늘 처음으로 하이텔에 들어온 겁니다.

익숙하지 않은 한글 입력에 시간이 걸렸지만, 김병오는 인내심 있게 김소설의 입력을 기다려 주었다.

—그렇다곤 해도, 소설가라는 존재는 잔혹하네요.

—!?

—김상호도 그 연인도 모두 죽여버리고.

김병호는 소설 『대국수』에 대해서 이야기하는 듯 했다.

—그래도 죽어야만 이야기가 진행되기에…….

—독자 입장이 되어 생각하면 알 겁니다. 가능한 살려 주었으면 했어요. 슬펐습니다. 그런데 속편은 언제 쓸 겁니까?

—이미 모두 죽어 버렸으니 속편은 없는데요.

—저기, 한국에 온 젊은 청년이 있었잖아요.

—네.

—그가 그 이후 어떻게 되었는지 알고 싶은데요.

어떻게 대답해야 할지 몰라 당황하고 있을 때 답을 기다리지 않고, 다음 대화 화면이 나타났다.

—그런데, 통신대국 소프트는 다운로드 했나요?

—아니요, 아직입니다.

—중앙자료실에 있으니까, 받아 두세요. 받은 다음 한 판 어떻습니까.

—아직 받는 법도 모르고, 그 소프트를 어떻게 작동시키는지도 몰라서…….

—그건 말이에요…….

3

지하철 종로 3가 역에 내려 지상으로 나온 김소설은 보도가 넘칠 만큼 많은 사람들에 압도당했다. 젊은 남녀를 중심으로 도로는 토요일 저녁의 비정상적인 열기를 띠고 있었다. 날이 저물 무렵이라 초여름의 찌를 듯한 햇볕도 한층 누그러져 있었다. 김소설은 인산인해로 인해 뭘 파는지도 모르는 가판대에 눈길을 주며 어슬렁어슬렁 북쪽을 향해 움직였다. 꼭 한 번 한국장기협회를 방문해 달라는 제안을 김병오에게 받은 것이 이틀 전이었다. 아직까지는 약속 시간에 여유가 있었다.

번화한 거리 뒤에 장기 알이 섞인 간판이 보였다. 4층 빌딩의 3층과 4층이 한국장기협회인데, 3층은 일반인에게 개방된 장기 클럽이고 4층이 사무실이었다.

사무실에 들어간 그를 김병오는 만면에 웃음을 띤 채 맞아 주었다. 그는 안쪽에 있던 사무장과 회장을 소개하고 잠시 잡담을 나눈 후 3층으로 내려가, 현재 한국 제일의 초로의 장기 기사棋士와 한국장기의 미래를 짊어질 중견 기사들과 만나게 해 주었다. 그들 중에는 한국어판이 출판된 사실을 모른 채 『대국수』의 번역을 진행하고 있던 노인도 있었다. 6년 전 일본에서 『대국수』가 나온 직후 일본어판을 몇 권 한국장기협회에 보냈는데, 그 책이 일본어를 아는 몇 명 사이에서 화제가 되었던 것 같다. 아직 간행하고 있지는 않지만 언젠가는 한국장기협회가 기관지를 만들 예정이어서 그때 연재할 생각으로 번역을 시작했다고 노인은 말했다.

잠시 후 김병오가 돌연 자신의 집으로 가자는 말을 꺼냈다. 함께 식사하자고 이야기했기에 가까운 식당에서 한 잔 하려는가보다 생각했던 김소설은 당황했지만 딱히 거절할 이유도 없었다. 둘은 함께 밖으로 나왔다.

한국에 온 후 한국인과 함께 식사하거나 술을 마신 적은 몇 번 있었지만 자택으로 초대받은 것은 이게 두 번째였다. 김병오와는 아직 친밀한 사이는 아니라서 조금 놀랐으나 그만큼 그의 따뜻한 마음이 몸으로 느껴졌다.

대로에 나온 두 사람은 택시에 탔다. 바로 가깝다는 김병오의 말대로 두 사람은 오 분 정도 후에 택시에서 내렸는데, 그 부근의 풍경은 종로의 번화가와는 전혀 달라, 여기가 같은 서울의 중심지인가 하고 생각될 정도로 조용한 게 굳이 말하자면 쇠락한 분위기였다. 택시에서 내린 김병오는 복잡한 골목길로 들어갔다. 청와대가 가까워 높은 건물을 새로 짓는 것이 금지되어 있다는 김병오의 설명대로 주위는 조선의 마을을 연상시키는 낮은 기와 건물의 집들뿐이었다. 역시 오래된 역사를 느끼게 하는 작은 집 앞에 김병오가 멈춰 섰다.

"이 집도 해방직후 지어진 것이지만, 저는 이런 조용한 분위기가 좋아서요."

큰 문을 두들기며 김병오는 설명했다. 아무리 문을 두들겨도 안에서는 반응이 없었다.

"어이, 뭐 하고 있는 거야."

김병오가 큰 소리를 낸 것과 동시에 안에서 문이 열렸다. 아직 서른 전의 미인형 얼굴을 한 작은 여성이 나타났다.

"중요한 손님을 모시고 왔는데 뭘 하고 있었던 거야."

김병오의 어투는 그를 대할 때와 달리 묘하게 위압적이었는데, 아내로 보이는 여성은 딱히 신경 쓰는 눈치가 아닌 듯 생긋 웃으며 김소설에게 인사를 한 후 남편의 질문에 대답했다.

"자고 있었어요. 손님을 모시고 올 거면 미리 전화라도 주면 좋았잖아요."

"아내인 성하영입니다."

김병오가 소개하자 그녀는 다시 한 번 고개를 숙였다.

"그리고 이 분이 『대국수』를 쓴 김소설 선생님이셔."

대문으로 들어가자 작은 마당을 중심으로 방 두 칸의 집과 부엌, 창고 그리고 화장실이 주위에 나열해 있었다. 장기 프로 5단이었기에 좀 더 훌륭한 집에 살고 있겠거니 생각했던 김소설은 작은 집이 조금 의외였으나, 정말이지 부부 두 사람만의 사랑의 보금자리라는 분위기가 감도는 아늑한 건물에 왠지 마음이 편안해지는 기분이었다. 나중에 들은 이야기인데 김병오는 장기 5단이었으나 장기만으로는 먹고 살기 힘들어 은행에서 일하고 있었고, 성하영도 간호사로 일하고 있다는 것이었다. 방 안에서는 먼저 들어간 성하영이 서둘러 이불을 정리하고 있었다. 자고 있었다는 말이 사실인 듯했다.

거실로 들어가자 바로 장기 이야기로 꽃이 피었다. 성하영은 부엌에서 식사 준비를 하고 있었다.

잠시 후 한 판 두자는 말이 나왔다. 오늘은 특별한 손님이 오셨으니까 하며 김병오는 창고를 향했다. 조부가 썼던 장기판을 내온다며 창고를 열자 안쪽에 잡다한 것들로 가득 차 있었는데, 그중에서 골판지 상자에 담긴 종이 다발이 김소설의 눈에 띄었다. 종이 다발은 하나하나가 끈으로 매어져 있는데다가, 원앙마鴛鴦馬라든지 면상面象과 같이 장기의 진영을 의미하는 단어가 쓰여 있었다.

"이건 전부 기보棋譜입니까?"

"음, 실전 기보가 중심이지만, 연구 성과도 포함되어 있지요."

"대단한 양이네요."

상자 안에 가득 찬 종이 다발은 양이 많은 만큼 압도적이었다. 모두가 손으로 직접 써 넣은 기보 도면이었다.

"지금은 컴퓨터로 기보를 정리하니까 아주 편해졌지만 옛날에는 힘들었었죠."

김병오는 두 개의 장판을 잡아 꺼내며 말했다.

"이 장기판은 안이 비어 있어, 그곳에 철선을 깔아 놓았지. 장기 알을 놓기 시작하면 그 음이 점점 울려 퍼져요. 그리고 저쪽이 조부가 쓰던 장기판이고."

역사가 느껴지는 장기판은 두께가 2십 센티 정도에 네 개의 다리가 붙은 본격적인 것으로, 들어 보면 그 무게가 손에 전달되어 왔다.

장기판을 거실로 옮긴 후 바로 대국을 시작했다. 알을 빼지 않고 김소설이 먼저 시작했기에 애초부터 승부가 되지 않았다.

"어, 그 장기판 쓰는 거예요? 처음 봤어요. 정말 소중한 손님이신가봐요."

눈을 돌리자 커다란 상을 든 성하영이 마당에 서 있었다.

"슬슬 식사하시죠."

"그러시죠."

김병오는 그렇게 대답한 후 장기 알을 옮겼다. 날뛰는 말을 견제하던 그물이 헐거워지며 일제 공격이 시작되었다. 잠시도 버티지 못하고 김소설의 진은 붕괴되어 버렸다.

"일본에서 왔다고 하셔서 순수 한국 풍 요리로 했는데, 입맛에 맞으실련지."

상에는 가득 담은 밥과 한국 풍 된장국을 중심으로 색색의 접시가 차려 있었다. 성하영도 『대국수』를 읽은 듯 식사 중에도 소설의 내용과 배경에 대한 화제가 계속되었다. 몇 개의 접시 바닥이 보이기 시작될 즈음 김병오가 그에게 술을 좋아하냐고 물어 왔다. 아주 좋아한다고 대답하자 바로 사 오도록 시켰다. 돈이 없다는 아내의 말에 김병오는 지갑에서 만 원짜리 지폐를 몇 장 꺼내 건네주었다. 샌들을 신고 그녀가 나갔다.

잠시 후 성하영이 맥주가 든 비닐봉지를 양손에 든 채 돌아 왔다. 바로 건배를 했는데, 이상하게도 김병오 앞에는 잔이 없었다. 이유를 묻자 그는 담배도 술도 하지 않는다는 것이었다. 식사 후 맥주라는 어딘가 어색한 상황도 김병오가 술을 안 마시기에 신경을 쓰지 못했기 때문이었다.

"소설이라는 이름은 조금 이상한 이름인데, 팬 네임인가요."

"아니요 본명입니다. '소素'는 백白을 뜻하고 '설屑'은 떳떳함을 의미합니다. 꽤 좋은 이름이죠."

"그런 의미였습니까. 정말이지 『대국수』 작가답네요, 멋있어요."

성하영은 한쪽 뺨에 보조개를 지으며 싱긋 웃었다. 김병오가 보리차를 마시고 있는 앞에서 김소설과 성하영은 주연을 이어갔다.

"한국에서는 장기 프로 5단이라도 전혀 인정해 주질 않아요."

맥주 탓인지, 장기가 인정받지 못하는 것에 대한 울분 때문인지 뺨이 빨갛게 물든 성하영이 열변을 토하기 시작했다. 그녀의 이야기에 의하면 장기는 민족의 재산이라고 할 수 있는 중요한 문화임에도 한국에서는 부당하게 무시되고 있었다. 특히 바둑이 융성하고 있는 것과 비교하면 화가 날뿐인 상황이었다. 바둑은 중국에서 전해져 온 이래 한국에서 독자적인 규칙을 고안했으나, 지금은 완전히 일본식을 따르고 있었다. 그에 비해 장기는 중국에서 전해져 온 이래, 한국에서 독창적인 발전을 이룬 것으로 폭넓고 무한한 변화를 내포한다는 점과, 인간의 지혜로는 파악할 수 없을 만큼 깊다는 점에서 세계에 자랑하기에 충분한 게임이었다. 서양에는 체스가 일본에는 쇼기将棋(일본식 장기)가 문화로 인정받고 있음에도, 한국에서는 저열한 화투만큼의 평가만 받고 있을 뿐이었다. 이게 한국의 문화수준을 보여주는 것이다.

성하영의 분노로 가득 찬 고발은 계속되었다. 이렇게 말하는 그녀 자신도 남편과 만나기 전에는 장기에 대해 거의 몰랐다고 한다. 그렇지만 지금은 김병오의 가르침을 받아 장기에 대한 애정은 누구에게도 뒤지지 않았다. 남편이 프로 장기 5단인 것을 자랑스럽게 여기며, 은행일보다 돈이 되지 않는 장기에 열정을 쏟는 것을 따뜻하게 지켜보고 있었다.

김소설은 창고 안에 있던 방대한 종이 다발이 생각났다. 그것은 컴퓨터를 사기 전의 것으로 지금은 그 몇 배에 해당하는 기보가 플로피 디스크에 저장되어 있다고 한다. 연구에 들인 막대한 시간이 그에게는 아득하게 느껴졌다. 사회적으로 평가받지도 못하고, 생활에도 도움이 안 되는 장기에 열정을 쏟고 있는 부부를 앞에 두고 그는 스스로가 격려받고 있다는 느낌을 받았다.

재일교포는 조국에서 거부당하고 있다고 생각해 왔는데, 자신과는 다른 의미에서 여기에도 조국으로부터 냉대받고 있는 한국인이 있다는 사실을 김소설은 새삼스럽게 깨달았다. 생각해보면 식민지 시절에 이 땅에서 권세를 누린 것은 친일파라는 민족반역자들이었다. 해방 이후에도 친일파는 청산되지 않은 채 오히려 반공적인 애국자로 변신해 여전히 나라를 좌지우지하고 있었다. 그리고 길게 이어진 군사독재 체재 속에서 이 땅의 정의는 땅에 떨어져, 아무리 부정을 저지르고 부도덕한 행위를 해도, 이기면 벼슬아치라는 풍조가 일반화되어 있었다. 문민정부가 들어선 이후에도 기본적으로는 아무 것도 바뀐 것이 없었다. 여전이 이 나라에는 '독립운동을 하면 3대가 망한다'는 속담이 생명력을 지니고 있었다.

대다수 한국인에게 조국이 냉담한 존재라는 사실의 발견은, 조국의 거부에 대한 그의 분노가 어리광에 불과하다는 사실을 뼈저리게 느끼게 했다.

"불우함은 하늘의 뜻입니다. 세상이 어떻든 간에 나는 장기에 정진할 뿐이지요."

성하영의 열변을 제지한 김병오가 한마디 중얼거렸다. 작은 목소리였으나 단호한 선언이었다. 마지막 지하철에 맞춰 돌아가겠다고 말했던 김소설이었지만, 한 잔 더, 한 잔 더 하는 사이에 결국 아슬아슬한 시간까지 맥주를 마신 후 황급히 자리를 뜨게 되었다.

큰 길로 나온 김소설은 역까지 배웅하려는 김병오를 제지한 후 홀로 서울의 밤길을 걷기 시작했다. 김병오와 성하영이라는 정말이지 좋은 부부와의 만남에 그는 술기운 때문이 아닌, 다른 의미에서 기분이 고양되어 있었다. 손바닥에 아내의 부드러운 피부 감촉이 되살아났다. 김소설은 자신과 아내가 걸어온 지금까지의 인생 궤적을 생각했다. 일본과 한국이라는 다른 공간에서 같은 시간 축을 따라 독자적으로 움직여 온 그 궤적이 3년 전 기묘한 힘에 이끌리듯 얽히기 시작해 지금은 서울의 한켠에서 합쳐져 있는 것이다. 그리고 1년 전부터는 이제까지 존재조차 하지 않았던 또 하나의 새로운 궤적이 합쳐지기 시작했다. 생각해 보면 불가사의한 일이다. 이것이야말로 자신의 역사이며, 자신이 써 온 민족 역사의 한 페이지라고 김소설은 새삼스럽게 생각했다. 일본에 있든지 한국에 있든지 간에 중요한 건 그게 아니었다. 자신의 인생이 민족 역사의 일부를 형성하고 있다는 사실, 그리고 그 하나하나의 궤적이 모여 유구한 역사를 형성해 간다는 생각이 자신과 조국을 이어주고 있는 것이다.

—불우함은 하늘의 뜻입니다.

김소설은 김병우의 단호한 중얼거림을 떠올렸다. 그리고 소설을 쓰고 싶다는 충동이 가슴 속에서 일어나는 것을 느꼈다. 『대국수』를 쓰던 무렵의 소설을 쓰고 싶어 견딜 수 없었던 기억이 되살아오는 듯한 기분이었다. 재미있는 소설을 읽고 싶기 때문에 쓰는 것이라고 그 시절의 그는 입버릇처럼 말하곤 했다. 최고의 소설을 쓰면 그 작품을 세상에서 최초로 읽는 행복을 맛볼 수 있는 것이라고.

—위대한 소설을 쓰고 말 테다.

김소설은 서울의 밤하늘을 향해 외쳤다. 그는 눈앞에 다른 세계의 입구가 열려 있는 것이 보였다. 그곳에서는 그가 조물주가 된다. 그 세계가 얄팍한 무대가 될지, 생생하고 약동하는 우주가 될지는 그의 세 치 혓바닥에 달려 있다.

김소설은 환영이라는 것을 알면서도 그 평행세계의 입구에 한 걸음 발을 들여 놓았다.

(번역 : 이승진)

아이 러브 미완성

김길호金吉浩

우리는 서로 모르는 사이인데 만났다. 그러한 사실도 모른 채 만났다.

"안녕하십니까. 바쁘신데 이렇게 나와 주시라고 해서 죄송합니다. 제가 선두에 나서서 할 일도 아니지만 그냥 모른 척하고 지날 수도 없어서 여러분들께 연락을 했습니다."

민단 오사카지방본부 신영근 조직부장이 좌중을 둘러보며 말했다.

신 부장을 포함해서 모두 일곱 사람이 모였다.

이쿠노쿠生野區 오이케바시大池橋에 있는 이자카야居酒(선술집) "호로요이"에 저녁 7시까지 나와 달라고 해서 나는 참석했다.

참석자 일곱 사람 중에 내가 모르는 사람이 한 사람 있었다.

"김경철이라고 합니다. 저는 아이 러브 민단이라는 신념 속에 민단 이쿠노중앙지부에서 집행위원을 맡고 있었지만 이쿠노 남지부 관할에 주소를 옮기고 사표를 냈습니다. 남지부에서는 어떠한 직책도 맡지 않았지만 신 부장님의 연락을 받고 이 자리에 나왔습니다. 잘 부탁하겠습니다."

건장한 체구의 소유자로서 육칠십 대로 보이는데 커렁커렁한 목소리와 부릅뜬 눈과 두툼한 입술은 자신있게 자신의 인생을 살아온 인상을 주었다.

이자카야에 들어서서 그를 처음 보았을 때부터 강렬한 인상을 받았는데 자기 소개의 첫인사에 아이 러브 민단이라는 말을 들었을 때는 민단에 대한 비아냥거림처럼 들려서 당혹스러웠다.

일곱 사람 중에 그를 알고 있는 사람은 오늘 모임을 소집한 신 부장과 민단 이쿠노 남지부에서 집행위원을 맡고 있는 박민영 두 사람밖에 없었다.

그 역시 중앙지부에서 이사 왔었다. 모두 간단한 자기 소개를 마쳤을 때 신 부장이 다시 사회를 맡았다.

"여러분들께서 잘 아시는 것처럼 오는 4월 정기대회 때 남지부 임원 개선이 있습니다. 제가 오사카지방본부 조직부장이라는 입장에서 말씀 드리는 것이 아닙니다. 저도 남지부 관할에 사는 남지부 단원의 한 사람으로서 이번 임원 개선에는 새로운 인재를 선출해서 남지부를 발전 시켜야 하겠습니다. 여러분들께서 좋은 의견들을 말씀해 주시고 또 적극적으로 참여해 주시기 바랍니다."

공식적인 회의도 아니고 몇 사람이 모여서 의견을 나누는 자리여서 술과 요리가 바로 들어와서 신 부장의 건배제창과 함께 자리는 먹고 마시느라고 시끌벅적했다.

민단, 정확한 명칭은 '재일본 대한민국 민단'이며 일본 48개 도도부현都道府縣에 48지방본부와 279지부가 있고 도쿄에 중앙본부가 있다.

외국에서 민단이라는 한국인 조직의 명칭으로서 각도마다 지방본부가 있고 그 밑에 지부가 있고 또 산하단체로서 부인회, 청년회, 상공회, 체육회 등의 조직체가 구성된 것은 일본밖에 없으며 세계 어느 국가에서도 이러한 조직체는 그 유례를 찾아볼 수 없었다.

특히 이쿠노쿠에는 구민 약 13만 5천 명 중에 한국, 조선족이 약 2만 8천 6백 명으로 이쿠노쿠민 전체 인구 중 약 21.3퍼센트를 차지하고 있으며 민단계와 조총련계는 약 7대 3의 비율로 구성돼 있다.

동포 최대 밀집지인 이쿠노쿠에는 6년 전까지만 하더라도 민단이 동서남북지부가 있었으나 동지부와 북지부가 중앙지부로 통합되어 현재는 서지부, 남지부, 중앙지부 3개지부로 편성되었다.

이렇게 이쿠노가 3개 지부로 재편성 되면서 그동안 일본 전국 279개 지부에서 이쿠노 남지부 단원 수가 제일 많아서 '일본 제일'이었던 명성이 이쿠노 중앙지부에게 밀려났다.

통합으로 인해 인적 구성요소가 떨어진 것은 물리적인 현상에서 어쩔 수 없었지만 운영면에서나 재정면에서도 남지부의 활동은 많은 문제점을 안고 있었다. 이 위기적 상황을 남지부의 단장, 의장, 감찰위원장 3기관장을 비롯한 임원들은 제대로 인식하지 못하고 안일하게 처리함으로 인하여 눈총을 받고 비난의 대상이 되고 있었다.

그래서 남지부의 앞날을 걱정하는 유지와 뜻 있는 사람들이 개인적으로 혹은 몇몇이 모여 의견 교환을 하고 있었는데 오늘의 자리는 그 중에서 가장 큰 모임이었다.

"신 부장. 의견이 있습니다."

가장 연장자인 문덕수가 말했다.

오래간만에 만난 자리에서 서로의 일상적인 얘기들을 주고받으면서 마시던 여섯 사람의 시선이 그에게 쏠렸다.

"의견 있는 사람이 얘기해도 좋겠지만 사람도 많지 않으니 차례대로 모두 자기 의견을 말하는 것이 어떻겠습니까?"

"네, 잘 알았습니다. 지금 문덕수 선배님 말씀처럼 모두 자기 의견들을 솔직히 말씀해 주시기 바랍니다. 그럼 죄송하지만 문 선배님께서 먼저 말씀하십시오. 가장 나이 많으신 분으로부터 지명하겠습니다."

신 부장이 웃으면서 말했다.

"아니, 그럼 김경철씨가 가장 나이 많으실 텐데 먼저 말씀하십시오."

문덕수가 옆에 앉은 김경철을 쳐다보았다.

"아닙니다. 저는 66세입니다. 선배님께서 먼저 말씀하십시오. 설령 제가 나이가 많더라도 제일 마지막에 말하겠습니다. 민단 조직에서는 새까만 후배이고 특히 남지부에 대해서는 전혀 모릅니다."

곁에 앉은 문덕수에게 고개를 숙이면서 김경철이 말했다.

자기 소개 후에도 아이 러브 민단을 연발하면서 특유의 커렁커렁한 목소리로 주위를 압도했었다.

"그렇습니까. 저는 68세입니다. 그럼 저부터 말하겠습니다. 우선 이번 선거에서 단장 후보는 현직 3기관장이나 3기관은 절대 안 됩니다. 물론 단장은 2기 연임을 했기 때문에 입후보 자격이 없습니다만 그가 맡은 6년 동안 무엇을 했습니까? 남지부를 빈사상태로 빠지게 한 그들을 용서할 수 없습니다."

현직 3기관을 격한 어조로 맹비난한 그는 술잔을 들고 마셨다.

삼년 전 단장 선거 때 문덕수는 현직 단장의 상대 후보의 참모로서 적극적으로 선거운동을 했지만 한 표 차이로 지고 말았다. 투표 자격을 갖춘 대의원 65명 중 각각 33표와 32표를 얻은 치열한 선거전이었는데 오사카 민단 사회에서는 커다란 화제 거리였다. 그때에 졌던 후보자가 바로 신영근이었다.

"다음은 김경철 선배님 차례입니다."

신영근이 김경철을 지명했다.

"저는 제일 나중에 말한다고 했는데 다른 분이 먼저 하십시오."

김경철이 담뱃불을 끄면서 말했다.

"나중에 말하든 지금 말하든 말은 해야 하니까 지금 말씀하십시오. 뭘 그렇게 꽁무니 뺍니까."

신영근이 반 농담조로 윽박질렀다.

"그게 아니고 저는 남지부에 대해서 잘 몰라서 그랬는데 그럼 잘 알겠습니다. 제가 말씀드리겠습니다. 3년 전에 신영근 조직부장이 단장으로 나온 적도 있었으니까, 이번에 다시 나오시면 어떻습니까?"

몇 사람은 그게 좋겠다고 손뼉까지 치는데 신영근이 손사래를 치면서 말했다.

"그게 안 됩니다. 제가 나올 수 있다면 이러한 모임을 갖을 필요가 없습니다. 그래서 모인 것 아닙니까?"

"안 된다니? 왜 안 된다는 겁니까?"

김경철이 되물었다.

"조직부장으로 근무해서 2년밖에 안됐는데 단장으로 나오기 위해서 그만 둘 수 없습니다."

2년 전 민단 오사카본부 단장의 재선으로 새로운 임기가 시작될 때 상근 실무자인 조직부장으로 그는 들어갔다. 그런데 다시 남지부 단장으로 나오려면 조직부장을 그만 둬야 하는데 본부 실무 사정이 이를 허락치 않았다.

"본부에서 실무경험 2년은 현재의 남지부 제반 상황을 살펴볼 때 더없는 힘이 될 것이며 민단 지부 단장을 하겠다고 그만두는데 누가 비난을 합니까? 오히려 잘한다고 후원할 것입니다. 그리고 3년 전의 설욕전도 될 테니까 일거양득입니다."

김경철이 술잔을 들고 마시고 나서 담배에 불을 붙였다.

"저는 안 된다고 말씀드렸는데 다시 그 말입니까? 그리고 설욕전이라니? 말도 안 되는 소리입니다. 오늘 이 자리에 오신 분들은 저를 제외해서 모두 단장 후보자들이십니다. 그래서 저는 김경철 선배님께서 나와 주셨으면 합니다."

신영근이 자리를 둘러보면서 말했다.

"잠깐, 지금 의견에 이의가 있습니다."

약 이십여 년 전에 남지부에서 총무과장을 지냈던 김국성이었다.

"저는 삼년 전에 귀화했기 때문에 단장 입후보 자격이 없습니다. 한국 국적이 싫어서 일본 국적을 취득한 것이 아니고 사업상 일본 국적이 필요했기 때문에 귀화했습니다. 지금도 여러분 못지않게 한국을 좋아하고 사랑합니다. 그런데 오늘 왜 이러한 저를 불렀는지 이해하지 못하겠습니다."

오십대인 김국성이 웃으면서 말했다.

"바로 그 점입니다. 아직도 한국을 좋아하고 사랑하고 있다는 사실입니다. 그리고 2년 후 민단 중앙정기대회에서 각 지부의 3기관장 자격에는 국적 조항이 철폐되고 귀화한 한국계 일본인들도 가능합니다. 그래서 연락드렸는데 나와 주셔서 대단히 감사합니다. 그런데 김경철 선배님 어떻습니까?"

신영근이 김경철에게 말문을 돌렸다. 김경철이 자리에서 일어서서 저는 하고 말을 할 때 문덕수가 앉아서 말하라면서 팔소매를 당겼다. 그래도 김경철은 앉기를 거부하고 선 채로 말했다.

"저는 아이 러브 민단이라면 누구한테도 지지 않을 자신이 있습니다. 그러나 아까도 말했지만 남지부에 대해서는 하나도 모릅니다. 그리고 연금생활자인 제가 어떻게 민단 단장을 할 수 있습니까? 절대 불가능합니다. 그리고 문덕수 선배님께서 현 집행부만이 아니고 3기관 임원은 절대 안 된다는 의견이 있었습니다. 그러니 신영근 부장이 나와서 새로운 비전을 제시하면 모두가 환영할 것이며 보기 좋은 설욕전이 될 것입니다. 아이 러브 민단이면 본부나 지부 관계없지 않습니까?"

그는 말을 마치고 털썩 주저앉았다. 그렇지 않아도 큰 목소리인데 열을 내고 말하니 다른 좌석의 손님들까지 압도되어 우리 자리를 흘끔거렸다.

"김경철 선배님의 아이 러브 민단의 정열에 경의를 표합니다만 조금만 낮은 목소리로 말씀해 주십시오……."

누군가 맞다는 장단에 킥킥거리는 웃음이 흘러나왔는데 신영근이 그 웃음을 끊고 말을 이었다.

"아까부터 저 보고 단장에 나오라면서 설욕전 운운 하고 있는데 그것은 본질적으로 다릅니다. 지금 집행부가 임기 6년 동안 활동하면서 현상 유지도 못한 채 남지부를 퇴락의 길로 빠지게 했다는 사실입니다. 여기서 탈피하기 위한 건전한 수단으로서의 모색이지 설욕전을 위한 소극적인 행위는 결코 아닙니다. 이 점은 여러분들께서 이해해 주시기 바랍니다. 다음은 김명훈 선배님께서 말씀해 주십시오."

신영근이 나를 지명했다.

"네" 하고 나도 모르게 일어서다가 다시 자리에 앉았다. 나는 좌중을 천천히 둘러보다가 조용히 입을 열었다.

"남지부를 위해 오늘 이렇게 자리를 만들어 준 신영근 조직부장님께 우선 감사드립니다. 그 때문에 정말 오래간만에 김국성씨와도 만날 수 있었습니다. 그는 제가 북지부가 중앙지부로 통합 되기 전에 사무부장직에 있을 때 남지부 총무과장을 맡았는데 귀화하고도 나와 주시니 더욱 감회가 깊습니다. 또 김경철씨를 처음 만나게 돼서 반갑습니다. 그럼 저의 의견을 결론적으로 말씀드리겠습니다. 남지부의 긴박한 제사정은 저도 잘 알겠습니다만 저는 단장 후보자로서 자격이 없습니다. 물리적으로 불가능합니다. 이쿠노쿠내에서 자영업이나 회사원으로 근무하는 것도 아니고 오사카시도 아닌 사카이堺시에서 근무하고 있으니 지부에서 갑자기 돌발적인 일이 일어나도 곧 와서 처리 할 수 없습니다. 오늘 모이신 분은 모두 이쿠노쿠내에서 사업을 하시는 분들인데 그러한 점을 고려해 주시기 바랍니다. 이상입니다."

나는 말을 마치고 얼음물에 탄 소주 한 모금을 마셨다. 얼마간 침묵이 흘렀다. 김경철이 담배연기를 길게 내뿜고 나서 큰 소리로 침묵을 깼다.

"아무도 못하겠다고 하니 이럴 때엔 제일 나이 많은 선배가 짐을 져야 합니다. 그래야 밑에 사람들이 따릅니다. 그러니 문덕수 선배님이 나오셔야 합니다."

모두의 시선이 문덕수로 향했다.

그는 김경철의 말이 떨어지기 전부터 고개를 세차게 좌우로 흔들더니 손으로 엑스자까지 지어보였다.

"신 부장도 자기는 안 되니까 이러한 자리를 만들었다는데 나도 마찬가지입니다. 솔직히 말해서 오늘 이 자리에 참석한 여러분 전부를 저는 개인적으로 만나서 단장으로 나올 것을 권유했습니다. 저는 나이도 많고 연설만이 아니고 말도 서툴러서 안 됩니다. 신 부장님 다른 두 사람 의견도 들어보시기로 합시다."

문덕수가 말꼬리를 강하게 돌렸다.

"네, 그렇게 하겠습니다. 허명화 선배님 차례입니다."

막 화장실에 갔다가 자리에 앉은 허명화가 머뭇거리다가 자기 손으로 자기를 가리켰다. 신영근이 고개를 끄덕거렸다.

"저는 6년 전에 감찰위원장을 지냈지만 지금은 임원직을 떠났기 때문에 민단 내부 실정을 잘 모릅니다. 뒤에서 협조는 할 수 있습니다."

나보다 두어살 위인 그는 바람 새는 소리처럼 나지막하게 말했다.

"모르는 것은 제가 더 모릅니다. 남지부에서 감찰위원장까지 맡았었다면 가장 적임자가 아니겠습니까. 나이도 젊고 말입니다."

김경철이 바로 받아 넘겼다.

"잘 알았습니다. 마지막으로 박민영씨가 남았습니다."

신영근이 김경철 말을 무시하고 박민영에게 시선을 주었다.

"저는 이 중에서 제일 어립니다. 선배님들이 하신 후에 저는 생각해 보겠습니다. 또 지금 저의 아버지랑 같이 조그마한 공장을 운영하고 있습니다만 아버지가 몸이 불편해서 전혀 시간을 낼 수 없습니다."

가장 어리다지만 그도 50을 넘었다. 육십을 바라보는 나를 비롯해서 모두 5, 60대들이어서 젊은 세대들의 민단 경원은 심각한 문제로 부각되고 있었다. 이것은 단순한 민단의 노령화만이 아니고 동포 2, 3세들의 민단에 대한 인식의 희박성이 더욱 큰 문제였다.

"모두 차례대로 자기 의견을 발표했습니다. 스스로가 단장에 나오겠다는 사람은 한 사람도 없었습니다. 어느 정도 예상된 결과였습니다만 이것이 바로 우리 남지부의 현실입니다. 이러한 상태로 계속 시일이 지나다 보면 현 3기관 중에서 새로운 단장이 나올 것입니다. 우리는 어떠한 일이 있더라도 이것만은 막아야 합니다. 2월 달도 얼마 남지 않았습니다. 4월 말에 열리는 대회까지 약 2개월쯤 남았지만 입후보 등록까지는 1개월 정도밖에 없습니다. 우리 모두가 자기 일처럼 심각하게 생각해 주셔야 하겠습니다."

신영근은 말을 마치고 젓가락을 집어 들었다. 모두 옆자리에 앉은 사람들끼리 먹고 마시면서 얘기들을 나눴다.

"잠깐만."

좌석의 말 흐름이 순간적으로 끊어졌을 때 내가 손을 들었다.

모두의 시선이 내게로 쏠렸다.

나의 갑작스러운 행동에 엉거주춤하던 신영근이 좌중을 둘러보다가 짤막하게 "네" 하고 대답했다.

"도중에 죄송하지만 저는 볼 일이 있어서 지금 이 자리를 떠나야 하겠습니다."

몇 사람이 자기 손목시계를 들여다보았다. 밤 여덟시 반을 넘기고 있었다.

"웬만하면 좀 있다가 같이 나갑시다."

문덕수가 끼어들었다.

"그렇게 하고 싶지만 여덟시 반에 만날 사람이 있습니다. 죄송합니다."

나는 고개를 숙였다.

"약속이 있다니 괜찮습니다. 바쁘신데 나와 주셔서 정말 고맙습니다. 어떻든 이번에는 많이 도와 주셔야 하겠습니다."

신영근이 손을 내밀면서 악수를 청했다.

"네, 잘 알았습니다. 그런데 회비는 얼마입니까?"

내가 지갑을 꺼내면서 내 몫의 식사비를 내려고 물었다.

"괜찮습니다. 제가 처음 인사 드릴 때도 말했지만 나와 주신 것만도 고맙습니다. 오늘은 제가 전부 책임지겠습니다."

신영근이 웃으면서 말했다.

"그렇습니까. 부담이 많으실텐데 미안합니다. 그럼 먼저 실례하겠습니다."

나는 머리를 몇 차례 꾸벅이고 가방을 들고 일어섰다.

"피하지 말고 맡아야 합니다."

문을 열고 나서는데 김경철이 큰소리로 말했다.

시끌벅적하고 혼탁한 열기들이 충만한 이자카야와는 달리 2월의 찬 바람이 냉냉히 흐르는 밖은 춥다기보다는 상쾌했다.

굳이 손을 들면서 자기 의사 표시를 하지 않아도 되었지만, 한 시간 반의 흐름 속에 풀려진 분위기에 새로운 긴장감을 불어넣고 그 자리를 빠져 나오고 싶었다. 만날 약속이 있다는 것은 그 자리를 빠져 나오기 위한 구실에 지나지 않았지만 아무리 파고 들어가도 양파 까듯 알맹이 없는 논리가 계속될 뿐이었다.

그것보다도 첫 만남의 김경철에 대한 불쾌감과 혐오감이 전신에 흐물거렸다.

아이 러브 민단이라고 구호처럼 외치는 민단에 대한 그의 가벼움에 참을 수 없었다. 설령 사실이 그렇더라도 때와 장소에 따라 그 의미가 야유와 조소의 대상으로서 역설적으로 들리는 경우도 있었다. 오늘 그가 부르짖는 아이 러브 민단이 바로 그랬다. 거기에다 첫 만남의 사교적

거리감도 없이 남의 말끝마다 멍군 하고 나서는 그의 치근덕거림이 몹시 역겨웠다. 다른 사람은 모두 단장이 되어도 김경철만은 안 된다는 적개심까지 은근히 치밀어 오르는데 더 이상 버틸 수 없었다.

일주일 후,

문덕수로부터 전화가 왔다. 단장 후보자가 나왔으니 오늘 저녁은 만사 제쳐놓고 만나자고 했다. 후보자가 누구냐고 물었더니 당신은 모르는 사람이고 남지부 반장을 했던 사람인데 그 사람도 나온다고 했다. 다행스런 일이었다. 2월 초순부터 만나자고 해서 문덕수와 허명화가 나에게 단장 입후보를 권했으며 요즘은 다른 사람들까지 밤낮으로 전화 공세가 있어서 성가시기 짝이 없었다. 그때마다 선문답이 짜증스럽게 오가는데 거기에서 해방 된다니 무척 마음이 홀가분했다. 나는 정말 만사 제쳐놓고 약속 시간 전에 자전거 타고 달려갔다. 자전거로 십여분 걸리는 이자카야였는데, 처음이었다.

"우리 후배가 하는 식당인데 조용해서 좋습니다."

문덕수와 허명화와 또 한 사람이 안방에 앉아 있었다.

"처음 뵙겠습니다. 김명훈이라고 합니다."

"나영남입니다."

서로 맞인사를 하고 악수를 했다.

문덕수 집에서 얼마 안 떨어진 이웃에 살고 있는데 중고 자동차까지 취급하는 큰 고물상을 경영하고 있다고 했다.

나이는 예순 넷인데 아들에게 전부 맡기고 나영남은 회장과 다름없다고 문덕수가 소개했다.

"민단에 대해서는 하나도 모르는데 후미노상이 하도 부탁하기에 그러면 단장으로 나온다고 했습니다."

후미노는 문덕수의 통칭명(일본명)인 일본성이었다.

몇 년 전까지 이름만 올려놓은 반장을 맡고 남지부에서 몇 차례 간 것이 전부라고 했다.

"단장으로 나오시겠다니 반갑습니다. 저희들이 뒤에서 적극적으로 협력하겠습니다."

조그마한 체구였지만 고물상에서 잔뼈가 굵어서인지 말이나 몸가짐은 결단성이 있고 빠를 것 같았다.

그런데, 흠이 있다면 나영남 자신이 풍기는 품위의 빈약성이었다.

"우리 셋이서 제주도 모슬포도 같이 갔다 온 사이여서 서로 잘 알고 있는 사이입니다."

문덕수가 나영남과 허명화를 번갈아 쳐다보면서 말했다.

"그때는 정말 재미있었습니다."

"나는 전라도 나주인데 이 두 사람의 고향이 모슬포라니까 나도 데려가 달라고 해서 갔다 왔습니다."

허명화와 나영남이 말을 이어 받았다. 고맙다는 말에 다시 덤을 붙인다면 솔직히 구세주를 만난 기분이었다.

순수한 봉사단체로서 NGO의 원조인 민단의 지부장이라면 권력은 동네 반장만큼도 없지만 자기 돈을 쓰면서 지부 운영을 해야 했다.

각 세대별로 내는 강제적인 단비로서 민단 운영은 어림없었다. 그래서 각종 행사 때마다 맡은 임원직에 따라 내는 찬조금도 무시 못했다. 민단 활동에 따른 시간 투자의 고충담은 사치스런 잔소리였다. 그래도 민단은 맞물려서 돌아가는 톱니바퀴처럼 동포사회에서 쉴새 없이 돌아가고 움직여야 했다.

1월의 신년회, 4월의 야유회, 9월의 경로회, 10월의 한마당 축제, 12월의 송년회 등 큼직한 행사 외에도 삼일절과 광복절 지부대회와 각종 회의를 싼 민단 사업 보따리를 풀어놓으면 그 활동들이 본업인 것처럼 착각할 정도였다.

나영남의 단장 입후보 소문은 남지부 관할만이 아니고 이쿠노의 서지부, 중앙지부는 물론 오사카 지방본부까지 한순간에 퍼지고 후보등록 마감일에는 단독 후보로서 당선이 확정됐다.

"단장 입후보를 극구 사양한 것은 이해하지만 의장 입후보까지 거절하는 것은 배반입니다."

단장이 결정되자 이번에는 의장과 감찰위원장 후보자도 찾아야 했다.

의장 입후보까지 사양하는 나에게 퍼붓는 비난과 눈총을 피할 수 없었다.

타의 반 자의 반으로 나는 의장에 입후보하고 감찰위원장은 감찰위원이었던 김승보가 입후보했다.

무투표로 4월 정기대회에서 새로운 3기관장이 정식으로 선출됐다.

아이 러브 민단 김경철은 감찰위원으로 지명을 받았는데 나에게는 마음에 걸리는 인사였다.

신선한 3기관의 출범은 오사카본부는 물론, 타지부의 긍정적 평가 속에 몇 개월은 화제를 모으면서 남지부를 이끌어 갔다.

그런데 9월의 경로회 때부터 삐걱거리기 시작했다.

나영남 단장의 민단 운영에 대한 불만의 소리가 도레미화처럼 커졌다. 민단에 대해서 모른다면 민단규약을 구급법처럼 외우지는 못해도 신문 훑어보듯 읽고 또 남에게 들으면서 알아야 하는데 그러한 기색이 전혀 없었다.

거의 매일 지부 사무실에는 얼굴을 내밀지만 단비를 중심으로 재정 상태나 업무는 챙기지 않고 자리 지키다가 가는 것이 고작이었다.

경로회 때는 노인들을 제쳐두고 바지, 저고리를 입고 와서 자기도 노래 몇 곡 불러야 한다면서 먼저 마이크를 잡았다. 누구를 위한 경로회인지 몰랐다. 그는 술 한 잔 마실 줄을 몰랐다.

그러나 노래를 부른다면 한국 노래 이백 곡 쯤은 가사 안 보고도 부를 수 있다고 누구에게나 자랑했다. 1세대도 그렇게 못 부를 텐데 어떻게 그렇게 잘 아느냐고 물었다. 그는 전부 가라오케방에 가서 배웠는데 혼자 가서 부르면 그만큼 많은 노래를 부를 수 있다고 했다.

지부에서 회의를 마치고 모두 식사하러 갈 때도 처음에는 몇 번인가 참가 했는데 술 마시고 떠드는 것이 귀찮다고 그 후는 회의가 끝나면 인사도 제대로 않고 제일 먼저 빠져나갔다.

닭 쫓던 개 지붕 쳐다보듯 멍한 우리들은 그가 혼자서 가라오케 갔다느니 아니면 파칭코 갔다느니 제멋대로의 추측을 안주로 삼아 단장에 대한 불만을 쌓아 갔다.

"이렇게 싸가지 없는 사람 처음 보았어. 어디 그럴 수 있어!"

지부에서 경로회를 마치고 뒷정리를 다 끝낸 3기관 임원들과 부인회 임원들은 부인회장이 경영하는 가라오케방 '가보챠'에 모였다.

경로회의 요리는 부인회에서 전날부터 준비한 음식이 대부분이었다. 그에 대한 위로회를 겸해서 모인 자리인데 이때만이 아니고 우리는 회의가 끝나면 이곳을 종종 들렀다. 그럴 때도 단장은 미꾸라지처럼 빠지기가 일쑤였다.

"단장님에 대한 말은 그만두고 오늘 수고한 얘기들을 즐겁게 나누는 것이 어떻습니까?:

부인회장이 김경철 위원의 첫마디 독설에 은근히 브레이크를 걸었다.

자기 가게에 와서 매상을 올려주는 것은 고마운 일이지만 단장의 비난까지 뒤섞인다면 부인회장으로서의 곤란한 면목도 있었다.

"그래요. 회장 말이 맞습니다."

"김 위원님, 오늘은 참으세요."

부인회 임원들이 합창처럼 말했다.

"네, 네. 잘 알았습니다. 그렇게 하겠습니다."

김경철이가 술잔을 들고 고개를 끄덕거렸다.

"의장님이 건배제창하세요."

부인회장이 나를 쳐다보았다.

"오늘은 참 수고 많으셨습니다. 앞으로도 잘 부탁하겠습니다. 그럼 남지부와 부인회를 위하여 건배!"

"건배!"

좀 마시다가 김경철 위원이 카운터에 앉았다가 내가 있는 자리로 와서 앉았다.

"의장, 의장님은 어떻게 생각하십니까? 내 말이 틀렸습니까?"

"그 얘기는 그만 하기로 하지 않았습니까?"

내가 퉁명스럽게 받았다.

"그렇지만 따질 것은 따져야죠. 어떻게 그런 단장과 같이 할 수 있겠어요."

"그럼, 어떻게 하면 좋겠습니까?"

"우리가 불신임안을 내든지 아니면 단장한테 그만두라고 하든지 이제는 실력행사로 들어가야 하겠습니다."

"실력 행사 말입니까? 우리는 그 전에 참회를 해야 합니다."

단장에 대한 불쾌함과 반감은 나도 갖고 있었다. 단장으로서 자격미달 수준이라는 결론 속에 이미 눈밖에 나 있었다. 그러나 단장이 그만두면 곤란했다. 의장이나 감찰위원장은 부의장이나 감찰위원이 임기까지 대행이 가능하지만 단장에 한해서는 단장 부재로부터 50일 이내에 임원 모두가 사직을 하고 임시대회를 열어 다시 3기 단장을 선출해야 한다는 규약이 있다.

새로운 단장후보 찾기도 어렵지만 다시 임시대회를 열어야 하니 그 번거로움이 말이 아니었다.

"참회라니? 우리가 참회를 해야 한단 말입니까? 왜 해야 합니까?"

그렇지 않아도 큰 음성의 김경철 목소리가 더욱 높아졌다.

제각기 얘기들 나누다가 모든 시선이 우리 둘에게 쏠렸다.

"김경철씨, 우리한테 그렇게 단장으로 나와 달라고 부탁을 해도 거절했던 사람들이 나영남씨가 나온다니까 얼마나 좋아했습니까? 그런데 몇 개월 안돼서 이번에는 그만두라고 한다면 어디 그럴 수 있습니까. 단장 운운보다도 우리 스스로가 반성하는 의미에서 참회하라는 말입니다."

모두에게 들리도록 나도 음성을 높혔다.

"뭐라고요? 우리가 반성을 해야 한다니? 우리 의장님 참 희한한 말씀하십니다. 일이 거꾸로 돌아가는데 그런 궤변이 어디 있습니까?"

"김 위원님, 아 이젠 그만 하시고 노래도 부르고 즐겁게 지내다가 가기로 해요. 오늘 부인회 위로회라고 하지 않았습니까? 어느 것이 위로됩니까?"

부인회에서 입심 사납기로 알려진 정미자 감사가 톡 쏘았다.

3기관 임원들도 한마디씩 타일렀다.

"아이구 죄송합니다."

김경철이 일어서서 머리를 숙였다.

"정미자씨 노래 넣었으니까 부르세요."

부인회장이 화면을 가리키면서 마이크를 정미자한테 주었다.

이렇게 해서 이 날은 그런대로 끝났지만 그 후 단장에 대한 비난은 날이 갈수록 높아졌다. 김경철 위원의 나영남 단장에 대한 비난의 화살은 나에게도 날아왔다.

아들만한 감찰위원장은 제쳐 두고 당신이 의장으로서 단장의 불신임안을 내든지 아니면 사표를 내게 해서 3기관장으로서의 결단을 내려야 하는데 그렇게 안하니까 단장은 마이동풍 격으로 세월만 썩히고 있다고 했다.

아들 같다는 김승보 감찰위원장은 민간 산하단체인 오사카본부 청년회장을 역임한 36세의 독신이다. 2세이지만 우리말을 잘해서 거의 매일 지부 사무실에 나와서 재정난으로 퇴직시킨 유급 상근사무부장의 일을 변칙적으로 도맡아 하고 있었다. 자기 집에서 부모들이 플라스틱 성형 공장을 경영하는데 그는 밤 열한 시부터 야근만 하기 때문에 업무처리가 가능했고 그의 정력적인 민단 활동에는 모두가 고개를 숙이고 있었다.

김경철이 위원장에 안 나오고 그를 추천해서 그 밑의 위원으로 들어간 것은 현직 감찰위원이었다는 것과 이러한 측면적 요소도 작용했다. 김경철의 그에 대한 평가와 칭찬은 낯 뜨거울 정도로 상승하는 반면 단장과 나에 대한 거센 비판은 반비례 현상을 일으켰다.

"단장의 목에 방울을 달지 못하는 의장이 먼저 사표내야 하겠어요."

만날 때마다 외치던 아이 러브 민단 구호가 진화해서 민단교의 광신도이고 민단병에 걸렸다고 자처하면서 나까지 몰아 세웠다.

이러한 비난 공세에도 좀더 두고 봐야 한다고 제대로 상대도 안 하면 그는 더욱 안달을 부렸다. 도가 지나친 한 두잔의 술 기운에 난무하는 저속한 언어에는 그만 둬야 할 사람은 바로 당신이라는 주위의 야유까지 들었고 이러한 소문을 듣는 단장의 역습도 만만치 않았다.

"민단의 민자도 모르는 나를 단장으로 추켜 세웠던 당신들이 나를 비난할 자격들이 있습니까? 내가 그렇게 거절했는데도 얼마나 머리들을 숙였습니까? 단장 입후보하면서 백삼십만 원을 등록비로 내고 단장이라고 해서 여기 저기 찬조금은 제일 많이 내라고 하고 말입니다. 돈이 아까와서 하는 말이 아닙니다. 그렇다면 여러분들도 저를 위해서 노력해야 될 것이 아닙니까?"

"그건 사실입니다. 그렇지만 각오를 하고 단장직을 맡았으면 그에 대한 책임과 의무는 수행해야 하지 않겠습니까? 그것들까지 나몰라라 하면 상식 이하의 논리이며 어린 아이 투정이나 다름없습니다."

단장 비난의 선두주자인 김경철이 아니더라도 모두 갖고 있는 생각이며 단장의 논리는 적반하장이라고 일축했다.

3기관의 티격태격은 바람 잘 날 없었지만 지부의 위기적인 재정 상태는 그대로 방관할 수 없었다.

입후보자가 없어서 머리 숙이면서 부탁한 후보자가 등록할 때도 단장 말처럼 등록비 백삼십만 원을 의장과 감찰위원장 후보자도 규약상 내야 했다.

무투표 당선일 경우에는 환원해야 했지만 이것도 지부 재정 사정으로 찬조금으로 처리했고 모든 활동비의 지출도 강력히 억제했다. 일본의 중앙 일간지는 물론 『민족신문』 구독까지 끊었다.

연말에는 그동안 곶감처럼 빼먹어 거덜난 기본 재정을 메꾸기 위해 모금운동도 벌였는데 남지부에서는 처음 있는 일이었다.

이 불황에 무슨 면목으로 왔느냐는 비난과 민단이니까 호응한다는 틈바구니에서 3기관 모두 힘 모았지만 단장과 패인 깊은 골은 더욱 깊어만 갔다.

이렇게 팽팽한 줄다리기 속에 단장이 변명의 여지가 없는 일을 저질렸다. 새해가 되어 신년회도 무사히 마치고 2월 중순에 열린 3기관 임원회의 때 단장이 결석했다. 바쁜 제품 납품으로 인근 도시 사카이시에 가고 있기 때문에 회의에 참석 못하겠다는 연락이 왔다. 우리는 모두 그 말을 믿었다. 그러나 다음 날, 민단 단원으로부터 어제 회의 그 시간에는 단장과 같이 파칭코를 했다는 말이 나왔다. 돌다리 두드리는 심정으로 여러 사람에게 확인해도 틀림없는 사실이었다. 파칭코를 해도 민단 사무실과 좀 떨어진 가게에 가서 하라는 권유에도 단장되기 전부터 하는 곳인데 싫다면서 한낮부터 계속 같은 곳에서 했다.

민단 사무실에서 걸어서 5분도 채 안 걸리는 가게에서 그는 언제나 태연히 했다. 경제적, 시간적 여유가 있어서 하는 것은 누가 뭐라고 하지 못하겠지만 관할 지역의 단장으로서 품위 제로였고 신년 첫 3기관 회의를 거짓말로 회피하고 파칭코를 했다는 것은 치명적이었다.

지부에서 엎드리면 코 닿을 오케이회관에서 회의까지 빵구내고 단장이 파칭코를 했다는 사실은 이쿠노의 다른 지부에까지 알려지면서 단장 자격론에 다시 불을 붙였다. 그는 자존심이나 단장직에 애착이 있어서 연연했던 단장직이 아니었다.

2011년 3월 11일 동일본대지진은 그에게 좋은 구실을 안겨 주었다. 민단이 대대적인 지원태세를 갖추기 위하여 각 지부마다 모금과 구호물자 모집을 위해 긴급 임원회의가 열렸다. 남지부에서도 3월에 열렸다.

단장은 인사말에서 자기 작은 아들도 지진 피해 지역 이와데현에서 수의사로 개업을 하고 있었는데 막대한 피해는 아니지만 피해를 입고 영업을 하지 못하고 있다고 했다. 아들과 그 뒤처리를 해야 하는데 겨우 연락이 닿아서 오늘도 그 협의를 해야 하기 때문에 회의 진행을 못하겠다고 했다. 그러면서 나에게 할 말이 있다면서 같이 밖으로 나가자고 해서 2층에서 내려왔다.

"이 속에 사직서가 들어있습니다. 의장한테 드릴테니 일주일 후에 발표해 주시기 바랍니다."

단장이 하얀 봉투를 내밀었다.

"아니, 그렇다면 이곳에서 저한테 주지 말고 회의석상에서 사실을 얘기하는 것이 좋겠습니다."

나는 받지 않고 단장을 쳐다보았다.

"그렇게 하고 싶지만 여러 가지 말들이 나오면 곤란하니까 그렇게 해 주시기 바랍니다. 이것 보세요. 저희 아들한테서 조금 전에 온 메일입니다."

단장은 변명이라도 하는 듯이 휴대폰의 메일을 나에게 보여 주었다.

"제가 메일까지 볼 필요는 없지만 피해는 어떻습니까?"

"큰 피해는 아니지만 집에 금들이 생겨서 영업을 중지하고 있습니다. 그럼 부탁하겠습니다."

단장이 억지로 나에게 봉투를 주고서 자전거를 타고 뒤도 돌아보지 않고 가 버렸다. 나는 2층 회의실로 올라가서 보고하고 봉투를 개봉했다.

일신상의 이유로 사표를 제출한다고 써 있었다.

"왜 일주일 후에 발표하라고 했는지 모르지만 어떻습니까?"

"의장님, 오늘 날짜로 수리해야 합니다. 마지막까지 상식 이하의 일을 저지르고 있습니다."

발언권도 얻지 않고 흥분을 감추지 못하는 김경철 감찰위원의 큰소리에 조소와 함께 박수가 터져 나왔다.

나는 다시 한 번 임원들에게 확인하고 단장의 사표를 정식으로 수리했다.

4월 하순에 정기대회를 겸한 3기관장 선출 임시대회가 남지부에서 열렸다.

전직 단장으로서 나영남은 출석도 않고 나는 의장직에, 부단장이었던 김철민은 단장직에, 김경철은 감찰위원장직에 입후보하여 무투표로 새로운 3기관장이 선출 되었다. 감찰위원장이었던 김승보는 집행부 일을 해야 한다고 해서 부단장겸 사무부장을 맡았다.

일 년 전 일본 제일이라는 민단 남지부의 부활을 위해 출발했던 3기관은 단장의 한계성으로 좌절되어 다시 같은 목표 속에 활동을 벌였다.

대지진으로 중지했던 4월의 아유회는 모금활동에 협력해 준 고마움과 9월의 경로잔치를 곁들여 지부 근처에 있는 고카치야마공원에서 개최되었다.

부인회가 만든 이백여 개의 도시락이 금방 동이 나고 추가로 다시 이백여 개를 구입했지만 그것도 모자라서 단원들에게 양해를 구할 정도로 위로잔치는 성공리에 끝났다.

"당신 같은 불효 자식 처음 봤어! 의장 같은 것 다 집어 치우고 인간이 되어서 부모를 공경해야 돼! 한국에 두 번 가고 대만까지 가면서 백

살 다 된 어머니 만나러 제주 한 번 안 가는 당신은 상놈이야!"

2012년 6월 우리는 3기관 회의를 마치고 종종 가던 또 다른 단골집 '은이'에 모여서 식사를 했다. 부인회장이 회장 임기를 마치면서 조용히 지내고 싶다면서 5월에 우리가 잘 가던 가보챠가 문을 닫았다. 그래서 서귀포 출신 아주머니가 하는 한국요리 이자카야 '은이'는 같은 제주도이고 값이 싸다고 들락날락했다. 그때마다 김경철은 의장 같은 놈처음 봤다고 이죽거렸다.

지난 해 열렸던 남지부의 경로잔치는 오사카 민단 조직사회에 많은 화제를 뿌려서 금년의 신년회, 야유회도 그 여운 속에 새로운 남지부를 각인 시켰고, 4월의 정기대회도 본부 단장의 찬양 일색 속에 끝났다.

비난의 대상이었던 나영남 단장이 물러가고 매끄럽게 돌아가는 남지부 운영에 공격 대상을 잃어버린 김경철은 진담 반 농담 반으로 어느 사이엔가 나에 대한 인신공격이 도를 더해 갔다.

"시간이 없어서 못 가는데 어떡합니까? 다 때가 되면 가니까 걱정마세요."

살짝 웃으면서 대수롭지 않게 받아 넘겼다. 어제 오늘 들어온 말도 아니고 이럴 때면 언제나 단골 메뉴처럼 끼어들었다. 오늘도 자리가 끝날 때였다.

"때가 되면 간다고? 그래 이놈아 백 살 다 된 어머니가 언제까지 그렇게 기다린다고 하드냐? 오늘도 모를 일인데 참 한심하다, 한심해!"

그의 독설과 쌍말은 친근감의 표시라고 주위 사람들은 인정하면서도 언어의 폭력이라고 나무라도 그는 듣지 않았다.

언어 폭력이라기보다는 그의 일상생활 속에 습관화 돼버린 언어 구사법의 저속함이었다. 한국어나 일본어 어느 말을 사용할 때도 마찬가지였다. 나는 아름답고 정겹고 풍요로운 숱한 언어를 배제하고 직설적인 그의 언어 구사를 언어의 거지이고 언어의 가난뱅이라고 생각했다. 그는 언어에 굶주려 있는 원시 언어만을 사용했다.

"한심한 건 내가 아니고 당신입니다. 왜 그렇게 화제가 빈곤하죠?"

내가 되받았다.

"자, 그만 하고 갈까요."

술 한 잔 겨우 하는 단장이 살며시 웃으면서 일어났다. 또 의장 공격이 시작됐다면서 부단장과 다른 임원들도 일어섰다.

자, 그럼 하고 나도 일어서는데 당신은 앉아 있으라면서 김경철이 나의 소매를 붙들었다. 김경철이 그냥 가라는데 단장이 값을 치르고 먼저 나갔다.

다른 때 같으면 나도 같이 나갔지만 위원장에게 선을 긋고 싶어서 도로 주저앉았다.

"내가 한심하다고? 참 어이없는 소리하고 있네. 그래 대만 간 때는 할 수 없더라도 왜 서울에 두 번씩이나 갔을 때는 제주 한번 못 들려? 내 말이 틀렸어?"

그는 계속 물고 늘어졌다.

"위원장처럼 시간이 남아돌아서 안 간다면 이렇게 잔소리 들어 마땅하지만 월급쟁이가 어떻게 그런 여유가 있습니까?"

올 겨울 결혼하는 딸이 마지막 가족여행이라고 대만을 갔다 왔고 서울은 아는 일본인들의 안내역으로 또 한 번은 김경철도 같이 간 민단 연수였다.

"어떻든 의장은 아니 너는 불효자식이야!"

술잔을 들다 말고 그는 담배를 물고 불을 붙였다.

"나 참 별 걱정 다하는 사람 처음 보겠네. 그렇다면 그러한 당신은 부모에게 얼마나 효도를 했죠?"

그를 알고 2년이 지났지만 서로 가정 이야기를 나눈 적은 없었다.

어쩌다 텔레비 광고처럼 한두 마디 나오다가 끊어지고 단편적으로 귀동냥에서 들은 것이 전부였다.

총련계 초등학교, 민단계 중학교, 일본 고등학교와 대학을 나와서 3개국의 국가를 부를 수 있다는 자랑 얘기를 가끔 들었고 귀동냥에서는 부인이 일본인이고 아들은 의사인데 시즈오카현 하나마쓰시에서 종합병원에 근무하고 있다는 정도였다.

"말 한번 잘했어. 의장 취하지 말고 잘 들어. 취하면 안돼."

취한 건 내가 아니고 그였다.

그는 취할 때마다 이렇게 뜸을 들이고 입을 열었다.

"그럼, 얘기해 보세요. 나는 물만 마시면서 들을 테니까."

약간 빈정거리면서 내가 톡 쏘았다.

"나는 할아버지와 다른 친척들 집에서 살았던 천애 고아였어. 세 살 때 아버지가 죽고 어머니는 없었으니까 말이야."

그는 술잔을 들고 마시면서 나를 응시했다. 처음 듣는 말이었다. 나도 그의 시선을 놓치지 않았다.

"아버지가 돌아가시고 어머니는 없었다면 어디 재혼이라도 했단 말입니까?"

"내가 세 살인데 어떻게 알아. 재혼인지 뭔지 몰라도 행방불명이지."

"행방불명이라니? 그럼 일본에서 입니까? 한국에서 입니까?"

"일본이나 한국이라면 내가 찾아내지. 그것도 아니였어."

여느 때와 다른 김경철의 표정과 말투에 나는 적이 놀랐다. 독설과 위세로 전신을 칭칭 감았던 도금된 김경철이 아니고 68세 초로의 초상화가 내 앞에 앉아 있었다.

"일본도 한국도 아니라면 그럼 북송이라도 당했단 말입니까?"

갈수록 의아스러웠다.

"북송? 북한 갔다면 그곳에도 찾으러 갔을 거야."

"그러면 어디에서 행방불명 됐단 말입니까?"

"미국에 갔다고 그래."

"미국?"

"그래, 미국이지. 일본의 패전 후에 미군이 진주했는데 어머니는 진주군의 피엑스에서 일하고 있었지."

"혹시, 센소오 하나요메(전쟁 신부)인가요?"

"혹시가 아니고 바로 그것이야."

그가 나지막이 말했다.

"전쟁 신부에 우리 동포가 들어있다니 놀랬습니다. 그 분이 또 김위원장님의 어머님이시라니?"

나는 판도라 상자가 열리고 있다고 느꼈다.

전쟁 부인.

일본의 패전과 함께 미군이 일본 열도에 상륙했다.

1950년대 말까지 일본에 주둔했던 미군이나 군속들과 결혼한 여성들을 전쟁 신부라고 부르는데 약 4만 명에서 5만 명으로 추계하고 있는데 동포가 들어있다는 말은 처음 들었다.

그녀들은 남편들과 미국에 건너가서 멸시와 차별 속에 많은 고생을 하면서 삶을 개척했다.

"나는 시코쿠 토쿠시마현에서 태어났어요."

김경철은 담배를 입에 물고 불을 붙여 깊숙이 빨더니 연기처럼 털어놓았다. 그 곳은 일본 수상이었던 미키 타케오 출신지인데 거의 모두 미키라는 성이어서 자기 할아버지도 미키라는 통명을 사용하게 되었다고 했다.

지금도 일상생활에서는 물론 민단 회의 때도 미키라는 성을 사용하기에 회의 때만이라도 김경철이라는 본명을 사용하자고 내가 제안하여 나는 그 성에 대해 강한 거부반응을 일으키고 있었다.

태어나서 얼마 안돼서 오사카에 이사왔다. 교육열에 강한 할아버지는 김경철 아버지를 쿄토의 리쓰메이칸立命館대학에 보냈으며 졸업한 아버지는 강제징집 영장을 받고 최전선인 남양군도에 배속됐다.

"기적처럼 생환한 아버지는 해방된 조국에서 조국을 위해서 일하고 싶다고 사전 답사를 위해 배를 타고 가다가 그 배가 침몰해서 생존자가 한 사람도 없었지. 그때 나는 세 살인데 전혀 기억에 안 남았어."

옆의 전우들이 미군의 공격으로 팍팍 쓰러지고 말라리아병에 걸려서 또 죽어가는 전쟁터에서도 살아온 아버지의 허망한 죽음에 남아 있는 가족들은 망연자실했다. 스물 두 살의 그의 어머니의 새로운 인생을 위하여 할아버지는 며느리와의 인연을 끊었다. 세 살배기 아이가 있으면 고생할테니 아기는 자기들에게 맡기고 우리 집을 떠나라고 했다. 그래서 어머니가 취직한 곳이 미군의 피엑스였는데 그곳에서 알게 된 미군과 재혼을 했는데 조선적으로서 미국의 출국은 어려웠다.

"어머니는 피엑스에서 같이 일하던 일본인 나베시마의 성을 가진 집에 양녀로 입적을 하고 일본 국적을 갖고 미국으로 갔는데 그 후로 어머니를 본 사람은 한 사람도 없었어."

김경철은 대학을 나오고 요미우리 신문사에 취직을 했는데 월급이 적어서 그만두었다고 했다.

"아니, 일본 최고의 신문사에 조선인으로 들어가서 월급이 적다고 그만두었다니 이해하지 못하겠는데요?"

"그럴테지. 요미우리 신문사에는 대학추천으로 들어갔으니 국적은 별로 지장이 없었지만 월급이 적은 것은 사실이야. 나는 그래서 혼자서 도쿄로 갔는데 업계 신문사 기자로 취직했는데 이곳도 마찬가지였지."

그는 업계 신문사 재직 시 알았던 부동산 관계 회사에 들어가서 나중에 독립하고 그때 마누라를 만났다. 그리고 성공하여 다시 오사카로 돌아왔다.

"오바마 대통령이 당선돼서 유명해진 후쿠이현 오바마시 출신의 마누라인데 그녀는 양재 기술을 배우려고 도쿄에 왔었는데, 알게 되었지."

오바마시에서 같은 이름이라고 오바마 대통령을 응원하니 대통령은 고맙다고 직필 사인의 인사문을 보낸 것이 대대적인 뉴스로 나왔던 것을 알고 있다.

김경철은 최진사댁 셋째 딸 찾아가는 칠복이처럼 오바마시 그녀의 집 도모다 댁을 찾아가서 넙죽 엎드려 큰 절을 했다고 했다.

"저는 재일 한국인인데 아니, 일본인들이 말하는 조센징인데 셋째 딸 마사코 씨를 어떠한 일이 있어도 행복하게 할 테니 결혼을 허락해 주십시오."

부모와 아들 셋, 딸 셋인 여덟 식구의 가족이었다. 김경철의 당돌한 용감성에 압도당한 부모님들은 한 마디 잔소리도 없었다고 했다.

"지금은 그 가족 사위 중에 내가 제일 처갓집 효도를 하고 있어."

그는 통쾌하게 웃으면서 술잔에 남아 있는 술을 전부 마셨다.

"아줌마. 여기 시원한 생맥주 한 잔 주세요. 나 혼자 말하려니 목이 마릅니다. 우리 의장도 맥주 마실래요?"

"나 걱정 마세요. 나는 그냥 소주가 좋으니까."

떡두꺼비 같은 아들 낳고 의사를 만들고 장가 보내고 딸 하나는 시집가서 오사카에서 잘 살고 있다고 생맥주 석 잔째 마시면서 얘기하다가 갑자기 얼굴이 흐려졌다.

"의장, 나는 그동안 마음 한구석에 옹이처럼 박혀진 어머니에 대한 것을 알아보기 위해 십오 년 전에 하와이에 갔지."

하와이에는 숙부가 살고 있었다. 복싱선수로 젊었을 때에 일본에서 두각을 나타냈다. 당시 한국의 대표 선수로 올림픽 출전의 추천도 있었지만 사상의 연좌제로 좌절되었다. 먼 친척의 총련 활동이 걸림돌이었다.

숙부는 마침 하와이의 대학에서 코치 초빙이 있어서 갔다가 교수가 되었다. 김경철은 숙부를 찾아갔다.

전쟁 신부로서 미군들과 결혼해서 미국에 건너간 그녀들은 '일계 국제결혼 친목회'를 조직하여 활동하고 있었는데, 어머니의 신상자료를 제출하여 찾았으나 없었다. 불충분한 자료 탓인지 모른다고 본적이 제주도이고 조선적이었는데 귀화한 일본인이라는 서류를 다시 첨부했으나 마찬가지였다.

이 친목회에는 자신의 과거를 노출시키기를 꺼려해서 가입 안한 사람들도 많다고 해서 다른 일본인 조직체에도 빠지지 않고 의뢰했으나 해당자 없다는 회신뿐이었다.

"아버지는 형님이 조국을 위하여 일하겠다고 해서 스스로 배를 타고 가다가 사고 났다고 하지만 사실은 그게 아니지. 형님과 형수님은 물론 나도 좀 더 여유를 두고 보자고 했지만 아버지는 반대했어. 하루라도 빨리 해방된 고국에 먼저 들어가야 한다고, 그래서 마지못해 가다가 돌아가셨으니 가족들끼리 갈등이 많았어. 형수님은 경철이를 데리고 친정으로 간다고 했지만 아버지는 그것만은 절대로 안 된다고 했지. 경철이를 잃어버린다면서 두고 가라고 했어. 형수님은 눈물 속에 혼자 집을 나갔는데 그것이 마지막이었지. 그때 아버지도 얼마나 괴로워했는지 몰라."

그러다가 할아버지는 김경철이 국민학교 때 죽었다.

약 이년 동안 하와이 숙부댁을 드나들면서 미국 전국의 일본인 조직체에 연락했으나 어머니는 어디에도 없었다.

모든 것 포기하고 귀국할 때 숙부가 들려준 말이었다.

김경철은 할아버지의 말을 이해할 수 있다고 했다. 그래서 숙부는 나에게 사실을 들려주었다고 했다.

김경철이 흘깃 시계를 보았다. 나는 휴대폰을 보았다. 밤 열한 시 십 분이었다.

"의장, 삶의 평가는 별도로 두고 인생에 있어서 가장 분명하고 마지막 장의 갈림길이 생과 사가 아닐까. 어머니에 대해서는 모성애나 그리움이나 그런 것 다 떠나고 또 그런 기억조차 소유하지 못한 나에게는 어머니라는 단어 역시 생소하지. 그래도 단 하나 모두에게 보편적 사실로서 알 수 있는 권리가 삶과 죽음이라고 생각해. 그런데 행방불명이라는 영원한 미완성의 부조리가 가끔 나를 고통의 늪에서 허우적거리게 하지. 물론 아버지의 사랑도 기억에 없어."

백 살 난 어머니가 제주 삼양에 살고 있는데도 찾아가지 않는다고 독설을 퍼붓던 그였다.

"김경철 위원장은 결국 효도의 대상이 없었네요. 그렇지만 제주에 가족 공동묘지를 만들고 선조는 물론 할아버지, 아버지 다 모시고 해마다 벌초 가는 것은 생존자로서 최고의 효도가 아닙니까? 저는 그림자도 따라가지 못하겠습니다."

"효도? 그건 효도가 아니고 의무야. 의무는 마음이 없어도 누구든지 할 수 있지."

타고 온 자전거는 위험하니 택시 타고 가라는 '은이' 주인 아줌마의 걱정을 들을 정도로 우리 둘은 그날 많이 취했지만 자전거를 타고 헤어졌다.

9월 9일. 김경철은 제주에 벌초하러 갈 예정이었지만, 민단 이쿠노 남지부의 경로잔치가 있었기 때문에 일주일 미루고 갔다.

"여보세요."

나는 휴대폰 뚜껑을 열었다.

"나, 김경철입니다."

"언제 오셨습니까? 빨리 오셨습니다."

나는 카렌다를 보았다. 9월 19일이었다.

"아니, 여기 제주에요, 제주. 16호 산바 태풍에는 혼났지만 벌초도 다 했습니다."

"그건 다행입니다. 그런데 왜 제주에서 전화합니까?"

나는 의아스러워서 물었다.

"지금 막 의장 어머님을 뵙고 나왔어요."

"넷! 뭐라고요? 우리 어머니를 만났다고요? 어떻게 알았습니까?"

"서울 김서방네 집도 찾아가는데 삼양 김서방네 집은 눈 감고도 찾을 수 있었지. 백살이신데 아주 건강하셨어."

의외였다. 생각지도 못했었다.

"왜 사전 예고도 없이 위원장 마음대로 갔습니까?"

"예고라니? 무슨 예고가 필요하지? 우리 남지부 경로잔치의 연장선인데, 아, 지금 택시가 오니까 붙잡아야겠어. 자, 그럼!"

전화가 끊겼다.

김경철의 호탕한 웃음이 넘쳐 흐를 것 같은 휴대폰을 나는 멍한 채 바라보았다.

파랑새

후카사와 가이深沢夏衣

1

사촌언니 이복자李福子가 북한으로 귀국한 오빠 일가를 방문한 것은 2004년 가을에 고이즈미 수상이 방북을 한지 정확히 2년 뒤의 일이었다.

수상이 방북한 그 해 9월초, 신자信子는 오래 전부터 친구로 지내온 오오시마 사토시大島哲 등의 권유로 쿠바를 여행하고 돌아온 지 얼마 되지 않아 이 뉴스를 접했다. "어머, 정말?" 자신도 모르게 브라운관의 캐스터를 향해 중얼거렸을 정도로 놀랐는데, 그것은 복자도 마찬가지였던지 그날 밤 전화를 걸어와 뉴스를 봤느냐고 물었다. 봤다고 대답하자 복자는 흥분한 목소리로 "굉장한 뉴스네. 굉장한 뉴스야"를 되풀이하며 9월 17일 뉴스는 너와 함께 보고 싶으니 가겠다고, 15일에 찾아가도 되냐고 물었다.

12일간의 쿠바 여행 일정을 꽤나 무리해서 다녀온 신자는 한 숨 돌릴 새도 없이 일을 하고 있었다. 지쳐있는 데다 바쁘기까지 하다. 그런데 복자언니까지 와서 그녀의 상대까지 해줘야 한다니 견딜 수 없다. 신자는 사정을 말하고 뉴스는 각자 집에서 보자고 했지만 복자언니는 납득하지 못한다. 납득하지 못한다기보다는 이 뉴스를 둘이서 보려고 하지 않는 신자가 이해되지 않는 모양이었다.

"그러니까 왜 그 뉴스를 둘이서 봐야 하는데? 복자언니 혼자 집에서 보면 되잖아. 혼자 보나 둘이 보나 뉴스 내용이 달라지는 것도 아니잖아."

안절부절 못하는 신자가 복자는 자못 의외라는 듯이,

"아니, 이건 굉장한 뉴스잖아. 고이즈미 수상이 북조선에 간단 말이야! 너도 기쁠 텐데?"

"별로. 기쁘지 않거든."

"정말? 그럴 리가 없어. 아니 신자야, 고이즈미 수상이 북한에 간다니까. 북한과 국교를 회복한다고. 이렇게 기쁜 일이 또 어디 있어. 그러니까 같이 보자."

신자의 언짢은 기분 따위는 아랑곳하지 않은 채, 복자는 들뜬 목소리로 "굉장한 뉴스, 기쁜 뉴스, 그러니 같이 봐야해"라는 말만 되풀이하는, 아이처럼 들떠 떠들고 있는 목소리를 듣고 있자니 신자는 왠지 찝찝한 기분이 들어서 복자의 방문을 승낙했다.

승낙은 했지만 울적한 기분이 가시지 않은 신자는 하지 않아도 될 별 효과도 없는 싫은 소리를 하고 있었다. "식사는 언니가 알아서 해먹어. 나는 피곤해서 그것까지 챙겨줄 여유는 없으니깐 말이야."

신자의 승낙을 받은 복자는 한층 들뜬 목소리로 "바쁜 사람에게 민폐 같은 건 끼치지 않을 거야, 내가 할게. 그럼 김치랑 깻잎 사간다." 기특하게도 선뜻 알았다며 전화를 끊었다.

휴우—. 이걸 어쩌나. 신자는 한숨을 쉰다. 깻잎이라니. 가지고 오는 것은 좋지만, 그걸 담는 것은 또 누군가. 머릿속에서 투덜거리고 있었다.

너에게 민폐 같은 건 끼치지 않겠다고 복자는 말하지만 애당초 복자는 '민폐'라는 것이 뭔지 모른다. 특히 신자와의 관계로 말하자면 복자의 머리에 '민폐'라는 단어는 존재하지 않는다. 복자에게 있어 신자는 연하의 사촌여동생, 복자의 모친과 신자의 부친은 남매니까 가까운 친척이다. 그 친척 집에 가는 것인데 스스러워할 필요가 있을까. 무엇보다 친척집에 가는 걸 어려워한다는 것 자체가 이상하다는 생각이 머릿속에 있기 때문에 하나부터 열까지 매사가 자기중심적이고, 그것이 또 대단하다고 할 수밖에 없다. 그 때문에 복자를 신자 형제도 행자 숙모도 좋게 보지는 않는다. 언제부턴가 모두 복자를 피하게 되었는데, 모두가 차가운 인간이라서 그렇다기보다는 복자의 책임, 자업자득이지만, 애초부터 복자에게는 그런 자각은 없고 거꾸로 원망을 키우고 있다.

'너희 형제끼리만 친하게 지내고, 모두가 날 따돌리고 있어. 이제 곧 벌을 받을 거야.'

'지금 뭐 하고 있어? 혼자 있다고 거짓말 하고. 모두 모여서 밥 먹고 있지, 그렇지!'

'요전에 있잖아, 중국인 친구에게 불고기를 사줬어. 남인데도 이 얘는 내게 잘해주니까 나도 잘해주고 있어. 남인데도 참 좋은 애야.'

어느 날 갑자기 전화를 걸어와 아무런 맥락도 없는 이야기를 들이대는 것이다. 처음에는 의미를 알지 못해 무슨 말을 하는 건지 당황했지만, 곧 그것은 복자의 망상이거나 넌지시 빈정대는 일종의 협박, 또는 일종의 수사법이라는 것을 알게 되자, 신자는 우습기도 했지만 복자가 가엾기도 했다. 하긴 행자 숙모나 동생인 야스오康雄의 말에 의하면, 복자가 가엾다니 말도 안 되는 이야기다, 복자만큼 억센 사람은 흔치 않다고는 하지만.

누군가에게 복자는 억센 여자일지도 모른다. 하지만 그 강인함은 망가진 인간이 가지고 있는 강인함이라고 해야 마땅한 것으로, 망가졌기 때문에 강해져버린 인간에게 가장 휘둘리고 고통당하는 것은 그 누구도 아닌 복자 자신이 아닐까 하는 생각을 한 적이 있다.

복자의 방문으로 신자가 괴로운 것은 그녀의 식욕이다. 그건 대식가 정도가 아니라, 동면에 들어가기 전의 곰이라면 이렇게 먹을까 싶을 정도로 그녀의 위장은 그 깊이를 알 수 없다. 과식증을 의심해본 적도 있었지만 그렇지는 않았다. "먹지 않을 때는 이틀이고 사흘이고 먹지 않아"라고 하니까, 필시 식습관이 깨져있을 것이다. 그 때문에 신자는 복자가 머무르는 나흘이면 나흘 동안, 닷새면 닷새 동안 복자의 식욕을 채워주기 위해 부엌을 기어 돌아다니지 않으면 안 된다. 그건 뭐 그렇다고 체념하기로 하자. 하지만 자신을 억눌러 체념시켰음에도 불구하고 결국 화가 치밀어 오르고 마는 것은 복자가 마치 여관에 온 손님인 양 떡하니 눌러 앉아 움직이려 하지 않기 때문이다. 눈앞에 반찬이 놓이고 밥이 나온다, 그걸 당연하다는 듯이 기다리고 있기 때문이다.

복자의 말을 빌리자면, 밥을 하는 것은 일인분이나 이인분이나 마찬가지라는 것. 게다가 자신은 몸이 안 좋기 때문에 도와주지 못하는 건 어쩔 도리가 없다. 하물며 우리는 친척이 아니냐, 친척이 아니더라도 우리나라 사람(조선인)이라면 손님에게 음식을 많이 대접하는 것이 예의지 않느냐는 자신만의 신념이 있다. 따라서 왜 신자가 불쾌해하는지 이해하지 못한다. 그래서 신자는 점점 더 안절부절 못하게 되는 것이다.

그렇지만, 대개 그런 일들은 그냥 지나쳐버릴 수 있다. 신자가 정말로 참을 수 없는 것은 복자의 지칠 줄 모르는 수다였다. 신자도 말 수가 적은 편은 아니지만, 애당초 복자와는 말이 통하지 않는다. 아니, 말이 통하느냐 안 통하느냐를 따지기 전에 복자가 무엇을 말하고 있는지, 무엇을 말하고 싶은지 알 수가 없다. 분명 복자 본인도 그걸 알지 못하는지도 모른다. 그녀는 무엇을 말하고 싶은지 자신도 모른 채, 자신의 입에서 어떤 말이 쏟아져 나오고 있는지도 모른 채, 그저 떠들고 싶은 욕구대로 계속해서 떠들고 있는 것이다.

"우루사이! 시끄럽다."

행자 숙모였다면 이렇게 혼을 내 복자를 입 다물게 했겠지만, 신자에게 그런 일은 가당치 않다. "좀 조용히 해줘, 그 입. 머리가 아파." 복자를 노려보며 비아냥거리듯이 말하는 게 고작이다. 그러면 복자는 상황을 파악했다는 듯이 "아 미안해, 미안합니다"라고 말은 하지만 거의 1분도 참지 못한다. 신자의 빈정거림 따위 싹 잊어버리고 쓸데없는 말을 반복하고 있다.

복자의 말에 의하면 "행자 숙모와는 사상이 맞지 않는다"는 것이다. 복자는 신자의 부친 쪽, 행자 숙모는 모친 쪽 일가이기 때문에 복자와 행자 숙모는 혈연관계는 아니다. 복자가 말하는 '사상'의 의미는 잘 모르겠지만, 요컨대 행자 숙모는 자신을 친절하게 대하지 않고, 북조선에 간 복자의 오빠 아스오의 운명에도 동정하지 않는다. 즉 우리나라 사람인데도 자신에게 동정도 애정도 주지 않는 숙모는 우리나라 사람이라 말하기 어렵다, 그래서 '사상'이 맞지 않는다고 하는 것 같다. 이 말을 듣는다면 "무슨 바보 같은 소리를 하는 거야. 도대체 그 애 머리가 어떻게 된 거 아냐"라고 숙모는 불같이 화를 낼 것이다.

복자와 행자 숙모는 옛날부터 서로 궁합이 맞지 않았다. 그래도 두 사람 사이가 그럭저럭 무사했던 것은 숙모의 남편인 명호 숙부가 완충장치 역할을 해왔기 때문이다. 하지만 2년 전, 명호 숙부가 돌아가시고 완충장치가 없어지자 숙모와 복자가 함께 지낼 수 있는 인내심의 한계는 이틀, 그것도 꽤나 인내를 거듭하며 버티는 이틀이라는 것을 깊이 깨달았다. 복자가 그걸 눈치채고 이틀째에 뒤로 물러나면 두 사람은 어떻게든 원만히 넘어갈 수 있겠지만, 애당초 복자가 그것을 눈치 챌 리도 없다. 더구나 복자는 남편을 여읜 가엾은 숙모를 위로하기 위해 이렇게 자신이 일부러 왔다는 생각을 하고 있다 보니 무의식중에 태도가 거만해지고 만다. 숙모는 부부가 꾸려오던 건어물 가게를 지금은 혼자서 운영하고 있기 때문에 여러 가지로 바쁘다. 걱정거리도 끊이지 않는다. 그렇게 피곤한 몸으로 집에 돌아오는데도 복자는 차 한 잔 준비해 놓기는 커녕 뒹굴거리며 기다리고 있다. 그리고 숙모가 해주는 밥을 먹고, 숙모에게 빨래를 시키고, 자신은 눌러앉은 채로 입만 살아서 숙모의 노고를 위로하며 비위를 맞추고 있다. 복자로서는 신경을 쓴다고 하는 것 같지만, 지쳐있는 사람에게는 화만 돋우는 말로 들릴 뿐이다.

그렇게 이틀이 지나고 그리고 사흘째 되는 아침, 복자는 그만 쓸데없는 말을 해서 계속 참고 있던 숙모의 화에 불을 지피는 것이었다. 그래도 숙모는 어떻게든 자신을 컨트롤하여 복자에게 돌아갈 것을 종용하고, 복자도 그 말에 따르면서 수습이 되었는데, 반년 전 어느 날 숙모는 마침내 폭발하고 말았다. 폭발한 것은 그렇다 치고 하필이면 그 날 비가 쏟아지는데 우산도 없이 복자를 돌려보낸 것을 몹시 후회했다.

전화기 너머로 진이 빠지고 상처받은 숙모의 목소리를 듣고 있자니 신자는 가슴이 미어진다. 신자도 비슷한 일을 몇 번이나 경험했기 때문에 복자를 동정할 마음은 전혀 없지만, 그래도 빗속을 우산도 없이 돌아갔다는 말을 들으니 가슴이 아팠다. 그러나 복자는 의외로 아무렇지도 않다는 듯이 "행자 숙모는 개띠라서 그렇게 으르렁거리는 거야. 사상이

다르니 할 수 없지"라며 신자가 이해하기 어려운 방식으로 납득하였고 기죽어 있지 않았다. 기죽지는 않았지만 역시 질려버린 것일까, 그 후로 숙모를 찾아가거나 하지 않는다. 그래도 가끔은 연락은 하고 있는 모양으로, 연락을 끊지 않음으로써 다시 숙모를 찾아갈 기회를 엿보고 있는 것 같았다.

조금 매몰차거나 냉정한 대접을 받을지라도 결코 포기하지 않는 것이 복자의 대단한 점이지만, 신자에게는 "망가졌다"라고밖에 생각되지 않는다. 복자에게는 긍지도 자존심도 없는 것일까, 상처도 받지 않는 것일까. 그렇게 물으면 분명 복자는 이렇게 대답할 것이다. 긍지라는 게 뭔데? 자존심은 뭐지? 그것보다 나한테나 잘해줘. 상냥하게 대해달라고. 난 가족도 없는 외톨이니까, 라고.

9월 15일 오후 3시, 신자는 복자를 마중하러 역으로 향했다. 슈퍼마켓 옆에 자전거를 세우고, 에스컬레이터로 역 앞 광장에 올라갔다.

광장은 공휴일 탓인지 인파로 북적거렸다. 광장의 동쪽과 서쪽에 대형 슈퍼마켓과 패션빌딩이 연결되어있어서 사람들은 이 두 건물을 향해 오가고, 남쪽 계단 옆에는 세 명의 10대 소년이 기타를 들고 포크송을 부르고 있었다. 세 사람 앞에는 서포터로 보이는 남녀 열댓 명 정도가 앉아 희미한 환성을 지르고 있었다. 분위기를 끌어올리지 않으면 안 된다는 듯한 가엾은 환성이었다.

쿠바도 더웠지만 일본도 덥다. 사람들의 훈김과 반사되는 태양을 받고 있자니 올드 하바나의 거리, 그 중에서도 신자를 자극한, 중후하지만 폐허 같은 건물들이 떠올랐다. 스페인풍의 튼실한 역사적 풍격이 있는 건물이 썩고, 기울고, 황폐화된 모습에 왠지 몸이 떨릴 정도로 흥분했다. 설령 썩고 황폐해졌을지라도 도쿄의 초현대적이면서도 밋밋한 건물보다는 훨씬 존재감이 있었다. 역사적 무게가 있었다. 그리고 길모퉁이에서 불쑥 나타난 그 여자. 거친 갈색 피부를 야무지게 황금색 원피스로 감싼 나이 들고 마른 여자. 뼈만 남은 것처럼 노출된 팔과 다리가 태양에 빛나면서 황금색과 강렬한 대비를 보이는 것이, 마치 그림에서 튀어 나온 듯했다.

신자는 무심코 발길을 멈추고 여자를 지켜봤다. 여자는 스치는 찰나에 움푹 파인 눈두덩이 안쪽에서 날카롭게 쏘는 듯한 시선을 신자에게 던지고 지나쳐 갔는데, 그때 일순간 맞닥뜨린 그녀의 두 눈 — 이라기보다는 그 안면에 감도는 늠름하면서도 강한 비장감에 감동하여 자신도 모르게 멈춰서고 말았다.

좋은 얼굴을 하고 있구나. 연륜이 깃든 얼굴이다.

스쳐 지나는 순간, 질투 비슷한 감동이 북받쳐 올라 잊기 힘들었다. 지금도 인파를 빠져나가면서 망상과 같이 그 여자의 모습을 뇌리에 불러일으키고 '연륜이 깃들었다'는 것은 그 여자와 같은 인간을 말하는 것일 게다. '늠름하다'라는 형용사는 그 여자를 위한 것이 아닌가 생각한다.

신자는 여행의 기억에 위안을 받으면서 현실을 되찾고, 역 쪽으로 발길을 옮겼다. — 그러자 마침 인파가 끊어진 틈사이로 복자의 둥근 모습이 나타났다. 붉은 핑크색 티셔츠에 아무리 봐도 파자마 같이 보이는 녹색 바지, 발아래에 토트백을 놓고 복자는 연신 땀을 닦고 있다. 신자를 알아본 복자는 안심한 듯 웃음을 지어보였다.

"아이고, 간신히 도착했어. 이 짐이 무거워서 말이지. 전철에서 옆에 앉아있던 남자가 마침 이 역에서 내렸는데, 친절하게 들어준 덕분에 살았어."

김치와 깻잎이 든 토트백을 눈으로 가리키며 호소했다. 김치는 2킬로 정도라지만 그 2킬로를 들고 걷거나 계단을 오르내리는 것이 복자에게는 굉장히 힘든 일이다. 계단을 올라갈 때는 그런대로 괜찮지만 내려갈 때 그녀는 앞을 보고 내려가는 것이 불가능하다. 등을 돌린 채 난간을 잡고 한 칸씩 내려간다. 난간이 없으면 양손을 짚고 어린애처럼 내려간다. 무릎통증과 허리통증(나이와 비만 탓일 게다) 때문이다. 비만은 무릎과 허리에 부담을 줄 뿐만이 아니라 건강에도 좋지 않지만, 복자는 의사의 충고를 들으려 하지 않는다. 듣기는커녕 자신의 마른 몸은 남이 보기 민망하고, 눈도 볼도 움푹 들어가면 미모가 상당히 떨어진다고, 여자는 살찐 편이 낫다고 우긴다. 4년 전에 어떤 트러블을 일으킨 충격으로 음식이 목으로 넘어가지 않아서 말랐던 적이 있었는데, 그때의 일을 잊지 못하는 것이다. 어쨌든 움직이지 않아서 살이 찐 것인지, 살이 쪄서 움직일 수 없게 된 것인지, 복자는 원래 통통한 몸이었지만 불규칙적인 식습관이 비만에 박차를 가하고 있었다.

"힘들었겠네." 신자는 일단 노고를 위로한 뒤 토트백을 들고 아주 천천히 복자의 보조에 맞추며 에스컬레이터로 향했다. 복자의 보조에 맞춰 걷는 것은 꽤나 힘든 일이다. 가까이서 보니 복자의 바지는 시어서커 직물이었고 노란 색의 작은 꽃이 흩어져 있었다.

“저기, 그거 혹시 파자마 아니야? 파자마 입고 온 거야?” 어이없다는 듯한 목소리로 말하자 “너 무슨 말을 그렇게 해, 이게 잠옷으로 보여? 바지야. 일전에 샀는데 시원하고 편한 게 참 쾌적해.” 왠지 자랑하는 듯한 그 말투가 어린애 같아서 우습다. 그러고 보니 어린 시절의 여름에는 언제나 이런 시어서커 직물로 만든 원피스나 블라우스를 입었던 기억이 난다. 어머니는 내가 조르지도 않았는데 어느새 새 옷을 준비해놓고 어느 날 장롱에서 꺼내 신자를 기쁘게 해주었었다. 새로 산 옷은 언제나 조금 컸는데, 신자에게 입혀 놓고 상태를 확인한 엄마는 만족스러운 듯이 끄덕였다…… 그런 기억이 무성영화의 한 장면처럼 떠올라 신자의 가슴은 한순간 어머니에 대한 그리움에 사로잡혔다. 그 그리운 정에 젖어들면서,

“어린 시절에 이런 천으로 만든 옷을 자주 입곤 했었지. 복자 언니 엄마는 어떤 옷을 입혀주셨어?”

“응? 옷?” 복자는 별 관심 없다는 듯한 목소리로 되묻더니 “글쎄, 어떤 옷을 입혀줬었더라…….” 기억을 되살리려는 듯이 멈춰 서서 이마와 목덜미의 땀을 쓱쓱 닦아내다가, “응, 역시 떠오르지 않아. 요즘에는 옛날 일을 떠올리려고 해도 생각이 나지 않아. 분명 벌을 받은 게야”라고 말한다.

“벌? 벌을 받다니?”

“엄마에게 나쁜 짓을 하는 바람에 엄마가 화가 나 옛날 기억 몽땅 가져간 거야, 틀림없이. 요즘 그런 기분이 들어서 견딜 수 없어.”

신자는 깜짝 놀라 입을 다물었다.

"할 수 없지, 엄마에게 그런 나쁜 짓을 했으니까."

"그렇지 않아. 그때는 어쩔 수가 없었던 거야. 엄마도 이해해 주실 거야." 위로하듯이 말하자,

"너, 그렇게 생각해?" 복자는 확인하듯이 신자를 올려다보고, "그럴 거야" 하며 안심한 듯이 미소를 지었다. 그 어설픈 표정은 살아가는 데 지쳤다는 얼굴로 보였다.

신자가 자전거에 토트백을 싣고 "자, 먼저 갈게"라고 말하자, 복자는 고개를 끄덕이며 얼른 가라는 듯이 몸짓으로 대답하는 것을 보고 달리기 시작했다.

다음날 아침 평소보다 30분 늦게 눈을 떠보니 문 앞에서 기르는 고양이 토산이 기다리고 있다가 공복을 호소했다. 이런, 늦잠을 자서 미안. 양손으로 토산의 볼을 감싸 쥐고 주무르다가 부엌으로 가려고 했지만, 고양이는 신자의 발에 체중을 싣듯이 들러붙는 바람에 생각처럼 움직일 수 없었다. 그것을 밀어내고 또 밀어내며 부엌으로 간 뒤 먼저 냉장고에서 고양이 밥, 설마른 가다랑어포를 꺼내 잘게 찢어 접시에 옮겨 담고 있는 동안에도 고양이는 응석부리듯이 목을 그렁그렁 울리며 신자의 다리에 들러붙어 떨어지지 않는다. 여행을 다녀온 12일 동안 동물병원에 맡겨둔 것이 꽤나 싫었던 걸까, 이렇게 찰싹 들러붙는 것은 토산답지 않은 행동이지만 귀여우면서도 귀찮다. 고양이가 밥을 먹고 있는 사이에 고양이 화장실 청소. 이것이 토산이 온 이후로 신자가 아침에 가장 먼저 하는 일들이 되었다.

고양이는 나카노中野의 음식거리에 살고 있던 길고양이가 낳은 여섯 마리 중의 한 마리로, 단골 선술집 주인의 간곡한 부탁으로 데려올 수밖에 없었다. 신자가 사는 맨션은 동물을 길러서는 안 된다는 규칙이 있기 때문에 거절했지만, 고양이를 좋아하는 주인은 "괜찮아, 괜찮아. 밖에 내놓지 않으면 들킬 일도 없고, 그 편이 고양이에게도 안전하니까 오히려 잘 된 거야. 거세를 하면 영역표시도 하지 않고, 화장실 예절도 확실히 가르쳐서 넘길 테니까 걱정할 건 하나도 없어. 신자씨도 고양이 좋아하잖아, 좋아하는 사람이 기르는 게 최고니까, 어쨌든 부탁 좀 할게. 이 녀석들 갈 곳이 정해지지 않으면 나는 길러줄 사람을 찾아 고향인 나가노長野까지 가야 한다니까"라며 억지를 부렸다. 나가노까지 가는 것은 힘들겠구나 하고 결국 동정을 하게 되었지만, 마침 남자와 헤어진 지 얼마 안 되고, 떠나 버린 인간 수컷을 대신해 고양이 수컷을 들인다는 것도 괜찮겠다는 생각이 없던 것도 아니었다.

그렇지만 키워보니 고양이는 인간보다도 훨씬 재미있고 사랑할 수밖에 없는 생명이라는 것을 알게 되었다.

3년 전의 토산은 털실 뭉치처럼 작고 무슨 일에나 흥미가 많아서 잠시도 눈을 뗄 수가 없었다. 수도꼭지를 틀면 하얀 발을 내밀어 핥고, 잘라놓은 양파에 얼굴을 파묻고는 눈을 슴벅거렸는데, 사람이나 고양이나 눈물을 머금은 채 서로 쳐다보는 것은 우스웠다. 특히 흐르는 물에 관심이 있는지, 세탁기의 탈수 뚜껑 위에서 빙글빙글 돌아가는 물의 모양을 가만히 관찰하고 있는가 싶더니 순간적으로 뛰어드는 바람에 깜짝 놀란 적도 있다. 유난히 작아진 지우개를 너무 좋아해서 필통의 입구가 열려있기만 하면 책상 위로 뛰어올라 필통에 얼굴을 묻고 입으로 물어내 정신없이 놀고 있다. 그렇게 어리고 작았던 토산도 지금은 5킬로가 넘는 완전한 어른이 되어 지우개 따위는 관심도 없다는 듯이 쳐다보지도 않게 되었다. 떠나버린 인간 수컷처럼 앞발을 베개 삼아 뒹굴고 있을 뿐이다. 그래도 신자는 이 고양이에게 매료당해 고양이 없는 삶 따위는 상상할 수도 없다.

"아기 기저귀를 갈아주는 거나 다름없잖아, 너도 참."

언제 일어났는지, 복자가 고양이 화장실 청소를 하고 있는 신자에게 등 뒤에서 말을 걸었다.

"토산이 네 자식이야? 이런 고양이의 어디가 좋아서 기르는 거야."

어이없다기보다는 비판하는 듯한 말투다. 그런 말투로 복자는 계속한다. "똑같이 돌봐줄 거면 인간을 돌보는 쪽이 보다 나을 텐데. 인간의 자식이라면 은혜도 갚을 테고 심부름도 해줄 텐데 말이야. 이런 고양이의 어디가 좋다는 건지." 잠자코 있는 신자에게 복자는 계속한다. "고양이 같은 거는 말도 못하고 돈을 벌어다 주는 것도 아니고. 돈만 들잖아. 넌 정말 머리가 어떻게 됐나봐."

신자는 복자의 말에 휘말리지 않으려 참고 있었지만, 그만 자신도 모르게 대답하고 있었다. "말을 하지 않는 점이 좋아. 인간처럼 시끄럽지도 않으니까 말이야."

아차, 후회해 본들 이미 엎질러진 물이다. 신자의 비아냥거림 따위 복자에게 통할 리도 없고, "넌 어쨌든 괴짜니까. 말도 걸어주지 않으면 외롭기만 하잖아. 신자, 토산에게만 잘 해 주지 말고 내게도 좀 잘해줘.

나한테 잘해주면 분명 너에게 좋은 일이 있을 거야." 이번에는 끈적거리는 아첨을 하는 듯한 말투다.

나를 친절하게 대하면 좋은 일이 있다고? 오-마이-갓! 신이시여, 그녀의 입을 지금 당장 호치키스로 꿰매주시옵소서. 신자는 머릿속에서 외쳤다. 그리고는 어쩔 수 없이 화제를 바꿨다.

"웬일이야, 이렇게 일찍 일어나고."

"그건 오늘 고이즈미 수상이 출발하니까 일찍 일어난 거야."

"오늘은 16일이야. 가는 건 내일. 그러니까 좀 더 자는 게 어때?"

"그렇구나, 내일이구나. 실망했잖아, 모처럼 일찍 일어났는데."

평소 같으면 종일 잠이나 자고 있을 복자인데, 일찍 일어날 정도로 수상의 방북을 기대하고 있구나, 하고 신자는 화를 냈던 일도 잊어버렸다. 뭔가 허를 찔린 듯한 기분이 들었던 것이다.

신자에게 있어서 수상의 방북은 놀란 만한 뉴스였지만, 복자와 같은 기대와 감동은 없었다. 북일국교정상화. 그것이 분명 역사적인 사건이기는 하지만, 어딘지 거짓말 같은, 올바르지 않은 구석이 있었다. 양국 정부가 어디까지 진심인지, 어떠한 고난도 극복할 수 있는 강한 의지가 있는 것인지. 이 나라나 그 나라나 서로 상대에게 너무 많은 좋지 않은 감정을 쌓아놓고 있다. 그 나라의 인민도 이 나라의 국민도 국교회복 따위 진심으로 바라고 있지는 않다. 어차피 잘 안 될 것이다. 하지만 국교정상화는 해야만 한다. 아니, 하지 않으면 안 된다. 그런 정도로 받아들일 뿐이었다.

그러나 복자는 달랐다. 가족이 북조선으로 '귀국'했다. '귀국'한 가족과 헤어진 지 40여 년, 부모님은 벌써 돌아가셨지만 오빠 일가가 살고 있다. 복자는 이 오빠와 아직 본 적이 없는 오빠의 아이들을 만나고 싶을 것이다.

만나고 싶을 것이다, 라는 것은 묘한 말투일지도 모르지만, 신자는 실제로 복자가 정말로, 진심으로 오빠 일가를 만나고 싶다고 생각하는 건지 알 수 없었다. 물론 만나고 싶은 지 물으면 대답은 '만나고 싶다'일 게 뻔하다. 하지만, 그럼 만나러 가겠냐고 하면 이야기는 달라진다. 만나러 가려면 40년의 세월을 단숨에 뛰어 넘는 에너지가 필요하다. 북조선은 지리적으로 한국과 마찬가지로 가까운 나라이지만, 반세기나 국교가 단절되었다가 최근에야 '탈북자'를 통해 사람들의 생활과 나라의 정세가 조금 전해지는 일도 있지만(그것도 편파적인 정보일 뿐), 그 나라에 대해서는 아무것도 모른다. 복자에게 있어 북조선은 조국의 절반의 땅, 그리고 오빠가 거기에 살고 있다는 친근감은 있어도, 폐쇄된 나라라서 그 심리적인 벽을 뛰어넘는 데는 꽤나 많은 에너지가 필요한 것이다. 그럴 마음만 있다면, 그만한 에너지만 있다면, 니가타新潟에서 만경봉호를 타고 오빠를 만나러 갈 수는 있지만, 복자가 그걸 하지 않는 것은, 하지 못하는 것은, 여러 가지 무거운 짐들이 있고 그 무게를 견뎌 낼 수 없기 때문일 것이다. 무게에 짓눌려 만나고 싶은 기분을 상실한 것일지도 모른다.

신자는 그렇게 추측해보지만 실제로는 어떤지 알 수가 없다. 다만, 국교정상화가 이루어져서 자유왕래가 가능하게 된다면 복자의 짐은 가벼워질 것이다. 그래서 복자는 이번 수상의 방북에 큰 기대를 걸고 있는 것이다. 자유왕래는 단순히 '귀국'자나 '일본인 처', 그 가족만이 아니라, 양국 사람들의 교류를 촉진하여 마침내 쌓여있던 악감정을 해소해 간다고 생각하면, 국교정상화는 희망 있는 미래를 만들 수 있다. 어차피 잘되지 않을 거라고 우습게 생각하고는 있어도, 그 미래를 기대할 수 있었으면 좋겠다는 생각은 신자도 버릴 수 없었다.

그렇다고 해도 세월은 얼마나 무거운 짐인가. 세월은 사람을 기다리지 않는다고 하지만, 신자가 이 말을 실감한 것은 30년 전, 하나의 꿈에 이끌려 어머니의 귀향을 계획하고 주저하는 어머니를 무턱대고 끌어들여 실행했던 때였다. 어머니가 한국으로 돌아가 육친을 만나고 싶다고 중얼거린 것도 아니다. 그러한 기색을 보인 것도 아니다. 오히려 어머니는 자신의 이야기를 한마디도 하지 않는 사람이었다. 그래서 신자도 어머니의 내력에 관심을 가질 일도 없이, 어머니를 모친으로는 생각해도 한 사람의 인간, 여자로서는 보는 일 없이 스물을 넘겼다. 그리고 몇 년인가 지난 어느 날, 어머니의 인생을 알고 싶다, 자신은 어머니의 인생을 알 필요가 있다는 생각에 사로잡혀 작정하고 엄마에게 물어본 적이 있다.

—엄마는 몇 살 때 일본에 왔어요? 왜 일본에 왔어?

어머니는 놀란 듯이 신자를 보고 있었는데,

— 왜라니, 아버지와 함께 살려고 왔지. 세는 나이로 17살이었다. 우리 어머니, 너한테는 할머니 되는 분에게 이끌려 고베神戸에 있는 아버지에게 왔지.

—아버지는 고베에 계셨던 거예요? 고베에서 뭐 하셨는데?

—조선인을 상대로 하숙집을 했지. 아버지와의 일은 중매인과 부모들이 모두 정해서, 우리는 그냥 하라는 대로 고베에 왔어. 거기서 처음

으로 아버지의 얼굴을 봤지.

— 낯선 나라에 와서 어땠어요? 힘들었어요?

— 물론이지……. 매일매일 살아 있다는 기분이 들지 않았다. 아버지도 하숙집 남자들도 술에 취해서 싸우고 난동을 부리는 게 무서워서 처마 밑에서 밤새 자지도 않고 아침이 되기를 기다린 적도 있단다. 물론 당장이라도 조선에 돌아가고 싶었지만, 말도 안 통하고 자신이 고베의 어디쯤 있는지도 몰랐기 때문에 어쩔 도리가 없었지.

어머니는 묻는 대로 대답을 하다가 갑자기 입을 다물더니, 다시 말했다.

— 너 이런 이야기를 왜 하는 거지? 물어서 뭘 어쩌려고. 재미있냐?

어머니는 엄한 목소리로 물은 뒤 탐색하는 듯한 눈으로 신자를 바라보았다. 신자는 긴장과 두려움으로 가슴이 떨렸다. 아까부터 자신의 질문이 어머니의 기억을 자극하고 있는 것을 눈치채고 있었지만, 그걸 '재미있냐?'라고 묻는 어머니의 말이 푹하고 가슴을 찔렀다. 신자는 답답한 기분을 참으며 어머니의 물음에 겨우 답하고 있었다.

— 엄마의 인생을 알고 싶다는 생각이 들어서. 난 엄마의 일을 전혀 모르니까 알고 싶다는 생각이 들었어…….

그러자 어머니는, 그랬구나, 라고 말하며 금방 온화한 표정을 지었다. 신자는 안심했다.

그날 밤 신자는 좀처럼 잠을 이루지 못했다. '재미있냐?'라고 묻는 목소리가 몇 번이나 되살아나고, 그때마다 가슴이 미어졌다.

너무나 자상한 어머니가, 자신을 그렇게도 사랑해주는 어머니가, 하나의 인간, 한 사람의 여자로 바라보려 하자 무서운 사람이 되었다. 먼 사람이 되었다. 설령 우리 엄마라 할지라도 갑자기 아무런 마음의 준비도 없이 엄마의 일을 물어서는 안 되는 것이다. 그 정도로 엄마의 인생에 대한 기억은 아픈 일로 가득한 것이다.

비로소 그 일에 생각이 미친 신자는 충격을 받고 있었다. 그 말은 지금까지 들었던 어떠한 말보다도 무섭고 애절한 것으로서 신자는 잊을 수가 없었다.

그로부터 1년 정도 지난 어느 날 밤, 신자는 어떤 하나의 꿈을 꾸었던 것이다.

신자는 어머니가 노를 젓는 작은 배에 타고 있었다. 새카맣고 끝없이 넓은 바다였다. 폭풍 때문인지 한 치 앞도 보이지 않는 암흑 속에서 신자와 어머니를 태운 작은 배는 끊임없이 흔들리고 있었다. 신자는 몸을 지탱할 공간조차 없는 작은 배의 난간에 필사적으로 매달린 채 공포로 몸을 떨고 있었다. 자그마한 어머니의 온몸이 혼신의 힘을 다해 노를 젓고 있다.

무서워요, 멈춰! 어딜 가는 거예요?

신자의 외침은 우웅— 하는 해명 속으로 빨려 들어가, 어머니의 귀에는 도달하지 않는 듯했다.

뭘 두려워하는 게냐. 이제 곧 조선이다.

그것은 폭풍의 외침이었는지, 아니면 어머니의 목소리였는지 신자는 판별할 수 없었지만, 분명히 신자의 귀에 들려왔다.

어디? 조선? 조선 같은 곳에는 못 가요!

신자는 그저 무서워서 필사적으로 어머니를 단념시키려 외쳤지만, 어머니는 신자의 일 따위 완전히 잊어버리기라도 한 것처럼 마구 노를 젓고 있었다. 어머니의 머리칼은 해풍 때문에 화가 난 인왕처럼 격렬하게 거꾸로 흔들리고 있었다.

꿈에서 깨어나 꿈의 무서움에, 갑작스러움에 충격을 받으며 신자는 꿈속의 어머니 모습을 더듬고 있었다. 아무런 말도 없이, 머리칼을 인왕처럼 곤두세우고 혼신의 힘을 다해 노를 젓고 있던 어머니. 자그마한 몸이 온 힘을 쏟아 붓고 있었다. 신자의 외침에 귀를 기울이려하지도 않고 광인처럼 정신을 한 곳에 집중시킨 채 전방을 노려보고 있다. 사납게 날뛰는 암흑의 바다. 나뭇잎처럼 가볍게 흔들리는 배. 죽음의 공포로 울부짖고 있는 나…….

신자는 지금까지 한마디도 들은 적이 없는 어머니의 가슴속을 알게 된 듯한 기분이 들었다. 엄마는 저렇게 입을 닫고 살아왔지만, 마음속으로는 조선에 돌아가고 싶은 거다. 가고 싶은 것이다. 돌아가서 형제와 친척을 만나고 싶은 거다. 오랫동안 떨어져 있으면 누구라도 자신의 고향, 자신의 형제가 그립고 애틋하기 마련이다. 꿈은 나에게 보내는 어머니로부터의 묵시. 그렇게 생각했다. 그러니까 어머니를 한국에 데려가야만 한다. 그래서 형제와 친척을 만나게 해주자. 신자는 속죄하는 기분으로 결심했다.

그러나 어머니는 의외로 신자의 계획에 마음이 내키지 않는 듯했다.

오히려 귀찮다는 얼굴을 했다. 이제 와서 만난들 뭘 하겠냐. 무엇보다 살아있는지 죽었는지조차 알지 못한다. 그러니 가지 않아도 된다. 가고 싶지 않다. 안 간다.

신자는 그런 어머니를 무시하듯이 아버지가 돌아가신 뒤로 소식불통이 되어버린 어머니의 큰언니 주소를 오래된 편지 다발 속에서 찾아내 발신인인 조갑제 앞으로 편지를 부쳐보았다. 어머니는 네 자매의 막내딸로, 문자를 쓰지 못하는 자매를 대신해 아버지와 큰언니의 장남, 조갑제가 서로의 소식을 주고받던 사정을 그때서야 처음으로 알았던 것이다. 그러나 보낸 편지는 머지않아 수신인 불명으로 되돌아왔다. 그래서 반송된 편지를 동봉해서 부산시청 앞으로 보내면서, 수신인의 이사 간 곳을 조사해서 보내줄 수 없겠냐고 의뢰해 보았다. 그러자 2개월 정도 지나, 당사자인 조갑제에게 일본어로 답장이 온 것이었다.

조갑제는 일본어가 꽤나 능숙했는데, 어머니의 자매는 첫째 언니와 둘째 언니는 건강하지만, 셋째는 한국동란 중에 소식이 끊겼다, 사망을 확인한 것은 아니지만 죽은 것으로 생각하고 있다(어머니는 이 일을 알고 있었다), 라고 쓴 뒤, 이번에 신자가 숙모님을 모시고 일시 귀국한다는 소식, 본인도 모친도 숙모님도 모두가 기다리고 있으니 빨리 돌아오길 바란다, 하루라도 빨리 만날 날을 고대하고 있다, 는 답장에 신자는 흥분했다. 조갑제의 '일시귀국'이라는 말이 위화감과 더불어 이상한 감동으로 머릿속을 빙글빙글 계속 돌았다. 그렇구나, 어머니와 난 한국에 '가'거나 '방문'하는 게 아니고 '돌아가'는 것이구나…….

여전히 완고하게 가지 않겠다고 어머니는 계속 거절했지만, 신자는 억지로 일을 진행시켜 마침내 일정도 정해졌다. 시모노세키에서 1박, 다음날 저녁 부관釜關페리에 승선한다고 말하자 어머니는 뭐라 형용하기 어려운 복잡한 표정이 되었다. 그 얼굴은, 너는 내 기분을 조금도 모른다, 네가 생각하는 것만큼 내 기분은 기쁘지 않고 단순하지도 않아, 라고 말하고 있는 듯했다.

지금의 신자라면 그때의 어머니 기분을 조금은 이해할 수 있을 것 같은 느낌이 든다. 오랫동안 만나지 못한 육친의 관계만큼 무거운 것은 없다. 육친이기에 더욱 그 기분은 복잡하고 무겁다. 서로가 살아온 인생, 역사라고 하는 것이 미묘하게 그늘을 드리우고 자칫하면 생각지도 못한 균열, 상처를 도지게 할 수도 있다. 하물며 어머니는 17세(지금의 나이로 치자면 15세이다)라는 나이 때부터 40여 년 간 일본에서 살고 있다. 언니들의 인생과 자신의 인생이 어떻게 겹칠 수 있으며, 어떻게 전달할 수 있겠는가. 추억은 추억으로서 기억되는 것이 좋은 경우도 있다. 그걸 직감한 어머니의 감정은 그때 그렇게 흔들리고 있었을 것이다.

만나기에는 시간이 너무나 많이 흘렀다. 누구나가 더 이상 헤어지던 당시의 사람들은 아니다. 서로의 얼굴조차 제대로 기억하지 못할 테니까…….

냉정하게 생각을 했다면 어머니의 속마음을 약간은 알아챌 수 있었을 터인데, 당시의 신자는 조금도 눈치채지 못했던 것이다. 다만 꿈에 나타난 어머니의 말을 철석 같이 믿고 흥분해 있었을 뿐이었다. 그때의 자신은 20대였다. 젊다는 것은 잔혹하다. 그러나 그 잔혹함이 없었다면 필시 어머니는 고향에 돌아가지도 못하고 생애를 마쳤다 — 고 신자는 생각한다.

2

9월 17일, 텔레비전에 못이 박혀 있는 복자의 식사를 준비해 놓은 신자는 빵과 커피로 간단하게 조식을 마친 뒤 일터로 향했다. 반찬은 냉장고와 찬장 안에, 밥은 지금 스위치를 켜 놓았으니까, 부족하면 냉장고에 있는 걸로 만들어 먹어. 복자는 응? 응. 응. 텔레비전에서 눈을 떼지 않고 건성으로 대답한다. 그 텔레비전을 힐끗 쳐다본 신자는 맨션을 나왔다. 복자는 신문을 읽지 않을 거라고 생각했지만, 그녀를 위해 두고 가기로 했다. 돌아와서 읽으면 된다. '북일 수뇌가 첫 회담' '수상 '납치' 해결 요구' '김 총서기 '먼 나라에 종지부를'이라고'

세 개의 표제어를 보니 서둘러 읽어야만 할 정도의 기사는 아니었다.

밤에 귀가하니 복자는 아침과 같은 위치에 같은 자세로 느긋하게 텔레비전을 보고 있었다. 여느 때 같으면 신자의 귀가를 애타게 기다리다 뛰쳐나와 맞이할 토산인데 모습이 보이지 않는다. 분명 벽장에 숨어있을 것이다.

"어서 와. 꽤 늦었네. 이제 뉴스가 시작될 거야."

"그래?"

복자의 재촉하는 듯 흥분된 목소리를 뒤로 하고, 침실로 들어가 옷을 갈아입고 있자니 토산이 축 처진 허리의 슬픈 모습으로 들어와 하소

연하듯 울었다. 그 머리를 괜찮다며 쓰다듬어 주고 고양이를 침실에 남겨둔 채 거실로 돌아오자, 〈뉴스 스테이션〉이 시작되고 있었다. 정확하고 깔끔한 진행으로 인기가 있는 캐스터가 납치생존자 5명, 사망 8명을 언급하기 시작하자, 복자가 캐스터의 말을 가로막듯이 "또 이거네. 또 시작이야. 오늘은 하루 종일 이 얘기만 하잖아, 당신."

김정일 총서기의 영상이 나오자 "이 녀석이 그런 짓을 하니까, 이 녀석이 그런 못된 짓을 하니까 모든 게, 모든 게 다 물거품이 되잖아. 안 그러냐고, 신자야."

방송이 무작위로 고른 듯한 평양의 목소리로서 과거 청산에 대한 발언이 자막으로 흐르자, 복자는 기세 좋게 "그래 맞아, 이 문제를 분명히 해야 돼. 이 문제는 아주 불분명해. 언제나 납치에 대해서만 떠들고!"

복자가 일일이 반응해 큰소리를 내기 때문에 캐스터의 말은 들리지 않는다.

아무래도 복자는 하루 종일 채널을 돌려가며 일희일비했고, 아니 텔레비전에 농락당하고, 흥분하고, 화내고, 피곤해지고, 그래도 전원을 끄지 못한 채 신자의 귀가를 이제나 저제나 기다리고 있었다—거기에 마침내 신자가 귀가했기 때문에 가슴속에 쌓아 두었던 생각을 입 밖으로 내지 않고서는 견딜 수 없었던 것이다.

〈뉴스 스테이션〉이 끝나자 복자는 〈뉴스 23〉으로 채널을 돌리고 다시 똑같은 자세로 텔레비전을 향해 떠드는 바람에 결국 뉴스에서 무슨 말을 전했는지 알지 못한 채 방송은 끝나있었다.

텔레비전을 끈 복자는 꽤나 수척해진 얼굴을 돌려 "정말이지, 하루 종일 납치에 관한 것뿐이었다니까. 납치가 대체 어쨌다는 거야. 옛날에 일본사람도 조선사람 엄청 납치했잖아. 텔레비전이 미쳤나봐, 이런 거만 보여주고." 그러더니 얼굴을 찡그리며 "이래서는 국교는 어렵겠는데, 무리겠지? 신자, 넌 어떻게 생각해, 역시 무리겠지?"

"납치와 국교회복은 별개 문제야. 그건 그거고 이건 이거라는 식으로 냉정히 생각해서 추진하지 않으면 국교회복 같은 건 불가능 하니까 말이지. 자자, 그렇게 실망하지 말고 좀 더 상황을 지켜봐."

그런 말로 복자를 달랜 신자였지만, 다음날에는 자신의 생각이 짧았다는 것을 깨닫게 되었다. 하룻밤 사이에 일본열도는 납치에 대한 분노의 불꽃으로 달구어져, 누구나 그 불꽃에 기름을 부을지언정 냉정함을 되찾으려는 노력 따위는 없었다. 그리고 날이 갈수록 불기운이 심해질 뿐인 그 기세에 신자는 단지 놀라고 있을 수밖에 없었다. 당초에는 방관자적인 기분으로, 와 대단한데, 일본인은 이 정도로 북조선을 싫어했나? 이 정도일 줄은 나도 생각하지 못했는데 라든가, 어이— 일본내셔널리즘이여 냉정하게 해야지, 기분은 알겠지만 그걸 억누르고 온화하게 라든가, 납치 피해자의 진실을 알기 위해서는 국교정상화로 저 나라를 개방하는 편이 빨라, 등과 같은 경솔한 말들이 머릿속을 두드리고 있었지만, 머지않아 미디어가 똘똘 뭉쳐서 북조선 때리기에 매달리자 경솔한 말들은 꼬리를 감추고 말았다. 그것은 북조선에 대해 공공연하게 드러내는 적의, 멸시의 감정이라 할 만한 것으로, 시대의 폐색과 경제침체로 울적한 사람들의 불만과 분노가 북조선이라는 절호의 표적을 발견하고 맹진하는 듯한 느낌이었다. 어쩐지 섬뜩한 기분이 들었다.

신자는 날이 갈수록 불쾌한 감정이 쌓이고, 이 여론의 행방이 어디에 귀착될 것인지 신경 쓰였다. 9・11테러의 충격으로 미국의 여론이 어이없게도 아프가니스탄 공격을 용인해버린 것처럼, 일본의 여론도 북조선 공격으로 가버릴 것인가. 지금 일본에서 진행되고 있는 상황, 사람들의 감정은 미국의 그것과 많이 닮아 있다고 생각한다. 신자는 탈레반이 뭘 하는 사람들인지 모르지만 '멀리서 보면 그들은 위험한 이슬람 원리주의자들이지만, 가까이서 개개인을 보면 파슈툰족의 굶주린 고아'라고 들었다. 긴 전쟁으로 부모형제들을 잃고, 굶주리고, 황폐한 아프가니스탄의 아이들은 살기 위해 무기를 들 수밖에 없었다. 그리고 그들의 분노, 증오의 총구는 미국으로 향했다. 용서하지 못할 자는 탈레반인지 미국인지 알 수 없다. 다만, 분쟁에 있어서 어느 한쪽이 백퍼센트 나쁘다는 것은 있을 수 없는 일이 아닐까? 그러나 그렇다고 해도 시민을 노리는 테러행위는 용서 받을 수 없다. 그것이 9・11 뉴스를 접했을 때의 신자의 직감이었다.

전쟁의 세기를 끝내고 평화를 구축해야 했던 신세기는 민족과 종교의 대립이라는 새로운 전쟁의 시대에 접어들었다. 그리고 그 근간의 하나로 빈곤문제가 있다. 글로벌리제이션, 신자유주의라는 이름 아래 지구 규모의 엄청난 빈부 격차는 확대되고 있을 뿐이다. 그리고 빈곤은 단순히 먹지 못해서 죽는다는 문제만이 아니라, 차별과 편견을 부르고, 차별과 편견은 증오와 분노를 낳아 분쟁을 불러일으키기 쉬운 것이다.

신자는 일본의 여론이 냉정해졌으면 좋겠다고 바랄뿐이었다.

복자는 닷새를 묵고 돌아갔다.

복자가 돌아가기 전날 밤, 신자는 그동안 어렴풋이 생각하고 있던 일에 대해 말해보고 싶다는 생각이 들었다. 별로 내키지는 않았지만 그러나 이 기회를 놓치면 두 번 다시 물어볼 수 없을 거라는 그런 예감이 들었다. 역시 오늘 말하는 편이 좋다.

어떤 일이라는 것은, 복자에게 북조선행을 권유해보는 일이다. 지금 상황으로는 국교정상화는 어렵다. 앞으로 몇 년이 걸릴지 알 수가 없다. 그러므로 이 기회에 북조선에 가서 오빠들을 만나고 오는 것이 어떠냐는 제안을 하는 것이었다.

복자는 놀라움과 충격으로 낯빛이 변했고 말을 잃어버린 것처럼 그저 신자를 바라보고 있었지만, 이윽고 눈을 반짝이며 신음하듯 말했다.

"너, 진심으로, 진심으로 그렇게 말하는 거야? 진심으로 북조선에 다녀오라고 하는 거야?"

"응, 진심이야."

뜻하지 않은 복자의 진지한 모습에 진심이라고 답하지 않을 수 없었다. 그러나 진심이라고 대답한 순간, 자신은 자신이 생각한 것보다도 더 진심이라는 것을 깨달았다.

"어째서!? 어째서 갑자기 그런 말을 하는 거야. 어째서 이러는 거지?"

복자가 바짝 다가서듯이 어째서를 반복했기 때문에 신자는 대답이 궁색해졌다. 어째서냐고 물어오는 것도 의외였다.

"왜냐하면 복자 언니는 오빠들을 만나고 싶어 하잖아. 한참 전에도 그렇게 말했잖아, 만나고 싶다고."

"그건 그렇지만……. 그렇지만. 그런데 넌 반대하지 않았나? 만나본들 앞날이 어떻게 될지도 모르고, 귀찮은 일이 될지도 모른다고 했잖아."

"그때는 그렇게 생각했었지. 나도 젊었고. 하지만 복자 언니도 진심으로 그렇게 말한 건 아니잖아?"

"난 진심이었어."

"그럼 왜 그때 가지 않았던 거지?"

"그거야, 네가 반대를 하니까……."

신자는 가슴이 덜컹 내려앉았다. 자신의 말이 그 정도까지 복자에게 영향을 미치고 있다고는 생각지도 못했다. 이쪽이야말로, 그거 진심이냐고 묻고 싶을 정도였다.

"그렇게 중요한 일은 언니 스스로가 결정해야지. 내가 반대를 하던 찬성을 하던 문제가 아니잖아."

복자는 자신 없이 고개를 끄덕이며,

"그건 그렇지만…… 그건 그렇지만, 나 혼자서는 어떻게 하면 좋을지 잘 몰라서. 그래서 네 의견이 듣고 싶어."

정말로 어떻게 하면 좋은지, 어떻게 생각하면 좋은지 모르겠다는 얼굴이다.

"복자 언니, 진짜로 어느 쪽이야? 오빠를 만나고 싶은 거야, 만나고 싶지 않은 거야?"

"응…… 물론 만나고 싶어. 만나고 싶지만…… 여러 가지로 힘들고."

"그렇지, 여러 가지로 힘들긴 하지."

신자는 말문이 막혔다. '힘들다'는 말 속에는 형용할 수 없는 뭔가가 있는 것이다. 그러나 그 형용하기 어려운 점은 복자 자신이 뛰어넘는 수밖에 없다. 따라서 신자는 복자에게 듣기 좋은 말밖에는 할 수가 없다.

"이제 모두 나이를 먹었으니 언제 죽을지 모르잖아. 복자 언니도 이제 예순셋이야. 복자 언니의 엄마도 아버지도 돌아가신 것은 알고 있지만, 언제 돌아가셨는지 몇 살에 돌아가셨는지, 왜 돌아가셨는지는 모르잖아. 산소에라도 한번 가보고 싶잖아. 부모님 모두가 복자 언니를 얼마나 걱정하면서 돌아가셨을지, 그것도 한번 생각해봐……."

복자는 과거의 기억이 아픈 것인지 입술 끝을 일그러뜨리고, 때때로 화가 치밀어 오르는지 혀를 찼다. 화가 치밀어 오르는 것은 과거의 기억, 과거의 자신의 행위라는 것을 알면서도 신자는 복자의 그 아픔에 소금을 뿌리고 있었다. 그렇게 하지 않으면 복자는 북조선에 가지 못할 것이다. 그렇게 가지 못하고 죽으면 평생 후회할 것이라는 걱정이 있었기 때문이다. 그러나 한편으로 복자는 끝내 북조선에 가지 못할 것이다, 갈 수 없다고 얕잡아 보는 의식도 있었다.

복자의 가족이 북조선으로 '귀국'한지 40여 년이 지나고 있었다. 양친, 오빠 부부, 어린 조카와 복자까지 가족 6명은 함께 '귀국'할 예정이었다. 그러나 출발할 때가 되어 복자는 가족을 배신하고 혼자 일본에 남았던 것이다. 그리고 그 배신의 기억을 잊어버리기 위해 복자는 자신에게 유리한 핑계거리를 지어내 자신을 속이고, 신자를 속여 왔다. 사람은 고통의 기억 그 자체보다 그 기억을 되돌리는 것에 훨씬 더 괴로운 고통을 느낀다, 라고 어디선가 읽은 기억이 있지만, 십 년 전의 어느 날 밤, 복자는 기억을 되돌렸다—라기보다도, 지금까지 봉인하고 있던 기억을 풀어 진실의 기억과 마주하고, 그것을 신자에게 고백한 것은 오랫동안 끊겨 있던 북조선의 오빠 소식을 알았기 때문이다. 설사 그 소식이 몸을 웅크리게 만들 정도로 무겁고, 걱정거리나 슬픔을 배가 시킬 뿐이라 해도 생존을 알게 되었다는 것은 큰 기쁨이었을 것이다. 오랜 세월의 체증이 가시고 안도했음에 틀림없다. 그 안도하는 마음이 복자에게 진실의 기억을 불러일으키고, 신자에게 고백을 하게 만들었을 것이다.

복자가 혼자 일본에 남은 것은 결혼 때문이었다. 그러나 그 결혼은 가족에게 있어서 아닌 밤중에 홍두깨, 아니 청천벽력 같은 것으로서, 그것은 당사자인 복자에게도 마찬가지였다.

귀국하는 배가 출항하는 니가타를 향해 가족이 출발하려는 날이 다가오고 있던 어느 날, 복자는 문득 고베에 살고 있는 히라야마가平山家의 딸, 복자福子가 너무 보고 싶어졌다. 히라야마가와는 고베에 살고 있을 무렵 친척처럼 지내고 있던 동포로, 두 사람의 복자는 같은 해에 태어나고 이름도 같아서 쌍둥이 자매처럼 자랐다. 히라야마가도 '귀국'할 생각으로 있었지만 사정으로 연기하게 되었는데, 복자는 귀국을 해도 복자와 만날 수는 있으나 언제 만나게 될지 알 수 없기 때문에 지금 만나서 석별의 정을 나누고 싶다, 라고 고집을 피우며 떨떠름한 큰어머니를 설득했다. 큰어머니는 하룻밤 머물고 바로 돌아오는 것을 조건으로 허락했다.

—히라야마 복자의 집에 묵고 다음날 바로 산인山陰의 집에 돌아가

려고 했는데, 왜 그랬는지 모르지만 이달웅의 집에 들르고 만 거야. 불쑥 찾아가고 말았어. 분명 마가 끼었던 거지……. 이달웅과는 선은 보았지만, 그 이야기는 벌써 끝난 일이었고 난 달웅을 좋아하지도 않았어. 하지만 북조선에 가면 일본의 누구와도 만나지 못하게 될 테고, 이것이 마지막이니까 잠시 들러서 얼굴이라도 보고…… 그런 기분으로 들렀던 거야.

그런데 이가李家에 들러 얼마 지나지 않은 사이에 사태는 엉뚱한 방향으로 흘러가 버린 것이다. 달웅의 모친에게 설득당해 어느덧 복자는 달웅과 결혼해 일본에 남게 되었던 것이다.

—북조선 같은데 가서 뭘 어쩌겠다는 거야. 행복해지기라도 할 걸로 생각하나. 정말로 돌아가고 싶다고 생각하는가. 그보다 우리 집 며느리가 되어라. 그러면 틀림없이 너를 행복하게 해 줄 거야. 우리 집 며느리가 되고 나서도 북조선으로 돌아가고 싶거든 그때 달웅과 함께 가면 되지 않느냐. 우리가 언제든 그렇게 해주마. 딴소리는 없을 테니 그렇게 하거라.

그렇게 설득당한 복자는 혼란스러웠다.

'귀국'은 전부 부모님이 정하고 오빠인 아스오도 복자도 의심 없이 따랐다. 양친이 "갈래?"라고 물어보지도 않았고, '가고 싶다'고도 '가고 싶지 않다'고도 생각하는 일 없이, 자식은 부모의 말을 따르는 것, 부모를 따르지 않으면 안 된다고 생각하고 있었다.

복자는 이달웅의 모친으로부터 처음으로 자신의 의사를 타진 받고 혼란에 빠져버렸다. "정말로 돌아가고 싶나?"라고 물어왔을 때는 '정말'로 돌아가고 싶은 것인지 알 수 없게 되었다. 선을 볼 때부터 복자를 마음에 들어 했고, 파담이 된 것을 애석해하고 있던 달웅의 모친은 이때라는 듯이 복자를 설득했고, 복자는 어느새 모친의 감언이설에 혹해서 모친이 하라는 대로 따르게 된 것이다. 아이처럼 무방비 상태였던 복자를 농락하는 것쯤은 이 모친에게 그리 대단한 일도 아니었을 것이다.

모든 일은 우리가 하라는 대로 해라, 라는 모친의 말에 따라 복자는 중매인인 박가에 몸을 의탁하였고, 일이 돌아가는 상황을 눈치채고 이가에 급히 달려온 큰어머니는 복자를 만나지도 못했다. 출발이 임박한 큰어머니는 오래 머물 수도 없어, 이 납치범이나 다름없는 무정한 여자에게 몸을 낮춘 채, 귀국열차가 교토에 정차하니 그곳으로 꼭 복자를 보내 달라, 딸의 얼굴을 보지 않고 가는 것은 평생의 한이 된다며 간청했던 것이다.

그리고 교토역 대합실에서 복자는 잠깐 동안 가족과의 작별을 아쉬워했다. 마침내 이별의 순간이 다가왔지만 큰어머니는 복자의 손을 꼭 움켜잡고, 복자야 같이 가자, 복자야 같이 가자, 복자야 같이 가자. 울면서 반복할 뿐이었다. 복자도 울면서 어떻게 하면 좋을지 몰라 모친에게 손을 잡힌 채 플랫폼을 걸었다. 이윽고 출발을 알리는 벨소리가 플랫폼에 울려 퍼졌다. 큰아버지와 아스오 부부가 승차하고 재촉을 받은 큰어머니도 발판에 올랐다. 열차가 서서히 달리기 시작했다.

복자는 왼손을 큰어머니에게 잡히고 오른손을 달웅에게 잡힌 채 마음이 갈래갈래 찢기며 열차에 달라붙어 홈을 달렸다.

—엄마. 엄마.

— 같이 가자 복자야, 같이 가자.

복자의 손을 놓지 않는 큰어머니의 몸을 단단히 안고 있던 큰아버지가 외치고 있었다, 복자의 손을 놔, 복자는 이제 포기해, 라고.

큰어머니는 손을 놓았고, 정신을 차려보니 복자와 달웅은 플랫폼에 나동그라져 있었다…….

복자로부터 이런 이야기를 들은 것은 큰어머니 일행이 '귀국'한지 20년이나 지났을 무렵이었다. 그날 밤, 복자는 갑자기 일어나더니 핼쑥해진 얼굴에 분노의 빛을 띠우며 교토역에서의 전말을 격한 몸짓과 함께 이야기했던 것이다. 신자는 갑작스런 이야기에 놀라움과 감동을 느끼며 복자를 계속 지켜보고 있었다. 어떻게 잊어버릴 수 있느냐 말이야. 그리고는 턱을 올리고 격하게 잠꼬대를 하듯 목이 멜 정도로 말을 하던 복자가 갑자기 제정신으로 돌아온 것처럼 자신을 돌아보더니,

— 있잖아, 너 같으면 어떻게 할 건데? 어째서 내가 엄마와 함께 가야한다는 거야! 내 왼손은 엄마가 잡고 있고 오른손은 달웅이 잡은 채 놓아주지 않았다고. 너라면 어떻게 할 건데?

그렇게 물어왔을 때 신자는 자신도 모르게 소름이 끼쳤다. 어떻게 잊을 수 있단 말인가.

비참한 이야기였다. 신자는 특히 큰어머니의 마음을 생각하고, 큰어머니는 얼마나 가슴이 아팠을까, 그 해, 어머니에게 이끌려 니가타新潟시의 적십자센터 면회실에서 작별인사를 했을 때의 큰어머니와 큰아버지, 아스오 부부의 모습을 머릿속에 떠올리자 가슴이 쓰렸다. 모두 이상할 정도로 초췌하고 초연했다. 조선어를 모르는 신자는 어머니와 큰어

머니가 무슨 이야기를 하는지 전혀 이해할 수가 없었지만, 면회실의 공기로 뭔가 심상치 않은 것을 느꼈고, 깊은 바다에 있는 것 같이 답답해서 제정신이 아니었다. 그 먼 소녀의 하루의 기억이 또렷이 떠오르고, 처음으로 알게 된 사실에 충격을 받고 있었던 것이다.

그 복자가 교토역에서 있었던 큰어머니와의 전말은 꾸며낸 이야기였다, 거짓말이었다, 사실은 엄마와는 만나지 않고 헤어졌다, 라고 털어놓은 것은 그 이야기를 들은 날로부터 10년이 지난 어느 날 밤이었다. 복자의 말이라면 대부분 놀라지 않게 된 신자였지만, 사실은 거짓말이었다는 것을 알아도 이제 와서 수정이 될 기억도 아니고, 그저 망연히 듣고 있을 뿐이었다.

"사실은 그날 엄마와는 만나지 않았어. 아니, 만날 생각으로 달웅과 중매인 박씨도 교토역에 가긴 갔어. 그런데 열차가 도착하니까 중매인이 나와 달웅에게, 두 사람은 여기서 기다리시오, 대합실에 가서 엄마들의 상황을 보고 올 테니, 라고 말해서 기다리고 있었지. 그러자 중매인이 다시 돌아와서는 엄마의 상태가 너무 심각하다, 허공을 바라보면서 휴-휴- 어깨로 숨을 쉬고 있다. 아무래도 일본적십자사의 간호사가 달라붙어 치료해가면서 겨우 교토에 도착한 모양새야. 굉장히 흥분상태인데 거기에 지금 두 사람이 얼굴을 내밀면 엄마가 어떻게 될지 모른다, 그러니 만나지 않는 편이 좋다, 라고 말했단 말이야. 나로서도 어떻게 하면 좋을지 몰랐다니까. 엄마가 발작을 일으켜 숨이 멎으면 어떻게 하나, 쓰러지면 어떻게 하나, 라는 걱정이 생기면 만나지 않는 편이 좋겠다고 생각할 수밖에 없는 거 아닌가. 너라면, 네가 그때의 나와 같은 입장이라면 그렇게 하겠지? 그렇잖아!

하지만 아버지는 만났어. 어떻게 하면 좋을지 몰라 플랫폼을 걷고 있다가 육교 있는 곳에서 아버지와 딱 마주친 거야. 아버지의 주머니에 현금을 쑤셔 넣고, 뒤따라 갈게, 꼭 뒤따라 가겠다고 말하자, 아버지는 이딴 걸로 날 속일 셈이냐, 난 속지 않는다……. 그게 다였어."

긴 꿈에서 깨어난 사람처럼 창백한 얼굴로 이야기를 끝내더니, 복자는 얼굴을 옆으로 돌리고 고개를 숙였다.

어쩌면 복자는 자신에게 유리한 이야기를 꾸며내 자신을 속이고, 그 이야기야말로 진실이라고 자신을 믿게 함으로써, 가족을 배신한 자신을 용서하려 했을 것이다. 아니, 자신은 가족을 배신한 것이 아니다, 자신은 가족과 함께 가고 싶었다, 그러나 그것은 불가항력이었다, 불가능한 일이었다, 라고 자신을 납득시키고 싶었을 것이다. 어느 쪽이건 그 이야기는 복자가 살아가기 위해 필요했다. 필요하기 때문에 이야기가 복자의 머리에 떠올랐다, 그렇게 된 것일 게다.

행복을 잡기 위해 혼자 일본에 남은 복자지만, 복자의 파랑새는 어디에도 보이지 않는다. 복자를 농락하고 큰어머니를 광란의 못에 몰아넣으면서까지 얻은 복자를, 달웅의 모친은 언제부턴가 거리를 두었고, 거리를 둔 정도가 아니라 폭력까지 행사하게 되었다. 그리고 7년 후에는 내쫓듯이 방치하는 바람에 복자는 어린 딸 둘을 두고 상경했다. 도쿄라는 대도시에서 아무런 자격도 기술도 없는 여자가 손쉽게 빨리 가질 수 있는 직업은 술장사밖에 없다. 아직 젊고 예뻤던 복자는 코리안 카바

레에서 일했다.

신자가 상경했을 무렵의 복자는 위세가 좋았다. 남자 따위는 마음대로 가지고 논다는 분위기였고, 이따금 만나는 신자는 철모르는 아가씨 취급을 받았다. 그러나 그것은 복자의 허세로, 손님을 뺏기 위해 밀치락달치락 싸움을 반복하는 호스티스의 세계는 어차피 복자가 감당할 수 있는 일이 아니었다.

타격을 입은 복자는 매달리듯 재혼을 했고 두 명의 아이를 얻었다. 남자아이와 여자아이의 엄마가 되어 행복하게 살아야 했다. 가족을 두 번이나 잃은 복자에게 새로운 가족은 살아갈 이유, 기댈 수 있는 곳이었지만 이윽고 파혼, 두 명의 자녀는 남편이 데려가고 말았다. 복자의 내부에 피해망상이 쌓여간 것은 이 무렵부터지만, 세월이 지나다 보니 그것은 더 이상 손쓸 방도가 없게 되었고, 복자는 신자에게 끈끈이처럼 달라붙는 것으로 겨우 안정을 유지하고 있는 듯 했다.

하지만, 그렇다고 해도 복자는 약한 여자가 아니다. 살아가는 것에 대해 탐욕적이다. 아무리 상처 받고, 피를 흘리고, 쇠약해져도 반드시 다시 살아난다. 살아야 한다는 본능은 마르지 않는다. 그 에너지는 어디에서 솟아나는 것일까, 신자는 이따금 전율까지 느끼는 경우가 있다. 만일 그 에너지가 복자 안의 굶주림, 인생에 대한 굶주린 불꽃에서 생긴다고 한다면, 복자는 행복이 찾아오지 않는 한 죽지 못할 것이다.

행복이란 게 뭐지?

언젠가 신자는 그렇게 복자에게 물어보고 싶다는 기분이 든다. 하지만 복자는 그에 대답할 수 없을 것이다. 왜냐하면 피해망상의 증폭은 복자 안의 욕망을 증대시킬 뿐이니까.

3

폭염도 겨우 누그러들고 스치는 가을바람이 기분 좋은 어느 저녁, 신자는 오오시마 사토시大島哲와 만나기 위해 M역으로 향하고 있었다. 오오시마 사토시와 만나는 것은 쿠바 여행 이후 처음이다. 오오시마는 A시의 대학에서 교편을 잡고 있는데, 단신 부임한 그는 주말에 가족의 곁으로 돌아갔다가 월요일 이른 아침에 A시로 향하는 생활이 몇 년째 계속되고 있었다. M역은 마침 신자와 오오시마의 자택 중간 정도라서 적당했고, 이따금 주말인 금요일 저녁에 A시로부터 자택으로 돌아가는 오오시마와 도중에 만나 저녁을 함께 하는 일이 있었다.

오오시마와는 20여 년이라는 긴 인연으로, 오오시마는 어떻게 생각하고 있는지 물어본 적은 없지만 신자에게 오오시마는 스스럼없는 남자친구, 라기보다는 벗이라는 감각에 가까웠다. 세상의 상식은 이성 간의 우정은 성립하지 않는다, 하물며 벗 같은 관계는 있을 수 없다고 생각하는지, 주변의 인간은 누구나가 두 사람을 '연애관계'로 간주하고 싶어 하는 경향이 있었다. 실제로 나오코直子와 아쓰코敦子는 네가 아무리 강변해도 오오시마 씨는 신자를 좋아해, 남자로서 네게 반해있어, 라고 신자에게 그것을 인정하라고 강요하지만, 신자에게 그런 속정은 그저 쓸데없고 귀찮을 뿐이었다.

연정을 동반하지 않는 우정은 우정이라고 하지 않아. 상대가 남자든 여자든 우정이란 그런 거야. 그런 것도 몰라?

말은 하지 않았지만, 자신과 오오시마의 우정을 탐색하려는 시선에는 항상 그렇게 대답했다. 때로는 너무나 성가신 나머지 화를 낸 적도 있지만, 오오시마는 오히려 그런 시선을 즐기고 있는 것 같아 그것이 또 신자를 화나게 한다. 그럴 때는 오오시마 역시 단순한 속물인가 하고 실망하는 한편으로, 이런 일에 화를 내는 것은 여자가 사회적 약자이기 때문이라고 비뚤어져 보지만, 그런 분노와 굴절은 아무도 이해해주지 않는다.

신자에게 있어 사상이라든가 가치관이라든가 하는 것은 사람 나름이니까 그런 차이 따위는 아무래도 좋다. 말없이 존중하며 받아들인다. 그러나 속정에 아무런 의심도 품지 않고 그것을 믿어 결탁하고, 뭔가를 강요하거나, 의기양양한 얼굴로 논하거나 하는 인간은 받아들이기 어려웠다.

신자가 오오시마에게 친밀함을 갖는 것은 만남이 길었고 서로에 대해 잘 알고 있기 때문이라는 것은 당연한 일이지만, 무엇보다 오오시마의 인품이 깔끔하기 때문이다. 오오시마의 경력을 생각해보면 그가 사람과의 관계에 있어서 계산이나 위선도 없고, 한결같이 타자에게 자상한 것은 기적이라는 생각이 든다. 물론 그는 누구에게나 자상한 것은 아니다. 그는 권위주의나 엘리트 근성, 특히 작은 권력자를 싫어하는데, 이러한 인간에 대해서는 철저하고 신랄하게 대응하지만, 그렇지 않으면 무조건 타자를 받아들인다. 그러나 오오시마를 좋아하는 건 그것 때문이 아니다. 신자가 가끔 감동을 받는 것은 오시마가 많은 역경을 견뎌

온 사람임에도 불구하고, 그 고생이 몸에 밴 탓이라고 해야 할지, 익숙지 않아서 그렇다고 해야 할지, 그 경험이 사상적으로 단련된 오오시마의 자상함을 만들어 내고 있다, 라고 느껴지는 때이다.

오오시마는 조선인 아버지와 일본인 어머니 사이에 일본 통치하의 경성(서울)에서 태어났다. 7살 때 일본의 패전으로 조선은 해방을 맞이했고, 12살 때 조선전쟁이 발발. 아버지 쪽이 자산가인 유복한 가정의 장남으로서 부족함 없이 자란 그의 생활은 전쟁으로 급변, 2년간 전쟁의 포화 속을 이리저리 도망치다 살아남은 그는 14살 때 어머니, 어린 동생들과 함께 어머니의 나라 일본에 건너왔다. 이때 아버지와 누나는 조선에 남게 되면서 일가는 흩어졌다. 아버지는 동란 속에서 UN군에 체포된 뒤 심한 고문에 인한 뇌손상으로 정신적 이상이 나타나는 바람에 아버지 형제에게 의탁했다. 그 후 아버지도 일본에 건너오지만, 정신병을 앓는 아버지는 어머니와 원만한 생활을 지속하지 못하여 부득이 가족은 다시 둘로 나뉘어졌다.

일본에서는 어머니의 고향인 야마가타山形현에 몸을 의탁하고 그 지역의 중학교(2학년)에 편입하지만, 일본어를 알지 못했기 때문에 교사 및 급우들과는 영어로 소통을 하면서 일본어를 습득했다.

어머니의 행상과 생활보호로 두 가족을 부양하면서, 어머니와 오오시마는 경제적으로는 어렵더라도 정신적으로는 궁핍하지 말자며 때때로 서로를 격려했다고 한다. 오오시마의 어머니는 조선에서는 가사와 육아를 일꾼들에게 맡기는 생활을 했지만, 일본에서는 망설임 없이 행상을 했다, 그러한 사람이었던 모양이다. 패전 이전의 여성으로서는 드

물게 자립한 직업여성으로서, 마루노우치丸の内에서 타이피스트를 하고 있을 때 일본에 유학중이던 아버지와 무도회장에서 만났고, 사랑에 빠진 둘은 결혼을 했다. 그리고 조선에 건너가지만, 이 결혼에 반대했던 아버지의 가족으로부터 복잡하면서도 미묘한 대우를 받은 듯하다.

오오시마는 자신을 일본과 조선의 혼혈이라고도, 더구나 요즘 풍으로 하프나 더블이라고도 하지 않고 '튀기'라 칭하고 있었다. 그 튀기 의식이 싹튼 것은 외할아버지가 돌아가시자 어머니에 이끌려 일본에 왔던 5살 때로, 그 의식은 '윤종철'이라는 이름을 지닌 채 조선인으로서 교육을 받고 성장하면서 사라지지 않았는데, 그것을 그는 '타자의식' '일체감의 상실'로 표현하고 있었다. 그리고 14살 때 도일, 윤종철은 오오시마 사토시가 되었고, 그의 정체성은 한층 복잡한 양상을 띠게 된다.

그러한 복잡함도 포함해서 신자는 오오시마를 '큰 역경을 견뎌온 사람'으로 간주하고 있었지만, 더불어 오오시마는 신자의 친구 중에서 단 한 사람의 전쟁체험자였다. 전쟁의 잔혹함과 비참함을 몸으로 체험한 그는 철저한 반전사상의 소유자였는데, 그것은 일반적인 관념으로서의 평화주의와는 달랐다. 참된 평화주의는 타자에게 자상하다. 아니, 자상하다는 말은 정확하지 않다. 타자에 대해 관용적이다. 그리고 관용적이라는 것은 말과 대화를 중요시하고 인내심을 가진다는 뜻이다.

오오시마에게 생각지도 않은 쿠바여행을 권유받은 것은 6월이었다. 울적한 장마 탓이 아니라, 최근 들어 왠지 모르게 우울한 기분에 사로잡히는 날이 많은 신자는 오오시마의 쾌활한 목소리를 듣고 있는 사이에 문득 쿠바에 가보고 싶다는 생각이 들었다. 그러나 멤버에 대해 듣고 나서 주눅이 들었다. 오오시마의 후배로 라틴아메리카가 전문인 가와하라河原 씨(그는 스페인어도 능숙해서 여행이 불편하지는 않을 거라 한다), 선배인 다카키高木 부부, 친구인 고토後藤 부부였는데 면식도 없는 사람들이다. 외국여행 같은 건 그다지 관심도 없고 울적한 상태로 있으면 그런 기분도 들지 않지만, 쿠바라고 들으니 카스트로나 게바라의 이름과 함께 청춘의 날의 기억이 되살아나 갑자기 기분이 들뜨게 된다. 하지만 무엇보다도 이 나라를, 가령 2주간이라는 짧은 시간이지만 떠나보고 싶다는 생각이 강했다. 서서히 멱을 조이는 듯한 폐색감 때문에 신자는 힘들었다. 언제부턴가 직장에서는 거의 대화를 하지 않고 있었다. 일에 대한 협의는 같은 층의 동료들조차 메일로 처리하는 경우가 많아졌고, 지금은 소리를 내서 전달하는 것이 꺼려질 정도로 모두가 조용하다. 함께 놀러가는 일도 줄었고, 대화의 내용도 조심조심, 어딘지 모르게 위축되어 있다는 기분이 든다. 영화관이나 콘서트에 가더라도 더 이상 사람들은 웃음소리도 내지 않거니와 리듬도 타지 않아 초상집처럼 조용하다. 예전 같으면 재미있는 장면에서 폭소의 소용돌이에 휩싸이고, 멋진 음악에는 휘파람과 박수로 기쁨을 표현하고, 그것이 모르는 사람들과의 연대감을 불러일으켜 재미를 배가시켰지만, 지금은 콘서트에서 사람들이 예의상 박수는 아끼지 않지만, 진심으로 즐기고 있다는 생각은 들지 않는다. 그 굳은 감정에 신자는 숨이 막혀서 발걸음은 멀어져만 갔다.

울적한 것은 신자만이 아니었다. 친구인 나오코와 아쓰코, 미치요三千代도 모두 일이 힘들어 지쳐있었다. '잃어버린 10년', '정리해고'라는 이름의 해고가 매스컴을 장식하고 있었는데, 실제로 미치요의 회사에서는 교묘한 정리해고가 진행되면서 직장은 서로를 의심하는 불신의 도가니가 되었다고 한다.

오오시마의 양해로 나오코를 포함한 세 사람에게도 권유하여 구성된 열 명의 파티는 각자의 관심에 이끌려 적절하게 쿠바를 즐긴 것 같았다. 여정은 오오시마와 가와하라 씨가 만들었는데, 하바나, 산티아고 · 데 · 쿠바, 산타 · 클라라 등은 당연하다고 해도 관타나모 미군기지까지 들어있는 것이 과연 두 사람다운 기획이었다. 최근에 쿠바를 방문하는 일본인 관광객은 연간 6천 명이라고 가이드에게 들었지만, 관타나모까지 가는 것은 드문 일이라 했다(물론 기지는 관타나모만에서 멀리 지켜봤을 뿐이지만).

가이드인 일라이드 씨는 30대 초반의 오키나와沖縄에서 온 이민 3세로, 그는 수 년 전에 처음으로 오키나와를 방문했을 때에 구입한 '우민추海人'라는 문자가 인쇄된 티셔츠를 입고 일행을 맞이해주었다. 일본어는 잘한다고 할 수는 없지만, 일본인 관광객에게는 잘 먹히는지 '카리브해의 북조선, 쿠바에 잘 오셨습니다'라는 등의 농담을 던지는 바람에 오오시마가 조용히 그를 나무란 모양이다.

혁명쿠바가 냉전의 틈바구니에서 대국 간의 거래에 농락당하면서도 살아남은 것은 기적이라 해도 좋을 만한 역사적 사실이라며 오오시마는 카스트로를 높게 평가하고 있었다. 동유럽과 소련 붕괴 후에도 카스트로 체제가 유지될 수 있었던 것은 피델 · 카스트로라는 정치가의 카리스마성도 있지만, 무엇보다 쿠바정권이 다른 사회주의 국가처럼 특권계급화하지 않은 것이 이유의 하나로 꼽히고 있다. 이것은 대단한 일이라고 신자는 생각한다. 혁명쿠바가 내세운 이념인 평등원리(만인이 평등하고 인간답게 살 수 있는 사회)의 실천은 여러 가지 곤란과 모순에 봉착하면서도 카스트로가 이상을 버리지 않는 한 계속 추구해 나갈 것이다. 그렇다면 이 나라의 미래는 밝을 것이라고 신자는 생각하지만, 일라이드 씨는 꼭 그렇게 생각하고 있지는 않은 듯 했다. 분명히 쿠바는 부유하다고는 할 수 없고, 최근에는 시장경제의 도입으로 격차가 점점 벌어지고 있는 모양이다. 외화획득을 위해 관광에도 힘을 쏟고 있으나, 그것이 새로운 모순과 문제를 불러일으키고 있다. 다른 업종에 비해 호텔 벨보이의 수입이 비정상적으로 높은 것은 큰 문제라며 일라이드 씨는 화를 냈다.

신자는 그에게, 당신의 정체성은? 하고 물어보았다. 그의 아내는 스페인계 백인이었는데, 자랑스럽게 여기고 있겠지만, 보여준 사진에 의하면 이목구비가 또렷한 미인이었고 무릎에 안고 있는 외동아들은 오키나와와 관련이 있는 이름이었기 때문이다. 이민 3세인 그의 이름은 쿠바 풍(?)인데, 4세인 아기는 조부모의 뿌리를 나타내는 이름이라는 것에 관심이 끌렸기 때문이다.

신자의 질문에 그는 의외라는 얼굴로, 물론 쿠바다, 라고 대답했다. (카스트로 의장을 비판은 하지만) 이 나라가 좋다, 라고도 말했다.

신자는 그의 대답에 깊게 끄덕이며 마음속으로, 당신은 느끼지 못할지 모르지만 당신은 행복하다고 나는 생각해요. 당신의 나라는 아직 풍족하다고는 말할 수 없지만, 길거리의 아이들도 노숙자도 없잖아요. 복지는 충실하고, 무엇보다도 차별이 없어요. 담배공장과 럼주공장의 노동자가 느긋하게 일하는 모습은 인간적이라 부러울 정도에요. 내가 사는 나라에서는 경제대국이라 불리고는 있지만, 사람들은 희망을 잃고 우울증에 걸리거나 과로로 자살을 하는 사람도 굉장히 많으니까요. 나라도 인생과 마찬가지로 흥망성쇠가 있지만, 정부가 혁명의 이상을 계속 추구해가는 한 밝은 미래가 열릴 겁니다, 라고 대답하고 있었다.

신자는 친구들에게 줄 선물로 게바라의 얼굴이 인쇄된 티셔츠, 게바라가 애음했다는 궐련 몬테크리스토, 그리고 여성들의 수제 니트인 볼레로와 성긴 자수가 들어간 블라우스를 샀다. 니트와 블라우스는 디자인도 고풍스럽고 소박해서 과연 친구들이 기뻐해줄지 자신은 없지만, 익숙하지 않은 시장경제에 당혹스러워하면서도 보다 나은 생활을 위해 작은 왜건에 상품을 싣고 관광객에게 말을 거는 여자들의 일을 친구들에게 전하고 싶었다. 그리고 자신을 위해서 한 장의 CD를 샀다. 궐련을 피우고 있는 게바라의 얼굴이 크게 인쇄된 '코만단테・체・게바라'를 기리는 다섯 곡이 들어있다.

게바라가 카스트로에게 '이별의 편지'를 남기고 쿠바를 떠나 볼리비아에서 처형당했을 때 그의 유품에 '일기'가 있었다. 그 『게바라 일기』가 신자가 막 입사한 출판사에서 번역출판하게 되어 조그만 회사 안은 작은 흥분의 도가니에 사로잡혔던 일이 정겹게 떠올랐다. 자금융통이 힘들어 우울한 날이 많았던 사장인 최씨가 "내 이름도 조선어로 부르면 '체'야"라고 말하며 기쁘게 웃었다. 편집담당인 오쿠츠奧津는 조용한 그와는 어울리지 않게 교정지를 읽으며 몇 번이나 한숨을 쉬었는데, 완전히 게바라에 동화되어 있는 듯한 느낌이었다. 오쿠츠는 카스트로

군이 혁명에 성공하고 하바나로 행군하는 모습을 담은 레코드를 가지고 있다며 "쿠바 인민이 열광적인 환호로 피델, 피델 하고 부르는 것이 정말 감동적입니다"라고 흥분을 감추지 못한 어조로 말하기도 했는데, 한 권의 책이 이 정도의 정열과 애정을 담아 출판된 예는 전무후무한 것으로 신자조차도 알지 못한다.

세상은 젊은이들의 이의제기로 소연해지고, 스이도바시水道橋에 있던 신자가 근무하는 목조건물의 회사는 큰길을 가득 메운 학생들의 데모로 흔들거렸으며, 오쿠츠를 비롯한 모두가 현기증을 일으키며 일을 하고 있었다—그런 일도 그립게 떠올랐다. 뭔가가 일어날 것 같은 예감으로 가득 찬 젊은 시절이었다.

M역에 도착하자 개찰구 근처는 저마다 기다리는 사람들로 넘쳐나고 있었다. 사람이 많을 때는 왼쪽 편에서 기다리기로 되어있어서, 왼쪽을 향해 걸어가자 인파 속에서 오오시마가, 여기야 라고 말하며 다가왔다. 사람이 정말 많네. 응, 주말이니까. 시내 쪽으로 나란히 걸어가면서, 어디로 갈까, 하고 오오시마가 말을 건다. 어디로 가려냐는 질문을 받아도 이곳은 두 사람 모두 잘 모르기 때문에 좋은 생각이 떠오르지 않아, "있잖아, 언젠가 갔던 빌딩의 지하에 있는 주점, 그렇게 맛있지는 않았지만."

"아아, 거기, 안주는 그럭저럭 괜찮았지만 맛있는 술은 없었는데, 그래도 좋아."

빌딩 지하의 그 주점은 손님이 적어 조용했다. 오오시마는 가장 안쪽의 다다미방으로 갔다. 옆자리와 칸막이로 나뉘어져 있어 안정된 느낌이 좋았다.

"쿠바에서는 많은 신세를 졌어요. 덕분에 즐거운 여행을 하게 되어 나오코랑 친구들도 기뻐했어요. 정말 고마워요."

격식 차린 신자의 인사에, 그거 참 다행이라고 오오시마는 답한 뒤, "내년에는 볼리비아에 가려고 생각하고 있다"고 말했다. 오오시마는 작년에 가와하라 씨와 페루를 다녀왔다. 아무래도 그는 라틴아메리카를 구경하겠다고 작정한 사람 같았다. 볼리비아란 말이죠, 라고 신자는 중얼거린 뒤, "쿠바도 멀었지만 볼리비아도 꽤 멀지요." "그렇지."

잠시 쿠바를 화제로 즐긴 뒤, 조금 취기가 돌 무렵에 신자는 화제를 바꿨다. 열흘 쯤 전에 북조선으로부터 납치사건의 생존자 5명이 '일시귀국'하면서 미디어는 이 보도로 들끓고 있었다. 보도를 읽으며 신자는 여러 가지를 생각하게 되었고—생각하게 되었다기보다도 위화감이 커지면서 오오시마는 어떤 감상을 가지고 있는지 듣고 싶었다. 5명의 사람들은 '일시귀국'이어야 하는가, '영주귀국'이어야 하는가, 아니 '북조선이 납치를 인정한 이상, 현상회복은 당연한 것이고 납치 생존자와 그 가족은 곧바로 일본에 귀환시켜야 한다', '(생각할 필요도 없이) 영주귀국이 당연하다'는 등의 압도적인 여론에, 자신의 위화감 따위는 다른 사람에게 말하면 냉소당하고 말 것이다. 그런 기분이 든다. 그런데 이 위화감이 웃기는 걸까. 이상한 것일까. 조선반도와 관련된 일이라서 내가 올바른 시점을 잃어버린 것일까, 누군가의 의견을 들어보고 싶었다. 하지만 이렇게 복잡하고 미묘한 문제는 상대를 잘 골라야만 한다. 그리고 그 상대는 일본인이어서는 안 된다. 그러나 재일조선인도 아니다. 그럼 누구란 말인가?

역시 오오시마밖에 없다고 생각했다. 이것을 이해할 사람은 그밖에 없다, 그라면 뭔가 의견을 말해 줄 거라고 생각했던 것이다.

"이건 조금 다른 이야기인데, 있잖아, 북조선에서 5명의 사람들이 일시귀국 했잖아. 나는 납치에 대해서는 전혀 놀라지 않았어. 몇 년이나 지난 일이지만 주간지를 읽고 있다가 이건 있을 수 있는 일이라고 생각했으니까. 하지만 실제로 피해자들의 모습을 뉴스로 보니까 여러 가지 생각이 들면서 가슴이 아파 견딜 수가 없었어.

그 사람들, 잘도 살아남았어. 뭐라고 하면 좋을지 알 수 없지만 정말 감동했거든, 대단하다, 고 말이지."

신자는 긴장한 채 오오시마의 말을 기다렸다.

"나도 마찬가지야. 용케도 살아남았다고 생각해. 힘든 시련을 견디며 꿋꿋하게 살아온 그들에게 같은 인간으로서 공감하고 경의를 표하고 싶어."

오오시마의 말에 신자는 안심했다.

"그럼 오오시마씨의 생각을 듣고 싶은데, 원상복귀라는 게 뭘까? 24년이나 지난 사람들에게 원상복귀라는 게 있을 수 있을까?"

"아니, 없겠지." 오오시마는 말이 떨어지기 무섭게 부정하며 "원상복귀라는 말이 가능한 것은 5, 6년 정도 아닐까?"

"그렇다면, 이 말은 어떤 의미로 사용되고 있는 것일까? 예를 들어 20세에 납치당한 사람은 44세야. 이 무게, 되돌릴 수 없는 이 무게를 생각하면 원상복귀라는 말이 너무 경박한 표현으로 들려서 화를 참을 수가 없어, 난. 너무나 불쾌한 느낌, 기분이 나빠서 견딜 수 없어."

"맞는 말이야. 타임머신을 타고 20년 전으로 돌아갈 수 있다면 또 몰라도, 뭘 가리켜 원상복귀라고 하는 것인지. 먼저 그들 자신이 뭘 할지, 뭘 하고 싶은지, 그걸 제일 먼저 물어봐야 하는데, 가족과 친구들이 기를 쓰고 영구귀국해야 한다는 등 압박을 가하는 것은 제정신으로 하는 짓은 아닌 것 같아. 그들은 북조선에 자신의 남편과 자식을 남겨두고 왔는데 말이야."

"정말 그래……. 그렇다 해도 피해자의 친구니 뭐니 하는 사람들 정말 나쁘다고 생각지 않아? 그 상상력의 부재, 선의의 강요는 무서워. 자신들은 친구라서 24년은 뛰어넘을 수 있다는 생각이라도 하는 걸까. 그들의 24년에 경외나 존경은 눈곱만큼도 없어."

"납치피해자는 국가에 농락당한 개인이다, 라는 시점이 미디어를 비롯해 완전히 결여되어 있는 것이 난 신경이 쓰여. 이번에 북조선이 외교카드로서 그들을 이용할 필요가 없었다면 아마 그들은 북조선에서 조용히 생애를 마감했을 거라고 난 생각해. 24년이라는 시간 동안 그들이 일본의 가족들과 교신을 끊고 지낸 것이 무엇보다 그걸 웅변해준다고 생각해. 물론 그들은 교신을 금지당하고 있었겠지만, 그래도 일본에 돌아올 의지와 희망을 버리지 않았다면 무언가 방법이 있었을 것이고 그 방법을 선택했을 거야. 그러나 그들은 그런 방법을 택하지 않고 교신을 끊은 채 북조선에서 살아갈 길을 모색했다고 난 생각하고 있어.

그렇지만 북조선에서 조용히 생을 마감하려고 했던 자신들의 의지와는 반대로 또다시 국가의 명령에 의해 그들은 일시 귀국했다. 그게 사실이라면, 국가의 논리에 의해 개인을 마음대로 해서는 안 된다. 절대로 그렇게 해서는 안 된다. 이 사람들의 문제는 어디까지나 국가에 농락당한 개인의 문제로서 인식하고, 납치문제 전체의 해명, 해결과도 분리해서 생각하지 않으면 안 돼. 이를 위해서는 그들이 아무리 압박을 받아도 간단히 결론을 내지 말고, 가족도 포함해서 북조선과 일본을 자유롭게 왕래할 수 있도록, 당연한 권리로서 북일 양국에 강하게 요구할 것을 난 원해. 그 안에서 시간을 들여 결론을 냈으면 좋겠고, 또 그렇게 하지 않으면 안 되는 것이지."

"나도 그렇게 생각해. 하지만 이런 의견이 하나도 나오지 않아. 일본이 정말로 민주주의국가라면 미디어에 이런 의견이 나올 법도 한데 어떠한 논의도 없어. 다들 머리가 어떻게 된 게 아닐까?"

"아니, 우리와 같은 생각을 가진 사람이 있을 거라고 생각해. 하지만 상황이 이래서는 누가 무슨 말을 할 수 있겠어."

"그러니까 이상한거야. 역시 이 나라는 상당히 응축되어 있어. 몸을 움직일 수 없을 정도로. 무슨 일이 일어나도 죽은 사람처럼 반응이 없는데, 납치문제, 북조선에 대해서는 이렇게까지 반응을 한다니까. 조금 으스스할 정도야."

"그건 이 나라가 천황제라서 그래. 난 이번에 그걸 강하게 느꼈어."

"뭐라고, 천황제 때문에?"

"그렇다니까. 무슨 일이 있어도 일본인은 되찾아온다, 되찾아서 일본인으로 살게 한다. 즉 천황제 아래에서 일본인은 일본인으로서 수렴

된다는 발상이야. 그러나 일반사람들이야 그렇다고 쳐도 대학의 교수와 같은 인텔리조차 이렇게 생각하지 않는 것은 정말 한심스러워. 전후 반세기가 지나도 천황제에 대해서는 전혀 극복하지 못하고 있어."

오오시마는 진심으로 그것이 견디기 힘들다는 얼굴을 했다. 그럴까, 하고 신자는 생각했다. 그러나 그런 설명을 들으면 이런 여론은 이해하기 쉽다. 그렇다면 다섯이라는 사람들의 자유와 권리, 자기결정권은 어떻게 되는 것일까. 이 상태로 논의도 되지 않고 존중도 받지 못한 채 '해결'되어 버리는 것일까. 설사 피해자의 결론이 여론이나 정부와 같다고 하더라도 그 의미는 전혀 다른 것이다. 자기결정은 인간의 존엄이자 일생의 과제이고, 그것은 누구도 간섭할 수 없는 것이다. 신자는 다섯 사람들의 앞날을 생각하자 허무한 생각을 떨쳐버릴 수가 없었다.

4

2년 후의 늦여름, 직장에서 돌아오자 부재중 전화에 복자의 메시지가 들어있었다. 갑작스런 얘기지만 9월에 북조선에 가기로 했다, 신자가 등을 밀어준 덕분에 결심할 수 있었어, 네 덕분이야. 지금은 수속을 밟느라 너무 바빠서 나중에 다시 연락할게, 어쨌든 나 오빠를 만나고 올 거니까.

당돌한 복자의 전갈에 놀란 신자는 메시지를 다시 한 번 더 들어봤을 정도였다. 고이즈미 수상의 방북 뉴스를 본 날로부터 2년이 지나있었다. 그 사이 복자는 두세 번 찾아왔지만, 그녀는 한 번도 그런 이야기를 화제로 삼지 않았던 것이다. 신자도 그날의 대화가 없었다는 것처럼 언급하지 않았다. 그때 무심코 복자에게 북조선행을 권하고 말았지만, 그 후에 후회라고 할 만큼 강하지는 않았어도 경솔했을지 모른다는 생각이 들어 화제로 삼지 않는 것을 다행으로 여기고 있었다. 복자가 북조선을 방문하는데 별다른 위험요소는 없을 것이다. 하지만 그것이 복자에게 어떤 영향을 줄지는 알 수 없다. 오랫동안 바라던 일이 이루어져 기뻐하게 될지, 아니면 복자의 피해망상이 깊어지게 될지. 그렇게 되면 복자의 성격상 평생 신자를 원망할 것이다. 그런 생각을 하자 복자가 가는 게 좋은지, 가지 않는 편이 좋은 건지 알 수 없게 되어버렸다. 그 사이 시간은 흘러 언제 잊어버린 지도 모른 채 잊고 있었다.

그러나 복자는 잊지 않고 있었던 것이다. 아니 잊지 않은 게 아니고, 이후 2년 동안 복자는 계속 생각하고 있었던 것이다. 생각하고, 또 생각하고, 그리고 마침내 결심을 굳힌 것이다.

"신자가 등을 밀어준 덕분에 결심할 수 있었어. 네 덕분이야."

어딘지 긴장감이 밴 복자의 진지한 목소리를 듣고 있자니 신자의 마음이 무거워진다. 복자가 이렇게 심각하게 긴장해서 말하는 목소리를 들은 것은 처음인 듯한 기분이 든다.

며칠 후, 무거운 기분을 떨치고 전화를 걸자, 복자는 신자의 기분을 날려버릴 듯한 기세였다. 굉장히 흥분해 있었다. 오빠들에게 가져갈 선물을 준비하기 위해 연일 우에노上野와 오카치마치御徒町 부근을 돌아다닌 모양이었다. 이걸 샀다, 저걸 샀다, 어떤 거는 다른 곳에서 사면 얼마인데 ××슈퍼에서 사면 얼마다, 어떤 거는 꽤나 돈이 들었다……. 그런 이야기 중에 쌀도 20킬로 준비했다고 한다. "쌀? 왜?"라고 묻자, "왜라니, 그쪽에 갔는데 내가 먹을 게 없으면 어떻게."

복자의 현실주의자적인 자세에 깜짝 놀랐다.

그리고 며칠 뒤 전화가 와서, 카메라와 바퀴가 달린 여행용 가방을 빌려 달라고 한다. 그 가방에 생필품을 넣으면 준비는 대충 끝나고, 남은 일은 3일 후의 출발을 기다리는 것밖에 없다고 한다. 고생 많았어, 라고 위로하자, 매우 지쳤다면서 문득 생각이 난 듯이,

"있잖아, 피임약이 필요하다고 해서 어제 의원에 갔다 왔는데, 피임약이라는 게 비싸잖아. 할 수 없이 사긴 했는데, 왜 내가 이런 걸 가져가야 되는지, 생각하니 화가 나더라고. 왜 내가 이런 일까지 신경을 써야 되냐고. 열이 오르잖아."

복자의 서슬에 웃으려던 신자는 문득 이건 중요한 일이라고 다시 생각했다.

"그쪽의 사정은 알지 못하지만, 구하기가 어렵다면 가지고 가는 것이 좋아. 몇 달치를 샀어? 그렇구나, 그렇다면 페서리라는 피임기구를 사용하라고 알려주면 돼. 당연히 알고 있을 거라고 생각하지만, 복자 언니가 적극 추천하면 좋을 것 같아. 여자에게 피임은 굉장히 중요한 일이니까. 자신의 몸은 자신이 지키지 않으면 안 된다고 강하게 설득해야 돼."

전화를 끊고 바로 가방 보낼 준비를 시작했다. 문득 생각이 떠올라 옷장에서 이번 겨울에 자신이 입었던 스웨터와 코트, 바지 등 세탁해놓은 것을 꺼낸 뒤 새것을 골라 가방에 넣었다. 가능하면 새 옷을 사러 가

고 싶지만 시간이 없다. 미처 생각이 미치지 못한 자신을 책망하면서 색이 밝고 조금이라도 젊어 보이는 디자인을 고르고 있자니, 아스오의 딸은 이름이 무엇이고 몇 살일까, 어떤 목소리와 눈동자를 가지고 있을까 생각해 본다. 이건 좀 촌스러울까, 이거라면 마음에 들겠지, 하면서 고르고 있는 사이에 애정 같은 감정이 그녀의 마음속에 희미하게 피어오른다. 그 감정에 이끌리듯 서랍에서 몇 장의 사진을 골라 스웨터로 감쌌다. 수 년 전 부모님의 성묘 때 형제들과 함께 찍은 사진인데, 누가 누군지는 복자가 설명할 것이다.

그리고 생각했다, 저 나라의 체제는 언제까지 계속될 것인가, 하고. 저 나라는 왜 저리 께름칙한 나라가 되어버렸을까, 하고.

그러나 어떤 나라가 되었든, 어떤 조건이든, 열심히 살아가는 사람들이 저 나라에도 있다. 하찮은 나라라고 무시해버리면, 열심히 살아가고 있는 사람들까지 무시하게 되고, 그들의 삶에 대한 상상력을 잃게 된다. 그것은 인간으로서 애달픈 이야기다.

신자의 마음은 괴롭다. 그 괴로움을 토해내듯이 일부러 크게 한숨을 한 번 쉬고, 근데 우리는 도대체 뭘까? 도대체 행복이란 게 뭐지? 누구와라고 할 것도 없이 중얼거리고 있자니, 문득 오오시마로부터 들었던 그의 누나 이야기가 떠올랐다.

한국전쟁 때 일본으로 떠나는 가족들과 헤어져 달랑 혼자 한국에 머물게 된 오오시마의 누나는 이승만 독재와 박정희・전두환 군사정권을 줄곧 살아왔다. 그 누나가 일본을 방문했을 때 오오시마에게 이렇게 말했다고 한다. 혼자 한국에 남은 자신보다도 일본에 건너간 너희들이 훨씬 힘들었겠지. 대학에서 교편을 잡고 있다는 네가 이렇게 가난한 생활을 하다니 가엽구나. 그때 한국에 남아 열심히 살았다면 좀 더 나은 생활을 할 수 있었을 텐데, 라며 탄식했다고 한다. 사실 오오시마는 그때, 모친과 어린 남매는 일본에 보내고 장남인 자신은 누나와 함께 한국에 남으려 결심했었다고 한다. 하지만 일본에 가기 위해 수속을 밟고 있던 반년 사이에 주변의 어른들로부터, 전쟁으로 앞날이 어찌될지 모르는 나라에 있는 것보다 일본에 가는 편이 장래가 밝다, 일본에 가서 공부하라고 설득당해 결심을 바꾼 것이었다. 그런 경위를 말하면서 당시의 기억이 되살아난 것일까, 오오시마는 감동스런 표정으로(오오시마가 이런 표정을 짓는 건 드문 일이다), 감개무량하다는 듯 말하는 것이었다, "군사정부하의 한국에 남은 누나는 불행하고, 일본으로 건너와 민주헌법 아래 경제대국이 된 일본에서 살아온 난 행복했다, 라는 등 단순하게 말할 수 있는 게 아니야"라고.

오오시마의 이야기는 신자에게도 감개무량했다. 70년대 초에 어머니를 동반하고 방한했을 때, 큰어머니와 사촌오빠 일가는 부산의 약국 2층에서 검소하게 살고 있었다. 가난하게 자란 신자의 눈에도 그들의 생활은 쓸쓸하게 느껴졌다. 그러나 그로부터 불과 10년 뒤인 80년대 후반에 그는 서울의 고가 맨션을 구입, 작지만 고미술품 가게를 소유하게 되면서 일본에도 종종 놀러오게 되었다. 생활이 윤택해진 그는 일에 쫓기는 행자 숙모와 신자를 보고 한숨을 쉬며 말했다. "이렇게 일하지 않으면 생활이 안 된단 말인가. 나에게 여유가 있다면 도와주고 싶은데 그 여유가 없는 게 한이다."

바쁜 것은 생활이 안 돼서가 아니고, 일을 하지 않으면 안 되기 때문이라고 설명해도 그는 납득하지 않았다. 나중에 생각해보니 납득하지 못하는 그의 감각은 정상이었다고 말할 수 있다. 세상이 거품경제로 휘청거리는 바람에 신자가 다니는 회사도 행자 숙모의 건어물 가게도 그 거품에 내몰리고 있었을 뿐이다. 사람이나 나라나 흥망성쇠가 있다고 한다면, 북조선이라도 10년이나 20년 뒤에는 어떤 변화가 일어날지 알 수 없다. 이 나이가 될 때까지 행운이라든가 행복이라든가 하는 말을 싫증이 날 정도로 보거나 들어왔다고 생각하지만, 신자는 한 번도 자신에 빗대어 그 말을 생각해 본 적은 없었다. 다른 사람을 부러워 할 것도 없고, 어차피 인생이란 이런 것, 별거 아니다. 대개는 그런 기분으로 살아왔다. 그렇다고 적당히 살아오지는 않았다. 오히려 열심히 살아왔는지도 모른다. 그건 비단 자신만이 아니라, 오오시마도 복자도 주변의 누구나가 모두 열심히 살아온 것이다. 신자는 새삼스레 그걸 깨닫고 자신도 모르게 감동하고 있었다.

"그럼, 다녀올 테니까. 무슨 선물 사오나 기다리고 있어."

활기찬 목소리를 남기고 북조선에 간 복자가 벌써 귀국했을 터인데 연락이 없다. 전화를 걸어도 받지 않는다. 10월 되어서 겨우 연락이 닿았다. 그러나 전혀 기운이 없다. 뭘 물어도 건성으로 대답한다. 몸이 안 좋지만 병이 난 것도 아니라고 한다. "어땠어?" 하고 물어도 "응, 그냥 그랬어." "우리 집에 와서 이야기 좀 들려줘"라고 신자가 말하면 금방 반응을 보일 터인데, "그래 조만간"이라며 시큰둥하다. 지금은 아무 말도 하고 싶지 않은 듯해서 그냥 두기로 했다.

머지않아 거리의 은행나무가 일제히 물들어 완연한 가을을 느끼게 하던 어느 날, 복자는 한 개의 비디오테이프를 가지고 신자의 맨션을 찾아왔다. 신자는 복자가 좋아하는 음식으로 저녁을 마련하고, 맥주와 소주도 준비해뒀다. 복자는 평소에 술을 마시지는 않지만 주량은 상당한 편이다. 취할수록 기분이 좋아지고 시끄러워지는 탓에 질려버리곤 하지만, 오늘밤은 취하게 할 생각이었다. 취하게 만들어 복자 안에 있는 '여러 가지 생각'을 발산시킬 작정이었다. 아니 그걸 핑계로 내가 취하고 싶었다. 복자의 북조선행을 권유한 것은 역시 좋지 않았다…… 신자 안에 자리 잡고 있는 그 생각이 좌불안석으로 만들었다. 그래서 하루라도 빨리 복자의 얼굴을 보고 싶었다. 얼굴이라도 보면 무언가를 알 수 있다, 무언가를 알면 어떻게 해야 할지도 알게 되겠지. 달리 방도가 없을지도 모르지만…….

복자는 야위어 있지는 않았다. 얼굴 표정과 눈에 고뇌의 흔적을 조금 담고는 있었지만, 식욕은 예전이나 다름없었다. 안심했다. 그러나 맥주는 마셨지만 소주는 필요 없다며 마시려하지 않았다.

식사를 끝내고 복자가 가져온 비디오를 보았다. 그 테이프는 북조선 당국이 방문자의 여행에 대한 추억을 위해 동행촬영해서 편집한 뒤 희망자에게 판매한 것이라 한다. 선내의 모습, 버스 안, 강변에서의 불고기와 맥주가 있는 식사풍경, 거대한 김일성 동상을 견학하는 모습 등이 관광여행처럼 펼쳐졌는데, 이 관광을 마친 뒤에 방문자는 저마다 자신의 가족이 사는 지역으로 향했다 한다.

방문자는 압도적으로 여성이 많고 그것도 70, 80대의 고령자로, 매년 방문하는 사람이 있는가 하면 이삼 년에 한 번 오는 사람도 있다. 이번이 처음인 사람은 복자뿐이었는데, 이것이 처음이자 마지막이라는 결심으로 겨우 오빠를 방문한다고 말하자, 삿포로札幌에서 온 84세의 할머니로부터, 그런 슬픈 말을 오빠에게 하면 안 된다, 당신도 그렇게 생각해서는 안 된다, 몇 번이든 올 수 있는 한, 목숨이 붙어있는 한 만나러 와야 한다, 고 설득했다 한다.

선내에서는 노래와 춤도 추고, 할머니들은 모두 자신보다 건강했다, 북조선에서 도우미로 나온 젊은 남자아이는 너무나 친절해서 다리가 좋지 않은 나를 잘 도와주었는데, 그런 착한 아이는 일본에는 없다.

그런데 말이지, 이 할머니들이 남자 승무원을 놀리는 바람에 모두 크게 웃었어. 남편은 진작 죽었으니 언제든 시집 갈수도 있다며, 말이야. 후후. 하지만, 그래도 꽤 고생이 많았대. 그런 이야기들을 신자에게 들려주며 여행의 기억이 떠오르는지, 복자의 목소리는 조금씩 활기를 띠더니, "두 번 다시 가지 않으려 했지만, 또 가고 싶어"라는 말을 한다. "다들 기뻐 보이네"라고 신자도 응한다. 비디오가 끝나자 복자는 불쑥 말했다, 너무 가난했어, 라고. 오빠 부부는 철근으로 만든 4층짜리 건물 3층에 살고 있었고, 벽지 같은 건 다시 발라 깨끗하게 맞이해주었지만, 가난했어, 라고. 산소는 아주 먼 산중에 있었어, 내가 여러 가지 제물을 준비해서 다 같이 갔었지. 잘 된 거잖아, 복자언니가 와줘서 부모님도 기뻐하셨을 거야. 그렇겠지, 복자는 어딘지 우울한 얼굴을 하고 있다.

분명 매우 기뻐했을 거라고 생각해, 복자언니의 건강한 모습을 봐서.
응……. 목소리가 점점 작아진다.

자신이 먹을 쌀까지 준비해갔던 복자가 아닌가, 가난하다고 해도 아스오에게는 살 집이 있지 않은가, 뭘 그리 괴로워하는 거야. 신자가 복자의 등을 탁 치며 위로하자, 너 말이야, 복자는 조금 화난 목소리로, 이런 곳에 살면서 이런 걸 먹고 있는 인간은 알 수 없어.

그럴지도 모른다. 신자는 입을 다물었다.

참 그렇지, 네 옷 말이야, 오빠의 딸과 수나 언니 딸에게 줬어. 너무 기뻐하더라. 오빠 딸은 미숙이라고 하는데, 28살이래. 네 사진을 보여주고, 이 아이가 내게 가보라 해서 이렇게 올 수가 있었다고 말하자, 미숙이가 네 사진을 이렇게 손으로 쓰다듬으며, 이 분이 그랬단 말이죠, 라면서 몇 번이나 사진을 어루만지더라고……. 그런데 말이지…… 미숙이 아기는 너무나 말라서 걱정이야, 그래가지고 잘 자랄 수 있을지 걱정이야.

복자를 가장 괴롭게 한 것은 그 아이였을지도 모른다는 생각이 들어서 신자의 마음은 더욱 애달팠다.

"북조선에 다녀온 거, 후회하고 있어? 오빠 가족을 보지 않는 편이 좋았을까?"

"그건 아니야. 가보길 잘했어. 다만, 그 아기의 일이 충격이라서."

"응……."

"하지만 신자야, 가족은 보물이야. 너무 가난해서 애달프기는 해도 역시 가족은 보물이야."

울다가 웃는 듯한 얼굴로 복자가 말했다. 신자는 잠자코 고개를 끄덕였다. 가족은 보물이란 말이지…… 마음속으로 반복하고, "복자언니, 잘 된 거잖아, 가족은 보물이라는 훌륭한 말을 다 찾아내고. 언니나 되니까 발견할 수 있었던 거야, 그 말."

위로하듯 말하자 복자는 멋쩍은 미소를 지으며,

"맞아, 좋은 말이지, 내가 아니면 이런 말 못할걸. 그러니까 신자야, 나한테 잘해. 그러면 너한테 분명 좋은 일이 있을 거야. 너와 난 역시 사상이 같다니까."

오-마이-갓.

목소리는 내지 않고 목을 움츠린 신자가 답했다. 그러자 복자는 부탁한다는 말이라도 하는 것처럼 신자의 등을 탁 치며 웃는 것이었다.

파랑새 파랑새 파란 새

네 모습은 어디에 있니?

파랑새 파랑새 파란 새

네 모습은 누가 보았니?

네 모습은 누가 보았니

(번역 : 김학동)

검은 감

김유정金由汀

1

오사카의 수많은 조선시장 중에서도 유난히 규모가 큰 시장이 동남쪽 변두리에 있는데, 가게가 상점가처럼 좌우로 즐비하게 늘어서 있다. 옛 중세시대부터 항구를 만들어 가시와라柏原부터 오사카까지 배로 물자를 운반했던 운하에 인접한 해안가였다고 하는데 어느새인가 조선시장으로 발전해 갔다.

지금 이 강은 밑바닥이 보이지 않을 만큼 진한 다갈색 물이 흐르고 있어, 맑고 화창한 날에도 메탄가스 거품에 시너 냄새가 감돌고 있었다. 해가 저물어 가내공장의 윙윙거리는 모터 소리가 멈출 무렵 붐비는 사람들로 한창인 상점가의 떠들썩한 소음도 순옥이의 가게까지는 미치지 못했다.

강을 건너 히가시東 마을로 향하는 사람은 드물었다. 점포 가치로 말하자면 그 번화함에 따라 천양지차가 있는 변두리에, 일견 창고라 말하기에도 낡아빠져 간신히 비를 피할 수 있을 정도의 폐가에 가까운 6평 크기 단층집이 있었다. 그 집의 뒤편에 백 년 전에 심었다는 감나무가 한 그루 서 있다. 어째서 백 년 전이라고 단정했는지는 아무도 모른다. 그러나 80년 전인 1900년경부터 하천 보강공사를 위해 일본에 와 정착한 제주도 사람들 사이에서, 이미 그때부터 그 장소에 감나무가 있었다고 전해 내려왔다. 감나무는 부자연스럽게 둘로 갈라진 가지를 쳐든 채 하늘을 향해 뻗어 있다. 금방이라도 썩어 부러질 듯 뒤틀어진 가지였다. 검은 껍질에 하얀 반점 모양의 열매를 맺는 이 나무를 먹감나무(감나무가 부분적으로 검게 된 나무)라고 부른다.

어느 날 무당이 와서 이 나무줄기에 제주도 신령이 깃들어 있다고 했다. 추운 날 먹감나무에 번개가 떨어졌지만 함께 내리던 눈이 딱 두 동강이로 갈라진 줄기에 쌓였고, 봄이 되자 썩을 새도 없이 새싹이 돋아났기 때문이라는 것이다. 혹은 제주도에서 죽은 귀신들의 영혼이나 저승사자로 여기는 까마귀가 나무 열매를 쪼아 먹었기 때문이라고도 했다. 사람들은 왠지 상서로운 것을 봤다는 생각에 어느 누구도 무당의 말에 반대하지 않았다. 하지만 검게 타고 금이 가 코르크처럼 보이는 가지와 나뭇잎이 건물을 뒤덮자, 그곳은 어딘지 모르게 어둡고 음침했다.

먹감나무 집을 자세히 살피면 건물 절반을 칸막이한 서쪽에서 백발의 노파가 전구 하나를 켠 채 홀로 김치를 팔고 있었다. 노파는 눈과 눈 사이가 벌어지고 광대뼈가 튀어나온 얼굴을 하고 있다.

순옥이는 오른쪽 빈 공간을 빌려 굿을 하기 위해 점도 치고 산파 일도 하는 삼신할매라는 노파를 모셔 왔다. 삼신할매는 입술을 삐죽 내밀어 중얼중얼 주문을 외더니 소금과 팥을 한 움큼 쥐고서 씨 뿌리듯 사방의 벽을 향해 던졌다. 그러고 나서는 입구에 소주를 힘차게 뿌렸다. 그렇게 액막이를 마친 순옥이는 붉은 천막을 처마 앞에 내걸었다. 그곳에 내다 버려도 될 법한 높이 70센티 정도의 나무책상을 놓고 그 위에 직경 30센티 크기의 알루미늄 놋대야를 늘어놨다. 그리고 김치나 나물을 담아 진열해 놓고는 길가는 사람들을 향해 누구랄 것 없이 말을 걸었다.

"언니! 언니! 이거 좀 먹읍서."

제주도 사투리 억양으로 말을 걸면서 젓가락으로 잡채를 집어 조선식으로 한 손으로 받쳐 내밀었다. 발길을 멈춘 사람은 힐끔 소리가 나는 쪽으로 고개를 돌렸다. 네모난 얼굴에 둥그런 눈, 주먹코가 달린 순옥이를 보면서 상대방은 경계를 늦추지 않았다. 갑자기 상대의 입속에 잡채를 집어넣은 순옥이는 얼굴을 비스듬히 기울인 채 쳐다보았다. 손님이 맵다고 하면, "아니 맛조수다게……"라며 만면가득 미소로 답하고, 달다고 하면 고개를 갸웃거리는 시늉을 했다. 이처럼 확신에 찬 순옥이의 말과 행동에 사람들은 좀 전에 마신 커피 때문에 혀 감각이 이상해졌나 하고 생각하거나, 혹은 방금 단 것을 먹었기 때문인가 하며 자신의 입맛을 의심스러워하는 것이었다. 순옥이는 웃으면 콧방울이 커지고 눈썹이 넓어진다. 그리고 사팔뜨기로 검은 눈동자 부분이 바깥쪽으로 쏠려 얼굴이 평퍼짐해진다. 그 순간을 놓칠세라 그녀는 다시 한 번 "막 담근 건데 이것도 먹읍서, 먹어 봅서"라고 말하며 김치 한 젓가락을 상대방의 입속에 넣어 준다. 그 붙임성 좋은 몸짓과 김치 맛에 마음이 끌린 손님은 마치 의리를 다하듯이 얼떨결에 튀어나온 조선말로 "얼마?" 하고 묻게 된다. 보통 한 봉지(1킬로)에 500엔 하던 시대였다. 그런데 순옥이는 커다란 소리로 300엔! 이라고 판자를 두드리듯 외쳤다. 땀방울이 반짝이는 그녀의 콧구멍이 벌어졌다.

이미 집에서 김치를 담지 않은 지 오래인 사람들은 300엔이라면 설령 맛이 없어도 대수롭지 않다고 여기며 구입했다. 입맛이 까다로운 가족들이 있는 가정에서는 여전히 김치맛 하나로 잔소리를 듣기도 했지만 300엔이라는 가격이면 괜찮다고 생각하기 때문이다. 그렇게 머릿속으로 계산하고 있는 사람들의 표정을 순식간에 살핀 순옥이는 새하얀 치아를 씨익 내보인다. 그러고 나서는 김치를 저울에 재며 호들갑스럽게 포장했다.

아니, 정확히는 저울에 올리는 행위는 단지 모양새일 뿐 저울 바늘이 심하게 움직이는 사이에 내려놓기 때문에 그녀의 손이 저울 역할을 했다. 비닐 봉지를 세 겹으로 싸 포장하였다. 순옥이는 손님이 샌들 차림에 자전거를 타고 오면 근처에 산다고 판단해 이렇게까지 포장하지 않는다. 제사준비를 위해 자동차나 전차로 장을 보러 온 사람이라면 한 눈에 알 수 있다. 구두를 신고 커다란 종이가방 같은 것을 메고 있다. 이 근방 사람들처럼 일하는 틈을 타 급히 달려온 것처럼 머리카락이 마구 헝클어져 있지 않다. 외출복 차림이기에 김치 국물이 옷에 튀는 것을 싫어하여 주저한다. 그런 사람들은 길 가는 도중에 마늘 냄새를 되도록 피하고 싶어 하는 것이다. 300엔이라는 가격임에도 이 만큼이나 정성들여 포장해 팔고 게다가 오사카 사투리와 유사하게 찰기가 있으면서도, 강하고 끊어짐 없는 독특한 제주도 말을 쓴다는 사실에 친근함을 느낀 사람들은 점심용으로 잡채나 물김치 등의 나물도 구입했다. 이것저것 다 합해봐야 단돈 1,000엔 정도의 가격에 사람들은 대단히 만족했다. 이런 일이 반복되다 보니 저절로 소문이 났다. 조선시장 안쪽 강을 건너 앞에 버스 도로가 나올 때까지라고 하면 단숨에 설명이 되었고, 왠지 그 이상한 나무가 있는 곳이라는 주석을 붙이면 누구라도 흥미를 느꼈다. 펑퍼짐한 얼굴의 아줌마가 주인인 김치가게는 붉은 천막에 '야마모토山本 상점'이라고 써 놓았지만, 어느 누구도 가게의 이름 따위 신경 쓰지 않았다. 있으나마나 한 것이었다. 그만큼 순옥이는 사람이 놓치기 힘든 얼굴을 하고 있었다. 김치를 300엔에 판다는 이야기를 시작으로 순옥이네 가게에 다녀간 사람들은 그녀의 붙임성에 대해 손짓발짓 섞어가며 열심히 설명해댔다. 사람들의 이야기 속의 순옥이는 햇볕에 그을린 건강한 농촌여자에 억척스럽기가 남자 못지않은 제주할망으로 묘사되어 갔던 것이다. 순옥이네 김치와 나물을 사기 위한 행렬이 생겨났다.

그러나 이 이야기의 주인공은 전설이 된 순옥이가 아니다.

2

주인공 중 한 사람은 순옥이가 지혜를 짜내 김치 장사에 성공한 여파로 매우 당황하게 된 갑순이 할머니이다. 순옥이네 가게 옆, 즉 먹감나무 집 서쪽에서 홀로 부지런히 김치를 담그던 갑순이 할머니는 배추 한 상자를 사들이면 팔고 남은 김치가 시는 것을 어떻게 방지할까 고심을 거듭하고 있었다. 갑순이 할머니는 토방(방에 들어가는 문 앞에 좀 높이 편평하게 다진 흙바닥)에서 엉거주춤 일어나 있는 개구리 같은 모습으로 언제나 어른이 물을 받아 목욕할 수 있을 정도의 큰 놋대야 속에 얼굴을 파묻고 있었다. 경상도 출신의 갑순이 할머니는 순옥이처럼 밝은 인상을 주지 못했다. 백발을 목 뒤로 둥글게 묶어 비녀를 꽂고 있었다. 마른 나무 같은 팔로 양념을 배추에 버무리는 동작은 일정한 리듬으로 움직이기에 보기 좋았지만, 눈꺼풀 위는 주름살로 가득했고 찌푸린 눈은 흰자만이 민첩하게 움직일 뿐이었다.

"맛 좀 봐도 되는교?"

갑순이 할머니 가게의 푸른 천막에는 '경하慶河 상점'이라고 쓰여 있다. 그것을 본 중년 여자가 말을 걸었다. 여자의 눈은 나이프처럼 가늘고 얼굴 양쪽으로 떨어져 있는 게 넙치 같다. 턱뼈가 튀어나온데 비해 낮은 코는 육지인 특유의 얼굴을 하고 있다. 지역의식이 강한 한국에서도 경상도 지방 사람들은 특히 결속력이 강하다. '경하 상점'이라는 간판에서도 그 출신을 알 수 있었다. 반가운 듯 여자는 말했다.

"엄니는 경상도 어디요?"

"예, 지는 부산이요."

"역시, 부산인교! 아—반갑네요. 엄니가 이리 김치를 담갔네요…… 어유와 방아여(경상도 지방에 전해오는 방아타령민요). 어머니 굴은 들어가 있는교?"

여자는 이마에 세 줄로 주름살을 지으며 말했다.

"어유와 방아여~

이 방아가 뉘방아~

경상도가 만든 방아여~"

노래를 읊조리면서, 새빨갛게 물든 엄지와 집게손가락으로 배추김치를 세로로 찢었다. 그 동작과 동시에 그녀의 혀가 나오더니 순식간에 김치와 함께 입 안으로 사라졌다. 김치를 먹은 후 여자는 양념이 묻은 손가락을 빨았다.

먹감나무 잎은 탐스러운 붉은 색으로 물들더니 바람도 잠잠한데 소리도 없이 살포시 떨어졌다. 잎 표면은 선명한 붉은 색이었지만 잎 안쪽은 초라한 파란 색이었다. 가지에는 희미하게나마 새순 같은 것이 솟아 있었다. 검은 열매가 제법 묵직해졌지만 따가는 사람은 없다. 까마귀가 날아와 열매를 쪼아 먹었다. 단단한 나뭇결로 꽉 찬 먹감나무는 그 옛날 방 안의 칸막이와 같은 고급가구에 쓰였다고 하지만, 지금이라도 썩어 부러질 것 같은 늦가을의 짙은 주황색은 어딘가 쓸쓸하게 이 단층집과 거리를 물들이고 있었다. 늙은 까마귀가 별로 내키지 않는 기색으로 가냘프게 울고 있었다.

갑순이 할머니는 부산에서 만들던 김치를 떠올리며 굴을 넣었다. 순옥이네 김치는 요즘 사람들 입맛에 맞게 주로 화학조미료를 이용해 간을 맞췄기 때문에 맛이 달았고, 담근 직후에 먹어보면 누구라도 맛있다고 생각하였다. 갑순이 할머니는 순옥이네 김치보다 맛있게 담가야한다고 생각했다. 굴을 넣으면 김치 맛이 깊게 우러나온다는 것을 알고 있지만 김치 색깔이 이내 검게 변해 버린다. 때문에 색이 변하기 전에 팔아야 한다. 그녀는 한 가지 방안을 궁리해 냈다. 김치를 보통대로 담그고 굴을 양념으로 버무려 두었다. 그렇게 하면 굴이 들어갔다는 사실을 손님에게 알릴 수 있고 선명한 고춧가루의 빛깔도 살아난다. 게다가 팔린 김치는 각 가정에 있는 항아리 속에서 발효되어 감칠맛이 난다.

중년 여자는 먼 데서 온 듯 했는데 형제나 친척 일가 몫도 계산하는 듯 중얼거리며 김치를 손가락으로 세고 있었다.

"어머니, 하나에 얼마래요?"

"300엔이요."

"300엔! 아, 그럼 일곱 개 주이소. 엄니, 힘내소."

그 뒤로 입소문으로 김치 맛이 널리 알려져 손님이 점점 더 불어나자 갑순이 할머니는 놀라 아연해졌다. 일어서는 데에도 먼저 90도로 몸을 세워 꼭두각시처럼 움직여야 했던 그녀는 조급해하면서 재촉하는 손님이 와도 느릿느릿 움직일 수밖에 없었다.

어느 날 아침 갑순이 할머니는 손수레를 밀면서 1킬로 남짓 떨어진 도매시장까지 걸어갔다. 8시 무렵이면 도매시장은 경매가 종료되어 큰 거래 또한 끝이 난다. 개인 상점과 작은 슈퍼, 그리고 요리 집 주방장들의 재료 매입이 일단락된 다음의 시장은 어딘가 긴장감이 풀려 한가로운 분위기가 감돌고 있었다. 배달을 위해 기중기에 몰며 "비켜, 비켜!" 라고 외치며 돌아다니던 남자들의 속도도 누그러졌다. 이때쯤이면 생선가게, 건어물가게, 야채가게, 과일가게, 정육점 등의 상점 모퉁이에 쓰레기가 수북이 쌓이는데, 그 한쪽에 썩기 시작한 과일과 망가져 팔지 못하게 된 야채 따위도 내버려졌다. 예전에는 갑순이 할머니도 이런 야채를 주운 적이 있었지만 이날의 목적이 그게 아니었다. 갑순이 할머니는 자주색 털실 모자에 파랑과 빨강, 노란색 등이 섞인 퀼팅 솜옷을 위아래로 입고 있었다. 거기에 조악하게 뜬 짙은 갈색 조끼를 껴입고 구부정한 상체를 좌우로 흔들며 여기저기 기웃거렸다. 마치 색상 견본 모델 같은 복장을 하고 있는 갑순이 할머니였지만, 피부가 흰 탓인지 옛날 같았으면 편안히 은거하고 있는 할머니로도 보일 법 했다. 그러나 그 눈초리에서는 보통이 아닐 것 같은 고집 또한 엿보였다. 노가리를 발견한 갑순이 할머니는 일부러 이맛살을 찌푸리며 시침이 뗀 표정으로,

"이런, 빨리 팔려야겠는데."

느릿느릿 입을 열었다. 노가리는 20센티 정도의 적갈색 생선을 말린 것이다. 가게 주인들은 코를 찌를 것 같은 마늘냄새가 나는 음침한 할머니가 어슬렁어슬렁 거리는 것만으로도 성가셔 했다. 수요가 적은 노가리는 이미 유통기간이 다 되어 처음 들여왔을 때의 윤기를 잃고 있었다. 갑순이 할머니는 상대방이 애가 타 결국 포기한 듯,

"알았어! 할멈, 원하는 가격으로 가져 가!"

라고 말하기를 기다리고 있었다. 그렇게 거저와 다름없는 가격으로 구입한 그녀는 바싹 말린 노가리를 한 동안 물에 담가 둔 뒤 양념에 버무

렸다. 그리고 놋대야에 담아 가게에 진열했다. 그러면 금세 그것을 발견한 손님이,

"아이고, 노가리잖아! 아이고 반갑데이!"

감탄하며 사 간다.

풍문은 어떤 의미에서 과장되고 무책임한 면이 있다. 소문은 저절로 퍼져가기 시작했다. 순옥이네 김치와 나물은 값이 싸고 갑순이 할머니네 김치와 나물은 맛있다는 평판이 나자 사람들은 경쟁하듯 양쪽 가게에 줄을 서게 되었다. 갑순이 할머니네 김치와 나물은 맛이 강하고 냄새도 심하다는 평판에 자연히 두 가게의 손님 층도 나뉘게 된 것이다.

3

상점가의 어느 가게 앞에 몹시 화려한 치마저고리와 이불보가 쌓여 있었다. 가게 안에는 엉덩이가 큰 여자가 옷감 사이로 의젓하게 앉아 있었는데 3미터는 될 듯한 나무 자를 쥐고 있었다. 여자의 가는 눈은 눈썹이 엷은데다 연분홍빛 섀도우를 칠한 탓인지 눈꺼풀이 부어 보였다.

옆집 가게 앞 나무통에는 늙은 노파가 어둡고 습한 장소에 놓인 커다란 나무통에 2시간 마다 물을 갈아주며 밤새 키운 콩나물이 있다. 그리고 하루 밤 동안 말린 옥돔에 소금을 약간 뿌려 돗자리 위에 널어 둔다. 그 옆에 노파는 하루 종일 앉아 있었다. 그녀는 옥돔에 모여드는 파리를 쫓기 위해 부채질해 가면서 눈을 깜빡이는 것도 잊어버린 듯한 검

은 눈구멍 깊숙한 곳으로부터 길가는 사람들을 살펴보고 있었다. 안쪽 토방에서는 중년 여성들이 다리를 팔자로 벌린 채 놋대야 주위에 앉아 김치를 담구고 있었다.

돼지고기 가게에서는 아침 일찍부터 남자들이 커다란 솥에 고기를 삶고 있었다. 직경 1미터는 될 법한 솥은 바닥이 깊다. 그 크기에 맞춰 만든 부뚜막 안에서 가스버너의 불꽃이 때때로 뱀의 빨간 혀처럼 움직이고 있었다. 남자가 삶은 돼지고기를 커다란 소쿠리에 담았다. 머리, 가슴, 배 부위를 곤충처럼 나누어 자른 고기의 솜털을 면도기로 제거한 후 뜨거운 물에 집어넣었는데, 돼지에 따라서는 단단한 털 때문에 면도기를 몇 개나 사용했다. 족발과 내장은 남은 물을 이용해 나중에 삶았다. 김이 오른 머리와 가슴, 배 부위의 돼지고기는 껍질을 위로 한 채 놓여졌다. 그것을 빨간 루주를 칠한 여자가 투명한 나일론 장갑을 낀 채 팔고 있었다. 돼지고기 김에서 배어 나오는 냄새와 옆집 떡 가게의 시루떡 찌는 통에서 새어 나오는 냄새가 섞여 코 주위를 간지럽혔다.

도살장에서 막 운반해 온 내장 전문 정육점에서는 소꼬리와 내장, 간, 허파 등이 야키니쿠 가게들로 순식간에 팔려 나가, 가정용으로는 자투리 부분밖에 남아 있지 않았다. 정육점에는 살코기 덩어리가 매달려 있었다. 제삿날에는 소 살코기를 꼬챙이에 꽂아 굽는데 손님들은 씹을 때 피 냄새가 나지 않고 구워도 크기가 그대로인 고기를 선호했다.

이런 상점들이 늘어선 조선시장에는 참기름과 고추 등을 파는 향신료가게와 채소가게, 자리돔과 가오리 등을 파는 생선가게와 제사용 도구 등을 파는 가게가 있지만 그중에서도 김치가게가 단연 많았다. 50미터 정도만 걸어도 충분히 장을 볼 수 있었지만 친척 아무개가 하고 있는 가게라든가, 콩나물 하나를 사더라도 시들하고 긴 줄기가 아니라 짧고 두툼한 것을 원한다던가 하는 식으로 그곳에서밖에 살 수 없는 명산물을 찾아 사람들은 각자 자신만의 가치관을 가지고 시장 안쪽으로 들어갔다. 소문을 들은 사람들이 순옥이네 가게를 방문하려고 일부러 자가용을 타고 먼 곳에서 와 긴 행렬을 이루었다. 갑순이 할머니네는 순옥이네의 덕분만이 아니라 경상도 출신이라는 지방색도 있어 김치나 나물이 불티나게 팔렸다.

그런데 갑순이 할머니는 글자를 읽지도 쓰지도 못했다. 택배로 보내달라고 주문하면,

"아이고 언니야, 이것 좀 써도."

라며 털 빠진 닭 모양으로 목주름을 펴고 턱을 들어 부탁하면 대개 해결되었지만, 전화주문이 들어왔을 때에는 당황하였다. 하나뿐인 아들놈은 아침부터 술에 절어 하루 종일 도박판을 오가니 아무런 소용이 없었다. 불법체류하며 눌러 앉은 부산 출신의 아줌마들을 쓰고 있었지만 그들은 일본어를 못했다. 갑순이 할머니는 몹시 난감한 처지에 빠져 있었다.

"아즈망, 나를 써 봅서."

갑자기 제주도 말소리가 들렸다. 갑순이 할머니는 경상도 출신이니 제주도 방언은 알아듣기 힘들었다. 아니, 이미 오랫동안 오사카에서 살고 있어서 알아듣기는 했지만 모른 체하는 쪽이 이득이라고 여기고 있

었다. 김치 진열대에 손을 짚고 90도로 몸을 일으킨 갑순이 할머니는 그 목소리의 주인을 살폈다. 달걀형 얼굴에 작은 눈, 콧방울이 벌어진 낮은 코와 도톰한 입술, 발그레한 뺨과 시원시원한 목소리에 어울리는 짧은 머리. 과연 나를 써 달라고 말하는 것 같구나 라고 생각하며 그녀는 목소리의 주인을 물끄러미 바라봤다.

"일본에 온지 10년 되었수다. 일본어를 읽고 쓸 수도 있수다. 허드렛일도 좋으니까 써 줍소."

사투리가 조금 섞인 일본어로 그녀는 다그치듯 자신을 호소했다. 쉽게 사람을 신용하지 않는 갑순이 할머니도 내심 그녀가 마음에 들었지만 내색하지 않고,

"등록증은 있나?"

라고 물었다. 그때 바람이 불더니 갑순이 할머니의 머리카락으로부터, 마른 나무를 태운 듯한 냄새와 동백기름 냄새가 주위에 맴돌았다.

"예, 있수다. 교포와 결혼해 아이도 하나 있수다."

"몇 살이고?"

"35시우다."

이웃인 순옥이와 닮은 얼굴을 한 그녀는 제주도 여자로 일을 잘 할 것 같았다. 이 여자는 행여 굴러들어온 복일지도 모른다고 생각한 갑순이 할머니는 몹시 들떴지만 오히려 눈살을 찌푸리며 무시하듯,

"이름은?"이라고 물음으로써

"성미요. 열심히 일하겠수다."

라는 대답을 이끌어냈다.

4

성미는 아침 8시부터 저녁 7시까지 눈코 뜰 새 없이 일했다. 배추를 소금에 절일 때도 놋대야 하나로는 도저히 감당치 못할 정도로 바빠지자 갑순이 할머니는 큰 길에서 다섯 집 정도 들어간 뒷골목에 소금 절임을 위한 장소를 창고를 겸해 따로 마련했다. 커다란 놋대야는 5개로 늘어났다. 순옥이네 가게는 이미 그런 장소를 마련하고 있었지만 갑순이 할머니는 누가 뭐래도 조심스럽게 장사하는 자세를 견지했다. 게다가 그녀의 구두쇠 같은 성격은 마늘을 까는 데까지 철저하였다. 직원들이 정말이지 생각없이 일한다며 마늘껍질을 깔 때 부엌칼사용을 금지시켰다. 손으로 깐 후 머리 부분을 소형 칼로 자르라고 명했다. 한 번에 마늘 10킬로를 기계로 가는데 처음부터 부엌칼로 잘라 껍질을 벗기면 알맹이까지 떨어져 나갈 것이고, 그것만 계산해도 몇 그램이나 된다는 이유였다. 일하는 사람들에게는 이처럼 철저하고 엄했다. 하지만 단골손님에게는 소금 절인 배추를 씻을 때 떨어져 나오는 배추 잎사귀를 주워 모아 만든 무시래기를 덤으로 주곤 했다.

그녀는 움직임은 둔해도 마음씀씀이가 좋아,

"아이고 네상(언니), 내가 네상 얼굴을 보니 무시래기를 줘야겠네." 얼굴을 기억하는 손님에게는 붙임성 있게 말을 건넸다. 갑순이 할머니의 입에서 자주 튀어나오는 '아이고 네상'이라는 말은 간사이関西 지역 재일조선인 특유의 말투로 친척이나 동포 혹은 근처 동료를 부를 때 사용한다. 네상에 조선어 감탄사가 앞에 붙어 "아이고 네상, 잘 지냈나?……"라는 식으로 이야기를 꺼낼 때 편리한 표현이었다.

갑순이 할머니는 야채나 푸성귀를 비롯해 고추나 깨를 사들일 때도 한 곳이 아닌 여러 곳에서 사들였고 반드시 현금으로 구매했다. 세무소에서 조사가 나오면 서투른 일본어를 섞은 경상도 말로 탄식하며,

"내는 일본에 온 후 좋은 일이 하나도 없어예. 우야노, 겨우 김치를 담아 그날그날 먹고 살아예. 가져가려거든 이 몸뚱아리를 가져가든가 하이소."

라는 식으로 영문을 모르는 조선 아줌마를 연기하면서 자신이 얼마나 근근이 연명하고 있는가를 호소했다. 폐허에 가까운 가게와 90도로 굽은 허리, 야윈 체구와 움푹 패인 눈은 그 말을 뒷받침해 주었다. 세무서 직원은 그 모습에 압도되거나 귀찮아했다. 혹은 소금에 절인 멸치젓갈의 썩은 생선 냄새에 코를 막고 싶었던지 그 이상은 추궁하지 않았다. 하지만 이 말은 어떤 의미에서 갑순이 할머니의 본심이 담긴 말이기도 하였다. 지금이야 매일같이 현금이 들어오지만 "이게 꿈은 아닐까, 왠지 거짓은 아닐까, 이런 일이 언제까지 계속될 리가 없다……"라고 혼잣말로 되새기곤 했다. 언제 또 가게가 망할지도 모른다고 그녀는 돌아가는 세무서 직원을 보며 중얼거렸다.

"아이고, 일본의 세금은 무겁지만 내 목숨은 가벼워예."

갑순이 할머니가 신용할 수 있는 것은 돈뿐이었다. 그녀는 서른다섯 때부터 규모가 제법 큰 김치가게에서 허드렛일을 해 왔다. 언제나 물이 질퍽한 토방에서 엉거주춤한 자세로 양념을 배추에 버무리는 일을 한 탓에 엉덩이 관절이 완전히 망가져 버렸다. 여름에도 화로를 끼고 살았

다. 그렇게 겨우겨우 모아둔 돈으로 이 가게를 열었지만 순옥이가 옆집으로 이사 오기 전까지는 간신히 혼자 먹고 살 정도였다.

김치가게가 돈이 된다고들 하지만 팔릴 양과 소금에 절일 타이밍을 알기 위해서는 1년이란 시간이 필요했다. 김치는 살아있다. 호흡한다. 배추는 고온에서 땀을 흘리며 거품을 낸다. 반대로 온도가 낮으면 고집스럽게 소금에 절여지기를 거부한다. 그렇기 때문이라고 해야 할까, 몇 번이나 배추에게 배반당한 여자는 이를 갈듯 이빨을 드러낸 채 어금니에 힘을 주며 굵은 소금을 움켜쥐고 "하-" 하고 숨을 내쉰 후 마치 원수라도 대하듯 배추 속으로 뿌린다. 일순 엄숙한 눈빛이다. 소금이 뿌려진 배추를 나무통 바닥부터 차곡차곡 쌓아 넣고 여자 궁둥이만한 커다란 돌을 눌러 얹어 둔다.

"김치는 손님이 묵을 때 맛있어야 한데이."

갑순이 할머니는 성미에게 신물이 나도록 가르쳤다. 여름철에는 아침에 양념을 버무린 김치가 저녁이면 이미 신 맛이 났다. 소금에 절인 단계에서 상할 때도 있었다. 반대로 겨울에는 좀처럼 양념 맛이 스며들지 않아 맛이 안 났다. 화학조미료를 사용하지 않고 발효시켜야 했는데, 갑순이 할머니는 그 방법을 몸으로 체득하고 있었다.

"예! 경하입니다. 예, 5킬로이우꽈? 예, 센다이仙台시…… 아, 그럼 먼저 돈을 보내 주고, 주소도 씁소…… 여기는 오사카시……. 고맙수다."

택배가 점차 많아지더니 홋카이도와 센다이, 규슈와 야마구치 등지에서도 주문이 쇄도하였다. 성미는 오른쪽 귀와 어깨에 수화기를 끼고 주문을 받으면서 1킬로씩 봉지에 묶어 팔았다. 한 번 구입한 사람들이 재차 냉장 택배로 보내달라고 했다. 성미는 택배로 내일 받아 볼 김치와 가게에서 당장 팔 김치를 나눴다. 양념 버무리는 방법을 궁리했다. 가게에서 파는 김치는 양념을 듬뿍 넣어 버무리고 택배로 보낼 김치는 양념을 살짝 넣어 버무렸다. 가게 앞에 줄 선 손님을 상대로 바쁘게 움직이면서 성미는 한국어와 일본어를 반씩 사용해 뒤쪽 토방에 있는 아줌마들에게 지시했다. 가게의 좁은 토방에서는 마무리 양념을 소금에 절인 배추나 무에 버무렸다. 팔리는 양에 맞춰야 했다. 성미는 점점 이 가게의 모든 일을 혼자서 꾸려가기 시작했다.

갑순이 할머니는 불법체류 아줌마들을 고용하는 것을 그만두었다. 그녀들은 잠자코 일을 했지만 목표한 돈이 모이면 미련 없이 떠나 버렸다. 일이 손에 익힐 즈음이면 사라지거나 숙련된 만큼의 임금인상을 요구했다. 때문에 위험을 무릅쓰면서까지 그녀들을 고용하는 것을 그만둔 것이었다. 그 대신 60대 재일동포 여자들을 고용하였다. 그녀들은 커다란 놋대야 앞에 앉아 나일론 장갑을 시뻘겋게 물들이며 배추 한 장 한 장에 양념을 버무리면서도 잡담을 멈출 수 없다는 듯 끊임없이 이야기를 주고받았다.

"아이고, 우리 아저씨, 어제도 술 먹고 길거리에서 자버렸어야게."

"이이고 언니, 정말로 골치 아프겠어야게……. 왜 그렇게. 언니가 받아주니까 그러는 거야게."

"아이고, 우리 아저씨 4.3사건 때 부모님이 죽창에 찔려 죽었대. 밭에서 썩어가는 것을 보고나서 죽어 버린 거야게."

"아이고! 살아 있잖수꽈?"

"아이고, 몸은 살아 있어도 이미 옛날에 죽은 거야게. 꿈에서 항상 헛소릴 해야게."

제주도 출신 재일동포 여자들은 문장 끝에 야게를 붙인다. 끊김 없는 독특한 이야기는 말을 이해하지 못하는 사람에게는 순간 "여기가 어디지?" 하고 미지의 땅에서 헤매고 있는 듯한 착각을 불러일으켰다. 그녀들의 떠들썩한 이야기는 한없이 계속되더니 맞장구를 칠 때마다 놋대야를 붙잡고 한숨을 쉬기 때문에 양념을 버무리는 속도가 점점 느려졌다.

"요새 다카시마高島네 며느리가 보이지 않는데, 무슨 일 있는 거야게."

"아이고 언니 몰랐수꽈? 제주에서 시집오기 전에 사귀던 애인이 쫓아와서 가출했잖아야게."

"아이고…… 남동생이라고 말하던 그 사람 말이우꽈?"

"그렇다니까야게, 아이고……."

언제까지고 이야기가 계속되는 것에 짜증이 나서,

"아이, 그만 이야기하고 일 합서."

성미가 주의를 주자마자,

"저년 옛날에는 젊은 것이 저렇게 건방진 말을 하지 않았잖수꽈. 팔푼이 남편과 결혼해 재주 좋게 등록증이나 만든 주제에, 잘난 체하긴……."

라며 소곤거렸다. 그러면 성미는

"한국에서 왔다고 언제까지 시골뜨기 취급햄시냐!"

소리를 지른다. 그러고 나서는

"아이고, 당신들도 일본에 처음 왔을 때는 사투리도 썼을 것이고, 일본인에게 더럽다, 냄새난다며 차별받은 쓰라린 경험을 하지 않았수꽈? 어째서 같은 고향에서 온 사람을 바보 취급햄쑤꽈!"
라며 항의했다. 그러자 일본에 온 지 5, 60년이 지난 아줌마들은 한탄하면서

"아이고, 우리들은 너희들처럼 뭐든지 돈, 돈하면서 비굴하진 않았어야게. 너희들은 돈이 없어지면 남편을 버릴 거지. 우리들은 돈이 없어도 남편은 남편으로서 받들어 모셔야게."

시치미를 떼듯 말하는 것이었다. 그러면 성미는,

"아이고, 눈에 보이지 않는 우리에서 사육되는 것도 모르면서, 아이고, 노예가 노예라는 것도 모른다는 게 당신들을 보고 말하는 거우다!"

눈을 치켜뜬 채 한국말로 쏘아 다그쳤다.

손님은 단지 아연실색하며 그 광경을 보고 있을 뿐이었다.

"아이고, 남자는 역시 여자와 틀려. 허울뿐이라고야게……. 허약한 남자를 내버려 두다니 그럴 수 없잖아야게."

아줌마들은 간신히 태엽을 감은 기계처럼 재차 부지런히 움직이기 시작했다. 눈썹에 힘을 주고 입은 꽉 다물었지만 팔놀림과 함께 턱은 위아래로 움직였다.

성미는 원래 자리로 돌아가, 가게 앞 손님을 향해 "몇 봉지 사우꽈?" 분풀이하듯 말을 꺼냈다. 그러자 맥 빠진 말투로,

"언니 내일 먹을 거니까 지금 안쪽에 아줌마가 양념한 거 넣어줘."

중년 여자가 대꾸했다.

"아이, 이거나 저거나 똑같수다."

성미가 난폭하게 말하자,

"무슨 말하는 거야! 어째서 그리 건방지게 굴어. 당신이 주인이야!"

발끈한 여자는 눈썹을 치켜뜨며 말했다.

"필요 없으면 사지 맙소."

"무슨 말하는 거야. 그게 손님에게 할 말이야!"

말 그대로 게거품을 물며 지금 당장이라도 덤빌 듯 했지만 격렬한 건 말뿐으로 끌끌 혀를 차며 손님 쪽이 물러섰다. 성미의 태도에 화가 나 옆집 순옥이네 김치를 사는 사람도 있었지만 갑순이 할머니네 김치를 사러 온 사람들은 잠자코 줄을 섰다.

오후 6시가 지나면 김치를 사러 온 손님들도 뜸해 지고 갑순이 할머니는 집으로 돌아갔다. 그 시간에는 남은 김치나 나물을 덤으로 붙여 팔기 때문에 가격이 제각각이다. 그때를 노려 갑순이 할머니의 아들이 찾아 왔다.

"아이고 누님, 일 잘 되는교?"

여자처럼 긴 속눈썹에 빨갛게 충혈된 눈을 하고 입 언저리엔 언제나 침을 흘리는 아들은 실실 웃으면서 돈을 넣어 둔 나무상자에서 지폐를 가져갔다. 성미와 아줌마들은 남자에게 대드는 법을 몰라 그저 눈을 깔고 있었다. 정확히는 모르나 갑순이 할머니의 말에 의하면 6.25전쟁 때 생이별해 고아원에서 자란 그녀는 단 하나뿐인 혈육이었다. 갑순이 할머니가 고생해서 찾아 낸 아들인 만큼 모두가 조심했다. 거친 성격의 성미였지만 남자 손님 앞에서는 사내대장부가 물건을 사러 왔다며 안타까워하며, "아이고, 사장님이 오셨수꽈!" 하고 환한 얼굴에 부드러운 말씨가 될 정도였으니, 가게 주인의 아들 앞에서는 더욱 순종적이었다.

갑순이 할머니는 언제부터인가 가게 앞에 의자를 두고 생글생글 웃으며 앉아 있었다. 그러나 갑순이 할머니는 그저 앉아만 있는 것이 아니었다. 몇 명의 사람이 얼마만큼 구입해 가는지 손가락과 발가락을 이용해 계산하고, 성미가 점심을 먹으러 나가거나 화장실을 간 틈을 타 나무상자 속 돈을 확인했다. 계산기가 없어도 긴 세월 동안 단련된 직감은 예리하여 갑순이 할머니가 예상한 매상과 거의 맞게 돈이 들어 있었다.

"성미야, 글 쓸 수 있나? 이치조一条거리에 있는 신후쿠新福은행에 갔다 온나."

"어머니, 환전하러 매일 은행원이 오잖수꽈."

일본 신후쿠은행은 오지 않지만, 한국계 민족은행의 영업사원은 적은 금액이긴 했지만 저금을 위해 매일 찾아오고 있었다.

"다른 거데이. 잠자코 다녀 온나."

모르는 사람의 이름과 주소를 쓴 종이와 면허증 사본, 그리고 인감을 그녀에게 건네주며 갑순이 할머니가 말했다.

"아이고, 이렇게 바쁜데 뭣 때문에."

성미는 김치 국물로 얼룩진 앞치마와 빨간 장화 차림으로 자전거를 타고 달렸다. 심술 난 얼굴로 은행에 들어서자 안에 있던 사람들은 수상쩍은 듯이 성미를 바라봤다. 성미는 문득 자신의 옷차림과 김치냄새를 떠올리고 얼굴이 빨개졌다. 이래서 이곳에 오기 싫었던 건데 하고 생각하며 우두커니 서 있었다.

“무슨 일로 오셨습니까?”

이미 정년이 지난 것처럼 보이는 60대 남자가 경직된 눈으로 입가에만 부드러운 미소를 띠며 다가왔다.

“새 통장을 만들고 싶수다.”

“예, 그럼 여기에 기입해 주시겠습니까?”

말은 정중했지만 고맙고 뭐고 상관없다는 기색이었다. 성미는 마음속으로 너희들 덕에 밥 먹고 사는 게 아니라고 생각하며 타고난 오기로 흥분을 가라앉힌 후 소파에 앉았다. 그리고 창구에 있는 여자 은행원을 노려보자 그녀가 눈길을 피했다. 통장이 만들어지는 사이에도 은행원들이 숨을 참고 있는 모습이 엿보였다. 성미는 “흥! 은행원이 대수꽈, 삼류주제에”라고 중얼거렸다.

새롭게 만든 보통예금 통장을 가지고 돌아오자 갑순이 할머니는 계좌이체 때 세 번 중 한 번은 이 통장에 넣으라고 했다. 지방에서 거의 매일같이 10, 20킬로 단위의 택배주문이 몇 계좌로 들어오고 있었던 것이다. 지금까지는 대금상환이나 현금을 우송하는 등기 우편으로 보내오고 있었지만 고기집도 법인이 되자 사무절차상 계좌이체로 해 달라는 의뢰가 늘어나고 있었다. 이때 성미의 머릿속에 아이디어 하나가 떠올랐고 그 흥분을 감추기 위해 마치 근시인 것처럼 그녀는 물건에 얼굴을 대고 웃음을 숨겼다.

성미가 신후쿠 은행에 다녀 온지 한 달이 지났을 무렵 영업계장이라는 사람이 저자세로 미소를 띠며 경하상점을 방문했다. 신후쿠 은행은 이 가게의 계좌이체 금액이 많은 것에 놀랐던 것이다.

성미는 이때부터 남편과 아이의 이름으로 가짜계좌를 만들었다. 친구 이름을 빌려서 만들고, 자신의 이름으로도 계좌를 만들었다. 그리고 이체 금액이 늘어날 때마다 그 금액을 조금씩 교묘하게 나누어 자신의 가족계좌에 입금했다. 갑순이 할머니 가게로 들어오는 가짜계좌의 금액에 놀랐는지 신후쿠 은행 영업원은 그때부터 김치가게를 중점적으로 돌며 영업 실적을 올렸다.

5

나중에 성미의 남편이 된 잇페이一平는 서른 살 무렵 교통사고로 머리를 다쳐 기억상실증이 되었다. 사고로 혼수상태가 열흘 동안 지속되었고 기억장애에서 헤어나지 못했다. 이미 결혼해서 아이가 있었지만 조수석에 앉아 있었던 아내와 아이는 충돌로 죽고 말았다. 그는 목숨을 건졌지만 사고 후유증으로 자신이 결혼했었고, 아이까지 있었다는 사실조차 기억하지 못했다. 재활치료를 계속하는 동안 외견상으로는 아무런 문제가 없었지만 누렇게 뜬 얼굴로 물끄러미 무언가를 응시하곤 했고, 정신안정제와 진정제를 사용하는 탓에 우울한 상태일 때가 많았다. 낮에도 머리부터 담요를 뒤집어쓰고는 계속 떨고 있었다. 그를 두렵게 만드는 대상은 그때마다 달랐는데 집에 있으면 도둑이 들어오지 않을까 겁을 냈고, 드물게 외출이라도 하면 누군가가 자신을 덮치지 않을까 두려워 새파랗게 질려 있었다. 목욕도 하지 않고 여름에 담요를 걸치고 앉아 한숨만 쉬고 있으니 이상한 냄새가 났다. 그래도 이따금 두려움이 사라졌을 때에는 집에 놀러 온 사람과 이야기를 주고받기도 했지만, 이내 큰 소리에 지레 겁을 먹고 불에 구운 눅눅한 오징어처럼 몸을 움츠렸다.

잇페이는 대학을 나온 후 법무사 사무실을 차렸다. 그의 어머니는 그런 아들이 자랑스러웠다. 사고 후 6개월이 지나 사무실을 다시 열었지만 얼굴이 파리해져 그날 안에 해야 할 일을 몇 번이나 확인하느라 피곤해 했다. 메모를 찾아 확인해도 이내 잊어버렸다. 그리고 중요한 일과 하찮은 일을 구별하지 못해 혼동해 버리자 결국 사무실을 닫아야 했다. 그리하여 집 안에 틀어박히게 된 것이었다.

이에 놀란 잇페이의 어머니는 굿을 위해 무당을 집에 불렀다. 꽹과리와 징, 장구를 가진 사당패와 무당은 삼일 낮밤 동안 객실에서 춤추며 주문을 외웠다. 마지막 날에는 잇페이를 객실 한 가운데에 앉히고는 가마처럼 생긴 물건을 씌웠다. 무당은 신령을 부르기 위해 흰 종이를 잘라 만든 무구를 휘두르면서 그 주위를 낮은 목소리로 무언가 주문을 외며 걷더니, 휘잇-하는 소리와 함께 쓰러졌다. 그렇게 굿은 끝났지만 그의 상태는 변함이 없었다.

그 다음에 잇페이의 어머니가 의지한 것은 점이었다. 신흥종교 느낌의 '○×심료원心療院'이라는 갑자기 생긴 절을 찾아가자 회색 상하의의 삭발한 남자가 안으로 안내했다. 방에 들어서자 눈에 띄는 금색 제단에 생쌀, 과일, 나물, 시루떡 등이 차려져 있었고, 사방 벽에는 파랑, 빨강, 노랑 등의 천에 '유연무연삼계만령등有緣無緣三界萬靈等', '하무묘색신何無妙

色身', '광박신묘래廣搏身妙來'라는 문구가 쓰여 있었다. 촛불이 천장을 향해 천천히 타올랐다. 향나무가 피어내는 연기가 능선을 그리면서 방 안을 맴돌고 있었다. 마찬가지로 삭발한 머리에 통통한 몸집의 여자가 재단을 등진 채 책상다리를 하고 앉아 있었다. 그녀는 순간 눈을 부릅뜨고는 잇페이의 어머니를 뚫어지게 쳐다본 후 눈을 감아버렸다. 그녀가 어쩔 줄 몰라 하자 여자는,

"아이고, 살아있어도 지옥, 죽어도 지옥이구나…… 아이고, 풀도 나무도 나지 않는 여기는 어디냐, 어디로 가느냐, 아이고!"

읊조리듯 이야기했다. 잇페이의 어머니는 이 말을 듣는 순간 그때까지의 긴장이 무너지면서 다다미 위에 쓰러졌다. 이제야 자신의 마음을 알아주는 사람을 만났다는 듯이 울어댔다. 바람 없는 방에서 조금씩 타오르던 향나무 연기가 소리 없이 떠돌아 그녀의 황량한 마음속에 스며드는 느낌이었다.

이윽고 얼굴을 든 잇페이의 어머니는 자초지종을 설명하기 시작했다. 맞장구만 치던 여자는 유유히 인왕仁王처럼 눈썹을 치켜들고는 말을 시작했다.

"이는 격세유전이라. 동굴로 도망쳐 괴로워하는 조상이 부르고 있는 게야."

잇페이의 어머니가 "아이고, 어떻게 하면 좋겠습니까?" 깊은 한숨을 내쉬며 말하자,

"아들을 구하는 길은 오직 하나뿐이야. 서쪽에 가서 며느리를 구해야 해"

여자가 대답했다.

"서쪽? 서쪽이라 하면 제주……입니까?"

다시 물었지만 아무런 대답이 없었다.

"하느님께서는 오늘은 이미 일이 끝났다고 말씀하십니다."

조수처럼 보이는 남자가 나와 이야기했다. 아~. 점 한번 보는 데 만 엔이라 들었는데 바로 이것이구나라는 생각이 들자,

"아이고, 하느님. 돈은 얼마든지 있습니다."

라며 매달렸다. 여자는 혐오스러운 듯 눈썹 사이를 노골적으로 찡그리며 돈 문제가 아니라고 말하고 싶은 듯 했지만, 이내 표정을 바꾸더니,

"제주도 동남쪽에서 찾아봐."

라는 말과 함께 방을 나갔다. 조수인 남자는 재단을 가리키며,

"오늘은 어머니와 아들 두 분이기에 2만 엔입니다."

속삭이듯 이야기했다. 잇페이의 어머니는 아들을 지금보다 좋은 상태로 만들기 위한 일말의 가능성이라도 찾고 싶었다. 하지만 2만 엔은 비싸다고 생각해 멍하니 있자 식모차림의 여자가 콧등을 찡그리며 다가왔다. 그리고 얇은 입술을 달걀모양으로 벌리고는 마른 짚 같은 입 냄새를 풍기며,

"아이, 언니. 여기 하느님은 신자가 많고 점도 잘 맞는 걸로 유명해요."

그녀를 할끔거리며 얇은 미소와 함께 말을 건넸다. 그러고 나서는 팔죽을 내밀었다.

그리하여 그녀는 연고가 있는 친척에게 부탁해 제주도 동남쪽의 마을에서 맞선 상대를 찾게 된 것이었다. 잇페이의 약을 반 정도 줄였더니

우울 증세는 나아졌으나 그 대신에 음식을 먹기 시작하면 멈추지를 않았다. 여전히 집에 처박혀 있지만 겉보기만으로는 환자라는 것을 눈치채기 힘들었다.

그런 사실을 알 리 없던 성미는 25세 때 잇페이와 맞선을 보고 그때까지 동경해 마지않던 일본으로 건너왔다. 그는 굵은 눈썹에 맑은 눈으로 가만히 성미를 바라봤다. 잇페이가 투명한 눈동자로 쳐다보자 성미는 당혹스러웠다. 그녀는 이웃 마을의 언니처럼 일본에서 새로운 인생을 시작할 수 있을 거라고 기대하고 있었다. 성미는 쾌활하고 명랑한 여자였지만 울든 웃든 하는 성격으로 복잡하고 섬세한 감정을 모르는 사람이었다. 결혼식 날에는 꽃처럼 환한 얼굴의 성미와 힘겹게 일어나 움츠린 잇페이가 있었다.

성미와 함께 살기 시작하자 잇페이는 단순 작업 정도는 할 수 있게 되어 인근의 샌들공장에 일하러 다니기 시작했고 성미도 부업에 힘썼다. 그러나 온종일 시너냄새로 가득한 장소에서 힘에 부친 작업을 계속하는 가운데 잇페이는 서서히 눈의 초점이 흐려지더니 재차 우울증에 걸리게 되었다. 임신한 성미가 어떻게 해야 할지 모른 채 하루하루를 보내던 어느 날 밤 잠에서 뒤척이다 깨어 보니 남편이 옆에 없었다. 그리고 부엌 쪽에서 희미한 불빛이 새어 나오고 있었다. 다가가 살펴보니 열린 냉장고 문 앞에 앉은 남편이 눈을 감은 채 무와 당근을 어적어적 씹어 먹고 있었다. 언제 끝날지 알 수 없을 것처럼 계속해서 먹어대고 있었다.

"적당히 합서!"

손에 쥐고 있던 무를 빼앗자 남편은 금방이라도 울음을 터트릴 것 같은 표정으로 성미를 덮쳤다. 그녀가 얼떨결에 발로 걷어찼지만 잇페이는 성미에게 달라붙은 채 신음하듯 울었다. 땀을 흘리며 괴로워했다. 그녀는 결혼한 이래 줄곧 느끼고 있던 위화감의 정체를 깨달았다. 음식을 먹기 시작하면 멈추지 않는 모습은 입이 천하기 때문이라고 생각했지만 이 범상치 않은 모습엔 필시 무언가 있다. 그녀는 가슴이 미어졌다. 하지만 뱃속에는 이 사람의 아이가 있다. 아이를 낳으면 일본에 영주할 수 있다. 조금만 더 참으면 된다. 이런 생각들로 망설이는 와중에 남편에 대한 감정도 올라와, "적당히 합서…… "라고 중얼거리며 그녀도 같이 울었다. 이윽고 남편을 꼭 닮은 남자 아이가 태어났다.

강의 동쪽으로 건너면 버스길이 나온다. 그 길가에 위치한 술집 간판의 불빛이 들어왔지만, 해가 저물기까지는 시간이 남았기 때문인지 전구가 깜박거리고 있었다. 미덥지 못한 전등도 밤이 되자 빨갛게 빛을 발했다. 성미는 '어머니'라는 술집에서 해물찌게를 앞에 둔 채 얼빠진 눈으로 앉아 있었다.

"징역 1년. 피고가 초범이라는 점과 반성하고 있는 점을 감안해 형 집행을 3년 유예한다."

재판관의 목소리가 여전히 귓가를 맴돌고 있었다. 성미의 어머니는 돈을 벌기 위해 일본에 와 있었는데, 어느 날 슈퍼마켓에서 물건을 훔쳤다는 오해를 받으면서 불법체류자라는 사실이 발각되어 버렸다. 삼일 전 두 달간 구속된 끝에 열린 재판에서 판결이 내려진 것이었다. 성미의 어머니는 딸이 일본에서 결혼해 보낼 돈을 믿고 맨션을 세웠지만 문제가 생겨 빚만 늘어났다. 그러자 관광비자로 일본에 온 것이었다.

"어머니, 제가 열심히 돈을 보낼 테니 밭농사를 해서 아버지와 남동생을 보살펴 줍소."

성미가 말해도,

"에고…… 너만 고생시킬 순 없젠. 일본에 가면 김치가게에서 허드렛일만 해도 충분히 돈을 모을 수 있다고 들언. 게다가 아이고, 제주도와 달리 임금도 꼬박꼬박 주고 마"

"하지만…… 지금까지 고생만 하셨잖수꽈."

"너가 아침부터 밤까지 일하고 있는데 내가 잠자코 있을 수 있겐…… 거기다 내년에 남동생이 서울에 있는 대학에 가고 싶다 기"

어머니는 딸의 말을 들으려 하지 않았다.

성미는 난생 처음 겪은 재판소의 충격에서 벗어나지 못하고 있었다. 피고는……, 불법입국……, 본건 이외의 범죄는……, 초범입니다……, 재범의 가능성은 없습니다……, 여권은 다다미 안에. 귀국 비행기 표는 살 수 있습니까? 예, 월급 남은 것이 있습니다……. 검사와 변호사 사이의 대화가 성미의 머릿속을 맴돌고 있었다.

성미의 어머니는 오사카 북구의 유곽과 한국식당 등에서 시간을 쪼개 일하고 있었는데 그 지역 전체를 관리하는 여자에게 여권을 압수당해 있었다. 밤낮을 일해 모은 150만 엔을 제주도에 보내 빚을 갚는데 썼다.

냄비 속 소라가 거품을 내고 있었다. 대합이 따각따각 소리를 내며 입을 벌렸다. 고춧가루를 넣은 빨간 국물 속을 소라가 낸 거품이 유영하다가 냄비 곁에 들러붙었다. 카세트에서 흘러나온 한국 여자가수의 노래가 냄비에서 올라오는 더운 김 위를 지나갔다. 성미는 정신없이 일하던 새에 고향 노래조차 잊고 있었다는 사실을 문득 깨달았다.

"성미야 어서 먹소."

술집 주인이 말했다.

"……응……."

"어머닌 제주도로 돌아 가셨수꽈."

"응, 오늘 공항까지 배웅하고 왔수다."

"에고, 어쩔 수 없지, 어쩔 수 없지……."

성미는 그녀의 말대로 어쩔 수 없다고, 그렇게 생각하기로 했다.

"성미야 도망갑소. 어째서 그런 병신 남편과 계속 있수꽈."

술집 주인은 성미와 같은 동향 출신으로 성미의 사정을 잘 알고 있는 사이였다.

성미는 가만히 끄덕였지만 자식을 위해서라도 조금만 더 힘내자고 생각하고 있었다. 타인 명의의 계좌를 만들어 횡령하고 있다는 사실은 그녀에게 비밀이었다. 그녀는 단순히 성미를 동정하고 있을 뿐이었다. "응, 알고 있수다." 들릴지 말지 알 수 없을 만큼 작은 목소리로 성미는 대답했다.

6

어느 날 가게에 출근해 냉장고에서 양념 재료 등을 꺼내고 있을 때

국세청 직원이라고 밝힌 남자들이 5명이나 들이닥쳤다. 그들은 가게를 에워싸고는,

"이봐! 영업 멈춰."

"주인은 어디야?!"

고함을 치며 심문했다. 성미는 자신도 모르는 사이에 모든 일이 극비리에 진행되었다는 사실을 깨달았지만 아무 것도 할 수가 없었다. 갑순이 할머니를 부른 후 2시가 지나서야 성미는 가게를 빠져 나올 수 있었다.

성미는 신후쿠 은행에 가서 인출 절차를 끝낸 후 소파에 앉아 기다렸다. 지금까지의 국세조사와는 규모가 다르다는 것을 직감하자 불안한 마음에 돈을 인출하러 온 것이었다. 그러나 집에 가져가더라도 돈을 둘 장소가 마땅치 않았다. 집에 가져가면 고향 사람들이 모여들어 전부 빼앗길 수도 있다. 그러니 이제부터 입금할 새 계좌를 만들어야겠다고 생각했다. 이런 저런 생각에 머뭇거리고 있을 때 창구 직원이 그녀를 불렀다. "안으로 들어오세요"라는 직원의 말에, 말실수하지 말아야지 다짐하면서 그의 뒤를 따라 계단에 오르자 응접실이 나왔다. 지점장 겸 차장이라는 남자가 예의 바르게 말했다.

"손님의 가족 예금은 압류 명령이 내려져서 인출할 수가 없습니다."

성미는 처음엔 뭐가 뭔지 몰라 "예?" 하고 대답한 채 눈을 좌우로 굴리며 멍하니 있었지만, 손에 들고 있는 통장이 이젠 그냥 종잇조각에 불과하다는 사실을 깨닫게 되자 얼굴 주위에 실룩실룩 경련이 일면서 머릿속이 뒤죽박죽되는 것을 느꼈다. 그녀는 크게 소리를 질렀다.

"무슨 소리! 통장하고 도장을 가져왔는데 어째서, 무슨 권리로 돈을 주지 않수꽈!"

그녀는 고함을 질렀지만 차장은 냉담하게 "국가의 명령이니까요."라고 대답하며 전혀 동요하지 않은 채 서 있었다.

소리를 지르면서 그녀는 어디에서 탄로가 난 것인지를 생각했다. 상점가의 동종의 김치가게들이 벌여온 방해와 나쁜 짓들을 떠올리자 가슴이 움찔했다. 짚이는 데가 있었다. 순옥이네와 갑순이네 김치에는 파리와 민달팽이가 들어있다는 소문을 퍼뜨리거나, 그녀가 걷고 있으면 물을 뿌리는 시늉을 하면서 흙탕물을 끼얹기도 하였다. 그렇다면…… 이런 말도 안 되는! 성미는 어느새 자신의 돈과 가게의 돈을 구별하지 않고 있었다. 이 상황에서 냉정하게 "어차피 남의 돈이니까" 체념해 버릴 그녀가 아니었다. 3,000만 엔을 목표로 돈을 모으고, 김치가게를 열 수 있는 가게를 사서……라는 꿈을 꾸었고 이제 그 꿈이 눈앞에서 실현되려 하고 있었던 것이다. 그녀가 휘청거리며 넋 빠진 걸음걸이로 집에 돌아와 보니 남편은 전등불도 켜지 않고 등을 구부린 채 앉아 있었다. "악~" 하고 소리치고 싶은 것을 참고는 성미도 남편처럼 털썩 주저앉고 말았다. 어두운 방 천장은 비가 새어 얼룩져 있었다. 10년간 조금씩 택배가 늘어갈 때마다 자신의 계좌에 들어오던 돈이 연기처럼 사라졌다. 한꺼번에 실감이 났다. 얼굴이 달아오르는 것을 알 수 있었다. 한 순간의 꿈이라기엔 비참했다.

갑순이 할머니의 신뢰를 얻어 모든 걸 그녀가 관리하게 되었을 땐 행복했다. 하지만 도중에 의문이 일었다. 구입처에서 가격을 깎고 허드렛일 하는 아줌마들에게 엄하게 대하면서 아무리 바빠도 능숙하게 일 처리를 했다. 하지만 하루를 끝내고 피로로 부어 오른발을 질질 끌며 집으로 돌아왔을 때 갑순이 할머니와 자신의 입장이 너무 다르다는 사실을 깨달았다. 갑순이 할머니의 아들은 단지 혈육이라는 이유만으로 당연하다는 듯 돈을 훔쳤다.

언젠가 갑순이 할머니의 아들이 떨어뜨리고 간 천 엔 지폐 두 장이 성미의 눈앞으로 날라 왔다. 그녀에게는 그렇게 보였다. 그 순간 성미는 앞치마 주머니 속에 그 지폐들을 구겨 넣었다. 죄책감은 없었다.

내가 과로로 쓰러졌을 때 대신할 사람이라도 온다면 만사가 끝장이다. 보험도 없고 퇴직금 따위 당치도 않다. 만약 갑순이 할머니가 나를 의지하지 않았다면 이렇게까지 이익이 났을까? 내가 훔친 돈은 내 노력으로 만든 게 사실이지 않은가. 그것을 가진다 해서 뭐가 나쁘다는 말인가……. 생각이 거기까지 미치자 천장의 얼룩이 타원형으로도 삼각형으로도 움직이는 것처럼 느껴졌다. 그리고 누군가의 목소리가 들렸다. 그 다음엔 얄궂은 얼굴이 보였다. 너는 등신이야! 하하하. 상점가의 김치가게 아줌마가 비웃고 있었다. 갑순이 할머니가 눈썹을 치켜세우고 화를 내고 있었다. 토방에서 양념을 버무리는 아줌마들이 코웃음치고 있었다. 돈, 돈, 돈하니까 이렇게 되는 거우다! 젠장 내가 왜 이런 꼴을 당해야 하우꽈. 지금까지 고생해 온 것은 도대체 뭐 때문이우꽈! 성미는 돌연 빨갛게 빻은 김치용 고춧가루를 앞치마 양쪽 주머니에 넣고 집을 나섰다. 경찰서 앞에 세무서가 있다는 사실을 떠올리며 걸었다.

햇볕이 쨍쨍 내리쬐는 8월의 오후였다. 노곤하고 따분한 시간대에 그녀의 심상치 않은 모습에도 콩나물을 파는 할머니는 느긋하고 나른한 눈길로 먼 곳을 쳐다보고 있을 뿐이었다.

성미는 "어째서 내가 아침부터 밤까지 김치투성이가 돼서 일해야 하우꽈? 부모님 효도 따위 될 대로 됩서!", "물은 위에서 아래로 흐르니까 장녀인 네가 잘한다면 여동생과 남동생도 제대로 자랄 기……"라고 말하는 어머니의 목소리가 들린다. "젠장! 형제 따위 될 대로 됩서! 이놈 저놈 죄다 요구만 하우꽈" 하고 중얼거렸다. 입안이 바싹 메말라 있었다. 이대로 참을 수는 없었다. 세무서에 도착한 그녀는 계단을 단숨에 뛰어 올라갔다. 특별징수라는 팻말이 걸린 곳까지 다가선 성미는 칸막이용 책꽂이를 걷어찬 후 안으로 들어갔다. 놀라서 반쯤 일어선 직원을 향해 성미는 크게 팔을 휘둘러 고춧가루를 뿌렸다. 포물선을 그리면서 흩어지는 고춧가루는 때마침 석양빛에 비쳐 물들었다. 성미는 아름다운 그 모습에 순간 황홀한 느낌에 빠졌으나 이내 건장한 남자들이 그녀를 넘어뜨린 바람에 입술을 깨물어 버렸다.

다음 날 전과가 없다는 이유로 열 손가락의 지문을 찍고 성미는 석방되었다. 다음에는 강제 송환될 거라는 협박을 받은 후였다. 이쿠노生野경찰서의 지하 유치장에서 풀려나 밖으로 나와 보니 햇살이 눈부셔 어지러웠다. 그래도 다부지게 등을 펴고 걸음을 옮기는 와중에 집으로 돌아가는 초등학생 행렬과 부딪쳤다. 그녀는 문득 제정신이 들었다. 어린 아들이 떠오르자 턱이 빠질 것처럼 몸이 떨리면서 '하이고'하는 신음이 나왔다. 숨이 새면서 '아이고……'가 '하이고……'로 바뀌었다. 온몸에 힘이 빠졌다. 부모, 형제, 남편, 자식…… 발버둥 쳐도, 발버둥

쳐도 이 굴레에서 벗어 날 수 없다. 그녀의 메마른 입에서 금이 간 것처럼 한숨이 새어나왔다. 조금 전까지 넘쳤던 생기가 어디론가 사라지자 그녀는 터벅터벅 걷기 시작했다.

갑순이 할머니는 국세청 직원이 들이닥쳤다는 사실에 놀라 성미의 가족명의 통장 사본을 보여줘도 영문을 알 수 없었다. 아니, 마음속으로는 어느 정도 예상하고 있었다. 가끔 자기가 여기 주인이라고 떠벌리고 다닌다거나 개인 휴대전화로 택배주문을 한다는 소문이 들려왔던 것이다. 그런 이야기들과 관련 있을지도 모른다고 생각한 갑순이 할머니는 이제부터 어떻게 해야 할지 이미 방법을 궁리해 놓고 있었다.

"지는 보시다시피……." 그녀가 이야기를 꺼내기 시작하자 국세청 직원은 야채 구입처의 전표를 들이대며,

"이봐, 할멈! 수법이 낡아. 확실한 증거가 있단 말이야. 국민은 공평해야 하지. 조사가 필요하니까 서까지 와주어야겠어. 자, 여기 소환장이야."

국민? 국가? 그녀는 자신을 향해 국민이라고 말하는 건가? 의아해하며 고개를 갸웃거렸다. 나는 조선인으로 태어나 일본인이 되었고 일본이 전쟁에 지자 조선인으로 되돌려져 한국인이 되었는데 이제 와 또 다시 일본국민이 되었다고? 아니 국민이라지만 세금을 낼 때만 그렇게 불린다는 사실을 순간 깨달았다. 그녀는 더 이상 부인하기는 어렵다고 생각하면서도

"언제부터 지가 일본국민이 되었단 말이예?"

그렇게 반문하는 것이 고작이었다. 그러자

"이 나라에서 장사하려면 모두가 평등하게 세금을 내지 않으면 안 돼!"라고 묵살 당했다. 그럼에도 불구하고 조목조목 반박했던 갑순이 할머니였지만, 성미의 가족명의 통장 사본에 찍힌 액수를 보고는 기겁하지 않을 수 없었다. 그 통장에는 모두 합해 매월 40만 엔 정도의 돈이 이체되어 있었다. 성미를 붙잡아 연유를 듣기 위해 가게에 나왔지만 그녀의 모습은 온데간데없고 아줌마들은 허겁지겁 움직이며 서로를 향해 소리치고 있었다. 벽에는 김치 국물이 튀어 있었고, 양념에 버무린 김치가 담긴 포장박스 역시 듬성듬성 터져 있었다. 현금보관용 나무상자 안에 있던 지폐들이 흩어져 있었다. 신사 쪽에서 술에 취한 아들이 뼈 없는 낙지처럼 어슬렁어슬렁 걸어오고 있었다. 갑순이 할머니는 맥이 빠져 길가에 주저앉아 버렸다.

주위 사람들이 호들갑을 떨며 사정을 물어오자 그녀는 히쭉 웃으면서 대답했다.

"모두 날 잡아 잡소. 내는 뼈랑 가죽밖에 없소."

그렇게 말하고는 허리 뒤로 손을 젖혀 두드리며 걸어가는데 그 발걸음이 비틀비틀 거리는 게 당장이라도 쓰러질 것 같았다. 생각해 보니 누구도 그녀의 내력을 알지 못했다. 부산 출신이라는 것과 어릴 때 생이별했다는 아들이 왔는데 술주정뱅이에 깡패라는 사실이 전부였다.

다음 날부터 갑순이 할머니는 마치 아무 일도 없었다는 듯이 다시 김치를 절이기 시작했지만, 두 뺨은 한층 더 패였고 아래쪽에 깊은 세로로 난 주름살이 한 쌍의 활모양을 그리고 있었다.

“지는 양반 가문에서 태어났다고 들으며 자랐어예. 지금은 먹고 살기 힘들어 김치를 담그고 있어예. 그런데 지는 지가 저 먹감나무라고 생각하지예. 고급 가구에만 쓰인다는 저 먹감나무는 시대가 달랐다면 지였을 거라예. 지는 이제 곧 죽겄지만 먹감나무는 남을 거라예.” 그녀는 누구를 향한 것도 아닌 혼잣말을 하고 있었다.

오사카 남쪽 고가도로에 JR역이 있다. 그 역의 육교를 빠져 나가면 화물 차고와 들판이 펼쳐져 있다. 거기에도 커다랗고 오래된 먹감나무가 심어졌다. 그곳에 대규모 파칭코가게와 슈퍼가 생기자 사람들의 왕래가 많아졌다. 사람들이 늘어나자 시장이 섰다. 그 시장에서 유독 커다란 목소리가 들렸다. 먹감나무 아래에서 스테인레스 진열대 위에 김치와 나물들을 넣은 작은 놋대야를 늘어놓고 길가는 사람들에게 권유하는 성미가 그곳에 있었다.

“오빠! 언니! 이거 좀 맛봅소!”

길 가던 사람은 걸음을 멈춰 성미의 얼굴을 찬찬히 살핀 후 김치를 맛보고는 조금씩 구입해 갔다.

늦여름 강렬한 햇볕은 어김없이 내리쬐고 있었지만, 먹감나무는 풍성한 잎사귀로 성미에게 그늘을 드리우고 있었다.

(번역 : 이승진)

| 필자 소개 |

이기승(李起昇, 1952~)

일본 야마구치[山口]현 출생. 1975년에 후쿠오카[福岡]대학 상학부를 졸업한 뒤 1976년 한국에서 언어와 역사를 배웠으며, 1981~83년 민단 중앙본부에서 근무하였다. 1996년 회계사 사무소 개업, 2002년 세무사로 등록하였다. 1985년『제로한(ゼロはん)』으로 군조(群像)신인문학상 수상, 아쿠타가와[芥川]상 후보에 올라 문단 데뷔. 이후 재일의 생활을 소재로 삼은『바람이 달린다(風が走る)』,「자상한 것은, 바다(優しさは、海)」,「여름의 끝(夏の終り)」등 선명한 감성과 문체의 작품을 발표하였다.

원수일(元秀一, 1950~)

일본 가가와현 출생. 생후 3개월 때 가족과 함께 오사카 이카이노로 이사했다. 15세 때 오사카부립 공업전문학교에 입학했으나, 전공이 아닌 문학과 영화 등의 장르에 관심을 가지게 된다. 1987년『이카이노 이야기(猪飼野物語)』가 간행되자, 경계적 입장에 선 재일조선인의 삶과 일상을 정치하게 묘사한 점을 평가받으면서 작가로서의 입지를 다지게 된다. 이후『AV 오디세이(AV・オデッセイ)』,『강남의 밤(江南の夜)』등의 작품을 발표하였으며, 재일조선인과 한국문학에 관련한 평론 활동도 병행하는 등 활발한 활동을 이어오고 있다.

김재남(金在南, 1932~)

본명 강득원(姜得遠). 전라남도 목포 출생. 와세다대학 제1 문학부 러시아 문과 졸업. 단행본『봉선화 노래(鳳仙花のうた)』(河出書房新社, 1992),『아득한 현해탄 (遥かなり 玄海灘)』(創樹社, 2000) 등, 군대위안부, 피폭, 강제연행과 같은 현대사의 무거운 제재를 빼대 굵게 쓰고 있다.

정윤희(鄭閏熙, 1951~)

야마구치[山口]현 출신. 메이지학원대학 문학부 중퇴.『나그네』라는 문예 동인지에 첫 작품「어둠 속에서」(1983)를 발표한 이래, 동포 잡지를 중심으로 작품 활동을 하면서 동포 사회의 권익을 위한 조직운동에 진력했다. 작품에「수렁에 빠진 사람들」(1984),「상실」(1985),「걸인」(1986),「한여름의 꿈」(1988),「빗소리」(1992),「붉은 지갑」(1995) 등이 있다. 소설 외에도 다수의 평론과 수필이 있으며 동포 잡지인『우리생활』의 편집장을 역임했다.

최석의(崔碩義, 1927~)

경상남도 사천 출생. 재일조선인 1세 작가. 리츠메이칸[立命館]대학 문학부 철학과 졸업. 재일조선인운동(조선신보사) 활동에 매진했으며, 1980년부터 집필활동을 시작했다. 저서에 『노란 게 · 최석의 작품집(黄色い蟹 崔碩義作品集)』 등이 있다.

양석일(梁石日, 1936~)

일본 오사카 출생. 고등학교 졸업 후 다양한 직업에 종사하다가 26세 때에 인쇄회사를 설립하였으나 막대한 부채를 지고 도산하였다. 31세에 도망치듯 오사카를 빠져나와 각지를 방랑한 끝에 도쿄에서 택시 운전사로 10년간 근무하였다. 이 무렵 집필한 『택시 광조곡(狂躁曲)』으로 문단에 데뷔. 이 작품은 「달은 어디에 떠 있나(月はどっちに出ている)」라는 영화로도 만들어졌다. 저서로 『밤의 강을 건너라(夜の河を渡れ)』, 『밤을 걸고(夜を賭けて)』, 『바다에 잠기는 태양(海に沈む太陽)』, 『카오스(カオス)』, 『피와 뼈(血と骨)』, 『미래에의 기억(未来への記憶)』, 『시네마 · 시네마 · 시네마(シネマ · シネマ · シネマ)』, 『내일의 바람(明日の風)』 등이 있다.

김중명(金重明, 1956~)

일본 동경 출생. 오사카외국어대학 조선어학과를 중퇴했다. 1997년 『산학무예첩(算学武芸帳)』으로 조일신인문학상을 받았으며, 2005년에는 『탐라전기삼별초(耽羅戦記三別抄)』로 역사문학상을 수상하였다. 2014년에는『열세 살 딸이 이야기하는 갈루아이론(13歳の娘に語るガロアの数学)』으로 일본 수학협회출판상을 수상하였다. 주로 역사 소설가로서 집필 활동을 이어가고 있으며, 한국과 관련된 저서들을 다수 일본에 번역, 소개하고 있다.

김길호(金吉浩, 1949~)

제주도 삼양 출생. 1973년 병역을 마치고 일본으로 건너갔다. 1980년 오사카 문학학교를 졸업하였다. 1987년 『문학정신』에 단편 「영가」를 발표하면서 문단에 등단하였다. 2005년 중편 『이쿠노 아리랑(生野アリラン)』으로 제7회 해외문학상을 수상하였으며 이듬해 소설집 『이쿠노 아리랑』을 발간하였다. 2003년 무렵부터 제주투데이에 '김길호의 일본이야기'라는 칼럼을 연재한 바 있으며, 현재 일본 오사카에 거주하면서 집필 활동을 이어가고 있다.

후카사와 가이(深沢夏衣, 1943~2014)

일본 니가타[新潟]현 출생. 1992년 소설 『밤의 아이(夜の子供)』로 제23회 신일본문학(新日本文学)상 특별상을 수상하였다. 2006년 재일여성문학잡지 『땅에 배를 저어라(地に舟をこげ)』를 창간하였으나 2012년에 제7호로 종간하였다. 2014년 인두암 발병하여 3월 24일 서거하였다. 2015년 10월에 발간된 『후카사와 가이 작품집(深沢夏衣作品集)』에는 『밤의 아이』, 『파랑새(ぱらんせ)』를 비롯한 많은 중 · 단편 소설과 에세이, 서평 등이 수록되어 있다.

김유정(金由汀, 1950~)

본명 김계자(金啓子). 일본 오사카 출생. 2002년 4월 『소나기(むらさめ)』로 부락해방문학상에 입선하였고, 같은 해 9월 아사이신문이 여성 작품을 대상으로 만든 라일락문학상에 『포도(ぶどう)』로 입상하였다. 이후 재일여성잡지 『땅에 노를 저어라(地に舟をこげ)』 등에서 작품을 발표하면서 집필 활동을 이어가고 있다.